北京市顺义区作家协会编（珍藏版78）

潮白文粹 下卷

涛声回响集

许福元 编著

团结出版社

UNITY PRESS

© 团结出版社，2024 年

图书在版编目（CIP）数据

潮白文萃 / 许福元编著；顺义区作家协会编.
北京：团结出版社，2024.10. -- ISBN 978-7-5234
-1214-5

Ⅰ. I217.1

中国国家版本馆 CIP 数据核字第 2024R57F74 号

责任编辑：张茜
封面设计：凌子

出 版：团结出版社
　（北京市东城区东皇城根南街 84 号 邮编：100006）
电 话：（010）65228880 65244790
网 址：http://www.tjpress.com
E-mail：zb65244790@vip.163.com
经 销：全国新华书店
印 装：葫芦岛华美彩色印刷有限公司

开 本：170mm×240mm　16 开
印 张：75　　　　　　　　　　字 数：1180 千字
版 次：2024 年 10 月 第 1 版　　印 次：2024 年 10 月 第 1 次印刷

书 号：978-7-5234-1214-5
定 价：156.00 元（上下册）

序：关注头顶上的太阳

每个人的头顶，都悬着一个太阳。

我记得我儿时的太阳，是从我居住的三间土屋前面的两棵青杨间冉冉升起的。少年的我，在太阳没冒嘴之前，已经从几丈深的井下沽沽汲水了。青年时期的我在麦收时节，头顶着白花花太阳，挥镰收割，汗滴脚下的泥土。现在我头顶上的太阳，自然是"日薄西山，气息奄奄，人命危浅，朝不虑夕"了。

从头顶上的太阳想到自己生命的存量，本来就不多了。但还是从这本来就不多且日见减少的存量中，自2016年出版《惊蛰》之后，又历时三年多，写了《洋桥破浪》一书。疫情之前、之中、之后，笔竟无闲日，结成此集《涛声回响集》，亦有四十余万字之多。

粗算起来，至此余已出个人专集八本，加上在全国期刊发表的文字，也有几百万字了吧。但推究起来，有意义吗？

真的没意义！

但既知无意义，又为什么写作呢？为什么坚持呢？为什么还要以命下注、拼力一搏、决然无悔呢？

深究自己，是自己内心有一个怪念头、傻想法、笨痴心。鄙人十六岁初中毕业，至六十岁，其间四十多年，都在干农活、挖河泥、装煤车、当瓦工、刷涂料、搞建筑，在社会的最底层劳作。而少年之梦——文学，一直未能涉入。且因舞弄文字，庶几将自己毁灭。但至花甲之年，方始立志为之。余自知时日无多，所以不得不尽体力、智力、精力、耐力而倾力。拖衰朽之躯，不顾齿发皆寒，苟延以残喘，不顾晨昏以作之。

文学，虽未改变我的命运，但我的命运仍心系文学。这在别人看来是无意义的事，而我却视之以庄严，补以往之遗憾，圆青春之好梦，知来者之可追。余生虽短，却将文学，视为生命，赋其意义。

是的，当所有的门向我关闭时，只有文学之门向我敞开着。我没有被环境所征服，我的精神境界没有被小农意识的汪洋大海所淹没。我成为一个对生活有了独特理解的人。因此我感谢文学。

许福元

2024.5.30

目　　录

第一辑：小说部落

第二辑　散文林间

第三辑　随笔花园

第四辑　独家讲坛

第五辑　临河杂俎

第六辑　他山之石

第一辑　小说部落

这一辑收录了我小说十六篇,其中有小小说、短篇小说和一个小中篇。本来我是打算集中余力写小说的,但还是被写《洋桥破浪》耽搁了。有读者会问,《洋桥破浪》不是号称是长篇历史小说吗?但号称是号称,我内心认为,从严格意义上讲,不能称为小说,因为里面所引原始资料太多。那么,这些就算小说了吗?自己觉得,对写小说,我虽老之已至,尚不摸门。所以取名为"小说部落",有颇为原始的意思。所学画之《巨然横山图》,人有时站在桥上看风景,有时躲进小楼成一统。余以为,每篇小说无论长短,都是一座大大小小的山峰。应有巨然,或隐或现,或明或暗,或象征,或寓意笼罩在山峰上面。巨然即思想。

封 刀

崔二是个屠夫，宰猪的，官称"肉杠崔爷"。他身高六尺，宽约四尺半。赤红脸，酒糟鼻。一年四季，似乎总袒露出红扑扑的胸脯。肚脐四周和胸口，各有一丛黑白相间的杂毛。

大儿子不止一次对父亲说："爸，您就放下屠刀，收手吧。都七十出头了，干到哪算一站？再说，谁用您挣那俩杀生的钱？"

崔爷却一别愣脑瓜，"世界上的事，世界人干。咱家祖宗三代，都靠这开肉杠谋生。"然后，叹一口气，"这手艺到我这辈，就失传喽！"

还是二儿子有主意，用小轿车拉着父亲，到顺鑫农业鲲鹏肉联厂里转了一圈，看看人家现代化人性化生猪屠宰流水线。

回来以后，崔爷在家里闷了一天。吧嗒吧嗒，旱烟抽了一袋又一袋。最后，用烟锅一磕鞋底，向两个儿子宣布：明天上午十点，我宰咱家最后一头猪。这头猪的肉，按半价卖给乡亲。烦请各位高邻，看我崔二最后宰一回猪。然后金盆洗手：封刀。

村民闻讯，如何不来？第二天上午，乡邻就将崔爷的院子，围得里三层外三层，人头攒动。

崔爷着青鞋、白袜、灯笼裤，腰间系皮围裙，挂两根细麻线绳。上身却赤裸，后脖梗子的肉拥得夯夯的。他，站在猪圈的正中，口中衔一根二尺多长，食指粗的枣木棍。

圈里的肥猪，其实是只瘦型猪，也有一百五六十斤上下。看到这么多人围观，瞧这个阵势，又看见崔爷凶神似的站在那里，心知末日已到，如何不挣扎？于是，快跑、跳跃、奔突、狂叫。崔爷两眼微眯，气定神闲，并不理睬，如同睡着一般。等这头猪折腾七八个来回，已气喘吁吁，口吐白沫从身边擦过时，崔爷闪电一般，伸出左手一下薅住肥猪的大耳朵，顺势横着往怀里一带一别，这头猪"扑通"一声就翻倒在土地上。要知道，猪是有竖劲没横劲的。崔爷立马用左腿膝盖抵住肥猪的脖子，这头猪试着将头抬起，张开嘴想咬人。崔爷此时口一松，枣木棍子掉下来，不偏不倚，正被猪嘴一下咬住。无奈，脖子被压得死死的，猪只好把头垂下。

崔爷的另一条腿，则压住肥猪的软肋与后胯之间，扯下腰间的一根线麻绳，叼在口中。探过身子，两只大手，将猪的一条前腿与一条后腿前后合拢交叉，细麻绳这时从口中飘下，崔爷用食指一勾，三绕两匝，肥猪的前后腿就被勒死狗扣，紧紧绑定。这时，崔爷直起身子，双手将肥猪一掀，另一侧的前后猪爪也麻利拴好。此时的肥猪，完全失去了抵抗，无奈地喘着粗气，将地上的浮土，吹出两个小坑。

崔爷拽定猪尾巴，将肥猪从圈里拖出。然后左手攥住猪耳朵，右手抄起猪的后腿，用力往上一掸，双膝一顶一提一带一转身，这头猪就被平放到一张粗腿长条矮桌上。猪头从桌前梗着垂下来，睃着绝望的带血丝眼睛看人，声音也变成了嗡鼻儿。

这时，崔爷在矮桌前立定，神色凝重。口中咬着一尺多长锃亮青锋弯刀，他俯身用一只手抚摸肥猪的脖子，这是多么肉乎乎的脖子。此时，崔爷嘴一松，刀把正好落在右手。稳、准、狠，"扑哧"一刀捅透肥猪的气管，直抵心嘴。鲜血顺着刀把，咕嘟咕嘟往外冒，漫到了崔爷的胳膊肘。他又用脚一勾，将倾斜的血盆扶正。最后，血沫子喷出来，猪头连同血脖子，一哆嗦一颤的。

此时的崔爷，两只血手合十，喃喃念道：

> 肥猪肥猪你莫怪
>
> 你是人间一道菜
>
> 今日成我刀下鬼
>
> 明天托生三界外

紧接着，崔爷用刀尖，在肥猪的小腿处，划开一道小口。用一根圆头铁通条，顺着猪腿，由此探进，来回往复，直达各处表层皮肉之间。然后蹲下身子，用嘴对准撕开的伤口，腮帮子一鼓一鼓，往里面吹气。肥猪的肚子被吹得滚圆滚圆时，崔爷才用细麻绳，将伤口扎紧绑住。此时的崔爷，脸紫胀得像猪肝，脖子上青筋暴突，头发也竖了起来，像猪鬃。发出的声音，也像猪叫。

接下来，是将肥猪顺进大锅，瓢舀响热水烫猪，滚擦石煺猪毛。一盏茶功夫，一头毛猪，就变成气鼓鼓的白条猪了。只见崔爷用铁钩子搭住猪头颌下，就把白茫茫的猪身子拖出锅外。他右臂搂定猪脖子，左臂抱定猪身子，身子往上一耸，这头猪就被悬挂在肉杠上。紧接着，开膛破肚、摘心、割肺、揪苦胆、拧尿泡，揭板油、扒水油、倒肠子。剔扇骨、剁猪蹄大卸八块。其实也就一顿饭的工夫，一头整猪，稀里哗啦，就变成四分五裂。肉是肉，骨是骨，头蹄是头蹄，下水是下水了。

围观的乡亲中，有男有女有孩子。有笑的，有赞的，有惊的，有怕的。有妇女捂着眼不敢看的，还有八九岁的丫头片子给吓哭的，还有吃奶的孩子往母亲怀里扎，咬住乳头不撒嘴的，自然也有半大小子起哄架秧子的。

这时，崔爷重新更衣洗手毕，撩开正房前脸砖垛外的布帘，这是一个凹进去的砖瓮，里面供着屠夫的祖师爷——张飞。

崔爷对着祖师爷，燃香三拜，口中念道：

> 祖师爷前三炷香
>
> 崔家肉杠今关张
>
> 众位生灵多得罪
>
> 往生招魂回故乡

然后，崔爷一脸严肃，向各位乡亲宣布：

我崔二宰了一辈子猪，今天封刀，要问为什么？我宰的猪，肥猪愤怒又恐怖，肉里有毒素。明天，我出汽油钱，请各位高邻参观顺鑫农业鲲鹏生猪屠宰流水线。那些肥猪，是洗完热水澡听着音乐上路的。我今天宰猪，你们看了，伤心不？揪心不？痛心不？恶心不？而"顺鑫"农业呢，就是让人"顺心"！

说完，他将洗净的弯刀，封在锦绣盒中，上书两字：封刀。

书法与飞鸽

小县书法协会主席今天一高兴就喝高了，醉猫一样腿脚发软驾着云一样，哼哼唧唧歪歪斜斜就从乡政府的台阶上飘下来。一个台阶迈空，摔倒了。呼啦啦，鸽笼花墙上正梳理羽毛的一群黑鸽子惊飞后旋即又落下了。他怀里抱着的两轴书法作品也被抛了出去，扑噜噜散落在地。

一位老者白发苍颜，飘然而至。上前刚要扶他，他却连连摆手，老头，不要管我，我的墨宝要紧。

老者拾起地上一轴书法作品，展开一看，奖签名曰：一等奖。扫了几眼后，颇为不屑地摇摇头。将这卷轴拢好，双手递给还坐在地上的那位。老者又弯下腰，捡起另一大轴，也双手递过去。

这位主席此时已盘腿坐好在地上，一只手大剌剌接过卷轴，并未说一个"谢"字，倒计较起老者那眼中对此书法作品一脸的不屑。心中想，你有何资格？敢对我今天在乡镇《十月金秋》书法展上斩获的一等奖投以白眼。于是问，老家伙，你是干什么的？从哪儿来？

"老家伙"答道：我是越老越加活。你称我为"老加活"甚是恰当。玩鸽子的。从外地来。

噢，不过就是个乡政府养鸽子的乡下佬，还是个外地打工者，懂什么书法？当然，他只是心里在想，嘴上却说，此地乃书法之乡。可惜你是外地人，若是本地人，即使是喂鸽子的，也能欣赏书法上品。

老者一笑，这一笑就有点内容。可能觉得眼前这个年轻人先称自己为"老头"，尔后又叫"老家伙"，觉得有点硌耳朵，心中颇不爽。于是说，恕我直言，此幅所谓"上品"，还谈不到欣赏的层次。最多只能说是掌掌眼，或者说，过过眼。还要谨防眼光受到污染。

书协主席听罢嗖地从地上站起，抢立到老者面前，唰地抖开卷轴，嘴里喷着酒气说，敬请指教。

老者用手挥着酒气，说，你酒喝酽了。那我就不客气了。就着他手里的书法作品，开始点评：这是一个斗方，属于书法中的小品。四个字：室雅兰香。兰字是繁体，隶书，是不？

是。他歪斜的身子开始站直了。心里说，哟，没看出来，还真没露怯。

老者见他点头，接着说，隶书有隶书的规矩，在一字之中，"蚕不二设，燕不双飞。"你看"室"字的下两横，都是"蚕头燕尾"了。

主席听后抓耳搔腮，尴尬解释道，我想过渡一下。说完，自己的气势先虚了三分，酒也醒了三分。

老者也不理睬他，又指着那个"雅"字说。"雅"字的右半边"佳"有四个"横"，第三"横"燕尾甩出去了，第四"横"倒短而直，整个字就失去了平衡。第四"横"是主要一"横"，是压阵的。写短了整个字显得不稳。那就不雅，如跷起了二郎腿。

他听了眉头紧皱，干张嘴，一时竟无言以对。自己的气势，又虚了四分，酒又醒了四分。赶紧转辙，老先生，你看我印章盖得如何？暗将"老头"偷换成"老先生"。

老先生说，你举了半天卷轴也累了吧？

不累，不累。我礼贤下士。

老先生笑说，你可以"礼贤"，但我不是"下士"。这才指着落款钤印说，这几年风气是中间落款，不是不行。只是你这中间落款破坏了整体结构，打断了中间主体内容。此幅还是左边落款为好，与闲章相呼应。白纸黑字红章，整个作品就丰富生动了。落款名章也盖低了，低了下坠，不提气。

他听罢，把昂着的主席头颅终于低了下来，真显出不提气，但还不服气。他不解释，不反驳，又转一个辙。展开怀中另一轴大幅作品，草书苏轼的《念奴娇.赤壁怀古》。佯装谦卑地问，您看此幅如何？这是获特等奖的。称呼上已暗度陈仓，将"你"暗渡为"您"。

老者更不答话，睬了几眼。然后说，我该放鸽子了。说毕，依次打开鸽笼，群鸽破笼而出。那站在花墙上那一队黑鸽子，也响应般地起飞了。

从鸽笼中飞出的鸽子，有白鸽，灰鸽，天空中立刻热闹起来。鸽群上下翻飞，左右盘旋。忽而掠地飞翔，忽而直冲云霄。如片片祥云飞来，又如暴风疾雨离去。老者手搭凉棚，看得如醉如痴。

白鸽群飞起，主席就被晾到一边，心中颇悻悻。看老者那投入的神情，心中说道，让你夸夸我的草书"大江东去"，你却看鸽群飞来飞去，视我为空气。不过这个老帮子对自己隶书的点评，还真是刀刀见血；对印章的落款，也切中要害。但那斗方正如这糟老头所说，只是隶书小品，得的是一等奖。此草书乃是大作，得的是特等奖。想到这儿，他对老先生说，我的草书您认真品读了吗？

老者却指给他看天空，你看那白鸽群与灰鸽群，都要飞成了"盘儿"。一会儿将出现"飞盘"。只有那十几只黑鸽子，甚是不提气。

他困惑不解，问，什么叫"盘儿"？

老者耐心解释说，群鸽起飞叫"盘儿"。飞成阵势叫"飞盘儿"。有外来鸽群裹着飞叫"撞盘儿"。"撞盘儿"是鸽飞的最高境界，如兵布阵。

他心里说，我说前门楼子，这老帽说胯骨轴子。不过他嘴上说，我跟您论书法，您却跟我说飞鸽。

老者却按自己的思路说，书法与鸽飞，可有一比。训练有素的鸽子静若处子，一起飞就不同凡响，直冲霄汉；正如汉字，看似素雅质朴，下笔就纸上花开，锦绣云霓。每只单个的鸽子看上去并不起眼，但几十只，几百只，几千只飞上天，形成阵势，又何等壮观。一个个汉字看上去也不壮硕，但几十个，几百个，几千个汉字排列组合在一起，则气象万千，层出不穷。如鸽群的飞动，阵势的变形。你看，白鸽成"盘"了；灰鸽成"飞盘"了；从东北上空飞来一群紫鸽子插进斗了，要"撞盘"了。

老者紧接指给他，高声说，看，"撞盘"了。不是所有的鸽子都飞得好，你看那只"鹰隼白"飞得快，"筋斗白"能翻筋斗，"铁牛"是最棒的。可"麻背""麸背"和"四块玉"就差一些。可是在飞鸽的战阵中，你能看出谁强谁弱来吗？正如书法，大师们的每一个字不是都好，也有冠亚之分。但浑然一体，互相映衬，自成气候，造成态势。

此时，鸽哨大震，飘忽不绝，琅琅不断。老者眉飞色舞，仰面再指给他，你看鸽群飞得风姿绰约，云锦成阵。有奇正，铁骑突出，十面埋伏；有动静，柳营春试马，虎帐夜谈兵；有气势，百二秦关终属楚，三千越甲可吞吴。草书，观其大略是气韵，奇踪变化，神采飞扬。像不像怀素的狂草《自叙帖》。

这位书协主席看得一头雾水，喃喃地试问，老人家，那，那您看我得特等奖的这幅草书？

"纸不错。"老人家表扬完"纸"，然后捋髯一笑，指着那一群零零落落的黑鸽子鸽羽在阳光下蓝莹莹的反光说：

还飞不成"盘"呢？

小县书法协会主席此时，酒全醒了。拱手庄重尊一声：老前辈！

童子鸡

一个白胡子老者携一稚气童子，来到石园农贸市场西南角卖活鸡的地方。老者指着笼中活泼泼的一只大公鸡对童子说，"今天是小年，过几天就是丁酉鸡年了。刚出门时你爸还嘱咐我，到绘画室接你回来时，顺便买一只大公鸡回来。你看这只可好？"

童子端详了那公鸡好一会儿，才仰起稚嫩的小脸说，"爷爷，这只公鸡真好看，就要这只。"

爷爷于是对卖鸡的老农说，"你这只公鸡论斤卖还是戳个儿卖？"

"戳个儿。"

"多少钱？"

"二百五。"

"有少头吗？"

"没有。一口价。"

爷爷边掏兜边说，"这只公鸡我要了。"可马上抖落手，哎呀一声，"临出门换了衣服，没带钱。"弯腰低头很抱歉地对小孩说，"孙儿，这只大公鸡咱先不要了。"

孙儿很固执，也很天真，十分孩子气地说，"我可以当场画一只公鸡，和他的真公鸡交换。"

爷爷笑了，"你这孩子，你公鸡画得再好，也不过是一张纸，这位鸡主人也不会跟你换的。"

卖鸡的听了，颇不服气。指着笼中大公鸡说："你这小孩真把我这只打鸣的大公鸡画像了，这公鸡你就抱走。别小瞧俺庄稼人。"

童子也不答话，从背上摘下画板，从书包中取出一帘画笔，特意展示各色中国画颜料，拧开一得阁墨汁瓶。裁定一张生宣纸的三分之一。正无处放时，一位身着唐装的中年人瞧了，忙从写春联处借来一张长桌，在小孩面前放好，又买了一瓶矿泉水备调墨之用。

一切准备就绪。童子系藕荷色围裙，戴柳叶绿套袖。俨然一代小工匠，专业小画师。却显得桌高人矮，那热心唐装中年人就近借一小桌。小孩站在上面作画，高矮相宜。

于是，小孩开始登高作画。周围购年货的人听说一个黄嘴小儿要用画鸡换真鸡，觉得新鲜，纷纷围观。

只见童子往白瓷盘中倒墨少许，点水几滴。墨色滚动，淌而不流。他用小衣纹笔尖蘸墨，在桌上生宣纸细画几笔，状如雀舌。又画一圆圈，中描黑点。然后换中楷狼毫，用中墨似乎乱涂数笔。人群中有人看出来了，"呀，公鸡的嘴，眼和胸脯出来了。"

小孩又换小楷笔，却用笔尖洇得墨饱，一笔挑出去，公鸡的最长一根尾羽即旗帜般竖立起来。然后甩笔，刷，刷，刷。落笔处羽毛逐渐丰满，如扇面打开。

继而童子换细羊毫。他屏住呼吸，将那鸡大腿画得毛茸茸，小腿画得硬生生，鸡爪画得坚硬骨感。金鸡独立在一块岩石之上，抓石有痕，似乎正引颈长鸣。

该上颜色了。童子不慌不忙，用中毫笔往朱砂和曙红色上同时一摁，那红红的鸡冠不是画的，而是按抹悬肘而成，鸡冠完成的顺序从后往前，由高到低。尔后用余红顺势画就红红的两道长长耳垂。原来一张白纸，转瞬之间，在童子笔下，活脱脱一只大公鸡，似乎要破纸而飞。众人齐呼，"活了，活了!"甚至有人建议，"快撒把米，引它来啄。"

童子意犹未尽，用大楷笔在公鸡上方一通纵横乱画。但终让人看出端倪，原来画的是紫藤乱花。最后，童子用小楷写下落款一行字："紫气东来送吉祥.丙申小年八岁学画"。钤印：童子何知。盖印章时，因为踮脚用力，手背上呈现出四个浅浅的酒窝，脸上呈庄严。

围观的人用手机拍照，用手机录像，有人看表，说，"十三分钟，白纸生公鸡。冠红如火，尾黑如漆。"也有人聒噪，"看着好，只不知妙在何处?"

这时，那位唐装中年人解释说："这位童子画鸡，用的是大写意。先从鸡嘴画起，然后眼睛，鼻眼，冠带，坠儿。胸挺尾翘，鸡爪有工笔味道。他画鸡冠，一笔双色，笔根是朱砂，笔尖是曙红，晕染了朱砂红。再看那尾羽，是中墨加了钛青蓝，成就了孔雀绿。你看那鸡爪，乃是藤黄加了曙红。请看藤叶，花青加藤黄。藤花那是曙红加一点点蓝花青。"

又有人发声，你说的都是专业知识，是说公鸡的"形"，这只公鸡的"神"是什么?

那唐装中年人一笑，各位看官，我现在就说这只公鸡的"神"。最难得的是鸡鸣正前方，画一片东方朝霞，托出一轮冉冉旭日。雄赳赳雄视东方的神威，雄鸡一唱天下白的神武，金鸡报晓的神韵，朝气蓬勃的神态，少年强则中国强的神采。在这只公鸡的后面，画了一个公鸡的集体，充满希望，自信满满，吹响向往光明未来梦想成真的集结号般的神圣，这才是童子鸡的神品。

经过此人一点拨，众人纷纷点头，"童子鸡，童子鸡！""小萌孩，萌翻了！""点赞，真像！"

鸡老板却说，"点什么赞？像什么像？我这只公鸡脚下是纸板，你这只鸡是立在石头上；我这只鸡头顶是笼子，你这只鸡头上是天棚；我这只鸡冠子黑紫，你这只鸡冠鲜红。我这只鸡……"

唐装中年人一下拦住他话头，"鸡大伯，您觉得用纸鸡换真鸡不合算，是吧？这样吧，我当一回二百五，我现在就给您二百五。"说毕，他掏出三百元，几乎是硬塞在卖鸡人那粗糙的手上，还跟了一句，"不用找了。"

紧接着，唐装中年人转身对童子说，"这只活公鸡归你了，小画友，我知道你用来写生。"又对老者竖起大拇指，"青出于蓝而胜于蓝。"然后，掏出一沓钱，也几乎是硬塞在老者手中，"这是一千元，权做润笔之资。这幅公鸡画归我了，今天我可捡个漏，占了大便宜。以后凡是这童子作品，我琉璃厂荣宝斋先掌掌眼，如何？"

红薯是从天上掉下来的吗

五岁半的小外孙元宝正吃着烤红薯，仰起小脸却突然问我："姥爷，我是从哪里来的？"

我打了个愣儿，然后说："从天上掉下来的。"

小元宝又问："红薯弟弟也是从天上掉下来的吗？"

"不是。"我解释说，"红薯先是由红薯妈妈在炕上生出来叫'筷子秧'，栽到地里叫'一炷香'，活了以后叫'灯笼棵'，长大成了'一捧伞'，下沟以后叫'蛐蜒条'，收获白薯时叫'一窝猴'。"

他支棱着两只元宝耳朵，忽闪着两只水葡萄似的黑眼睛，听得很认真，自然也茫然。于是我说，"明天就是五一节，让你爸、你妈带你到姥爷的果园，看我教你怎样栽红薯。"

他拍手跳了起来。

第二天，阳光暖暖的。我卷起在风障下，苫在红薯育秧火炕上的稻草帘子。呀，炕池里涨满青翠，充满生命跃动的气息，热闹得爆棚快圈不住了。大脑门的红薯秧苗挨挨挤挤，似乎正在交头接耳地说话，"要离开妈妈了。"小元宝叫起来，"红薯妈妈呢？"

我拨开绿叶丛，从沙土里拔出一块红薯母子，俯身对他说，"你看，这就是红薯妈妈，她身上的每一个小包芽，就生长出一棵嫩秧来。拔下这棵嫩秧，栽到地里，秋天就会结出一堆红薯。"

红薯母子已经失去青春的光泽，他用小手捏了捏，有点糠软，有点失望地说，"有点难看。"

我从上提下一棵红薯秧，轻微地断裂声，如剪断的脐带。白根须、水黄茎、豆绿叶，叶尖嫩紫。身形挺拔，俊俏孱弱。我问，"好看吗？"

"好看。"

"这就叫'筷子秧'，硬朗得像一支铁筷子。"我说，"咱把他栽在地里好吗？"

说是栽地里，是栽在垅起的土埂上。两拃半远一棵，差不多一尺二、三的株距。刨坑、浇水、抹秧、封垵，小元宝干得热气腾腾。浑身上下，也滚成了土猴儿。

抹秧的时候，我教他，"红薯秧插泥里时,根部要按个小弯钩,这样才能栽得正,站得稳。封坨时你不要啪、啪地拍实,表面实,里面虚。"我也不知他听懂没，反正他小大人似的点点头。

望着垄坨上栽好的行行薯苗，在阳光下扬着笑脸，小元宝笑得和小苗一样。问，"以后呢?"

"现在是谷雨。以后到了立夏节气,薯秧该'灯笼棵'了。"

到了立夏时节，我指着一棵棵红薯壮苗对元宝说，"你看，这就叫'灯笼棵'。"

当初是多么纤细像筷子那样的秧苗，如今已长出十几片猫耳朵般的绿叶，像灯笼一样团团围住簇拥着主茎，主茎又分叉吐出小小嫩叶，像小小的蝴蝶伏在上面。元宝用手去捉，我说，"你要是把叶心捏了，就看不到'一捧伞了'。"他小手立刻缩了回来，"我要'一捧伞'。"

小满节气，红薯苗也日渐丰满了，如田埂上撑起一把把绿伞，在大地上投下自己青春的影子，显示出勃勃生机。小元宝忽然冒出一句："和我一样。"

数伏，阴雨连绵。微风细雨中的红薯地，已被绿色封得严严实实，密不透风，看不见地皮了。枝枝条条蔓蔓，蓬蓬勃勃绵绵，雨滴打遍的绿叶织成的翠帐，在地面起伏波动。无数条叶尖翠丝儿，向上吐着粉舌。小元宝喊，"蛇，那么多蛇!"

我笑说，"那不是蛇，是红薯秧子正伸枝展叶，四处游爬，叫'蚰蜒条'"。

可以理解，在水泥丛林，高楼大厦中生活的孩子，难得一见这雨中农村风景，植物疯长的姿态。

"以后呢?"，浇了伏雨，被淋成水鸡子似的元宝总爱刨根问底,总爱问"以后"。

"以后,该收获'一窝猴'了。"

"'一窝猴'怎还不来?"元宝有点不耐烦，等不及了。

我向他解释，"凡事都得是一节一节的。饭要一口一口吃，牛奶要一口一口喝，你也是一年一年在长大。你先是在家里玩，后来到幼儿园玩，现在上大班，二年以后，你该上小学了。"

小元宝似有所悟，说，"栽红薯的时候，树叶长全了，树上鸟的叫声和'灯笼棵'时不一样；地上蒲公英开黄花，红薯正'一捧伞'；现在下雨，地里的蚯蚓都钻出来了，它们也要洗淋浴。"

农村老话虽说"白露开镐刨红薯"，可我每年都是等十月一日以后放假，秋分节气挖红薯。小元宝盼这一天很久了，他竖起比他高很多的铁锹，拿他拖不动的大镐，使不好的镰刀，兴致勃勃地喊，"姥爷，这地方咧嘴了，红薯要跑出来了，藏不住了。"

我告诉他，"你看土埂裂缝里面，是藏有大红薯；可更大的红薯是埂上起包，土被拱起来,那里有'一窝猴'。"

于是我选择一棵红薯拐子很粗，根部周围土被隆起拱高，然后一镐刨下去，往上一兜土，豁朗一声，好家伙，五六块大红薯，抱团跃出地面。兄弟七八个，抱着柱子坐。

他尖叫了一声，"一窝猴！"

小孩子兴致来得快，消退得也快。他指着'一窝猴'说,"一点也不好看。"

我问："怎的不好看?"

"有大的、小的；长的、圆的；胖的、瘦的。没有变形金刚好看，没有奥特曼好看，没有葫芦娃好看。"然后又补了一句，"也没有篱笆上的红花好看，向我吹喇叭。"

"是不好看。红薯还有黑膏药、地糠，镐伤。"我指了指地上的农具：铁锹、大镐、镰刀、编筐。问，"这些好看吗?"

"也不好看。"

"红薯好吃吗?"

"好吃。"说着，他咬一口生红薯，满嘴白汁浆水。

"工具有用吗?"

"有用。"

这时我说,"红薯藏在地下默默生长，成熟了才让人看。好看的不一定就有用,有用的不一定就好看。你长大了要做一个什么样的人呢?"

"我要做一个有用的人。"

西红柿是从冰箱里长出来的吗

四岁的小外孙元宝，有一天突然问我："姥爷，西红柿是从冰箱里长出来的吗？"

他仰着头，一脸稚气，态度很认真，两眼如同两粒黑葡萄，水灵灵地看着我。看他的小态度，已经认定西红柿就是从冰箱里长出来的，问我不过是想再次得到认证罢了。

我抚摸他圆圆的头，他的头发已经由稀变密，由黄变黑，由软变硬了。回答说，"元宝，西红柿不是从冰箱里长出来的。"

小元宝一拨浪脑瓜，"西红柿就是从超市里生出来的。"

我笑着蹲下身，用食指轻轻刮了他那嫩生生的小鼻子，"西红柿也不是从超市里生出来的。"

"不对，不对。"元宝推开我的手指，"就是，就是。西红柿就是从超市里生出来的，它们兄弟姐妹很多，还有紫茄哥哥，黄瓜娃娃，豆角妹妹，红薯弟弟。"

看他那副小天真又认真又有点耍赖的样子，我想一时是无法解释清楚了，就问，"谁告诉你的？"

"胡阿姨，阿姨的话总是对的。"在小元宝的认知里，阿姨的话具有不可动摇的权威性。

我一时无语。小元宝刚出满月，胡阿姨就接手了。在一千多个日日夜夜中，她呵护守护爱护元宝，至少不少于八九百个日日夜夜吧。而元宝的爸、妈，双双经常出差，不把褓褓中的婴儿扔给保姆，又能推给谁呢？所以，胡阿姨为了哄孩子而说些童话般的胡话，也就情有可原了。

终于等到了元宝父母休年假了，胡阿姨也顺势放假了。我向女儿、女婿建议，带元宝到我种菜的果园住一段时间吧。

暂时离开了防盗门、铁护栏和水泥建筑丛林，暂时离开密匝匝的车流、乱纷纷的人流和闹嚷嚷的市声喧嚣，来到这白杨环抱的果园。这里有喜鹊登枝，槐蚕下坠，蛙声蝉鸣，蜂飞蝶舞。元宝笑，元宝跳，元宝展开双臂，沿着黄土小路野性飞奔起来，像鸟儿在飞翔。然后红红的小脸，汗水津津地问我，"姥爷，我家的走廊，我一跑就跑到头了。这回我怎么跑不到头呢？"

"你是在大地上奔跑，你是在大自然怀抱里撒欢。"我说，也只能这样说。对于一个只有几岁小孩子来说，土地和大自然应该是最原始最初始最智慧的启蒙。

果然，小元宝惊奇地叫起来，"姥爷，大地上长西红柿了。"说着，跑向西红柿架，蹲下来，用肉虫似的小手抚摸还红中泛黄的西红柿，又沿着青青的藤蔓，顺势捋到根部，有点失望地说，"没了。"

我说，"有的。根扎在土地里，西红柿的秧子有多高，它的根就扎有多深。你回头看黄瓜、紫茄和青豆，都是这样的。"

瓜娃娃顶黄花带绿刺，累累垂垂；紫茄哥哥亮着白肚皮，圆圆鼓鼓在枝丫间倚着；十八青豆条条缕缕，从浓得抹不开的绿叶中纷纷吊挂下来，像翠绿的帘幕。元宝依次用小手去寻它们的根，还指着一株青玉米秧接近地面那一圈嫩紫色不定根问，"根都在干什么？"

我说："扎向大地。"

小元宝点点头，然后左顾右看，问，"我红薯弟弟呢？"

我把他领到红薯地，指着蓬蓬勃勃的薯秧说，"你看，这就是。"

"不对。红薯弟弟不是这个样子的，我抱着它睡过觉呢。"小元宝用小手比画着。

"这是红薯弟弟地面上的样子，手掌般的叶子，紧贴地面的蔓条，把根深深扎向土地，才能支起绿色的帐篷。"我向他解释，"红薯弟弟正在地下使劲生长，不到收获季节，它不会露面的。"

元宝用小手揪下一片叶子，一攥，绿色汁液就涂满手心了。他手中有了一片叶子，心中就会联想到一棵树。他忽然问，"黄瓜娃娃，紫茄哥哥，豆角妹妹，红薯弟弟还有西红柿，为什么都把根扎在土地里，为什么不扎到别处呀？"

一时倒把我给问住了，我想了想说，"因为土地是聚宝盆呀，我不是给你讲过聚宝盆的故事吗，往聚宝盆里放什么，就会生出什么。我放进黄瓜、紫茄、豆角、西红柿、红薯，就都生出来了。我还放进蜜桃、水李、苹果，核桃，不也生出来了吗！你看那一棵棵高高的白杨树，当初也只是一粒小小的种子。因为种在土地里，现在已经屹立挺拔像个大人了。"

小元宝想了想，一副思索的样子，猛地冒出这样一句话，"我是从哪里生出来的？"

小孩问的突兀，我反应还算迅速，"你不是叫元宝吗，你就是从聚宝盆里生长出来的，是土地这个聚宝盆。"

小元宝听了，愣了一下,竟扑地躺倒在黄土地上，用脊背反复摩擦大地，两手抓住黄土，两只红红的小脚丫把地上蹭成两个浅浅土窝儿，浑身沾满了土腥味，然后两眼眯成两条黑线，假装睡着了。

我问，"元宝，你这是干什么?"

"把我也种在土地里吧。"

倔三爷与二维码

倔三爷面前的青菜，新鲜水灵琐碎丰厚。小茄包、扁豆角、莴苣菜、白不老。顶花带刺的秋黄瓜一小堆，心里美萝卜连缨子摆了一排，闪着露珠的细茴香用马兰草捆成小把，沾土气的紫根韭菜渗出水珠。还有挂白霜的象鼻倭瓜，带软绒毛的青瓠子。

顺和花园小区东门外马路边，像倔三爷似的小地菜摊，不只七八份。都是村民利用开发区墙外的零星土地，"捡十边"辛勤耕种收获的。

旁边卖梨卖栗子卖猕猴桃的外村人都用二维码收钱了。三蹦子车上放一块木板，上面贴一张纸，纸上印有"豆腐块"，"豆腐块"上是"豆腐渣"或者像是一群蚂蚁窝。买的人只要用手机扫一扫，嘟的一声，就算付钱了。

倔三爷见了，觉得新鲜又怀疑，问：这就叫收钱了？

那人很得意，收了。

真收了？

真收了，那还有假。卖猕猴桃的人有点卖弄，倔三爷，您倔过时了。您应该与时俱进。

倔三爷呵呵一笑，用老树根似的手，指着木板上的"豆腐块"问：那叫什么玩意？

二维码。

倔三爷用鼻子哼一声，我看是"二百五。"

话音刚落，真来一个"二百五"，黄毛，公鸡头，脖子上吊着金链子，臂上文着龙，土豪范儿。骑一辆大摩托，呜地停在车槽帮前，车也不灭火，也不问价，嚷一声，来一百块钱的！

卖主很高兴，赶紧将称好的猕猴桃用塑料袋装了，放到他摩托车前边小筐里。那买主掏出手机，用手指划拉几下，照木板上的二维码一扫，说了声：看好了，钱给了。然后，一踩油门，屁股冒烟就颠了。

那卖主看一眼自己的手机，摩托车都跑没影了，还扬手扯着嗓子喊：没扫上，没扫上！

倔三爷见了，嘿嘿一笑。

一个留着大胡子，脑后梳个马尾头，人长得圆咕隆咚像胖冬瓜，很有艺术家暴发范儿的老男人蹲在倔三爷面前，指着那根挂白霜的象鼻倭瓜问，多少钱？

两块五。

大胡子又指那根带绒毛的长青瓠子问：多少钱？

两块五。

那好。一共五块。大胡子掏出手机问：是我扫你，还是你扫我？

倔三爷一摆手，哈哈笑说：我没有扫帚。我不扫你，你也甭扫我。

做买卖讲究一手交钱，一手交货。当面银子对面钱。

你不会用二维码。也好。大胡子很大气，从腰兜成沓的百元大票中抽出一张，捏住往空中一抖，递过去。

倔三爷没接，说：对不起，买卖刚开张，没零钱。麻烦你跟别人换一下。

旁边人很热心，立刻将整钱兑换成零钱。

大胡子左手递过去五块钱，右手要抄倭瓜和瓠子。

倔三爷没接五块钱，两只手却拢住倭瓜和瓠子。

大胡子很奇怪，问：你不卖了？

卖。

要涨价？

不涨。

那你为什么不接钱？大胡子很纳闷。

我刚才不是说了吗？一手钱，一手货，当面银子对面钱。倔三爷解释，你给我两块五毛钱，我给你一根象鼻倭瓜；你再给我两块五毛钱，我再给你一根青瓠子。这不是挺整齐的账吗。

噢！噢！大胡子给弄得哭笑不得，好！好！只好就范。

大胡子走后，旁人问：倔三爷，您干吗对大胡子犯倔？

倔三爷低头眯眯咂滋味乐，我就瞅这小子别扭？

您看他哪儿别扭？

倔三爷这才一一道出：老爷们梳个娘们头，男不男，女不女。要是我的儿子，我得给他个大脖拐；腰包里露出零钱，偏抻出百元大票显摆嘚瑟；弄个"苹果"手机在我眼前晃悠，"苹果"不就是水果吗。我还有"小米"呢，小米可是正经粮食。我就是没学扫二维码。我不是跟你们说过吗，我摆的摊是鲜瓜水菜，现拔现卖。不用二维码，照样卖得快。

初时用手机扫二维码的人还是少，后来渐渐增多，形成并行双轨制。但很快，用现钞买菜付款的人越来越少了。

倔三爷感到了一种前所未有的尴尬与压抑。

不认识倔三爷的买菜人态度很干脆，同质同价谁有二维码就扫谁的；和倔三爷半熟脸的人有时为了照顾一下他的面子，也间或用现钱意思意思；而当庄姑奶奶管倔三爷叫"爷"的妇女，尚存老礼，不怕麻烦，坚持与倔三爷现钱交易。而那些新娶的媳妇，新一茬的姑娘、小子们可不论这些。只要方便、快捷，亲爸、亲妈都不论。

倔三爷的菜摊前，买菜的人日渐稀少。不是他的菜贵，也不是菜不好。有人来买，给够了，他往往还要"饶"上一点，但仍不能挽回颓势。

倔三爷搓着木锉般双手，无奈地摇头轻声叹息。

倔三爷的远房侄女快言快语，当面数落：三叔，只有我能当面说您，您的菜挺好，价不高，人缘也不错。为什么卖不动？现在谁不用手机扫码，就是老土；再说，您收钞票，怕收假钱，还要举着让阳光照一照；您数钱的时候，抠抠索索，票子揉成苦麻菜了，多耽误功夫；您找钱时，黑手指，灰指甲，蘸唾沫……

倔三爷一摆手，别说了。我有儿子，还犯不上你教训我。

一连三天，倔三爷没出摊。

第四天，倔三爷清清爽爽，隆重出摊了。摊位上摆着三块木板，贴有三张二维码。

旁人逗他，倔三爷，您怎么不犯倔了？是不是觉得"谁不紧跟时代，时代把谁淘汰？"

倔三爷用大手搔着自己花白粗硬的短发，眼神有点软，腼腆害羞般苦笑着，厚嘴唇说出掏心窝的话：

为了这二维码，乡亲们都迁就我，这是人情啊！人情重于山。我不愿欠——人情债。

捡漏儿

女友豆豆边往三轮排子车上啪啪扔纸箱子，边嘟着嘴假装生气，对男友亮亮说，"你是不是脑残呀？你卖自家的纸箱子还不够，还要收集别家的。也不够一壶醋钱，还不够我刷流量的呢。你要收破烂呀！"

亮亮嘻嘻笑了，"我这是节约再生资源。收破烂咋啦？破烂里能捡漏儿！收破烂了！有破烂的卖喽！"

亮亮蹬着三轮车吆喝，豆豆坐在他身后排子车纸板上，用温热的小手掌轻拍他后背。

"收破烂的，这有几个纸箱子要不要？"说这话的是一个像退休职工，又像离休干部很干净很清爽的一个老人，挂杖立在一层单元门外，腿边有三个纸箱子。

亮亮捏闸跳下车，问，"多少钱？"

"给三十吧。"老人用拐棍敲了敲纸箱子，听声音很瓷实，"刚才有个收破烂的开个三蹦子，我让他等。等我小孙子从电梯上搬下来时，他又开车突突冒黑烟走了。我这熊孙子呢，回去打游戏机去了。现在的孩子，不气你就不错了。这纸箱子里就是些旧书旧报纸。你收走，我到凉亭坐会儿。"

亮亮把三个纸箱子搬上车，第三个纸箱子还挺沉。亮亮一边继续蹬车一边对豆豆说，"你还真跟小主似的，也不帮个忙，连车都不下。"

"你还真能卖萌，好像你是大款似的，连房贷首付都交不起。也不划个价，这三个破纸箱子，最多值十五块钱。"豆豆又呲他，"拐辅路，走辅路。"

车子一颠一歪，豆豆随着纸箱子就溜了下来。摔疼了刚要发作，见纸箱子里掉出一板东西，金光一闪。豆豆眼光一亮，喊出了声：钱！

是钱，还不只是一板。豆豆见前后无人，迅速将掉在地上的钱扔回纸箱子。推着车，到路边一棵树下偏僻地方开始数钱。崭新的人民币，一百元一张。腰封很好，整齐硬梆。一板一百张，一板一万。俩人看四周静悄悄，开始紧张地数钱，一板，两板，三板，四板，五板……，好啊，整整五十板，五十万，五十万哪！

天上掉下个大馅饼！

这个大馅饼该怎么吃？

亮亮挠着头问，"怎么办？"

"还能怎么办？"豆豆话语带着甜丝丝，"贷款买房交首付当婚房。"

"那不合适吧？这钱来得……"亮亮用手摸脖子。

"是你偷的么？"豆豆挺直脖子问。

"不是。"

"是你抢的么？"

"也不是。"

"那不就得了么。"豆豆一副心安理得的样子并巧言相慰，"你当了好几年志愿者，这也是上天对你的回报，却之不恭。"

亮亮一时无言以对。想了想，提出了这样一个问题，"这钱要是人家买房的钱呢？"

"你这人可真是，你看这个老头的穿戴，像买两限房的工薪阶层么？"

"那倒也是。"亮亮又说，"这钱要是老人的养老钱呢？"

"嘁。"豆豆嘁完以后反问，"你看这老头的气质，像乡下老农存钱的土办法么？"

亮亮听了点点头。突然一激灵，"这个老头要是个贪官，这个楼是工商银行的楼，有人行贿……"

豆豆一下子用小手捂住他的嘴，前后看了看，然后用手抚摸自己的胸口，"吓死我了。"喘息一会儿，才定定地说，"《水浒》上有一句话，不义之财，取之何碍。"

对。亮亮表示赞同，也动了心。

可又一转念，很庄重地对豆豆说，"这钱的来路弄不清楚，咱不能要。钱是老头的，应该还给老头；钱是贪官的，应该交给法律。"

"咱？"豆豆一下子蒙了，"那，那怎么办？"

"这么办。"亮亮一指，"前边就是派出所……"

豆豆有点气，这回又嘟起了小嘴，"你去，我不去。我也不让你去。"

亮亮也气了，眉毛都立了起来，"我去，你也去。咱俩一块去。"

"还咱俩？"豆豆顽皮地一笑，"你去咱俩就吹。"

"吹就吹。"

亮亮蹬车在前边飞。

"等等我！"豆豆在后面飞似的追，也有点委屈，"你想甩我，没门，想得倒美。"

派出所新来的小警员觉得事态严重，报告了所长；所长觉得事件重要，报告了县局；县局觉得案情重大，派一名干练的警察协助调查。

那个卖三个纸箱子的老头被"请"进派出所问询室，有笔录，有全程录像。

纸箱子打开，齐刷刷露出五十板人民币，金光闪闪。老头见了，眼光那么一亮。

所长审慎地问，"钱，五十万，是您的吗？"

"是。"老头笑说，"这点钱不叫钱。"

"你口气不小哇。"小警员冲口而出。

此时，老头用拐杖点点钞票说，"是钱不假，钱是假钱。这是当年银行为训练职工手点钞票而特别印制的规范假钱，每张钞票都有浅浅印记。当年全行业进行点钞比赛，我得过全市第一名。你网上一搜就知道了。我没想卖，让我这小坏孙子搬错了。"

噢，哇！原来如此。

那干练的警察手指亮亮和豆豆，笑眯眯地对老头说，"这两个年轻人怕是您的买房钱和养老钱，赶紧送到这儿来了，让我们联系您。"

老头很感慨，又用拐杖敲敲那一排钞票，"潘家园的一个古董商看上了，愿出面值百分之三的价格收走。我没卖，想留个念想。现在好了，我送给你们这小两口，算你们捡个漏儿。"

亮亮说，"谢谢您老人家。这个漏儿，我们不能捡？"

"为什么？"

"人生不是捡漏儿。"

踢毽八仙

若是夜晚，从仁和公园北门进来，就是一条宽阔的光明大道。一排排灯柱，一盏盏地灯，如浸满阳光，温暖而祥和。

四周白杨参天，绿草铺地。人们在这条星光大道上唱歌跳舞打羽毛球，最有看头的则是踢毽子。

几乎每天晚上，都有七男一女，撒成一圈儿，踢毽健身。被誉为"踢毽八仙"。

毽子做得很漂亮。底盘是铜钱"乾隆通宝"，四根长翎是梨花白四方立定，三根中翎是胭脂红天下三分，一根短翎是鹅黄般的绒线，有着锦缎般的绚丽。静似蝴蝶，动如翠鸟。

毽子被"韩湘子"踢向空中，划一条优美如流星般的弧线，流向了"吕洞宾"；洞宾却不慌，觑那毽子徐徐落下，瞬间用右脚背往上一挑，毽子腾空而起，精灵般飞向"曹国舅"；国舅扑身一跃，扬起左脚以里踢抱月的姿势往上一蹦，那只毽子越过头顶斜刺里奔向"汉钟离"；钟离猝不及防，毽子落在秃顶上，头一摇，掉肩上。肩一晃，毽子滑到身体外侧。只见他右脚往外拐一弹，蹿毛毽上来，冲"蓝采和"坠去；采和仰头见了，判断毽子会落在身后。于是左脚亮掌，来个倒钩。这一动作相当漂亮，毽子钻天猴般钻上去，一时竟猜不出毽落何处？众人皆仰望。"铁拐李"守株待兔，见毽子款款从眼前飘下，双拐往地上一磕，身子一撑，腿一悠。刹那荡起一脚，将这枚毽子，抖给了"张果老"；果老岂是等闲之辈？见毽子所抛甚高，就打个时间差，扭身，转背，搓步，出脚一铲，这只毽子高高地蹿向"何仙姑"，向她"喂"去。

仙姑毕竟是仙姑。短发，长颈，美体上衣，黑色短裙，白雪脚腕著红网鞋。她见毽子从头顶垂下，则略一退身，毽子溜挂在双乳山。她一腆一缩，毽子悠然落在手中。她用纤手抚摸梳理其羽毛，很是爱惜。尔后释放毽子飘然落下，瞬时她开右脚，将毽子撩开；分左脚，将毽子抹回；连踢鸳鸯拐，毽子贴身舞动，若即若离。毛毽如一只翠鸟，围绕仙姑飞翔；又似一只彩蝶，时时停在她头上，肩上，臂上，又被轻轻地抖落，重新展翅扶摇。一时如怀抱琵琶，一时如嫦娥奔月，飘飘欲仙。

八仙轮番踢毽，手，眼，身，法，步，左顾右盼，瞻前顾后，节节贯穿，浑然一体，如走马灯一般。进入佳境如临仙境，幸福而陶醉，且踢且珍惜。还唱起了歌谣，

"里踢外拐，八仙过海。身轻体健，各显风采。"

围观的人很多，赞道："小小的一只毽儿，让八个人给踢活了，踢神了，成仙了。"

可也有人小声酸溜溜地说，"这八个人，都是癌症患者。"

立刻有人反驳，"十年以前是。现在修成了踢毽八仙。"

天　窗

楼房越高，窗户越显小，且无天窗。

花木扶疏，月季盛开。我对正在剪修树木的老王抱怨说，"你能不能把我东窗外的紫叶李，金银树和榆叶梅剪一剪？枝叶密不透光。我住在这35高层的一层8号楼3单元101，东边两个窗户像没窗户一样。"

年龄看上去比我要大10岁，实际年龄比我还小10岁，在和谐家园打工的老王没有正面回答我的要求，却对我说，"你不是还有西边两个窗户吗。"

"嗽！靠厨房的窗户，临电梯间，不敢开，整天咣啷咣啷！"我又说，"西居室的窗户，窗外一排垃圾桶，味！"

老王的瓦刀脸上立刻显出一副很同情我的样子说，"虽说咱俩都是从农村出来的，别看我来自山东德州，在北京我没房；别看你来自北京顺义，在北京你有房。可你现在住的房，真不如我。我住的房间，四面都有窗户。听说你信佛，只当你是施舍，走，到我那儿看看？"

他用"施舍"二字邀请我，我只好去了。其实我不信佛。认识老王二十多天了，我俩都当过瓦匠，人不亲，瓦刀把儿还亲昵呢。真不知他的"王府"在哪儿，"好。到你府上看看。"

老王用门禁卡嘟的刷了门禁读卡器，嘣地不锈钢门开了，又摁了电梯按钮，进去后，粗手指按了B3。动作满像城里人。哟，敢情我们还是上下的邻居。

我从未来到过高层楼的地下世界原来是这个样子：上下昏黄，墙壁暗淡，人如处雾霾中，倒是没有风。头顶粗细管道纵横交错如蛛网，脚下瓷砖光光腻腻滑滑黏鞋。窄窄的排水沟渠，长长巷道两侧竟有鸽子窝般的一间一间的排子房，密如蜂房。

别看老王肩背塌陷，他穿着黄胶鞋走路却很瓷实。很熟练地用钥匙打开门锁，将电灯揿亮。我胆怯地试着步跟了进去，然后新奇地打量这间屋子约有十多平方米，三面都被双层上下铁床占据，大概可住十几个人，但只有七，八个铺盖摊在上面。屋角桌上有电磁炉可烧水做饭，桌下有半桶食用油一个倭瓜两个菜头三个西红柿四个土豆五棵大葱。好几只蟑螂明目张胆地在酱碗盆沿上恣意匆匆爬行，老王向那一队蟑螂挥手致意。

整个房间，潮漉漉充满潮气，像老王的黑裤子迷彩服上衣那样昏暗。有压抑，压迫和被压缩的感觉，有一种令人窒息的郁闷味道。

我故作幽默，笑说，"条件还不错吗。"

老王眯起两眼，笑着回答，态度很端正，"当然，很好。我们几个人，想住一层就住一层，想住二层就住二层，上下铺吗；想吃几菜一汤就做几菜一汤，咬着老家的'煎饼张'；合眼天就黑，睁眼天不亮；白住房管吃饭，给个县长都不换。老天公平呀，我们白天在阳光里晃悠挣钱，夜里看不见月亮在地底下睡眠。"

老王说这番话时，两个兜风耳都支棱着很生动。他话里自然带有自嘲和调侃的成分，但我听得出他确有一种知足，满足与富足，还颇有点自豪和小得意。

我环顾四周，问，"你不是说，你住的房间，四面都有窗户吗？你骗我。"

"我骗你又没骗你。"老王狡猾又狡辩地说，"我住在这地下三层二年多了，从没有一个住地上一至三十五层的业主来到我住的这间屋子。本来么，到这里干什么？在我们老家农村，人串门，狗撒欢，不是下雨就是晴天。楼区里不知季节的变换，阳光照在高楼上是阴阳脸。下午楼影就重了，昏昏沉沉的。最难受的是傍晚时分，阳光往高楼窗上一照，亮堂堂，待会儿天就慢慢黑透了。这里的人和狗，都不多看我们一眼。"

说到这儿，老王有点委屈又有点不好意思显出孩童般的羞涩，用大手挠自己插灰的短发，表情很伤感又点无奈，又补充了几句，"那天，一个长得很富态的妇女问我，'你们每天从哪儿冒出来？'我倒是顶她一句，'您当我们是空气，感觉到看不见；您当我们是小草呢，黑夜下雨，白天就冒出来。'"

老王的小样有点愤怒，长脸一嘟噜，几根长白眉毛在抖动。说完，他又感激地对我说，"真感谢您今天来。"

无形中，他对我的称呼由"你"偷换成"您"。我一时无语。问，"我来了又如何？又没给你带什么？"

这个侍弄花草，捡小区垃圾的底层农民工老王忽然沉默了。良久，才抓住我的手。我感觉他那如木锉般的老手掌有些颤抖，声音竟有些哽咽，"在家吧，挣钱难；离开家，缺少家的温暖。我们呀，就是孤独，就是贱。你们多看我们一眼，就给我们长了脸；你们上赶着跟我们多说句话，我们得激动半天。您现在来了，这间房四面好像都有了窗户。您看，天窗都开了，天眼开了，您带来了你们的目光。您这是施舍呀！"

做核酸

疫情前，彼此见面问，"吃了吗?"现在则是，"做核酸了吗?"

我几乎天天做核酸，手机背面已被五颜六色的小圆标贴得无以复加了。还好，这几天竟不用贴了。如再继续贴，薄手机该变成厚砖头了。

正好利用这段时间，正好静下心来宅在家中写我的长篇小说《洋桥破浪》。我住在刺槐林西楼七层，临北窗下是我的电脑桌。

正在我文思泉涌渐入佳境时，连续几天，不，应该有十几天抑或二十几天。上午从九时到十一时，下午从三时到六时，总有粗犷蛮野原始的歌声压过树上的蝉鸣，破窗而入。这歌声显然经过音箱放大，一阵高一阵，一浪高一浪地灌进来，把我小书房别名"桃花坞"的各个角落充满了。似有一种焦灼的气味，让我无处可逃又无可奈何。

我在持续地情绪焦躁心烦意乱的情况下，准备打市长热线电话12345。可又一想，别因为自己感觉不爽就惊动市长大人，但还是毅然给在镇派出所工作的我外甥小颜打了电话，也算举报吧。

小颜很快来了。他颜值高，也喜欢古诗词，也喜听京剧。见我怒气冲冲的样子，开口笑说，"桃花坞里桃花庵。"

我立即回道，"桃花坞主做核酸。"

他又说，"我命由我不由天。"

我答，"天天都在做核酸。"

他接着说，"洛阳亲友如相问。"

我应道，"就说我在做核酸。"

小颜再出一句，"莫愁前路无知己。"

我也被逗笑了，"知己都在做核酸。"

他马上补了一句，"别看排队长达一里,间隔两米，都是知己。"

我心情平和了些，问，"是谁纸糊的驴，大嗓门，破锣砂锅似的沙哑声音，野狼嚎似的天天嚎五、六个小时。也没什么新鲜词儿，就那么几句。现在正疫情期间，居家办公，宅家休息，这不是诚心扰民吗?"

小颜没回答我这个人是谁，却问我，"您听出这个人唱的是什么吗?"

这下倒把我问住了，"像歌不是歌，听戏不是戏，不是大鼓书，也不是单弦排子曲。嘴里像含着热豆腐，有时也能听懂一两句，像京剧中的黑头花脸，但绝不是小生青衣。"

这时小颜打开他手机的录音，"您听听，是不是这个声音？"

"就是，就是这个调调。"我支楞起耳朵认真听了，"这不是京剧样板戏《智取威虎山》中夹皮沟李勇奇'净'行'铜锤花脸'的一段唱吗？"

我爱听京剧，也自诩为票友，于是手拍电脑桌，脚下踏歌，唱了起来，"早也盼，晚也盼，盼穿双眼。想不到今日里，打土匪进深山，救穷人出苦难，自己的队伍来到面前……"

"您调唱的对，词不对。"小颜拦了我的雅兴，"词儿是这样的。"说罢他也唱起来，"早也盼，晚也盼，盼穿双眼。想不到今日里，敞开喉咙大声喊。喊爹喊娘喊苍天，一下憋了我五十年。铁树开花，枯枝发芽，我就是要喊喊喊……"

我也拦了小颜，"他您净顾自己喊、喊、喊了，净图自己嗓子痛快了，也不管别人耳朵受得了受不了。"

小颜没接我的话茬，侧耳听了一阵窗外的蝉鸣，问，"二舅，外面蝉声如此聒噪，您怎不烦呢？"

"我也烦，可有什么办法呢。"我卖弄似的说，"昆虫永远不会忘记季节的变换。假如你是一只蝉，在冻土下，在洞穴中，在黑暗里，苦苦修炼四个寒来暑往，忍耐了一千多天的无声寂寞。好容易钻出土层，攀上高枝，沐浴阳光，畅饮雨露，吸食琼浆。然后，为生命而歌，为爱情而歌，为死亡而歌。它们无论怎样狂奏乐章、声嘶力竭，喊破喉咙，都不过分。因为，它们用四年的生命历程，才唤来几十天最多一百天的放声歌唱。"

我外甥拍手，"您讲得好，很好。"然后问，"您记得月牙村有一个编席的哑巴老安吗？"

"记得，怎不记得？他给我编过三领炕席呢，席，板实；席，纹密实。"我叹口气，"他的哑巴不是胎带来的，是半路哑巴。他到南河套放牛，雷雨天，一个响雷把牛劈死了，把他也震成了哑巴。"

小颜又问，"听说老安没哑以前，唱歌唱戏特棒。"

"那是，那是。他学唱郭颂的'新货郎''乌苏里船歌'在公社群众大会戏台上，掌声雷动，不让他下台。"我不无遗憾地说，"人呀，就是命。因他学唱样板戏《智取威虎山》中李勇奇的唱段特神，要被部队特招，不就哑巴了吗。"

这时，窗外又传来那李勇奇的一段唱，和小颜录的音一样。熟悉又陌生，遥远又近听。

小颜问，"您猜是谁在唱？"

我摇头。

"做核酸也许有意外收获，那棉签不是普通的棉签，专业名称叫荧光探针，有人被检测出舌根癌。"小颜最后郑重宣布，"唱歌的是编席老安。因为做核酸，把他这个五十多年的哑巴捅得会说话了。"

老队长的最后一次党费

老队长病了？听说，老队长真病了！

不会吧？上个月，温榆河清挖工程扫尾，上冻之前要亮河底。老队长是老寒腿，带头光脚踩着冰碴下水，喊了一句：是共产党员的，先下水。一不怕苦，二不怕死。你们看，哪个坟头是累死的？

不会吧？前二十天，在窑坡烧的马蹄窑——窜筒子了！也叫炸窑！通红的砖坯带着火星子，像炮弹一样，四散飞射半空。老队长大喊：你们谁也别出去，都老实地在窝棚里窝着。说完，自己却冲了出去，封了窑门，撤了火势，保住了半窑砖。

不会吧？就在大前天晚上评工分的时候，按大寨"标兵工分，自报公议"的方法，老队长被评为男一等劳力——十分。他却坚决不同意，说自己不年轻了，不值十分，评个男二等劳力——九分，就不少了。众社员都不同意，说老队长从初级社干到人民公社，黑夜白天，一年三百六十五天，老队长能干到五百天。最后，老队长急了，翻开《毛选》第二卷第六十页，"伟大领袖毛主席教导我们说："共产党员要做多做工作,少取报酬的模范。'"，大家这才无言以对。

老队长病了已成事实。早上集体出工，已听不到他敲击那挂在老槐树上一小段铁轨，发出的叮当脆响；村里电线杆上的高音大喇叭，已不再喊他跑步到大队部集合，去县里开三级干部会；他那浑厚略带沙哑的粗嗓门，曾多少次唤醒整条街道；他那披着抗美援朝时的军大衣，总散发着汗腥味混合旱烟味，那雄强的身影在村里晃动了几十年，如今突然消失了。尤其是秋后交公粮，老队长都亲自赶车，鞭影摇红，得意洋洋地将最好的粮食交国库。

习惯成自然。社员已习惯于老队长的指挥，春种秋收，甚至忘掉了节气；已习惯于老队长参与排忧解难，介入并了断自己的家务事；也习惯在婚丧嫁娶的仪式中，与老队长连饮三杯，借酒醉而吹牛皮；在老队长的笑骂中得到表扬，在老队长的呵斥中改正错误。老队长也莘谜素猜，开一些无伤大雅的玩笑，偶尔也在与人争吵中骂骂咧咧。

老队长躺倒床上后，邻居端来鸡蛋篓，街坊用窑子碗舀来小米，还有社员摸了泥鳅，赤脚医生一天来好几趟。甚至连老县长都被惊动了，送来了麦乳精，说开辟地区时，老队长那时只是个儿童团长，却帮助八路军团长扒了日本鬼子铁道。

老队长躺倒床上后，坚持做两件事：第一件，不吃药；第二件，不吃饭。儿子、闺女、邻居、社员、公社干部及老战友都劝，没用。老队长的犟脾气，九头牛也拉不回。问为什么？老队长用最大的力气说：病在我身上我知道，吃饭没用，吃药也没用。还是节省点钱吧。

节省点钱干什么？谁也不知道。

到底到了这一天，老队长精神忽然大好，环顾左右问儿子：我节省的钱够了吗？

"够了？"

"够什么？"

"爸，我知道您总惦记这件事，我已经给您交了：最后一次党费！"

"可惜，我再也不能赶马车交公粮了。"老队长的神情显得很无奈，心存不甘和留有遗憾。

老队长是谁？

在今天月牙村村史馆里，还珍藏着当年老队长交纳党费的证明：

今　收　到

党员许顺祥全年党费计壹拾贰元整。

一九七八年十二月二十二日

需要说明的是：当年一等劳动力日值是四角六分三，老队长挣九分，四舍五入每天挣四角二分。

其实，一代人只能干一代人的事。一代人有一代人的生活方式，一代人有一代人的追求，一代人有一代人的贡献，一代人有一代人的骄傲，一代人有一代人的无奈，一代人有一代人的遗憾，一代人有一代人的价值观，一代人有一代人的自尊，一代人也有一代人的尊严。

生于忧患

秋实挺着大肚子，左手托着后腰，从南卧室门里一歪一扭地走出来。大肚子有点太大了，有点摇摇欲坠往下沉，往下坠。这些天，秋实也感到自己整个人，也摇摇欲坠往下坠，往下沉。她又用双手将肚子往上抄。生怕一不小心，小宝宝好像会漏下来。

母亲一直注视着女儿，一直小心服侍女儿。她拿起沙发上那宽布网带兜肚，怯怯递过去，"要不，你还是戴上它，也轻松些。"

"您这人可真是。"秋实又向母亲发火了，"那还是我一个月前戴的，现在还能戴吗？您没见我有好长时间没戴了。"

"可也是。"母亲显得委屈，无奈地抻了抻网带兜肚的活节，自嘲般嘟囔，"是呀，放到头了。我也老糊涂了。"将网带兜肚扔回沙发，然后将椅子推到餐桌前，才去扶女儿。

秋实一只手按定在母亲瘦弱的肩膀上，感觉有点硌手。心里一酸，叫一声"老妈"，算是自己对老妈发火的道歉了。老妈真的老了，也已经是七十二岁的人了。况且，还患有高血压，糖尿病。这些天这是怎么了？对母亲总是拢不住火儿，发完火后就后悔，后悔以后还发火，发完火后又后悔。总是不长记性。

这时，保姆黄鹤用脚勾开半开的厨房门，两只手分别掐住两个碗，放在桌上；旋即转身，两只手腕上又盘上四个盘子，出溜在桌上；又一转身，跟变魔术似的，将筷子、大葱、酱碗，烙饼，花卷，熬倭瓜，烤红薯、汤盆、凉菜、炒菜，一一罗列在桌子上。

母亲忙说："我帮你端。"

黄鹤边把桌边的口罩挪一下，边解围裙边说："这不是齐了吗。厨房小，转不开。叔呢，叫我叔吃饭吧。"

秋实朝关紧门的北居室喊一声，"老爸，吃饭了。"

没人应声，门依然关着，很严。

秋实说："老妈，您去叫我爸。"

"甭理他，他爱吃不吃，他还是不饿。书呆子。老像大领导似的。"说是说，老妈还是站起来，推开门吼："你就死在书本上了。你不吃，凉了没人给你热二回。"说完，把门完全打开，又回到餐桌旁。

父亲平静地放下书本，这是一本发黄的线装医学书。他左手按住左腿膝盖，扶椅子慢慢站起。停顿一会儿，才试着走两步。扶门框出来，摇摇到了餐桌旁，在空椅上沉重坐下。先左手拿起一张大饼咬，右手拿大葱蘸酱，越吃越棒。不由得说道："黄鹤，你就知道我好这一口，吃饺子，必须有大蒜，最好是腊八紫皮蒜；吃大饼，必须有大葱，最好是山东高脚白大葱。你们武汉人，是不是也好这一口。"

父亲的话刚一出口，就后悔了。女儿秋实这些天来，不止一次叮嘱父亲、母亲，当保姆黄鹤的面，尽量不提武汉。因为黄鹤就是武汉人，虽处郊区。正是因为湖北闹新冠肺炎，武汉又沉沦为重灾区，使她有家难回。本来秋实已经给她买好了 1 月 23 日的飞机票，直飞武汉。但突遭封城。这样，退票后的黄鹤就困在北京，与秋实一家，宅在家中。

父亲自知说秃噜嘴，咬一口大葱，竟忘了咬大饼，嘴也辣，眼也辣。端起桌上的汤碗，就要喝一口。黄鹤忙说："那不是给您的，那是秋实公、婆，从黄冈快递来的乌鸡，专为秋实补身子的。您的那碗是银耳汤。"

刚才父亲只是提到武汉，这回黄鹤更直接，直接提到黄冈。黄冈是仅次于武汉的又一个重灾区。前些天，湖北省长发出了类似军令状般的承诺与决心，绝不能让黄冈成为第二个武汉。一提到武汉，秋实脸色也变了，因为自己的先生，正在武汉抗击新冠肺炎的第一线。而黄冈，就是公公、婆婆的家乡。真是哪壶不开提哪壶。这些时日，湖北、武汉、黄冈、孝感的地名，被网上热搜。谈之色变，闻之让人心惊肉跳。

秋实却是个非常理性，也是非常孝顺的人。他看到父亲因失言的自责与刚伸出手端碗又缩回手的尴尬，赶紧转移话题，"爸，老易，您的腿应该到附近垂杨柳医院看看。"

秋实对父亲的称呼，随时间、地点、场合和氛围的不同，有所变化。有时称"爸"，有时称"老爸"。但也有时直呼"老易"，那一般都是在欢乐的时光，和谐的氛围中的一种调侃、戏谑和幽默。但今天这种场合，显然并未起到预想的效果。此时的气氛，有些压抑和凝重。

父亲易星白此时岂能不理解女儿的心情。她已经进入预产期，本该留下陪她的女婿却临危受命，奔赴了武汉与死神抢夺生命，这正是他所从事的专业与事业吗。该来京伺候儿媳月子的婆婆即亲家母又因突发疫情来不了，所以只好让自己娘家爸、妈来顶岗。

此时对于女儿看腿的建议，父亲只好说："我这腿是老寒腿。这个日子口，风声紧，疫情浓，别去医院凑热闹了，没病倒找病。网上不是说了吗，家有一棵葱，不要往外冲；家有一头蒜，不要去添乱。在家待着，就是给社会做贡献。"

秋实又看了看父亲的脸说："您可真该理发了，不像知识分子了；真真的该刮胡子了，不像绅士了。"

星白用手捋了捋自己脑袋，又摸摸自己的脸，有点赌气地说："头发不理，胡子不刮，留着。到时候再说。"

到时候，到什么时候？

正在这个的时候，门铃响了。秋实说："快递。"

黄鹤很敏捷，立刻抓起桌上的口罩，挂好后，双手又戴上胶皮手套，才奔过去开门。门开处，门口立着一个扁形纸箱子。而那个快递小哥，满脸的大口罩，眼神惶恐。一手推着半开的单元不锈钢门，时刻准备着蹿出去。见有人出来，忙点一下头，贼一般逃走了。真像躲瘟疫一样，实际上就是在躲瘟疫。

几天以后，快递小哥不准进小区，需主人到外面来自取，这当然是后话。

黄鹤将那纸箱子拿进来，立在卫生间门外鞋柜旁，就到卫生间洗手，用七步洗手法，洗了一小会儿才出来。指着纸箱问："打开不？"

秋实低头看手机，"不用。同事寄来的，小孩衣服。消毒吧。"

黄鹤趁着脸上的口罩，又戴上手套，从卫生间地上拿起盛有 84 消毒液的小喷壶，滋滋往快递来的纸箱上喷洒。六个面，全喷到了，她又往门把手上喷了几下。刚要作罢，秋实一指黄鹤的脚下，"鞋，鞋底。"

好像病毒如此真切，到处流窜作案，防不胜防。

室内立刻弥漫了消毒水刺鼻辣眼气味，这顿饭没法再吃下去了。秋实一只手掩鼻，一只手护着自己的肚子，口中连说："孩子，我可怜的孩子。"母亲忙搂了女儿，送她到自己房间。然后对黄鹤说："我帮你收拾。做了半天，都没吃多少。"黄鹤一挥手，"您甭管。您一插手，倒乱了。您回屋吧。"那挥手的姿势，不像保姆，倒像秋实对待老妈。老易也大手一挥，"各回各的屋。"

秋实斜倚被垛，有点喘。她并不担心肚子里的宝宝，因为按照医院规定，医生的医嘱，都是老爸开车，一次一次到北大第一医院，就是文津街路北，那个老牌有名，挨着西什库教堂的妇产医院，进行了一次次体检，一次都没落过。次次都显示胎儿发育正常，大人安好，各项指标都正常。

秋实对自己的身体，很有底气。她很信奉毛泽东年轻时的一句名言，"文明其精神，野蛮其体魄。"在读北京医科大学时，她拿过学校运动会 10000 米长跑冠军，在美国斯坦福大学读医学硕士时，她马拉松长跑得过第三名。

她和自己的先生相识相知相恋，还就是在那次运动会上。

斯坦福大学就处在一个大森林之中，就是一个大村子。当她沿着村路跑到离终点大概还有一公里的时候，她觉得实在有点跑不动了。由开始的第一梯队，落后到第二梯队，再到第三梯队，而所在的第三梯队，也很难保住了。两腿发木，越来越沉，脚步磕磕绊绊。偷眼看两侧闪动着的白人长腿，像白鹿一样。她有点泄气，有些沮丧，真想放弃了。

正在这时，一个男子汉雄壮声音喊起来，秋实，加油！北京，加油！中国，加油！一个中国男生，在人行道上伴着她跑，还挥拳向她喊叫，热气在他头上升腾着。正跑在胜负拐点上的秋实，如有神助。

这个男生，后来就成了她的先生。

秋实现在最想做的事，就是用手机和自己先生视频。但对方没有响应，联系未成。秋实不安、焦躁与担心起来。此时她也知道，如果正在病房，是不准带手机的。所以，她只好等待，等待。等待尽管很不是滋味，但也没有办法。但她坚信，只要条件许可，先生会抓时间和她视频的。她瞄了一眼墙上的电子钟，按这几天的规律，他的视频应该来了。

为了和先生视频，秋实新换一个大屏幕手机，和爸爸、妈妈的老年手机一样大。正想着，手机响了，视频来了。他定是刚从病房里出来，身上穿着臃肿的防护服，前胸与后背，都写着"容春华"三个字。那是鲜明的战"疫"烙印。头上是防护面罩，护脸 N9 大口罩遮在下边，护目镜压住上边，看不出是他，倒像外星人。这完全是情势所致。秋实心里一酸，说："我好想看看真实的你，原始的你。"

过了好一会儿，先生还原了。他脸庞完全显露了。脸是花的，自然是因为汗水的冲刷。两个眼圈是黑的，像熊猫。面部呈沟壑，那是甲胄披挂后的痕迹。秋实刚要说话，他倒先问过来，"有感觉了吗？快生了吧？实在不行，就剖腹产吧？你是准高龄产妇了。我爸、妈暂时去不了北京，也发生点情况。黄鹤也回不了武汉了，她家也发生点情况。就让你爸、妈，当然也是我爸、妈，多照顾你吧。我的呆妹。"

秋实耐心听到这儿，就不耐心地喊道："我这儿你放心，我在北京，在父母身边。你千万千万要照顾好你自己。你是借出去的，好借好还。你要全须全尾回来。你赶紧睡觉，赶紧休息吧。我的傻哥。"

呆妹与傻哥，是易秋实与容春华之间独有而彼此都懂的亲昵语言。他俩初谈恋爱时，春华问："你这个高材女怎么到现在还没谈过恋爱？"秋实笑说："我念书都念成书呆子了，成了呆女。那你呢？怎么还没有女朋友？"春华说："我也一样，念书都念傻了，成了傻男。"秋实并不呆，说："傻男多难听，叫你傻哥吧。"春华也不傻，忙说："那我叫你呆妹。"

秋实赶紧把手机关了，她有点控制不住自己了，眼泪在眼眶里打转儿，决不能让先生看到自己泪眼婆娑。况且，先生所说的他父母，即自己的公、婆，也有点情况，什么情况呢？黄鹤的家，也有点情况。此时的"情况"，就是坏消息的代名词。但坏到什么程度呢？

在西居室，保姆黄鹤也有点控制不住自己了。

她把手机甩在床上，刚和爱人通了电话，母亲被确诊是新冠肺炎，父亲倒是疑似。按说父亲应该被确诊为新冠肺炎，因为他就是在华南海鲜市场打工。母亲毕竟在家中，那定是父亲传染给了母亲，因为母亲体质更弱一些。总之，均被隔离。爱人在家种几亩地，闲时也在建筑工地打打零工。目前地里还没事，工地也没事。他这个人，也还算没事，只是有点咳嗽，并不发热。上高三的小儿子也被困在家中，学校放假延期，何时开学，遥遥无期。高考是否顺延，也不得而知。儿子的学习成绩并不理想，尤其是数学。本打算这次春节回去，用自己挣的钱给儿子请个家教，就算临阵磨枪，不快也光。一定要带着儿子，去看武大的樱花。可自己现在被困在北京，有家难回。什么时候能回，也遥遥无期。一家五口，分居三地，谁也顾不上谁，只能靠手机联系。

黄鹤仰躺在床上，眼睛望着顶棚发呆。本来她刚看完手机，几乎都是坏消息。她不由得再拿起手机，疫情是实时更新的。截至今天 14 时，全国确诊病例 70635 例，较昨日新增 1998 例，疑似 7264 例，较昨日新增 1918 例，其中湖北 58182 例，湖北其中的武汉 41152 例，较昨日新增 1690 例，重症 8024 例，黄冈确诊 2831 例，较昨日新增 8 例。孝感确诊 3320 例，全国死亡 1772 例，较昨日新增 104 例，武汉死亡 1309 例，黄冈死亡 78 例，孝感死亡 75……

看到这些确诊、疑似、重症、死亡数字，黄鹤不敢再看下去了，眼也看模糊了。在这之前，她很少想到死亡，认为死亡对于她这个刚四十出头的人来讲，是很遥远的事。但这几天，她的看法就变了。正如网上正流行的那句话，不知明天和意外，究竟哪个先到？爱人在电话中告知，她娘家西邻居李阿姐，和自己最要好，两口子都死了。自己和爱人的结婚照，还是在她夫妻俩婚纱店拍的。婆家对门的黄阿叔，阿婆和他们的独生子刚子，两天之内，三口都没了。本来，刚子是准备正月初六结婚，这回却惨遭病毒灭门。她这次要是回去，也再看不到对门，阿叔阿婆家，那袅袅的炊烟了。由此想到自己的公婆，要是挺不过去，爱人再有个三长两短……

她不敢再往下想下去。老天爷呀，这是怎么啦？老天爷呀！这日子可怎么过呀？

黄鹤这个只念到初中毕业的农村单纯女人，越想越怕，就是疯不了，精神上也有点要崩溃了。

在北居室，易星白和老伴邢月兰都在看手机。在这日子口，不看手机看什么？看别的什么也看不下去。

边看手机，老两口边抬杠。

老伴把手机一下子摔在床上，气呼呼地说："都是果子狸惹的祸，还有蝙蝠，还有穿山甲。"

"照你那样说，还有黑猩猩，还有骆驼呢。"星白将手机放下，说："野生动物本身并没错，错的是人类对待野生动物的态度。有些野生动物，人类是不应该吃的。吃了，就要遭到报应。"

老伴又拿起手机，指着说："可书上介绍说，果子狸浑身是宝，皮珍贵，肉鲜美。你再看看这个视频当初很火，三个美女吃蝙蝠火锅，还起名叫'三吱'。"

"书上写的，不一定正确；一时流行的，可能是荒谬，荒诞甚至是愚昧。"他又进一步说："十七年前的'非典'，认为果子狸是中间宿主传染给人类，尔后人就不敢吃了。这回据说可能是蝙蝠。"

老伴又说："有了上次'非典'教训，这回的动静比'非典'还大。怎么病毒又卷土重来了呢？"

老易听了苦笑，"你问谁呢？这个大问题现在问谁也回答不上来。往大了说，是人类与自然界的关系问题。往中了说，是各国都面临的一个问题；往小了说，新冠病毒肺炎初起，省、市领导的应对，也出现一些问题，出一些昏招，耽误了二十天的积极防疫，现在当然还顾不上这类问题的追责。但一定要接受教训，血的教训，用生命换来的教训。也可能由此发端，改变人们的饮食方式，生活习惯。"

说到这儿，他又大手一挥，"现在，这不是咱草民所讨论的问题，咱们当前的任务是，看好自家的门，就是支援前线的人。秋实生孩子顺顺当当，大人平平安安，让容春华放心冲在前线，安心治病救人，就是咱最大的贡献。你可明白？"

"你看，你看。大领导的劲儿又来了。你就当过二年，连你才三个大夫的公社卫生所所长，走道就不知道迈哪条腿了。你要是当上卫生局局长，那你更不知道你吃几碗干饭了。"每当老头自鸣得意时，老婆就这样拿话噎他。噎完后，又叹口气，"咱亲家母来不来倒不要紧，有咱们在，伺候月子人还是娘家人更方便些。听说也被隔离了，不知现在咋样？咱也帮不上忙呀。"

老头劝道："你惦记也对。可还有春华他大哥大嫂呢。我想，一有消息，春华得先告诉我，我们都是挑家过日子的男人吗。"

也许都感觉到精神压抑，无法排解。于是，不约而同，四个人都从各自房间走了出来，在客厅都有说话交流的欲望。对网上推荐的宅家健身各种招数，倒都不感兴趣。

茶几上摆有苹果、猕猴桃、柚子、丑橘，自然还有小花生，巧克力和瓜子。但似乎谁都没有心情去吃。现在，都只有心思去倾诉。

父亲自己沏了小种红茶，母亲、秋实、黄鹤都喝奥克斯电壶烧开的农夫山泉水。

还是秋实提议，"咱每个人都说点高兴的事吧，这是我肚子里的孩子提议，他用小脚丫踢我呢。"

母亲一向木讷，这次却抢先说："好消息还真不少呢。41架飞机，载医生、物资，从祖国四面八方，空降武汉。火神山、雷神山医院9天建成，所有病人，应收尽收。咱姑爷所在的中日友好医院，又去了一批医生和护士。企业家纷纷捐款，快递小哥接力式献爱心。还有多名在逃犯，深感绝望，纷纷自首，当场失声痛哭……"

母亲正说到兴头上，父亲却大手又一挥，斩断老伴的话头说："行了,行了。你说的地球人都知道了。"扭头问保姆，"黄鹤，你来说。我见你刚才鼓动嘴，有好消息要发布。"

黄鹤的脸色此时晴朗了，"我刚才看了手机，武汉头几天天气不好，阴、雨、湿、冷，这几天连续好天，晴、风、暖、阳。钟楼、大桥、长江、汉水，都洒满阳光。我只记住一首诗中两句，'晴川历历汉阳树，芳草萋萋鹦鹉洲'湖北以外，各省市确诊病例十七连降，治愈连增，全国治愈14387例，较昨日新增治愈1826人。专家预测，疫情拐点，可能很快到来。

听到这儿，几个人都同时自发鼓掌。

易星白总是拿个鸡毛当令箭，在家也显示当领导的范儿。他右手向黄鹤做一个按下的姿势，左手一扬，那意思是，女儿请讲。

秋实立刻响应，"我的好消息更具体，更让人振奋。就在刚才，春华给我发来微信，他又成功救治了一个患者，这个患者是个主任医师，51岁，把他救活了，他又能救活多少人。这个意义，非同小可。"

秋实的话音刚落，父亲就揪着女儿的话尾巴说："老子曰，'故飘风不终朝，暴雨不终日'况且，我们用举国之力，对病毒围追堵截。病毒呢，只能逃之夭夭。'借问瘟君欲何往，纸船明烛照天烧'"

又来劲了。

父亲感觉秋实的话还没说完，自己就抢话，忙对女儿说："你继续说，继续说。"

秋实停顿了一会儿说："我老爸说得有道理，我是研究病毒的。这次新冠病毒 H13、H38 都是古老单倍型，别看其来势汹汹，人传人呈燎原之势，但伤害是层层递减的。春华又报告我一个好消息，他的工业隔离服换上了医用防护服，安全又轻松；下班有自己的休息室了，不用在靠椅上打盹了；有专人给送干热面了，不用再吃统一方便面了。他现在最大的理想是脱掉防护装，穿上休闲装；摘掉口罩，露出整个大中华脸，站在龟、蛇二山上，面对着长江、汉江，大喊、大叫、大哭、大笑！"

说到这儿，秋实笑了，笑得满脸泪花。

父亲、母亲、黄鹤，三个人听了，哭，哭不出来；笑，也笑不出来。

沉默了好一会儿，黄鹤挺拔地站起身，说："妹妹，别伤了胎气。我给你们做武汉的有名小吃，热干面。"她往高拔了拔身体，她身体确实很挺拔。

易星白说："好。"又对女儿说，"吃了热干面，我开车和你妈回去一趟。明天就回来。看来你暂时没事。"

秋实点头，"您路上小心，明天早点回来。车不限号。"

易星白去车库开车，他要回顺义老家月牙村。顺义是安全的，连续 20 天确诊病例是 10，死亡是 0。老伴自然也须跟回去，给闺女做的小月孩衣服，都是新棉花。

按电梯按钮，旁边已备有抽纸。进了电梯间，有浓烈的消毒水气味。壁上有胶条粘的 A4 纸，上面有日期表格，打着已消毒对勾。出电梯，开单元门，老伴又提示，注意把手。出了楼门，仰头望天，天阴得很沉。小区里，一时觉得很寂寥。见到的人都戴着大口罩，老远就撇开距离。原来那种擦肩而过的镜头，已经成为历史。见到那个开垃圾车的小矮个子，浑身包裹更严，只露两只眼睛，像耗子小眼睛那样惶恐地闪烁。到了小区栅栏门时，只见门禁卡旁边贴着纸条，上写：已消毒。

病毒好像到处潜伏，人们处处在狙击。

他的车存在和谐家园西北门的地下车库 B2 即地下二层，有固定存车位。易星白看到车库管理员在自己独立的亭子间也戴着大口罩，觉得好笑。心想，你独处一室，至于吗？可就是至于，车库门口赫然写着，不戴口罩者不准入内。幸亏自己戴着口罩。

易星白从地下一层走向地下二层，放眼望去，所有的车位，都让汽车塞得满满当当，几乎看不到一个空窝窝。这些汽车像一只只动物的尸体，没有了呼吸与生命，被凝固冻僵在各自的空间，没有一点活气。这和原来有汽车轰隆隆开出，轰隆隆开进，门口的起落杆不断升起与落下，形成强烈的反差。他突发联想，地下车库的守门人，好像在把守着地狱之门。那种沉默、空寂和安静，有点瘆人。

车开出车库，往西一拐进入八棵杨中街。天空又飘起了小雪花。大前天下了一整天的大雪，天地皆白，主路湿黑。马路两边，是一望无际连绵不断的辅路条状停车带。一辆辆汽车，顶子上，前后挡风玻璃上，都驮着厚厚的积雪，像一只只臃肿的白色动物僵尸。易星白见此情景，又是一番感慨，要是前半个月，这些白色动物会一下子抖落身上的春雪，在马路上撒欢奔跑起来。现在呢，这些汽车却像一口口白茬棺材，停在原处，给人一种肃杀、悲哀和伤感。车从这样的'白棺材'中间走过，如驶入墓地。路人不多，白衣胜雪，像是披麻戴孝。

唉，人呀，真能触景生情，境由心造。

不过也好，路上车辆飘零，大道显得十分阔绰。车驶入东三环中路，前无堵车，后无超车，不必担心追尾剐蹭。按说，星白的心情会好起来，可情绪倒坏下去。自己孤零零驾车在偌大的路上奔跑，倒怀念起前些天也是在这条路上，车队像一条河一样在路上流淌。车行缓慢，他就索性打开音响，听听流行歌曲，耐心地挪动蜗行，同时也大方豪爽地任其他车辆并线加塞。那时，也让人烦躁，也让人发火，甚至忍不住心里骂娘，险些加入路怒族。认为路况拥堵不正常。现在看来，那才是正常，那才是生活，那才是人间的烟火气。一下子，他倒怀念起那些堵车的日子了。

从国贸桥拐向京通快速路，又从远通桥进入东五环，再由姚家园路驶入首都第二高速路，过岗山收费站开到四纬路，然后从机场东路奔顺义外环路。要是前二十多天，得用 80 分钟，现在，只用了三十五分钟。

小雪花终没幻化成大雪花，到外环路时，雪渣子都不下了。两侧的建筑工地，在积雪的闪光中，塔吊群集体肃立默哀。顿失了曾经叮叮当当，叽里咣啷的声响。看到村路旁的杨柳树，星白的心情才渐渐好起来。杨树正在慢慢发青，黑森森鸟窝悬在高高树杈上，喜鹊叫喳喳；柳梢正在渐舒饱胀，正是抬头看柳的节气。大片的麦苗返青泛黄，是那种米汤黄中泗绿。三、五农人，在田野里悠闲地劳作。他突然有所感悟，疫情像洪水，首先冲击的是城市，城市立刻彰显了其脆弱的一面。农村倒像调蓄洪水的湿地。那么，经过这场大瘟疫，是否应重新定位城市化的进程呢？

星白望着那压在松树上雪坨，簌簌滑下，又心生感慨。春天的脚步走来，任何细箘、病毒都阻挡不住。中华的复兴与崛起，任何困难、艰难也阻挡不住。

他刚有了好心情，可到了村口，好心情又被破坏了。村口设置了推土机路障，有重兵把守。如临大敌，严加防范。人车检查，设卡有十几米长。

村庄、社区都是如此，没有例外——确实没有例外。

星白一看，一个人都不认识。一个个都是黑衣黑裤黑鞋黑帽，脸上也一团黑气，人人还都是彪形大汉，虎背熊腰,凶神恶煞。车辆消了毒，人也测了温，且戴着口罩，但还是不让进村。

他忍住火问："为什么？"

有一瘦小枯干的人，不像领导，倒竟是领导。脖子上挂着一只哨子，口罩煞有介事地挂住下巴，嘴角上却斜叼着烟卷，那样子很滑稽。自称是公司的副队长，向他伸出一只手。

星白以为他要钱，火了，路劫剪径，竟到我家门口了。开口就说："反了你们了。我就是月牙村人，月牙村的老户，到我这辈已经十五代了。看见没有，那个高房山尖就是我家。"

那个黑瘦人并不买账，喷出烟卷，冷冷地说："别说您是老户，就算是老老户，也不行；别说您十五代，就算五十代，也不行。抗'疫'就是一场战役。"说完，伸出手，"拿来。"

"拿什么？"

那人从兜里掏出两样东西，扬了扬，"出入证和提供行程证明，或者……"

跟这帮黑社会，置什么气。星白也不搭话，兀自上了车，将车发动，对后排座的老伴说，"你坐好。"

老伴害怕了，"咱走吧。惹不起,咱躲得起。"

那个黑瘦领导以为星白要闯关，口中嘟嘟吹起哨子。只见在紧急哨声中，忽啦啦，黑压压扑过来一大群人，像蝗虫一样，不过每个'蝗虫'手里，都挥舞着一根大棒子。

星白见状倒冷静了，他摇下车窗玻璃，对贴着玻璃的黑领导的黑脸说："闪开。"

"干吗？"

"我倒车！"

星白将车调头，然后靠边停车，掏出手机就给书记兼村主任永军打电话，将刚才在路口遇到的情形简单说了一遍。永军先在电话中哈哈笑了一阵，然后又埋怨道："二叔，不是我说您，还就得我说您。头一个多月，我就让您加咱村委会的微信或者是我的微信，您老是不加。老是不把土地佬当神仙，这回脑袋碰一个包吧。也得让您长点记性。您去的那个大门让拆迁公司接管了，咱村不是准备棚户区改造拆迁吗，因闹疫情就停下来了。拆迁公司提前介入守住北门。凡咱村的人，专走南门，就是从开发区往南走，见药厂往东，那儿都是咱村人把守，都是您的侄伙计，孙子伙计。不过也要求车要消毒，人戴口罩，测体温。出入证让他们给您发一个。这些，都在微信上公布好几次了，这回您加上微信吧。本来吗，您一去北京到我二妹家两个多月了，也没处淘换您。啊，啊，北门那帮祸头子，您甭理他们，您惹不起，连我也惹不起。那我一会儿也得给二黑打电话，呲他们几句，'游僧要赶走住僧呀。'呵，呵，您以后有急事，就打我这手机。二叔，向您作揖问好啊。得，得，我二妹要是生了，想着给我发一个视频。"

第二天，易星白和老伴返回北京，和女儿秋实，保姆黄鹤说起在老家月牙村北门口的遭遇，都不免唏嘘。

黄鹤扬起手机说："网上传的，一开始我还不信，人家一家人在自己家打麻将，桌子给掀翻了，麻将给砸了，还扇人耳光。还有人更缺德，广东佛山一名男子，以卖口罩为由实施诈骗，涉案金额近 70 万。母亲送他到派出所自首，看到儿子被警察带走瞬间，她气愤打了儿子一个耳光，随后转身跪地痛哭。"

母亲也指着手机说："你说都是人，人跟人真差天上地下。有的人带着病毒还到处跑，投亲会友聚餐照旧大吃大喝。结果传染了一大片人，捅多大的娄子。这样的人，就应该给枪毙。有的人，像钟南山，李兰娟，王辰，哪儿病毒多到哪儿去。好多医生护士，救活了别人，自己却战死在前线……"

说到这儿，母亲突然停住了，看看老伴，看看黄鹤，看看女儿，好像自己说走了嘴，犯了错。因为，自己的家人，自己的姑爷，秋实的爱人，也是这样的人。正在病毒肆虐的地方，把一个个病人，从死神嘴里往外拉；而死神，又紧紧拽住医生和护士，找个垫背的。谁知道谁战胜谁呢？已经有那么多医生护士倒下了，谁能保证，就轮不到谁、谁、谁呢。

秋实注意到母亲的情绪变化。于是说："鲁迅先生曾经说过这样的话：'自古以来，我们就有埋头苦干的人，有拼命硬干的人，有为民请命的人，有舍身求法的人，……这就是中国人的脊梁'"

秋实引用鲁迅的这几句话，好像一个引线，把父亲的这团文学线团抻开了，他接着女儿话茬发挥引申："湖北、武汉的这场大瘟疫，就是一个大考试，每个人都有自己的答卷，有逆向前行舍生忘死的人，有畏缩不前被疫情吓瘫的人；有慷慨解囊散家财捐献的人，有身家过亿却一毛不拔的人；有从国外奔回报效祖国的人，有鞋底子抹油赶紧溜走的人；有自己掏钱为别人买口罩的人，也有做虚假广告借口罩诈骗的人。有揭露真相的吹哨人，有弄虚造假蒙人的人；更有趁火打劫的人，有浑水摸鱼的人，以身试法的人，……"

秋实笑着制止，"爸，您先别往下接龙了。刚才，我给北大医院刘大夫打了电话，说我有了点小感觉，能不能住院？反正已到了预产期，在医院等比在家干等着更主动一些。刘大夫说可以，'预产期前一个星期和后一个星期都算正常。这些日子还好，因为疫情的缘故，可住院又不可住院的就不住院了，可出院又不可出院的又出院了，床位空了不少。要来，今天来也行，明天来也行。我让你带什么东西，你就带什么东西，带多了也没用。'爸，您知道吗，这个刘大夫是湖北孝感人，人不错，比我大两岁，我叫她刘姐。"

父亲听到这里，一拍大腿说："还等什么，今天就去。要是归置好了东西，马上就走。我到车库开车，把车开到南门。"因为站起来猛了点，左膝盖猛地痛一下。

今天，北京的天气哈哈哈，真不错。天空出现了北京蓝，蓝得让人心里透亮，有豁然开朗的感觉。虽四个人都戴着大口罩，但也难掩好心情。

路上的车还是不多，行人也少，寂寞了白雪红灯笼。从九棵杨南街左拐进入武圣北路，右转进入南磨坊路穿过劲松桥，从光明桥右拐入二环，然后进入东长安街，一路通畅。今天的红绿灯也给力，一路绿灯。

若去北大第一医院，有几条路都可选择，但星白专选走东西长安街，他除了喜欢长安街的宽阔和两边政治中心的风景及从天安门前经过那种豪迈感觉外，还与他参加七十年建国大庆游行有关。

马路地面上各种线条网格犹在，那是国庆节之夜，他也曾是这盘大棋上的一个棋子，电视实况转播也曾让他在银屏上瞬间闪过。当时，他也是顺义麦穗方阵中的一支麦穗。当时给他强烈的印象是陆海空三军，东西南北四面,工农兵学商五体，在此集结百万大军，呼之则来，挥之则去。这是何等的气魄与豪迈。

当这场突如其来的疫情降临时，他对此又有了新的解读。如果说，天安门广场及东西长安街上的阵势是经过多次彩排，但这次新冠病毒的突袭，没有彩排，都是实况，就是现场直播。党中央一声令下，军、民齐动员，3 支院士团队一线作战，4 大医疗团体支援武汉，19 省份对口支援湖北，22 支国家紧急医疗队驰援武汉，30 架次军用运输机出动，211 架次医疗包机，4000 余名军队医护人员，30000 余名全国各地医疗人员，运输各类物资 58000 吨。这些数字的背后还站立着 14 亿中国人。

这一段时间，易星白开车没少往这个北大第一医院跑，要是往常，离医院南门 500 米，车就要靠边驶入辅路排队，医院里开出一辆车，外边再放行一辆。今天倒好，长驱直入，有很多空车位。他把车直接开到住院处门厅前，秋实在黄鹤和母亲的搀扶下，才一挪一擦地进入妇产科。

毕竟是大医院，不用陪床，不必陪住。只要孕妇人进去了，就不用其他人管了。家属和亲友，只有在家等待婴儿顺顺利利出生，大人平平安安的消息。

星白将车泊在标有北京市地标水准点的那个小阁楼南,本想走着去西什库教堂,也祈祷一回。他还从未祈祷过。他知道,走完这一段人生,将不会重复这样的生活,他想平平安安地度过。"今生不向此身渡,更待何时渡此身。"可下车时,左膝盖一疼,腿一软,跪在地上。老伴正好赶过来,忙上前搀扶。谁想脚下有一块黑贼冰,她一下子摔倒了,哎哟妈的一声。

秋实躺在医院里。星白在家揉着左腿膝盖,老伴按着右肋,神情都有些痛苦。黄鹤脚不沾地做家务,微黑的脸上沁出细密的汗珠。不时看看手机,脸色也显出一种隐忍着的痛苦。

老伴看黄鹤的脸色不好,试探着问:"你昨晚上又没睡好吧,后半夜我起来的时候,你屋的灯还亮着。"

"没事。"黄鹤说话,蔫蔫的。

"什么没事?早晨眼泡都是红肿的,水桃子似的。"老伴继续追问,"家里人没事,没事吧?"

"没事,没事,没事。"黄鹤火了,鼻子上翘,一口气说出三个'没事'后叹口气,"我的妈呀,您就关心您自己就行了。您怕是肋骨,骨折了吧,睡觉只能捉着睡。等秋实生下来,您无论如何也要去照照片子。"

星白用左手揉捏左腿膝盖,说老伴,"你就别刨根问底了。凡事有人须知,有人不须知。黄鼠狼单咬病鸭子。我的腿不好,你又砸我身上,你的肋巴扇也够呛。"

这时,黄鹤扬起手机,秋实来视频了。

黄鹤的手机也是大屏幕,老两口凑上去看,产房里就秋实和刘大夫两个人,显得空空荡荡。刘大夫看上去比秋实还年轻,不过脸上并没有笑模样,显得安静、宁静、平静还有些悲戚。秋实说,羊水已经破了,第一次催产针已经打了。视情况,也许还要打第二次呢,还有一些催生的其他手段。刘大夫说了,按她目前状况,尽量争取顺产自然分娩,这样对婴儿更有利。好了,先到此为止吧。有消息我再及时报告。哎,对了,我和我先生没联系上,他现在是先顾别人的命,暂时还顾不上我和孩子的命。先拜拜。

看罢视频,沉默了一会儿,老伴没话找话,有一搭没一搭地和黄鹤搭了话,"你看秋实,是生男孩还是女孩?"

"男孩。"黄鹤几乎没犯想,态度很肯定。转而又说:"我和秋实相处这么长时间了,她的感觉和我当初的感觉一样,我两个孩,都是男孩。"

"男孩就好。"老伴说:"女孩也好,来什么都好。"又转脸问:"我听秋实说,无论男孩女孩，都要认你当干妈的。"

黄鹤听了，哏、哏笑起来，这些天了，她难得一笑，说："是呀是呀，秋实说我的名字带着仙气，想让孩子借点仙气。有仙气，孩子不爱生病。还真别说，我长这么大，还真没生过大病，伤风感冒，身上一发紧就过去了。"

第二天，下午五点钟的时候，秋实又来视频了，这回的视频，也是实况，又有刘大夫。是女儿发给母亲的。父亲和保姆，也忙凑过来看。

视频里，秋实着一件肥大的上衣飘飘垂下，她似乎骑在一个大气球上，提身上拔，瞬时下蹲，一上一下，很是用力，气球一鼓一瘪，发出扑扑的声音。她短发往后梳过去，汗流满面。

老伴没看明白，问："这是干什么？"

黄鹤说："这是让下边张开，口子更大一些，把孩子顺产生下来。"

母亲说："至于吗？我生她们俩，也没觉得费多大劲儿。现在的医院，净出幺蛾子。"

视频里的刘大夫搭了话，"您那是什么年代？现在是什么年代？那时您多大岁数，现在她多大岁数。四十周岁，又是初胎，高龄产妇了。"

时间有点漫长。

秋实看上去很痛苦，央求母亲，"妈，我实在受不了了。我原来答应您，孩子我自己生，现在，我想剖腹，拿出来算了。"

一向似乎懦弱的母亲，此时却变得十分坚强，态度强硬，却又十分冷静，问："起初，几指？"

"二指。"

"刚才？"

"三指。"

"现在？"

"四指。"

母亲一下子，显得很强势和蛮横，"再等等。女人来到这个世上，就是为了生孩子。不能生孩子，要女人干什么？女人还有什么用？能怀就能生，瓜熟蒂落，这是女人的天性。"

这时，黄鹤突然举起了手机，向秋实手机喊道："妹妹，特大好消息，除湖北省以外，全国其他省市新增病例连续十天为零，现在，湖北也连续三天，新增病例为零。拐点到了，疫情好转，拐点到了。"

秋实听了，喊出了声，"我的拐点也到了。"

果然，一个小时以后，秋实的视频又来了，一个新的生命，一声嘹亮的婴啼，七斤二两，男婴。

龙魂重振，龙头抬起，疫情渐消。中国的天毕竟是晴朗的天，北京的天空更晴朗。

新生儿还没有名字，面对襁褓中的婴儿，几个人商议着尝试着该给这个孩子，非常时期出生的孩子，起个什么名字呢？

小生命很可爱，浑身通透澄明，空灵爽肌。红润润、肉乎乎、潮潮嫩嫩黏黏粉粉团团圆圆，那肤色透清，脉络可见，散发一种香味。小月子孩都说不上好看与难看，倒是光洁烂漫恣肆得像一条鱼般的赤子宁馨儿，浑身充满非凡的活力。

最有资格给孩子起名的当然是他的父亲容春华，他还要站好最后一班岗。视频中再次看到自己尚未直接谋面的儿子，幸福地笑了。一笑，脸上更加沟壑纵横。他说："母子平安，我悬着的心落实了。我本来应该在秋实身边，看着我儿子降临人间。但现在的武汉人间还需要我，这些天，经过我们团队的努力，已经将五名重症患者从死神那里抢回到人间。但还是有两名患者，一名是我的老师，一名是我的同事，到底去了天堂。"

秋实不忍再让自己的先生说下去，于是与北大医院刘大夫视频。刘大夫送来最真诚的祝福，然后却说："给孩子起名我一时还真想不好。秋实，我现在才告诉你，几乎就在这个孩子出生的同时，我母亲电话告诉我，我小妹本来要在这个月结婚的，她和容春华一样，也是武汉大学医科毕业，算是校友。却倒在了救治病人的第一线。那满抽屉的红色请柬，还没来得及发出去。"

刘大夫说完，秋实就把手机滑动了。她缓了缓口气说："在医院，有刘大夫，刘姐；在家，有黄鹤，黄姐。这些时日，咱们是相濡以沫。黄姐，你说吧，还让这孩子认你当干妈呢。"

一声"干妈"倒把黄鹤惹哭了，她眨巴眼睛，撇动嘴唇，终于抽泣起来，泪已成行。几个人都不感到意外，因为她在忍事儿，这事还不小。秋实抽了纸递过去，她揩着眼泪说："我这个干妈在，可我的妈，没了，到底没挺过去。没有妈，家就空了。我全没法为我妈送行。"

秋实把黄鹤肩膀拢过来，说："我们还是太年轻了，太幼稚了，对苦难想得太少了。考大学报志愿时，我想报金融，报国际贸易。我爸，现在我老爸在这儿坐着呢，他坚决不同意。坚决让我学医。"

"我问为什么？"

"我爸说，'我奶奶就是在清末闹瘟疫去世的，那时死人，漏门不漏人。我父亲是幸存者。没有我父亲，哪有我，没有我，哪有你。'"

"这样我学了医。我和我先生的婚姻，也是偶然中的必然。自那次在斯坦福大学运动场上相识后，互相通报姓名和专业后谈恋爱，我先生笑着说：'命中注定，命中注定呀，咱俩得走在一起。你看，我姓容，你姓易。念起来，容易。你学的是专业预防，是找病毒；我学的是临床，战胜病毒。你找出病毒，我战胜它。有你我二人在，天下必无恙。'那时，我们是多么天真，多么自信，多么狂妄。"

星白听完女儿的话后，对老伴说："原来你就说给孩子起个好名字，生男孩叫什么，生女孩叫什么？"

老伴邢月兰历来说话就直，这次更直，说："原来是原来，现在是现在。这孩子名字，现在不好起。这孩子，命太硬。"

"这孩子，命太硬。"六个字，在座的人，都听愣了。齐齐将眼光，集中聚过去。

星白却用手捋捋头，又摸摸脸说："我自己跟自己有一个约定，疫情不过去，孩子不出生，我不理发，不刮脸。现在，发也理了，脸也刮了。你妈说这孩子命硬，也有道理。还有一个不幸消息我没说，姑爷容春华前天用微信告诉我，他父亲也因新冠肺炎去世了。所以连秋实都没告诉，是怕对她奶水有影响，别让奶水憋上去了。你看，这孩子一出生，亲爷爷没了，干奶奶没了，往远了说，给孩子接生的刘大夫的妹妹，也算是孩子的小姨，没了。再往近了说，我左腿摔一下，瘸了；你妈两根肋骨，折了。说这孩子命硬也好，命苦也好，有福也好，都是事实，都是现实。病毒无国界，日本、韩国也闹了起来。中东战争，澳洲大火，非洲蝗虫，台海紧张。不要总认为岁月应该静好，那是有多少人在为你负重前行；不要光想着过好日子，安享太平。那是有多少人，默默为你奉献牺牲。我们虽然只是小老百姓，可是我们，一定要，时时记住内忧加外患，现在人们的忧患意识，好像很淡薄了。一定要，时时教育自己的孩子，一定要，时时告诉一茬又一茬的中国人，一定要，记住中国人的一条两千年前的古训：

生于忧患。

借地不拆屋

一

月牙村要整体拆迁了，谁也没想到，最大最老最顽强的钉子户竟是号称九千岁的丁九爷。九爷至今还没在拆迁协议上签字。

村委会拆迁大办公室内烟气腾腾，墙上"禁止吸烟"白牌子被熏黄了，正像拆迁办白主任的一口白牙一样也给熏黄了。白主任张开一口黄牙说话了，在座的各位哥们爷们各位同志们，昨天市委常委，县领导二把手，镇领导一把手带班子全体成员，亲自到咱村调研，亲自看沙盘，亲自勘察 A，B，C 回迁小区，然后——

在座斜叼着烟卷的歪嘴刘马上接了话茬，然后亲自喝茶，亲自吃饭，亲自上茅房。

大家哄地笑了。室内那种严肃凝重如雾霾般的让人透不过来气的氛围一下子就被这股扯淡的风吹淡了。

白主任并不笑。他既不领头笑，也不随众笑，更不会逮着大伙笑尾巴笑。他看大家还在傻笑，就像样板戏《智取威虎山》里的栾平一样喊道，别笑了！紧跟一句，不把九爷扳倒，你们还想"拆迁拆迁，一步登天"。

这一句话，就把大伙给镇住了。着哇！

可是扳倒丁九爷，谈何容易？怎么扳？谁去扳？谁好撕破脸皮去扳？大家面面相觑，一时张飞拿耗子——大眼瞪小眼。

歪嘴刘见状颇不服气，不就是一个老棺材瓢子娄了的瓜吗？还不敢碰了？他身上长瘆人毛了？三头六臂？他那三亩二分地的大宅院里有刀山火海，烹人的油锅？你们不敢去，我去。如果我把事办成了咋办？有何奖励？

白主任向他摆手一笑，一脸的不屑，行了，行了。歪嘴刘，你哪儿凉快上哪儿待着去。这么大的事，你扛不了。你是属锛得木鸟的——嘴硬身子软。这事先要踢出头一脚，就得是八贤王。这头一脚就是踢出去了，成不成，也未必。就是成了，还有九爷的孙女丁岚呢。那丫头，软硬不吃。

歪嘴刘此时嬉皮笑脸，歪着嘴对白主任说，白主任到底是白主任，想白支使人。一提奖励，您就打岔。我要是把这事办得了，不能白不嗻呀。

白主任马上放了响炮，你歪嘴刘要是真能把九爷说服了，顺顺当当签了字，把那大宅院的古树放了，老房子拆了，戏台推了，学堂平了。我做主，奖励你一个门，大三居一百零六平方米。

歪嘴刘一翻白眼，鼻子哼一声，我不信。现在用公款吃顿饭全要请示批准签字画押，您能做那么大的主儿？

白主任此时倒认真起来，你先别在我眼前晃，我瞅见你就心忙。我还真没跟你说着玩儿。你要真把九千岁摆平了，顺利拆迁，开发商奖咱村一个门儿，归你了；实在不行，按面积得给我家四、五个门，奖给你一个门也没问题。在座的诸位，同意不同意？

同意。

不过是随声附和，起哄架秧子罢了。

歪嘴刘见状，羊上树的劲头上来了，一捋袖子，我非要打上门去，把老九他九十年的威风打下去。然后，腾腾腾，嘴一歪一歪地歪走了。

歪嘴刘前脚走，后脚全体与会者扔给他背影一句话：老九是你叫的吗？纯粹一个二了蛋。

白主任继续主持会议，你们问为什么让歪嘴刘来参加会议，他是咱月牙村小玩闹的领袖，小痞子的班头。这种人利用好了也可以将负能量转化为正能量。但不能将希望寄托在他们这种人身上。说毕用手一指坐在墙角旮旯的赵国芳，外号人称八贤王，该您踢头一脚了。

被叫作八贤王的赵国芳连连摆手，我不行，绝对不行。九爷是我的启蒙老师，一日为师，终身为父。再说，我老师的脾气我知道，他就是一根筋，死扳桩，固执得像钉子。全镇有三头倔驴，您您是头一倔。

所以，才让您踢头一脚。您把门端开了，别人才能踩着您的脚印往里送。然后咱得再过两道关，武关丁三，文关丁岚。白主任又给赵国芳打气，您八贤王不打头阵，八贤王这个雅号帽子就给您摘了。

赵国芳说，还用我打头阵？歪嘴刘那小子真说不定已经去了呢？

白主任一拍大腿，催赵国芳，您麻利地去吧，那小子成事不足，败事有余。

二

白主任所料不虚，歪嘴刘真找丁九爷去了。

歪嘴刘一边走一边琢磨，哈哈，今天头头脑脑有身份体面人物的会议，竟也让我参加了。他有一种受宠若惊的感觉。平常他见这些人，都是他主动先搭了话，这帮人还高扛脸，不拿正眼看我。既然和他们平起平坐，自己也得争口气，如果真能把丁九爷拿下，也算自己狗掀门帘子——露一小脸。至于奖励一个门，那也不过打哈哈，当不得真。

想着想着歪嘴刘就到了大街路南九爷的大宅院，正门朝北，面临官道。白石狮门礅一对，两扇红大门洞开，望进去是一个葡萄架，已减翠添黄。下面摆放方石桌，圆石凳，桌上茶壶茶碗。夏秋时节，九爷常在这里招待客人。

不知怎的，别看他来时挺勇，真到了这里，歪嘴刘一时倒没有了勇气和胆量从正门进入，他心里有点发怵，究竟为什么？他只是隐隐约约听他爷爷说过，也听他爸爸说过九爷世代对他家有恩。究竟是什么恩，他也说不清楚。或者说，他也不想搞清楚。正因为如此，他被村民认为是个忘恩负义的人，是个白眼狼。

他有点心虚。他就从大门西院墙外往南蹅摸。院子里树木繁多，古槐的枝丫伸过墙头，叶子黑绿黑绿；枣树高过墙头，翠叶闪着光泽；傻青杨的阔叶在风中哗啦啦地翻白亮银。最惹眼的是一树红柿，红灯笼一般。阳光泼洒下来，几只长尾巴帘灰山喜鹊，正在柿子树上扇翅翘尾闹腾。

歪嘴刘看了红柿眼馋。他想，此时的柿子也许不涩了吧，树熟的柿子肯定不涩了。老喜鹊全吃得，我何不进去先尝个鲜，也算有个进宅院的由头。院墙并不高，他捡几块破砖垫高在脚下。双手扒住墙头，身子往上一拔，软绵绵肚子撂在硬墙头上，头朝下，正想翻身往下跳。哎哟妈哟，一条大黑狗，正蹲在地上，扫着尾巴。狗脸对着他，狗耳朵支棱着，狗嘴张着，鲜红的狗舌头伸出老长，呼哧呼哧喘着粗气，狗脸的热气都扑到他人脸上了。

歪嘴刘正上不来，下不去，惊魂未定。此时一只大手抓紧他脖领子，直往下一带，轻飘飘就给揪了下来，扔到柿子树下。大黑狗龇牙伸舌头想舔，只听一声断喝"去！"那大黑狗夹起尾巴，蔫蔫悻悻十分不情愿一步三回头憨憨慢慢走了。

歪嘴刘一摸后脑勺，觉得后脖梗子发凉，又叫一声哎哟妈哟，得亏是九爷的傻狗，要是藏獒，还不把我拆了。一抬头，忙叫一声，丁三叔，您薅我脖领子跟提溜小鸡子似的。

只见丁三叔手攥一根三节棍，指点着，你嘴歪心也歪，放着大门不进，正道不走，属黄鼠狼的，专门走歪门邪道爬墙头。我三节棍一搭上去，你的小嫩骨头得折几根。你人模狗样站起来，我问你：干吗来了？

歪嘴刘颤巍巍站起来，用眼直瞟丁三手中的三节棍，顶端还连着一尺多长的铁链。他一指柿子树，我想吃一个柿子，尝个鲜。

丁三一笑，你早说呀。甭说一个，只要你能吃下一个，满树的柿子都归你。

真的？

这宅院的林子也归我管。这点主我还做不了。

那我吃了。柿子我可拣软的捏。

你捏吧，没软的。

歪嘴刘到底拣一个软点的柿子拧下，用手擦了擦，咔哧就是一口。然后，舌头伸出来就缩不回去了。整根舌头都是木的，他想咽口唾沫，嗓子眼都涩住了，噎得上不来气儿，憋得眼泪都流出来了。

歪嘴刘用手指连抠带掏，好容易才把口中锯末似的涩柿刮掉。这时丁三笑着审贼似的问，说实话，你干吗来了？

歪嘴刘不敢说为拆迁的事找九爷，但说话还得沾拆迁的边儿。他转了个辙，三叔，我听说咱村要整体拆迁，九爷的这块风水宝地也留不住。我爸爸临终前嘱咐我，有工夫就到九爷家，看看当年咱住的房子。您看，我这不是来了么。

丁三笑了，你爸都过世快二十年了，你才来。来了好，不管早来晚来，来了就好。走，看看你们刘家当年的府第。

大宅院南北长，树种不少。丁三领着歪嘴刘，绕过老槐树，穿过白果松，擦着侧柏，就到了东南角一个碾棚旁边，站定。然后对歪嘴刘说，到了。

歪嘴刘左看右看，也没看出什么。满脸狐疑地问，我家的老房呢？

丁三一指碾棚旁边的一个土窝棚，这就是。

土窝棚三角形，半地下。高粱秸搭顶，黄泥覆盖。四周栽木桩，玉米秸填充，外抹麦鱼泥巴。没有门，谷草帘子卷上去就当窗，撂下来就是门。丝瓜秧缠满了屋顶，蓬蓬勃勃的墨绿浮一片艳艳黄花。这黄花的黄与碾棚旁鬼子山药的花黄真有一拼。歪嘴刘低头弯腰试着步往下走往屋里迈，只听脚下嗵嗵几声，一只白猫扑棱从腿旁窜出去了，吓得他一屁股坐在潮地上。摸了一手潮虫子，嗖地又站了起来。

丁三在后边指点着他，不无嘲笑地说，瞧你这德性。你是真馋假刁，就会坑蒙拐骗偷，打牌搓麻抽。看看，看看你爷爷留下的祖遗产。这是齐锅加灶连土炕，半片席，老瓦盆，要饭瓢，打狗棍，都在这屋里，一样不少。

屋里太昏暗，歪嘴刘到了外面，觉得金光四射。这一切离他太遥远了。他影影绰绰记得在四五岁的时候，他爷爷让他看过，八九岁的时候，他爸爸带他来过。当年他爷爷逃荒，挑八根绳从三河县来到月牙村。当年九爷的父亲，让他全家在碾棚旁搭了这个窝棚。这才算有了容身之地。

歪嘴刘看到窝棚前立个小牌牌，上面写着"刘家窝铺"四个字。一时不解，问，三叔，明明是"窝棚"，为什么写成"窝铺"？

丁三解释说，这你就不明白了吧。窝棚，是地面以上；窝铺，是一半地上，一半地下。统称叫"船瓢"，如船半水下半水上。你看，围着碾棚有李家窝铺，赵家窝铺，孙家窝铺，都是当初的山东人，山西人，河南人逃荒要饭，奔京城天子脚下来到月牙村的。

歪嘴刘很是纳闷，这窝铺可有年头了，还得维持哇。

丁三一拍他肩膀，你还真说句人话。这些破窝棚，每年要维修。别看地是这个地，样是这个样，里边的骨架，糟了得换，掉了泥巴得抹，原汁原味保存着。

那为什么不拆了呢？

拆？九爷不想拆，这些窝棚的后人，不让拆。

可这地是九爷的，为什么不让拆？

这些窝棚的后人说了：借地不拆屋。

三

人说，青皮萝卜紫皮蒜，低头老婆扬头汉。赵国芳正边走边低着头想事，见了九爷怎么开口，怎么切入正题，怎么把九爷这头倔驴摩挲成顺毛驴。不想和一个人撞了个满怀，这个人就是歪嘴刘。

歪嘴刘一推赵国芳，八贤王，走道您不看道，头一低，是不是跟下边屌子算账呢？

赵国芳并不跟他计较，历来就不跟这种人计较。他若和这种人吵吵起来，月牙村的舆论会一边倒地批评他，你八贤王和这种人斗嘴，不值呀，失身份呀。

赵国芳只回击他一句，当初你妈把你生在尿盆子里了吧？怎么你一张嘴就有臊味呢？你去九爷家了。

去了。

见着九爷了？

见了。

九爷跟你说什么了？

歪嘴刘一摸后脑勺，瞎话就来了，九爷说了，改天叫上你们几个小兄弟，到我宅子里打打牌，喝点小酒，还有……

赵国芳打个手势，停。你的屁股是不是又痒痒了？丁三的三节棍有点馋了，该沾点荤腥了。你知道老九爷是怎么收留你爷爷的吗？你知道九爷怎么给你爸说媳妇的吗？你还记不记得你的嘴是怎么歪的吗？你十岁那年偷九爷的梨，树杈断了，把你摔个半死。九爷花钱救你一条小命，嘴却歪了。你别嘴歪心不正。我正告你，你们甭想打九爷的主意。

几句话把歪嘴刘的嘴给说得更歪了，他赶紧转辙，我说八贤爷，我求您画的画，您画好了吗？

赵国芳马上说，早给你画好了，你不去拿。

画的什么呀？

一张纸画一个鼻子。

那脸呢？

没脸。

歪嘴刘如何不明白，恨恨地说，你找九爷，他您也不会给你脸。

赵国芳刚进红大门，那条大黑狗蔫蔫迎过来，狗后边跟一只老白猫，老白猫的后边是丁三奶奶。

丁三奶奶干净利落，齐耳花白短发，还是那副女教师打扮。一见赵国芳，先打招呼，老同学来了。到上房喝水。祝贺你呀，你这个当年完小校长，如今又当上拆迁办副主任了。是不是来当说客，说服九爷，把当年咱一块念书的学堂给拆了呀？

劈头盖脸，绵里藏针的几句话，就把底气本来就不足的赵国芳说得不敢挑明来意，只能顺口搭音，嗨，听说九爷的宅院也保不住，我心里也不是滋味。趁着刚开完会，再瞧一眼咱们打小念书的地方，看看咱当年演戏的老戏楼。

赵国芳和丁三奶奶来到儿时念书地方，就在碾棚和围着碾棚刘家窝铺，李家窝铺，赵家窝铺，孙家窝铺的北边，还残存着并不高大的三间砖房，那原是九爷的家庙，供的是观世音菩萨。民国以后，九爷将菩萨请走，开了私塾学馆，后来改成学堂，再后来改成学校，是月牙村完全小学的前身。

房前有个小月台，丁三奶奶引着赵国芳登上七步麻石台阶上了月台。月台白石圈边，里面青砖铺地。月台正中，有一人高的铸铁化纸香炉，上面镌刻四个字：敬惜字纸。三间教室的窗子是碎冰炸纹窗，捏腰盖面。门是那种古老的笨重木门，又厚又高的门槛，门窗颜色是红土子。依然保持着老九爷家庙风格。

二人进了教室，三间屋明着，摆四行两列桌子。桌面是独板，厚实墩实粗糙，是白茬老榆木。那是当年九爷放了三棵老榆树让何家巷李木匠做的课桌。没有抽屉，下面空荡荡，布书包只能吊在横掌上。丁三奶奶和赵国芳并排坐在课桌前的木凳上。木凳是四条腿长凳，凳面依然是老榆木，凳腿也是老榆木。一条板凳即坐满两个人。赵国芳忽然抿嘴笑了。丁三奶奶说，你要笑就咧嘴放开了笑，你这样笑比哭还难看。

赵国芳这回笑出声来了，边笑边说，赵淑兰，你还记得不？咱俩就坐在这条板凳上，你要先站起来，你得告诉我一声；我要先起来，我也得先支语你一声；还得按住自己这一头，要不就同时站起。那天我冒坏，下课时我猛然站起，你一下子摔在地上，磕得不轻，后脑勺鼓起一个紫包。就因为这，丁三那小子出手就扇我一巴掌。丁三别看书念得不怎么样，皮糙肉厚，还真有两膀子力气，后来又练武功。谁想，你俩后来成了两口子。你还得感谢我呢。

丁三奶奶也笑了，你小子那时也够淘的，够损的，够阴的。今天坐在这里，又想起了咱们在这儿上课的情景。九爷在前边黑板上用粉笔写字，那黑板还是后来成了我瓦匠公爹用麻刀灰抹的，刷的青灰水。九爷每次讲完课，沾着一手粉笔末，用两只手合掌拍打。阳光斜照进来，粉末像一群蚊子在飞，然后把他那前清小辫往脑后一撩。每次上课前，全体起立，向国父孙中山三鞠躬。然后背总理遗嘱。最后一句是：革命尚未成功，同志仍需努力。

赵国芳说，那时条件差是差，可咱学习挺努力。一开始抱着石板石笔上学，然后用铅笔草纸，再后来用蘸水笔便宜纸。我手攥一个鸡蛋正好换一张便宜纸四分钱。上晚自习用墨水瓶自制的小煤油灯，用九爷的生宣纸做灯芯。九爷让咱用毛笔蘸水在小月台方砖上练颜体字。这一档子一档子事，就跟发生在昨天似的。

丁三奶奶接了话茬，可咱班出了不少人才。咱全班在解放后全部转入月牙村完全小学，小学毕业后又进县简师。你又上了高师，我简师毕业就回村初初小。你高师毕业教高小，你先被评为县模范教师，后又当了高小校长。你挺棒的。

棒什么呀。此时的赵国芳倒谦虚起来，咱班比我棒的好多呢。王川渊，当了县中学校长；苏大耳朵，当了县教育局局长；张金辉，当了县委书记，黄召，最后从副市长的位子上离的职。说到这儿，赵国芳向丁三奶奶伸出小拇指，我呀，不过是个小小的教书匠。

丁三奶奶说，可你名声好啊。在戏出里九爷扮宋仁宗，你演八贤王。你当校长时资助不少贫困生，遇事能主持公道，是乡贤呀。

赵国芳连连摆手，啥乡贤，人家九爷才称得上乡贤，大贤，我不过只是个教书匠而已。

丁三奶奶没接八贤王的话茬往下说，话锋一转，哎，听说你和这帮教书匠还有联系，你们不是一年进行一次老同学聚会吗？能不能见面顺便提提，利用他们的影响，手下留情，保留这块地。我记得，前几年这帮人还来这儿，集体看望过九爷。

赵国芳听了，叹口气，一摆手，咱先不提这事。咱到外边转转。

丁三奶奶知道他有难言之隐，问题看来不那么简单。即使赵国芳当职，甭说他是副主任，就是正主任，也不过个拆主任。职责就是拆字当头，破坏。

丁三奶奶与赵国芳走出教室，站在小月台上。她指着那十几棵老刺槐说，最是五一前后，槐花开了，开得雪山似的。嗡嗡的蜜蜂，赶集似的。那花香，清爽，甘甜，入鼻，入心，沾身上抖落不掉呢。还有槐下的茉莉花，指甲草，现在还保持原来的样子。园子还是这个园子，房子还是这个房子。树老了，老九爷没了，小九爷也老了。可您留下了这地这房这树，就是留下了念想。

赵国芳说，这点念想差点早就没了。你忘了，解放的前三年，九爷将这块地一撅三截，这一截一亩，卖给了我爸爸。人家九爷有眼光，看出形势来了，往外扬地。划阶级成分按解放前三年的剥削量。我爸没眼光，图便宜，置房置地。结果土改时，我家成分上中农，九爷倒成了下中农。

丁三奶奶也笑了，你爸，就是个地虫儿。买了这块地，要种白薯，让九爷把房子拆了。九爷说，地归你了，房种在地上了。老话说：借地不拆屋。

四

赵国芳对丁三奶奶说，你们在丁氏家族中大排行，你排老三。实际你是老九爷长孙长媳。你恋房惜地的心情我太理解了。而我自己又何尝不是呢。假如没有九爷的学堂，我个人的命运将被改写，一班人的命运将被改写，甚至半个县政治格局和政治生态将不是现在这个样。其影响从解放初期直至二十世纪八十年代，其传承至现在仍可追溯。但上边大势所趋，谁抗得了？

这时，丁三手攥着鞭子过来了。赵国芳抢先问，怎么，三节棍不使了，又换家伙了？

这时丁三看场地宽敞，遂退后，赵国芳退后，丁三奶奶退后，大黑狗与老白猫也退后。丁三将手里的长鞭抡起来，身子一拔，胳膊伸开，头侧身斜，将那长鞭往半空中甩出去，啪的一声脆响。紧接着闪转腾挪，手眼身法步，长鞭如一条青蛇随他而舞，连续爆发出刺耳的啪啪声响。

丁三舞毕收鞭后才和赵国芳搭话，八贤王，我不得不防啊。咱村西边王爷坟上个月拆迁，那些黑社会强拆队在黑夜里都用上大片刀了。

丁三奶奶说，凶器，凶器，唬唬人罢了。我刚陪八贤王看了老教室，还要看看老戏楼，你带钥匙了吗？丁三撩起上衣下摆，一大串钥匙哗啦啦挂在腰带上。说了一句，我是使唤丫头拿钥匙，当家不做主。赵国芳说，你说这话我不信，你得做九爷多一半主。丁三抱拳，谢你高抬我了。少一半，少一半。

赵国芳就势说，我想看望九爷。

九爷不在家。

九爷上哪儿了？

你甭打听。打听了心里是病。

赵国芳说，我心里本来就有病，心病。

三人来到老戏楼前，端详起老戏楼。说老戏楼，确实老了。外墙裙大开条青砖经风雨剥蚀涩化成粉末往下掉面儿。说是楼，其实也勉强，只不过台下一层屋，台上一层房。戏台坐西朝东，台四角有四根柱子，柱脚下有圆鼓形石磉，雕刻有云彩勾回字纹。两根前柱黑漆烫金有些斑驳脱落，但楹联仍清晰可见：舞台小世界，世界大舞台。后边两根柱子楹联是：人生如戏真亦假，戏如人生假亦真。柱子上有木枋托檩，檩上竖铺杉木杆子搭的是天棚，半遮风避雨半露天的样式。台上演戏，观众从东南北三个方向都能观看。说它老，有年代久远的意思。据说建于清乾隆年间，乾隆皇帝到东大山进香，这宅院当过临时行宫。现在仍有老人管这北宅院叫行宫，或叫九爷府，这名字本身就是历史。不过这称呼几乎被淘汰了。管南宅院叫茶棚。

丁三将门吱吱打开，几只麻雀突突从门顶窗撞了几下飞出，弄得满屋尘土飞扬。老白猫乘机而入，向一个黑旮旯探着爪猫过去。一股岁月陈旧的潮味弥散着。三人进了屋内，眼睛定了定才看到当年情景。文武场的各种器乐家伙还在，不过上面苫着幕布。木架上刀枪剑戟各种道具兵器还插于原处，只是蒙尘积灰了。还有十几个戏箱，蓝面铜钉，静静睡在春凳上。里边依然装满了戏服和各种行头。

八贤王见状顿生感慨，见到这些物件，如同见了久别亲人一般。讲古的事真是太久远只是耳闻罢了，老老老老老九爷九千岁曾陪乾隆爷在这儿听过戏，唱的是《将相和》。可咱亲眼经历的呢，是1958年北京京剧团下放咱村，深入生活，扶植咱村的业余剧团。其中有几个箱子的行头戏服，就是当初北京京剧团送的。

丁三奶奶说，是，是。当初就在这个戏台上，演全套的《凤还巢》《失.空.斩》，从太阳落山开演，一直唱到三星落了，过后半夜。

丁三也说，那时我都十几岁了，也给收在村剧团了。马连良，面挂黑胡，从这个门，穿着朝靴，踱着方步，就这样一步一步走出来。一点不着急，也不唱，到前台才唱。我看了真着急。

赵国芳指着丁三说，你入门早，开窍晚，戏有戏的节奏。《四郎探母》的杨四郎在没上场就唱"叫小番"只这一嗓子，那叫的"好"打雷一样。看戏的人，乌泱乌泱的。十里八村的人都来了，里三层外三层，树上墙头上房顶上都是人。戏台上的汽灯，贼亮贼亮，晃眼。台上把戏演活了，台下看戏的看迷了。要不怎么说，唱戏的人是疯子，看戏的人是傻子呢。

八贤王指着这戏箱和文武场的家伙问，这些古董怎保存这么好呢？"文革"破"四旧"没给抄了？丁三说，这你就不明白了。土改的时候，这个台上斗过地主王瞎子；抗美援朝时，这台上新凤霞义演过评剧《刘巧儿》，募捐飞机大炮；月牙人民公社成立时，在这儿开的庆祝大会；"文革"时，这里成了毛泽东思想宣传站，演过样板戏《红灯记》和《杜鹃山》。造反派哪敢造这儿的反呢。这些戏箱子，都被九爷藏在戏台下面的地窖子里。在打日本开辟地区时，还藏过老县长呢。

丁三奶奶对赵国芳说，在《穆桂英挂帅》折子戏中你演八贤王，你那胡生的两步走，活脱脱的一个"八贤王"。这外号多雅呀。赵国芳说，什么八贤王，九贤王，你在《穆桂英挂帅》中扮演的穆桂英，比你在《穆柯寨》中扮演的穆桂英好，庄重，大气，还有些雍容华贵。丁三奶奶说，那当然，身份不同了吗。

丁三被晾在一边，颇不服气。指着他们二人说，露脸的事都让你们干了。那些下手活都归我了。搬桌挪椅拉大幕，扛戏箱，抱刀枪，摇旗呐喊当木桩。八贤王笑对丁三说，那我夸你几句，三弟你胖而不蠢，肥而不腻，粗中有细，功不可没。有时戏台上还真缺不了你这个道具员，有些角色非你莫属。比如，《杀狗劝夫》中你扮的那个狗，真是一条好狗，杀了真可惜；再比如，《小寡妇上坟》中你装坟头子，我三弟妹那么哭天抹泪，拍着你，你真一动不动，功夫哇。赵国芳故作庄重地夸丁三，说完自己扑哧倒先乐了。

丁三奶奶笑说，你呀你呀，他就不爱听别人提这段儿，你真是哪壶不开提哪壶啊。

丁三闹个大红脸，又无言以对。只能自嘲，我老给你们当冤大头。哎，还有一个秘密，现在说也没事了。日本时期，一个日本人，听说还是个工程师，考察过这院子里的建筑。这是九爷去年闲提话跟我说的。我想应该有这么档子事。我爸也详细跟我聊过。

赵国芳听了，噢了一声，有这么回事吗？

丁三说，肯定有。我爸接待的。九爷还跟那个日本人掰扯过：借地不拆屋。

五

正在这时，赵国芳手机响了，是白主任打过来的，您赶紧回村委会拆迁办公室，上边来人了。

八贤王赶紧往回赶，心里直打鼓。好几天了，甭说做九爷的工作，连面儿都没见着呢。白主任要是问起来，该如何回答？说上边来人，肯定官比白主任大，不会是镇里，至少是县里，那又如何应付呢？又一想，爱咋咋地，我们也是七十多岁的人了，你们啃不下这硬骨头，扔给我们啃，我们的牙口更不行了。

一进拆迁办公室，首先看到的是一个白白净净，有书卷气有点腼腆的陌生年轻人，又像大学生又像教师模样。光线照在他脸上，显出嘴角耳下淡淡的茸毛。白主任忙将这个年轻人向赵国芳介绍，这是山本一郎，在清华大学土木工程系读研究生。然后又向这位年轻人介绍，这是乡贤赵国芳，江湖人称八贤王。

年轻人很大方地伸出手来，握紧赵国芳的手，头略低下，说了一句，八贤王君。我的，也喜欢中国的京剧。刚才，白先生君已经向我介绍你的情况。你的，就是我票友老师了。

八贤王握他的手觉得他很有劲，手掌也有点粗糙。有点懵，难道面前这个年轻人，就是个小日本娃子，可个头不矮呀。他中国话说得虽有点生硬，不过挺溜。也没人给他当翻译，一个人就摸来了，底气够足的呀。正在要拆迁的裉节上，你可干吗来了。你这不是娶媳妇打幡——添乱吗。这当然是赵国芳的心里话，自然不能说出口。不过，一个日本青年刚见面就称八贤王为票友老师，也就一下子拉近彼此之间的距离。

八贤王赶紧回应，好，好，互相学习。又扭脸问白主任，咋回事呢？透透底吧。

白主任这才细说来龙去脉：昨天县统战部来电话，说市统战部指示，清华大学土木工程系有一名日本留学生，他的外公是个建筑工程师。侵华期间在月牙村丁九宅子里住过一个星期，搞过一个社会调查。其中特别提到了老九爷府上的房屋建筑特色，还画了图纸，也有些疑问。后因战事紧张，没搞完就给调到长沙会战的前线了。临终前他拜托在清华留学的外孙子，一定要找到丁九爷府，把他未竟的事业干完，没搞清楚的搞清楚。让孙辈完成他的遗愿。

赵国芳问，哪些问题没搞清楚？

白主任说，太具体我自然也不太清楚。据山本一郎说，这是他的毕业论文。为此，学校立了项，批准了专项资金。还准备给他配备几个同学，但山本不用，说自己独自能行。自己的外公在战乱时都能独立调查，更不用说现在是和平时期了。山本还提出，吃住在九爷府，如果能找到当年接待过他外公的后人，更好。还有，日本早稻田大学对此项目也很感兴趣。

白主任又交代赵国芳，您八贤王这几天的重中之重，就是把这事办得了。往大了说，关系到中日友好钓鱼岛；往小了说，关系到拆迁毁和保。您配合的要及时到位，也要让这郎子吃得饱和好。让丁三做饭，他本来就是个油厨子，让丁三奶奶打下手。你们三个人全程接待，一直到平平安安把山本送走。但是，更是重中之重，做好九爷的工作，和九爷对面剥葱。

赵国芳说，你不要上纲上线，说具体点儿。

白主任细说，他是搞建筑的，你们就让他们搞建筑；他们要实际操作，需要人你们就给找人；需要工具找工具，需要材料备材料。有事直接找我，完了算总账。听说他外公住九爷府时，丁三的爸爸给糊的棚。

山本一郎支棱耳朵听着，大概意思像是听懂了，问，是不是现在就可以去九爷府的，抓紧时间的，问题不少的。说罢，看一眼腕上的手表。又跟了一句，你们直呼我山本也行，一郎也行。

赵国芳心里想，这个小日本倒豁鼻子驴——性急。看他按捺不住的样子，又不得不佩服人家日本人对时间以分秒计算与管理。

赵国芳说，也好，我刚从九爷丁三那儿过来，再杀个回马枪。那怎么过去？你的包包裹裹呢？

这时，一郎抓起座位上的自行车赛帽，扣在头上。说了声，我宝马就在门外。赵国芳不免惊异，你小子是从海淀区骑车来的？

白主任也不由得佩服，你以为呢。他在环青海湖自行车赛，拿了第九名呢。

丁三见赵国芳又回来了，身后还跟着一个不紧不慢骑着自行车的小伙子，后捎货架上载着大包。不由笑道，你是磨道的驴，怎么又转回来了？

赵国芳说，无巧不成书。你爸爸当年接待的那个工程师，兴许就是这个小日本娃子的外公。今天，他后代找上门来了，还要在这儿住几天。又向丁三详细转述了白主任的交代。最后对山本一郎说，你外公在中院住时，就是这位丁先生的老父亲接待的，给糊的顶棚。

山本一郎连连点头，好的，好的，先要看看的。

这时，丁三奶奶也迎了出来，腿前是老白猫，身后是大黑狗。丁三说，你把大柱子叫过来，把这位日本大学生的车和包包放到北院去。

山本却说，我得拿出来一个黑皮包。

然后，三人到了中院，进了西厢房南屋内。丁三指着靠墙的土炕说，当年，你姥爷就睡在这铺土炕上。又指指头上的顶棚，七十多年过去了，我爸爸糊的顶棚骨架还完好如初。只是罩面的腊花纸发黄，圈边的墙纸发黑，犄角处有一圈一圈的水渍，如同小孩尿炕一般。那是房上有一块破瓦，下完雨就换上了。

山本一脸困惑，上下左右看了，墙面的裂缝像爬满了蜈蚣。说，我的外公，当年就住在这么简陋的地方。真的不可思议。

丁三眉毛立刻竖了起来，眼睛圆了起来，嗓门大了起来，指着一郎，怎么着？你还觉着你姥爷受了委屈不是？他只住几天，也要糊顶棚。我们住了一辈子，几辈子，谁看见顶棚什么样？到我们中国了，还摆谱？

赵国芳忙用话拦一下，丁三，你小点声说，我们耳朵不背，不是聋子。

山本的白净脸腾地红了，嗫嚅道，我外公的，到底怎么的回事，怎么的一个过程？

丁三缓了口气，拍着脑门，边想边说：那一天我爸爸正抹这中院西厢房后檐墙，那坏半芯的泥皮不是掉了吗。这时九爷领来一个人，那人一开口，才知道是日本人，那人穿的是中国人便装。九爷说，丁大管家，这位东洋先生是搞技术的，要在咱这儿住几天，就住这西厢房南屋。他嫌屋里没顶棚。我说，这房是给扛活的住的，本来就没顶棚。你要不满意的话，就住北院上房。这位先生还不干，说是客不能欺主。这样吧，你放下手中的活，现成的秫秸，东窗纸，腊花纸，把南间用纸糊了，把他糊弄走了得了。说完九爷扬着头走了，把这个日本人干撂在这儿了。看来，九爷不愿和日本人多说一句话。

九爷走了以后，我爸就收拾家伙，把泥水活停下来，准备先糊南屋顶棚。过去的瓦匠，一般都是糊裱匠。春，夏，秋干瓦匠活，冬天在屋里暖暖和和地糊顶棚。那个日本人也会说些中国话，说继续干的干活，你的干活有意思。问抹墙泥叫什么的泥？我爸说叫麦鱼泥。为什么叫麦鱼泥？我爸说黄土泥中掺麦鱼子。什么叫麦鱼？我爸说是麦穗轧完场剩下包麦粒的空壳壳，形状像鱼一样。为什么要掺麦壳？我爸说防开裂。黄泥与掺麦鱼子百分比例是多少？我爸说，凭经验，能黏墙上，轧出抹子花出光就好。我爸说啪啪啪往墙上摊泥，然后左右开弓，将泥摊平，上下压出水光。稍干后，左右轧成硬光。原来像叫花子破衣裳一样的残墙断壁，此时焕然一新，如同状元郎的新衣一般。又如一面镜子镶在墙上。一摊烂泥，被我爸爸三招两式，变成了挂在墙上的艺术品。把那个日本人看直眼了，直伸大拇指。又问，你抹的墙叫什么墙？我爸说坏半芯。又问，什么做的？我爸说，黄土。他说，你们中国的黄土真有意思。又问，什么叫坏半芯？我爸说……

丁三连汤嘴，左一个"我爸说"，又一个"我爸说"的学舌，把两个人都给逗乐了。八贤王说，你嘴贫不贫呢。你能不能把"我爸说"去了，直接模拟当时情景。

丁三说，本来我十几岁时就是听我爸说的吗。我那会儿刚周岁，还吃奶呢。好，那我就描述我爸糊顶棚的情景：

长工屋吗，住的就是长工，扛活打短小半伙。墙面黑不溜秋，屋顶烟熏火燎。窗户纸破了就堵棉花套子。屋里老有股汗腥味尿碱味屁味烟袋油子味，噎嗓子呛鼻子。这个日本人真不嫌，静静地站在地上看我爸做活，还拿笔在小本子上唰唰记录。我爸点燃一支蜡，在蜡头火上烤秫秸，去弯顺直；然后用高粱纸条缠杆。糊棚的架子搭成戏台似的。紧接着，我爸一个人登台唱戏。他先扎四角圈边固定顶棚枋子，然后用纸杆在中心排兵布阵。横插成行，竖连成列，屋顶成了八阵图。这时我爸开始给顶棚挂里，用一寸毛刷将糨糊涂匀于杆上，我爸双手托起整张大纸，往骨架上一铺，双手前后一抚，左右一按，一张里子就挂完了。不过抽一袋烟的工夫，整间的里子就齐活了。然后生起棒骨火烤棚，半干后罩面。罩面的纸是腊花纸，我爸将那四四方方的腊花纸双手往上一托。嘴衔长毛刷，用两只拇指摁住。然后仰面一吹，一口气就将那张纸贴上去，然后口一松，毛刷正落在手上。只见我爸将那毛刷，刷刷刷横扫，嚓嚓嚓竖按。只一顿饭的工夫，原来黑窑似的屋子，转眼之间成了雪洞。我爸糊棚的手艺，让这个日本人看了直叫好，你的技术，中国人的，这个！

丁三说得很投入，也很得意，也很自豪和骄傲的样子。赵国芳看了很不舒服。他问一郎，图纸上你外公没标出问题？

一郎从黑皮包中抽出一卷图纸，又黄又旧。展开，低头看了，果然绘有顶棚。一郎问道，我外公在图上写的第一个问题，顶棚是秫秸插成，秫秸上抹糨子缠纸条，这样必然招耗子去啃去咬，如何防耗子？

丁三说，这个问题太简单了。你看顶棚东南角留一个一尺见方的洞，猫可以上去，耗子可以下来？

一郎问，如何让耗子自己下来？

丁三说，这个问题太简单了。糊完顶棚后，往顶棚里扔几团刨花。就是木匠用刨子刨木板的刨花。

一郎一脸疑惑，那是为何？

八贤王此时代为回答，这个问题太简单了。耗子上了顶棚，只要一跑，刨花的小圈圈就会套在耗子腿上，发出通通通声响，耗子一害怕，就从小方洞顺墙爬下来，猫正等着呢。

六

丁三悄悄对八贤王说，我第一眼看到这个日本留学生时，就觉得跑不了，就是他，老日本的后代"小日本"娃子。三辈不离姥家影。九爷家有他姥爷好几张照片，我可没少瞧着玩儿。"文革"初期才烧了。

八贤王说，你烧了，可人家日本人保存得好好的。你看，一郎还往外掏呢。

山本从那又黑又旧皮包中拿出一张更大的图纸，摊在地上。图纸已发黄，纸边也毛了，但线条还很清晰。两个人头凑过来，细细一看，都咂咂嘴佩服。整个大宅院，都收入图中。这张大纸，就是大宅院的全图。图上画有指北针，从南往北一系列建筑物，构筑物，围墙，东南角门，炮楼，碾棚，窝铺，磨坊，老戏楼，中院正房，东西厢房，北院正房，东西厢房，门楼，影壁，荷花缸，石榴树，南倒座。鹿顶、辘轳井，柴房，马厩，茅房。细致得门楼砖雕的莲花，廊柱上楹联的内容，都清晰可见。而且，图纸上还标着道路的长宽，房与房之间的距离。一棵一棵树的叶子，简直就是工笔画写生。用虚线标着下水道，排水的流向。西南角碾棚旁边，还遗留一个圆形半截子工程，是炮楼遗址。

真是太细致了。

八贤王说，画得真像。咱拿图和实物对照一下，看漏下什么？一郎听懂了，连说，好的，好的。刚才丁三君的解说词，我录了音。现在开始我还要录像，还要拍些照片，还要搜集资料。

于是，三个人按图指物。图中月台前有一圆坛，那是闹义和团时的拳台，丁三的爷爷在此试刀授法。原图中树林子就是树林子，现在林中增加了磉礅，冻轱辘子儿，饮牲畜的石槽，碾砣子，石磨，臼布石，拴马桩等老旧笨重物件。面对这些老物件，人显得幼稚而年轻。碾棚旁边标有三棵老榆树，没了，但树墩还在。老戏楼房山有两棵桑树，也放了。那是围北平，准备解放北平时做了攻城的长梯，到底没用上。增加的也有，在北宅与中宅之间，解放后新起的五大间，九爷的老五，在这五间房里结的婚，后来在1958年到1961年，这里成了人民公社的大食堂。院里还有一座残缺的炼铁小高炉。后来又成了知青点。图上的老戏楼砖檐上是五个花篮，下边女儿墙抹的是月白灰，原先画的是桃园三结义，梁山伯与祝英台，搜孤救孤的戏曲故事，后来写上

"毛泽东思想宣传站"八个大字，现在仍依稀可见。

山本捧着图纸，丁三，八贤王指指点点。山本忽然问厕所在哪儿？丁三说，看图纸上有没有？一查，没有，有"小自在"，在西南角，离此地七十二米。于是丁三迈大步去量，结果迈出九十步，每步 80 厘米左右，正合图纸上的七十二米。三人走过去站定看去，果然看到门楣砖雕刻有三个字：小自在。即厕所。

绝了。

八贤王说，日本这个民族有些优点是值得我们学习的，那就是做事的严谨和认真。

一郎听了，脸倒有些发红。他将这张图纸收了，又从那旧皮包里抽出一张纸，展开，说，我外公的疑问一条条都记在这里，还有画图，工艺流程。重点还有两个问题，第一，坯半芯房子是怎样一个结构，坯有几种？怎么一个制作工艺？第二，板打墙的工艺流程。你们中国人又叫干打垒，怎么把黄土立起来，建成了房子？我外公当年想看一看，但没来得及，就上前线去了。这次我来，就是想亲眼看一看这个过程。

丁三问八贤王，您说，咱怎么进行？

八贤王想了想，又看看手表，说，咱这样，咱上午先去看坯半芯房和板打墙房，了解一下结构。吃完中午饭，咱再看土坯制作工艺，做土坯有两个人表演就行，板打墙得七，八个人哪。中午你组织人，下午在这院子里开练。现在这样的人也得淘换了。年轻人不会干，年老的干不了。这样行不？咱这就去中院。丁三，你前边带路。

丁三一引，就到了当年他爸爸抹墙的地方。丁三指着这一拉溜六间房说，这是当年的长工屋。檐高七尺三寸，没有挑檐，四周是砖出沿称"四不露"。窗户不大，窗梁是发的砖璇。两山墙及后沿墙只用青砖包外皮，且只砌到十三层。然后砖抱角直至下檐子，四周外皮是砖，中间垒坯，俗称：坯半心。顾名思义，这种房是砖，坯，木结构。坯与砖的比例，各占一半，所以称"坯半芯"。

看上去，有几处墙皮脱落，露出一匣一匣的土坯。一郎问，这些坯为什么这么摆放？叫什么砌法？丁三指着土坯墙说，这叫一斗一卧。斗坯又称"蚂蚁咒"。

一郎听不懂土话"蚂蚁咒"，满脸疑惑，八贤王解释说，将土坯集中使用，如蚂蚁盘窝聚集，如同有人念咒语咒住蚂蚁一般。

一郎听了，似懂非懂地点点头。

八贤王说，一时不懂没关系。下午脱坯时再现场解说，咱看看板打墙的房屋，整座房都是土筑的，连一块擦屁股的砖头都没有。

八间板打墙房顺着六间坯半芯后房檐往北一字排开，一郎见了一愣，脸上露出一点激动和惊喜。他展开手中又黄又旧的图纸，看着眼前的房屋，用手指图，一间一间数着，图实相符，正好八间。然后让众人看，半个多世纪过去了，图纸所画的样式，是否和现实一样？

三人对照实物，进行比较。图纸上没有门，只有空门洞；现实仍是空空的门洞。图纸上没有窗，现实却有窗。不过这个窗是秫秸插的。一郎问，怎么的回事？

丁三说，是这么的回事：1948年围困北平城的时候，是准备打的。这院里住满了四野林彪的队伍。九爷让出北上房，不住；让出中院东西厢房，不住；让出长工屋，也不住。最后住在这八间板打墙屋里。其中六间是麦秋当敞棚，其中两间是驴棚。他们就抱着枪睡在土地上，九爷给地上铺上干草。那窗子也是九爷用秫秸临时插的。

一郎很细心，走过去摸摸秫秸插的窗子，摇摇头，有点怀疑，六十多年了，还没坏的？

丁三也走过去，还捏捏秫秸，解释说，秫秸是秫秸，但也不是当年的秫秸，中间九爷已换过两次。九爷坚持保留秫秸窗子，也坚持保留你外公住过的秫秸顶棚。这秫秸可都是一样的，都是小河套八十亩地产的搭了马子高粱秆。秫秸伺候的人可就不一样了。

一郎似乎并没听懂什么小河套八十亩地，什么搭了马子高粱，但他听懂他外公用的秫秸与窗上插的秫秸相比较，先甭说什么中国人外国人，在道德上就分出了高下。脸色有点由白转红。八贤王见状，忙给个台阶，说，看板打墙吧。

丁三如何不明白八贤王的用意，也赶紧接了八贤王的话茬，指着板打墙说，板打墙也叫半打墙。建房只能将墙打到房高的一半，再高就不保险了。所以上面得用坯往上砌，坯分旱坯和水坯。什么叫旱坯？什么叫水坯？咱下午做坯时现场再说。

一郎仔细看板打墙的屋顶，问，这是土房还是草房？怎么房上有草？

丁三说，长草也不是草房，是土房。

那怎么防雨呢？我们日本房上是挂水泥瓦的，叫日本瓦。

八贤王说，这真不是一句话两句话就能说清楚的。房上抹的是炕坯泥。

一郎脸上的问号又有了许多，又水坯，又是旱坯，又是炕坯，怎这么多坯呢？

丁三说，还有砖坯呢。

八贤王说，所有问题先到这儿。先吃饭，就在九爷北院吃，三奶奶已准备咱农家便饭。请。

七

主食是烙糕。丁三奶奶守着两个烙糕锅，锅下红红的煤火。丁三奶奶系着蓝围裙，戴着白套袖，从绿瓦盆里舀一勺黄面浆，往凸起的锅底上一倒，面浆漫溢开来，滋滋啦啦，蒸腾起紫烟，盖上锅盖焐着。然后在另一个锅上如此复制。也就几分钟，丁三奶奶揭开铁盖，烙糕熟了。用铲子一铲，对半折叠成半月形，焦黄软嫩。两个锅如变魔术般不断生出一个个烙糕来。

一郎看在眼里，很是新奇。吃到嘴里，不住地吸溜，仍沿着烙糕肥肥的边缘啃咬。丁三奶奶笑说，刚出锅的，烫。

一郎掏出小本本，问，这么好吃，什么的配方？

丁三奶奶说，这是专利，专利转让要花钱的。

一郎认真起来，那多少钱？我买。

丁三忙接过话茬，跟你开玩笑的。白面，玉米面，小米面，荞麦面，莜麦面，各占二成。提前两个小时泡好，加盐、碱、矾少许。一会你喝那小米粥，味道更不错呢。当初你外公，烙糕没吃够，就喜欢那微馊的味道。小米粥没喝够，就喜欢微涩的味道。

一郎追问，少许是多少？

八贤王说，少许就是"多乎哉？不多也"。然后说，咱休息一会儿，那帮脱坯，板打墙的哥们爷们也该来了。

三个人吃完饭从北院到中院时，丁三的二儿子大柱将那一班人马及工具及材料已准备停当。平时太肃静特寂静的林子忽然进来一群人，惹得一群一群灰麻雀如骤雨阵风一样忽地飞起，忽地落下。初秋的各种树叶，呈现色彩斑斓。大柱子问，爸，咱先表演什么？

丁三说，问你八大爷。

八贤王说，这个表演可不是虚的，要真刀真枪。要摄影录像，还要当大学教材呢。翻译到日本，那影响更大了。这是给咱中国露脸的事，给咱老祖宗争光的事。

大柱说，您把心搁肚子里吧。打墙脱坯，我十七八岁就干这个，不就是笨汉子活么。让我儿子小安给我打下手。今天，您就瞧好吧。一会板打墙时，也由我来指挥。

八贤王点点头，向山本递一个开始的眼神。然后说，开始操练。山本赶紧把录相机举至与肩膀齐。

第一道工序是和泥。地上的白菜刚多半心，给拔了一片。先用铁锹铲去一层土。大柱解释说，这层土有粪肥，不能用，得用生土净水。净水，就是井水。铺一层土，撒上一层麦秸，麦秸被铡刀铡成一寸长，麦秸上再洒一层水。然后再铺一层土，再撒一层麦秸，再洒一层水。这样层层叠加到一定高度，土，麦秸，水互相滋润。过一会儿用三齿连搂再捣，来回秸郎。再用铁锨将摊成大片的麦秸泥反复折叠摔打堆积，泥就和成了。

一郎看着觉得好玩儿，也拿铁锨插进泥中试一试，可铁锨一沾泥就拔不出来了。他嘟囔一句，中国的黄土也欺侮我们大和民族。大柱从一郎手中接过铁锨，一插一抽一抬一抖，一铁锨泥就端到一郎的面前，还说了一句，看，脱坯的泥就要和成这样，不稀不糯，不软不硬，这叫"饸饸泥"。糯了不行，一会儿在坯模里按着费劲；稀了不行，在坯模里站不住棱角。农村有句俗话，"懒汉子和稀泥，累死挑水的"。

一郎却从包里拿出一个圆锥形不锈钢桶，上面还有刻度。放在地上，用小铲往圆锥桶中装泥，装满了，再摇一摇，泥坍陷下去，再装。最后将圆桶往上一提，一个泥圆锥体如宝塔般就立在地上。一郎看看圆桶上的刻度，念道，七点八五。大柱不解，问，什么意思？八贤王说，坍落度。他还得做泥饼，测麦秸泥的强度。果然，一郎拿出一个塑料盒，挖泥放入其中。八贤王说，怎么样？他要带回学校试验室，将泥巴烘干，测试强度。麦秸泥的强度也能达到 $30 \sim 40$ 兆帕。后来一郎测的强度是 35 兆帕。由此更佩服八贤王。此当然是后话。

第二道工序是脱坯。大柱将已经洇湿的木模子放在地上。儿子小安此时用铁锨端满满一锨泥，斜立倒入模中。大柱从旁边水盆中撩一把水，啪啪拍在泥团上。然后岔开左手，将泥往右推；又岔开右手，将泥往左推；这样坯模四角均被泥巴壮实。又两手从两边往中间合拢，将坯模内的泥左右一抹。余泥只不过剩馒头大一疙瘩，往下一抹。一提坯模两边横梁，一块坯就脱成了。

一郎看着手表，说，制作一块坯，整九秒钟。从开始到结束，都录了像。他又掏出盒尺，量了坯的尺寸。丁三说，你甭量，长一尺二，宽六寸，厚二寸五。一郎报，长 37 厘米，宽 18 厘米，厚 8 厘米。

八贤王说，咱农村木匠的营造尺折成米尺，就是这样。

一郎问，为什么规定这个尺寸？

丁三说，上午你看了坯半芯房，墙宽一尺二，所以坯模定制在一尺二。为了错缝，宽度是长度的一半。

一郎提出这么一个问题，上午我看到的墙是一尺二，外墙是包砖，砖宽是四寸，里皮背坯，坯是六寸。墙是一尺二，那中间不是有二寸空间了吗？怎么办？

你不能不佩服日本人的认真。八贤王解释说，你说的是。中间是有二寸空间。我们用砖头，坯头填充，叫"填馅"。和天津狗不理的包子一样，外面是皮，里边是馅。后来，我们对坯模的尺寸进行改进，八寸乘八寸，就不需填馅了。我们也在与时俱进。

一郎偏过头问，"与时俱进"这个词的源头在哪儿？

八贤王一笑，你也真能打破砂锅问到底。"与时俱进"的源头可追溯到商朝，成汤的青铜浴盆刻有九个字铭文"苟日新，日日新，又日新"。

一郎不免惊讶，那得有多少年了？

八贤王一脸平静，大概三千六百年左右。

一郎白脸变色。继续刨根问底，一块坯有多重？说完等待回答，拿笔往小本子上准备记。

大柱问，你是问湿坯还是干坯？

八贤王说，废话。当然是干坯。十二斤半。一郎记在本子上，又问，不是说还有旱坯吗？

丁三招呼大柱，脱个二三十块就行了。赶紧洗洗手打旱坯。

打旱坯的一堆湿土已滋润闷好。大柱指着这堆土说，这土必须是好黄土，不能是沙土，不能是立土，不能是鸡粪土。必须带粘性但又不是胶泥瓣儿。头一天将土用水闷好，闷到什么程度呢？——说到这儿，大柱抓起一把土，用手用力一攥，然后将手中的泥团往地下一摔，土团四散而碎。这就叫：一攥成团，摔地即散，恰到好处。

紧跟着，大柱登场亮相，下身青灯笼裤，上身小白汗褂儿。两膀腱子肉，叽里嘎啦净是棱。他把旱坯模子安放在硬邦邦的平地上，用手将坯模四框往下擩了擩，以求落实。丁三用铁锨往坯模中装两锨黄土，黄土高过坯模约十厘米。这时，只见大柱拿起方形石夯，嗖的一下，提至胸中，哐的一下，砸在坯模正中。紧接着哐哐哐连三下，往坯模四角，各揣三下，三环套月。原来高于坯模的黄土，已经凹了下去。丁三又添加黄土，大柱如此复制。毕。大柱提起坯模横梁，一块旱坯制作而成。

一郎到底是搞技术的，用盒尺去量。长 36 厘米，宽 24 厘米，厚 12 厘米。他摇摇头，有些不解地问，这个的尺寸既不和砖的尺寸，又不和两种水坯的尺寸，怎么的组合。

八贤王说，好组合呀。一尺二，是墙的宽度；八寸，是配合砖外墙的宽度。厚四寸，是两层砖的厚度。

一郎想了想，点头说，我的明白了。但又不明白，脱一块水坯，用 10 秒。打一块旱坯，用 25 秒，从效率看，还是旱坯慢了。

大柱说，账这样算，也要那样算。脱水坯事先要洇泥窝，和泥，脱坯，晒干，修理坯，码坯，要进行六道工序。而打旱坯呢，只要将土润好，一次成坯。所以，到头来还是旱坯快。

一郎又点点头，还说了一句，慢就是快，快就是慢。这没头没脑一句话。

最后一项的操练是板打墙。小安准备好了六七个大小伙子，大柱指挥，栽桩的栽桩，安板的安板，填土的填土，平土的平土。大柱与小安，木夯伺候。只听得嗨哟嗨哟，哟嗨哟嗨，在紧楔下板声中，在瓜刀啪啪修墙补墙声中，平地生生立起厚厚实实一道墙。

一郎很是纳闷而惊奇，中国的先民，在嗨哟嗨哟声中，就筑墙造屋。中国人厉害呀，中国的黄土，神奇呀。

墙立起来了。大柱说，今天仓促，应该掺白灰打三合土墙。农村活有四大累，打墙，脱坯，拔麦子，筑堤。真把人累得贼死。今天这两大累，全让我们干了。

八贤王说，还有一累，滚花秸蛋，你滚过吗？你要会滚，就给外国大学生滚一个。

大柱说，咋没滚过，我那猪圈墙，就是滚的花秸蛋。说毕，又来到刚才脱水坯的那堆泥旁。先从扒篓子里捧一捧花秸，往地上一扬，然后蹲下身，双手切下一块硬泥，一番折叠揉搓拍打团成足球大小，抄起这泥足球，起身往刚才撒的花秸地上一扔一滚，那泥球浑身沾满了花秸。大柱弯腰抱起泥球，往刚才板打墙上一放，并用两手在两边抹抹摁摁。大柱一连滚了十几个泥球，垒压拍打。一道滚花秸蛋泥墙，初具规模。

从始至终，一郎都录了像。日后在早稻田大学放 DVD 时，曾引起一个小小轰动。此当然也是后话。

八

脱水坯，打旱坯，滚花秸蛋，板打墙这四样累活操练完毕后，山本一郎很是感慨，中国的先民，真的很辛苦。也智慧，在土上做文章，环保，无污染。

丁三对一郎说，我们练也练了，你看也看了。让大柱小安他们收拾现场，咱到北院上房喝茶去。我家烧火的许是已经烧好茶了。

一郎没听明白，有点困惑地问，什么烧火的，什么的意思？

八贤王笑说，这你就不明白了。在我们农村，在我们这一代人，男人对外人称自己的妻子，冷不丁的还称是屋里的，做饭的，烧火的。当然，也有时称我媳妇，我老婆，我内人。

一郎点点头，似乎明白了。又问，那你们这一代女人，怎样称呼自己的男人呢？

这个小日本娃子，似乎对中国的民俗也感兴趣。

八贤王耐心解释，现在也叫乱了。刚解放时称爱人，也称过同志。我丈夫，我男人，俺们当家的。也有随现在的年轻人叫"老公"的。

一郎说，这个我知道。叫"老公"的不准确，"老公"是对太监的称呼。

丁三说，不管他"老公""老婆"，喝茶去，我嗓子都冒烟了。

大柱，小安等一干人收拾现场的时候，歪嘴刘嘴一歪一歪地歪来了。

大柱说，哟，歪嘴叔，这是卖苦力干活的地方，又没摆三八四海，您上这儿闻腥什么来了？

干什么来了？挣钱来了。歪嘴刘说话还气夯夯。

挣什么钱？大柱被问愣了。

歪嘴刘往前凑，几乎脸对脸质问，你们在这儿表演打墙脱坯，开不开工资？

大柱被歪嘴刘的臭嘴熏得直往后退，他拍脑门想了想，应该有吧。现在人工费这么贵，一个壮工一天还二百块钱呢。总不能白支使人吧。不过，我爸跟我没说。

你爸跟你没说，也跟我没说。你爸想被窝里放屁——逮独食。我扫听好了，有一泡大钱呢。我今天来，就得算我一份。

大柱觉得他又好气又好笑，凭什么跟你说？凭什么算你一份？你干活了吗？脱坯了吗？这四大累你还干得了吗？

歪嘴刘把外衣一甩，不就是脱坯吗，我一天脱三百块坯的时候，你还穿开裆裤呢。

小安那几个小伙子爱看热闹，一个劲地起哄架秧子。现成的花秸泥，让他脱坯。他脱不了坯，就给他脱裤子。

大柱的气也给逗上来了，一抄铁锨，问，您是供泥还是摩模？

歪嘴刘夺过铁锨，让你摩模，摩模轻松；我供泥，供泥是力气活。别说我当叔的欺侮你这侄伙计。

待大柱在平地上安下坯模后，歪嘴刘端满满一锨泥一下倾倒在坯模中。好家伙，这一锨泥足有一块半坯的厚度。大柱知道他在冒坯，却自有主张，将那坯模往上轻轻一提，撩水用手抹平，一块厚坯就成型了。

歪嘴刘见一锨泥不成，连着往大柱坯模中戳了两锨，他想让大柱往下扒拉泥，那该多费劲呢。可大柱照方吃药，依旧往上提模。好家伙，这块坯有三块坯厚。

歪嘴刘将铁锨往泥堆上一插，甩开了咧子，这么干？坐茓子，算我一个。你供泥，我摩模。

好，好，您来您来。大柱说完站起洗手毕，抄起铁锨，却只将少半锨花秸泥轻轻倾倒进歪嘴刘的坯模中。

泥多了好办，可以往上提坯模，就是所谓的坐苶子。但泥少了不好办，你总得让泥装满坯模的四角。歪嘴刘用手将泥推向四角，中间只能凹了。费了一番牛劲，终于才将一块坯脱成，且趴趴搭搭，像个癞蛤蟆，十分难看。

歪嘴刘又不干了，直尥蹶，说，大柱，你算计我。我不脱了。

大柱说，您不脱不行，至少得脱二十块坯，不然怎么给您记工？

歪嘴刘勉强又脱了五块瘪坯，累得直起腰，央求大柱，好侄儿，憋半天了，我得撒泡尿。

大柱说，您真是懒驴上磨屎尿多。活还得接茬干，您撒尿还得洗手。这样，您也先甭洗手了。就着我刚洗完的手，我给您脱裤子，我给您把握着，等您尿完了，我再给您装进去，再给您系上裤子。如何？

歪嘴刘直摇头，那合适吗？还当着好几个人。

哪有啥不合适的。您是我叔，是我叔爸，叔和爸能差多少。那几个人都是您孙子辈的，又没有女眷，怕他们干吗？您别转腰子了。来，来，您把两只泥爪子抬起来，我给您解裤子。

歪嘴刘真让一泡尿憋得够呛，只得半推半就。这时，一绺阳光晃过来。大柱说，您大脑袋白发苍苍，小脑袋也苍苍白发。谁想到刚尿到一半，大柱一把将那家伙又给他塞回裤裆里。还笑嘻嘻说了句：我跟您尿不到一壶里，还是您自己消化吧。

此时，八贤王，丁三，一郎正在北院上房客厅喝茶。丁三奶奶又往紫砂壶里续上水后说，你们日本人讲究茶道，你能喝出这是什么茶吗？

一郎又呷了一口茶，说，我的，不行。喝了半天，真不知叫什么茶名。请教，请教。我外公的，行。

丁三奶奶笑起来，我听九爷说，当初你外公，就在这间屋，也就坐在你现在坐的这把太师椅上，也用的这套茶具。九爷问你外公，你们日本人讲究茶道，你能喝出这是什么茶吗？你外公的回答几乎跟你一样，我的，不行。喝了半天，真不知叫什么茶名。请教，请教。

一郎睁大了眼睛，是么，这么巧合。

八贤王说，历史的细节，有时惊人的相似。八贤王也啜了一口茶说，当年你外公也没说出所以然来。九爷告诉你外公，都说北方不长茶树，可偏偏这宅院东南角，就有一棵。此茶便是，有苦荞独特味道。你坐的这把椅子，用的这茶碗，据说是乾隆爷用过的。老老老九爷与皇上对饮时，问皇上，为您建行宫，顺天府尹主动出了银子，日后找后账，我如何抵挡？乾隆爷一笑，文房四宝伺候。

一郎一头雾水。

墙上挂一把二胡，一郎觉得新鲜。问，我外公向我说过，九爷府的九爷，胡琴拉得好。

丁三说，好是好，差不点"好"出人命来。

一郎很吃惊，怎么的回事？

丁三说，"文革"开始，造反派给九爷贴大字报，说九爷给一个日本鬼子用二胡拉"高山流水"的曲子。后经调查核实，当时确实是你外公点的"高山流水"的曲子。九爷说，"高山流水"是琵琶曲，我用二胡只能拉"十面埋伏"。你外公听了后，沉默不语。后来建议在九爷府西南角修半截的炮楼停下来，后称"半截塔"。就是你看到的烂尾楼。你外公要拆，九爷说，借地不拆屋。

八贤王也有些感慨，九爷曾跟我说过，这个日本人是人，不是鬼子。九爷有眼力，后来这位日本工程师参加了反战同盟。上世纪六七十年代，随西园寺公一数次访华，受到周总理的接见。

八贤王敏感，他怕一郎听到"鬼子"二字不受用，就转移了话题，对一郎说，你南院中院连戏楼都看了，你外公在图上怎么标的北院？北院五间正房，东西厢房，门楼映壁，南倒座带鹿顶，看看七十多年了，有何变化。

三人来到院中，按照图纸，一一比对。五间正房，还在；东西厢房，尚存；犀牛座映壁，石榴树；小合瓦门楼，如图所示。南倒座带鹿顶，还戳在那儿。

不过看细节，也有不吻合的地方。一郎眼尖，他看着图指着实物说，正房清水脊两边的雁翅，颜色不一样。两山墙的博凤头如意砖雕，也有差别；靴头象鼻，冰盘檐下的滚珠，好像是后配的。

丁三说，你小子不愧是学建筑的，有些名称我全说不好。

一郎说，我的，手抄过梁思成的《营造法式》。为什么要后配饰件，风化了吗？

八贤王说，不是风化，是革命化，是"文革"中的破"四旧"化。好了，好了，咱不谈这个了。

一郎明显地感到困惑，在我们日本，完好保存江户时代建筑。名字，中文；人名，中文。我对九爷府，心怀敬畏。

八贤王悄悄问丁三，九爷没在家？是不是去海南老五那儿了？那丁岚呢？

丁三拦住他的话头，九爷是没在家，上哪儿了保密。谁要想动这个院子一个柴火秸儿，武有我丁三，文有丁岚。

九

拆迁办公室内，又是烟雾缭绕。在烟雾缭绕之中，增加一个新人，女大学生村官肖芸。只见她皱着眉头，被烟呛得连声咳嗽，用手挥着面前的烟气，挥之不去。嘟囔着，污染我啦。

八贤王向白主任汇报了山本一郎在九爷宅院里的一系列学术活动，说一个外国留学生承载着两代人对中国的乡土建筑产生了浓厚兴趣与情愫，说此种土做法可往前追溯数千年，甚至蕴含史前文明。并当场演示了脱水坯，打旱坯，还滚了花秸蛋。山本一郎在九爷那儿住了七天，对有些细节进行了核对。这个小日本娃子，他说有住姥姥家的感觉。烙糕没吃够，小米粥没喝够。我说，想当年，八路军就是小米粥，小米饭加步枪。吃小米，打枪准。临走时，丁三奶奶又给了山本一郎一塑料袋烙糕。这个日本娃子一个劲地说，吆西，吆西。

一屋子的人都笑了。

白主任拦下了八贤王的话头，国芳，接待山本的任务你们完成得不错。咱先不谈历史，先谈当下。当下是，你跟九爷谈得咋样了？

九爷？我连九奶奶都没见着。光山本一郎的事就把我焊那儿了。

你是见不着九奶奶了。九奶奶都走了快十年了。我不是跟你说，山本的事是重要，但更重要的是跟九爷对面剥葱。

这个葱我剥不了，这个副主任我也干不了。我当初说不干，你硬掐鹅脖，硬让我干。干这种事，得找年轻的，念过大书的，能说会道的，现在年轻人说的话，用的词，我全听不懂。再说，现在想见九爷，先得过丁岚这道关。要想让九爷点头，得丁岚先同意。这话我早就跟你们说了。别再跟我按葫芦抠籽儿。

白主任指着八贤王笑说，看看，我一句话逗出你一派话来。不过呢，你说的也有道理。你我都不年轻了。你请辞副主任，也不是一次两次了。这回成全你，准奏。咱推举咱大学生村官肖芸，上，当副主任，怎样？咱还是采取举手表决，鼓掌通过的方式。同意的，请举手。大家唰唰都把手举了起来。不同意的请举手，无一人举手。弃权的请举手，又没有。好，咱鼓掌通过。掌声响起。

最后，白主任补了一句，请八贤王当顾问。并当场发了聘书。

八贤王心里明白，他们早捏鼓好了。

白主任开始介绍肖芸，肖芸，在座的都认识，北京理工大学信息工程系毕业。到咱月牙村村委会当大学生村官已半年了，不过让镇里借调搞网格化管理去了三个月。这次归队，现在又被选为拆迁办副主任。现在，请肖芸副主任谈谈对咱村拆迁的想法，办法，思路，活路。大家鼓掌欢迎。

此时肖芸已止住了咳嗽，把眼镜扶了扶，大大方方地说，你们让我当副主任，这是把我这小女子放在炉火上烤哇。不过不要紧，烤熟了也不要紧，更成熟了。我借白主任刚才的话题，发挥一下：没有想法，就没有办法；没有思路，就没有活路。我想问在座的各位同志，你们认为，当前月牙村拆迁的瓶颈是什么地儿，什么人？

那还用说，九爷的宅院九爷的人。大家几乎异口同声。

肖芸又问，九爷的人？是九爷本人还是关键的人？我从网上查了，怎么历史上在九爷府出那么多九爷？

白主任解释说，九爷是一个人，又不是一个人。好几百年了，凡是九爷府的掌门人，官称九爷。其实并不一定排老九，也许是老二老三老五老六。但最原始的九爷，据说是排老九。据说又被乾隆皇帝封为九千岁，称"御弟"，挂"千顷牌"。村俗有"先叫后不改"的习惯，一代一代就这样叫下来了。

肖芸点点头，白主任说的和我网上搜的基本吻合。现在我想知道的是，欲见九爷，先见谁？

白主任说，九爷的孙女，丁岚。这个丁岚，可不是省油的灯。要见九爷，丁岚，丁岚，就像钉子一样拦住你。

肖芸说，我自有办法削平她。您知道她网名吗？

知道。丁岚的网名是，守望者丁丁。

肖芸说，白主任，您转告丁岚，我的网名是，云计算肖肖。加微信会会她，网上见。

十

第二天，肖芸与丁岚，即云计算肖肖与守望者丁丁，用微信在网上开始了一场没有硝烟的战争，隔空交火，一来一往，大战几十个回合。

肖芸用微信加了丁岚，求成好友。几天没有回音。兀自正焦躁时，丁岚回了，说正在新西兰皇家小镇，还要去澳大利亚，行程十七天，再过十天才能回来。有什么事先说一个大概，我好有个准备。

肖芸用语音回道：我是肖芸，萧太后的肖，芸芸众生的芸。我是月牙村大学生村官，是村委会拆迁办副主任。我自我感觉良好，我觉得我集贵族血统与平民意识于一身。我想和你谈谈月牙村拆迁的事，让你并通过你，奉劝你爷爷即九爷不要当老钉子户，你不要当小钉子户。我所以用语音回复，是让你亲耳听听，我们是同性，同校，你高我四届，我应该称你为学姐。若考察历史，你们的九爷一支人脉，也曾是我大辽的子民。你如怀疑我的身份，我将我身份证用手机拍了用微信发给你，近照也发给你，咱们也可视频聊天。你若不是无盐女，也可将玉照发过来。现在网络诈骗太猖狂，让你确信我是女汉子，不是女骗子。我是想尽快进入实质问题，完成月牙村拆迁大业。

肖芸的语音是发了几次才发走的。丁岚没回肖芸语音，也未回文字，只是回了她的头像。还点了一个惊讶的表情。

接下来，肖芸一条一条给丁岚发微信：

一、月牙村整体拆迁，大局已定。潮流所致，不可阻挡。土地，7788 亩；农户，998 户；人口，4254 人；企业 165 个。

二、回迁面积：23 万平方米。占拆迁面积的百分之五。也就是说，开发商拟建十二层，用 30 亩的建筑面积，就换来了 7788 亩地的建筑用地。

三、回迁政策：设三种方案，任村民自选其中一种：一，按人头，每人 50 平方米平价房；二，按宅基地面积百分之七十给平价房；三，给现金可外购。

四、工作安排：凡男 60 岁，女 55 岁以上，发放养老金。每月 1300 元。凡男不满 60 岁，女不满 55 岁，物业给予安排，打扫卫生，绿化，戴红胳膊箍巡逻当保安。工资不少于北京市政府最低工资标准。

五、在拆迁以后，回迁房之前，开发商发放租金。每人每月 800 元，直至回迁完毕。

六、凡前十名签合同者，每户奖励十万元。楼号，楼层可自由选择。

七、凡逾期不签合同者，视为钉子户。与其谈判仍未达成协议，断水，停电。联合公，检，法，强行拆除，或法院强制执行。

八……九……十……

肖芸给丁岚一共发了十条，丁岚自然收到了十条。肖芸发一条，丁岚既不回字，又不回音，只是回一个表情头像。或抱拳，或愤怒，或哭泣，或愁苦，或乐哈。

肖芸似乎先向丁岚传递着什么。丁岚的回复，肖芸也觉得有点意味深长。虽未面谈，直觉告诉她，觉得丁岚是个有头脑，有主见，有思想，若是在谈判桌上，是个很难对付的人。

最后，肖芸向丁岚透露，一个月后，要召开一个月牙村拆迁听证会及表决会，让丁岚好好准备。这回丁岚用语音回复，谢谢你，真诚谢谢你。

肖芸回道，咱俩的短信只在我俩之间，我没放朋友群里。一切内容，看完删掉。你删干净，我删彻底。

十一

听证会和表决会合二为一，如期而至，就在月牙村委会拆迁大办公室举行。

参加会议的有市里派出的研究员，县政府的调研员，镇拆迁办副主任。月牙村村民代表，每十户选一名代表，计100名。拆迁办全体成员。丁岚，丁三，丁三奶奶，大柱，不算村民代表，只代表九爷家族脉系。九爷因病缺席，由其孙女丁岚代表九爷。还有一个重量级人物，开发商柴某某，并未出席，而委托了他的律师，常某某。

听证会由白主任主持，各位领导，各位乡亲父老。今天天气真好，没有雾霾。今天屋里空气也好，严禁吸烟。谁在室内吸烟，罚款一千。今天会议的名称你们抬头都看到了，挂的红底白字横幅写的是"月牙村拆迁民主听证会暨民意表决会"，我认为，也可以叫"月牙村拆迁民主论证会暨民意表决会"。一字之差，却直奔主题。大家虽嘴上不说，但心里都明镜似的，月牙村能否顺利拆迁，就看九爷那片天；拆迁办，拆迁办，就看九爷那个院。我斗胆提个建议，咱还是直奔主题。设正，反两方，正方由肖芸领衔，反方由丁岚挂帅，可发言可视屏可用DVD大屏幕。辩论的焦点就是所谓的"九爷府"该不该拆？同意我这个提议的请举手。

刷，手臂像树林子一样举了起来。

不同意的请举手。

没有。

弃权的请举手。

没有。好，鼓掌通过。

鼓掌。

白主任一挥手，宣布：开始。

正方代表肖芸拿起一沓文稿，却不看，扶了扶眼镜说，今天的会叫"听证会"也好，叫"论证会"也罢，其实都没有多大意义。因为，月牙村拆迁，已纳入市规划，县计划，镇策划，月牙村必然发生大变化。报纸登了，广播广了，电视上了，沙盘做了。谁能翻盘？谁能有能量翻盘？阻挡腾笼换鸟？

丁岚也拿出一沓文稿，也不去看，将短发掖到耳后，说，正方肖芸副主任的一番话是正确的废话。既然已定局，何必再设局？再说，你也偷换概念。我们，我代表我爷爷，九爷，代表丁氏家族，不是反对月牙村整体拆迁，而是反对一刀切，全部拆掉。九爷的宅院，连同月牙村古村落部分，能不能不但不拆，还要加以保护，给予爱护，进行维护。

肖芸说，请陈述理由。

丁岚此时打开文稿，开始陈述理由，一：历史渊源：从1975年三个坨子出土文物二百多件陶器看，月牙村自东汉就聚集成村了，距现在有近二千年的历史；九爷北院的老槐树，是山西移民从他们家乡带来的槐树苗；南院碾棚旁的船瓢窝铺，见证山东，河南，河北的移民遗迹。从九爷的一个宅院中，可看到中国汉，唐，明，清各个时代人民流动的历史变迁，九爷府这名字本身就充满了历史。你所说的腾笼换鸟，你们做的沙盘我看了，就是把这些庄重厚重凝重的老建筑，换成有咖啡屋歌舞厅洗浴池健身房的娱乐中心。

肖芸说，暂停。别看你颜值高，见解并不高明。我先评论你的历史观。你的历史观正确，加十分。我想问守望者丁丁，南京城，与九爷府，孰大？长安，长安了吗？北京城，满清入关时什么样？傅作义起义献城时什么样？现在有什么样？你们美其名曰小小的九爷府，和九爷一样，风烛残年，垂垂老矣。你先别提历史，回到近当代吧。

丁岚要说的话似乎很多，却被肖芸当头一棒噎了回去，她把文稿一下子翻过去一半，看了几眼，开始说，历史这篇那先翻过去吧。近当代咱先从抗日说起，九爷地道里藏过老县委书记，围北平的时候当时北平地下党工委刘仁曾派代表与傅作义的代表谈过判，据说中院的水车毛主席曾推动过。

肖芸又拦住丁岚话头，我还得拦你几句，怕我一会儿忘了。北宅院上房地道里藏老县长受难的时候，地面上那个日本工程师正是九爷的座上客，正在品茶，你说得清吗？我考证过，北平地下党派人与傅作义的代表只是在九爷院里接过头，并没有在这里谈过判；说毛主席推过这院里的水车，那更是与事实相差甚远。据给毛主席摄此照的侯老回忆，其水车地点离中南海不会超过十几华里，而此处离京八十华里。邓小平1961年确实来过咱县，但那是芦正卷村。

刚两个回合，胜负已分。与会者发出轻松的笑声，有人小声说，有点意思。

这回倒是肖芸质问丁岚，刚才你说拆迁不能一刀切，什么意思？愿闻其详。

丁岚终于等到了反击机会，振衣侃侃而谈，就说月牙村，既古老又年轻。保存古老，就保存了历史，留一处则知时世变迁，历史沿革。要给后代留下一个回望祖先的地方，这是一个终点，同时又是传播宣传的支点。我刚从新西兰回来，新西兰是发达国家，还保存土著毛利人草屋。近平主席访问新西兰，是按土著毛利人待客的仪式进行接待。不要认为历史已经远去，正如八十年以后，我们还要大力宣传长征，提倡长征精神。如若不然，后代会问，长征时干吗吃草根树皮，可以吃方便面吗。

丁岚这一句话，又把大伙说乐了。

肖芸马上反唇相讥，你刚才说我偷换概念，你这是偷梁换柱。伟大的长征与你们家的一亩三分地，不，是三亩二分地，有可比性吗？"古老"你别说了，你说的"年轻"是什么意思？

丁岚说，我说的"年轻"，是指这几年的建筑，彩钢板，活动房，二层楼，简称拆迁房。盖的目的，就是为了拆。用的是小细檩，地条钢，拆迁砖。扩地圈地占地租地盖库房建车间开停车场的老板们都个个有来头，多少个利益集团都用拆迁这条线给串起来了。少数人甚至某些政府官员假拆迁之名，借拆迁之机以达个人之私，一夜之间成了暴发户。拆迁中有多少暗箱操作，我想你比我更清楚。

肖芸两手做个"停"的手势，正色道，跑题了，跑题了。咱不谈此类话题，咱也说不好，管不了。这次月牙村拆迁，叫整体拆迁，不是零敲碎打。月牙村西接开发区，北连啤酒厂，东邻汽车城。如不拆迁，就成了创可贴，牛皮癣，城中村了。现已纳入县棚户区改造项目，使农民告别土屋漏房，一步登上楼房。再说，那地皮本来就是国家的，集体的。

听到这儿，丁岚冷笑，棚户区？谁是棚户？一千户月牙村村民，平均每户18间房。几乎全是1990年以后盖的新房或翻建的新房，上房小青瓦，清水脊，东西厢房楼板，门楼影壁，连建个煤棚子都三七墙，扁砖到顶。如果不拆迁，得住一辈子或几辈子，这房都是拆坏的，你看哪些房是住坏的。不错，地皮是国家的，是集体的。就算村民借国家，借集体的地盖房。但老辈子就留下一个传统：借地不拆屋。

丁岚的话引起与会者村民代表的同感，是呀是呀，我那十间房还盖不到十年，一拆就成一堆烂砖头了。是呀是呀，我前年翻建的五间正房，黄花松柁，滚线檩，挑檐插昂，油漆彩画，拆了还可惜。我还没住够，盖房欠的一屁股债还没擦利落了。我去年盖的二层，要知道今年拆迁，决不盖呀。现在人工费多贵呀。宅基地值钱，房价折价低呀。

一时间，胜利的天平又倾斜向丁岚一边。

肖芸也冷笑，微微翘起下巴，仰脸问丁岚，照你这么说，还是不拆迁的好？

丁岚马上接招，那当然。要问我个人意见，不拆迁，利大于弊。第一，每个村民还能有一亩八耕地，承包权三十年不变，可以自己种大棚，也可以出租，入股，参与适度经营。除打工外，有一分固定收入和最后保障。第二，村民出租房，平均每户出租八间，按最低每月 300 元计，一个月是 2400 元。第三，也可利用闲置房屋，搞农家乐旅游，上荞麦宴，香椿宴，一村一品，一户一样。第四，咱楼房只有七十年产权，咱这传统农村从东汉到现在已有两千年。人家新西兰房屋产权是九百九十九年。

肖芸明显有些恼怒，什么第三，第四，还有第五呢。有第六也不行。你瞅新西兰眼热，你移居新西兰吧。拆迁与否，已没有再商量再谈判再听证再论证再浪费感情的余地。我请问在座的父老乡亲，如果不拆迁，如果不给你们回迁房，以现在的房价，你们谁买得起楼房？现在咱周边的房价是每平方米 6 万，给你们回迁房的房价是两千元一平方米，6 万除 2 千是多少？30 倍。你们每家平均 335 平方米，按商品房价值是 2000 万。你们是要 2000 万的房还是守家在地？你们这一代，可以没有皮鞋就穿布鞋，没有楼房住土房，但问问你的儿子闺女孙子外孙子外孙女重孙子，他们没有楼房领不领证，结不结婚，生不生孩，给你们养不养老？楼房，对现在的你们来说是刚需，是供给侧。现在，正吹响集体上楼的集结号，过了这个村，就没有这个店。然后又煽动似的对大家说，咱不能和九爷比，九爷生五男二女，个个优秀。北京，上海，南京，海南都各有楼房。用老话说，骑驴不知赶脚的苦，站着说话不腰疼。刚才你说借国家的地，该还了吧？借地不拆屋。地不借了，屋还得拆。

肖芸的这一派话，如冰雹雨，雷头风一样，向村民代表头上铺天盖地砸下来。一想，是呀，有道理呀有道理。马上有人响应，你说得太对了，我儿子和女朋友同居一年了，就是不领证结婚，这不秃子头上的虱子，明摆着么。我后院董嫂，为了给准儿媳妇买楼房，也摸边小六十的人了，上班扫马路，下班捡破烂。立刻有不少人附和，是呀是呀，现在农村的房，再好，好像不叫房了。

风向变了，舆论又倾向肖芸一边。肖芸脸上的得意之色立刻洋溢出来。

丁岚似乎摆手认输，恭喜肖芸副主任，这么多人为你点赞，我也乐哈。我也知道月牙村是古村落，非要当棚户区来拆迁。拆迁大势不可逆转。我回到初心，保住九爷府。这次我爷爷病重在床前我说，这不是钱的事，是留住祖宗基业的事。丁氏从口外来，已传第十五代，不能到我这儿断了呀。我只想将九爷府建成一个中国北方农村建筑博物馆，你们看林木之间陈放的碌碡，石磙，春布石，春米臼，拴马桩等旧物，叫怀旧林。给后人一个回望历史的地方。就现实政治意义，九爷府现存的有些遗迹是记载建立新中国和对建设新中国的探索。成功与失败，经验与教训，幼稚与成熟，可笑与可悲。比如吃食堂大饭厅，大炼钢铁小锅炉遗迹。因此我重申，九爷府是一个历史节点，终点，同时又是传播的支点，宣传的热点。另外，九爷府的建筑影响已到了国外，引起了一些不同凡响的反映。

大家听了，神情一振，连一直不动声色的开发商柴老板代表常某某，也支棱起耳朵。

肖芸问，国外？是不是小日本？

丁岚说，清华大学土木工程系的日本留学生山本一郎，在九爷府考察了一个星期，写了一篇毕业论文，题目是"九爷府建筑在中国北方农村中的历史地位"。获得清华专家和早稻田大学教授的好评与肯定。认为截至目前，是国内由一个外国人研究中国民居的文章。九爷府的建筑特色，不同于皇家建筑，又含有皇家因素；不同于平遥古城的高墙深院，但又有其民居特色，呈现皇家的气派，农家的架势。是中国北方农村民居的"大观园"。是一种农耕文明体现了对历史的尊重，对人的尊重，对天，地，神的尊重。这正是其独有价值之所在。同时论文认为，中国几千年来是大农业，小农经济。生产方式是自给自足或自给不足，对环境几乎没有破坏。短片中有文字，图片，图片中有透视图，平面图，立面图，剖面图。还有录像专题片。我有山本一郎给我复制的DVD，我用电脑在屏幕上放一下，大家看一看，如何？

丁岚用电脑在大屏幕放了，有音乐，有画面，有房屋，有树木，将九爷府的全貌，以北院正房的中轴线向南徐徐展开，依次是厢房，倒座，门楼，影壁，老戏楼，坯半心房，板打墙房，滚花秸蛋房，窝铺。连磨棚，碾棚，水车，麦鱼仓子，柴房，羊棚，猪圈，茅房都无一漏下，建筑呈现如阅兵式。各种树木，桑，枣，杜，梨，槐，香椿树，茶树无一漏下。水坯，旱坯，滚花秸蛋现场制作录像。有文字说明，有声音解说。看来山本一郎是下了功夫，有远景，近景，中景。光线有顺光逆光左侧光右侧光。静止的九爷府在屏幕上动起来了。最后，幕后声音响起：九爷府的老屋有其独有的价值。这个价值金钱不能替代，楼房不能替代，他的不能替代，他国更不能替代。

大家看了，议论纷纷，掀起了一个议论小高潮。

村民代表，议论纷纷，一上电影，真像，活了。原来我家就住坯半芯房；你家还不错呢，我家板打墙，跑大坯，民国二十八年发大水，一沾唧；我爸在九爷府的学堂里，先念四本小书，后来又念到初小，要不怎在高级社当会计呢；我姥爷光着头在老戏楼汽灯底下低着头合着眼拉二胡，拉完一抬头，观众一个都没有了；我爷爷说，他吃过九爷府里粥棚里舍过的粥，当时掌勺的是八贤王的爷爷。

此时，沉默良久的八贤王赵国芳开言说道，乡亲们，你们想过没有，月牙村的土墙土框土房我们住了一代又一代，月牙村的黑土黄土油沙土养活了我们一辈又一辈，我们是喝月牙河的水从童年到少年，青年，壮年直到老年。我们暂且抛开月牙村人对月牙村的感情不说，先说说我们面临最现实的问题。刚才肖芸说了，我们将从平房搬进楼房，从用土暖气取暖变成地热取暖，从柴灶做饭变成用天然气做饭。换了一种更滋润，更舒服，更现代，更新潮的居住方式。我们这一代有楼房住，儿子这一代有楼房住，有汽车开，有退休金，有医保。但你们想过没有，这是一次性的，连根烂的，杀鸡取卵式的，温水煮青蛙式的，竭泽而渔式的……

白主任听到这儿，脸都绿了。他没想到一向温文尔雅的八贤王此刻竟和他的意见相左顶牛。厉声说道，赵国芳，你还想说什么？

八贤王既然说开了头，哪还搂得住？我是说，月牙村拆迁可以，改造可以，开发也可以。但是，月牙村是月牙村老百姓的月牙村，无论何种方案，须百分之九十以上村民同意。村民不但要住楼房，开汽车，有医保，还要如丁岚所说，探索所有权，承包权，经营权"三权分置"，参与开发，拥有股权，分享红利，有获得感，使子子孙孙受益，这也是党中央精神，国务院的思路。

白主任听了，眼睛都红了。忙用手制止，赵国芳，你的话有完没完？你还小牛撅尾巴——来劲了！

八贤王到底是八贤王，不急不躁，不火不恼，继续侃侃而谈，今天的会议宗旨，就是让月牙村的村民讲真话，实话，心里话。村民的话语权，谁也不能包办，代替，垄断。全体村民应该清楚，我们月牙村一千户人家，四千口村民是带八千亩土地的版图参加所谓"棚改"的。拆迁协议上只写了给村民楼房，后续的开发模糊处理。这是先哄秃老婆上轿。拆迁协议必须写明，月牙村在八千亩土地开发后，村民如何受益？这是必需的。拆迁应该使月牙村更爆发活力。我觉得在拆迁的背后，有一场没有硝烟的博弈和战争。外国资本与国内的利益集团联手，正进行一场掠夺式的货币战争。把月牙村民受益两千年的土地，变成只受益几十年。还要求我们对开发商感恩戴德，山呼万岁。拆迁协议，本身带有权力加资本的傲慢。我完全同意丁岚的观点，月牙村是古村落，应该保护。月牙村不是棚户区，该拆除的应该为拆迁而临建的违章建筑。你们在座的村民，以为拆了月牙村，就咧着嘴乐哈哈。以为圆了住楼房，中国梦！

说毕，八贤王用目光扫视全场。目光像鞭子，抽到了每一个人身上。

在场的村民代表听了，愣了；白主任的脸色，紫了。

开发商常某此时站起，向肖芸耳语几句。肖芸赶紧转移话题，问，丁岚，你放这个短片有意思吗？什么意思？你直说了吧。不过我提醒你，房是你家的，地可是国家的。你不过在借国家的地。

丁岚当即回道，当然有意思。保留的意思。八贤王刚才说了，月牙村应按古村落全部保留。如果实在不能保留，再申请一个三亩二分地，原拆原盖。

丁岚此话一出，全场人都愣了。谁也没想到，丁岚最后能说出这一招数。连肖芸都打一个愣儿。

常某某又向肖芸咬了几句耳朵。肖芸又问，要是开发商不同意吧？

丁岚斩钉截铁，说，那就一砖一瓦，原拆原盖，搬到小日本国去。

原来丁岚还有一招。

常某某此时有点沉不住气了，向肖芸递了一个纸条。肖芸看了，立刻揉碎。然后用手一指丁岚，大声说，好哇！敢情新时期的新汉奸在这儿呢。中国，已超过日本，成为当今世界第二大经济实体。一砖一瓦，都有中国元素。以中国之大，岂能让九爷府在一个岛国落地生根？你这番话如果在"文革"时讲，是可忍，孰不可忍？立刻会被造反派革命群众踏上千万只脚，永世不得翻身。

丁岚冷冷地回了几句，你肖芸刚说的这几句话，倒充满了"文革"的火药味。又质问，你只是个木偶，后面那个提线人呢？然后话锋一转，常某某先生，您是不是也应该表表态吧。

常某某显得很惶恐，忙站起来解释，今天，我只是带着耳朵来的，只是听。回去将情况如实汇报给我们柴总经理，柴大官人。

丁岚盯住常某某，你说漏了。柴大官人，就是"拆"大"官"人。一旦开发商和贪官相勾结，就会有多少暗箱操作，假"改革"名义以行。

白主任见状指了指墙上的电子钟，宣布，今天会议第一个议程论证会到此结束，开始第二个议程，开始表决。这样，咱发扬民主，尊重民意，相信群众的选择是自觉自愿的。我强调的是，这次月牙村是整体拆迁，集体上楼，不零敲碎打，不留死角。关于拆迁的各项条款细则，半个月前就发到各户。我想提醒的是，这也许是咱月牙村全体村民住楼房改变居住方式最好或者说最后的一个机会，因为如果不是这个柴大开发商，别的小开发商，叼不动咱月牙村。如果通不过，人家可以将资金投向别处。表决的方式还是举手鼓掌通过。现在我宣布，同意月牙村整体拆迁的，请举手？白主任说话慢条斯理，却气势压人。

刷，手臂纷纷竖起来。

不同意的请举手？

众人看去，只有四只手臂孤零零举起来，如沙漠中的仙人掌。大家定睛去看：丁岚，丁三，丁三奶奶，大柱。

弃权的请举手？

只有一人，八贤王赵国芳。他不由叹道，风太大，把人都刮歪了。

白主任宣布，同意共 96 人，不同意 4 人，弃权 1 人。鼓掌通过。

掌声热烈。

肖芸颇露得意之色，笑对丁岚说，你现在的支持率与朴槿惠相同，百分之四。还想亲属干政。

十二

几天以后，丁岚收到肖芸发来的微信，一共六条：

丁姐，很抱歉。在上次论证会上我的言行，我是不得已而为之。请理解和谅解。

那天的表决，事先已公关。

就保留九爷府一事，我面见柴大官人，直陈己见。他沉吟片刻说，九爷府按理应当留。但绝不能留。不能开此先例，如开此先例，别人还会照此翻版，如法复制。以后再开发别处，就不好办了。

虽大局已定，你应再做最后一搏。

据悉，中纪委督查小组已进驻市政府。柴大官人有点慌神，怕拔出萝卜带出泥。十年前他租月牙村土地 2358 亩，签 30 年合同种果树。刚满 3 年，开发区，汽车城，二环路占地，他获利七点八个亿。

看完，立刻删掉。

丁岚阅后，只回了两个字，明白。然后删了。

十三

月黑风高。

歪嘴刘前头带路奔九爷府，身后跟着十几个黑衣人，后背斜插大片刀。

众人都趴在西边墙头上往院里看，黑黢黢一片。歪嘴刘向黑衣人头领嘘了嘘，低声告诫，九爷府不同别处，一进门大墙嵌有镇物：泰山石敢当。听我爷爷说，几辈子了，夜里都有两个魔守护院子。一个黑魔，一个白魔。黑魔半人高，白魔矮一点。黑魔眼睛放蓝光，白魔眼睛放绿光。若是贼人强人遇到了黑魔白魔，被黑魔白魔眼睛一晃，七七四十九天之内，七窍流血而亡。

歪嘴刘话刚说毕，黑魔白魔就出现了。一个黑影，两眼闪烁着蓝光，有半人高，跳跳钻钻；一个白影，两眼晃动着绿光，少半人高，摇曳飘忽。风吹落叶，沙沙地响。歪嘴刘低声喊，快跑，跑晚了就没命了。

那黑衣人头领还有些不信，还有点迟疑。忽然头顶一声炸响，后背挨了重重一棍。这才闷声喊了一句，快跑。

十四

拆九爷的大宅院时，举动很大。公安，消防，法院，医院的医生护士都来了。拆迁队伍有几十人，头戴黄安全帽，手拿冻镐。一个个雄赳赳，气昂昂，跃跃欲试，摩拳擦掌，村民看过去，都是生面孔。勾机弯着巨齿，随时准备吞吃一切。铲车示威似的举起铁铲，拖着大凸肚子的砼罐车，滚动着准备浇筑什么。

这时，歪嘴刘忽然冒了出来，他头上戴着一把揪的毛线帽子，用双手拦住拆迁队伍和拆迁机械，两只眍䁖的眼睛放着红光，喊着，九爷府，你们谁也拆不了。昨天夜里我带一帮人去拆，一进二门子，有黑魔白魔把守。把守什么？九爷有尚方宝剑，丹书铁券。

八贤王赵国芳，不由得叹道，月牙村真有一个纯爷们！然后一个劲地摇头顿足，连声叹息，完了，完了，这回真玩完了，连根铲了。九爷您您也归天了。您，是老北京人晚辈对长辈特有的称呼。

白主任很搓火，手指歪嘴刘，你这厮又来捣乱，拉下去。你是不盼拆迁，你住的还是生产队散社时的库房。然后一声令下，勾机伺候。

这时，丁岚臂缠黑纱，胸佩白花出场了。她一脸凝重，说，且慢。我爷爷两个月前百岁寿终，今天正是上坟的日子。爷爷逝前交我一黄绢，上写一句话，我现在展开念给大家听，也请帮我破解，如破解成功，我就在拆迁协议上签字，不用你们强拆，只允许我大哭一场。众人看黄绢上黑字：里七步，外七步，必藏宝物。

众人听说有宝物，在院里院外，纷纷边走边猜。过了好一阵儿，都不知所终。丁岚忽然说，我猜着了。说毕，她从院内石榴树往外迈七步，正好是犀牛座影壁；又从二门子门槛往里迈七步，也正是犀牛座影壁。然她说，拆此影壁，宝物必在里面。

影壁很快被拆除，开膛破肚。青砖白灰古旧尘土散发出岁月积淀年代久远的尘封气味。影壁好像也在说：真龙该出世了。只见露出长方形一物，外裹漆布，逐层剥开，计七层。金丝楠木长匣，开启之后，又打开七层漆布，现一黄带，裹一卷轴。此物似乎在入定二百六十年后复活，呼吸到当代的新鲜空气，足以让今人展开阅读。先显落款钤印，乾隆御笔：九御弟惠存借地不拆屋。

后　记

　　中央电视台《新闻联播》播出消息，副市长某某某因贪污受贿罪，巨额财产来源不明罪，被开除党籍，撤销党内外一切职务，被移交司法机关审理；拔出萝卜带出泥，柴大官人潜逃国外，被列入海外追逃人员名单；白主任亦被牵扯其中，被"请"进纪检组，交代问题。丁岚所说的将九爷府整体拆迁至日本，亦非空穴来风。山本一郎的姑夫是日本某株式会社，亦有资本参与了月牙村整体拆迁。目前月牙村拆迁搁浅暂停。相对于九爷府，月牙村其他建筑都年轻。九爷府充满了神秘性，复杂性，多义性，重奏性，戏剧性，历史性，现实性，综合性与未知性，九爷府保存了太多的信息，密码甚或天机。九爷府能否保住，只能且听下回分解了。但丁氏一族，却成了众矢之的，被认为捅了娄子，又是村民住不上楼房的罪魁祸首。

雪落深山

下雪了，雪落深山。

雪像是从天上筛下来的，开始是雨滴，继而是雪粒子，落在肩膀、手臂上，是雪花了，已看清楚绒绒的细软雪绒毛了。

风细雪垂。

许寿福挑着货郎担子，走在这深山的小路上，很有兴致地观察着雪花落在自己身上的样子。先是雪花明灭，然后堆积，只一盏茶的工夫，自己的棉袄袖子竟然肿胀了。

放眼望去，一切都笼罩在青蒙蒙的雪雾里，满目雪山，只见近树，雪人似的迎送他。

在整个空谷，在这山间小路，只有他一个人挑担行走。他只能听到自己棉鞋踏雪咔哧咔哧的声音，偶尔有栖在树上不知名的鸟儿，冷不丁地扑噜噜飞走了，抖落了一阵雪雨。

许寿福一激灵，有点后悔这次独自进山了，又是走进了深山。

他这是第三次进山卖货，前两次都是父亲带着他，父亲在前面走，他挑着货郎担在后面跟，如赶集市的一老一小。货郎担并不重，甚至有点轻巧，小抽屉里面，无非是装些针头线脑，各色花样而已。

别看这些小物件，但对于久居深山里的山民来说，却是实用紧俏又带有梦想色彩。光是绣花针，就有几十种；各种丝线，上百种；新奇花样，一千多样。

父亲毕竟有了一把年纪，上次进山时脚又崴了。对儿子说，"寿福，进了腊月门，大雪要封山，你一个人去，我还真有点不放心，你还嫩呢。"

儿子却不服气，"再过几天就是小年，我都二十了。小子不吃十年闲饭。再说，我跟您也溜过两回山根子，踩好道了。您就放我一回单飞，我也跟您学会点武功，能防身自保。况且清廷早取消了科举，我秀才也考不成了。我不能总窝在小小的月牙村，我早晚得顶门头过日子，见世面。我想好了，这两天走，过小年回来，趸回来的山货赶厂甸的庙会。最次也能过个肥年，弄得好，够咱全家半年的嚼谷，比种月牙河边上十亩地强。立秋沽河发的那场水，庄稼都泡汤了。"

父亲终被说服，让儿子庄严地拜了祖宗牌位，就挑担上路，一直向北，过了古北口，再向北，一头扎进了深山。

寿福听父亲说，越是深山，买卖就越好做。因为白云深处的人家，很难得有商贩光顾。

现在让许寿福迷茫的是，在风雪迷茫中，他已经找不到路了。在前两次随父亲进山的一重山、两重山，他也不知又越过了几道梁。眼前，一面绝壁兀立，路到尽头。

一棵粗壮的栗子树，叶子还顽强地不肯掉落，在绝壁前飒飒笼罩着，小路在此顿然消失。

他有点后悔，本不该往深山里走这么深。可又一想，父亲跟他说过，你沿着一条路走到尽头，另一条路就会出现。

另一条路在哪儿呢？

许寿福定了定神，他不相信这条小路就是断头路。于是他试着绕过这棵大栗子树查看，在绝壁下竟发现有个洞口，竟有半人高，被大树掩映着。他弯腰挑担进入，出了洞口，发现已穿过绝壁。这洞口倒像是一扇隐秘的石门，可一般人会认为树后的绝壁就是绝路了，会遇壁折返。

出了洞口，就见一块巨石耸立，如披银甲的门神一般。巨石下面，竟发现有一陶制香炉，炉中有香灰堆积。许寿福心中一喜，想来应有人家了。再往前走，路果然宽了些，似有山居人家影影绰绰，如画图般点缀在起伏的山坡谷地上。

许寿福一喜，他心中立刻充满了温暖。这也许是藏在大山褶皱里的一个村落，说不定是个世外桃源呢。父亲说过，他们这支族人，相传就是从大山里辗转迁到平原来的。

父亲又说过，在山里，不怕遇到人，就怕遇到狼。遇到人是救星，因为寻的就是人，投奔的就是人家；遇到狼就是灾星，别买卖没做成，倒让狼给吃了。他从进了深山就有点后悔，心里怕就怕遇见狼，尤其是雪天的饿狼。

想到狼，他脚步慢下来，仔细低头寻找雪地上有没有狼的爪印。一看，还真有，那是去年父亲教他认识的，雪地上的五瓣梅花印。而眼前的狼爪印痕，还未被薄雪完全覆盖，证明狼行未远。看爪印凌乱，且不止一条。

必须有所准备。

刚想到狼，狼真的来了。只听得簌簌一阵雪响，嗷嗷两声低嚎，两条狼从巨石门神后面窜出，一前一后，前爪搭在雪地上，长身后坐，把他堵在中间。使他前进不得，后退不能。

这分明是两条骁狼前后夹击，坚决要吃掉他的阵势。许寿福怕了，可怕也没用。

他旋即放下货郎担，抽出扁担，又从扁担中，抽出宝剑。他持剑在手，前遮后挡，防备两条狼前后来袭。

许寿福未抽剑时，这两条狼倒还安静，只是半蹲半坐盯住他。待他抽出扁担时，两条狼则四腿立起，两耳前竖。及见他亮出明晃晃铁器时，狼身前倾，后腿绷紧，伸出舌头，狼毛乍起，像个大刺猬，眼光绿莹莹。那是蓄势待发，一触即发的攻击态势。

许寿福心想，完了。两条狼撕扯他，如同猫捉老鼠一般。他本想在深山里创出自己的一片天地，谁想到会送入狼腹呢。

只好拼死一搏吧！

就在两条狼要同时出击时，忽听得一声断喝，"孽畜，还不退下！"

声音刚落，见一老者，须发皆白，气度非凡，长衣广袖，仙风道骨模样，飘然而至。对许寿福拱手说，"远来客商，受惊了。"

许寿福惊魂甫定，以为遇到了仙人，忙回礼说，"感谢仙翁搭救，不然我命休矣！"只见那两条狼，此时则服服帖帖，分立老者身旁，如两条大狗。于是问道，"此神兽是您坐骑？"

"您取笑了。我哪是什么仙翁，山居野叟罢了。"老者捋髯呵呵一笑，"看您像是卖花样的吧，有些年月没外人来了，你我有缘在深山荒村相会，难得，难得，请到寒舍以避风寒。"又笑说，"将您的宝剑也收起来吧，我似曾相识。见您，也似曾相识。"

老者连说两个"似曾相识"，使许寿福想起了自己爷爷的慈容笑貌，倍感亲切，也有了似曾相识的熟悉感。觑那两只狼，却仍心有余悸。老者见状笑说，"不妨，不妨，两只大狗罢了。"言毕，两只手分别拍了拍狼脊背，"大虎、二虎，前去报信，就说稀客到了。"

那两只白狼，此时真如两条大白狗，拖着大尾巴，乖乖地蔫蔫地颠颠地往前颠去了。

许寿福不解，边走边问，"恩公，刚开始时，您管它俩叫'孽畜'，喝住了它们；可刚才您又称它俩为大虎、二虎，这二位到底是狼神呢？还是狗神呢？"

老者见问，这才说道，"客商有所不知，在我们这深山里山村，有时真分不清家养和野生。草木虫鱼，飞禽走兽，都是如此。就拿它俩来说，两个狼崽子成了孤儿，我用狗奶和羊奶将其喂大。当它俩表现出狼性时，我一声'孽畜'也就止住了；当它们表现出狗性时，我就叫它俩'虎子'。二虎把门，把的就是你钻过来的那道石门，就这么简单。"

老者说简单，许寿福听得真不简单，甚至有点瞠目结舌。

到得村边时，风停雪住。暮色苍茫，老树昏鸦，果然是个山村。各户人家，散落镶嵌在高高低低错落有致的山坡上，闪烁着点点灯火，袅袅炊烟。看来，这个村落还不小呢。

刚到村口，只见大虎、二虎身后，引来一群人，男女老少都有。到得眼前，老者对众人指着许寿福说，"各位乡亲，这位是山外来的客商，难得来到咱小小山村，给咱送来各种花样针线。不用说我这辈子，就是我爷爷跟我说过，还是我爷爷的爷爷刚记事的时候，来过一个送花样的，现在咱村民纳的鞋垫、头饰、手帕、枕套、兜肚、衣领、鞋样和剪纸窗花的样式，多少辈子没变过。这回该变个新鲜样子了。"

众人听了，觉得新鲜。本来见许寿福的身上衣帽装束，就是新鲜，和此地山民，差异颇大。又看他长得俊朗挺拔，举手投足，甚是洒脱。许寿福见了这些山民，装束甚是古朴异样，那朴实憨厚的样子，有点像老瓦盆。腼腆一笑，掩不住心里的善良与朴拙。

多少年来并无外人进入这块谷地，山民看外人眼生，挨挨靠靠挤着看着听着指着点着并不热情走近。老者这时说，"别愣在这儿了，还不赶紧让贵客进村，往家里请。"众人这才一拥而上，七手八脚，将许寿福的货郎担子，接过挑着，又有几个宽肩厚背的壮汉，竟将他抬起来脚不沾地行走。许寿福对这热情过分的举止，只好连连拱手致谢。

到得老者家中，只见门前枣树，屋后长松。左右桑梓，庭院紫藤。五间正房，配东、西厢房各三间，青砖灰瓦门楼，甚是古朴安静庄重。西墙毛石墙月亮门，还连一挎院。许寿福心中暗想，这深山荒村，竟有如此古意盎然的青堂瓦舍。

老者对村人说，"你等回吧，客商远道而来，想是很累了。明天你们再来，互相传个消息，来我这儿待客。"众人听了，不舍般离去。将那副货郎担，置于西厢房阶下。

乡邻走后，自有村姑农妇，端上菜肴。稚子儿童，献上米酒。老者礼让，"客官，您请上座。"许寿福慌忙说道，"您是前辈，您怎能称我为'您'，您真是折杀晚生了。"

老者呵呵一笑，"先叫后不改。山外来客，客官随便。"

许寿福听了出来，老者对他称呼，已由"客商"悄然改称为"客官"了。他也确实饿了，吃那果餐，软、美、润、甜，万般香；也着实累了，饮那米酒，清、光、滑、辣，真滋味。然后被安排在西厢房，火墙热炕，热篷篷慢腾腾暖烘烘睡得跟死狗相似。

翌日，他沉沉一觉醒来，己红日临窗。觉得耳聪目明，心和意静，浑身清爽，疲劳全无。他回忆昨晚吃的饭菜，饮的米酒，确实另有一番滋味。

他见庭院寂静，悄无声响。于是步出门外，想细看山村模样。昨晚进村时，已暮色四合。现在风雪初霁，天朗气爽，山野清新。软雪浮阶，石径叠玉。只见满眼雪山，别开画图。岭戴雪帽，山横素链。杨披白衣，柳垂银锁。民居依山形谷地，这一搭，那一搭，顺势而建，独立成院。不像家乡月牙村，有连脊的房子。门前小路，盘旋曲折。谷底却流淌着一条热河，热气升腾，荡开冰雪。岸边古柳，缆一条乌篷小船。顺水往前看，只见雪映崖前，清流落涧。奔流不止，日夜吞吐。许寿福心中明白，正是因为有丰沛的水源，村落依山傍水，才养育发育了这些山里人家。由此想到自己的家族，先祖正是选择了临沽水而居，才有了月牙村日后的繁荣繁衍生息。

许寿福见整个林泉山村，四周不尽山，一望无穷水，真是好个所在。雪树遮住房墙屋角，红日正补山头缺的时辰，依然静谧恬适。这要是在自己家乡月牙村，天刚蒙蒙亮，井沿上辘轳声，卖豆腐的吆喝声，赶马车的鞭子声，都掺和在一起了。看来，这里的村民，活得真够滋润的。山民日高犹未起，看来名利不如闲。连天上的朵朵闲云都是散散淡淡的。

他正这样想时，村落才响起此起彼伏的鸡鸣狗吠，羊咩牛哞，鸭呱呱鹅嘎嘎，一扇扇柴门被吱吱推开，一座座高高低低的小院里，才闪现出山民依依素影，白屋顶上也飘起了黄色袅袅炊烟，山村一时生动起来，活跃起来。

许寿福沿着热气腾腾的小河前行，岸边榆树下，在一盘石碾，半人高的干码石头墙，圈个半圆，碾盘上落雪，积了厚厚一层。再往前走，排排白杨边有一草棚，棚内安有石磨，有一头闲驴，正在槽内磨牙吃草。出了磨棚，只见一棵巨大国槐，粗可二人拉手合围。枝繁落雪，亭亭如盖，有遮天蔽日的气势。树下有一虎皮石臼，半人多高，石凹二尺余深，圆筛大小，内壁触摸光滑。旁边立一块青石，上书:泰山石敢当。

许寿福见了，心头一热。在自己的家乡月牙村，也有一棵古槐，只是没有这棵巨大与古老罢了。也有一块青石，也上书：泰山石敢当。只是镶嵌在北面砖墙中罢了。再回看石碾、石磨与石臼的布局，沿溪流而布局，状似弯月。而月牙村的石碾、石磨与石臼，也是顺沽水而设计。平原的家乡月牙村与这深山里的山村有着惊人的相似，这两个村庄是否有着某种历史的渊源，神秘古老的联系呢。

许寿福很有兴致地向前走，竟发现也有豆腐房、香油坊、铁匠铺。有烧锅能做酒，空气中有发酵的酒糟醋香味儿。有水车能榨油，吱吱木轮响。有蓝砖窑出蓝砖青瓦，有白灰窑在出白块石灰，还有香铺在做香。更有渔者捕鱼，樵者采樵。家家白屋门前，悬挂着一串串红红辣椒；户户院内窗台上，码放着黄灿灿玉米棒子；茅檐悬冰，柿红积雪，看来村落年丰。山村学馆，又传出孩童琅琅读书声。在雪松当窗下，两个峨冠博带山人，在堆案图书旁，金炉小篆香，正纹枰论道。

更令人不解的是，间或在房与房之间，树与树之间，石与石之间，存在小小庙宇。其实只是庙宇的样子，立在石基平台之上。摆定时令供品，燃着一炷新香，在皑皑白雪中甚是惹眼。许寿福想，谁这么早就上供烧香，又供的是谁呢？

这时，大虎、二虎都跑来了，摇头摆尾，一副友好又强迫似的请他回去吃早饭的样子。许寿福拍着它们的脑门，觉得不可思议。看是狼的样子，却是狗的脾气。但谁知在什么时候，又犯了脾气了呢。

早饭是粥，这种粥，许寿福从来未曾吃过，甜、软、绵、柔、润，还有一股药香。老者说，"这粥中有赤豆、绿豆、黄豆、薏米、红枣、板栗、杏仁、核桃八种食材，还有两种草药生地和山药，水是泉水，就是你刚才看到的清流落涧而未落之水。您只能在这里吃到。"

老者似无意中提到"清流落涧"，看来自己的行踪，尽在老者掌控之中，心中却又有一丝不安。

此时已到巳时，村人陆续进院。有人提着一只鸡，有人抓着一只鹅，有人攥着野兔子。村妇的篮子里，竟装着水灵灵的白菜。山民还捎来了金针、木耳、蘑菇、红枣、核桃、栗子等等，一下子堆了半屋子。

许寿福见了，一时不知所措。感动之余心想，此次进山，我要的可不是这些。

老者见状呵呵一笑，"你们这是干什么？客官昨日刚来，得住上几天。这些山货，是带不走的。走时送他什么，听我的意思就行了。你们都坐好，我们族人，还没和这位客官'盘道'呢。都到中堂坐好。"

所谓中堂，就是上房五间，整室通屋。北面墙上，三组栗子色橱门紧闭。橱门前有一长条香案，摆着各样供品。蜡钎上银烛朝天，青花香炉内高香袅袅。许寿福明白，这五间房就是祠堂，那壁橱就是神橱了。

长条香案下设东西两把椅子，许寿福被安排居左，老者居右。众人则落座在下面长凳上，气氛甚是肃穆。

许寿福明白，听他父亲说，所谓"盘道"，内容很丰富，姓甚名谁，家乡何处。家族谱牒，至今几代。每代何字，论字排辈，长幼有序，不可悖逆。从昨晚到今天，老者始终未问他这些，他心中甚是忐忑，也不好贸然相问。看来，现在老者聚众设问，他心里反倒踏实许多。于是说道，"老前辈，请您动问，晚生作答。"

老者问，"客官您，贵姓？"

许寿福答道，"免'贵'，姓'许'。"

老者捋髯一笑，"这就对了。不然，你如不姓'许'，石门是不许打开的，即使石门开了，还有门神，最后还有二虎把门。也不许你进来。"

许寿福听了，不甚了了。但知道这里面有故事。

老者接着问，"客官高名?"

"贱名，寿福。许寿福，按许氏宗族辈分，排'寿'字。"他谨慎答道。

老者听了，心头一震，两眼一亮，急切问道，"您父亲排何字?"

"'钟'字。"

"您祖父?"

"'朝'字?"

"您曾祖父?"

"'世'字。"

您高祖? "

"'龙'字。"

"您天祖?"

"'养'字"

"您烈祖?"

"'光'字。"

"您太祖?"

"'学'字"

"您远祖?"

"'德'字。"

"您鼻祖?"

"'道'字。"

老者问话，一气呵成，如抛金线；寿福回答，如引银针，一一穿过。

老者脸色微红，稍做平息后又问，"您可知自您以下子孙，辈分现已排或将排到何字呢?"

"略知一二。"许寿福见老者脸色兴奋，于是答道，"以自身来说，我为'寿'字；

子为'文'字；

孙为'克'字；

曾孙为'勤'字；

玄孙为'俭'字；

来孙为'己'字；

晜孙为'复'字；

仍孙为'乐'字；

云孙为'诗'字。"

老者听罢，频频点头，笑问，"还有'耳孙'呢？"

许寿福也笑答："我还未娶妻，自然没有儿子。我们村许氏家族，也刚到'克'字辈。至于您说'耳孙'，只是耳闻而已。"

老者笑向众人招手："各位本家可听清了，这位客官就是我族人，能来此谷地，乃是天意。"

众人已听得明白，发出啧啧之声。人人欢喜，个个兴奋，如同见了未曾谋面但如雷贯耳的祖宗一般。

许寿福见了，也猜中了七八分，于是试着问道，"敢问各位恩公，这村中也有与晚生同姓的吗？"

众人却'哄'地笑了。

老者这时说，"这个山村叫'许家窝铺'，大姓是'许'。"

许寿福脱口而说，"哎呀，我们家谱上写的就是'许家窝铺'。"

老者赶紧问，"是哪个'许家窝铺'？"

"是从山东闯关东到铁岭黄土坡的'许家窝铺'。"许寿福的话，落地有声。

这时，老者从椅子上豁然站起，一下子紧紧握住他的手，颤声说，"苍天有眼。我们是同族同宗同门哪！"

许寿福执老者之手问，"我看家谱，咱这一族许氏从铁岭黄土坡许家窝铺迁徙而来是老哥仨，也就是三支三门。不知您这一支是哪一门。"

这时，老者上前，亲手将北墙三组神橱门户依次打开，每一组为许氏宗族中之一门。里面层层阶梯式安放着微缩墓碑形的祖宗牌位，上书各位先人的名讳。家谱传承有序，根脉分支清明。

许寿福甚是激动，也更感慨万分。想不到在此深山之中，竟看到与家乡月牙村一模一样的许氏祠堂，一模一样的祖宗牌位。他一组组细细看去，终于在长门这组中，看到了"龙"字，长门是许登龙，二门是许从龙，三门是许云龙。'龙'字上是'养'字辈，'养恒'；'恒'字上是'光'字辈，光先；'光'字辈上是'学'字辈，学礼。于是郑重庄严宣布，"我是长门许学礼玄孙许登龙这一支，排'寿'字。"

老者此时更加激动，说，"我们这个山村，是二门许从龙一支。我叫许文睿，是'文'字辈，您是先祖长门'寿'字，按辈分，您是我叔。虽常说长门出孙辈，末门出爷辈。今日里长门出了叔辈，更是难得。请您升座坐好，当着祖宗先灵的面，受侄儿一拜。"

许寿福如何肯让白发老者拜自己，坚决推辞不肯。老者正色说，"我虽年长，但辈分是不能乱的，这是祖宗立下的家训。能与叔辈在此山村中相遇，乃是上天安排。列祖列宗在上，按家族规矩，我万万不可失礼，一定要拜的。"

众族人也纷纷劝说，并将许寿福强请到黄花梨木太师椅子上，端正坐好。白发老者等"文"字辈数人，撩衣抖袖，对许寿福进行四起八拜三叩首跪拜；下一轮是"克"辈十余人，又一轮跪拜；然后是"勤"字辈，最后是"俭"字辈，呼啦啦黑压压跪了一地。

许寿福俨然成了活祖宗。初时觉得有点别扭，有些不适、不自在，更不习惯，继而倒喜欢被人端着，最后自己也大刺刺地端了起来，觉得生于长门而自然心安理得。

看来，习惯，习惯，都是人惯人惯出来的。

人啊人。年轻人到底还是年轻。

老者自然向活祖宗问及长门在月牙村生活诸状况，代请问安祈福。许寿福也一一欣然答谢。

中午自然是大开筵席，山乡欢腾。侄辈、孙辈、重孙辈们轮番劝酒，全族长幼都不亦乐乎，都吃得欠欠搭塔。红日西斜，虽白衣劝酒杯，可家家扶得醉人归。

许寿福想起家族往事，询问老者，"看祠堂神橱中有三门祖宗系列，我长门许登龙一支现在天子脚下月牙村，您二门许从龙一支在这里，您可知三门许云龙一支现在何处？"

"从今天起，您不可再称我为'您'了，我生受不起。"老者说罢，引许寿福登高一望，此时半轮山月新生，夜色苍苍。只见邻近一条山谷，星星之字形火把，蜿蜒曲折，如同游龙一般。寿福不解，"这是什么？"

"这就是三门许云龙一支，他们在另一条山沟，与此谷只隔一道山梁。平时各过个的，有事就打招呼。我已派人给他们送信，说长门，'寿'字辈，叔，来了。让他们明日来拜。看来，他们是等不及，今晚打着灯笼火把就来了。三门的族长小我一辈，是'克'字。"老者给他解释，"祖上有些情况，您尚不知。许登龙、许从龙、许云龙亲兄弟三人，许登龙为长兄，长兄如父，且从龙与云龙尚年幼，大哥登龙在此谷开辟一片天地，交给二弟从龙。后又在邻谷开辟另一天地，交给三弟云龙。山谷资源毕竟有限，要给两位弟弟留下发展空间，自己就出山另谋他图，现在才知长门落脚在平原天子脚下。您现在所看到的山村中这一切成就，都拜长门许登龙所赐，是恁您打下的基础。先祖说过，'无恒产者无恒心'。所以，这个山谷村庄叫许家窝铺二铺，又称二匣；正打着灯笼火把而来的那条沟中山村叫三铺，又称三匣。所以沿用'许家窝铺'名字，是让后世子孙，知道先祖创业艰难。"

许寿福听来，觉得老者对于许氏家族史，比父亲还要门清。对于'匣'是何意，他一时也不好追问。

他这才知道，平原月牙村与这深山中许家窝铺之间的历史渊源。他听父亲，也听到祖父的只言片语传说，当初月牙村就称大铺，先祖许登龙靠做香起家，又叫香铺，后来才演绎成月牙村。现在听老者述说，才将这传说片段连接吻合，形成一个村庄变迁的完整历史链条。看来，月牙村与许家窝铺之间，遵循一条隐秘的逻辑。

一连几日，许寿福被三门许云龙族人请去，自然又是接受升座叩拜，家家宴请，户户相邀。锡壶温酒，大碗吃肉。看那山村房屋布局，错落形胜，与二门山村，如出一辙。尤其是房与房之间，树与树之间，石与石之间，存在小小庙宇，更是形致相同，别无二样。

这日正午，许寿福被邀请参加一个给一头老耕牛送葬仪式。只见一头老死的耕牛，也被身裹估衣，置于木排之上，二十四个人用杠抬着，沿着它曾拉过车的道上走一路，然后被埋在它曾耕种过的土地上。也堆起一个小小的坟头。在坟头前摆上供品，燃起高香，有身着画有神秘符号衣服，脸上涂有神秘符号色彩的巫师跳着神秘舞蹈，口中念念有词，念着神秘咒语。那咒语定然古老幽深。

然后在坟上种一棵榆树。附近已榆树成林，看来每棵榆树下，都有一头老死的耕牛。单是族人不惜力气，刨开冻土，亦可见此地山民，对耕牛是何等敬重。认为即使是一头耕牛，对其劳作一生，也充分肯定。同样认为入土为安，死者为大。

待许寿福回到二门后，启问老者，"为何在葬牛之地，种上榆树呢？"

"您有所不知，山中最难熬过的是春季，春长老日，粮食不济。捋榆钱能暂度饥荒。凡耕牛墓地生长的榆树，格外茂盛，榆钱丰盈。先祖留下规矩，马墓地栽杨，驴墓地植柳。春荒时节，杨芽、柳芽和榆钱，是能救命的。"

许寿福听了，这才理解到，深山里生活的艰辛，生存的不易，并非传说中桃花源般的神仙生活。物质的贫乏，更需精神上弥补。于是趁机问道，"我看二匣和三匣，都立有无数小小庙宇，有的只是板砖片瓦，可香火不断。"

"有日神、月神、星神、山神、土神、水神、风神、雨神、火神，谷神、兽神、虫神，诸神云集。最大的是女娲神，主生育子嗣。还有树神。"老者解释说，"一头牛死了，要入土为安；一棵树伐了，也要有个追悼祭奠仪式。"说到这儿，老者说，"明天就有个'树祭'。"

第二日正午，果然有个树祭，是祭拜一棵新伐的大柳树。地面上留下一巨大树墩，一圈一圈密密匝匝年轮，时宽时细，表明在这棵古柳身上，记录了这条山谷岁月的风调雨顺与干旱水涝。

树墩前摆上供品，燃起高香，仍有身着画有神秘符号衣服，脸上涂有神秘符号色彩的巫师跳着神秘舞蹈，口中念念有词，念着神秘咒语。那咒语定然古老幽深。

在巨大树墩前，人们挖一条沟，将老柳树的一根粗壮枝干，埋入沟内，注入泉水。

老者指着这一片柳林说，"一棵老柳树倒下，会有它的很多儿孙破土而出，长大成才，生生不息。正是有了这一带柳林，才使山村免受水患。水大时，挂柳栽桩，保护堤防。"

许寿福在二匣、三匣不紧不慢，兜兜转转，盘桓数日，见族人日已出而未做，日落后即将息。神色从容，行为闲散。其生活状态正如关汉卿元曲《四块玉》中所描绘："适意行，安心坐，渴时饮饥食餐醉时歌，困来时就向纱窗卧。"真是远离名利场、是非窝。整日里笑意漫漫、慢慢悠悠、悠悠然然的慢节奏、真自在，任逍遥，闲快活。连河水小溪都是慢慢流淌的。这里没有宦海浮沉，名缰利锁。也没有钩心斗角，诉讼风波。遇事不争，却有规则。自然更没有朝代更替，中举登科。但这一条长长山谷中，却有裴公绿野堂式的堂会，陶令白莲社般的结社。即使是那砍柴的樵夫，捕鱼的舟子，谈起千古兴亡事，都乐此不疲，其乐融融，也成了不识字的山中士大夫。族人的吃穿用度，质朴守拙，简单简约，自成山中特有的心满意足，眼笑眉舒的风格。虽听族人说话，带有一股山根子味道，却很亲切，有一种骨子里的认同和熟悉。当然，这里最富有的还是高粱酿酒，泉水煎茶。山间明月，溪畔清风。冬日暖阳，夏夜繁星。故事里有故事，风景里有风景。

日子倏忽之间就滑过去了。许寿福虽受到盛情款待，总有人侍奉在左右。但连日客梦回乡，归心似箭。不能再盘下去了。虽心有所不舍，但两谷信美，终非吾土。老者也不再挽留，"那就回吧，不然，家人也着急了。"

两匣山谷族人，听说许寿福要回平原老家，纷纷前来送行，并带来各种山货，竟堆了半个院子。山民的表情，自然、朴素而真实，毫无生巧藏奸。老者笑说，"他一个人一副货郎担子，如何挑得？这样吧，我寿叔带来的针线、花样，大家分了拿走吧。你只将刀刻的窗花、散碎银两、貂皮鼠帽、名贵药材和祖传药方，带上就行了。"

许寿福在雪吟轩窗下，看到的那两个峨冠博带，纹枰论道的山人也前来送行，还携一张古琴。老者带一童子，童子身背宝剑。大虎、二虎伴着一个皮肤黝黑、瘦瘦的中汉子，抱一匣书籍，紧随其后。

就要踏上归程，许寿福问，"还是不减来时路，出石门吧？"

"不。那样走就太绕远了，再说，石门也关闭了。"老者淡然说。

"那是为何？我来时寻至大栗子树下，石门是洞开的。"他觉得奇怪。

老者一笑，这笑中有点神秘，"老祖宗留下四句话。"

"此四句话留在哪儿？"许寿福急切问。

"随我来，前面就是。"老者脚步轻盈。

就在清流落涧之处，水帘之下，立有一块一人高青石，顶端阴刻一字，是大篆，许寿福细细辨认，是个"匣"字。下面有四行字，亦是篆书，经辨认后是：

> 遇寿石门开，见福出山来。
> 甲子少一竖，水是观景台。

许寿福虽认得，但不解其意。于是拱手请教，老者这时才说，"我原也不知，现在前两句才知其意。头一句，'遇寿石门开'，那大栗子树下石门一直关着，你姓名中有一'寿'字，石门遇您，不就开了么。看来这石门已等待您多年。"

许寿福听了，恍然大悟。又问道，"那'见福出山来'是何意？"

"这就好解释了。此清流落涧之下，水帘之内，不是洞穴，而是溶洞，内有暗河，直通谷外。我让我侄儿给您撑船，洞中须行走很长一段水路，出了洞口，行半日即到古北口。"

"到了古北口，再行二日就到家了。"原来这里有个隐秘的出口。

许寿福连声说，不免指着青石又问，"您可知后两句是何意？"

老者摇头，"不知。我想应是对此二匣前景的预测吧。"

"何以见得？"

"您看'匣'字里面是个'甲'，'甲'边少一竖,那是不到一甲子,结合下句'水是观景台',是否预计在以后不到一甲子时间，此二谷将被大水淹没，此处已成泽国，后世人们见此，只能看到湖光水色的风景了。"

这时，那峨冠博带中一人说，"天机不可泄露。沧海桑田是也。"

老者提到甲子，许寿福一直有个疑惑，一直不好动问，此时趁机说，"敢问您高寿？"

"我自己也不知我的年齿。"老者接着解释，"不只是我，两匣之人，都不知自己年龄，只知自己排行辈分。"

许寿福听了，大为惊异，又问，"您可知先祖何时进的这深山更深处？是清初？"

"传说，我们这一族是明末遗民，先祖是抗清义士，曾联合张、王、李、宋、孙五姓族人抗清。多尔衮进关，留人不留发，留发不留头。先祖既要留头，也要留发，就觅得这两条匣谷连同五姓族人住下了。我这个当族长的，也只明白明朝而不清楚清朝。"老者说得很平淡，问，"红尘万丈，隔断久矣，现在山外，已是什么朝代了？"

许寿福听至此，才明白这两匣山民的衣饰，还是明朝遗风，他们头上，也没留过辫子的。举止谈吐，颇有古风。在山外人看来，这两匣无声无息，实则生生不息。于是答道，"大清朝都完了，现在已是民国初年。"他对脑后留个猪尾巴，历来极为反感。

老者满脸茫然，仰天长叹，怅然一声孤啸。

老者从童子背上解下宝剑，带鞘双手递给寿福，"当初您从扁担中抽出宝剑时，我就认出，这是许氏家传，剑脊棱一样。您处为阳剑，我手中为阴剑，现在阴阳合璧，归于长门。此剑为玄铁铸成，削铁如泥。此剑承载了咱家族的荣耀。"然后又交代，"我从山中藏书中选三卷宋版书送你，一曰《论语》二曰《道德经》三曰《孙子兵法》，其中文字，甚是古老。选二卷明木刻雕版书家刻本送你，《本草纲目》和《天工开物》，均是善本。再送您一册手记《山中诗草》，是两谷我等无名诗翁闲笔所作。献丑了，确是珍本。"

许寿福隆重接过六匣书，然后推辞道，"那宝剑您还是留下备用吧。"

"我两谷族人，承先祖福祉。知荣辱，明是非，宝剑搁此，也是闲物了。"最后，老者送许寿福一双登山木屐，并指导说，"您上山时，去掉前齿；下山时，去掉后齿。"

许寿福向老者问道，"相聚日短，家乡味长。从此一别，何时再会？您等还是不要再空老山林了。"

"红尘隔断久，今古几人知。频将浊酒沽，识破兴亡事。两匣祸福与共，悲喜自渡。旧事纷纷，抚孤松空回首。"老者笑指松阴之上那片飘动如野鹤的白云说，"'云心无我，云我无心。'"言毕，老者折柳置酒为其饯行，"让琴师抚琴，送您一程。代向长门请安捎好。"

许寿福明白，老者的思想，深受老庄浸润。老者如远古小国之君，有财谦卑，有权谦卑，有学问更谦卑。

此时，白崖高山流水，空谷八尺琴音。回响着马致远《双调夜行船》的韵律：

"百岁光阴如梦蝶，重回首往事堪绝。昨日春来，今朝花谢，急罚盏夜阑灯灭。"

许寿福乘了那只乌篷小船，大虎、二虎前后护持，那黑瘦汉子摇橹摆渡，于洞中暗河中飘行，在棹影桨声中歌曰，"'林间有客无人识，欸乃声中万古心。'"黑水孤舟，只见满天星斗，原是那万千无数萤火虫飞动成阵，如银河行天，群星泻地。

当许寿福双脚踏在平原土地上时，突然感到脚下无边。向北望去，只觉得层层叠叠山远天高，水转林遮，不免望断伤情。想数日在两谷经历，诗酒天天真，族人格外亲。人同此心，情同此理。此刻又觉得恍如虚幻，真有一种回头沧海又尘飞的感觉。

三日后，许寿福置宋书明书手书银两、貂皮鼠帽、草药传方于不顾，只将从山里带来的千余幅刀刻剪纸，挑出一百余张在厂甸庙会上摆摊出售，很快引起轰动。说是剪纸，实是刀刻。颜分十二色，且是双面红。生动古朴，不失自然。其内容涉及与世隔绝的山中人物，劳动场景，生活习俗，日用百物，婚丧嫁娶，敬神祭祀，叩拜祖宗。简直是世外桃源，山中洞府里的二百余年的社会生活、风俗人情、世相变迁、时代镜像的生动画卷。

信仰与慈悲

焦信仰得了一场大病后，问孟慈悲，我病重时听到鞭炮声，是不是有人在庆祝我死亡？咒我哏屁着凉了？

孟慈悲正用小汤匙给焦信仰喂水，听了不由手一哆嗦，本来他的手就抖。这样，一汤匙水就溅落在信仰本来就歪斜的嘴脸滴到枕头上。他赶紧用毛巾擦拭，并安慰说，信仰，别瞎猜了。咱村有人结婚，办喜事。

焦信仰却不信，苍白的头颅左右蹭着枕头沙沙响，这是信仰摇头不信的一种独有方式。慈悲心里明镜似的，前几天的鞭炮声，就是有人庆祝焦信仰的死亡。不过，这个庆祝暂时还是落空了，焦信仰又活过来了。可放鞭炮的人是谁呢？

信仰咧着嘴，任口水流下自流自说，不用猜，是二敢。不只是二敢，凤奶奶，肖瑞，宝章，月牙村好多人都恨得我牙根子长，早盼着我咽气呢！焦信仰说到这儿，长长叹口气。却又十分的不解，十二分的困惑，我错了吗？我错哪儿了？是我的错吗？

孟慈悲把水碗又端过来，还用嘴唇试了试，温而不烫，信仰，喝吧，别想那么多了。这么多年，你老唱白脸，我老唱红脸。坏人都让你做了，好人缘都让我落下了。你没少为我背黑锅。

信仰梗了梗脖子，头往上抬，那是他不同意慈悲观点的动作，你说的不对。我一人做事一人当，好汉做事好汉当。得罪了那么多人，我不后悔，死也不后悔，跟你没有多大关系。

慈悲听了，将水碗放下。双手攥住信仰的枯手，含泪颤声说，咋没关系呢？全月牙村人都知道，焦不离孟，孟不离焦。咱俩伙穿一条裤子都嫌肥。咱俩就是一个人，一个人的两面，双面人。孟良哭焦赞，瞎扯鸡巴蛋。

最后一句糙话，两个人都笑了。

信仰和慈悲是发小，战友和几十年的政治搭档。

那一年，那一天的后半夜。两个少年，信仰和慈悲，从河西投奔到了河东抗日根据地。当时，信仰是给地主王瞎子放羊放猪的小半伙，慈悲是在通州潞河上中学的中学生。

俩人参加的第一次战斗，是区小队夜间端苏庄炮楼。从废洋桥涉水过潮白河，一登上西岸，信仰一看慈悲的双脚，就低声问，孟哥，你脚上的鞋呢？

慈悲低头看着自己光光的双脚，嗳嚅道，我也不知什么时候鞋子掉的。想是过河的时候，嚓在沙窝里了。

信仰迅速脱下自己的一双鞋，把慈悲按在地上，拽过他身子，顺过他两条腿，扳过他两只脚，用手拂掉他脚板上的沙子，不顾他的挣扎与反抗，硬强着给他穿上自己的鞋，真合脚。布鞋的两侧钉有布带，又给他系紧。然后将他拉起，附耳说，要开火了。

八路军区小队的火力很弱，炮楼上日本兵的火力很强，且居高临下，打枪也准。他们身边已有两个战士负伤了，慈悲真害怕了。信仰安慰慈悲，别怕，子弹在头顶嗖嗖响没事，就怕子弹在你眼面前面扑扑冒土烟。

那一次战斗的结果，苏庄炮楼不但没打下来，还遭到苏庄伪军的防守反击。撤退的时候，信仰靠自己一双铁脚板，拉着慈悲，草上飞一般奔逃。焦信仰的一双鞋救了孟慈悲的一条命。

阳光从小八橙的窗户射进来，一片昏黄。焦信仰的小屋里，简单得不能再简单了。土炕齐锅加灶，靠后檐墙立两节黑不溜秋躺柜；盆盆碗碗摆在柜上面，坛坛罐罐摊在柜下边。屋顶是黑的，墙壁是灰的。墙角蜘蛛在结网，木门走扇嘎吱吱。屋里弥漫着陈年老屋尘土味，老人暮年气味，炒饲料烟火味和驴粪马尿旱烟味。这些气味杂糅在一起，有些呛鼻辣眼。这间屋子确曾当过生产队的饲养室。

这间屋子，除了焦信仰这个老光棍独居外，常来的人除了孟慈悲，有十几年了，几乎无人造访。但这几天不同，相继有人踏进这个门槛。小屋一时竟有些热闹起来。

前几天，凤奶奶拄着花椒木龙头拐杖，左手大儿子攒着，右边长孙扶着，如百岁余太君，雄赳赳，气昂昂打上门来。

孟慈悲赶紧从小屋里出来，迎了上去，凤妹子，今个儿是怎么了，到这儿来了？是找我？还是看信仰？要是找我，到西院我家，那儿宽绰。你不会是来看信仰的吧？

凤奶奶用拐杖一支慈悲，开口就质问，你也太小瞧我了。我怎么就不会来看看信仰？他做的那些事，我们几辈子都不敢忘。然后吩咐长孙，小涛，把汽车后备厢里的礼物拿出来，给放在你信仰爷爷的墙柜上。

焦信仰在屋里忙搭声，可别进来，屋里可味了。

小涛拿着礼物刚用膀子顶开门，嘭出的气味就将他噎住了，一时僵在那里。

凤奶奶却用拐杖又一支孙子，自己毅然迈进门里。

凤奶奶见焦信仰头枕着油腻腻发亮的枕头，两眼微合。身子顺在土炕上，两只光脚连同脚脖子搭在炕帮外边。心里一阵发酸，掏出手帕蘸蘸眼眶。孟慈悲看了，以为凤奶奶动了恻隐之心，说，炕短，斜尖炕，伸不开腿。看了真让人心疼。

凤奶奶听了，两眼紧紧盯住慈悲，质问，你以为我心疼这个焦信仰，我会心疼这个人吗？活该！他也有今天，他也有伸不开腿的时候。我老伴躺在这土炕上，他那么长大的身条儿，炕上多半截，地上少半截。你眼没瞎，这不是都经你的眼吗？

焦信仰听了，两只干眼挤了挤。孟慈悲听了，低下头，辩解说，是经我的眼，那不是大形势造成的吗。那么多年了，还是别提了。

凤奶奶用花椒木龙头拐杖，戳得土地面嗵嗵响，正因为年头多了，我得提。我怕姓焦的属耗子的撂爪儿就忘，我怕我儿子，孙子把这段历史忘了，我要给子孙后代接上这茬口，这个茬口可是硬伤。大形势下有心狠的人，也有心善的人。

1958年，轰轰烈烈热热闹闹吃公社大食堂大锅饭时，关于在食堂选址问题上，焦信仰与孟慈悲发生了争执。

焦信仰对孟慈悲说，让凤奶奶一家搬走，把他家五间上房全腾出来，当食堂。

慈悲想了想，慢悠悠地说，那，恐怕不合适吧？

有什么不合适的？

你想啊，人家那是解放后盖的新房，磉盘是料石，十三层转角是交轴盖板石材。这估坨一提新房子就是他家。要是当了食堂，砌大灶，立烟囱，拆隔断，卸门窗，那不是将挺好的房给毁了吗？再说，你把人家五口人撺哪儿？人家会同意吗？

信仰脖子一梗，还用他同意？何家巷何老六家，大街王瞎子家，不是把人都轰走扫地出门，腾空房子当食堂了吗？

慈悲解释，何老六和王瞎子是地主。

信仰眼睛一立棱，那凤奶奶的男人惠民还当过大乡长呢？

慈悲提醒，惠民这个大乡长在夜里可给咱河东八路军攒过布，送过盐，传过消息。

信仰一时语塞。不过马上说，那他也是伪大乡长，历史反革命。再说，很快就进入共产主义社会了。房子平均分配，东西随便调用。

慈悲将凤奶奶送走后，将信仰扶着坐起。后背倚了被子，脖梗子垫了枕头。看他精神不错，指着柜上的牛山酒，特仑苏牛奶和稻香村的点心说，人家凤奶奶心胸够宽绰的。咱们那会儿做的是有点过分。

信仰马上纠正，不是"咱们"，是我一个人。你说"过分"，是"一点"吗？那会儿不是全都那样吗？那时我还怨你，你怎那么心软呢？

凤奶奶和丈夫惠民还有三个儿子，一家五口，到底被撺到现在焦信仰住的小屋里。

按孟慈悲的意思，把生产队的大库房腾出两大间来安顿。但焦信仰不同意，说隔壁就是盛粮食的库房，不能让一个历史反革命守着粮库，如果往粮食里下毒或火烧粮仓怎么办？在焦信仰眼里，当过大乡长的惠民不但是历史反革命，还有蒋介石派来当黑特务的嫌疑。结果，惠民先生得了半身不遂，逝世前连喊了三声"回家"，在这斜尖炕上连腿都没伸开。

公社食堂吃到1961年下半年，已经把人吃得眼珠子都绿了。食堂到底解散了。但焦信仰还不将五间房退给凤奶奶。这回孟慈悲抖开手里的新文件让焦信仰看，真发火了，上级的红头文件都发下来了，纠正"一平二调共产风"。信仰说，我想让这房当生产队场房，杈子，扫帚，木锨，囤底都放进去了，门也上了锁。此时，轻易不发火的孟慈悲命令凤奶奶的二儿子元之，把锁砸了，把杈子，扫帚扔出去，囤底滚出去！然后对信仰吼道，政策都下来了，你还让人家串房檐。孩子在别人家院子里拉泡屎都不是地方。再说了，连一只鸡都不能养，零花钱咋办？

当时，孟慈悲的一番话，把焦信仰气得直翻白眼，干跺脚。

现在，两个人都有足够的时间回忆往事，沉淀的旧事又被翻腾出来。慈悲问信仰，你那时怎么那么认真呢？信仰抬头望着屋顶，用手一指，你看那根细花架了吗？弯了，要折。花架上面是檩条，檩条上面是苇箔，苇箔上面是胎泥，胎泥上边是水泥瓦。一级压一级。我不过就是一根细花架，我扛得了也得扛，扛不了也得扛。我上边有多少分量压着呢！

俩人正说着话，有人敲门。慈悲问，谁呀？起身开门还嘱咐信仰一句，你躺你的，我来。

敲门的人是肖瑞，老右派。进门来还戴着墨镜。慈悲说，肖老师，肖校长，这屋光线不好，您怎么还戴着墨镜呢？

肖瑞并不把墨镜摘下，反而将镜框往眼眶上推了推，不由得发一通感慨，慈悲呀，很感谢你叫我肖老师，肖校长。我是教过你国文的老师，当过月牙村中心小学的校长。不然，我怎么当右派呢？批斗我的时候，你还真不错，叫我右派老师。虽说是右派，还承认我是你老师。允许我站着。可这个焦信仰革命彻底呀，让我跪着。叫我肖天右，说我是天生的右派。叫也叫了，跪也跪了，干吗还要踹我一脚呢？你踹我一脚，就将革命进行到底了？

肖瑞说完，摘下墨镜。近前几乎脸对脸地看着盯着审视着躺在炕上的焦信仰，声音有些发颤，今天，我不是来看你，是让你来看看我。你还是你，我还是我。你踹我一脚，踹折了我三根肋条。除非阴天下雨，还没大感觉。你的肋条倒是一根不短，可身子短了，脑子短路了。我还真不是咒你，趁愿，落井下石，黄鼠狼单咬病鸭子。报应啊。你那会儿怎么老是看人像戴个墨镜，带色呢？一见我们这号人，老拢不住火呢。现在我把墨镜给你戴上，你看看我这个当年的右派现在是什么颜色。

说毕，肖瑞将手里的墨镜要给信仰戴上。慈悲手一挡，得了，得了，话到理到了。人都又病又老成这样了，有什么样的过节也就一块云彩全散了吧。肖瑞憋在心里这么多年的恶气到底出了，也就势说，刚才我说的话也许有点过分，得罪了。不过我现在只是过过嘴瘾，舌头刁一些。你那时下手可真狠呢。好小子，你那时一脸横肉，眼都红了，冒着杀气。过后我想，你怎么和我结那么大的仇呢？我又没把你孩子扔井里。再说，你也没孩子，没后啊。得了，话就说到这儿，打住。我还得哄我重孙子去呢。得，我撂下五百块钱，你缺德就缺德吧，别缺钱。该买什么就买点什么吧。

焦信仰往上抬抬身子，摇着手，拿走，拿走。我什么也不缺。

肖瑞哐唧把门摔了一下，扬长而去。

肖瑞前脚走，慈悲和信仰，开始议肖瑞。慈悲说，肖老师教过我国文。因为我在北大寺佛像后掏家雀儿，肖老师拿板子打过我左手心，都肿成发面饽饽了。我当时真恨他，心想，等我长大了，非好好揍他一顿。可在他挨斗时，我心里很心疼他，他是为我好啊，不然我怎么能考上潞河中学呢。你踹他那一脚，他身上披的是我的大衣。不然，折的就不只是三根肋条了。要说肖老师没教过你，更不用说打过你，你那么恨他为什么？

信仰抬起头，眼睛定定地看着慈悲，我问你，肖瑞为什么挨斗？

他是右派呀。

右派排第几？

地，富，反，坏，右，排第五。

我们和五类分子之间的矛盾是什么矛盾？

敌我矛盾。

着哇！我们要横扫一切牛鬼蛇神。和阶级敌人做斗争还客气什么？无产阶级专政嘛。

看信仰那立场坚定，爱憎分明的样子，慈悲一时无言以对。信仰看他沉默，竟有点得意，进一步阐释，你没有和日本兵面对面拼过刺刀，我和日本兵刺刀见过红。你能说，面对敌人，哪个招式不好看，哪个动作是过分的？

慈悲心里觉得信仰的话可笑又可悲，这怎能和外敌拼刺刀相比呢。但他的思维方式就是这样的，你抬杠也抬不过他。他抬起杠来，抬到坟地都不换肩。慈悲换一个角度问，后来，地，富摘帽，右派平反，你怎么看？

信仰回答得非常干脆，帽子该摘则摘，平反该平就得给平。那时给他们戴帽是正确的，批斗他们也是正确的，后来给他们摘帽也是正确的。这和打仗一样，隐蔽的时候，你不能暴露；吹冲锋号了，你就得冲锋。提前冲锋不行，错后也是错误。对俘虏也一样，刚杀得眼都红了，可人家缴枪了，不但不能杀，还得优待。我就给俘虏背过枪，给俘虏洗过脚。

信仰是个军人出身，他从骨子里认为，打天下和治天下是一个理儿。

只好转移话题。慈悲看信仰精神不错，说，我用轮椅将你推出去，见见阳光，出出风。有人想见你，也有人想瞧你，证明你还活着。咱到街筒口坐坐。信仰说，也好。我这屋里太埋汰，也留不住人。到街心门口，有想骂我的，恨我的，咒我的，趁着我还有口气，他们该出气的出气，该发火的发火，是疖子总要出头。别憋着臭了烂在肚子里。敢骂敢恨敢咒当面来，向我开炮。敢当我面骂我，骂不还口；敢打我，打不还手。我还真真地佩服这样有血性的人。

信仰坐在轮椅上，精神多了，也神气多了，腰板尽力挺直，保持一个战士的姿态。轮椅是上档次的轮椅，宽大和气派，那是区民政局配给够一定级别退伍军人的赠品。民政局赠送轮椅时，只是将轮椅放在门口，还录了像。三个年轻人屋都没进。因为一掀门帘，浊气喷出，她们后退好几步。

焦信仰已经好长时间没到街口了。一场病将他彻底打倒了，他毕竟像娄了的瓜一样，一捅就会哗啦。他安安稳稳从容不迫地坐在轮椅上，眯起眼，任午后的阳光晃着他。孟慈悲坐在他身后伍凳上，两手扶着轮椅的后背，也眯起眼，像个守望者。

苏庄炮楼最后是焦信仰用棒秸点着的，孟慈悲给抱棒秸。由此二人从区小队进了县支队，又由县支队参加了四野。从打四平开始一直打到海南岛，又由海南岛入朝鲜参战一年后，从部队复员回到月牙村。两个人在村公所干过，管理区干过，小公社干过，转来转去，还是转回到月牙村。两个人正队长，副队长；正书记，副书记；治保正主任；副主任，革委会正主任，副主任；正村长，副村长，一直如影随形几十年。因为焦信仰一直是光棍一根，孟慈悲就让他搬到自己家后边原生产队场房，也好照顾他。土改时他本来分了地主王瞎子二间半瓦房，因给父亲母亲看病和给父亲母亲办丧事卖了。他诚然是个孝子。

阳光晃得焦信仰昏昏欲睡。这时，有人低头唤他，嗨，醒醒。您还真吃得饱，睡得着。瞧瞧我是谁？信仰睁开眼，觉得眼前这个人眼熟，却一时想不起来。只好说，我眼拙，认不出来。

孟慈悲眼却不拙。扬起手臂刚要打招呼，却被来人摆手示意不要点破。

来人对焦信仰说，我给您提个醒。当年我领结婚证时，让您开信，您一开始还不给开。后来经孟慈悲说和，您才勉强给开了。我们才到公社高罗锅那儿领的结婚证。

焦信仰低头想了想，还是没想起来，那时有好几个五类分子的子女要结婚让我开信，一开始都没给开。你是哪个？

这时，这个人站起来，挺了挺胸，您这眼真成俩罩眼了，脑子也有点痴呆了。我再给您提个头儿，我不是五类分子，也不是五类分子的子女，也不属于可教育好的子女。只是我爸加入过大刀会，那时大刀会属一贯道。

焦信仰使劲想了想，说，一贯道我知道，一贯害人道。大刀会我更知道，那时咱村有不少人入了大刀会。总会在北河村，坛主是大地主王孝三。王孝三这个狗日的，杀了我们八路军的侦察员，让我们八路军把王孝三给灭了，大刀会从此散伙了。你加入过大刀会？

来人听了哭笑不得。大声说，我爸爸参加过大刀会。就因为这，我结婚那天，您组织群众到我家开批判大会，批斗我爸，让我陪斗。批判会结束了，我们才进行结婚典礼，向毛主席像三鞠躬。您还带头喊口号，让五类分子断子绝孙。可我不是五类分子，我爸也不是。今天，我把儿子孙子都带来了。让您看看，我儿子铁塔一样，我孙子欢虎似的。

说毕，来人身后闪出一个大汉条儿，手里牵着一个虎头虎脑胖小子。来人却让儿子孙子喊，慈悲爷爷，慈悲太爷。

焦信仰却被晾在一边。但他脸上，并无尴尬之情。倒一下子想起来，你是西坑嘴东坡头盛宝章。我想起来了，你家春天年年秧茄秧烟秧西红柿秧，我带人拔过呢。

焦信仰的这句话，倒把来人宝章逗乐了。本来在他的计划中，见了焦信仰分三步走。第一，提焦信仰不给开到公社领结婚证的事；第二，提在他婚礼上开批斗会的事。然后再提拔烟秧茄秧西红柿秧的事，没想到焦信仰倒先提了，看他那神情，那是件无所谓的小事一桩或是一件好事。于是宝章逗焦信仰说，那我是不是还得谢谢您，您给我拔秧子，只当是给除草呢？

没想到焦信仰真这样说了，你还真得谢谢我。宁要社会主义的草，不要资本主义的苗。拔你点烟秧茄秧西红柿秧算什么？我带人拔了南坑边上木子李的白薯秧，铲了虫爷十边地的羊角葱，才到你那去的。当时孟慈悲拽我袖子，给你说情，说走走形式得了，宝章还靠卖秧秧棵棵的钱堵结婚拉的饥荒呢。这事儿我一直没说。今天话赶话说到这儿，你还不谢谢你孟慈悲大爷，他心是真慈悲呀。可慈不养兵。

宝章听了，忙让儿子孙子给孟慈悲鞠躬磕头，连声说谢谢。孟慈悲连连摆手，早忘了，早忘了，有这么回事吗？

盛宝章带铁塔一般的儿子和欢虎似的孙子走后，对焦信仰触动很大。他自认为是铁石心肠现在也有点柔软起来。他对慈悲说，我妈跟我说过，欺老别欺小。就算我斗了他们的老子，欺了他们家大人，可我没欺侮他们的孩子呀。我所做的一切，都是为了他们的孩子呀。不让他们再受二遍苦，再遭二茬罪。这些孩子应该感谢我才是。我是不图孩子们感谢，但也不会恨我吧。

孟慈悲此时接了话茬，口吐两个字：难说。

焦信仰心头一震，问出两个字：恨我？

孟慈悲又说出三个字：真没准。

这时，传来越来越近的儿歌声。一队娃娃手牵手在幼儿老师带领下踏歌而来。焦信仰眼睛一亮。他一看见小孩，总忍不住多看几眼，往往用目光目送蹦蹦跳跳孩子们远去，直到孩子扑进年轻父亲和母亲的怀抱。他甚至也幻想，蹬个小三轮车，排队到幼儿园，倚门而望或接或送一个孩子。

孩子们的队伍走到焦信仰轮椅前被一个人拦下了。这个人是二敢，也不知二敢在此时此地怎么就冒了出来。二敢对幼儿老师娜娜说，现在正进行爱国主义教育，纪念抗战胜利七十周年，先不用到焦庄户参观地道，也先不用到潮白烈士陵园去献花。你们眼前坐在轮椅上这个老人，就是抗日老英雄。娜娜，你真不知道？

被叫作娜娜的幼儿老师很茫然，看了一眼轮椅上的老人，摇摇头，我刚被艳阳天双语幼儿园聘用半年带大班。你说的眼前这位抗日老英雄，我还真不知道。很抱歉。

二敢忙说，可以理解。这些孩子都带着小凳，让他们围着抗日老英雄半圈坐下，让小孩们直接和老英雄面对面对话，直接沟通，如何？

孩子们总是充满好奇，坐在小凳上，围住两个老人，仰起小脸，一个个都是天真无邪的样子。

二敢当主持人。他向小孩子们提问，你们知道你们面前的抗日老英雄叫什么名字吗？

孩子们纷纷摇头，齐声说，不知道。

二敢说，那好。我提几个外号，看你们知道不知道？马猴子，你们谁知道？

一个小男孩举手，我知道。我爸爸说，马猴子是一个人。马猴子看青巡逻的时候，我爸爸还是一个孩子，比我大不了几岁。因为偷了生产队小茄包子吃，马猴子就拿镰刀追我爸，把我爸追进了月牙河，差点淹死。我一哭我爸就说，马猴子来了。我就不敢哭了。

二敢摆手，铁蛋，说得不错，你坐下。还有一个外号，窝头，谁知道。

又一秃小子举手，我知道，也是一个人。我爷爷说，他有病不能去水库工地。窝头就说，你不去修水库，食堂就不卖你窝头。为了窝头，我爷爷去了水库才吃上窝头。

二敢点点头，男同学说得挺好，下边让女同学回答，再说一个外号，掸瓶。

这时，一个梳小辫的小女孩说，我知道，我奶奶说，她有一对大掸瓶，让一个大马猴子的人当面给摔碎了。我奶奶说，那还是我老太留下的。

二敢说，还有几个外号，比如"干瞪眼""驴大嗓""抬杠头"。都是一个人。一个人有这么多外号不容易呀。不得外号不发家，可这个人得这么多外号也没发家。你们说，这个人好不好呀？

稚嫩的童声齐喊：不好。

这个人坏不坏呀？

坏。

二敢忽然说，这个人是拉人屎吗？

这个问题提的突然又出乎娜娜的意料，想阻止也来不及，小女孩吃吃掩嘴笑起来，还是小男孩勇敢，齐刷刷说：不拉人屎。

二敢觉得主持这个少儿节目很成功，也很得意，也很解恨。二敢对焦信仰的恨从何而来？完全来自他的母亲秀芬。几乎从他记事时起，他母亲就向他灌输对焦信仰的仇恨。至于是什么样的仇恨，二敢也不清楚。前些天耳闻焦信仰死了，他母亲秀芬说，买一挂响鞭到他门口，给姓焦的送终。但焦信仰命还挺大，没死成，才有了这一幕。二敢觉得，比放响鞭更有品位。二敢将焦信仰晾在一边，任焦他自己呼哧呼哧生气去。又乘着余兴问，慈悲六爷，您看我主持的少儿节目如何？

孟慈悲指着他的鼻子训斥道，你是茄子掉进了酱缸——

此话怎讲？

孟慈悲加重了语气，混蛋大紫包。

二敢让孟慈悲的话噎住了，反问，我怎么是混蛋大紫包了？

孟慈悲正在火头上，一句话喷出来，回家问你妈去。

二敢回家真问他母亲段秀芬，还讲了自己如何指挥幼儿班的儿童当众羞辱焦信仰，让孩子们齐声朝焦信仰喊"不拉人屎"。秀芬听了，脸色一红一白一青一紫，骂道，你还真是混蛋大紫包。他是人，怎么不拉人屎？二敢颇不服气，前些天姓焦的病重，您让我放鞭炮。这会儿您又怎么向着姓焦的了。

我恨他还恨不过来了，我怎会向着他？我让你放鞭炮，是想给他崩崩晦气，不能让他痛快地死了，得让他活受。

二敢虽憨，但还是听出了他母亲言外之意弦外之音和自相矛盾的地方。他从小也听到一些风言风语，说姓焦的年轻时跟他母亲如何如何。而孟六爷的一句"回家问你妈去"更证明了他的猜测。但在他从儿时的印象里，姓焦的从未到过他家，在街面上母亲与姓焦的打照面，他母亲也是怒目而视。想到这儿，二敢试探着问，您和姓焦的是怎么回事？

二敢妈一听就火了，我和他姓焦的没怎么也不怎么也怎么不了只有一回事。

二敢越听越糊涂。

但二敢妈心里比谁都明白。

那一年那一天中午，二敢妈，不对，那时还没有二敢。段秀芬扛一个大草捆懒包从棒子地里出来。到了村口鼓盖处，就被看青站路口检查的焦信仰拦下了，勒令她放下草捆接受检查。秀芬一看只是他一个人，心里稍稍放心，查吧，查也没啥，就不用查了吧。全是拉拉蔓草。说毕，还有意无意地撩开大衣襟擦汗，有意无意地闪露出饱满奶子。

焦信仰却目不斜视，用铁钎子往草捆里插，一碰到硬物，焦将草捆扑腾开，露出八块红薯。焦永信用铁钎子点着红薯质问，你说说，这是拉拉蔓草还是集体的粮食？

第二次是焦信仰搜查了秀芬背后的巴篓子，结果搜出了牛腿高粱穗。焦信仰像猫逮住老鼠一般说，你把粮食藏哪儿，也逃不出我的火眼金睛。想挖社会主义墙脚，没门。你已经不是第一次犯这样的错误了。结果，让秀芬每天早上派活时，到十五个生产队检查。

本来焦信仰大病初愈，况且到了耄耋之年。经二敢这么一忽悠，哪里禁得住？双手紧紧攥住孟慈悲的双手，孟慈悲知道不好，问，你有什么话要说？焦信仰张了张嘴，话已不能说出，只是用手尽力往上指了指。孟慈悲明白，表示要见马克思了。慈悲也不尽悲从心来，连说，咱俩一块去，一块去。

后事由孟慈悲主持，他两个儿子一手操办。多少年来，两家形同一家。孟慈悲的两个儿子管焦信仰叫"焦爸"。

人们听说焦信仰死了，先是一愣，认为他早就该死。但很快觉得，这个人已经融入月牙村的历史，影响着现在。是一个不得不面对绕不过去的人物。直接或间接跟自己的生活发生关系，甚至和有些人的命运相关联。很多很多人，开始念叨起他的好。是他用退伍安置金，给高级社买第一辆胶皮轱辘车，由此告别铁瓦车；是他管公社食堂时，让幼儿园的孩子先吃饱；是他号召青年，义务劳动修了青年路；是他主持，建了月牙村南北两个大水库；是他推荐六名队派教师，后来这批人都转了正；是他从月牙村穷八家中选出三家子女上了大学，成为工农兵学员。现在有的是律师，有的在外交部工作；还有很多原来不为人知现在才浮出水面的事：他从李桥冰窟窿里救过落水儿童，为五保户李傻子在通州结核病院垫过医疗费；76 年地震时他从要倒的土坯房中背出了烈属赵奶奶……

此时人们才突然发现，信仰与他们之间，是公怨，不是私仇。

焦信仰留下的全部遗产：一堆军功章。

令孟慈悲欣慰的是给焦信仰出殡时，二敢摔盆，哭喊：亲爸。

焦信仰与孟慈悲终于在天上见到了马克思。

马克思正在读阿根廷作家博尔赫斯的一篇小说"死去的神学家"马克思指点说，光有信仰是不够的，还要有慈悲。

第二辑　散文林间

　　只要天气不太坏，每天下午傍晚，我都要在村西树林中漫步。黄土曲径，绿草茂盛，林花浅红，白杨掌声，且听鸟鸣啾啾。在余晖斜照里，我踽踽独行。《顺义小说选》八十三篇"语丝微言"，大都在这里构思成篇。书中的众多作者，有挺拔如白杨，有龙钟如老槐，有轻柔如柳枝，有铁干如松柏。都是乔木，昂扬向上，各领风骚，根植于沃土。画图中数间茅屋草舍，柴门篱笆，房前场圃，屋后长松。虽不见人，白云之下，蒹葭丛中，自有扁舟一叶，正拟扬帆远航。以出世之精神，做入世之小事。

王恩桥·语丝微言

王恩桥老师，曾为文化馆馆长，他在任职期间，却干了一件意义重大、影响深远的事，就是创办文艺刊物——《无名花》。首开京郊区县文艺刊物创办之先河。由此筑巢引凤，作者云集。现在活跃在顺义文坛，成为北京作协会员、中国作协会员者，无不受此摆渡、感召、吸引、恩泽、影响，直接或间接地传承与濡染。王恩桥老师的这一创举，当时似乎并未显得多么张灯结彩，锣鼓喧天。但顺应历史潮流，满足群众文化需要，依靠大家力量，在顺义文学史上，却写下了浓墨重彩的一笔。因此，王恩桥老师是顺义文艺期刊的开拓者，引领者，启蒙者。

石占琴·语丝微言

不要小看石占琴这篇千字小小说，那是发表在近六十年前的《北京文艺》上，经过大作家林斤澜的肯定与荐稿。那时节，石占琴刚参加了团中央举办的全国农村青年文学创作积极分子大会，正意气风发，风华正茂。她当时不仅代表了顺义文学青年，也彰显出当时全国农村文学青年那种热情似火，激情燃烧，蓬勃向上，青春万岁的昂扬奋进时代。因此，她成了很多文学青年心中光风霁月的偶像。她的这篇短小说也曾激励、鼓舞过当时不少文学青年，起到了一种昭示与引领，导向与启示的作用。可以这样说，这篇"过路人"是顺义小说的序言，是顺义文学交响乐的前奏，是顺义文学队伍的前哨。随之而来的是文学同路人，赶路人和在文学之路上不断前行攀登的人。正如一条河流，源头只是涓涓之水，但纳细流、汇众溪，遂成汤汤之势。

张友明·语丝微言

张友明，听上去像个男士，实际上是个女作家。她虽是城里人，却落户于望渠村。当时的文化馆馆长王恩桥颇有伯乐风度，将这位已成农妇的老高中毕业生毅然调到文化馆，专事创作。张友明也不负众望，先后写出了"兰子""老房东""长胜大爷""好婆婆""热气腾腾的田野"等一系列小说。她的小说，植根于顺义这片热土，又有着城里人感觉的新鲜，观察的敏锐，捕捉的独到，驾驭文字的妙处。所以读起来，觉得既接地气又高屋建瓴，心思缜密又豁达大气。如果说，石占琴的那篇小小说"过路人"，只是顺义小说的先声与萌芽。到了张友明手里，则完成了由土到雅，由粗到细，由讲故事到追求意境。顺义短篇小说才真正算是丰满与成熟。张友明在顺义小说领地纵横十年，自成一家。代表当时顺义小说的水平，乃居于当时北京郊区县的前列。半个世纪以后再读她的小说，也感到鲜花重放。她勇立潮头，昭示后来者。

赵松泉·语丝微言

赵松泉，现在的顺义作者，几乎将这位上世纪八九十年代至少在顺义，抑或在北京，甚至当时中国文坛，亦有影响的作家遗忘了。他曾在全国文学期刊，发表六十多篇中、短篇小说，共七十余万字。这个记录，至今顺义无人能超过。他的小说集《蓝套服与红发卡》1991年出版，收入他二十一篇小说，浩然为他写2733字的"赵松泉简介"，此等待遇，至今也无人超过。浩然评论说，"这些小说写得很美，松泉对家乡那块土地和亲朋邻里的深切热爱与情义，洋溢在每一篇的字里行间。他们使我这个了解顺义，了解潮白河两岸生活的人不能不共鸣，不能不为之动心。"对文学创作的态度，赵松泉在"我和文学"一文中说，"我总觉得我身上有一层坚硬的壳，自己又不能像蝉儿那样，在一昼夜之间脱掉它！我必须不懈地努力。"非常可惜和遗憾，赵松泉可能由于自己手造的墙，与文学彻底隔绝了。不然，今天站在我们面前的，很可能是一位顺义本土的文学导师。

梁宝辉·语丝微言

梁宝辉上世纪八十年代在顺义文化馆文学组工作时，是以画画见长。现在他的画作已经走出昌平，进军北京，在全国书画界，也颇有名声且获奖无数。他的这一篇小说，是处女作，也是封笔作。故事讲的是粉碎"四人帮"之后，挨过整的"邵头"重新当政，对整过他的人——顾德祥不挟私怨，仍以公平、公正之心对待。故事虽然简单，情节也不复杂，却准确、形象地反映出在那个历史时期，一场浩劫之后，人们之间如何消除积怨，平复内心沟壑，达到相互谅解的。未经历"文革"的人，很难想象那以革命的名义，举辉煌的大旗，对人的尊严肆意的践踏，对人的内心进行无情的伤害。而人与人心理上的"破镜重圆"，并非如作者叙述那么简单。

韩绍金·语丝微言

这篇小说，四十三年前发表在《北京文学》上，得到过浩然的首肯与赞扬。小说从一个孩子的视角，写出了"妈妈"心中的纠结、无奈、违心、自责、愧疚和家庭的责任。那时的韩绍金多年轻啊，意气风发，就写出了那么棒的小说。

赵炳玉·语丝微言

赵炳玉的这篇小说，是写计划生育的。就题材来说，与政策一样，已经翻到崭新的一页。但这篇小说中的人物，刻画得栩栩如生，鲜活生动，呼之欲出。丁四婶盼孙心切，老伴蔫头巴脑，大儿媳知书达理，二儿媳大大咧咧。就是三个小孩子，也写得各有特色：小姗，结结巴巴念信；小玫，让奶奶吃月饼；小瑰，往奶奶嘴边送梨。就是刚亮相就下场的快嘴五婶，"她要是得到点儿新闻，满世界都会知道。说完，一阵

115

风似的走了。"环境描写也好，农家小院，月白风清。气氛渲染得也好，喜庆和谐，鞭炮齐鸣。小说中每个人的性格及心理活动，都写得恰到好处，不温不火，都有其合理性。本篇是赵炳玉四十年前的作品，他还有短篇小说"老疙瘩娶媳妇"等。赵炳玉居苏庄，话闸桥。又工剪纸、淘旧书、集古董。生活得很文学、很文化。

单宗福·语丝微言

这一篇小说"庄稼人的见识"，是单宗福四十多年前的作品。讲的是中国改革开放初期，农村实行家庭联产承包责任制期间。一个农民通过自己虔诚的劳动，虽谈不上致富与小康，却结束了饥饿与贫困。那一场改革，解决了困扰中国人几千年吃不饱难题。当时有这样一句顺口溜：囤里有粮，心里不慌。脚踏实地，喜气洋洋。中国其他各方面的改革，在农村脚踏实地改革的基础上，迅猛发展一发而不可止。现在看这篇小说，里面提到的工分粮、口粮、余粮户、亏粮户及秋后社员算账分粮的场面，已经成为历史的镜头与画面，一去不复返了。徐云海这个地道的农民所坚持的古老哲理：顺应自然、敬畏土地、尊重劳动、友爱邻里，却并未过时。反而应该坚持、恪守与发扬光大。因为这是自然法则、社会公德与大地的道德。感谢单宗福留下这化石般的文字。

戚长道·语丝微言

戚长道，1937 年生，应该是本《顺义小说选》中年龄最大的一位长者。他是明朝戚继光的后裔，且饱读诗书，长于论道。在地质队工作期间，"是那山谷的风，吹动了我们的红旗？是那狂暴的雨，洗刷了我们的帐篷？"他曾有火焰般的热情，攀上层层的山峰，为国家找过铀矿。想当年在文化馆办《无名花》期间，他是具体负责文字编辑的，因此经他之手，发现、培植、鼓励、帮助了当时一批业余文学爱好者、写作者。现在顺义已颇有成就的作者与作家，每念于此，颇为感恩。戚长道的诗，发表在当时的《北京文艺》《北京日报》上。也写小小说和短篇小说，登在《顺义文艺》上。他的主要著作是自传体长篇小说《遥路短歌行》和《一个没有说完的故事》。

马长旺·语丝微言

马长旺的这篇短小说《正名》，写了一个女青年爱上了一名残疾青年并与其正式结合的故事。小说的真实源于生活的真实，小说的真实甚至比生活更真实。因为生活的真实一旦升华为小说，那么小说中的人物，小说中的故事，小说中的意境，小说中的哲理，会折射、反观、映照、再现现实中的人物、故事、意境与哲理。而且人物更鲜明、故事更生动，意境更高远，哲理更深邃。由这篇小说我很快联想顺义一个伟大的女性，她毅然将自己的青春献给一名重度残疾的年轻人，陪他度过不算长，但也不算短的一生。当然，这位重度残疾人身上闪耀着文学之光，这名女性是个追光的人。却在无意之中，自己也成了闪耀人性伟大之光的人。

冯连才·语丝微言

冯连才是写诗的，此三篇本是他的随笔，却被《百花园》当作小说相中了。这也难怪，文中有人物、有故事、有情节、有意境。狗五儿、酒爷和五招儿，都曾是杨镇街上的小人物，他们生活在社会的最底层，在生活的苦坑里挣扎与扑腾。有苦痛也有欢乐，有自卑也有自尊，有自我放逐也有自我坚守。被摒弃在主流社会之外但又时时刷存在感。这样的人物曾真实鲜活地存在过，今后可能也不会再有。冯连才的诗朴实、质朴、质感，而意境奇崛。此三篇小说亦如此。

刘振华·语丝微言

刘振华是杨镇中学的语文老师，教课之余，自己也进行创作。散文、随笔、故事、小说、诗歌等文体，均有涉猎。诗歌中还涉及古典诗词，起承转合，音韵节律，颇有造诣。他又擅朗诵、说唱、表演且会乐器，真是多才多艺。有点像关汉卿自我描述那样："我也会围棋、会蹴鞠、会打围、会插科、会歌舞、会吹弹、会咽作、会吟诗、会双陆。天赐与我这几般歹症候，尚兀自不肯休。"但刘振华尚有一大贡献，他在学校成立了毛毛草文学社，历时10年。主办社刊《新新文学》共272期，《新新文学》丛书7卷。组织文学青年、文学爱好者、顺义作家进行各种采风活动及作品研讨会，播撒文学的种子。现在活跃在顺义文学创作一线的作者和作家，不少得益于他的发现、培养与扶植。说他是文学摆渡人，一点不为过。

王克臣·语丝微言

这一短篇小说是王克臣的处女作，文中提出了一个重要思想:拨乱反正,政府也要给庄稼人平反,还庄稼人以种好庄稼的权力与自由和自主。但这一篇并非是他的代表作。他从写小小说开始，继而短篇，进而中篇，终成三部长篇《风雨故园》《寒凝大地》《朱墨春山》。人生是有阶段的，文学创作也是有阶段的。王克臣在其人生的每个阶段，都在进行文学创作，一直在砥砺前行。至今仍老骥伏枥，志在千里。文学就是这样，无论你是青葱岁月，还是满头白发，只要你热爱她，她就会热恋你，并追随你一生，不离不弃。

史晓燕·语丝微言

　　史晓燕的这篇文章是以自身为例，自家为例，亲属为例讲教师、讲教师节的。孔子是中国教育的祖师爷，同时也是世界级别的。后人评孔子，"天不生仲尼，万古长如夜。"主要指孔子的教育思想及实践。在自然界中，人和动物的区别就是教育。在欧洲的文明中，学校的历史往往比国家的历史还要悠久。顺义有尊师重教的传统。封建时代，乡贤设私塾、办书院、立义学。民国时期，牛山学校的创建资金，与苏庄建洋桥，县政府收取牛山青石捐一千八百大洋有关。新中国伊始，在全国范围内，掀起扫文盲、学文化的热潮。一九五六年，初级中学又如雨后春笋，遍地生根。史晓燕的所描述的背景，就是基于此。她的这篇作品，也是顺义教师之家的缩影。

宋新华·语丝微言

　　前面说到，1965年，石占琴在《北京文艺》上发表小小说"过路人"，应该算顺义小小说的发轫、肇始、开端和试水。但之后的张友明、赵松泉等都未沿着这条写小小说的路子走下去，他们运筹谋划于短篇小说创作。只有宋新华钟情于此，他的所有作品，都是小小说。数量之多，质量之高，发表之广，影响之大，为当时顺义小小说之最。他深得小小说写作之精义，每篇小小说，只明确一个主题思想，只确定一个主要人物，只需要一个核心细节，只运用一种语境，只抛出一个包袱，只有一次反转结构。读宋新华的小说，开头介入情节快，中间丰满，结尾简短有力，"凤头、猪肚、豹尾"，干净利落，如看体育比赛上的平衡木表演。他又信佛，所以他的小说虽叙世俗，却透出空灵，述凡尘能品出禅意。他还有一个头衔，宋新华是北京小小说沙龙创始人之一，曾任过秘书长。

许福元·语丝微言

这个短篇小说，作者写于十年前。那时临河村还未拆迁，土地仍承包到户。但地头的"基本农田保护区"混凝土墩子已被铲车移走，大片的土地被切割、分封、租赁、承包为停车场、仓储库和公寓等。祖祖辈辈靠土里刨食的老一辈庄稼人，感到从未有过的心里恐慌、空虚和将失去土地的危机。他们疑惑、不解、迷茫与想不明白，不是手里攥着三十年不变的土地承包书吗？怎么说变就变了呢？因为已不止一次失去仅有的土地了。他们对土地的依赖，对土地的感情，对土地的信仰，已经超越了一切。小说的主人公他没有自己血脉的香火可延续，他视土地为自己生命的香火。当土地将彻底失去的时候，他显得无比的激愤，十分的不解，万分的无奈。当他崇拜的神奇土地失去时，他所能做的，只能是与土地共存亡，为土地殉葬。中国人自古以来，就有为帝王殉葬的人，为亲人殉葬的人，为神灵殉葬的人。得田老汉，视土地为自己的信仰，他在为自己的信仰而献身。

金克亮·语丝微言

"独在异乡为异客，每逢佳节倍思亲"。远在异国他乡的弟弟思乡之情，是由家兄刻刀表现出来的，家兄是个木刻版画家。如何表现海外游子，同胞弟弟客居异域的龙之传人的思乡传神情感，家兄选择精雕细刻弟弟出生时的胎记——耳垂上的拴马桩。母亲说，有了拴马桩，永远丢不了、走不失、拴得住。难怪弟弟见到亲哥的这幅木刻画时，激动得泪流满面。虽然洋装穿在身，依然中国心。虽然新西兰绿草如茵，牛羊遍野，信鸽成群。但抵不上家乡平原的辽阔，雨燕呢喃，麦浪滚滚。带着胎痕的耳垂拴马桩，永远使他心系祖国，思念家乡，想念亲人。几十年来，金克亮执着于顺义历史的钩沉，是一种成功。又涉足小说创作，更是一种成功。金克亮走选择好的路，不选择好走的路。

王克民·语丝微言

　　王克民的这篇小说"爹与花儿"，写得感情很饱满。花儿从一出生，就失去母爱，与父亲相依为命。在父爱的呵护中，在乡情的关照下，在友爱的氛围里，花儿终于长大成人，学有所成。她不仅是感恩老父，还回馈乡亲，奉献社会。亲情、乡情、友情与感恩之情集于花儿于一身。几千年的农村社会，就是一个熟人社会，乡情社会、亲情社会、友情社会。反观农民上楼变成城市社会，城市社会的那种陌生化必将随之而来，隔膜感逐渐加强，乡情也逐渐淡化了。

刘振祥·语丝微言

　　说顺义是块风水宝地，并不为过。远眺大海，三面环山，此所谓背风向阳、土厚宜稼的被怀抱的态势。顺义亦水网密布，河流纵横。潮河与白河，在崇山峻岭间长途跋涉，不辞辛劳，合流前与合流后，相约流经顺义全境。温榆河，自昌平泽及顺义；箭杆河，泉涌于狐奴山下。还有金鸡河与月牙河、小中河及夏秋野水汇成的河流，汪洋恣肆，汤汤荡荡，好不壮观。刘振祥这篇文章，就是讲顺义河流的，而重点讲顺义几千年的漕运历史。此点正是研究顺义历史的盲点，也是看点，更是热点。将顺义列入大运河文化带，乃名至而实归。

刘杰东·语丝微言

　　在贫困的乡村，为了生活，朴实的农民有着农民的狡猾，这也是一种违心的生存智慧。当这个卖梨老农施展这种智慧时，却早已被曾也是农民、现在变成居民的秦思源识破了。但老秦看破并不说破，其原因除给卖梨老人留下尊严外，细思源头，自己也是由农民蜕化而来，知道农村的困苦，生活的艰难，挣钱的不易。所以感同身受，施以援手。当农村振兴之后，富起来的卖梨人的腰杆也挺起来，向曾经帮助过自己的人表示感谢与感恩，知恩图报这中国人善良的人性，得以复苏。

胡广星·语丝微言

作者的这个短篇小说"来世今生"，写了二十世纪两个普通农村青年结为夫妇，如何度过今生，思索来世。当某种不幸的命运降临在他们身上时，他们尽到了各自的责任。小说中的"二哥"，采用"善意的谎言"，宁可忍受被亲人的误解，感情的背叛，只一个人宁愿肩负起黑暗的闸门。小说中的"二嫂"，则毅然肩负起家庭的重担，将儿子养大成人。同时，在二人的内心里，却全都在关心着对方，热爱着对方，信任着对方，理解着对方。虽未海誓山盟，却共同思考来世。只有认真思考来世的人，才能认真对待今生。才能有所敬畏，有所牺牲，有所奉献，有所担当。广星是写戏的，戏如人生。他将戏剧手法运用到小说创作中，所以他的小说读起来，总让人感觉到别开生面，新鲜活泼，意境高远。

聂淑云·语丝微言

聂淑云的小说语言有其特色，准确、生动、形象，不时还闪烁着生活的哲理。而且京郊口语韵味很浓，并无所谓的学生腔和老师的掉书袋。让人读起来很舒服，如品一杯春茶。一篇作品，给读者的第一感觉就是语言，然后才是结构、思想、意境及其他。汪曾祺曾建议外地的青年小说写作者，有兴趣可在北京郊区，赁屋买米，住上半年到一年，体会北京农村语言风味。对自己写作，会大有裨益。聂淑云就是顺义本土人，又学的是中文，教的是语文，且又"君子有所为又有所不为"。在繁忙教课之余，文学创作的欲望犹如夏天雨后的荒草，疯狂地滋长，这也是一种生活状态抑或一种佳境。

张艳·语丝微言

张艳是语文老师，是教文学的。闲暇乐读书。她自己又进行文学创作，这本身就处在一个较高的起点上。"近水楼台先得月，向阳花木易为春"教文学虽大不同于文学创作，但二者是亲戚关系，有血缘系统。其中的华丽转身有人乐意转，有人不愿意转；有人转得漂亮，有人转得别扭；有人转转就不转了，但终是有人转出霓裳羽衣舞来。张艳最初的目光是关注校园生活，以她知识的广博，视野的广阔，对哲理的思索，又加之年富力强，预祝她在文学之路上，走得更远。

李晔·语丝微言

李晔并非住楼房，有暖气。而是居斗室，种菜园。抬头见青山，低头走土路。没有人声的喧嚣，倒有鸟声虫鸣的宁静。于是她在这封闭的环境里，边剪果枝边听书，夜晚的月光伴着灯光写作。她的优势是她能主宰自己的时间，从而也主宰了自己的命运——在文学的小路上不断摸索攀登。至于能否到达光辉的顶点，她并不奢求。做一个不辞劳苦的人，也问心无愧了。

王艳霞·语丝微言

王艳霞原来是小学老师，现在还是老师，虽然不教课了。她当小学老师的经历，可能会影响其一生。这种心结，就像曾遗失过的一顶帽子，后来发现，这顶帽子从未丢失过。总是若有若无，若实若虚，时隐时现地还戴在头上。她当老师最大的体会，并不完全是传道授业，答疑解惑，而是对学生源自于内心，源自于真心，出于爱心的热爱、关怀、了解与尊重。这样，才能赢得学生对老师的敬仰、热爱与尊重。人的少年时期，是人生的启蒙，幼苗的初长，蓓蕾的初放。老师的一言一行，一举一动，言传身教，也许会影响学生的一生，进而影响到一个民族和国家的前途和未来。陶行知似乎说过这样的话："在教师手里操着幼年人的命运，便是操着民族和人类的命运。"

向湖·语丝微言

沈从文论小说创作：贴着人物写。解读这五个字是贴着人物命运写，贴着人物性格写，贴着人物情感写。向湖小说最大的特点是贴着人物的情感写。向湖将亲情、友情、爱情写得淋漓尽致，洒脱阔绰。时而奔放澎湃，时而情愫暗涌，纠结辗转，无所适从。风花雪月之后，则是悬崖深渊。期盼与失望相伴，犹豫和坚定同生。一面对着欲望与希冀，一面对着道德和家庭。心海微澜涌起时，又紧闭感情闸门。有缠绵纠结，无助无望。有义无反顾的决心，也有瞻前顾后的疑虑。青春的萌动，精神的出轨，还有坚韧和无可奈何的尴尬。千种风情，万般愁绪。游丝一般的情感，都被向湖织经编纬，一网打尽。而且写得若有若无，若实若虚，若梦若幻，恍兮惚兮。而又如此丰富，如此细腻，如此微妙，如此真实。给人以剪不断、理还乱。才下眉头，又上心头。一种欲说还休的感觉。尤为可贵的是，行文颇显自然适意，不矫揉，不造作，不时还展现生活的哲理，人生的箴言。

李洪峰·语丝微言

中国抗日战争的历史，虽然已经远去。但日本侵略者给中国人民造成的伤痛，还远远未能平复。国恨家仇，岂能轻易忘却。其实，不能忘却的岂止是中国人民，还有广大的日本人民。李洪峰在《小军刀》这部短剧中，就写了一个日本老兵，对侵华战争，对杀害中国人深深的自责与忏悔。是的，我们应当把当时日本军国主义政府与日本普通民众区别开来，应当将穷凶极恶、杀人如麻的好战分子和普通士兵区别开来。

在抗日战争时期的延安，就有爱好和平的日本人士组织"反战同盟"。在二战以后，不少日本团体和民众，是坚持向中国人民认罪，坚持中日友好的。从历史的纵深看，中日友好、和平相处、共谋发展是主流。在当代，避免战争、合作双赢也是世界大势。鲁迅先生在一九三三年写给西村真琴博士《题三义塔》诗中说，"度尽劫波兄弟在，相逢一笑泯恩仇"。鲁迅先生是有大境界的。

魏子楚·语丝微言

　　魏子楚写的这个"五个鸡蛋"故事，编者已经读了好多遍了。但每读一遍，仍受到一次又一次的震撼。未有类似经历的人，很难理解在那个特殊年代，那个严峻时期，那种政治背景下，在物质稀缺、尚不温饱的情况下。一个没有文化的农妇，以自己独有的方式，自然地率性地但又是毅然决然地给予一个流落他乡的北京知青以关怀、温暖、慰藉和人格上的尊重。看似是平平常常赠予的五个鸡蛋，但在当时的政治氛围中，也是要冒一定风险的。当时的很多人心灵扭曲，对作者这种"另类人"，避之唯恐不远，防之唯恐不严。但这位普通得不能再普通的农妇心里，有着对弱者的同情，对困难者的救助，对同胞的悲悯。这才是善良人应有的崇高情感，人世间的大爱，人与人之间的心海慈航。使处于人生最低谷的作者，感受到了人间的真情。由此相信人心，相信未来，相信希望。感谢作者，记录了自己的心灵轨迹。魏子楚是个知道感恩的人，她用五十多年的时间，在心里牢牢记住了五个鸡蛋。她的文学故乡是北京、是顺义，她的文学他乡在东北。

杜文亮·语丝微言

　　杜文亮是顺义第一批参加老舍文学院学习班的作者，在胡广星主持文化馆工作期间，他又是从未缺席沙龙活动者之一。虽从年轻时就热爱文学，但由于工作关系，一直与文学若即若离。当到了退休耳顺之年以后，文学之火才又重新点燃并一发而不可止。打麻将、甩扑克、提笼架鸟、遛狗养猫，这当然也是退休后的生活。但杜文亮用文字记录过去的事情，感触于现代人的困境，对现实的困惑进行思索，写出半个多世纪的一些感悟，这无疑是一种境界更高的选择。都说夕阳无限好，但是短暂的，因为毕竟已近黄昏。杜文亮的黄昏恋选择了文学，毋宁说文学也选择了杜文亮。

王娜·语丝微言

　　王娜的这五篇散文，是音乐，宫商角徵羽；是画图，赤橙黄绿蓝；是心境，宁静而致远。是警句，是箴言，是美妙的文字，是纯净的诗篇。有生命的扩张，有想象的浪漫，有人生的感悟，有自我的破茧。她企盼春天，开河顺水，移舟远渡；她歌颂夏天，热情奔放，真性天然；她钟情秋季，枫叶如丹，恬静安然；她迷恋冬天，雪花从容，自持清欢。是的，人生的四季应如大自然的四季，有着春山般的向往，夏树般的恣意，秋水般的丰盈，冬雪般的晶莹。是的，人生是逆旅，有坦途，有快意，有艰难，有攀登。人生又是短暂的，光阴如箭，日月如梭，白隙而过。但终归人生是一场修行，不负韶华，完善自我，就成佛仙。

鲁进先·语丝微言

　　黑格尔在《法哲学原理》中提出："凡是合理的都是现实的，凡是现实的都是合理的。"后简化为"存在即合理"。其实很多人对这句话的理解有误区，甚至是错误的。暂且不谈。用中国人的思维，凡是存在的，都合乎"道"；凡合乎"道"的，都会存在。农村有些老话，"阴天饿不死瞎家雀""瞎猫碰上死耗子""猪往前拱，鸡往后刨，各有谋生之道""傻有傻造化""没有不开张的油盐店""打竹板，翻上下""三十年河东，三十年河西"。"太阳不能老晌午"等等。细细琢磨，农村这些老话，含有朴素的辩证法、发展观和哲理性。看了鲁进先的短小说"二货的好日子"很自然想起了农村这些古话。却也觉得，大象和蚂蚁，磷虾和巨鲸，小草与苍松。"仰观宇宙之大，俯察品类之盛"，共存共生，都有其天然的合理性。如不合理，为何存在？为何变异？为何发展？

孙殿英·语丝微言

只知道孙殿英写诗，且诗写得不错。直至看完他的这篇小说"草垛"才惊喜地发现，这是一篇诗意、诗情、诗境、诗化的小说。孔子说，不学诗无以言。诗在熏染我们的语言审美，语言是心灵的外化。白居易论诗，"根情、苗言、华声、实意"。作者借助"草垛"这个载体，这个道具，这个意象，这个象征，赋之、比之、兴之。将农民与村庄，农民与土地，农民与季节，农民与野草以及农民与乡村一切的一切，深沉绵密地剪不断、理还乱，才下眉头，又上心头的情感，表现得淋漓尽致。"情、言、声、意"皆具备矣！"草垛"成了象征，象征越真实，它可以引你抵达越深的地方，也可以展示更多的内涵。假如孙殿英日后不去写小说，对于他本人，算是亏大发了。至少对于顺义文学界，也许会缺失一位有潜力股的作家。

李广生·语丝微言

假如在春秋时期，平谷是一个小国，顺义也是一个小国。顺义这个小国之君，在呼奴山上筑黄金台，以招天下贤士。像李广生这样平谷国的儒生，会以客卿身份，人才引进入仕顺义。读了他这篇"我在顺义挺好的"文章，颇有此感。在李广生眼中，顺义地处平原，视野开阔，顺义人性格有其开放包容的一面；河东河西的风土人情，亦有其微妙的差别；顺义因处农耕文明与游牧文明的结合部，既有汉人的儒雅和契丹人的粗犷。他钩沉顺义历史，游历顺义山水，钟情顺义小吃，探索顺义人文。李广生这个平谷人，比顺义人还顺义人。他走在顺义的古迹山水间，定然觉得精彩。"不识庐山真面目，只缘身在此山中"。若论顺义精神最大的特点是什么？那就是包容精神。所以，顺义是培养干部的摇篮，也是群星聚于潮白，其地必多贤士。"泰山不让土壤，故能成其大；河海不拒细流，故能成其深。"他对顺义有奉献，顺义厚待他，他才有了"我在顺义挺好的"之感言，于是有了扎根意识，融入脚下这块热土，做一个名副其实的顺义人。

高红伶·语丝微言

《顺义小说选》破例收录了高红伶和她两个儿子的作品。她的大儿子叫刘粲，在校读大学。小儿子叫刘菁睿，在读小学。在刘粲高考时，高红伶写了"写给你，我的孩子"。有祝福、有希望、有惦念、有期冀。这是一个母亲心底的真声音、真感触、真情愫。刘粲在"成长"一文中自述了自己青春期的成长过程，求索与困惑同在，迷茫与寻觅同行，痛苦与幸福相伴，烦恼与收获共存，泪水与汗水齐飞。而刘菁睿的小文"春天的雨"则展现他小小心灵中，是一个阳光灿烂、五彩缤纷的世界。这组文章是亲子的画面，文学的传承，成长的版本。

萧冰·语丝微言

"拆迁，拆迁，一步登天。"在拆迁带来的巨大利益面前，人性的各种嘴脸，均被暴露无遗，纤毫毕现。贪婪与嫉妒，巧取与豪夺，明争与暗斗，日施手段，夜费心机。兄弟打架，父子反目，诉诸公堂，并不鲜见。千年的信条，家族的古训，传统的伦理，一下子被冲击得稀里哗啦。一夜暴富，人们撕去往日那层温情脉脉的面纱，展现出人性恶的狰狞。所以，有人上了天堂，有人下了地狱。有人因富而贵，有人因富而亡。问题似乎由于拆迁，其实不能归罪于拆迁。农村的振兴，城乡的巨变，这一历史的震荡必然引起阵痛。人们从心理、伦理、观念、道德、法律诸方面还未做好准备。拆迁这颗"金蛋"从天而降，必将所有人一时砸得晕头转向，无所适从。萧冰的这篇小说，不动声色地呈现拆迁活剧的画面之一。

李守义·语丝微言

李守义的这篇文章,既不是散文,更不是小说,为何选入《顺义小说选》呢?推究起来,作者谈"水"。顺义得地利,有潮白河全境流过,温榆河补水东来,箭杆河发源于本土,金鸡河破晓鸣唱。但天然河流,分布不匀。此盈彼亏,实在难全。所以顺义人的勇气与智慧,开拓与创新,大胆与求证。东水西调,南水北调,平均水权。古人云,人往高处走,水往低处流。顺义人偏来个人往难处走,水往高处流。沧海横流,勇立潮头,方显出英雄本色。李守义正是顺义调水的领导者、实践者、见证者和著文绘图存照者,所以收录了他这篇文章,以飨读者。

赵子林·语丝微言

头一次看到赵子林的小说,且是短篇,题目是"土地的孩子"。其实,我们都是土地的孩子,整个人类都是土地的孩子,每个人不过是土地中的一粒,宇宙中的尘埃。这篇小说正是基于这古老的哲理,大地的道德演绎开来。王雪晶这个女孩,本是应聘大公司"白领"且成功了的,但她毅然决然地回归土地,志在农村。因为在她的生命中,有大地的基因,黄土的元素。其实,现在的农村,已不可和几十年前的穷乡僻壤同日而语;今日的农民,也不再是脸朝黄土背朝天的劳作方式。智能化、科技化、现代化的农村振兴,使古老的农村面貌一新。而优秀传统文化的传承,只要有农村存在,就不会断裂。因为农村,更承载土地;土地,更承载农村。农村是溶解中国一切问题的巨大容器和承载,曾成功地化解共和国的数次危机。乡村振兴是中华民族振兴的前沿,也是大后方。但这一切,都需要有王雪晶、郭勇这样有知识、有热情、有志向的年轻人去开拓、去创业、去守候。归根结底,古老的农村需要年轻人去打理、去扎根、去成家立业。

赵子林小说中的王雪晶、郭勇,以上世纪九十年代即投身北郎中村建设的大学生们为原型。北郎中村是展示京郊农业农村发展的窗口,也是大学生在农村一线奉献青春、开拓创新、实现价值的人生舞台。谨以此文，向新时代知识青年们，致以崇高敬意。

赵子林是农民的孩子，他生活、学习、工作一直在农村。从他的小说中，可以看出他对农村的熟悉，对农民的感情，对农业的希望，对农村前景多姿多彩的展望。期待他聚焦农村题材，多出精品力作。

李保忠·语丝微言

李保忠这个名字，在顺义很响亮，知名度很高，是顺义人心中的网红。经常为人乐道，上热搜。他义务主持百姓婚礼五百多场；数次救人扶困于危难之中；他有求必应为居民送电送温暖，被称为"身边徐虎"。他为文友宾朋献诗朗诵；他以一封封短信慰藉了无数人。他总给人以温暖的笑脸，朝气磅礴；他总以昂扬的姿态，展示正能量。他把时间和爱心，奉献给了公益；他把精力和热情，泼洒于平民。他做的都是琐碎小事，但都是百姓身边大事。他不是什么"大官"，却是"无冕之王"。他不是侠客，却有三分侠气；他是七尺男儿，却有侠骨柔肠。李保忠虽脱下军装，却从未下岗，仍肩负一种使命脚踏沃土，阳光般前行。

李文香·语丝微言

李文香长于朗诵，但她写的这篇短小说却有着长篇的架构，中篇的容量，短篇的激荡和小小说的精彩亮相。五奶这个人物，写得很传奇、很传神、很侠气，有点像金庸笔下的剑客侠女。但她又不是武林江湖中人，而是持家育儿，务农经商，相夫教子的普通农妇。但是在乱世，她该出手时就出手，遇到不平一声吼。虽是巾帼，并不让须眉。中国的女性自古以来，就不光有见花流泪，对月伤情，柔情似水，小鸟依人一面，还有刚烈独立，光风霁月，侠骨忠勇的一面。李文香的这篇小说虽小，但至少证明，在历史长河中，大的背景下，中国从不缺失这样的奇女子，巾帼伟丈夫。

王莉莉·语丝微言

　　王莉莉（蓝辑）是中学历史老师,讲课的内容自然是国家兴亡,朝代更替,风云人物,重大事件。她的这篇小说"一样的月光",却写了一件极细微的小事,小凡夫妇通过去小凡的老舅家和去丈夫的舅舅家,两家同是农村,同样的人口结构,而政治生态、文明生态、生活状态, 区别甚大。一家是家和万事兴, 老者安之, 少者怀之, 其乐融融;一家则是心存芥蒂,貌合神离,老一辈人还将手中权力紧紧攥着,少了些生动活泼新鲜与和谐的气息。作者没有简单地进行褒贬, 或毁或誉, 只是将问题提出来,引起小凡将当婆婆,将面对一个非血缘新成员加盟进来,将呈现一个什么样家庭范本。这其实也是向读者抛出来的一个问题。在一样的月光照耀下,诸事的结果为何不一样,这就有点儿哲学的味道了。王莉莉是教历史的, "文史哲"本来就不分家嘛。

张向南·语丝微言

　　张向南 2005 年生, 未及弱冠。左思诗云: "弱冠弄柔翰, 卓荦观群书"。他传来的三篇小说"天马踢踏""沉没"和"星星的名字"共三万多字,本书选了他的"星星的名字"。他小小年纪, 已写了不止这三万余字。从他的文字中, 可以看出他弄笔墨、观群书。想象之丰富, 思维之奇特, 文字之流畅, 结构之迥异, 确不同凡响。读之让人耳目一新, 别开生面, 有天马行空, 逍遥遨游的感觉。他这个年纪, 正是向漫远之将来,构辉煌之好梦。形而上的文字多于形而下,亦可理解。不能用老气横秋的眼光看待新秀。忽然想起杜甫在《戏为六绝句之二》评唐初四杰: "王杨卢骆当时体,轻薄为文哂未休。尔曹身与名俱灭, 不废江河万古流"。张向南若生在唐初, 至少是顺义的王勃。

张广超·语丝微言

　　张广超是个青年诗人，他的诗花在全国文学期刊广泛开放，而且带有天府之国的川味，有自己的独特风格。他喜欢阅读那些跨越千年，踏平山海的诗篇。他的网名是铁血寒冰，这与他军旅生涯多年，渗透了陆游"铁马冰河入梦来"与辛弃疾的"金戈铁马，气吞万里如虎"的风韵。他曾有过在人生路上，"蜀道之难，难于上青天"的感慨，也有在南下打工时所遇到的艰辛，夜半在异乡的星光下持枪站岗对家乡的眷恋，对母亲的思念及失恋的痛苦。是文学滋养了他，治愈了他，提高了他。使他成熟、成长与成功，也成全了他初心的愿望。在文学中认清了自我，找到了自我，丰富了自我，突破了自我。对文学的追求就成一种修为、修养与自渡，是生命的破茧与扩张。文学本身就带有宗教情结，对其他应无所住，才能生其心。

靳叶·语丝微言

　　很欣喜看到靳叶的两篇短小说，一篇是"顺子的无字真经"，写的是一个外地姑娘为了取得北京户口，和患小儿麻痹症的顺子做了名义上的夫妻。靳叶写了人间的温暖，这才是人与人之间的无字真经。另一篇"支撑"，写了热情的马大姐，帮助一个外地姑娘讨欠薪的故事。由此我想起鲁迅在"这也是生活"中说，"无尽的远方，无数的人们，都与我有关。"也由此想到英国诗人约翰·唐恩的诗，"没有人是自成一体的孤岛，每个人都是大陆的一部分。如果海水冲掉一团泥土，大陆就会失去一块，如同失去一个海岬，如同朋友或自己失去家园。任何人的死都让我蒙受损失，因为我是人类的一员。"正是这种理念与道德，才支撑着人类生活秩序的大厦。靳叶就是一个热情的人，做事认真的人，甘心并乐于支撑公益事业的人。

徐淑娜·语丝微言

徐淑娜的这篇"夜行记",写得细致入微,心海微澜。是的,当青春年少,入世未深时,童年所听到的鬼怪故事便会在一定氛围下被激活,一生都挥之不去。其实,中国古典文学中,志怪类曾是一脉支流,如《搜神记》《三遂平妖传》《古镜记》等。《聊斋志异》更是达到文言文短篇小说的顶峰。在当代的小说创作中,适当地描写梦境、魔幻、虚拟及形而上的层面,会使小说更空灵、更象征、更飞扬反而觉得更真实、更现实更有穿透力和张力。徐淑娜有经历,有故事,有奋斗,有成就。又勤于笔耕,善于思索,希望她佳作迭出。

杨宪·语丝微言

农村中,社会上有一类小人物。他们地位卑微,也不富有。智商虽说不上低下,但绝不是高大上。至于情商,倒还丰富。他们的言谈举止,总有些另类,率性而为,也无伤大雅。往往成为人们戏谑的对象或茶余酒后的谈资。因为这类人被权力与金钱边缘化,被漠视,所以自己时时刷存在感,闹出很多笑话,却活跃了气氛。他们在场时,人们感到一种放松的愉悦。他们缺席的时候,也会感到一点寂寞。但该怎么过还怎么过。这就是社会,这就是生活,这就是这类人的快活,不在乎别人的眼色。

柏凤英·语丝微言

鲁迅说过这样的话:"无尽的远方,无数的人们,都和我有关。"柏凤英的这篇文章虽短,但意味深长。人类社会,就如习近平主席所说,是一个命运共同体。也就是说，一荣俱荣，一损俱损。平淡的生活中也许会出现意外，正常的日子也许会突遇风暴，人生的轨迹也许会逆转，灾难的降临有时让人猝不及防。所以，公益路上就需要有奋不顾身的人，舍己为人的人，不计得失的人，献身公益的人。他们未必与你共享清风明月，鲜花掌声。但与你风雨同舟，共度时艰。在你平安静好的时候，他们只是与你擦肩而过，形同路人。但在你危难时，他们就会出现在你面前，施以援手。他们肩住危险的闸门，放你们到安全的地方去。在公益路上，就是如此。柏凤英这篇"我们在公益路上——等你"，就是体现这一思想。而柏凤英，就是这样的公益人。也欢迎你，成为一名公益人。

李言录·语丝微言

一个村庄，就是一个社会。在几千年的封建社会中，皇权的权力鞭长莫及，至县级为止。乡村管理基本是村民自治。由乡绅、乡贤、地主等主导，村民参与。制定村规民约，按公序良俗进行家族式的管理。这自有其历史性、合理性、稳定性、公信力与权威。但今日之农村社会与昔日之乡村社会不可同日而语，已从简单的农耕生产扩展到工业化、商业化、城市化、信息化乃至全球化。村委会虽名曰自治，实际上已进入数字化、网格化的现代管理模式。所以契约精神，法律意识就渗透到当代农村的方方面面。作者的这篇"村官二婶"就体现了这一现实。村官是农村中能干事的能人，"想干事是一种态度，会干事是一种能力，干成事是一种结果，不怕事是一种正能量，不出事是一种履历锻造出来的本领。"李言录如是说。

何雪莲·语丝微言

何雪莲的朗诵，声音自然，清朗纯正；明澈透亮，活泼生动；情感丰富，回味无穷；有山泉的清冽，有金属的质感。或沉郁铿锵，或低柔细腻，或激情澎湃，或娓娓道来。抑扬顿挫之间又不失整体的协调性和平衡。她的学养与修养，成就与成功，都令人敬佩。先天条件固然重要，但她后天的学习与练习，用心与用功，还是起决定作用的。就是所谓的"台上一分钟，台下十年功"。当她获得了种种证书之后，何雪莲并不认为是艺术的结业，而是一种在新的起点开始。终身学习，终身努力，终身成长，学无止境。当她获得了种种荣誉后，又将知识悉心传授，耕云播雨，惠及学生，服务大众。这使我想起古希腊演说家德漠斯蒂尼，从小口吃，立志当演说家。于是他口含石子，面对大海的波涛，迎着大风练习朗诵。他最终成了雅典最具雄辩的演说家。从先贤到今人，说明破茧要靠自己，才能华丽转身，静待花开。何雪莲朗诵时，沉稳、端庄、精致、典雅，以自己的"雪莲之声"，征服了听众，赢得了盛名。

赵菁·语丝微言

假如有多人看了赵菁的这篇小说，评论肯定不同：有人看到了在这世俗的社会，还有像"大师兄"这样追求精神理想的人，想点亮心中的奇梦；有人认为这样的人是另类、是痴人、是疯子。也有人看到人的精神痛苦，不被理解的孤独；更有人看到憧憬与现实相悖，现状与理想隔膜，无法排解的惆怅与无奈，挫折与痛苦。因为看此小说的人立场不同，价值观各异，不在一个思维频道上，所有看法，无所谓对与错，好与坏，都有其合理性。但编者认为，赵菁塑造一个对文学热衷纯度极高的人，追求精神王国王者的人，独树一帜难得一见的人。大师兄，毕竟是一个仰望星空的人。假如，屈原不行吟泽畔，就不会有《楚辞》；陶渊明仍当彭泽县令，我们就看不到《归去来辞》；李白若醉心仕途，文学史将失去"谪仙"。再假如，以曹雪芹之能，才可设馆教徒，诊脉即能开堂行医，即使做风筝，也能得温饱、致小康。但曹公偏偏"披阅十载，增删五次"做"梦"。因为只有《红楼梦》，才是他的理想国。我们的民族，历来并不缺少务实求财的人，但缺少仰望星空的人。假如没有古希腊泰勒斯的"仰望星空"，我们可能现在还在各个领域摸索。编者倒觉得"大师兄"眼界深远，思虑纵深，虽然无用又不为世俗所容。

田也·语丝微言

　　大约在我二十岁之前，就背诵过马致远的散曲《夜行船·秋思[套数]》，那是登在我家兄念的高中语文课本上的。犹喜最后的几句，"裴公绿野堂，陶令白莲社。爱秋来那些，和露摘黄花，带霜烹紫蟹，煮酒烧红叶。人生有限杯，几个重阳节？嘱咐俺顽童记者：便北海探吾来，道东篱醉了也！"我那时虽青春年少，却钟情这老气横秋的句子。我性格中偏爱乡野，也许受了马致远的影响。现在读了田也的散文"骏马萧萧为谁鸣"，真是感触良多。田也读书甚多，文笔老成，是懂马老的。马致远才华横溢，有从政之志。但在当时的元朝，废科举，轻汉人。像关汉卿、马致远、王实甫、白朴这样才志之士，不得不混迹青楼，寄情山水。但正是这样，"利名竭，是非绝。红尘不向门前惹，绿树偏宜屋角遮，青山正补墙头缺。"元朝少了一个官员，文学史多了一位散曲家。

刘飞鹭·语丝微言

　　"西塞山前白鹭飞"。刘飞鹭是顺义的才女，她的这篇散文，写得情真意切短而美，更有哲理存焉。"静待花开"，似乎是天地之大道，自然之规律，人对客观的认知和人生的感悟。春复夏，秋又冬。季节的转换都须静待。于隆冬中企盼春天，须静待，躁动无用；从春花到秋实，须静待，拔苗助长不成；江河亦如此，源头大抵是涓涓之水，待汇集万千细流之后，才能成其汤汤。刚破土而出的一棵树的嫩芽到长成合抱之木，这需要多少时日的"静待"呀！至于沧海变成桑田，新星从银河跃出，这个"静待"真让人不可思议。至于人生百年，从襁褓——幼学——弱冠——而立——不惑——天命——花甲——古稀——杖朝——期颐，人生的每个阶段的转换，都要"静待"，不可替代，不可逾越。以此观社会，亦如此。所以，静待是一种等待、期待、善待；是面带微笑的耐心，耐力，也有点无奈。是开悟，智慧，哲思。对一个人的修为来说，以如如之心的禅意，静待花开，守候过程，是淡泊明志，宁静致远的一种境界。

张洁·语丝微言

张洁的这篇小文"沟北人家",写了农村一种灰色生活。混浊的水沟,啄食粪虫的鸡婆,滴着两行长长涎水的黄牛,一年四季散发牛粪味的小院,不时还闪过患精神病裸体奔跑的少年。但这家的主人,该喂牛喂牛,牛肥了该出栏就出栏。两个儿子先后死了,也看不出父亲有多悲戚。生活总要继续下去,日子总要过下去。面对现实,只能面对。已经发生了的事,哭也没用,喊也没用,怨天尤人也没用。命运从来就不相信眼泪。看似麻木,实际上是一种对苦难采取不回避,坦然接受,坚韧顽强,忍耐承担,颇为务实,努力朝着地平线活下去的生活态度。因为生活不会总是阳光灿烂,五彩缤纷,多姿多彩。人生本来就有灰色地带,灰色本来就是生活的底色。所以文学除有红色文学、绿色文学、黄色文学等等之外,灰色文学的存在也有其合理性。

言正平·语丝微言

记得我念小学一年级时,国语(后改叫语文)课本就有这样一节课文,"工人爱机器,农民爱土地……"言正平在短小说《菜园风波》里写的老佟,看到地里撂了荒,他心里也慌了;看到别家地里长草,他心里也长草了。因此,"园头"的责任使他担负起为邻居种菜的义务,这就是庄稼人的见识。这种情感,为农民所独有。另一篇《"欢乐角"的欢乐多》,表现了生活小康后的农民,去追求一种精神上的"小康"。乡村振兴,不光是物质层面,还有精神层面。当农民告别脸朝黄土背朝天,日出而作,日落而息的传统生活模式时,应有更贴切、更实际、更丰富、更文雅的精神文化生活代替。

岑金·语丝微言

中国历史悠久，文化灿烂。直至今天，通过阅读，仍能体会到《诗经》的无邪，屈原的悲愤，杜甫的悲悯，李白的浪漫。作为写作者，无不从历史的典籍中去挖掘、去借鉴、去汲取、去发现。古为今用，旧为新用，表达自己的爱恨情仇，人生观、世界观与价值观。所以金庸的武侠小说，萧军的《吴越春秋史话》，鲁迅的《故事新编》，无不取材于历史，赋古典以新意，借故纸而生波。岑金的三篇短小说，虽也择自史书，却直指当下。那就是热爱祖国、心系百姓、轻财重义。这些传统的信条与价值观、操守与境界、道德和理念，支撑着中国几千年"苟日新，日日新，又日新"而传承发扬光大，那是中国人的精神脊梁。岑金做了有益尝试。他的风格，颇具古风。希望有更多作者实习之。

申士海·语丝微言

此书名为《顺义小说选》，顾名思义，入选皆应为小说，小小说、短篇小说、中篇或长篇小说之节选。但顺义作者之中，有不少好散文、好杂文、好随笔，如不选入，实有遗珠之憾。但又顾及此书文本和主体，只好美其名曰以"非虚构"，择少许而选之。申士海的这篇文章，即缘于此。文章不长，但资料翔实，剪裁得当。对春联这一文类的起源发展，风俗勃兴，予以梳理，透彻分明。且所引楹联，今古奇观，佳作上乘。评论恰到好处，画龙点睛。又循循引导，使初学者渐入佳境。对偶、平仄、音韵、意境这些楹联秘籍，被解构得通俗易懂。所以，文化只有面向大众，才会更有生命。

张宝党·语丝微言

作者的这篇"阅读之恋",完全以一个阅读者的角度、视觉来看阅读的。阅读,作为一个中国人,首先是阅读汉字。据《淮南子》一书记载,仓颉造字成功时,"天雨粟,鬼夜哭"。因为人类从此告别野蛮,走向文明。中国人从古以来就重视读书,注重学习。《论语》开篇即是"学而时习之,不亦说乎"。中国人多,是阅读大国,但还不是阅读强国。2023年人均读书量排在前面的是:以色列60本,俄罗斯55本,德国47本,日本45本,奥地利43本。中国是4.76本。美国学生是36.6本,是中国学生的6倍。人均读书量的多少与获得诺贝尔奖的人数成正比,截至2023年,获得诺贝尔奖国家人数排行榜总数是:美国384人,以色列162人,英国132人,德国111人,法国70人,瑞典31人,日本28人,奥地利22人,中国11人(包括中国籍和华裔)。随着中国人均阅读量的增加,中国人获诺贝尔奖的人数会日益增加。暂不谈诺贝尔奖,读书对个人至少如培根所说:读史使人明智,读诗使人灵秀,数学使人周密,科学使人深刻。

赵长凤·语丝微言

这是一篇文学性不强的纪实文章,但真实、真诚、感人。赵长凤律师记述了自己三十多年前,在太原火车站,成功救助了一名被拐女孩。从而使这个女孩,回到父母身边,避免了厄运。律师给人的印象,在法庭上庄重危严,端正肃穆,手持正义之剑,维护社会公正。但在现实生活中,他们又是普通人,平常人,性情中人。他们也要趋利避害,也要远离危险,也要珍惜生命。赵长凤在遇到文中女孩被拐情况时,她可以不置可否,可以不施以援手,可以爱莫能助,可以首先考虑自己的安危。但她毅然挺身而出,正义在手,成竹在胸,有勇有谋,有仁有智。看似水波不兴,实则暗藏危险。赵长凤巾帼不让须眉,集侠骨与柔肠于一身。以自己的实际行动,诠释了一名律师的良心和使命,一名共产党员的责任和担当,一个公民的见义勇为。

崔畅轩·语丝微言

这篇短文"我记得"的作者是一个念初中一年级的女孩，这个年纪，这个时代的女孩大多不知道麦苗和韭菜的区别，水果玉米和笨玉米的成熟期，自来水要经过多少程序才能将江河之水引进厨房。父母及爷爷奶奶一代向他们唠唠叨叨讲的那些陈年旧事，如推碾子推磨，吃野菜挨饿，春天换不下棉袄，冬天穿不上"毛窝"，而认为是天方夜谭。崔畅轩的这篇文章，偏偏写了"我记得"：记得姥姥生病时，奶奶给她做了珍贵的荷包蛋，而自己吃面糊糊掺野菜；奶奶裹着小脚要推动沉重的碾子；住在山间四面透风的草屋。正是这些永不忘却的"记得"，烙印于心里，才使少年成长，使幼稚成熟，使人成才，进而成功。当然希望这个小作者全面发展，在文学的小路上不断攀登，有希望达到光辉的山峰，成为一名有才华的女作家。

王佐清·语丝微言

认识王佐清先生，是在老干部局《老年朋友》杂志（现已因经费紧张而停刊）的编委会上。他话不多，但发言便不同凡响，有自己独到见解。与之攀谈，才知他亦出身瓦工，与我同行，长我一岁。行话说：人不亲，刀把亲。同挥过瓦刀，操过大铲。他是李桥建筑公司创始人，其大名早有耳闻。此次出《顺义小说选》，我约他文章，他说，"我不会写小说。"我则说，"你写写建筑业、村志及乡间人物，算'非虚构'亦行。"于是，就有了上面三篇短文。编者一直认为瓦、木匠是农村中的精英，他们有着政治家的胸怀，军事家的谋略，经济学家的头脑，外交家的折樽冲俎，纵横捭阖。同时，又兼有农民的吃苦耐劳，生意人的精明强干和企业家的统筹帅才。王佐清先生通建筑、创实业，又会书法、能绘画、工诗词，唱京剧。更多了几分书卷气，文人韵。

张力翔·语丝微言

张力翔在大学中文系一毕业，就被分配到顺义县文教局工作，一九七九年调到顺义一中（那时叫城关中学）当了五年语文老师。那时他风华正茂，是个文学青年。他写的小说被当成范文，供顺义业余作者学习。后来他走入仕途，从此搁笔。退休以后，重操翰墨。至今已出版了两部中篇，四部长篇。作品发在《十月》等期刊上。近四十年未在文学的田园中笔耕，他有着陶渊明式的感慨："归去来兮，田园将芜，胡不归?"但他以王者归来的气概，发愤写作，一发而不可止。人生有时就是这样，虽然绕了一个大圈，最后仍回到初心的原点。自己半生的"众里寻他千百度"，最终寻觅的"我"，却正在灯火阑珊处。

刘卫华·语丝微言

刘卫华这篇小说"水奶奶"中的水奶奶有一句近乎古老哲理的箴言，"人一辈子喝水是有定数的。"是的，人一生喝水有定数，吃饭有定数，生命更有定数。看看自然界万物，概莫例外。再过50亿年左右，太阳将如油尽灯枯一样熄灭。至于地球，情况更糟糕一些，大概还有45亿年左右必将坍缩。还回到刘卫华的小说，几代人对水的观念相差甚远。水奶奶惜水如油，儿女们尚知节约，孙辈对水任意泼洒，再下一代竟认为水是从水管里生出来的，不是来自大自然。读了刘卫华的这篇小说，足以让人对水产生感恩、敬畏、警醒、检点、爱惜、珍重和反思。任何资源都是有限的，都是有定数的。过度的消耗就是加速减少定数，人类只能自己约束自己，自己管理自己，自己拯救自己。

王雍·语丝微言

　　王雍,乡间奇人也。曾躬耕于垅亩,斧锯于木工,服务于企业,又创建工厂,颇多建树。自甲子之年,千里走单骑,万里摄长城。终成百米画卷,一展中华龙雄姿。荣登联合国讲坛,一展神州风采。他操翰墨、习书法,钟情山水。笔下有北国风光,江南春色,大海涛声,小桥流水。王雍身上有七分傲骨,三分侠气。又颇具名士风范,门招天下客,款待四方友。群贤常毕至,樽中酒不空。以书画结缘,凭金石交友。家有菜园,二月剪春韭,带露摘黄瓜,经霜采紫叶,夏日赏莲花。王雍又热心公益,集书法名家为卷,卷卷汇集。开潮白书画院活动,场场火热。王雍之奇,奇在他一身兼多种角色,几次华丽转身,一生涉猎多个领域,都取得不菲成绩。奇人哉,王雍也!

于宏利·语丝微言

　　洪澄的这篇小说名为"后来",实际是在追索"前因"。改革开放的大潮风起云涌,波澜壮阔。时势造英雄,出现了多少叱咤风云弄潮儿式的人物。但也鱼龙混杂,泥沙俱下,沉渣泛起。一些人采取不正当手段,突然暴富。于是炫富、夸富、恃富而骄。头上亦罩上各种光环,引得一时被人羡慕、追捧、嫉妒与膜拜。但不义之财,取之易,失之亦易,最后还会被打回原形甚获牢狱之灾。作者用了大写意手法,重点写了"后来",至于"前因",留下很多空白,让读者自己去思索。

胡德起·语丝微言

　　胡德起的这篇微小说,颇有微言大义。讲的是自家弟弟当了县委书记,虽然地位变了，但一个标志性的微笑，习惯性的动作并没变，依然保持着。那就是和老乡见面后，依然相互招手致意。别看这个细微动作，却不同凡响。这就表明，百姓在他心中的位置未变，他心系百姓未变，他的初心未变。这并非作秀，他拒绝用手中的权力为亲属谋利益，则反证他为政清廉，为人民服务。虽是小说，也来源于生活。我最近接触到一位退休干部，曾任镇的一把手，国企的一把手，局的一把手，从政二十多年，颇多建树，但任人唯贤，两袖清风。他的文章，也被编入《顺义小说选》。作者的这篇"我家住在汉石桥湿地"写得情深意切，美不胜收。掩卷之后，也想到此一游。

杨春勇·语丝微言

杨春勇的这两篇小文，其意境不小。一是"烧酒"，回忆了他父亲，用一根火柴，点燃了烧酒蓝色的火苗；二是"秋虫"，回忆了他儿时的同学阿良，多年以后，和作者比房、比车、比地位。当年学业上的差距，使他耿耿于怀，始终不能放下。这两篇短文其实提出一个人生态度问题。作者的父亲很容易满足，一杯温酒则足以温暖自己的人生。而阿良，却暗中妒才，几十年都不曾释怀。编者很喜欢关汉卿对人生的态度，他在散曲【四块玉·闲适】中说道："南亩耕，东山卧，世态人情经历多。闲将往事思量过。贤的是他，愚的是我，争什么!"作者的态度是恬然的："你有房，你有车，你有地位你自己乐。富的你，知足的是我，争什么!"其实唯有不争，而天下莫与之争，这是老子的大智慧。庄子说，与夏虫不可语冰。换句话说，与秋虫亦不可谈雪。作者的父亲是豁达的，作者也是豁达的。每年清明节于父亲墓前，敬酒三杯，寄托哀思。

李侯勋·语丝微言

李老生于 1938 年，今年已 86 岁。尚耳聪目明，思维敏捷。其经历的事情，回忆起来，仍如数家珍。他讲郭化明、刘业茂、李伍勋救助八路军干部李满盈之事，八十年过去了，仍历历在目。他谈起浩然，倍感亲切。他讲给县委书记崔旭东当通讯员，老书记真是两袖清风。他在焦庄户地道战遗址纪念馆任职期间，接待过溥仪、溥杰、杜聿明、王耀武、廖耀湘、黄维、宋希濂等160余人。因他的年龄，因他的经历，因他的记忆，是顺义那一段历史的见证者、讲述者与记录者。

项光来·语丝微言

我年轻时就听说过一件有关对联雅事：老丈人是个秀才，临河村人。新姑爷也是个读书人，是西海洪村人。春节女儿省亲归宁，翁婿对饮。酒酣耳热后，老丈人想试一试贤婿才学，于是出一上联：河南村河北村临河不远。新姑爷略一思索，马上吟出：东海洪西海洪泥河相连。老丈人颔首称赞。河南村河北村临河村都是顺义三个村子，在县城东南，相距很近，所以说不远。新姑爷所对三个村子，东海洪西海洪泥河，在县城西北。一个东南，一个西北，寓联姻之意。所以老丈人很是高兴。但细究起来，虽意思不错，但从平仄、音韵仍可推敲。但百年来，也未有闲情逸致之人，再去理睬。正是项光来君，续出绝对：顺密路、顺平路，通顺无忧。这让编者想起日本一个对子，上联是：白川临黑谷。下联一时无人对出。直到若干年后，才有人配上绝对：紫野近丹波。

马如·语丝微言

记得上初中时，语文课本中有一篇课文，是吴伯箫写的"记一辆纺车"，那是一辆延安时期大生产运动中的纺车，几百辆纺车摆在窑洞前比赛纺线，那阵势如同"沙场秋点兵"。而马如先生的这一篇文章，记的是母亲的一辆纺车。其实，延安的纺车就来自汪洋大海般的农村，就来自千千万万个如马如那样的母亲。那时战士的身上衣，脚下鞋，其源盖出于无数农妇之手。当我们今天穿皮鞋、著时装时，也应回眸，如何走过的来时路；也应感谢中国农村那一个时代的母亲们；也应将一架纺车，留在历史中，记忆里。

肖文强·语丝微言

本书编者不止一次和作者以开玩笑的口气说，"凡当过村书记的人，当个农业部长也够格。"作者肖文强，就当过村书记，且不只一任，且当得还不错。一个村庄，就是一个小社会。乡土中国，五脏俱全。各色人等，聚于一村。以血缘为纽带，以亲情为联姻。上面千条线，下面一根针。遇事要讲理，有时更要讲情。其中的分寸，要拿捏得当；其中的火候，要掌握得适时。办事更要面面兼顾，不能剃头挑子一头热。也要掌握节奏，紧了不出渣子，慢了不出豆腐。乡里乡亲，打断骨头连着筋。处理邻里关系，解决民事纠纷，更需有公平之心，公正之心，爱人之心，善良之心。笔者认为，村书记能当农业部长，农业部长当不了村书记。作者这个村书记，又操翰墨，爱读书，写文章，整理非遗诸项，令人敬之。

廖松涛·语丝微言

作者这篇小文虽小，但意思不小。中国是个熟人社会，讲究"老乡见老乡，两眼泪汪汪""公章碗口大，不如老乡一句话"。更讲究门生故吏，师出谁门。王老师对安红与赵总的过分热情感到很不安。从人情世故的角度看，陌生人对自己的过度热情，往往会猜测其热情背后的功利目的；熟人的过分热情，会揣度是否有求于我。但安红与赵总都不是，纯粹出于王老师教出了安红这样的好学生。这样，这篇千字文就有大意义。作为老师的意义，也就大起来。廖松涛是写诗的，诗讲究"诗魂"，文讲"文胆"。这篇小文的"文胆"并不小。

秦景棉·语丝微言

　　秦景棉的小说即使掩去名字，混在众多作者之中，读了也能识别出来。她的小说自有自己的味道。情感的真挚，细节的绵密，语言的别致，结构的朴实。虽讲的是家长里短，日常小事。但从字里行间，总能闪耀人性的光辉，人间生活的烟火气。她对女性的心理描写，对男人分寸的把握，拿捏得恰到好处。她写了各种人的性格，有的嫉妒、有的豁达、有的多疑，有的自卑，多姿多彩。给人的感觉是一道彩虹，如艳阳之光。其所以如此，则源于她生长的环境，所受的教育，对生活的热爱，对各种人的接触，对文学的执着。

张溪芜·语丝微言

　　这是一篇很有特点、很有特色也很独特的小说。本来就是一块钨钢，却被炒成"寸金寸斤"的黄金。小说中的三个主要人物，我、小山东和牛国栋，都知道这所谓的金块是假的，但最后却弄假成真。小山东是清醒的、善意的、良心未泯的，说出真相，但却被打成鼻青脸肿，惨不忍睹。小说写得似乎荒谬，是悲剧不是喜剧，是滑稽并非崇高，是可笑并非可爱，但却有现实可寻。天气不光全是朗朗晴空，月白风清。也有雾失楼台，霾失津渡的时候。而社会也有雾霾迷眼，混沌难辨的时候。这时，真假莫辨，价值失衡，是非颠倒，人心凄迷，也是事出有因，见怪不怪了。好在雾霾终不能持久，云开日出，天朗气清，惠风和畅，人们终可以游目骋怀，极是听之，娱信可乐也！作者思想深刻，语言老辣，叙述简洁，文风犀利，自成一家。

周树莲·语丝微言

　　《乡戏》的故事情节很简单，就是主人公四步用手推车，推着盲妻会娴，去十几里外乡场看夜戏。看戏时，演员在台上演，丈夫在台下给盲妻讲。戏演完了，但故事并没完，四步还要用手推车将盲妻推回家。不过这时多了两个帮手，受了感动的刘线杆与熊二。一个盲人，她的世界是黑暗的世界。但四步，不仅给她带来生活上的光明，而且给她带来艺术上的享受：优美的唱腔，悦耳的音乐，多姿的舞蹈，生动的故事，鲜活的人物和耳鬓厮磨、款款诉说亲人的气息。人类之爱是丰富多样的，情感是细腻入微的。但有一种爱是爱之上者，是爱中之爱。就是彼此，就是对方的精神需求、心理慰藉、被尊重的感觉，被关心的渴望。这才是最珍贵、最纯洁，也是心有灵犀，知心、知己、知音，只能意会不可言传，此中甘苦两心知。《乡戏》这题目也好，朴实无华，并不古怪、香艳、缥缈、雄深。周树莲的小说，每于简单中体现复杂，于平实却有崛起，出手豪阔，行文大气。

王也丹·语丝微言

　　编者几乎读了王也丹的全部作品，其中有的篇章如"那边的槐花开了没有？""像鸟儿一样飞翔""瓦琴""双面绣"等，尤其是"双面绣"（已被选入《小说选刊》）我读了四、五遍，并写了评论"若炫耀就炫耀优雅"。每读一篇后便思索，那些准确、鲜明、灵动、优雅文字如何像一条清溪，从白纸黑字的青山翠岭、茂林修竹间流淌出来，读之如沐春风，如饮甘泉，给人以闭目遐思，微醉微痴的感觉。是的，王也丹的叙述状物，极具精微；她笔下的人物，呼之欲出；描写的情感，直抵灵台。我每每怀疑，也丹下笔，似有神助。不然，为何具有山川之灵，天然之秀呢。若有可比，她的文章，如京剧中的青衣，雍容华贵，落落大方，长袖善舞，如天女散花。

郑丛洲·语丝微言

当四十年前，以"一大二公"为特色的人民公社，以"三级所有，队为基础"的生产队体系完成它的历史使命，遽然退出历史舞台之后。生产关系、经济结构、生产方式及发展模式都发生了变化。农民的生活方式，价值观念，也随之陡然发生了重大变化。在近四十年的大集体的体制中，大牲畜即骡、马、驴、牛，曾是生产力的重要元素，是集体价值的体现，在社员心中占据重要位置。而作为种马，曾独领风骚，独占鳌头，独具辉煌。但"散社"之后，这位"王者"却遇到前所未有尴尬，或被卖掉，或进汤锅，或成"药渣"。种马又不如雄蜂，在完成传宗接代任务之后，远离蜂群，自我了断。这似乎是命运注定的，本是无解。但郑丛洲却偏偏写了启良、李云、三栓等一干人，依然对老种马念其历史贡献，仍尊重有余，护持有加，并将其后裔，奉在膝下。虽是小说，却有着千百年来，农民对马的传统认知："养马比君子，牲畜也同人。"而作者正是基于此种观念，又加以深化，足见其仁者匠心。读者读之，自会各作解读之。社散了，但人心没散。该成全的成全，该团圆的团圆。日子还得过下去，生活还要继续。

闫国强·语丝微言

作者的这篇一万六千余字的短篇小说"潮白河佚事"，写得浩浩汤汤,气象万千。既有朝晖夕阴，又有云开日出。如徐徐打开一幅潮白河的风景画图，水墨丹青：春天冰河乍开,移舟顺水,烟柳画桥，风帘翠幕，两岸百万人家；夏天水涨丰盈，香蒲浸岸，渔船鸬鹚，草长莺飞，隐约人间烟火；秋天兼葭苍苍，白露为霜，芦花茫茫，遮蔽水乡；冬天长河落雪，渡口落日，两岸银妆，辽阔风光。小说中的人物：小荷才露尖尖角，以一个城里少女的视角审视潮白河的风情，获得一种纯粹的乡野快乐；立帆，以一个潮白河本土少年的胸怀彰显潮白河的胸怀，获得一种淳厚快乐；爷爷，以潮白河的传承而传承仁义，获得一种善良的快乐。小说中有作者独到的观察，鸬鹚捉鱼，蜻蜓浅飞；有细致的描写，爷爷编席，挑二压三。有各种色彩，土屋的黄，苇穗的紫，雏鸭的嫩；小说中回荡着各种声音，风吹芦苇的起伏声，"喔喝——喔喝——"打鱼的人驱赶着鸬鹚声，夜里渔船上呜咽的箫声；小说中散发着各种气味，河边水草腥味，河水伴炖野鱼味，雨河面的泡沫味。总之，闫国强是了解潮白河两岸生活的人，他的这篇小说，接潮白河之地气、水气、灵气，有作者自己的新观察、新探索、新思想。

张爽·语丝微言

记得是 2017 年底，在张爽的小说集《火车与匕首》的研讨会上，编者谈了他小说的特色，"灰色地带灰色人物灰色幽默"。当时笔者认为，小说有红色地带、绿色地带、蓝色地带、黄色地带等。而张爽的小说，属于灰色地带。而灰色地带不但现实存在，而且广阔。但写此地带的作家并不多，佼佼者亦少，张爽亦是佼佼者。其题材并不重大，人物并非高洁，思想也说不上多么深刻，境界也谈不上多么高山仰止，景行行止。但这就是生活，就是社会，就是人间的烟火气。作者的笔下，都是小人物、小百姓、芸芸众生。但正是这些贩夫走卒，建筑小工，引车卖浆者流，才构成文学大厦的基础。"领袖来复去，人民却常存。"张爽的笔触，正是触摸普通人的爱与恨、情与仇、无奈与尴尬、理想与失望、高洁与邪念、嫉妒与背叛甚或是精神困顿与生理需求。编者也许有自己的偏见，与其看那些所谓高、大、上兼假、大、空的小说，倒不如看看张爽的灰色地带作品。其遣词造句之准确，谋篇布局之洗练，不时闪耀出黑色幽默的光芒。著名作家浩然评其文风，有王朔风格，称其为京东王朔，还是确切的。

方言·语丝微言

方言，文学创作起步很早，并非如他笔名"方言"的"方才言道"。年及弱冠，就发表作品，三十余年，一发而不可止，成果颇丰。他将文学创作，视为热爱的、钟情的、庄严的、神圣的。为之学习、努力、奋斗、求索。为此魂牵梦绕，"独上高楼，望尽天涯路""衣带渐宽终不悔，为伊消得人憔悴"。蒲松龄云："书痴者，文必精；艺痴者，技必良"。人生有限，时间珍贵。凡有所作为者、有所建树者、有所成就者，无不把有限人生、点滴时间，孤注一掷于某项事业、某种领域、某些门类、某某专科。百折不回、倾心所在、以命下注、拼力一搏、决然无悔。才庶几有成绩，可成功，有成就矣！马克思说："在科学上面，没有什么平坦大路可走，只有那在崎岖小路攀登上不畏劳苦的人，才有希望到达光辉的顶点"。方言不只自己在庄重地弄文学，还主编《京西文学》及其他，以其光辉，普照众多文友，实功不可没，令人景之仰之。

王培静·语丝微言

此《顺义小说选》选的是顺义作者的小说，广而扩之，也选了北京部分区县数位作者的作品。王培静先生，既不是顺义作者，也不是北京籍作家。所以毅然决然地将他的三篇作品编入，因为他的文章里，有钢与铁，枪与炮，血与肉，火与泪。有英雄史诗般的悲壮，有慷慨赴死的义举，有为亡灵鬼雄的坚守，也有忍辱负重的奉献。是的，我们的国家，从来都是英雄辈出。我们的民族，自古就不乏捐躯的壮士。这样，才有了中华民族的生生不息，才有了今天人们的福寿绵长。当我们现在似乎在过着理所应当的好日子时，我们不能忘记有多少志士仁人、烈士先贤、前仆后继、赴汤蹈火，永远长眠于地下。而我们正在享受阖家欢乐，岁月静好时。那是有人在坚守海岛，巡逻边关，枕戈待旦，冒雪披霜。王培静的文字，没有灼灼其华，软玉温香的描写。却虎虎有生气，金戈铁马的气势。没有见花流泪，对月伤情的情调，却有高山仰止、景行行止的昭示。其文风朴实，其意崛起。给《顺义小说选》带来一种阳刚之气，军旅之风。

赵国培·语丝微言

赵国培是写诗的，发表诗作已经近半个世纪，数量近两千首，出版过好几本诗集。他有自己的不懈追求及独特风格，得到过张志民老诗人的肯定与表扬。他也写小小说和短散文，取材都是身边的人和事。而且，直至现在年逾古稀，他依然为几家国家级期刊把最后一关做审读，还给一个区的诗歌刊物当主编。但他给人最鲜明的印象还不是这些，而是位社会活动家。他常常背两个书兜，装得鼓鼓囊囊，或者身后拖个小拉车，总是一副风尘仆仆、永远在路上的样子。确实，他没有一官半职在身，却有这个那个不少头衔；他始终不是体制中人，却深知体制之中诸多事。在京城文学圈，他挺熟络；在郊区文友圈，也有地位。他古道热肠，有求必应；他胸怀宽广，常扬人之善。说到底，他是一个从心底里真正热爱文学事业的人，真心对待文朋诗友的人，真诚投入文学写作的人。

林万华·语丝微言

林万华的这两篇小说，都写得不长不短，每篇都五千多字。说是短篇小说，短了些；说是小小说，又长了些。这样编者就此提出一个文本文体问题，供读者参考。余认为作者应在动笔之前，腹稿设想结构之后，就应当设计，将构思的小说，是写成小小说，还是写成短篇小说，抑或是小中篇。因为文本不同，篇幅长短，字数多少，所承载的思想、重量、责任、担当则不同。一个中篇，不可能承担一个民族、一个国家命运的体量；一个短篇，也不能叙述一个跌宕起伏、一波三折、曲径通幽的情节故事。以此推之，一篇一千多字的小小说，也不具备情景充分展现、瀑布深潭的结构。编者就此谈了自己对文本的看法，并非正确，也并非说林万华这两篇小说写得不好。这两篇小说，一是从极平常的开门关门写出不平常，其不平常处是人应以何样心态对待社会上人与人的交往，心与心的沟通；一篇从特殊的礼物中展现不同凡响的特殊。其特殊之处是精神上的关心，物质之上的馈赠。可以看出作者的用心良苦。

何学海·语丝微言

何学海的这篇小说"寻道深山"，是登在《北京文学》上并获了奖的，他还有一篇小说，刊在《黄河文学》上。据我所知，他写小说起步较晚，但成绩突出。十多年来，他给我的印象是很潇洒，骑个山地车，背上笔记本电脑，即使疫情期间，他也拎包就走，一副飞锡云游的样子。他喜欢看电影，尤其爱看外国片子，一部接一部地看，看得昏天黑地连轴转。看不见他看书，但他说出他看过书名来，全没听说过。他做中国文学馆志愿讲解者，对京城文学圈和郊区圈都熟络。聚餐时，会从衣兜摸出一扁壶"牛二"，一会儿脸上就飘洒红晕。真不知他的小说是什么时候写的。且出笔不俗，起点较高，文风独特，笔法老辣。我想究其原因，一是得益于电影。"他山之石，可以攻玉"。迟子建讲创作体会，就讲凡获奥斯卡奖影片者她必看之，从中借鉴；二是得益于他了解文坛动态，写作潮流，能顺势而为；三是他观念新颖，勤于思索，善于捕捉。不做死文章，做活学问，从人间烟火能问道深山来。

凸凹·语丝微言

读了凸凹先生的这篇小说，于凤山这个人物，活脱脱地从桑麦之地向我们走来。主人公是个知识分子，他的书卷气是接地气的，与大地联系在一起；他的专业是学农，因此与农村、农业、农民融在一起；他几乎用一生的时间，匍匐在土地上。住茅舍、听蛙鼓、饲猪羊、植桑麻。你说他是个农业专家吧，朴实得比农民还农民；你说他是个当官的吧，比百姓还百姓；你说他志存高远吧，他热衷于老婆孩子热炕头。他胸有诗词歌赋，对乡亲亦满嘴粗言俗语；也颇知花前月下言情，却和老伴打情骂俏逗趣。他没有唱高调，每一步都脚踏实地；没有空谈，只有实干；他不求当官，只是为民。他不是本地人，本地人却把他当作本地人；他是外乡人，他却把他乡当故乡；他是外姓，乡邻却视他为亲人。他有苦恼也有快乐，有成功也有失败，有知音却无敌对。他生活至简但情感丰富，知足常乐又能忍自安，不断学习又常感不足。他有着苏轼的旷达，陶渊明的怡情，杜甫的严谨，又有着东方朔式的幽默与风趣。尤其他与其妻吴凤芹尝土的这一细节，写得顽劣又奇异，合情又合理，别致且新鲜，天真有童趣。两情相悦，爱心盈满。大地道德，大地伦理。桑麦之地，传播大义。一言以蔽之，只有从丰厚的桑麦之地，才能出现如此丰厚之人；只有从凸凹这样的丰厚之人，才能写出如此有个性的丰厚人物。这样的人，这样的人物典型，这样的艺术形象，足以立于小说肖像之林。且结构之简单，背景之宏阔，语言之准确、新颖、独到，都令人耳目一新。壮哉！美哉！奇哉！

《顺义小说选》序言：涛声回响

顺义真是个风水宝地。观秦汉时地图，潮河与白河的发源地，分别是河北的丰宁与沽源，两处相距一百多公里。但两河各自在青山峻岭间不辞辛劳地一路欢歌跳跃，双双流入顺义境内。白河从牛栏山北跌下，像个顽皮的孩子，扑进顺义平原母亲的宽阔怀抱；潮河水如潮涌从木林流入北小营。东汉张堪种稻八千余顷，就得益于白河之水与箭杆河之泉。到了明朝，启动"引白壮潮"工程，潮、白二水，合流后从牛栏山流经顺义全境。说顺义人有福了，就是有潮白河水的养育、滋润、丰泽、厚爱之。

因此，顺义的文明是水的文明，顺义的文化是平原文化，顺义的文学特征是绿水加沃野。是绿色的，上善的，丰腴的，广阔的。既原始也现代，既古老也清新，既厚重又轻灵，既朴实又绚烂。

此《顺义小说选》，展示新中国成立至2024年计75年这一历史时期，作者共83人。集顺义作者个人主要代表作，各呈自己独特风格、各领自己独立风骚的作品。不同时期、不同地域的作者在这本书中风云际会，谈笑风生。照耀着顺义夜空明亮的星辰。

顺义的小说创作亦如一条河流，从二十世纪六十年代始，每个年代都有代表这个年代的作者，都有这个年代的作品，都有这个年代的精神，都有这个年代的烙印。其势如潮白河水，后浪推动前浪，呈汤汤之势，前途浩渺。

所以，本小说异彩纷呈。既有大河奔腾，也有小桥流水；既有平畴阡陌，也有瓜棚柳下；既有壮怀激烈，也有温情软语。自然也有对历史的钩沉，对现实的反映；对风物的描摹，对人物的剖析。其中的故事，背后有哲理；其中的生活，有烟火气息。本书使泛黄的旧日历又鲜明有力起来，展现了时代的形象与烙印，是顺义小说丰富与饱满的化石，是唤醒我们记忆的枕边书。

"他山之石，可以攻玉"。虽名为《顺义小说选》，但也收入部分兄弟区县，部分作者之个人佳作。如密云郑丛洲的作品，山川毓秀；王也丹，雍容优雅；平谷张爽，京东王朔；通州张溪芜，隐喻象征；大兴周树莲，万千气象；朝阳赵国培，纵横捭阖；京城何学海，寻道深山；东城秦景棉，小家碧玉；博雅林万华，柳河之子；沙龙王培静，军旅军魂。书痴方言，其文必精；房山凸凹，桑麦厚重。此《顺义小说选》也是借风扬帆，响应凸凹先生所倡导的"新乡土文学"系列之一者。

不废江河万古流。文学的江河万古流淌。此《顺义小说选》，不过是一朵小小的浪花，远去的涛声，唤得回响而已。企盼新人辈出，如星汉灿烂；后浪推前浪，涛声依旧。

许福元文学创作工作室

2024 年 5 月 1 日

后 记

　　这本《顺义小说选》的编选成书，源于几年前由编者个人出资设立的"许福元文学奖"。此奖以何种方式落实，颇费一番周折。后经"许福元文学创作工作室"全体成员研究，觉得出一本《顺义小说选》较为恰当，因而此书得以印刷出版。

　　本书选编时间段为：1949 年——2024 年，计 75 年。选入作者计 83 人。在这 83 人中，有顺义作协作者、顺义籍作者，有虽非上述二者身份，但在顺义曾工作或正在顺义工作达五年以上者，仍视为顺义作者编入。但有的作者虽为顺义作协会员，但非顺义籍，因本书体量有限，其作品也未选入，敬请谅解。所收入的作品，自然以小说为主。但也有部分作者，不是小说，而是散文、随笔类。因内容颇佳且重要，于是作为"非虚构"给予选入，以飨读者。

　　同时，亦将北京兄弟区县数名作家的优秀作品选入。以互相学习，互相借鉴，互相尊重，共同提高。

　　本书是"选集"，并非"全集"，每人因只选 1 至 2 篇，并不能反映作者全貌，有挂一漏万、遗珠之憾。但辑成此集，确能反映出顺义小说创作全景，发展脉络，主要成果，洋洋大观。也可以说，本《顺义小说选》是顺义小说的聚光灯，是顺义小说的头脑和灵魂。回溯历史，指示未来。

　　本书的编选，大体以时间为中轴线，上至八十九，下至小朋友。

　　本书每人作品编排结构为：作者照片、作者简介、文本正文、语丝微言、尾花寓意计五项。但限于年代跨越较大，有的作者未联系上，其文又重要，因此缺失作者照片及个人资料，只能转载其正文，编者在此向这些作者致敬并致歉。凡编者许福元所作评论，署"语丝微言"。本书题名：临河居士。本书校对：魏子楚。

　　在编选本书期间，顺义作协：王艳霞、靳叶等；工作室：胡广星、柏凤英、肖文强等；文友：金克亮、鲁进先、冯连才等。方言亦参与本书审读工作。文友，金恩顺，字子厚，奉出尾花。仁和潮白书画院院长王雍先生，为本书提供了摄影、书法、绘画、印章。诸君都为本书做出了很大贡献。特在此诚挚感谢！

　　编者以耄耋之年，拖衰朽之躯，呈齿发之寒，以减少生命存量之一部分为代价，终编选成此书。但因时间仓促，水平有限。虽以命下注，拼力一搏，尽力而为之。但仍难免有错讹处，纰漏处，瑕疵处。敬请读者诸君指正、教正、修正，不吝赐教。编者将感激涕零，祝您幸福健康。

编者许福元顿首

2024 年 5 月 1 日

第三辑　随笔花园

　　这一辑收集了我三十余篇短文，名之曰"随笔"。随笔于我，也并非随意而为之。还是有所感，有所需，有所求，有所约。虽冠花园，均是草花，且是无名的。实不敢与牡丹争名声，与莲花比清纯，与昙花逞惊艳。但草花也是花，小花也是花，无名花也是花。这等花组成的花园也是多彩的，繁复的、馥郁的，也有蜂飞蝶舞。佛家所说的"一花一世界，一叶一菩提"大概是这个意思。所学之画，是老梅新枝，也绽放红花数朵。是的，老梅真是太老了，老年斑，斑斑可见。但它仍尽力抽出新枝，拼力开花，报得春来，成数枝之先。

落笔之处是家乡

我这部长篇历史小说《洋桥破浪》的出生地，就是我可爱的家乡——顺义。

我的家乡顺义，是个美丽的地方。虽说是平原阡陌田畴，却也有浅山环抱相拥。潮白河、箭杆河二水，分出河东、河西；牛栏山、狐奴山、长山三山，见证了汉、唐的辉煌。

顺义的春天是美丽的，河边烟柳，排排青杨；顺义的夏天是靓丽的，麦浪滚滚，极目金黄；顺义的秋天是瑰丽的，五彩浅山，张灯结彩；顺义的冬天是壮丽的，冰河落雪，素林白霜。

顺义人的胸怀是宽广的。任潮白河水从自己的胸膛上哗哗流过，经苏庄闸桥，进入北运河，补水海河，济水天津，长达十四年，输水共达三千多亿立方米。

顺义人是有牺牲精神的。正是因为建了苏庄闸桥，虽为繁荣天津，减轻宝坻等县水患，做出了贡献，同时也牺牲了自己。良田变成河道，闸桥锁住水路。时发生河水撞村，塌房灭户。民国二十八年（1939年），顺义人几受灭顶之灾。至今经历此难的老年人，仍谈之色变，心有余悸。但顺义人，在该担当的时候有了担当，担当意味着奉献，奉献就意味着牺牲。

顺义人是平和的，往往不以最激烈的方式和手段来实现自己的诉求。为官者为民请命，开明乡绅泣血上书，卖苦力的群体用和平方式罢工，僧人遗老也以非暴力而智慧的方式来维护自己的利益。当然，当以温和的手段使用无效时，他们也会揭竿而起！如"八百扁担砸鸡蛋局"事件。

顺义人是有韧性的。为了降服河水，在苏庄闸桥水面，建了一道挡水坝又一道挡水坝，总共建了十三道；春汛将田地里大麦、豌豆冲了，又改种了玉米、高粱；夏汛将玉米、高粱毁了，又播下了荞麦和冬麦。当上一年的大水退去，农民又在淤泥中播下希望的种子。总之，在任何困难与灾难面前，顺义人表现出坚韧不拔咬牙坚持的韧性，从未向困难与灾难低过高贵的头颅。

此部长篇历史小说是以时间为纲，以事件为目，以史料为据，以人物为魂。这个魂，就是顺义人的精神。一个家族可以兴衰，一座桥可以兴废，一个朝代可以兴亡，但人的精神不可萎靡，不可颓废，不可磨灭。

我已出版了六本书,《早春》《半夏》《仲秋》《瑞冬》《惊蛰》《印象美国三十天》。无论是诗歌、散文、随笔、小说,写来写去写的都是写我的家乡顺义。家乡的一山一水,一草一木,一人一事,都与我息息相关,荣辱与共,命运相系。我觉得在长篇小说创作上应该为家乡做点什么,因此用了三年多的时间,以一种责任和亟待完成任务的心情,写了这部 35 万余字的《洋桥破浪》。打捞出的虽然是一百年前的故事与时刻,遥远与陌生,但我的心灵与情感依然如此——

　　落笔之处是家乡。

2022 年 4 月 28 日

每一棵树都张灯结彩

——《东方文苑》卷首语

经过秋风这把柔韧的梳子梳理之后，每一棵树都张灯结彩。高高的青白杨，矮矮的嫩黄栌，银杏树挂满金扇，榆叶梅连缀葡萄紫。还有在蓝天骄阳下红灯高挂的柿子，展示出独有的风采。即使是平庸的山楂树，也高举红果映山红遍。看那一片树林，就是欢乐的海洋；漫步在那条小路，如钻进张灯结彩的隧道。

每一棵树的原始都是一粒种子，有的种子看上去也不饱满。然而只要在泥土里生根，就会在阳光下发芽，长成幼苗；有的幼苗也不茁壮，不像天才。但只要有园丁呵护，幼苗也能青春般崛起，呈现出勃勃生机；不是所有的树木都能参天拂云，亭亭如盖。但只要你能站成一棵树，你就已经自立于森林之林。你的存在就是你的果实。

每个文学青年，都是一棵泛着青春光彩风华正茂的年轻之树。你脚下的泥土是厚重的，有五千年的积淀；你头顶上的阳光是灿烂的，先辈们已经为你们拂去百年阴云；你们面对的是宽阔的大海，足以承载你理想的风帆。

你是一棵树，文学就是叶子。春天，冒芽吐绿，诗意启蒙；夏天，枝繁叶茂，文思勃发；秋天，色彩斑斓，锦绣文章。冬天，积累素材，蓄势待发。

你的身躯是挺拔的，有勇气挑战很多不可能；你的枝丫是网络的，足以互联互通；你密如繁星的叶子就是打开的无数雷达，时刻捕捉知识爆炸的信息；无论在风雨中如何伸枝展叶，你内心永远有方向。一心向上，向往阳光。

你这棵树是唯一的。所有的树叶的形状没有一片相同，色彩也都各异；叶子与叶子之间的低语，枝条与枝条之间碰撞，只有你懂；你肌肤所散发的气味，只有你自己熟悉。岁月的年轮只有你清楚，喜怒哀乐你都了然于心。因为你，恰同学少年，正书生意气。就以天下为己任，激浊而扬清，主大地之沉浮。

你就是你自己。你一定要做好你自己。

你追逐属于你自己的文学之梦。

你是一棵树，你一个人也可以张灯结彩。

2017.11.19

人和亭记

　　杨镇中学有人和亭，处校园东麓居高而能望远。北览燕山余脉，连绵奔踊，青青蜿蜒如带；南襟汉石桥湿地，蒹葭苍苍，黑鸢落逐白鹭飞。后有楚楚碑林，辽、金代真迹遗存；佐以森森庙宇，明、清时香火旺盛。潇潇古银杏树粗可合围，粼粼龙井水古井生波。前临梦池，月圆时月映荷心，风来后风皱水面。

　　亭有辉煌宝顶浑然，有琉璃六角翼然，有彩绘画图灿然！基石白映衬栋梁红，藻井绿烟茏暮云紫。坐可捧书而读，书香盈袖；立可一览无余，八面来风。呼之则来，三五同学少年，风华正茂；携手归去，潇洒书生意气，挥斥方遒。

　　人和者，和顺也，和谐也，和畅也，和煦也，和睦也，和乐也，和善也，和衷共济也。

　　余以为，人和者，贵在和人。和人者，贵在育人。育人者，育少年中国之少年：文明其精神野蛮其体魄，放眼世界根扎中国；脚踏实地仰望星空，大胆质疑独立思索；自强自我超越，自省完善道德；自信登上成功基石，自律健全美好人格；与亚里士多德为友，师承中华传统衣钵；在中、西文化中自由游泳，于新、旧传统中纵横捭阖。每一个莘莘学子，都做一个个活泼泼思想飞扬与时俱进的开拓者。做真理的接生婆，做真理的守望者，做真理的捍卫者。一颗颗新星将从这里冉冉升起，在浩瀚的苍穹中熠熠闪烁！

2011.9.20

藏宝图

从岭南六祖惠能故里回到北京，一下飞机，身上浸润四十余天的南国蠕动气息，四季常青繁茂大榕树的气息，亭亭如白玉柱般的王棕气息，一树红花的紫荆气息，七星岩湖畔万里步道密不透风的水草气息，所有南方佳木所黏附的气息，一下子就被抖落荡然无存了。给我的感觉，北京光秃秃的树木和灰土土的建筑物，都被隆冬冻僵了。

正在我的心情由绿意盎然变成灰色无趣时，友人送我一大盆蝴蝶兰。

这盆蝴蝶兰好大呀，是两个人抬进来的。当安放在写字台红绒布上时，眼前即出现一座春山，一片彩霞，光彩照人，散发着光和热。甚至觉得有点壮丽和磅礴。

众多的花朵济济，层层绽放，却并不挤挤。每朵花都灿烂地开着，扬着笑脸，像美女如云在照集体相，人人靓丽，妙不可言。每一朵花都似一只蝴蝶，千姿百态。

友人指点说，你看，这朵花如迁粉蝶，前后翅基部黄色，是鹅黄；端半部是黄白色，是柳黄掺葱白。有两个眼斑，眼斑闪着银白色亮光。

我细看去，果见有银白色亮光，疑是花粉。

友人又指另一朵，这花像玉带凤蝶，如玉带束腰，抬头见喜。喜爱访花，尤其马缨丹、龙船花，茉莉等。

我笑说，龙凤呈祥，花好月圆。

友人用指尖轻轻拨动一朵花，说，这多像一只美凤蝶，黑色中有许多白斑点，前翅的顶部是黑色，有白色斑纹。后翅围绕中央白色有3个黑色斑点，两翅展开能达8厘米，和这花瓣吻合。

说到花与蝴蝶，蝴蝶与花，友人话语收不住了。一口气说了青凤蝶、菜粉蝶、金斑蝶、大帛斑蝶、巴黎翠凤蝶、地中海青蝶、金裳凤蝶、红珠凤蝶等等几十种。

我看友人那乐不可支相当投入忘情的样子，一时有些恍惚。不知其在说蝴蝶兰，还是说蓝蝴蝶，或者二者兼而有之。或者其就是蝴蝶兰或兰蝴蝶。

蝴蝶兰确实好看，豆青的枝条互生出一朵朵花簇，花簇绽放，排列出五片。两片如彩门，啪地打开分列两边，如迎贵客。烘托上一片登高升座，不怒自威。掩映下两片羞口半开，半掩蛾眉。在霓裳羽衣窸窣声中，袅袅婷婷，长裙曳地，轻移莲步，走出个绝色佳人。金链垂项，凤眉传情，两腮桃韵，雍容华贵。可远观而不可近视。

兰蝴蝶确实耐看。白色与浅紫搭配的花心柱头向外渐渐晕染，终酝酿出以湖蓝为主色调的半圆葡萄紫呈半透明的蓝色，这种蓝色，像水洗过一样。花柱根处分别开垦出两场园圃，点缀着茄皮绿的紫斑。两扇薄翅向上围合成心字，如蝉翼扇动。那花丝的嫩黄，花药的水绿，那须舌的肉色，那翠丝的汁绿，那颜色不说出来心有不甘，说出来又不准确。所以只能意会，不可言传，着实让人琢磨体味。

友人轻触花瓣，整座花丛都颤颤燃烧起来，热情澎湃。似有无数只蜜蜂粉蝶在花丛中嗡嗡嘤嘤流连采蜜，肆意喧闹。每片花瓣都如蝴蝶的翅膀，薄薄地毛茸茸的质感。想伸手去捉，又怕惊其飞走。那种清新甜蜜的气息，一波一波暗香袭来。枝枝端头，累累蓓蕾，含蓄待放，迤逦结队款款走来。也有无数枝条垂下，如榕树的气根。

我问友人，这花叫什么名字？

大叶蝴蝶兰。

我仍不满足，问，这座花山，应该还有个名字。

有。名曰：藏宝图。

我的心怦然动了一下，问，宝，藏在哪里？

友人此时拨开花下肥硕宽厚的一丛绿叶，双手捧出一块普通的石头，亦可称奇石，石上系着具有中国哲学味道红红的中国结。

这确实是一块奇石，活脱脱简直就是一幅立体中国地图。长江、长城，黄河，黄山，均在其中。更绝的是，从南到北，华南是蓝色，华中是绿色，华北是灰色，东北是白色。

我顿悟，觉得直了成佛。问，这座花山，正在开放，花开正好，鲜花着锦，必然是56朵。

友人点点头。

我这次从北京去南国之行，其行程几乎等于穿越整个老欧洲了，我感到作为一个大国子民的自豪与骄傲。亲身感受到热气腾腾的新兴，生机勃勃的广东，如蝴蝶兰般的灿烂夺目，如蓝蝴蝶般对感情的专一。《六祖坛经》云：如如之心，即是真实。我怎么也应像一只蝴蝶吧，真切感受到祖国变化的真实。我怎么也像巨大榕树垂下的一条气根吧，隆重地扎向土地，虎虎有生气，缘于母亲又拥抱母亲。

情到深处难自抑。我给友人一个大拥抱。说，谢谢你，你这盆蝴蝶兰，一扫我灰色心情。无论是盛大的蓝色、丰饶的绿色、辽阔的灰色、还是林海雪原的白色，都是我们祖国万里江山恢宏壮丽的颜色。我们的血缘，即来自这些颜色。每个华夏子孙，都会藏宝于心中，图画于未来，明天会更好！

2022.2.21

孩子的精神底色

五岁的小外孙女糖糖，从幼儿班课外补习班回到家，一下子就把大书包扔到沙发上。然后，扬起小脸急切地央求我，姥爷，您答应今天给我讲"鸟和冰山的故事。"

于是，我开始给糖糖讲：

有一只很大很大的大鸟，全身披满雪白雪白的羽毛，只有弯弯的脖子上绕一圈黑羽毛，很漂亮。两只长腿跳舞，舞姿很优美。两只圆圆的眼睛经常看着远方。大鸟是个歌唱家，它的歌声能让鲜花开放。秋天来了，大鸟要从北方，飞到南方去过冬，与家人团聚。因为北方的冬天太寒冷了，大鸟要在温暖的南方度过一冬。来年春天的时候，再飞回到北方去。

从北方飞到南方，那是一个遥远的路程。要经过一片浩瀚的海洋，蓝色的海洋上浮动着一座一座白色冰山。这些冰山的山峰露出海面，闪着青色的光芒。浸在海水里的冰山很大很大，慢慢地从南向北，缓缓漂移。

大鸟在天空飞呀飞呀，它已经又渴又饿又累，翅膀都快扇不动了。它忽然看见下面海上的山峰，哎呀，好了，我可以在山峰上歇一歇脚，喝一点水，吃一些小鱼，休息一下，再继续向南飞行。

大鸟从天空滑翔飞行，双脚落在冰山上。冰山很漂亮，处处晶莹，洁白，透明。大鸟啄着冰凌，解了渴；用喙凿出小冻鱼，也吃饱了；站立一会儿，也觉得不累了。它想，我该飞走了，还要赶路程呢。可是，哎哟？怎么回事？双脚怎么也移不动了。它低头一看，糟了！自己的双脚，冻僵了，被牢牢地冻在冰山上。大鸟试图拔一拔双脚，却纹丝不动。寒气从脚下传遍全身，大鸟打了个寒战，觉得全身也要被冻僵了。

冰山继续缓缓向北漂流，将越来越寒冷，自己离南方也将越来越远。北方的寒风吹到脸上，大鸟很害怕，自己一切的努力都是白费，一切的挣扎都是徒劳的。自己会被冻死在冰山上，再也不能与南方的爸爸，妈妈，弟弟，妹妹会合了，见面了，拥抱了，再也不能偎依在亲人的怀抱了。想到这儿，大鸟轻声哭起来。

"是谁在哭泣？"

大鸟听到一个苍老而有力的声音。大鸟很奇怪，冰山上没有任何动物，是谁在说话？

"是我，冰山，我是你冰山伯伯。"

大鸟更奇怪了，"冰山伯伯，是您在说话吗？"

"都怪我，我刚才睡着了。不然的话，我会提醒你，大鸟，你千万千万不能让双脚落在我身上，那样会被永久冻住的。现在，你不是已经被冻住了吗？但不要紧，我自有办法。"

"冰山伯伯，您有什么办法？"

"不用问。大鸟，你站好，别动就是。"

大鸟很听话，站住不动，它也确实不能动。但大鸟慢慢感觉到，冰山停止了向北漂移，在原地打了一个转儿，然后向南移动。连风向都变了，吹到大鸟脸上的风，已有了丝丝暖意。

大鸟提醒，"冰山伯伯，您不能向南方游去，您会融化的。"

冰山沉默，毅然向南漂流。

相邻的冰山都是从南向北移动。只有这座载有大鸟的冰山好奇怪哟！相邻冰山上的企鹅列队喊道，"停！停！停！向北漂移。大洋暖流就在前面不远的地方。"

冰山继续沉默，毅然向南漂流。

旁边的一座冰山与这座载有大鸟的冰山擦肩而过，那座冰山上的两只北极熊也向这座冰山吼道：不能再往南漂流了，大洋暖流的漩涡会把你吞进去。

冰山继续沉默，毅然向南漂流。

大鸟请求，冰山伯伯，您现在回去还不晚。您是这么大的一座冰山，我不过只是一只小鸟。

冰山继续沉默，载着大鸟，拖着庞大的身躯，毅然从大洋的寒流中冲出来，向大洋暖流轰隆隆撞去。

大洋的暖流剥蚀着冰山，冰山开始咔嚓咔嚓崩坍，咯吱咯吱解体，噗哧噗哧解冻和噗噗噗噗融化，放出一阵阵清爽芳香的气味。暖暖的洋流漫溢上来，大鸟的双脚也感到恢复了知觉。暖流带来的小鱼小虾成了大鸟的美食。

周边的景色也变换成春天。一条一条漂着花瓣的河流，一片一片的绿色森林，一座一座青翠的山峰，还有一方一方插满鹅黄秧苗的农田。

大鸟已完全被解冻了，被解放了。它双脚暖暖地，如同沐浴在春水里。它拔起双脚，呼扇起巨大翅膀，像一朵白云，飞上湛蓝的天空。紧接着又俯冲下来，对冰山说，"冰山伯伯，您回去吧。"

但是，冰山已经回不去了。

我讲到这里，停住了。

一时很安静。沉默了好一会儿，糖糖眼里闪着稚嫩的泪花，问："姥爷，您讲完了吗？"

"讲完了。"

"您没讲完。那冰山伯伯呢？"糖糖的语气很坚定。

"冰山伯伯化作一颗晶莹的钻石，被大鸟衔走了。"

"您还没讲完。那大鸟把钻石衔到哪里去了呢？"

"糖糖，假如你是那只大鸟，冰山伯伯救了你，你把那颗钻石衔到什么地方去呢？"

糖糖抬起头，想了想，忽闪着眼睛，眼里的泪花也笑起来，她有些固执地说，"我把钻石衔到北方大海里，钻石又会变成一座冰山。"

我一下子把糖糖抱起，往我头顶上抛去。

这时，我的大女儿，糖糖的妈妈从里屋进来，指着糖糖，有点无奈地说"这个糖糖，美术班，英语班，舞蹈班，书法班，算术班，跆拳道班，没有一个老师不向我告她状的……"

我截断我女儿的话，"糖糖只是还差两个月还不到五岁的一个孩子……"

女儿也截断我的话，"我不能让我的孩子输在起跑线上。"

"你在里屋也听到我讲的故事了。"转回头我问，"糖糖，姥爷讲的故事好不好？"

"好。"糖糖脆脆的回答。

这时我说："今年4月份，曹文轩获得2016年国际安徒生奖。我讲的故事，是7月17日我在东城区图书馆参加曹文轩老师《鸟和冰山的故事》新书见面会上听来的，不过经过了我的演绎。曹老师最后的一段话讲得非常好：'孩子的起跑线是大爱，大美，大智，一定要打好孩子的精神底色。'"

2016.7.21

心中流淌一条小溪

——《乡愁如歌》序二

克民属狗，我也属狗。我比克民整整大一轮，我是 1946 年的狗，他是 1958 年的狗。

读了克民的第一部个人专集《乡愁如歌》，觉得他心中流淌一条小溪，我心中也流淌一条小溪。

这条小溪小而流长，清且涟漪，景色也不错。两岸参差杨柳，民居村落。鸡鸣狗吠，一派乡野烟火色。春天的野菜榆钱，夏天蛙叫蝉声，秋天拉棒子的大车，冬天白雪覆盖的柴火垛，粼粼溪水都照亮过。

溪旁人家，都有着割舍不断的乡情、亲情、友情和爱情。母亲的唠叨，父亲的沉默；哥哥的呵护，嫂嫂的嘱托。一代又一代比邻而居的街坊，互相帮衬扶助走过历史长河。

魂牵梦绕是故乡，乡愁如歌韵味长。克民的文章几乎都是围绕着家乡人抒写的。是啊，我们的父兄、姐弟、哥们、子侄、发小、同窗、乡邻、文友之间，发生了多少动人和平凡的故事："我的长辈们自说自话"，感叹"岁月催人老"；年轻人在这"微信"时代，如何"滋润到永久"；幻想着"总有喜欢在路上等你""离不开那片星空那片海"；人生总有"抹不掉的印迹"和"幸福只需一点点"；生活中"关于沟坎"后的"静候佳音"；人的情感何其丰富与无奈"当我老去的时候"仍有"无言的爱"不可诉说，难忘"那段不了情"；到头来用热爱文学来"诠释本真"遇到一条"不咬人的狗。"

克民的散文和小小说，行文都不长，篇幅也不大。有如小溪的波纹，流动而真实，亲切而温暖。其大都取材于身边人，邻里事。经他用文字抚弄开来，犹如溪畔的草花，抖落春雪后，别有一番韵致与清新。

溪流再小，也是有源头的。这源头活水就是望泉寺的文学环境，顺义的文学氛围，文友的文学圈子，尤其是克民之二兄，克臣的耳提面命，言传身教。由此我想起《阿拜箴言录》中的几句话：时代有如劲风，前浪如兄长，后浪是兄弟。风拥后浪推前浪，亘古及今皆如此。

168

当然，还在于克民本人的文学觉醒。而一旦笔耕，就一发而不可止。他常感叹，"拿笔晚了。"我却说，"意识到晚，就不晚。"似乎高尔基说过，学跳舞，越早越好；当作家，越晚越好。克民的晚年写作，更理性，更真实，更情深。行所当行，止所当止。

又忘记是哪位外国作家说过大意是这样的话："每个人都具有文学的潜质和才能。"但为什么有人成功，有人不成功呢？其原因可能是多种多样的。我觉得除了个人天分外，与个人对此事业热爱的程度，努力的程度，痴迷的程度，奋斗的程度有关。如果这个人集一生的时间，一生的精力，集中做一件事，那成功的可能性就大一些。虽然也不一定能成功，但肯定会成长。

说到文学创作的成功，有的作家成了作家之中的作家。有的作家如大海的浩瀚，有的作家如大河奔流，有的作家如飞瀑深潭。我们似乎不能望其项背，仰视而不能达其高峰。

但也无须悲观，江河湖海的来源就是无数条小溪。小溪虽浅，也容得下太阳和月亮。白天呈倒影，文学就是社会的倒影；夜晚月朦胧，文学就是生活的虚与实之间的朦胧。望泉寺的村庄虽拆迁了，但从克民的文字中，仍能寻得到家乡的杨柳依依，乡亲们的音容笑貌，流传已久的故事典故。

我们不但要做自己喜欢的事，更要做自己值得做，应该做的事。爱好文学使我们更热爱生活，热爱生活使我们更热爱文学。那就让文学的小溪在我们心中流淌。

2020.4.16

苏庄闸桥的兴废

题记：原苏庄闸桥位于顺义区李桥镇苏庄。现今河西岸引河闸桥遗址尚存。1911年因发洪水，潮白河改道入箭杆河，因此导致下游香河，宝坻，三河等县水患成灾。同时造成北运河水量锐减，影响航运。为解决以上问题，当时民国北京政府根据各方要求，决定在潮白河上建闸桥，开水渠。将水调入北运河，并控制下洪水量，以根治水患。具体由顺直水利委员会专员组织实施。工程聘请英国专家设计并施工，所有建筑材料也都由国外进口。现遗址所存红砖即属进口材料，上面的英文字母，仍清晰可见。工程于1922年动工，1925年竣工。闸门三十孔，横卧潮白河上。泄洪之时，白浪滔天，声震数里，时为顺义一景。名曰：洋桥破浪（载于民国县志）。后此闸桥在1939年（民国28年）发洪水时被冲毁。该闸桥是我国北方首次引进西方科技修建的一处大型水利工程，在北京地区水利史上有着重要地位，有一定历史与科学价值。今遗址尚存，应予以保护。

站在引河闸桥遗址上放眼北望，潮白河水，碧波荡漾。水色在白与碧之间变幻。一道黑色橡胶滚水坝，如一条巨龙，腰斩南北，横亘东西，在黄沙与绿柳之间出没。南侧即是苏庄新桥，在废桥之北。桥上人流车流，川流不息，如过江之鲫。

转眼桥南，干河滩宽阔无垠。星星点点的一汪汪水泊点缀在平沙牧野。羊群散落，牛犊撒欢。其情景与水坝之北判若两地，一个是泽国水乡，一个是河套牧场。

我脚下踩着的混凝土是1922年浇筑的混凝土，混凝土裸露的钢筋是1923年的钢筋，铮铮作响的红砖是1924年的红砖，桥墩涵洞是1925年的遗存。遗址此时若能活起来，站起来，肯定会向你款款诉说：90年前，苏庄水闸一桥飞架，闸北河面，浩浩荡荡，波光粼粼，烟波浩渺。鲤鱼与航船争渡，鸥鹭与芦花齐飞。待水满开闸泄洪时，30孔闸门一齐开启，一场交响音乐的大幕徐徐拉开，高潮迭起。顿时涛声轰鸣，飞瀑流湍，喷珠吐玉，恰如万头狮子跳。

修建苏庄闸桥的由来是因为1911年即107年前的那场大洪水（一说是光绪30年即1904年发大洪水），迫使桀骜不驯的潮白河改道入箭杆河。这样就造成两个严重后果。

其一，下游的宝坻，香河，三河等县水涝成灾，村与村之间乃至户与户之间地往来如江南水乡，须用舟船摆渡。这看似颇有诗意，其实洪水淹没庄稼，玉米秧在大水中只看到天穗棒花花，高粱只露晒米红穗。房倒屋塌自不必说了。人们只好背井离乡，四处逃荒要饭，十室九空。所以，三河等县以出奶妈，老妈子而著名。

其二，京杭大运河本是人工开凿的人工河，它本身需要沿途多条河流补水，它需要若干个奶娘，而每个奶娘本身都需奶水充足。而北方最近最贴切的水源就是潮白河，其他的河流都是远水解不了近渴。所以，潮白河就成了北运河在北方的最大最丰富的补水源头，成了北运河最大的奶娘。而自潮白河改道之后，北运河瘦身水浅，已承担不了繁重的运输任务了。以当时的交通状况，水运载重多，吞吐量大，快捷，成本低，当是各种运输手段的首选。以至于当时的北京，急需补水，来解决这座城市的供给侧。所以，不是潮白河想往北运河输水，而是运河缺水，运河有求于潮白河。运河干渴，如大旱之盼云霓。

正是在这种背景下，潮白河下游的宝坻，香河，三河等十三县民众，联名上书请愿到当时的北平政府，强烈要求在潮白河上修建水利设施，以解水患之苦。民众下层的诉求与城市的上层需要一拍即合，达成惊人的一致。但即使这样，民众的这种诉求从1911年发大洪水时即提出，历经11年，直至1922年才被立项开始建造。又历经三年，直至1925年，方才建成使用。前后用了14年的时间，才将城乡百姓的这一梦想变成了现实。用现在的眼光看来，当年苏庄的闸桥工程与现在国家级很多宏大的水利工程如三峡，葛洲坝等，简直是小巫见大巫，不值得一提。但在当时的中国北方，这却是一项伟大浩大前无古人的水利工程。

苏庄闸桥从动议到立项开工建设，颇费周折。首先是资金，资金从何而来？当时的民国，正处于第一次直奉战争期间，谁还顾及民生？最后经过运作斡旋，争取到庚子赔款的退还。而且只是美国庚子赔款的退还（也有一说是荷兰退还庚子赔款）。资金解决了，谁来设计？国内无人可用。只好请英国人设计。技术问题解决了。材料呢，国内仍是一片空白。只好所有材料，都从国外进口。于是，钢筋，水泥，红砖等等物资，囤码头，乘轮船，漂洋过海，卸于天津港。再用车拉驴驮，人扛肩挑，运至施工现场。可以想象，当时的工程，何其艰难。

其艰难并不止于此，还在于民意。这个民意不是指宝坻，香河，三河等县潮白河下游民众的民意，而是顺义县民众的民意。修建苏庄闸桥，需要挖一条引渠。待南北正河道水闸封闭后，将河水挡住抬高。待达到一定水位后，将水通过引河闸桥往西，引水入渠，以济北运河，来补充运河水之不足并重开漕运。潮白河本是南北流向，这样经引河闸桥调水向西，导入人工渠道，连通运河。

既然是人工渠，自然是人工开凿，且是平地掘深，自然要毁田造渠。土地本来就是百姓的命根子，无论是地主乡绅，还是当地农民，就联合起来一致反对。如果说，下游宝坻，香河，三河等县民众，联名上书力主修桥。这一次是顺义当地民众，联名上书以各种理由反对修桥。而且声势更为浩大。据当时《晨报》载，时顺义民众到北京游行，示威，请愿。借提高占地补偿费，坟墓拆迁费，减免赋税等诉求为由，向政府施压。民意旋即演变为民变，执政府出动大批民警进行弹压驱赶后，在北京执政府门前，仍滞留5000余人。可见当时事态有多么严重。所滞留的5000人，一方面派出代表与政府交涉，一方面进入北大，联系北大学生声援。当时，李大钊是北大共产党的负责人，是否参与此事，不得而知。

在施工过程中，也是一波三折。在开挖引水渠时，因所占土地均为好地，称夜潮地。一脚能踩出油来，是粮食窝。白天河工开挖，夜晚被村民填平。牵扯到坟墓，更为棘手。有的老人誓死不让迁坟，说是坏了风水，动了龙脉。当时皇帝退位不久，皇权衰落；民国初创，权威未立。在万不得已情况下，只好出动民警维持秩序。但还不时发生警民冲突。

苏庄闸桥虽几经周折，到底终于建成了。有一个单位功不可没，那就是顺直水利委员会；有一个人是这个委员会的中流砥柱，那就是专员熊希龄。提起熊希龄，那可是个重量级的人物。此公是湖南人，做过民国政府的总理。与毛泽东是同乡，毛主席后来几次提及此公。在中国近代史上，湖南人似乎从未缺席过。

以熊希龄为首的顺直水利委员会，不负众望，从资金到技术，从设计到施工，夙兴夜寐，殚精竭虑。在村民阻挠开挖引水渠时，他掇一条板凳，坐镇指挥。同时增加占地银两，又派民警巡视，同时和当地乡绅通融沟通。软硬兼施，恩威并重，终于使苏庄闸桥建成通水。按当初的设计，开始蓄水，调水，泄洪，通行，实现了四大功能。

苏庄闸桥建成之日，就是四大功能显现之时。原来两岸无桥，东西两岸人流物流，全靠木船摆渡。猪羊鸡鸭还好，若是骡马牛驴，需用大船。若遇风浪，常导致翻船，人畜落水，成了淹死鬼。种地也成了问题，住河东的人，河西有地；住河西的人，河东有地。从播种到收割，极为不便。正月里两岸人家串亲戚，趁冰封河面"跑冰"过去，有人掉在冰窟窿里。富户人家赶大车闯沙滩强行，但花轱辘车轮常陷于沙窝之中。

苏庄闸桥建成，百姓欢腾。春秋之季，落闸蓄水。两岸旱地，皆有水可用。引河闸桥10孔将主河道的潮白河水，源源不断地补充到北运河。这时的运河又焕发了生机，舳舻连绵，灯影桨声。夏季雨水暴涨，闸门分批开启，错峰泄洪。下游诸县，不再受洪涝之苦。

172

所以，自苏庄闸桥建成后，两岸村庄，上下游诸县，呈一片繁荣景象。潮白河已不再是障碍与隔阂，两岸变通途。苏庄闸桥成了水利枢纽，物流的中转站和物资的集散地。来自东北的粮食，漠北的马匹牛羊，俄罗斯的黑白毡子，滦平，怀柔，密云等县的山货，顺义，平谷等县的鸡蛋，都从潮白河顺流而下，到苏庄闸桥中转。然后水运到通州的东关。因此，东关码头就成立了打蛋厂，对鸡蛋进行就地加工。一时仓储充盈，物流旺盛。

道路通，水运兴，其他服务设施也应运而生。饭店，旅店，大车店，货栈，库房，猪圈，羊栏，沿河而建。一时商贾云集，人烟幅凑。不时也不乏外国人在此租屋经商。下游的宝坻，香河，三河诸县，因为免遭水患，生活也逐步改善。除了交税之外，渐有余粮，农村渐渐恢复了生机，充满了活力。

彼时的苏庄闸桥，雄踞河上。跨越东西，坐断南北，眼望燕山，胸怀潮，白二水，睥睨燕赵大地，是何等的威风八面和真正的高贵。

在现场负责修建苏庄闸桥的工程师是英国人，村民称他为"肉斯"，这应该是音译，称"热斯"应更准确一些。也许因为他长得高鼻深目，魁梧肥胖，村民给其起了个戏谑性亲切外号。全家人在此生活了好几年。美国人也聘请了一些日本工程技术人员。苏庄闸桥建成后，成立了个水务所，却只有一个人，一名巡逻的人兼观测水文。那名巡逻兼监测水文的人每天两次看立于桥下岸边的标尺，看水痕到哪儿，做个水文记录；巡逻的任务却甚是辛苦。因为桥面偏窄，如两辆大车，就不能并排通行。须巡逻人先探头观望，用小旗指挥喊话，放过两岸或东或西一边的大车，方可通行。

城市靠水而勃兴，国家靠海港而强盛。美国的纽约，英国的伦敦，荷兰的鹿特丹，是如此；中国的天津港，上海港，香港，亦如此。苏庄闸桥的建成，使苏庄这个名不见经传的河边小村，一时名声大噪，人头攒动。烈火烹油，鲜花着锦，炙手可热。即使是普通人家，也提前步入小康。呈现末世之前回光返照般的盛世景象，也预示着物极必反，好景不长。

1939年，即民国28年。在那些上了年纪的人们记忆中，这是一个挥之不去的惊心动魄的痛苦日子。

这一年夏天"七下八上"，即七月的下旬和八月的上旬。阴雨连绵，连日不开。眼看河水暴涨，快到桥面了。引河闸西，水流滚滚，显示出北运河吸纳潮白河水的强大气势。按当时当地的风俗，凡是天旱或雨涝，都要给龙王爷搭台唱戏，哄龙王爷高兴，以转移龙王爷下雨的注意力。听戏的人听着听着，觉得不对劲，天上下着雨，脚下泉眼似的冒水泡。忽然有人大喊，看，不好，发大水了，洪水来了！人们抬眼北望，洪水挟着风声雨声涛声浪声，黑压压地立体山峰般就扑过来了。

苏庄人离家最近，赶紧风一般往家跑。等经过引河闸桥时，只见引河桥的闸门开启着，浪花跳跃翻腾。可是，锁住正河道的 30 孔闸门，竟死死落下，一孔都未开启。真是咄咄怪事。洪水已漫过桥面，随之而来的是一望无际从上游飘来黑云般的木材，柁木檩架，箱箱柜柜，死猪死羊，死驴死马。黄牛却游得很好，牛头犄角在水面上漂浮。漂来一座座草垛，上面趴着大黄狗。当然，也有人，活人与死人。活人趴在木头上向岸上人呼救。死人被洪水剥得一丝不挂，头朝下漂浮触岸。

洪水来得甚是迅猛，猝不及防，始料未及。苏庄人从外面跑到家中时，洪水已从窗户涌入。登梯上房上树往北一望，整个东房子村几百间泥塑土房几乎在瞬间就被洪水冲得稀里哗啦，一塌糊涂。从这一刻起，东房子整个村子在洪水中只冒个泡，就从顺义地图上抹掉了。

人们在惊愕之余，惊魂未定，雷鸣电闪，风雨交加之时，忽听山崩地裂般连续巨响，脚下的大地为之一颤。苏庄人心头一沉，完了，完了！闸桥完了！！

苏庄闸桥真的完了，被洪水冲垮了。30 孔闸被冲开了 21 孔（也有一说冲开 3 孔）。洪水如 21 群野马怪兽汇聚在一起，奔腾而下，一泻几百里。积蓄太久的能量得到释放，如打开了潘多拉的盒子。

顿时，苏庄残桥以下通县，宝坻，香河，三河，武清等一十三个县，一片汪洋，惨不忍睹。

苏庄闸桥被洪水彻底摧毁，这是事实。有遗址在，已成定论。但苏庄闸桥为什么会被洪水冲毁，原因何在？尚无定论。因为按当初设计，能抗百年一遇的特大洪水，寿命 150 年。可苏庄闸桥从建成到冲毁，才区区 14 年。也就是说，苏庄闸桥属于少年夭折。探究原因，有下面几种说法：

一、木头塞堵说。据苏庄老年人回忆说，听其父辈人讲，上游山洪暴发，冲下来大批木头，将闸门塞堵。待水务所的人提闸时，闸门已被堵住，塞死，费了好大力气，手工旋转圆盘螺丝杠，闸门已提不起来了。况且，当时只能是靠人力手工操作。

二、地主干预说。苏庄闸桥下游两岸几百亩土地，都归一个罗姓大地主所有。他怕泄洪淹了他的大片庄稼，让家丁持枪守在闸桥上，不准提闸，并鸣枪示警。一直到最后，看洪水来势太大了，才撤下家丁，但为时已晚。在民国时期，由于兵荒马乱，政府规定，每 30 亩土地就可以配备一杆长枪。

三、闸桥质量说。也有老人说，闸桥初建时，就留下隐患。开始质量管控很严，英国人热斯和日本工程技术人员严把质量关。但浇筑基础时流沙太多，经不住本地人

174

用银圆贿赂，质量放松。以致闸孔从东边先毁，至今歪碾尚在。说是当地雇佣的中国劳动力素质不高；也为了赶工期；还有说混凝土中含泥量超标；也有说基础开挖深度不够。众说纷纭，莫衷一是。

四、判断失误说。山洪暴发前，已有预兆。连日阴雨，河水暴涨。闸桥的巡逻员看上游漂来一波一波草末子，还有河泥味。曾建议先提闸放水，腾出库容，但未引起上级主管的重视。等引起重视时，为时已晚。

五、灵异怪诞说。苏庄闸桥建成时，被认为是固若金汤。所以被毁，是因为夜里有一只巨大王八，用双爪将闸门揉搓扒开。这只王八已在此处修行千年，却被闸桥毁了前程。

不管怎么说，苏庄闸桥到底被冲毁了。原因成了谜，谜底至今也未揭开。闸桥从酝酿到建成，即从 1911 年酝酿到 1925 年建成，用了 14 年时间；从 1925 年启用到1939 年闸桥被冲毁，也用了 14 年。筹备 14 年，用了 14 年，一共 28 年。真是其兴也勃焉，其亡也忽焉。

苏庄闸桥 1939 年被冲毁，直至 1949 年新中国成立，10 年之内也未能修复和重建。

新中国成立以后，仅潮白河顺义段，从南数起，就建起：苏庄新桥，河南村桥，彩虹桥，东大桥，草桥，向阳闸桥，牛山闸桥，计 8 座桥。桥面宽阔，车流如织。其中 800 米的彩虹桥，双向 4 车道，几分钟即可通过。

苏庄闸桥的遗址在曝晒 10 年之后，一个新中国诞生了。

2018.5.2

苏庄闸桥陈述状

各位评委：您好！

北京疫情刚清零，"大戏看北京"的大戏就开场了。近日中国作家出版社通知我，同意出版我的长篇历史小说《洋桥破浪》。

出版社所以愿意出版此书，有下面五个原因：

一、苏庄闸桥联系着历史的纵深。查秦汉地图，流入顺义境内的河流主要有两条，一条是潮河，一条是白河。潮河发源于河北丰宁，白河发源于河北沽源。秦始皇"海运饷边"运送军粮至当时的北方重镇渔阳郡即今密云，就曾利用这两条河。自汉唐到宋辽金元至明清，都是漕运水道。到了民国，苏庄闸桥更是扼潮白合流后于顺义平原，上承峰峦叠嶂的燕山山脉，下达九河下梢的天津，因此地理位置十分重要。

二、苏庄闸桥见证了近代中国历史。苏庄闸桥从酝酿到建成历时 14 年，从发挥效益到被冲毁又是 14 年。在民国 38 年历史中，苏庄闸桥经历了 28 年。苏庄闸桥的兴废本身就证明了在军阀割据，南北分裂，国家不统一的情况下，民族的复兴是没有希望的。

三、苏庄闸桥是大运河文化带的枢纽。在大河文明中，外国有尼罗河文明，两河文明。中国则有黄河文明。北京将大运河作为文化带，顺义挟潮白合流而参与，并非浪得虚名。在苏庄闸桥存在的十四年中，共向海河、天津供水 3000 多亿立方米，相当于 100 个密云水库储水量。至今京城，仍仰赖潮白之水。正是因为有苏庄闸桥，故事则可陈叙百年，牵头南北运河文化带，绵延千里。

四、苏庄闸桥上行走过众多民国人物。熊希龄，被称为中国慈善事业之父。"民六"大水，赈济灾民达 6 百万之众，创建香山慈幼院，收养灾童 6 千余名，捐献全部家产共计大洋 47.2 万余元。毛主席和周总理高度评价熊希龄。黎元洪、梁启超、陆征祥等，皆力挺熊希龄筹建苏庄闸桥。眼见得建洋桥，眼见得桥建成，眼见得桥塌了，表明洋务运动在水利上的终结和对外开放尝试的失败。但是，在建设苏庄闸桥过程中，仍体现了这些民国人物的民族求强精神。

五、苏庄闸桥的红色印记。苏庄闸桥的修建和使用，经历了民国初年，直奉战争，"七七"卢沟桥事变，伪冀东政府。同时，北京共产党人早期的革命活动，如建立穷人会，抗石捐及八百扁担砸鸡局，虽未正面描写，但亦记录在案。这就留下了拓展空间。

　　大戏看北京，水本身就是一部连轴大戏。苏庄闸桥本身就是一座百年大戏台。如今残桥犹在，流水依然。我的长篇历史小说《洋桥破浪》只不过是个序幕。序幕拉开，更威武、更雄壮、更精彩的大戏将在大运河文化带上一幕幕隆重上演。

　　我的陈述到此结束。谢谢各位评委。

许福元

2022 年 6 月 10 日

你，希望大家共同富起来

——记北府村运输个体户吴希富

当我握住你的手的时候，感觉很震撼。我自诩我的手是有劲的，因为我的手是瓦刀加红砖，大铲加石头操练过的；而你的手更有力，因为你的手是方向盘加六十吨的沙石料，大十轮加上千斤顶。

你的手掌比我手掌大，如小簸箕扬起；你的手掌比我手掌厚重，手心与手掌几乎相平，如河东厚实平坦的大地；你的手指是四棱的，如老榆木枋子，或是狐奴山上的老榆木；你的手背青筋暴突，如伏蚯蚓老蚕在蠕动。

握住你的手时，从手劲上，外观上，气势上，都不会认为你已经八十四岁了。若闭上眼睛，会感觉到你的手虎虎有生气，犹如血气方刚的小伙子，正值壮年的庄稼汉，码头上的装卸工。

若睁开眼看你，你确实垂垂老矣。背驼了，虽然还没有到弯腰的程度；头发虽然仍浓密，但一头短发全是插灰颜色；脸上沟壑纵横，胡子茬很繁荣却几乎全是白的。只有你那憨厚纯真的一笑，不但年轻，甚至还带有孩子般的羞怯与青涩。

你，曾经是个庄稼汉，是人民公社的拖拉机手，现如今的身份是个体运输专业户。

你当庄稼汉子时候，就显得不同凡响，就是特别能吃苦。清明前十天，你就踩着冰碴下稻种，叫"抹桄"。青色的冰凌切割着你的小腿，你的腰弯成了虾米，为你老年的驼背打下了基础。

你几乎是人民公社第一代拖拉机手，驾驶铁牛55，浑身火炭红，走路一声吼，铁牛是你好战友。春天播种，夏天锄草，秋天收割，冬闲时跑运输，你为生产队劳日值提高了几分钱而自豪过。

直到有一天，公社的领导找到你，满脸忧戚地说，人民公社垮了，生产队散了，农机站开不下工资了。希富，你承包吧。这点家底值三万，你一年得交二万。承包费是高了点，可不高没法维持，工人得吃饭。

你惊诧于大集体的轰然解体，却二话没说，只说了一个字：行。

自那天起，你就成了个体运输专业户。将近四十年，你几乎与改革开放同步。

你第一桶金是怎样掘到的呢？

冬夜，凌晨。公鸡刚叫过两遍，你揪着公鸡尾巴就起来了。烧热水，暖车。天寒地冻，水缸里的冰都冻有一寸厚。你穿一件油腻旧的军大衣，开着大车上路了。冷风吹进四面透风的驾驶楼子，你几乎用麻木的双手握住方向盘，在通往大胡营沙坑的路上颠簸。到了沙坑，你甩掉了棉大衣，用大撮子锨往车上装沙子。你把车装得很满，想多拉快跑。可上坡时，却陷车了。无论你如何加大油门，车冒着黑烟，车轱辘就是干打转。你满头大汗，一点辙都没有，只好卸载。待车上了坡，你再一锨一锨将卸下的沙子再装上去。到工地的时候，东边天空刚刚发青发白发红。工地还没人上班收料，你裹着大衣在车上眯着了。你棉大衣的针眼，冒出一圈一圈汗碱盐花花。

送料容易结账难，要账难于上青天。你是一条耿直的汉子，宁可身子受苦，也不让脸受热。为了保本，为了周转，为了生计，你不得不低下倔强的头颅，不得不看人家的脸色。求爷爷，告奶奶，请客送礼，足浴 K 歌，登门上户求人家给料钱。你常发出这样的感叹：现在欠钱的是爷爷，被欠钱的是孙子。

你的心很大，你的胸怀很宽阔。

你买了二十万红砖码在院子里，准备盖房。村书记找到你说，希富，村委会与你的运输大院，中间连墙都没有。说一墙之隔，怎么也得有道墙吧。你听了呵呵一笑说，你甭往下说了。这二十万红砖先给村委会砌院墙用，用剩下算我的。

现在农村的路是柏油沥青路。三十年以前是土路，坑坑洼洼，人走在上面，晴天一身土，雨天一身泥。这次是你主动找到村书记，我大车是拉砂石料的，一车就是几十吨，我场子工人就打沟盖板。这样，我出主料，村委会出人工和辅料，把村里的路面硬化，做好边沟排水。省着一下雨，穿胶鞋全让黄泥粘掉了。大麦二秋，拉庄稼也不方便。

在当时，在附近，北府村是第一个路面硬化的村。邻村自然有人羡慕：可惜我们村没有吴希富。

当人们解决温饱之后想什么？

温饱是物质生活，文化是精神生活。当精神生活缺失的时候会出现问题的。钱穆先生说过：一切问题，由文化问题产生；一切问题，由文化问题解决。你虽没有读到钱穆先生这段话，但你看到了在农村解决了温饱之后也出现了一些问题，酗酒，赌博，邻里不睦，家庭不和，诚信失落，道德滑坡。农民解决了温饱，精神还未小康。

于是，你从你的肋巴扇上揪钱，请城里的名剧团大剧团下乡为村民唱大戏。从中国评剧院，北京河北梆子剧团到东北二人转，你都请过。有传统戏《三娘教子》《秦香莲》，也有现代戏《红灯记》《村官李天成》。农村历来有唱大戏的传统，有童谣云：拉大锯，扯大锯，姥爷门口唱大戏。接闺女，请女婿，小外甥，也要去。

在家门口看大戏，是农村的一个文化传统。因此，在演出期间，东院戏台上文武场热热闹闹唱大戏，西院小灶子火苗子蹿起老高，煎炒烹炸，肉菜飘香。吃饭的时候，演员和村民一坐十几桌。这才是吴姥爷门前唱大戏。

村村通，路路通，出门公交去北京。这是农村人几代人的梦想。如何打通公交到村中一公里的问题，你是动了脑筋了的。你利用你给公路拉砂石料的人脉关系，四处托人，八方奔走。终于在北府村，建立了两路公交车顺32路和顺37路始发站和终点站。这在整个顺义，绝无仅有。北府村民享受最惠国待遇，两路公交车，村民招手即停。

我原以为，你的善举只是惠及桑梓，情系故里。因为你是地地道道的北府村人，祖祖辈辈生于斯长于斯，因此对家乡有一种血缘般的情感。不然，何以对村里的公益事业投入资金，对公共事务投入热情。且对一般村民，甚至全体村民，均开启慈善之门。有人求你用沙子，石子，你送货到门，分文不取，连口水都不喝；有人找你用车，你管加油，还当司机；有的邻居遇到困难急需用钱"借"到你头上，你马上开柜拿钱救急。

现在我才知道，你的心真的很大，你的胸怀真的很宽阔。

迎接奥运，你赞助；汶川地震，你捐款；玉树灾害，你献爱心。说实话，你不是大款，不是企业家。你只是汪洋大海般个体户中的一个卑微的个体户，如九牛一毛，沧海一粟。你每次所捐的钱也不是巨款，但你尽力而为之，量力而行之。在精神层面，你与李嘉诚捐建厦门大学，比尔.盖茨捐献身后天文数字的遗产同样可贵，同样尊荣。因为你：位卑未敢忘忧国。

看不出你志存高远，只见你脚踏实地。凡有困难需要你帮助的人，你都会施以援手。你已打破了一庄一瞳的疆域，你已走出自扫门前雪的狭隘。木林文人徐希敏，是个穷秀才，翻盖房时，你资助了一千元；礼务村有一户人家土房挂不起瓦，你给送去一车红瓦。

我赞你：大爱无疆。

你摇头。

我问你，帮助人是否也上瘾？

你点头笑说：这倒有点儿。

其实，你助人为乐，岂止有"点儿"？你总是与时俱进。你老了，八十多岁了。真应了孔子那句话，老吾老以及人之老。你又琢磨着为老人干点事了。先者，早在自2004年起，每逢中秋与春节，你都买水果与点心，看望北小营镇敬老院的老人。现在，你又有了新的思路与想法，开始实施。你指点着北府村民的花名册，凡八十岁以上的老年人，你在春节前每人给五百元的过节费。当我看到老人领款名单时，上面小格子人名上面，按着鲜红的手印。最小八十岁，最大九十二岁。

当我问到你给钱的初衷时，你说，我都八十多岁了，剩下的日子不多了。现在不是挣钱，而是花钱，把钱要花在这些老人身上。我们这茬老人呀，吃的苦太多了。跑过反，要过饭；挖过河，挨过饿；白天治坡，晚上治窝，干一天才挣五毛多。好日子刚赶上后尾巴，人也死得噼里啪啦的了。说到这里，你脸上的神情显得无奈和悲凉。

但这种情绪几乎在你脸上一闪而过。你迈腿骑上自行车，你开着电动摩托车，兴之所至，也摸摸大车。北府村仍活跃着你的身影，你呵呵的笑声仍回荡在村庄的各个角落。可有谁知，家家有本难念的经，有好多尴尬事，不好对人说。大货车因为超载被罚款，院里的电线被人割过，因讨债遇到老赖不得不对簿公堂，多年的交情也曾掰过。院子里换下的旧轮胎，一摞又一摞。

你是一个热爱生活的人，虽然你的生活很简素。

一身灰不拉唧的衣服，一顶老人帽，一双千层底布鞋。爱吃黄棒子面糊饼，爱听评剧。老白猫睡在破沙发上，小花猫驮着落花的花瓣在院子里跳跃，黑狗在菜地里玩耍，鸡栖居在桃树上，鹅在鹅，鹅，鹅叫着，孔雀在开屏，一群白鸽子展开扇子面飞翔。

闲下来时，你像鸽子一样平和。

你对荣誉看得很淡，淡到你的一条条大红绶带在蒙尘。想当初，是北京市市长郭金龙给你披红挂彩。给你颁发的各种捐献证书，荣誉证书塞满了一个一个纸箱子，而纸箱子底部已经受潮发霉。你从不把这些挂在墙上展示或当作口头禅炫耀。你认为形式并不重要，重要的是内容。

你是一个有内容的人，你是一个有故事的人，你是一个重情好客的红脸汉子。无论新老朋友，哪怕只是一面之交，只要是上午来，你必热情招待，让朋友吃好喝好而去，哪怕以后不再见面。

我想走进你的内心世界，想寻求你做上面的一切究竟为了什么？

因为在中国的传统文化中，就有积德行善的基因。在《论语》中，就有所表述。当孔子问其得意门生子路，你的理想是什么？子路答：愿车马，衣轻裘，与朋友共，敝之而无憾。这可以看作是原始的共产主义思想。而现代文明社会，更是提倡济危扶困，慈善公益。所以无论循旧传统还是看新风尚，你所做的一切，既体现了你身上的侠义之气，又因应了新时期对金钱的观念：会挣钱是能力，看淡钱是境界，捐献钱是爱心，热心公益是格局。

我认为你对金钱作如是观。而你却轻描淡写地说，我就是在底层，在农村，起早贪黑卖苦力，凭技术挣点小钱也只能捐点小钱，是个小人物嘛。

你以极其谦卑的态度帮助人，你把走进你视野需要你帮助的人都当恩人看。从不以施恩者自居，也不望恩图报，更不给人家脸色看。你唯恐你的帮助伤害被你帮助的人的自尊心，你朴素地向善思想闪耀着人性的光辉。因此，接受你帮助的人心里踏实，不心虚，此中无诈。

其实，在底层，在农村，有埋头苦干的人，有舍己为人的人，有忠孝两全的人，有工匠精神的人，有拾漏补遗的人。但他们又是默默无闻的人。说高手在民间，正能量也在民间。小人物并不小，精神境界高。这些众多小人物的精神集合，就构成改革开放的文明特色。民间涌现出的新乡贤，在引领新时期人们的价值取向。

你说，北府村是箭杆河的发源地，当年的泉眼在村北到处都是，咕嘟咕嘟往上冒水翻花。我愿看到更多人家的日子，过得像源头活水的样子。

可当我问你是什么样子的时候，你天真单纯朴实地笑了笑，说：我就做自己的样子。劳动的样子，挣钱的样子，简单的样子。我名叫希富吗，就是希望大家共同富起来，口袋和脑袋都富起来。

2019.3.14.初稿

2019.3.18.定稿

生命不息学习不止

——记顺义本土农民作家许福元

（在善缘书舍发言稿）

许福元，1946 年生，今年 77 岁，属狗，顺义仁和镇临河村人。1962 年于河南村中学初中毕业，是个小初中生。以前是农民，现在还是农民，将一直是农民。

他少年时摸过鱼捞过虾，偷过李子扒过瓜。青年时曾做过豆腐喂过猪，装过煤车当过搬运夫；赶过大车，扛过大个儿。中年时才正式拜师学徒是个瓦匠，未拜师又成了二把刀木工；壮年时上了成人中专又读了大专，拿到了大专毕业文凭。考了工长本，验线员本，又成了工业与民用建筑土建工程师。

进入老年，60 岁以后，他又开始圆少年时所做的作家梦，开始文学创作。先后出版了诗集《早春》，小说集《半夏》《仲秋》《惊蛰》，散文集《瑞冬》，游记《印象美国三十天》，又出版了 36 万字长篇历史小说《洋桥破浪》。先后在《北京文学》《当代小说》《大家》《飞天》《小说林》《星火》《小说月刊》等文学期刊发表小说多篇。短篇小说《香火地》《娘亲舅大》分获 2011 年、2013 年"首都五一文学奖"一等奖；《卷毛活》获首届"浩然文学奖"短篇小说一等奖。散文《盲人玫瑰》等被选入中学生语文课外教材；小说《吊炕》《栗子立子》等多篇作品被收入各种选本和被列入高考模拟试题。2008 年加入北京作家协会，2012 年加入中国作家协会，时年 66 岁。

他在六岁时，到东邻一个老中医家中去玩，老中医送他一本线装版《千家诗》，上图下文。虽不识字，但喜欢上面插图。后来上了学，才将图、文联系起来。由此对古诗产生了浓厚兴趣并影响其一生。他第一首诗是写在同学王任民的笔记本上，蓝色封面画几杆紫竹，一块山石，一个老人斜坐。他题道：

> 背依紫竹度晚年，
> 忆起青春泪满衫。
> 光阴皆弃风尘里，
> 著作应留天地间。

这一年他上临河小学三年级，十岁，似乎已埋下以后想当作家的种子。

十六岁初中毕业后即在家乡务农，痴迷背诵中国古典诗词。从《诗经》背起，到唐诗宋词元曲，至十九岁，已经能背下三千多首，包括汉乐府最长五言诗"孔雀东南飞"；白居易的"琵琶行""长恨歌"；李白的"梦游天姥吟留别"陶渊明的"归去来辞"；丘迟的"与陈伯之书"；王勃的"藤王阁序"等篇章。二十岁开始读竖排版的《毛泽东选集》1～3卷，后来又读横排版的《毛泽东选集》第四卷、第五卷。读马克思、恩格斯所著《共产党宣言》不下十遍；读了马克思的《哥达纲领批判》；恩格斯所著《反杜林论》；列宁的《共产主义运动中的左派幼稚病》等著作。大概从二十二岁起，开始通读《鲁迅全集》及《鲁迅日记》又及《鲁迅书信集》，所以受鲁迅作品影响颇深。外国文学作品喜欢雨果的《悲惨世界》。读这些有高贵血统的经典大书、硬书虽不太懂，但沉浸之，向往之，沐浴之，恩泽之，也打好了他的文学底色。

从一九六二年至现在，他六十年坚持订阅报刊。先后订有《文汇报》《人民日报》《北京日报》《京郊日报》《参考消息》《南方周末》《人才》等。现在仍订有《北京文学》《天津文学》《收获》《小说选刊》《世界文学》。至于购书藏书，应该不下于五千册。

开始是借书、抄书，后来即节衣缩食买书。拥有书、报是为了阅读。那时白天劳动，夜晚读书。晚上油灯如豆，窗外星光如眨，蟋蟀虫鸣；晴天劳动，雨天读书。那时最盼阴天下雨，好过读书瘾；田间干活，间歇读书，见缝扎针，坐田埂上逮住片刻光阴；背诵更是利用零星时间，瓜棚守夜，月下吟咏。看渠浇地，背诵诗句，几次竟踩到水里。至于写作，有的小说是将水泥袋当书桌完成的。冬天将双脚浸在热水盆中，水凉了再加热水取暖。

2006年他60岁，又发少年狂。每星期六上午在首都图书馆或东城区图书馆参加书海听涛讲座，下午去北京市劳动人民文化宫参加文学创作研修班，从第九期上到十四期，风雨无阻，连续10年，被研修班称为学员中的一面旗帜。星期一去北京大学，乘公交转地铁往返六个小时，听曹文轩老师两个小时文学艺术课近两个学期。这期间遇到2012年的7.21大暴雨，出地铁口时水深及膝；也曾在公交车上跌倒过，也曾因疲惫不堪坐错了站。自然也沐浴过太庙的丁香树的花香，"东图"门口的玉兰花盛开，北大逸夫楼阶梯大教室的风光。十多年来一路听课，边听边记，竟记了笔记一百多本。自嘲戏称自己上了一所"红墙大学"。

2022年12月，作家出版社出版了他36万字的长篇历史小说《洋桥破浪》。洋桥破浪曾是顺义八景之一。苏庄闸桥所以被称洋桥，是在民国初年，借洋人资金，用洋人设计，由洋行施工，当时是全国最大的钢筋混凝土水利枢纽工程。洋桥自 1925 年建成，至 1939 年被大水冲毁，连续十四年经此枢纽，将潮白河水引入北运河，增水海河，济水天津，达三千多亿立方米，有力证明了潮白河水系与大运河文化带之间的关系。小说以史料为经，务求确凿；以逸闻为纬，不尚虚诬；以时间为纲，以事件为目；以人叙事，以事彰人，具有资料性和可读性。

马克思说，学习，学习，学习，再学习，学无止境。许福元即认为人的一生就应该是学习的一生，实践的一生，知行合一的一生。他秉持这样的理念，将学力、智力、财力，施用于社会，服务于社会，惠及于社会。他将自己历时三年多搜集整理的有关苏庄闸桥数千份原始纸质资料，无偿捐赠给顺义文物所；他将自己经营的 8 亩果园，作为老舍文学院农村创作基地，作为北京市残疾人写作协会的创作基地；他将自己 175 平方米的楼房，取名"许福元文学创作工作室"用于开展诗歌、散文、小说、报告文学等活动并拟启动《顺义小说选》编纂工程。他又拿出 10 万元，设许福元文学奖，奖励顺义文学新人新作。

"春蚕到死丝方尽"，但他只把自己比喻成只吃一点桑叶，只吐几根细丝的老蚕，如此而已。

2023.4.7

失去土地仍有一片热气腾腾的田野

许福元

望泉寺作为一个村庄所具有的全部外貌特征已经全部彻底消失了，绿树与庄稼，小河与水井，蛙鼓与蝉鸣还有风也折不断的炊烟。农民变成了居民，平房换成了楼房。晴天一身土，雨天一身泥的庄稼人，再也不用脸朝黄土背朝天的一声声叹息了。

实实在在失去了村庄，可仍有一片热气腾腾的田野，那就是望泉寺文学社村级文学期刊——《希望》。

《希望》里边有回望：村庄的盛衰荣辱，沿革变迁；村民的喜怒哀乐，家族的聚散繁衍。《希望》里有凝望：照看着现实，判断着是非；决定着取舍，择善而行之。《希望》里有渴望：思想的交流，求知的欲望；书籍的润泽，文学的滋养。

几千年来，农民与文学无缘。只有在当今这样宏阔浩荡的时代，劳动人民才昂然走进文学这神圣的殿堂。他们用笔，抒写自己所感悟的人生，梳理岁月的过往。《希望》是一本书，给这些卑微者提供这一个相与诉说的平台。书里的人，写书的人，看书的人，评书的人，主体是农民自己。他们在《希望》里拉家常，说悄悄话，讲故事，也有犬吠和麦香，也有惆怅与梦想。张扬着文学热情，实行精神层面的村民自治。

很多事情总是要有人去做的，往往只是少数人中有人领头无怨无悔坚韧坚持去做，才渐有大多数后来者跟进而渐成气候。可见，领头人的作用是如此重要。王克臣，集半个多世纪的时间自己弄文学，又贡献出自己四分之一世纪的生命时光去点亮别人。无论是个人创作还是作为刊物主编，王克臣无愧是顺义文学界的一面光辉的旗帜。

是的，《希望》是原始的，村级的，底层的。但是，越是底层的越有奠基性、稳定性、决定性和生命力。《希望》所建造的不是文学的象牙之塔，而是文化在乡的绿化工程，是在百姓中播撒文学的种子。《希望》将拆迁后无所事事无聊的人群引向文学的百花园中，并且星星点灯从孩子们抓起，试图往下传承其文学基因。其意义怎么评估，都不过分。同时，《希望》也是瞭望基层文学的窗口。

《希望》是望泉寺人的精神家园，也是顺义文化园中的一朵奇葩，在全国高大上的文学期刊中，以村办而一枝独秀。村民不必"锄禾日当午""戴月荷锄归"，也不局限于扭秧歌、跳广场舞、打扑克、搓麻将。他们读名著、搞创作，在精神上的这一片热气腾腾的田野可以用笔继续耕耘。没有霜降与冬至，只有惊蛰与清明。人们的精神文明之树也在拔节生长，伸枝展叶，吐露芬芳，散发着浓郁清新的乡土气息。

2020.6.4

我的文学追求之路

我是个农民，且老，简称老农。

当老农也要有资质。我手里有两把刀，第一把是镰刀。几十年来，清晨，我告别折不断的炊烟，跟着一把镰刀出发，溅落了色彩缤纷的露珠。割谷子，打棒秧，砍高粱，杀芝麻，找糜黍，锁黄麻，削芦苇，芟秋，虽然都是镰刀活儿，但因为收割对象不同，动作各异，力度有别，所以农民分别冠以相应的动词。我发现这里面有文学，农民也许就是文学的祖师爷。第二把刀是瓦刀。我正式拜过师，学过艺。大瓦小瓦琉璃瓦，砌烟囱带水塔。当我刻的砖雕如意被镶嵌在山墙上，我画的梅花喜鹊飞上屋脊时，我觉得建筑就是凝固的文学。

在我六十岁的时候，下定决心，也要自我退休，虽然没有单位给退休金。但我要圆一个退休梦，那就是一定要在自己手里，再添一把刀，那就是我的文学创作。于是，自 2006 年始，参加了太庙文化宫第九期文学班。此后一发而不可止，连续 6 期，直至今年第 14 期。

学而后知不足，书用时方恨少。我如一棵久旱的老苗儿，总觉得不解渴。跑到首都图书馆听课，内容是北京地方志。后又听说东城区图书馆有名家讲堂，又转学彼处。隔星期日则到现代文学馆，那可是纯文学神圣殿堂，我感受到了巴老手掌的温度。再后来，干脆到北大中文系，旁听曹文轩老师的文学课近一年。

业余者求学，最大的困难是自己战胜自己。一是心理，二是生理。

初到北大高等学府，迟迟不敢走进阶梯形教室。满目皆是风华正茂的"90 后"而我这个"40 后"华发苍颜，显然成了集"怕与爱"于一身的纠结毛毛虫。我们之间，从信念到情怀，真是太陌生了。有时也往往让人哭笑不得，有学生问我："今天您给我们讲什么？"我答："先听曹老师讲吧。"所以，每次都硬着头皮忙忙走进去，课毕急匆匆逃离。如做贼一般！

我居京郊顺义。为文学所驱使，步行，等车，乘车，挤车，转换几次公交，方能到达，人多时几乎将我挤成相片。还不时遭受年轻貌美唇红齿白者白眼，"这么大岁数，不在家里老实待着，挤兑我们上班族干吗。是不是乘车不要钱了？"为了听两个小时课，往返要花去五六个小时。回家后放倒自己，鞋都懒得脱了。

188

印象最深的是去年的"7·21"暴雨。东图听完课后，黑云压城，大雨如注。乘车如行船，涉水回家，四周白茫茫一片泽国。晚上打开电视，我则以手加额，险与鱼虾为伍！

可是话说回来。北京高等学府林立，图书馆星罗棋布。文化馆文学讲座不断，各级作协采风相连。楹联征文，应接不暇。假如缺失这些，你纵有对文学千种风情，待与何人说？况且，讲演者是何等人物：莫言缓缓而谈，张炜侃侃而谈，蒋子龙亦庄亦谐，王蒙则儒道谈禅。你可以当面聆听濮存昕朗诵苏东坡的"大江东去"，也可以欣赏赵忠祥的"岳阳楼记"。还有法国的作家，来自巴尔扎克的故乡；也不乏文坛的清道夫，在批评界叱咤风云。更不必说图书大厦里海洋般的书籍，地坛书市的人头攒动。即便从北京一条小胡同走出一个小老头儿，有可能就是一位大师。所以，这就是文明北京，文化北京，文学北京，书香北京。

假如我就是位农民，就是个瓦匠。满足于已经拥有的两把刀，而不再追求人生的第三把刀。那么，上面的一切似乎不会与我发生交集，也无此尴尬与不堪。《红楼梦》第25回借一僧一道之口揭示贾宝玉的人生悲剧：天不拘兮地不羁，心头无喜亦无悲。却因锻炼通灵后，便向人间觅是非。读毕，我会心一笑。

但一个人总要追寻自己的终极价值，总要追求人生华丽的转身，总要力争多扮演一种角色。而文学对于我，是对生活的发言，是对生命的延续，是对死亡的祭奠，是精神上的再世为人。借文学之火，煮自己余生之肉。

一个人总要与自己所居的城市有一个准确的定位。北京，值得百般凝视。尽管北京这座城市有弱水三千，但我只取文学这一瓢饮。至于别人如何争名于朝，争利于市。为声色货利所迷，浸淫粉渍脂痕之中。人各有志，各圆其梦。

我的文学之梦构筑于少年，我的学生作文就是范文；燃烧于青年，三十年前《北京日报》就刊登过我的小诗；断裂于中年，迫于生活的艰辛；复活于老年，蓦然回首，文学之梦仍在灯火阑珊处。

我是个农民，我相信"种瓜得瓜，种豆得豆。"我是个手艺人，我坚信"艺不压身。"我对文学有宗教情怀，将求学之路视同修行。我深信"许大愿者必有回报。"八年来，我出个人专集五本，写小说近百篇，在《北京文学》等刊物发表多篇。《香火地》获首都"五一文学"小说一等奖。2008年加入北京作协，2012年加入中国作协。我可能是同年加入中国作协年龄最大的人，时年六十有六。

北京，顺义，是一个寻梦追梦的好地方，也是一个圆梦化蝶的大都市，好所在；北京，顺义，圆了一个老农民的文学梦！一个农民，也能有所追求，有所建树，有所作为，有所收获。

我遇见了一道美丽的风景

现在回忆起来，我当初捐书给湖边草书店，那时那里的风景并不美丽，而后来则越来越美丽了。

2018 年的春寒尚未退去，我穿着臃肿的冬衣，背负着我个人出版的 6 本书，从 60 公里外的顺义赶到了金台路。却并没见到书山有路的金色大厅，也没见到高高的书台。只是路边有几间不起眼简陋的平房，蜗居在高大的白杨树下。室内倒是经过一番书屋式的装修，还散发着涂料油漆的气味。当然，也掺杂几百本捐献旧书的书香。据说，这几间房的前身在水碓子是杨记修车铺，几十年后成了街道没有产权证的危房。现在则摇身一变，成了一道美丽的风景。

书店的创建者李士杰先生一脸的疲惫，他似乎看出我眼中对他的孩子——书店，有些不屑，一甩他脖子上标志性又长又宽的大红围巾，指着挺拔的白杨说，春天来了，往后绿叶定然成荫。你看，那地上的小草也返青了吗。

李士杰不是诗人，但是中国作协老会员，被誉为"委员作家"。他是北京市政协资深委员，写了十多本书呢。我看他信心满满样子，知道他当过警察，干过海关，做事有穷追不舍，过关斩将的风格。我见他两颊潮红，倦容可掬。于是劝道，老兄，悠着点。

但他干事似乎并未悠着，而是将小小书店经营得风生水起。各种媒体前仆后继般竞相报道。《北京晚报》在"老政协委员的书店梦"一文中称此书店是"无人值守书店，全程自助服务，八个社区近万居民可免费阅读。"；《北京青年报》更是以整版篇幅刊登"老政协委员和他的免费购书店"，详细介绍书店的特色是"新书零元购，读者成志愿者"的管理模式;北京电视台《北京您早》《牛爷串胡同》栏目组也赶到书店专访上到八十九，下到小朋友各年龄段的读者并重播九次。政协委员郝金明称是作家开的"有温度的书店"。一时间小小书店声名鹊起。

李士杰几次给我打电话，邀我到书店，说是想看看我。从他兴奋而沙哑的口音中，我知道他的内心并不光是想看看我，而主要是让我看看他，看看他现在所经营的书店，如何脱胎换骨，不同凡响，以纠正我当初不屑的眼光而今要刮目相看。但我决定不去，因为在简短的通话过程中，他的手机几次被打断，我知道他，忙，很忙。

但我后来还是去了，仲夏时节。因为听说他病了，住了院。

我见到他的时候，不是在医院，而是在书店。一进门的特色就是红色，墙上是"五四运动"的大浮雕和中共十九大胜利召开的壁画，以及毛选、邓选及习近平著作。其他房间的四壁，除去门的位置，都矗立着高高的书橱。一册册书籍，已经挨挨挤挤地挤满了，如一位位大师列队站在那里准备去接见读者。当初只有几百本图书，现在恐怕有几万本了。北屋中间设茶桌，有数把椅子环列，椅子上坐着一帮老知青，新、老政协委员，在捧书品茗聊天；南屋电脑桌前，几个志愿者的脑袋凑在那里登录书目；更有读者抑或志愿者，在书架前为别人服务或自我服务。一只黄猫，两眼眯成一条线，伏在一只凳子上打盹。整个书店，在荫荫夏日的树荫下，氤氲着一种书香、惬意、和谐、舒适如沐春风的清凉味道。

李士杰见到我时，不无遗憾地说，你前几天来，能听到陈铎和殷之光的朗诵；你昨天来，能见到歌唱家陈思思。我笑说，我既不会唱歌，又不会朗诵，我想见作家。他一拍手，那好，明天，著名作家艾克拜尔米吉提来讲课；后天，中国作协副主席张抗抗从外地出差回来，直接空降到这里。往后有大律师皮剑龙，外科专家安阿玥，北京市政协副主席牛青山，国务院参事刘秀晨、樊希安等等。

我拦住他的话题，等等，听说你身上安了什么——

支架。他并不避讳，我心脏出了点问题，安了支架。险些去见马克思。

这是经典的马克思主义者的语言。我知道，李士杰是党员，中共党员。他将安支架像安颗牙一样看得那么淡然。

于是我劝道，一开始我就让你悠着点儿，你干事太狠了。

李士杰却两手一摆，街道这么支持办书店，房租是零房租。很多事是别人干的，王小英打里打外，老知青网站有沈连国，社区有卢少英、吴新秋，公众号有梁建强等一群人，光志愿者就有六、七十。他们都是干实事的人，注重细节的人。

说完，他用手一指西墙上青藤紫葡萄下挂着的一幅书法作品"天下难事必作于易天下大事必作于细"落款是"录道德经句李平"。

我却指着南墙上"上善若水"画框问，下面摆有几瓶蜂蜜，若何？

他笑说，世界上公认有两个民族的人民最聪明，一个是中国人，一个是犹太人。犹太人每年每人读书量排世界第一。犹太人为了让孩子从小养成读书的习惯，就在书页上抹上蜂蜜。让孩子从小就感觉到读书是一项甜蜜的事业。

是的，李士杰所创建的特色书店无疑是上善若水般甜蜜的事业。书店虽小，却集书店、图书馆、文艺沙龙、社区之家、活动中心、共享书房、邻里聚会新场所等诸功能为一身，形成自己独有的特色。谈笑有鸿儒，往来老知青。委员云集，文友聚会。以书为媒，惠及百姓，团结众生。对每个读者来讲，读书是门槛最低的高贵。人无重生，书可重读。好饭耐不得三顿吃，好衣架不住三个月穿，好书却经得住一辈子读。如果说，图书大厦和大型书店是向群众输送书籍的主动脉。那么，像湖边草这样的小书店则是向社区和胡同输送书籍的毛细血管。哪里没有书籍，哪里就像没有精神太阳的天空。每本书不见得都是天才的著作，但书籍则是天才的母亲。世界上总有一些永恒的东西与历史同在。

在今年京城下第一场雪的时节，我又见到了李士杰先生。

给我总的感觉是书店风景美丽依旧，人却空瘦。我指着临街那一面窗说，应该将这一壁厢的书橱移走，让阳光照射进来，窗户改大一些，再重修装修一下。

他面部的表情立时有些僵硬与无奈，沉默了好一会儿，两手一摊,才讷讷说出三个字：没钱了。

我问，上边不是拨钱了吗？

拨了。

拨多少？

李士杰伸出两个指头，你猜。

我猜说，二十万？

他摇头，不对。

二万？

他又摇头，不对。

那……

两千。

才两千?我几乎惊叫起来，办书店也需要有体制的大力支持。你联名上政协提案，政府不是给全市各实体书店补助了一两千万了吗？你个人已经投入三十多万用于装修和购书，那是你的退休金加稿费加积蓄，几乎是罄其所有了！

那已经是昨日黄花了。说完这句话后，李士杰只是苦笑着一阵沉默，显得很无奈。他明显变老了，两鬓飞霜，一脸沧桑。我望着雪后黄叶树，看着眼前白发人。季节也变换了，处处都是减翠添黄，落叶飘零。

我不由得劝他，你已经做到又一次华丽转身，你也是奔七的人了。日薄西山，还折腾个啥？像别的老人那样，养养花，遛遛狗，含饴弄孙，到处旅游走一走。

他又笑了，笑得很爽朗，长出一口气说，没办法，人各有各的活法。人老夕阳红，人生总要给世界留下一抹亮色。小车不倒只管推。

好个小车不倒只管推！这真是一句具有历史回声需要净心倾听的独特声音。我须重新审读李士杰，发现李士杰了，那你就继续推小车吧。我觉得自己脸在发烧，又无言以对。

屋外青草铺地，依然翠绿；白杨钻天，更加挺拔。我真该唱一曲白杨礼赞了！

临别时，李士杰看我颓废的样子，反倒安慰我，面包会有的。其实书店经营得并没有媒体宣传的那么好，也没有某些人评价得那么差。其实我的志向并不高远，初心也很简单。我创办湖边草书店就是个草根书店，让手中书籍使社区人共读之。别看互联网有一网天下之势，人们普遍用手机进行碎片化阅读，但绝不可替代纸质深度阅读。一个没有深度阅读的民族肯定没有思想的深度。我力求提供一个大腕，大家，大咖与平民，居民，草民相互沟通共同交流的一个平台，让书店成为一道美丽的风景，越来越美丽。但不希望像彩虹，只是一时的绽放。而是像阳光，照耀着这一片社区的天空。

2019.12.11

戏里戏外都是戏

——戏说周树莲的短篇小说《乡戏》

因为提前知道《北京文学》2018 年 12 期将要刊登周树莲的一个短篇小说"乡戏"，心中便有了期望，盼望，渴望读到的意思。几年来我一直关注着她的小说创作，从"马兰花""面人""丁字街的槐花树"到"杀猪菜"再到今天的"乡戏"。

"乡戏"的故事情节很简单，简单到几乎没有故事情节，从故事的发生，发展，高潮到结束，不就是光棍汉四步娶了一个瞎女人吗。另一个光棍汉刘线杆儿认为，"对于四步的女人刘线杆儿是看不上眼的，他不明白四步为什么要一个眼睛看不见，身子又病病歪歪的女人。要是换了他，他宁肯打一辈子光棍儿，也不会要这样的女人。"

"乡戏"里的人物也很简单，主要人物就三个人，四步和他的瞎女人和光棍汉刘线杆儿。但周树莲将这三个人的人物关系写得很微妙有欲说还休的感觉。

作者几乎不动声色又浓墨重彩地写了四步与他瞎女人之间在情感上相濡以沫的依赖关系。"刚下过雨，空气湿漉漉的。村路上净是些大大小小的水坑。四步边走边不停地停下提醒女人：迈大步注意脚下的水坑。见女人平安地迈过水坑，才又放心地牵了女人的手向前走。"

小说一开始，人物一出场就从牵手开始，"临近黄昏的时候，四步牵了女人的手走在村子里，臧村的人几乎没有没见过这一幕的，人们早已司空见惯，任凭这瘦小的男人牵着自己双目失明的女人在街上走过。"

周树莲的笔墨从"牵手"开始延伸，升华，然后给瞎女人黑暗的天空带来光明绚丽的色彩，他"手指着天空中的白云给女人讲，这片云像一匹白色的骏马；那一片像一只怀了孕的母牛；那一小片像一只鸽子；那一片像厚厚的积雪；那一大片像冰雪融化的河流。"

四步的引导与描绘引起瞎女人对光明的反响，"女人仰着头，看着蓝天的方向，翻着眼白在天空中寻着马，母牛，鸽子，雪和河流。"

瞎女人在天空中寻未寻到马，母牛，鸽子，雪和河流，作者没有说。却给足了读者一个想象的空间。我想瞎女人是看到了他矮小瘦削的男人布满在天空中那辉煌的背影。

"白云过后，天空中升起一片红彤彤的晚霞。四步又牵了女人的手，将两个人的身体同时引向西边的天空，声音里有些抑制不住的兴奋，会娴，快看呢，火烧云，红彤彤的像咱家灶膛里的火。"

"女人像受到了传染，脸上也露出惊喜之色。两个人就那么面对晚霞站着，看着西边不断变换的云霞，直到那些云霞逐渐散尽，四步才牵着女人的手回家去。"

这是一幅油画，这是一帧剪影。一个矮个的男人牵着自己的瞎女人，面对如火如荼的灿烂晚霞，两个人的身体同时引向西边的天空。

不要说只有文化人才敏感细微，对花流泪，对月伤情。农民有农民的二人世界，残疾人有残疾人的精神角落。天空中的流云，灶膛里的炭火，就是自己独有的天上人间。周树莲将这种底层普通人的生活写成了诗意，将他们的情感写到了极致又不失烟火气。很显然，作者更多地注入自己情感的浪漫色彩。所以，写作的人不只需要智商，更需要情商。有时情商比智商更重要。

相对于四步与他的瞎女人，刘线杆儿是一个反衬人物。曾经是光棍的四步娶了瞎女人变成了非光棍，一直是光棍儿直到现在还是光棍儿刘线杆儿仍是准光棍。他对四步娶瞎女人为妻有些不解和不屑，但看到两个人牵手互动，夫唱妇随，恩爱和谐心里又觉得空落落地，酸酸地，有一种不可名状的羡慕与嫉妒还有一点点小恨意。所以他犯坏，故意取笑瞎女人，"哎呀，会娴，你这眼睛是怎么回事？"

四步与瞎女人的婚姻似乎对刘线杆儿也有所触动，他开始更以自己笨拙的方式追求寡妇金香，结果碰了一鼻子灰。但他心里，仍对金香念念不忘，继续一厢情愿的单相思。以至于和四步面对天上的白云像谁像谁而抬死眼杠，可爱和可笑似乎回到了孩提时代，却又充满着壮年光棍汉的悲情与悲壮。这虽是周树莲的闲笔，却妙笔生花，小说一下子就飘逸飞升起来。

越写到最后，越接近小说的高潮。夏夜里到七，八里外镇上去听野台子乡戏。去不去，怎么去？女人是盲人，且病病歪歪。男人瘦小枯干，小身板儿也单薄。几经踌躇后，四步毅然决定自己用手推车推着女人去。在去听戏的路上，四步向瞎女人讲沿路的村庄风景。这个过程写得很细腻。看戏的时候，四步向瞎女人讲戏台上的戏景。这个过程，周树莲写得更细腻。好的小说展现的就是过程，而结果出现或将要出现时，小说就该结束了。所以好的小说家，写过程很耐心，读者才觉得耐读。

对于四步与瞎女人的婚姻，刘线杆儿都是第一旁证者，旁观者，还是持不同意见者。经过时间的考验，四步与瞎女人之间的情愫与时俱进，逐步升温。于黑暗中给光明，于寒冷中予温暖，这个现实很出乎光棍汉刘线杆儿的意料，他面对此情此景此人此事有惶恐，有不安，有触动，有意无意地重新审视自己的择偶观与价值观。其结果是刘线杆儿的思想境界得到了一种升华，在月明星稀戏散了的时候，刘线杆儿扯着嗓子喊四步，会娴，黑灯瞎火的七，八里路，我得帮着四步把会娴推回家去。至此，刘线杆儿虽然还是光棍汉刘线杆儿，但此刘线杆儿已不是彼刘线杆儿，他心中不止有了爱，还有了爱之上的东西，那就是人性之爱，人类之爱。至此，舞台上的乡戏结束了，曲终人散。但乡间生活的乡戏，又击鼓开锣，永没有收场的时候。

通观整篇"乡戏"，周树莲写得节制而不拘谨，从容而不急迫，淡定如水而又风生水起。结构上脉络清晰，不蔓不枝，主次分明；语言平实，精准，妥帖。用词极讲究，宁可不足，也不写过，更不铺张扬厉。人物性格拿捏得恰到好处，恰到火候，恰如其分。"著粉则太白，施朱则太赤"似乎不用修饰。看出来，作者已形成自己独自的观察独自的匠心与独特的表现手法。虽是短篇，却有大气存焉。她驾驭情感题材，举重若轻。真是文如其人，其手持轻罗小扇清雅幽娴之时，心中乾坤定矣。

"乡戏"的历史背景是三，四十年前的乡村。那时人们的衣食住行与今天不可同日而语。人们之间的情感是那样简单与纯粹，专一与不移，彼此相看两不厌。"我看青山多妩媚，料青山见我应如是。"而反观今日，物质是极大丰富了，但精神贫困了。手机，微信，视频，打门球，广场舞，往往在亲人之间，也是各玩个的。那种四步牵瞎女人之手，两人身体同时引向天空，几成绝版。

周树莲涉足小说的时间并不长，大概也就有四，五年的时间。收入 2014 年《大地之礼》之中的短篇小说"马兰花"显示出她写小说的潜质，但也显出她对短篇小说的结构尚处在摸索阶段；收入《与太阳握手》中的另一短篇小说"面人"拟物抒情，谋篇布局已了然于胸，但在境界上似乎有待提高；及至写出了"丁字街的槐花树"则令人耳目一新了，因为她对文中人物性格的把握，人物相互关系的描写，准确生动而传神，上升到了一个新的台阶；到了她"杀猪菜"的问世，显示她总在寻求自己特有的角度去写小说，以自己的特性写小说，这对于她是个由量变到质变质的飞跃；而此篇"乡戏"则是周树莲在小说创作上的又一次飞升。

周树莲诸篇小说中的主人公，几乎都处于社会的最底层，属于弱势群体，且是弱者中的弱者。但周树莲将目光移向他们，关注他们。语音和气，神情愉悦，面带婉容。正如《礼记》所云："有深爱者必有和气，有和气者必有愉色，有愉色者必有婉容。"其源盖出于爱。

每读周树莲的小说，总有一个感觉，就是：耐看。读着读着就不由得停下来，或翻翻前面，或引起思索。究其原因，首先是：有内容，再一个是她的笔触总沿着主人公的情感不断撩拨读者的情感与思绪。手法则是朴实，平实。正如鲁迅所说，有真意，去粉饰，少做作，勿卖弄。

前些天读到莫言接受《环球时报》专访时说的一个观点，"如模仿西方，中国文学永远是二流"。莫言说，"唯有写出中国特色和个人特性的作品，才能使中国文学在世界文学版图上占有一席之地。"中国特色和个人特性，应该是每一个写作者的圭。

"乡戏"中我觉得亦有可商榷之处。铡草的两个人，一个人掌刀，一个人入草。入草人是"坐"而不是"蹲"。春天铡谷草和干草，瘸子和半大孩子都不胜任，因为那是一个危险活儿。四步对瞎女人的情深意笃，应加一点源头的合理性。

周树莲对生活积蓄已久，厚积而薄发。一路走来，周树莲一步一个脚印，一年一个新台阶，步步坚实。人虽低调，但步步有回声，步步莲花。真是可喜可贺。生活是戏外戏，小说是戏中戏。"乡戏"的特点是戏里戏外都是戏。

2018.12.3

一本 《千家诗》 影响我一生

在我上小学之前，大概六七岁的样子，常去东邻找小伙伴黑子去玩。黑子的父亲是个老中医，他个头不高，人也瘦弱，伸出的手指竹枝似的。但待人极和蔼，甚至有些谦卑。他对待我这样的小毛孩，居然像对待大人那样，每次都问我吃没吃饭，喝不喝水？并指给我在药橱下春凳上去坐。

在我的印象里，老中医的这间屋子有很多书，除药书之外，还有一匣一匣旧书。封面是蓝布皮，侧面有布扣，用骨簪别好。当时我很好奇，以为书像人一样，是住在屋子里的。

偶然有一天，我发现一本书。书是长的，纸很黄很薄，而且两页背对背连在一起。每页上半部有图画，山水，树木，农舍，牛马，小桥，人物，舟船。下半部有竖排右起的一行行大字，大字旁边还有蝇头小字，而且有墨划朱笔圈圈点点。整本书浸着药香。

书上的图画吸引了我，虽不识字，我却很有兴致地看下去。以后每到他家，都要翻看这本书，仿佛与这本书有个前生的约定。也许老中医看到我那专注的神情和对这本书喜欢的样子，很慷慨地将这本书放在我手上说，这是一本《千家诗》。送给你了。小孩子吗，总要从"三百千千"读起的。

以后上学了，识字了，才知道"三百千千"是《三字经》《百家姓》《千字文》再加上《千家诗》是蒙学读本。我先是识图，然后认字，渐渐了解了《千家诗》里的内容。孟浩然的"春晓"使我看到另一个"处处闻啼鸟"春天；杜牧的"清明"给了我一个"牧童遥指杏花村"的清明；而王之涣的诗句"欲穷千里目，更上一层楼"几乎总是在鞭策我。

由儿时对《千家诗》的热爱又延续升温，到上初中及毕业，不间断地痴迷背诵中国古典诗词歌赋。白居易的"琵琶行""长恨歌"及中国最长的汉乐府叙事诗"孔雀东南飞"都被我背了下来，粗粗计算，也有几千首。直至现在，《千家诗》仍是我的枕边书之一。

由《千家诗》又生发我写诗，我的第一本集子就是诗集《早春》。由此又衍生出我的小说，散文。我所以走上文学创作之路，其源盖由一本《千家诗》。这是一粒文学的种子。真所谓，播什么种子开什么花，结什么果。

书是有血统的，《千家诗》有着高贵的血统。而具有高贵血统的经典书籍会打好一个人的精神生命底色。

2018.11.21

一个人的精卫填海工程

——《朝圣者》序

王志红，网名魏子楚，笔名子牛，亦称魏征，署名木兰，别号王姥姥，本名宜慈。她把这么多名字披挂在身，实在是有不想出名的意思。有的人一点一点在精心策划自己如何出名，她却一点一点刻意回避自己如何不出名。有人出名，有人隐名，这个世界有点复杂，也真有点意思，也如此可爱。

其实她就是一个已经迈进古稀之年，看上去已垂垂老矣，却"肯将衰朽惜残年"。所谓的"惜残年"，是我的案头又摆上她五十余万字挑错字的文稿，这满载挑错字的列车，已不止一次在我这里停泊。她先后出了《王姥姥逗错字》《荒唐人荒唐言荒唐泪》《荒唐吟》《陌上细雨》《灯下絮语》《师说》，这本书我给其命名《朝圣者》。粗算起来，也有三四百万字了。

这几百万文字的内容，虽然也有与文友的交流，写作上的互动，但其主旨，还是她给报刊挑错字。

说是给报刊，本是她毛遂自荐给《中国电视报》挑错字。这家发行量颇大的报刊，初时，还颇有雅量，予以表扬，从谏如流；继而不冷不热，渐渐冷淡；后来就不理不睬，有点嫌她多此一举的意思。

可她痴心不改，揪住《中国电视报》不放，一发而不可止。连续近二十年，每期必挑错字。这也真真怪她不得，她每期都能挑出错字来。后来，她竟能从《咬文嚼字》中挑出错字。《咬文嚼字》本来是一本专挑错字的刊物，她竟敢虎口拔牙，于大海捞针。她已经炼出一双火眼金睛，像追捕逃犯一样缉拿错字。

她对挑错字，乐此不疲，专注投入，忘乎所以。有编制吗？无。有工资吗？无。有声誉吗？无。甚至无人喝彩，无人理解，无人同情并被人嗤之以鼻。大约在顺义民间，似乎只有她一个人兀自在充满荆棘的挑错字小路上，踽踽独行，顾影自怜，"荷戟独彷徨"。在有些人看来，她又像唐吉诃德大战风车那样的滑稽与偏执和执拗。其实，她只有在挑错字的过程中，才觉得她年轻时的文学梦想，终于落在坚实的土地上，从而给她带来一种不虚此生的成就感与舒适感。

文字从遥远的时间深处走来。传说古人仓颉造字，"天雨粟，鬼夜哭。"文字是文明的载体，是人类告别野蛮，智慧的开端，是一件惊天动地的大事。所以维护文字的庄严、纯洁、神圣、权威，就成了她的一种责任、担当、信仰与追求。

她就是一个民间弱女子，柔弱的双肩竟肩住错字的闸门，让世界上仅存的古老的中国象形文字以典雅的姿态流淌出去，这是何等的悲壮与凄美。民间到底还有这样的猛士，壮哉惜哉！

她在挑错字的过程中，又思接千载，意联万物。融入了自己的哲思，人生的感悟。有喜怒笑骂，也有自嘲讽喻，把自己的真感情溶解在里面。文字看似轻似鸿毛，却以轻见重，弱水兴波。既有殿堂气象，又温婉动人。虽不像牡丹那样的国色天香，却有乡村疏篱茅舍般的鸡冠牵牛那样的花朵，倒也折射出一个时代的剪影，一个社会的侧面。

她并不富有，只靠几千元退休金勉强度日。生活的磨砺并没有使她的心粗糙，反而她仍葆有一颗敏感柔软的文心，君子忧道不忧贫。她并不管门外万丈红尘，只埋头窗下案头以挑错字为自己的千秋大业，不惜毕其一生。她把挑错字作为自己一种生命的存在。她以朝圣者的虔诚，在挑错字的漫漫长途上，艰难地一步一叩首；她又像精卫衔石填海，欲以一己之力，填平错字的海洋。以愚公精神，移走错字的大山。其实，这就是中国人自古以来的坚持、坚强、坚韧，锲而不舍的民族精神！

她将以自己挑错字的方式，被人记住或遗忘。

2023.3.23

一曲《良宵引》引出美文来

——浅析周树莲系列小说之二《良宵引》小说集

《良宵引》是一首古琴曲的名字，其曲浓淡合度，意味深长。周树莲将其作为自己小说集的名字，既顺理成章，因本小说集中有一篇，题目就是"良宵引"。又因曲风格调与自己文风格局相契合，所以，就由一曲《良宵引》引出一系列美文来。

小说"良宵引"中有这样一段细节，女主人公夏秋枫在前夫温胜利面前练瑜伽，夏秋枫站在瑜伽垫上，上身前倾，将头深埋在两腿之间，两臂平衡向后伸直，看上去像只弯曲的弓箭。温胜利默默地看着在垫子上不断变换动作的夏秋枫，他觉得眼前的夏秋枫竟然如此陌生。

作者描写夏秋枫一丝不苟地练瑜伽，此段前后，还各有一段。周树莲着意用一定篇幅写此情景，并非单纯展示而有其深意。表明夏秋枫对离异后的自己，有着一丝不苟的新追求。出于对年龄的恐惧，看到白瓷地砖上的落发，她感到悚然。于是要调整好自己的心态，管理好自己的身体，去迎接新的生活。人们说，婚姻是女人第二次投胎，当第二次投错了，只好再投第三次。当原有婚姻之门关闭时，她要打开新的希望之窗。后来果然迎到了肖尚书，预示夏秋枫如夏、秋之季的枫树，到底还要"疯"一回，将与肖尚书共度良宵。但引而不发，点到为止，就此收笔。这只是良宵前的序曲、引子而已。

周树莲描写夏秋枫练瑜伽，有点像琴师弹《良宵引》，有时名指要拳起，有时用轮指，还要多一个轮指才有颗粒感，时而五弦掐起，勾三挑五，应合打圆，一按一泛，音与音之间才能玄妙衔接。

"乡戏"是发表在《北京文学》精彩阅读上的，得到主编杨晓升的赞赏。故事情节很简单，瘦小男人四步用两轮手推车推着自己双目失明的女人会娴到七八里外的人民公社镇上看夜戏。可以想象，这沟沟坎坎、坑坑洼洼的夜路确有些艰难。但四步别看其瘦小，却义无反顾，以瘦小之躯肩住黑暗的闸门，放自己与盲障妻子到光明的戏台前面去。同时，借给盲妻一双明亮的眼睛，驱逐她心中无边的黑暗，使她整个人都处于一种澄澈的光明中。这澄澈的光明也驱逐了光棍汉刘线杆儿那心中醋意嫉妒的暗影，于是也一同光明起来。本篇小说从傍晚、盲人、黑夜、夜戏写起，达到了一种光明的意境。

《良宵引》琴曲的意境是什么？月夜风轻，良宵雅兴。不要认为，农民皮糙肉厚，只知日出而作，日落而息。他们也有丰富细致的感情，缠绵缱绻的感受。四步在戏台前，面对盲妻，对戏文的款款解说，其风情并不逊于才子佳人双双牵手，领会清风朗月之妙，碧潭银波之趣。且二人于戏台前，胸中当无一丝尘俗农夫气。这就是周树莲笔下描述的庄稼人伉俪之间的命运相系精神层面的情感。

但小说《追逐一只羊》中的傻子就没有那么幸运了，他本也有个行不更名，坐不改姓，与大哥、二哥、四弟排下来的响当当的名字：陈怀库。但无论村人还是亲人，还只是不约而同、众口一词称他为傻子，真正的名字似乎早被人忘记了，好像从来就不曾有过。直到他死在龙王庙里，作为大哥的老大骂一声，狗日的！随之抬起脚，照着傻子蜷缩的身体踢了一脚。直到傻子火化被下葬时，老大才大喊了一声：陈怀库！

在老四的口气中，傻子在我们兄弟四个中排行老三，说他傻也不实傻，他能上地干活、放羊，还会做饭。只是没上过学，不识字，不认数，脑子不灵光，遇事绕不过弯来。所以这样的傻子，其实并不算傻，只是有些智障。如果予以尊重，辅之以教育，他完全能融入社会，会有自己的生活与天地。倘若这样的傻子遇到像四步这样的大哥，就会恢复陈怀库这堂堂正正的大名，也不会直到一个鲜活的生命消失，还背负着"狗日的""傻子"的名称。

我们看一个社会的文明与进步，首先看这个社会对待弱势群体的态度。一个城市，不能因盲人的人数很少就不去设盲道。一个家庭，不能因有的成员是残疾就认为是累赘。在周树莲描写的社会氛围里，对傻子这种残障人士，众人表现一种集体般轻视、漠视、嘲笑、捉弄，都是众口一词的"傻子"称谓。对一个没心机的人要心眼，就有点缺德；对一个傻子耍小聪明，那就更缺德。仿佛人一有点傻，有了某种残障，就被打入另类，还不如对待一只狗。这种丛林法则中的人性，其实就是人类本身劣根性一览无余的悲哀。作者其实提出了一个重大问题，那就是关于人的尊严被无端、无辜的践踏与伤害。这种践踏和伤害，不仅是无罪的，也是无处可申诉的，还得不到道义上的谴责，公序良俗上的问责。众人盲目从众这习惯就像一口深深的古井，一粒小小石子投进去，也未能激起更大涟漪。对这种司空见惯，见怪不怪的现象，周树莲实在不能隐忍心中的悲愤，于是用陈怀库之死来警示世人，试图唤醒麻木的人，装睡的人。

《追逐一只羊》的结构是傻子丢了三次，家人找他三次。这倒有点像古琴曲《良宵引》的结构三段式。第一段为"起"，第二段前半部分为"承"，后半段为"转"，第三段为"和"。用吟、揉、绰、撞、打圆手法完成了起、承、转、合。

《凉亭》中的严东生，在妻子病逝，情人旧情不再的情况下，意志有些消沉，自己把自己圈禁在凉亭的长凳上有五年之久。面对那几个唱京戏的票友，两个拉二胡干瘦老头，一个拉三弦的白胖老头，一个戴眼镜中等个子老男人，还有一个半老徐娘唱青衣大脸女人，严东生有些鄙视，表现羞与为伍与卓尔不群。本来，作者可以顺着严东生与这几个不速之客票友之间的关系藤蔓写下去，也是有戏的。但周树莲没有沿着这个思路，而是硬生生加进了一个网瘾游戏逃学少年。他教少年下象棋，严东生摆好棋子，两人各执一棋，严东生执黑棋，男孩执红棋。执红执黑是很有讲究的，长者应执红棋，少者应执黑棋。客者应执红棋，主者应执黑棋，开局则红先黑后。作者如此安排，颇具匠心。严东生给了少年充分的尊重，这就给少年重返学校埋下伏笔。严东生正是因为救赎了少年，也同时救赎了自己。这之间的变化，是潜移默化，水到渠成。如果把严东生写成了为摆脱孤独，寻求自娱自乐，那这一篇小说的境界就会大打折扣。作者虽将此篇小说题为"凉亭"，但凉亭不凉，自有人间的温暖和楚楚温情。

其实棋局亦如琴曲，琴谱亦如棋谱。棋盘有楚河汉界分，琴韵有宫商角徵羽。棋子有深退，曲音有抑扬。周树莲写练瑜伽，写下棋，写唱戏，她虽未必精于此，但也须通于此。凡写作高手，万物都能信手拈来，为我所用。正如武林高手，能折树枝为剑，化手掌为刀。

我读这本小说集读到这里，想，周树莲已经写了离异中年女人夏秋枫的新生活即将开始，四步与盲妻看完乡戏后更情深意笃，傻子陈怀库以无声无息地卑微之死为自己正名，严东生也由离群索居又融入了社会。作者以一个女性作家的目光，应该关注一下留守儿童了。果然，留守儿童文文在《电话》这篇小说中出现了。

六岁的文文生下来不到一岁就被父母扔给了奶奶，一直跟奶奶生活。文文四岁之前，父母每年都成双成对回来，让寂静了一年的院子里响起了男女主人的声音。四岁以后，每年过年回来的只有爸爸，文文再也没有见到妈妈。过年时见村子里别的孩子的妈妈都回来了，自己的妈妈却没回来，文文就缠着问奶奶，妈妈怎么不回来？

在人的一生成长过程中，四岁以前是没有记忆或会失忆的。小女孩文文正是从四岁，在她有了记忆以后，就没看到过妈妈，也没听到过妈妈的声音。所以，在她幼年时，就有一种母爱的缺失。

母爱的缺失往往是隔辈人所不能弥补的，往往会造成小孩性格上的敏感、脆弱甚或是某种缺陷。文文对瘸腿小瘦鸭的偏爱，对蜗牛的认知，对梳头发型的固执，对彩虹的偏见，尤其将紫色、蓝色、白色的喇叭花，看成一朵朵五颜六色的太阳。文文的奇思妙想，正是由于渴望母爱阳光的照耀。

此种状况几乎无解。农村的衰落与凋敝，城镇楼房如雨后春笋般崛起，千军万马波澜壮阔的农民工的流动与迁徙，造成多少家庭的分裂与重组，多少留守儿童失去母爱的童年和少年，因得不到充分母爱而影响一代人甚至几代人。这也许是改革开放带来的副产品和负面效应与沉重的代价。

周树莲几乎用沉重心情，在小说中设计了一个无奈的情节，让云姨冒充文文的妈妈，每月十五号与文文通电话，假戏真做，说些善良的谎言。这使我想起了一段真实的历史，在二战期间，法西斯分子在懵懂小孩子面前杀害犹太人。小孩子问父亲，这一切是真实发生的吗？父亲骗孩子说，不，这一切都是假的，在演戏。父亲这善良的谎言，是不让孩子幼小的心灵，留下阴影。

周树莲同样不让在文文心里留下阴影，写了奶奶与爸爸打枣收获的快乐。一竿子，打下一朵红云；再一竿子，噼哩啪啦地翡翠坠落。还有一段是童话神话般的描写，傍晚，文文和奶奶在院子里乘凉，天空深邃。一阵阵的微风，将院子里鸡舍旁那几棵老枣树的花蕾吹得悠来荡去，淡淡的枣花香，给这座老旧的小院增添了一股迷人的香气。文文依偎在奶奶身边，听奶奶讲牛郎织女的故事。

作者并没有将文文与奶奶在小山村留守，相依为命写得很凄苦，而是有时赋予一种诗意和憧憬。这就体现了周树莲的善意与用心。现在很多作家，很少用心、耐心去描写风景了。现在的读者，也失去读风景描写的耐心。周树莲在诸篇小说中，耐心描写了风景、风物、风情，所以她的小说，就很耐看。换句话说，如一个有气质人，耐端详。

在琴曲《良宵引》里，七弦之中，也有滑音。这就如同小说中的风景描写，好似闲笔，但闲笔不闲。鲁迅说过，删夷枝叶的人，决定得不到花果。

《花儿与少年》这篇小说，写得很独特。写一个老太太就是小说中的奶奶与邻村少年刘奇的故事，其实也没什么曲折故事，却写得细致入微，风生水起，耐人寻味。

奶奶因摔了腿胯，只好坐在窗前回忆往事。往事蹉跎，却也平淡泛波。同时盼望院子里的鸡冠花开了的时候，相约在外念书的孙子能回来背她到院子里通风透气，因为儿子儿媳这些天太忙了。鸡冠花盛开了，孙子小费并没回来，孙子的同学刘奇却来了。得知孙子所以没来，是因为见义勇为受了伤。刘奇代替孙子，将奶奶背到院子里，看鸡冠花开。

这篇小说最大的特点是作者用浓墨重彩描写奶奶的内心世界，心海微澜。用触景生情、用回忆、用梦境，周树莲是个善于写梦境的人，也许她认为写梦境是个很开心的事。展示奶奶的初恋、青葱岁月和时代的几个重要节点。最后给读者的整体印象是，三代人对一种信念的坚守。这种信念是善良、正直、本分、真诚、热情、厚道和见义勇为，这些信念和品质，正是乡村几千年来乡土道德的基石或基本层面。作者将这些信念与品质，寄予一种花，那就是农村中常见的普通而朴实的鸡冠花。在老太太即奶奶心中，鸡冠花即光荣花，英雄花。作者所以将此篇小说取名为《花儿与少年》，寓意为光荣花、英雄花在少年一代身上的传承与体现。老一代坚守，少一代传承。而这种传承是自然地潜移默化地润物无声源自乡土道德的类似基因般的价值传统。我想周树莲的良苦用心，盖源于此。

我看过一些文学作品中，写名人婚变，写明星出轨，不惜笔墨，铺张扬厉。而周树莲写一个农村老太太于暮春时节，临窗闲坐，宁静致远，别有一种尘埃落定，超脱超然的淡然意境。其韵味如听一曲《良宵引》，弦弦掩映，声声慢去。

《房客》这篇小说展示了在京郊租房群体的众生相。外来人口像洪水一样涌入潘安庄，蜂拥而至，于是"我"的"姥姥"俨然成了大房东。于是，各种各样的房客如走马灯一样，一一闪亮登场亮相。

先后登场的有步子缓慢，身怀武功，关键时刻却出手如电的齐大步，为人精明快人快语的罗照相，含而不露颇有心机的罗立躺，不卑不亢独往独来的白领女孩米洁。这些房客不是千百年来守望相助的本地人、本村人、本族人，而是被改革大潮裹挟过来的外地人、外乡人甚至有点像外星人。在相互融合过程中，难免会因风俗习惯的不同、价值观念的各异，利益诉求相别而发生碰撞，产生矛盾。但总会找到利益的共同点，需求的重叠处，以互相合作妥协的方式，共生共存共赢。这也许就是中国人在城市化过程中的动态，人类的一种生存状态，似乎有一种神秘的力量在背后操控。

周树莲把诸般人物写得个个鲜活，有从纸上呼之欲出的感觉，自不必说了。且人物中有人物，故事中有故事，情节中有情节，形成套中套的套路，局中局的局面，读之有山重水复的印象。且不蔓不枝，收放有度。就如荡秋千，时而荡出，时而回归。这就提出了一个创作上的一个重要议题：一篇小说的有限性及其边界。其实，文学和科学一样，都是有限的，只有神学和宇宙是无限的。

潘安庄这个美貌的村庄拆迁了，不在了，消失了。但凡一切的存在都不会永恒存在，都会消失。但周树莲留下的文字，证明曾有一批生气勃勃的房客，曾经在京南这块土地上生龙活虎般活跃过。

《房客》这篇小说的结尾意味深长，米洁走后，那间房子姥姥一直没舍得往外租，总想有一天米洁会回来。姥姥说，米洁这孩子懂事，不容易，给她留着这间房子，万一哪一天她回来了，还能有个家。

"姥姥"这个人物，在小说中着墨并不多，但却是众屋之"镇宅之宝"。打工者纷纷离土离乡，赁屋而居。日久家乡远，他乡岁月长，也只好权且把他乡认作故乡。"姥姥"就是给房客一个"家"的感觉，这才是善莫大焉！其实，古曲《良宵引》的尾声余韵，也是给人以"家"的温馨，所以又称古曲《良宵引》为催眠曲。

《风后暖雨后寒》这篇小说，是本小说集中的第八篇，写得别开生面，意趣盎然，看上去还很轻松幽默。写的是女主人公秀鸾去天居镇买化肥回来的路上，电动车没电了，在前不着村，后不着店的情况下，一个单身男人想帮她，她又怕那个男人是坏人。她一边接受男人的帮助，一边又层层设防。更让人担心的是天降大雨，大雨迫使这孤男寡女独居一室。秀鸾用语言编织了层层盔甲披挂在身，最后证明这个男人不但是正人君子，还是雷锋式的见义勇为乐于助人古道热肠的好人中的好人。那些流言也不攻自破，男人大力对她的怀疑也烟消云散，最后是皆大欢喜。

如果探究皆大欢喜的背后，确有些心酸的东西。男人用伟岸的身躯出外打工，一出去就是一年。支撑整个家的则是两肩柔弱的女人，上有老，下有小，她们除承担女主人应做的一半外，还要担负起男主人的另一半，地里的收、种，粮、肥的买卖。她们不只是撑起半边天，而是支撑起家庭的整个天地。还要面对空房的孤寂，无端的蜚语。所以，作者用大量篇幅对秀鸾留守生活进行方方面面全方位描写，并非琐碎，有深意存焉。但仍显得有些拖沓，不够洗练。

无论是旧道德，还是新道德，像秀鸾这样的乡村女子，仍是此种道德的坚守者。清者自清，浊者自浊。事情看来可笑，如果秀鸾单身果真遇到的是坏人，那她所编织的层层盔甲会瞬间被一一剥落。看周树莲的作品有一个感觉，那就是干净，思无邪，文无邪，如平静的水面浮动着的莲花。即使写情爱，不但惜墨如金，拿捏分寸，而且智慧与巧妙。如写秀鸾与丈夫大力之间的温存，第二天用儿子发现秀鸾脖子上一块青痕，不了了之。《良宵引》这首古曲虽短小，但六百多年来为琴者屡弹不衰，就因其境界为：净、静、轻、闲、虚。

读《金匠理发店》，理发师李清平电动车在寂静的早晨撞人后逃逸，处于一种自首还是等待的纠结与不安中，惶惶不可终日。这时一个男人出现了，揭出李清平这块撞人逃逸后的伤疤，并要挟李清平拿出五万块钱私了。男人的一次次威胁紧逼，李清平一次次想用剃头刀杀了他。作者将此情节写得步步陡峭，如在悬崖上。读者读之，也提心吊胆，如履薄冰。结果呢，却出人意料地大反转，李清平用剃头刀弄瞎了男人一只眼睛，男人因意外获得保险公司的一笔巨额赔偿，也不再追究李清平。李清平撞人逃逸之事也就永久隐瞒下来，故事到此结束。

余却以为，这篇小说在立意上是完全失败的。李清平撞人后逃逸，尔后还有谋杀知情人的动机并且实施，导致那男人一只眼瞎掉，而自己全身而退未受到任何处罚，继续逍遥法外。他既未救赎别人，也未救赎自己。在作者笔下，李清平者，既不清明，也不公平。倒是个极端自私阴毒的人，他竟有那么强大阴暗的心理素质，既不去自首，也不设想被害人的遭遇，而是一次又一次准备实施犯罪，最后到底实施了，还得逞了。而小说中的男人，既不去告发，伸张正义，正义大于天。而是步步紧逼向李清平勒索，一旦得钱，也就了然，也够阴险的。一个阴险的人纵容一个阴毒的人，前边两人又无交集，又无交代与铺垫，这又缺少了合理性。所以，我认为这篇小说在立意上不成立。凡为文者须考虑世道人心。学者张中行曾说过，思想永远是第一的。况且，此篇与本小说集其他各篇，在境界上格格不入。

自然，作者如在前边略加铺垫，结果是那男人放过了李清平，李清平良心发现，却不能自己放过自己，主动去公安局自首，也算自己救赎了自己。认真而多情的读者总会为作者设计出种种结局，虽也难免狗尾续貂或啼笑皆非。但是从这个角度上看，作者会有对不住读者的地方，读者没有对不住作者的地方。

当然，此篇如作为中篇或长篇当中的一个情景或情节，也无不可。因写得二人暗中较量，咫尺之间，步步凶险。进退维谷，剑走偏锋，如在刀尖上跳舞，甚是惊悚精彩。我之拙见，作者提出了正确的问题，却给出了错误的答案。觉得作者还应不断优化小说的立意，应为小说中的人物，设置道德底线，缺什么补什么。如我说的不对，只当我没说哈。

我几乎读了周树莲已发表的全部著作，她每一篇写得都很精致，都是美文。包括《丁字街的槐花树》《杀猪菜》等名篇。记得8年前即2014年，我看了她发表在《当代小说》上的《丁字街的槐花树》，很惊喜地写了一篇评论《丁字街槐花树下的风景》，副标题是"——浅析周树莲小说之一"，那篇评论两千多字，算"之一"，这一篇8000字，算"之二"。虽然我这个不懂小说的人还要评论小说，有些不自量力和滑稽，但胸中有块垒，不吐不快。

周树莲的写作风格像谁呢？我觉得，就国内女作家来讲，像江苏的范小青。都是现实主义题材，书写身边的小人物。虽无黄钟大吕般的宏大叙事，波澜壮阔的历史纵深，却有绵密如网的细节，幽微波动的细腻。而且贴着人物写，贴着人性写，贴着人的感情写。读其小说，有声音、有画面、有味觉、有触感、有感同身受揽镜自照的心灵相通。又有点像二十世纪英国女作家弗吉尼亚.伍尔芙。在伍尔芙的小说中，篇幅不大，人物不多，里面没有人物命运的大起大落，惊心动魄的故事情节。但有寻常普通的事情，烦琐细碎的日常生活。作者食尽人间烟火，却用清泉般明澈的文字，洗尽尘沙，透出一些永恒的东西。

也许周树莲本人则认为，我谁也不像。既不是什么现实主义、批判现实主义，也不是魔幻现实主义、解构主义等主义，只是坚持自己的主义，有着自己的主意。就其本人的创作风格，她落落大方，处事安之若素。在重塑北京乡土文学过程中，立体化展现了京南风土人情，有着自己的鲜明特色。她写作不急不躁，不追求数量，只求自己心有所悟，才笔有所触，用文学安顿自己。所以她的文字，质地坚实。周树莲又是一个情商较高的人，她能从人们喜怒哀乐后面看到最细微的情感脉络，最微小的心绪波动，把人转瞬即逝的想法和深藏在意识底处的念头，也形之于笔墨，使之跃然纸上。她注意观察身边的人与人，人与物，人与事，并试图从纷繁复杂的表面探究一些内在的东西。这些内在的东西也许是人文关怀，道德伦理，人性的真、善、美与假、丑、恶，从而构建自己的文学殿堂。周树莲并非少年成名，而是边工作边读书，边学习边创作，不断努力，所以最坏的结果是大器晚成。

周树莲身居京南这块热土，在地理因素上，使她的作品既有京味，又有冀中大平原的气象。在文化因素上，京南文化虽属于京味文化，但又有自己京南文化圈的特色，那就是更为开放，兼容并蓄。在精神因素上，京南人有着那种昂扬向上，不断进取的精神。在道德层面，千百年来的价值取向，人文关怀，慈悲悲悯等情愫，既有传承又有发扬。

名字是小说的名片。周树莲给每篇小说起名，都很用心和贴切。既不古怪、缥缈，又不香艳、雄深。她将这本小说集命名为《良宵引》，也预示或将展示着，文学大兴，大兴文学，继周树莲之后，会引导而出一大批文学新军来。

2022.12.5

一树槐花送清香

——读周树莲短篇小说集《丁字街的槐花树》印象

正是雾霾成阵的时候，细细读了周树莲新出的短篇小说集《丁字街的槐花树》。一阵槐花的清香迎面扑来。

在 2014 年一次太庙征文领奖过程中，我贸然对周树莲说，你写的小说"面人"没"挑"上去。你对写小说尚未入门。话一出口，甚觉唐突。心中正自责时，她却颔首一笑，您说得对。我刚写小说，以后请您多指教。我从她的表情中读到谦虚和真诚。我补充说，所谓的没入门，门里是省市级纯文学期刊；门外，是你。

此后有半年许，她给我寄来其新写的小说"丁子街的槐花树"。看后我连声叫好，士别三日，当刮目相看。周树莲者，已从门外，迈进门里了。为此，我组织了一个小型研讨会，并写了评论"丁子街槐花树下的风景"。且建议，应将"丁子街"改为"丁字街"。她欣然纳谏。此后一发而不可止，她的小说，陆续问鼎文坛。

好的小说应该像河流，流动而婉转。周树莲收入本集中的十七篇小说，就是十七条小河。在《第四面》中，奶奶救了在北京当记者不知名姓的"姑姑"。"姑姑"与奶奶只见了四面，而第四面已是奶奶的坟茔。四次相见的过程中，写出了世态人心；《十里塔》中无塔，塔影却如影随形，"塔"终于将苏阳压得粉碎；在《珍珠旅馆》中，旅馆如河流中的石头，不动。河里水流石不流。但林健康是动的，她的梦是动的，最后终于被梦魇所杀。

一个人站在河边，会引起遐想。水从何处来？又到何处去？源头与归宿，人生与时间。足以令人想象，思考，穷究，探索，欲罢而不能。这也许就是小说的魅力。

语言是河流中的浪花，闪光，跌宕，跳跃，连绵辉映。准确描写浪花着实不易。"王板"中写到，"王板被晾在那儿，气哼哼地站在屋地上，看着屋地上晃进来的一片阳光发呆。""浑身的酒气随着一股细风吹进王板的鼻腔里。"《千顷地》中写妈"尤其是妈塌下眼皮，把眼睛盯向脚面，好像脚面上有什么值钱的宝贝似的，始终没有离开。"周树莲用"细风""阳光""值钱的宝贝"这些很平常的词语，但经过她排列组合，立刻呈现出一派风生水起的景象。正如浪花，单个看来并非如何美观。但组成水阵，汤汤而来，则蔚为壮观。话虽平常，但：真佛只说平常话。

好的小说如一棵亭亭如盖之树。远看丰饶，近看丰满，细看丰富。枝枝覆盖，叶叶交通。一枝摇则百枝动，一叶落而知秋。《杀猪菜》中的少年绿瓦，是那么看重吃杀猪菜。所以他的功课再好，也不如梦好，他在梦中做了屠夫；《土豆花开》中的奶奶，爸爸，天芹，天放及乔婶，扮演了生，旦，净，末，丑，个个生动，不可或缺；《千顷地》中，择另一角度写拆迁给人们带来心理，伦理上的变化。这种变化似乎都有其合理性。在现实中，都能找到刘美术，美学，美英，张凤及母亲的影子。

有人说，写小说是一次旅行。所乘坐的列车该出轨则出轨，该到站则不到站。此论也颇有道理。"家门前停着一辆车"，这辆车绝不是刘贵老两口日夜盼望的儿子或闺女的小轿车，而是摄影驴友之车；《去往郭全家的桃树地》中戴绿帽子的刘庆，终于未找到"跳墙人"，自己却终于糊里糊涂地死掉了；在《沈四的婚姻》中，这个蹚过男人河的女人，在第四次婚姻中也未必能得到幸福。小说的韵味，也许就是给人意外，留下遗憾。

纵观其小说，无一不是贴着人物写，挖掘人性。她写得有耐心，懂克制，掌分寸，拿火候。不疾不徐，不蔓不枝。调动各种手段，变换多个视角。写人如工笔，写景如写意。使人读之，异彩纷呈。

通观其小说，总体给读者以亮色，暖意。但仍有篇章，结局尚可商榷。如《王板》中的王板，那么耿直正派的汉子，竟成废人。《变成一只鸟》中的罗淑清，应写其儿子的忏悔。有的故事，尚缺合理性。小说虽小，亦关乎世道人心，抑恶扬善。

周树莲积蓄日久，一朝开悟，送来一树槐香。

2016.12.21

饮水思源话潮白

——北京人与潮白河系列之一

有一天，我问四岁的小外孙，"你喝的水是从哪里来的？"他一脸稚气地说，"叔叔扛桶送来的。"我又问，"你洗脸的水是从哪里来的？"他又说，"是水龙头送来的。"

是的，在小孩子的认知里，桶装水和自来水，会自然而然当然地送到他童年的生活里。

但对于北京城和北京人来说，潮河和白河，是重要水源之一。

潮河发源于河北省丰宁县草碾沟南山下，古称鲍丘水，因水流时作响如潮而得名；白河发源于河北省沽源县境内独石口大马群山东南处，古称沽河，因河内多沙，沙色洁白而得名。两条河的源头相距一百多公里，在秦汉以前，潮、白两河自成水系，分流各自入海

到了明嘉靖 34 年，即公元 1555 年，为解决驻北方军队粮草运输困难，朝廷启动了"引白壮潮"工程，引白河水壮大潮河水势，更利于大船运输航行。

"引白壮潮"的结果使潮河东来，白水西绕在密云河槽村东汇合，始称潮白河。合流后的潮白水由牛栏山跌下，入主平原，经过苏庄，补水北运河。这样，潮白河与北京城、北京人，关系则进一步密不可分了。

民国六年即 1917 年 8 月，河北境内天雨连绵，山洪暴涨。永定河、大清河、子牙河、南运河、北运河、潮白河六大河同时漫溢，发决口数百道，洪水横流，泛滥各地。怀柔、密云的山洪下泄，致潮白河水涨发，冲毁了李遂镇东河堤。此堤原为时任直隶总督李鸿章所修，称李公堤。原流入北运河之水，窜入箭杆河，史称潮白河"夺箭入海"。河流改由箭杆河直达宝坻，辗转入渤海。不但潮白河水一时与北京擦肩而过，也使潮白河水不复下行至北运河达海河，不能冲刷永定河带入海河的泥沙。造成的后果是海河淤积严重，轮船不兴，影响了天津商埠地位。

于是，民国政府于 1925 年在苏庄建成东西三十孔拦水闸，南北十孔引水闸。因由洋人设计，借洋人资金，由洋行施工，采用钢筋混凝土钢结构，故称洋桥。洋桥建成

212

后，以每秒 600 至 1000 立方米的水量，将潮白河水源源不断地经苏庄闸桥，补水北运河，增水海河，济水天津长达 14 年，直至 1939 年（民国 28 年）被大水冲毁。"洋桥破浪"这"顺义八景"之一，随之成为历史上永远消逝的画面。

我们上溯秦汉，下至晚清，潮白河都是北京重要水源之一。民国时期修建的苏庄闸桥，更是人为地加强将潮白河水系纳入大运河水系，潮白河水系是海河水系、大运河水系北端最重要的补水源头。"为有源头活水来"。潮白之水，丰美壮观，清且涟漪。潮河白水经过千山万壑，一路奔波，不辞辛劳地扑进大地的怀抱，滋润京、津。

1960 年建成的密云水库，就是蓄潮、白二水于一湖。不但一劳永逸地解决了下游诸县水患，也为北京保住一盆清水，同时济水天津。我们北京人所用之水，盖大多来源于此。有人说，我们用上了南水北调八百里丹江之水，这是事实。但事实是，南阳之水调到北京，经怀柔水库上扬至密云水库，每秒才 10 立方米。南水北调，更是多了一层保证和补充了地下水。所以，我们的先民感恩于潮白河，我们更应加倍感恩精心呵护并传之于子孙。

2023.5.31

营盘沟路的南豁口

我因为要连续几个月到北京市档案局查资料，营盘沟路的南豁口几乎成了必经之路，也成了危险之路。

豁口呈丁字形。南通南磨房路，左临旭捷大厦及 35、41、52、402、421、457、561、637、682 路夜 19 路等公交车站及地铁平乐园站 D 口；右是北京市档案馆；过主路则直通农光里农贸市场。豁口北边，是北京工业大学附中，再往南则是快递的集散地。货拉拉大车将成千上万件邮件倾吐在这里，快递小哥们蜂拥而上，将三轮箱式小车喂饱，四散奔驰而去。

豁口宽 2 米，长 4.5 米。计 9 平方米。中间隆起约 1 米，如马鞍坡形路面高低不平，坑坑洼洼。原有的坡路早已破损，残露出石子，焦渣，碎砖头等混合材料，可看出此豁口历史形成的悠久。两边灰墙高耸，大件杂物，此豁口似乎是附近人流、物流的唯一便捷通道。

但过此小小通道也颇为不易，不时有骑共享单车者在坡前须两腿蹬车加力，骑摩托外卖者亦提前加油，上坡，冲顶，下坡，如乘过山车一般。且豁口窄小，人车混流。有推婴儿车者，有坐轮椅者，有拄杖老者，通过时不免颤颤巍巍，战战兢兢。安全通过豁口后，仍心有余悸。不免以手加额，长出一口气。

清楚记得 12 月 16 日今冬第一场雪后的第二天，我见一老先生，用轮椅推着他老伴，均耄耋年纪，在豁口前停住。老先生先从轮椅上扶下他老伴，如履薄冰般小心翼翼搀她上坡，到顶，下坡后，让她站定，老先生再去推轮椅。显然，老先生步履蹒跚，老伴似患半身不遂。在此短暂时间，造成豁口前后拥堵。老先生回望一下这豁口，无奈地摇摇头，口中只说出三个字：找政府……

就在前些天，我经过豁口时，政府真来人了。有几个干部模样的人在豁口指指画画。我问，是否要整平豁口？一个高个子男笑答，是。我们是劲松街道的。您给出出主意。我很兴奋地说，我正要打市长热线 12345。我是土建工程师，将此豁口马鞍形铲平后，宽扩至东墙 37 垛，这样有三米，让人车分流。人行道 1 米，车行道 2 米，互不干涉。高个男听了，连连点头说，就照您说的办。您可不必再往市府打 12345 了。我们有考核。

果然，三四天以后，豁口旁运来沙子、红砖，水泥。尔后，有两个壮工，两个瓦工对豁口进行清理，平整，砌 12 八字墙，铺条形地砖。不过三天工夫，几年来视为畏途的营盘沟路南豁口，虽未做到人车分流，但一下子由拥堵变通途。人来车往，好不流畅痛快哉！

　　治理城市如绣花一样要注重细节，就如注重毛细血管。只要不是熟视无睹，有些细节治理起来并不难，也未必花多少钱。关键在于各级领导是否眼能看到，感同身受。不推诿，肯担责，心系老百姓。百姓事无小事，百姓关心的，就是政府关心的。这次未等居民打 12345，就根治了营盘沟路南豁口的肠梗阻，南豁口豁亮了。能在基层就解决了的问题，且解决于无形，为而不争，百姓又何必往上再找政府。当 12345 电话铃声日渐零落时，百姓对政府的满意度自然就提高了。

　　是不是这个理儿？您说呢！

2020.1.9

由鲁迅笔下的两棵树说开去

我大概从二十几岁读《鲁迅全集》。当读到这句话时，不禁笑了，"我家门前有两棵树，一棵是枣树，另一棵也是枣树。"既然都是枣树，直说我门前有两棵枣树不就得了吗？

后来读鲁迅先生的书多了，年龄渐长，阅历渐丰，对鲁迅先生的这句话重新解读。这句话不只是修辞的变化，换一种说法。是否隐含先生内心的寂寞，孤独，"荷戟独彷徨"的悲壮，也未可知。

前些日应邀为一中学文学社成员讲文学。面对着他们一张张泛着青春光彩的脸庞，我忽然想起鲁迅的这句话和眼前这些风华正茂的生命之树。于是我做了一个"每棵树都张灯结彩"的演讲：

经过秋风这把柔韧的梳子梳理之后，每一棵树都张灯结彩。高高的青白杨，矮矮的嫩黄栌，银杏树挂满金扇，榆叶梅连缀葡萄紫。还有在蓝天骄阳下红灯高挂的柿子，展示出独有的风采。即使是平庸的山楂树，也高举红果映山红遍。看那一片树林，就是欢乐的海洋；漫步在那条小路，如钻进张灯结彩的隧道。

每一棵树的原始都是一粒种子，有的种子看上去也不饱满。然而只要在泥土里生根，就会在阳光下发芽，长成幼苗；有的幼苗也不茁壮，不像天才。但只要有园丁呵护，幼苗也能青春般崛起，呈现出勃勃生机；不是所有的树木都能参天拂云，亭亭如盖。但只要你能站成一棵树，你就已经森林之林。你的存在就是你的果实。

每个文学青年，都是一棵泛着青春光彩风华正茂的年轻之树。你脚下的泥土是厚重的，有五千年的积淀；你头顶上的阳光是灿烂的，先辈们已经为你们拂去百年阴云；你们面对的是宽阔的大海，足以承载你理想的风帆。

你是一棵树，文学就是叶子。春天，冒芽吐绿，诗意启蒙；夏天，枝繁叶茂，文思勃发；秋天，色彩斑斓，锦绣文章。冬天，积累素材，蓄势待发。

你的身躯是挺拔的，有勇气挑战很多不可能；你的枝丫是网络的，足以互联互通；你密如繁星的叶子就是打开的无数雷达，时刻捕捉知识爆炸的信息；无论在风雨中如何伸枝展叶，你内心永远有方向。一心向上，向往阳光。

你这棵树是唯一的。所有的树叶的形状没有一片相同，色彩也都各异，也不是每一片都美丽；叶子与叶子之间的低语，枝条与枝条之间碰撞，只有你懂得；你肌肤所散发的气味，只有你自己熟悉。对风霜雨雪的感受只有你自己最清楚，喜怒哀乐你都了然于心。即使满树繁叶落尽，你倔强的傲骨也直指天空。无论岁月的年轮如何迂回曲折，你的初心永远都不会改变。你没错过今日，以后也不会悔在当初。因为你，恰同学少年，正书生意气。就以天下为己任，激浊而扬清，主大地之沉浮。

　　你就是你自己。

　　你一定要做好你自己。

　　你追逐属于你自己的文学之梦。

　　你是一棵树，你一个人也可以张灯结彩。

2017.12.15

于灰色中秉持文学的灯火

——读张爽小说集《火车与匕首》印象

时代的列车擒住大地上的铁轨，风驰电掣般呼啸前行。无疑将两边的风景忽略了，将生动的故事屏蔽了，一切清晰的东西一闪而过都模糊起来。在速度面前，时间转眼由现在时即成为过去时。现实让人眼花缭乱，猝不及防和无所适从。但读了张爽小说集《火车与匕首》之后，有这样一种印象，庆幸时时有一把匕首，时时插入到现实当中，让人时时感觉到疼痛。

本小说集收入他十一个短篇和三个中篇。从题材上看，写的都是他所擅长的灰色地带，灰色人物和灰色故事。

灰色地带的文学疆域

《四顷地》，是张爽小说王国中的国土，是他文学的疆域。这里有高楼新立，也有泥塑旧屋；有网吧歌厅，也有乡村野店；有公园名犬，也有农家院的鸡鸣狗吠，充满了现实生活中的烟火气息。说它是城，它没有大城市的繁华与喧嚣；说它是乡，似乎冠之于穷乡僻壤亦显唐突。毕竟城镇化的触角已经触及那里，信息化模糊了城乡的边界。我们只能认为，四顷地是个城不城，乡不乡，亦城亦乡，是城乡接合部，是作者小说的载体，是他文学创作的集散地，发祥地。有这个四顷地和没有这个四顷地大不一样，一旦张爽进入了小说创作，他自己就将自己放逐到四顷地这块乐园里，感到浑身舒泰，经络疏通，文思泉涌。四顷地成了他小说创作的源头活水，张爽是四顷地这块土地上生长的作家。

很显然，张爽将非四顷地的人和事也嫁接到四顷地这棵文学之树上，而又几乎看不到嫁接所留下的刀口疤痕。因此，活跃在四顷地上的各种人物很驳杂。有自砌坟墓，活着就自己走进墓穴的树生（"我的两个世界"）；喝醉酒拿皮带抽儿子王小二的醉汉王开（"坐在树上看风景"）；娶疯女人做老婆的汉子老开（"地主的女儿"）；因迷上气功，最后将刀子插入比他小两届同学韩信身体的小巴（"气功"）；为让儿子戒掉网瘾，用镐把敲击儿子王方正脑壳的父亲王三顺（"寻找儿子王方正"）。等等一干人物。四顷地的晨昏黑夜，风雨阴晴，无时无刻不在上演着一出一出生旦净末丑全五行的热闹戏来。当读者被剧情俘虏情不自禁入戏时，而作为作者的张爽却在火车经过的小站伫立，开始构思下一个小站的风景。

所以，张爽用笔营造一个属于自己的"四顷地"文学小世界，自己在这片国土上称王称霸，展开奔腾的想象与冷静的思索。同时，作者也揭示发生在"四顷地"上隐秘角落里的隐秘故事。

灰色人物的精神生态

从这本小说集的整体讲，每一篇小说的故事性并不强。讲故事，似乎并不是张爽的强项。或者是他故意不作为，不愿为，不屑为，不是他所倾心所追求的。中篇"火车与匕首"里面的故事非常简单，就是学校里柔弱的小巴和强势的兰志勇之间"单挑"决斗的故事。一开始足以吊起读者的胃口，而结果却以"打群架"收场，小巴弃学而告终。读者没有看到决斗的热闹，而是看到了冷峻，冷漠与隔膜。几乎没有人，包括学校的老师同学，家中的父母姐弟，去关心一个处于青春期少年的生理健康，心理健康。从这个意义上说，小巴是一个孤独自卑的野孩子。我们的现代教育，出现了某种缺失。这就是在冰山下面的隐喻。

另一个中篇"鸳鸯戏水"故事性要强一些，但也没强哪去。这是一出现代版的爱情悲剧。南蛮子小画匠与大队书记的女儿高君英自由恋爱，这早已不成问题的问题在四顷地却成了问题。结果高君英疯掉了，小画匠死掉了。掩卷之余，人们不禁要问，是谁在棒打鸳鸯而使其双双致死。是高君英的父母吗？是她身边的亲属吗？答案显然可以说"是"又不完全"是"。不要以为文明的阳光已经普照大地，但在四顷地这样的城乡接合部的角落里，仍有黑暗的闸门未开启，因袭的重担在肩负。仍存在着对爱与被爱的剥夺，对自由恋爱的扼杀与戕害，在父母干预下的盲婚哑嫁依然存在。还存在人不把人当人看旧社会的观念余存。张爽在叙述时显得表面上平静，其内心定然是波涛汹涌。

另一个中篇"狗男女"写得很尖刻。作者的一支笔如一把匕首，剥掉了披在混球书记邱大成，文学女青年杨玉芬，教育局李局长身上的层层光鲜的外衣，把他们身上的龌龊暴露在丰沛的阳光下。尤为可贵的是，小说对苟富贵这个"我"，进行了细致的描写，深刻的剖析和大胆的自嘲。这个人物你很难用几句话概括和定位，他聪明又玩弄小聪明，他小气有时又大气，他看不惯官场又钻营官场。他时时对良心自责但又贪财骗色。张爽写出了这个人物的多面性，复杂性但又有其合理性。以四顷地的政治生态，人文生态，原始生态，必然产生此类人物。可以看出小环境下的人性双重性与多重性。所以，苟富贵是灰色人物中的领军人物。

张爽笔下人物的精神生态都有其复杂性，你很难用几句话来简单概括或准确描述。尤其作者对各种人物的心理描写，心路历程，心情律动，刻画很到位。而且内心描写与外部描绘浑然一体，互为表里。

灰色生活的微妙呈现

张爽小说的结构有点意思也值得探讨。纵观他十四个中短篇，可以看出，他都不是以讲故事开头，也不以故事的发生，发展，高潮，结束的时间空间为主线。而是以人物的情感，情绪，心情，性格，命运为起笔与落笔。故事的梗概已退居其次，成为隐线。一切都围着人物写，叙事状物则信手拈来，谋篇布局也似乎自然天成，毫无造作之感。如在其短篇"饥饿的熊"中，开篇的第一句话就是"熊宝德一个人在大道上溜达，像一头饥饿的熊。"直接写主人公精神状态，然后生发铺陈开去。

张爽小说的语言有鲜明的个人特色，打上他独有的胎痕印迹。有人说是京味儿，但此京味绝非彼京味儿。在书中，他用了不少京味语汇，"打到的老婆揉到的面。""我还且活着呢，""知道父亲耳背。""蝎子拉屎独一份。""狗咬狗，一嘴毛。""别跟我拽词了。""穿的衣服邋里邋遢。""一个顶横，两个顶拧，仨顶打架不要命。""一个壮实得像黑车轴一样的小伙子。"等等。这些千百年来积淀下来的京味语言仍活跃在当今的京都及城乡接合部并向外辐射传播传承，仍有其生存的空间和生命力。张爽毫不犹豫地捕捉和为我所用，而且运用得恰到好处。

但张爽显然并不满足于此。也许他认为仅此无力无法表现当今万花筒般快速变化的外部世界和当下各色人物及他们的内心世界。他开始调动各种语言来表现同一人物，同一故事。"她站在走廊里，像打量牲口一样看了我一眼。""母亲狼一样的眼睛在月光下烁烁发光。""他感到自己竖起耳朵在不停生长，很快就从支起来的窗户里钻出来。""阳光慢吞吞地爬到了院墙根，正和那里的倭瓜藤和丝瓜架纠缠不清。""外面的风像一群被人追杀的小鬼纷纷涌入。""黑车司机像苍蝇一样见到有人下车就嗡嗡嗡地围了上去。""冷漠得就像具石膏像。""那时西天已是一片灿烂的晚霞，小乔老师的脸就罩在一片霞光里，金黄，圆润，柔和，还透着股神秘。""一切的偶然都可能是必然，所有的必然也可能只出于偶然。"从随意采撷的雪泥鸿爪中，可以听到声音，如微风起于青萍之末；可以看到画面，枯湿浓淡及留白；可以嗅到气味，苦辣酸甜咸虽五味但不可胜尝也；可以触摸，望闻问切如脉搏起伏将息。正是作者精心编织了这一张中国汉字排列组合的神奇之网，使本来是白纸黑字的生硬版块顿时五彩缤纷，每个汉字如着了魔似的鲜活跳跃起来。

即使是粗心的读者也会发现，本书十一个短篇中的八篇，三个中篇中的两篇，都是以第一人称"我"叙述的。细心的读者更注意到，其余的四篇虽貌似以第三人称"他"出现，但"他"不断地被"我"偷换。这也许是作者有意或无意为之。但无疑增加了小说的真实性，亲切感与现场感。

这个"我"不过是一个孩子。张爽正是通过一个孩子的视角，去观察他所遇到的外部世界并感知内心的世界。这个孩子出生在农村山村山民村民的家庭，聪明，敏感，抑郁，自卑，孤独。外表柔软内心刚强，属于那种少年早熟心重多虑困惑型。所以，在这个孩子眼光里，很多人和事是变形的，亦真亦幻的。这个孩子对母亲倾注了极大感情，真诚平实纯粹敬仰依恋。而对其他人则颇有微词或不敬。这也许和这个孩子在很小的时候经历的苦难有关，他过早地目睹了人间沧桑，尘世冷暖。有些神经质。所以整部小说的基调是灰色的，这也难怪有的读者说，看完这本小说集觉得不舒服。不舒服就是一种疼痛。因为有些经历于作者是刻骨铭心，于读者未必感同身受。忘记是哪位作家说过，人的一生都走不出自己的童年。

灰色结构中的文学灯火

张爽小说的题材，结构，叙事，语言，已经形成了自己的风格和特色，这样他就把自己与别的作家区别开来，而且区别得很鲜明。这是难能可贵的。但风格也是一柄双刃剑，也容易定格。囿于此种风格而难于突破或破茧。所谓"成也萧何，败也萧何。"所以有的作家自我警惕，在最擅长用一把刀子时，也尝试用第二把第三把刀子。就如武林高手总是能随物赋形，即使繁花枝叶，亦可防身技击。

读完《火车与匕首》还有这样一种印象，动车不是代替绿皮车了吗？高楼广厦不是代替茅屋草舍了吗？豪华婚车不是代替花轿驴车了吗？很多"物质"现代化了，那"人"现代化了吗？为什么"有些"在四顷地还那么原生态？"有些"是进步了，"有些"不但没进步，反而退步了。"有些"原封未动。正所谓"风吹云动天不动，河里水流石不流。"有些呀有些，明丢暗未丢。这也许就是中国特色的困境。但读者的这些感觉，是读者读出来的，体味出来的，作者并未明明白白告诉你。在思想上，张爽给读者留有足够的思维空间。

应当承认，现实就是现实，现实大抵是灰色的。大多数人并没有生活在新闻联播里，没有走在星光大道上，没有能力与机会去挑战很多不可能，更不用说人生的出彩。他们像野草一样顽强却随风俯仰，他们像虫子一样忙碌匆匆爬过一生。活着，默默无闻；死了，无声无息。没有人为他们树碑立传，歌功颂德。他们之间鲜活动人悲伤喜悦抑郁愁苦欢乐及至打情骂俏甚至荷尔蒙的膨胀与落潮的隐秘故事——都被张爽挖掘出来，晾晒在读者的目光下。而灰色地带，灰色角落里的灰色人物，往往被作家所忽略。像抹去灰尘一样，不经意抹掉了。而张爽，则是在灰色中秉持文学的灯火。

我很赞成邱华栋评论张爽的一段话："张爽的小说非常令人惊喜，里面的小说对当下的日常生活有着非常微妙的呈现，是一本不可多得的好作品。张爽是一个严重被低估和不被重视的小说家，我期待他能迅速进入到研究者和创作界的视线里。"

我特别欣赏邱华栋评语中的那个关键词"严重被低估和不被重视"。张爽是一个从山村农村山民农民苦坑里扑腾出的作家，他有着自己内心的坚持，他自己与自己签订了一份文学的契约。为了动人心弦的憧憬，为了一个令人神往的追求，他会远眺和在旅途上艰难跋涉且留下一个个坚实的脚印。他的一系列小说也如一系列火车，向你隆隆驶来。你忽略时，会有一把把匕首抛下，让你躲闪不及。

2018.3.11

.

与昆虫和解

——读法布尔的《昆虫记》

农民形容最刺耳的噪音是铲粥锅，锉锯条。铁器与铁器相碰撞，剐蹭，发出的声音自然是单调，尖锐，突兀和极不规律，没有一点音乐性。听着让人心烦意乱。

还有一种噪音更甚于人为的铲粥锅，锉锯条，那就是蝉鸣。

蝉一旦鸣叫起来就不得了。越是仲夏的中午，越是最闷热的时候，越是你午饭后想休息的时节，蝉鸣开始了。先是几句短声，试探性地，似乎先试试音，溜溜嗓子。紧接着是一声长音，长音长到无休止，无尽头，听不到结尾，却总在高音区运行，尖锐得如同针刺脑仁。这一蝉一声长音倒也罢了，树上的蝉及邻近所有树上的蝉仿佛听到一个统一的号令，都被激活了，兴致都被调动起来，争先恐后亢奋地纷纷发出了单调，一致，尖锐，刺耳的声音。于是，空气里只激荡着一种声响，千万次齐声高歌猛唱扯着嗓子重复地喊"知了！知了!"此时我往往怒不可遏，怒气冲冲奔到户外。仰头往树上去望，密匝匝树叶之中，根本看不到蝉的影子，每一片树叶似乎都是蝉的扬声器。于是，我用砖头瓦片往树上掷去。居然有效，蝉声哑了。但只有瞬间，蝉声又狂噪更甚，且此起彼伏，上下呼应，声浪滚滚，大有将我吞没之势。

我只好败下阵来，沮丧而又不解地对树向蝉发问：什么事让尔等声嘶力竭，高喊不休？"知了，知了"你们到底知道了什么？是否知道你们的集体狂欢对人类的骚扰？

及至读了法布尔的《昆虫记》其中对蝉的详细描述，我对蝉的误解才全部轰毁。在法布尔的笔下，一只蝉要在冻土下，于洞穴中，置身于无边的黑暗里，苦苦修炼四个寒来暑往，忍耐一千多天的无声寂寞。终于熬到这一天，才苦苦钻出土层，攀上高枝，沐浴阳光，畅饮雨露，吸食琼浆。然后，为生命而歌，为友情而歌，为爱情而歌，为死亡而歌。它们无论怎样狂奏乐章，声嘶力竭，喊破喉咙，都不过分。因为，它们用四年多的生命历程，才换来几十天最多一百天的放声歌唱。

我掩卷沉思。人类呀，人啊，总爱从自己的角度别好恶，征杀伐。假如从一株植物的角度，一只昆虫的角度，一种动物的角度去观察，去体会，去了解，去和解，世界将会更加美好。

2018.11.25

在路上

——记木林镇潘家坟村支书潘振江

和潘振江握手的时候，他的手又宽又大又厚，饱满而有张力。其实，握手也很能反映出一个人的性格，心地与待人的态度。你往往伸出的是真诚热情有力的手掌，而对方只用三根手指蜻蜓点水般轻触一下。你立刻会感到，你和此人，是处于不同高度的云朵，不会产生交集和碰撞出火花。潘振江宽厚温暖有力的手掌，传递给你的信息丰富多样充满正能量。

潘振江身材魁梧壮硕，可以依稀看到他当年 29 岁当生产队长时的影子。小小索家坟，只有 70 多户，280 多口人，728 亩耕地。当年还背负 3 万多元的债务。社员干一天的劳日值，才几毛钱。正是在 1976 年潘振江当了生产队长以后，木林镇这个全镇最小的村子，即使在顺义区的地图上，也不过是一个邮票大小的地方。但从潘振江起步，开始了大变化。如今，40 年过去了，索家坟获得了北京市首都城市环境"样板单位"等一系列的荣誉称号。

以前一提起农村，给人的印象是穷乡僻壤，脏乱差污。现在的索家坟，街道整洁如镜，花木扶疏。文化墙绵延，公园凉亭翼然。家家门外，鲜花盛开；户户室内，窗明几净。

农村，也不再是被文化遗忘的地方。文化大院里，老头老太们在健身器上锻炼健身，牌友棋友在棋牌室里打牌下棋；学生在图书室里阅读上网，弥漫书卷气；儿童在电影放映室里看动画片，传出了笑声。还有老年人日间照料室，村民都老有所养，老有所依，老有所乐。

福利，原与村民无缘，现在也开始眷顾。村委会为每户村民上了家庭财产意外保险；为独生子女家庭购买了人身意外伤害险；为全体 60 岁以上村民发放养老金；村里孩子考上大学，村委会给予奖学金；红白喜事，村委会送去慰问金；年关节日，村委会除给村民送米，面，肉，油外，还发过节费。

一股新的村风正在形成。村民李小二，年纪轻轻即患股骨头坏死，他上有年迈多病的父母，下有未成年的孩子。面对如此家庭变故，他实在已无力支撑了。这时，由村委会，党支部牵头，号召村民捐款相助。村民纷纷响应，筹得善款 3 万 5 千元。要知道，这是一个小小村庄的义举。由此，村民的眼光日益放远，农民的胸襟逐渐开阔。某地发生水灾，村民捐物；某处地震，村民捐款。村民不但心系本村民众的冷暖，而是将慈善之心，往国家层面传递过去。

潘振江的手，刚劲有力。脸色也红扑扑，嗓音洪亮。当我夸他身体很棒的时候，他却一笑对我说，2004 年，遭遇车祸，折了三根肋骨；2008 年，得了肺癌；2009 年，安了三个心脏支架。坐着看上去像好人一个，走道腿脚跟拌蒜一样。

那已经是一个远去的时代。我想象而立之年的潘振江，正年轻力壮，风华正茂，接任生产队长然后任村书记，晴天一身土，雨天一身泥；农业学大寨，火车跑得快，全靠车头带；在改革开放时期，他抓住机遇，使乡镇企业异军突起；尔后，一步一个脚印，一年一个台阶，夯实经济基础，以足够的潜力晒未来，带领全体村民奔小康。

四十年，他像一匹骆驼，脚踏实地稳重前进，背负着全村人的希望终不负众望，进行着人生平凡但又不平凡的长途跋涉；四十年，他像一头老黄牛，默默地在这一小块土地上辛勤耕耘，终于有了村民小康的收获，留下一笔有凭有据的物质财富和精神财富；四十年，每一天都不曾远去。潘振江坚韧不拔的人生轨迹与状态总是：在路上。

临别的时候，我又握住他那双大手，请您多保重。也请您当伯乐。

潘书记笑说，放心。我已选好了千里马。我已把他扶上马，再送一程：在路上。

2016.8.16

长城脚下野菊花

——为张桂仕先生文集《野菊花》作序

忘记是哪一年的晚秋，我在水长城的脚下，看到一朵野菊花在山间开放。它卓然独立，叶子墨绿，花瓣金黄，傲立在嶙峋的青石旁。周边的草木已转翠添黄，各种山花早已谢了春红，也告别了仲夏夜之梦。唯独野菊花，装点着长城的秋天，山村的景色。阳光从一棵巨大核桃树密不透风的枝叶间筛下，泼洒在这朵野菊花身上，通体金黄透亮。

看野菊花生长的环境，并非丰腴。根扎在贫瘠的山地里，将冰冷的岩石紧紧地攥着；没有叮咚的山泉陪伴，也没有人工的屏障为其遮风避雨；更没有园丁为其修枝剪叶，除草捉虫。它完全凭着自己的精神，自己的毅力，自己的意志，自己的坚韧，终于在万木萧萧的秋天，展示了自己独有的丰采。

这朵野菊花，给了我最初很深的印象。野性生存，野性生长，野性绽放。

在我领几个文友拜访张桂仕先生时，他家原来就在水长城的脚下黄花城，他家门口竟也有一棵硕大的核桃树，亭亭如盖。阳光照耀着桂仕先生，他有着山民的质朴、淳厚与澄澈。我忽然联想到，他不就是我初相见的那朵野菊花吗！我们一见如故，似曾早就相识。

我与桂仕先生，有诸多的相同与相似之处。我1946年生，他也是生于1946年，自然都属狗，不过我比他要大3个月零16天；我初中毕业当了农民，他初中毕业当了山民；我做过豆腐喂过猪，他当过猪倌教过书。所以他比我要幸运，也更早地自学成才，拿到了大专中文毕业证书文凭。

是文学将我们联系起来。我读了桂仕先生的这本个人文集，这里面有诗歌，有散文，有随笔。有对母亲的感恩与思念，有对家乡山水草木的依恋，有对季节变换的敏感。在所有的文字中，没有无病呻吟，矫揉造作，没有假、大、空与言不由衷。抒发的是自己的真感情，说出的是自己心底里的真声音。

我们这一代人，经历过人生的磨难，生活的艰难和各种困难。但我们从未消沉，从不颓唐，从不抱怨，也从未对前途失去信心。即使命运将我们无论抛到何种境遇，我们都能默默地承受，坚忍地负重前行，相信希望、光明与梦想就在前面。所以，我们的生活可以平淡，但绝不平庸，因为我们有蓬勃的生命力和对生活的热情。

　　看到野菊花了吗？它们并不苟求环境，随处都能安身立命。也不攀附追宠，与百花夺艳争名。它把青春献给绿色的山岭，花开时却正百花凋零。野菊生山间，兀自独开放，有人欣赏与无人欣赏它都自有其价值与尊严，清气与清香，悠然与泰然。野菊花衰而不败，叶枯不落，艳照寒秋，总有一种长城般坚守的风骨。桂仕先生晴耕雨读，作诗填词，闲情翰墨，人淡如菊，是一种平和与执着。白居易诗云，"耐寒唯有东篱菊，金粟初开晓更清。"况桂仕先生是山间野菊，不正是有山人的散淡，君子之风么。

2023.6.9

自嘲"手握三把刀"的作家

——记不忘初心、牢记使命的农民作家许福元

（在东城区图书馆"书海听涛"发言稿）

许福元，1946 年生，顺义区临河村人。男，汉族，1962 年初中毕业后，曾在生产队喂过猪，当过建筑工，组织过自己的建筑队，任过土建工长，验线员，预算员及土建工程师，在临河村开办过涂料厂。1975 年至今从事文学创作。现为北京市作家协会会员，中国作家协会会员。主要作品有：诗集《早春》；小说集《半夏》《仲秋》《惊蛰》；散文集《瑞冬》；游记《印象美国三十天》。另有作品散见《北京文学》《小说林》《小说月刊》《星火》《当代小说》《飞天》《大家》等刊物。短篇小说《香火地》和《娘亲舅大》分别获 2012 年、2013 年北京市职工创作"五一"文学一等奖。《卷毛活》获首届浩然文学奖短篇小说一等奖。其作品多篇被收入各种选本。散文"盲人玫瑰"被列为中学生课外阅读文本。小说"吊炕""栗子.立子"被列为某高校高考模拟试题。

《印象美国 30 天》获 2016 年北京市群众文学创作优秀成果奖散文作品集一等奖；《一座图书馆温暖一座城》获纪念东城区第一图书馆建馆 60 周年征文一等奖。还获有其他奖项。

许福元曾为顺义作家协会副秘书长，现为顺义作家协会顾问，被顺义文化馆聘为"非遗"专家。

1.手中握着这"三把刀"

许福元，朴实、幽默，一见面就能感觉出来。即便现在，当人们称他为作家的时候，他就笑呵呵地用顺口溜自嘲道："我属狗，是 1946 年的狗。其实我是土生土长、地地道道的农民。自幼摸过鱼捞过虾、偷过李子扒过瓜。初中毕业后，做过豆腐喂过

猪、扛过大个儿读过书。是个半开眼的瓦匠、二把刀的木匠、不玩扑克和麻将、专跟文学搞对象。"如果不是亲眼所见，很难相信这些话出自一位72岁的老人之口！

他将自己的人生经历中，掌握的三项生活技能自嘲为——手里握着"三把刀"：第一把刀是镰刀，砍棒秧割豆子，锁高粱杀芝麻；第二把刀是瓦刀，大瓦小瓦琉璃瓦，砌烟囱带水塔；第三把刀才是写作。

许福元1962年于河南村中学初中毕业，至1980年一直在生产队劳动。1980年至1984年在公社建筑队当瓦工。1984年至1987年自己组织建筑队。1987年至1992年在顺义房管局建筑队任土建工长，验线员，预算员及土建工程师。1993年在临河村开办北京市奥中涂料厂直至拆迁。

许福元人生的5次转换用了40年，几乎与改革开放同步。也可以这样说，许福元个人，这个小人物的角色转变因应了大时代，是近半个世纪社会变化的活化石。其实，每个人的人生都是在社会历史上现场直播，没有彩排。

许福元的初心是什么？就是当一名作家。几乎从儿时起，许福元就立志于此。他幼年读《千家诗》，曾偷偷地想，何时自己写的诗句，哪一天也在读者面前绽放；初中时读罢一部部长篇小说后，也曾憧憬，何时在自己的小说中，也一展月牙河的风光；当他躺在秋天原野的玉米堆上，仰望星空，也充满遐想。

许福元在生产队劳动时，白天劳动，晚上读书；晴天劳动，雨天读书。下地时候，肩扛锄头，手拿报纸。扛铁锹看大渠巡视时，口中嘟嘟囔囔背诵古典诗词。这样，从1962年到1966年4年时间里，许福元硬是通读"毛选"1—3卷。通读了《鲁迅全集》。还背下了2千多首古典诗词。

在写作过程中，许福元深感不足。自2006年始，他连续6期，坚持10年参加北京市劳动人民文化宫文学创作研习班，又在北京大学坚持一年听曹文轩老师的文学艺术课。即使现在，许福元仍坚持每月至少2次到东城区图书馆听讲座。

2.60岁重新走上写作路

在采访中得知，许福元为生活所迫而搁笔，一下子沉默了二十多年。直到近60岁，他才重新拿起笔来。这是为什么呢？

许福元如是说：好友王克臣不止一次苦口婆心地面对面地说，顺义不缺少大款，缺少作家；不缺富翁，缺少文人。你有那么深厚的文学功底，如不写，真真地浪费了。

王克臣的话对许福元触动很大，他觉得自己的命运终将归结到文学这条路上。

几经思索，才决心重新拿起笔来。此后，学习与创作，如文学之双翼，一发而不可止。

许福元生活在农村，他家的前庭后院、左邻右舍，都是农民。他就生活在父老乡亲们中间，与他们同呼吸，共命运。他熟悉农民的生活和农民的语言，就像熟悉农民屋里的旱烟味和农民身上的汗水味，知道农民在盼什么想什么。因此，他写的每一篇小说，都是农家的生活，农民的心事。

米兰.昆德拉说过这样的话："历史的加速前进，深深改变了个体存在。"由于社会的迅猛发展，使许福元对以往那些灵动的人物，比如虫爷、大先生、二先生、贾半仙、凤芝、金四爷一干人等，竟然感到十分陌生。于是，他重新审视生活，夜不能寐，苦苦思索，将那些渐行渐远的人物，一一唤回，把他们的音容笑貌，言谈举止，思维方式，价值观念，原生态再现，复活在作品中。

诗以言志。许福元是一个故土守望者，他将诗根深深地扎进家乡的土地。因此，《早春》中的每一首诗，无论写的是田野里火红的高粱、金黄的谷子，还是路边绚烂的野花、青青的野草，抑或邻居里的一声声鸡叫、土坡上的一阵阵羊鸣，都是他与家乡心灵的对话和泪眼的回眸。

文为心音。许福元在结构故事反映人物命运的同时，也折射了他精益求精的创作态度以及不断自我超越的求实精神。

3.许福元作品文学特色

许福元的小说，继承中国文学经典的传统经验，努力揭示社会人生的深层脉动和真谛，倾力刻画富有个性和深度的人物形象。

首先，表现农民的觉醒。比如《小黑媳妇》，取材于一个中年妇女。这个女人个头儿不高，长得敦敦实实，胳膊腿儿四根立柱都挺瓷梆。黑头发、黑脸膛、黑脚脖子，官称"小黑媳妇"。多年前丈夫车祸死了，她靠种地把女儿拉扯到大学毕业。后来，女儿给她介绍一个退休工人。一见面小黑媳妇就拒绝了，原因是"瞧你种的小菜园，跟大草蛋一样，你种地都不成，还想种人?"根据这个原型，他写了《小黑媳妇》。这篇小说，写的就是农民对自我价值重新认知的一种觉醒。

其次，表现农民的坚守。有个外号叫"白嫂"的村妇，长得白白净净总也晒不黑，一笑，露一口整齐洁白小碎芝麻牙。她男人赌博输了十七万，又骗儿媳妇的钱去赌。

白嫂知道了，她用五年零三天，摊了十二万八千八百八十六个煎饼，用她赚回的钱，还清了男人的赌债，把男人也管教过来了。浪子回头金不换，成了殷殷实实一家人。她的信念很简单：人嘛，宁可身子受苦，不能让脸受热。说话做事，在外边，不能叫街坊四邻嚼舌根；在家里，不能让儿女不待见。无疑，这是对农民传统尊严的坚守。

第三，表现农民的异化。他有个街坊兄弟媳妇，娘家在河北景县。非常传统，结婚三四年了，走碰头都不跟大伯子说话。她信奉"宁可在小叔子腿上坐，不从大伯子眼前过。"但城市化的迅猛进程，使她的观念发生了巨大变化。而今，她好像变了一个人，跑保险，当经理，开卧车。穿梭于官场商场、三教九流之中，应对自如，游刃有余。不仅和小叔子说话随便，即使跟大伯子也敢嘻嘻哈哈开玩笑。根据这个从农村"柴禾妞"变成小城镇"俗妞"的人物原型，他写了一篇《柴禾妞》的小说，表现农民的异化。

第四，表现农民的笃实。月牙村整体拆迁，村民们都住进了月牙小区。祖祖辈辈以土地为生的农民，一夜之间失去了赖以生存的土地，这让史得田老汉无法接受，他突然失踪了，好像蒸发了一样，踪迹难寻。当人们找到他时，发现他躺在香火地里，陪伴着他的是葱翠密实的棒子秧与青烟袅袅环环相连的艾蒿花圈以及胸前的《土地承包书》和手中的两把黄土。然而，《香火地》写至此，再添加一笔：此刻，曾经受恩于史得田老汉的田寡妇，忽然站起来，用枯手抹一把眼泪，对身旁愣愣站着的二三十个老头儿哭嚷道："月牙村的老少爷们，你们有良心的、带气的、带把儿的、带卵子的，拍拍胸脯想想：吃食堂时，下坡地都涝了，得田大哥在这块香火地修了台田，打的棒粒救了全村人的命。你们还愣雁似的站着干什么，还不快跪下来，给得田大哥磕个丧头！"于是，在田老太太的带领下，月牙村失去土地的最后一批白发苍苍的遗民，齐刷刷跪下了，"梆、梆、梆"边磕头边诉说："得田老哥，你哪辈子修行成这么好的造化呀！你走的时候，手里还能攥着两把黄土。轮到我们，两手还能攥什么呀？"这最后添加的一笔，并非画蛇添足、狗尾续貂，进一步开拓了作品的意境，深化了作品的主题。

传统农业的消失，必然导致传统农民的消失。农村城镇化的突袭，超出了他们心理的承受力。许福元的小说《香火地》，为缺失土地的农民唱一曲哀婉悲泣的挽歌。另有《虫爷》《干妈》《大先生》《贾半仙》和《丫头妈》等篇什所塑造的人物形象，统统来自现实生活。经过许福元的精心构置和艺术加工，跃然纸上，一个个成了有血有肉、活灵活现的典型形象。他笔下的人物，有其原型，都是农村中的小人物。这些小人物的命运，都与社会大变迁发生多重变奏。他的作品，上承典籍，下接地气，语言鲜活，形象生动，有真情实感切肤之痛，而无隔靴搔痒无病呻吟之嫌。

4.七十岁再出发

作品是作家的立身之本。即使许福元已经取得了一些成就，却仍然像一个苦耕老农，固守着月牙村，在月牙村这块土地上固执地掘井挖泉。固守庄稼人的见识，相信人勤地不懒，一分耕耘，一分收获。

许福元说："你不去读书，头发照样会苍白；你不去写作，年纪也会衰老；你不去耕耘，也会死亡。那还是让我们去读书，写作，耕耘吧。用硕果去迎接死亡这个伟大的节日吧。你一个人的文学生命，可以从六十起步，八十辉煌，百岁圆满。我与文学同行，心中的梦想，就在前面！"

进入古稀之年的许福元，展开追梦的翅膀，投入生命，真诚写作，直抵复杂的人性深处，创建真正属于自己的心灵世界。

目前，他正在写顺义不可移动的文物，探寻"非遗"项目，更直接为顺义文化做些力所能及的事情。

2018.8.20.早 5 时

兴隆寺的胸怀

作者题记：龙湾屯镇张中坞村兴隆寺遗址尚存，有断碑一块，碑文依稀可辨。碑题：重修兴隆寺碑。其文略曰：

怀柔县南坞里张中坞村，村西旧有兴隆古寺一座。正殿五间，前殿三间，东西配殿各三间，禅房前后十六间。周围群墙数百丈，不知创自何年始自何日。年深日久，风雨摧残，脊露檐涸，佛像失容。小僧意欲重修，因与本村会首诸公商酌，各家量力捐资，典当香火。奈工程浩大，独村难成。使小僧叩化之外，本村会首又分劝各位亲友，务期广助资材，共成善款，已工程完竣。小僧与众会首，唯恐有善不彰，积久或灭，于是建碑为记。故将善人君子姓名，里居施钱若干，敬勒于左。

本县人附生刘承宽譔并书

大清光绪年

面对兴隆寺遗址，显得异常空旷而冷寂。偌大的院落，一览无余。遍地瓦砾，残碑倒地。院外桃花盛开，杨柳吐翠。绿树的围合止于墙外，春天的脚步似乎也止于门外。在古寺的遗址上，任寸草自我枯黄。即使在春风的吹拂下，兴隆寺似乎永远失去了生机，永远被冷冻起来。

据碑文记载，当年的兴隆寺，绝不止现在残存的正殿五间，而是有前殿三间，东西配殿各三间，再加上前后禅房十六间，共计有房屋三十七间。虽说不上是一个建筑群，但端的也是一个好院落。且有抄手回廊，月亮门洞。青砖铺地，松柏遮天。虽无曲径通幽，却常青禅房花木。更有群墙百丈，环寺拱卫。

晚至光绪年间，兴隆寺仍属怀柔县属。此寺距怀柔县衙约六十公里，距现在顺义旧城也有三十公里。以当时的交通条件，属于寺远地自偏。但在当时，却旺盛一方香火。

究其原因，寺虽不大，却自有其胸怀。

据还健在的八十九岁的老人李连起回忆，正殿五间，正中供奉的是如来佛祖，端坐在莲花宝座之上。左是药师佛，右为观世音菩萨。阶下两侧是四大天王，十八罗汉环立其后，墙上壁画鲜艳；东配殿供着关公塑像，左下手关平，右下手是手握青龙偃月刀的周仓；西配殿供的是达摩祖师，面壁而立；前殿主祭大肚弥勒佛，笑态可掬。阶下塑有济公像，憨态可掬。还有一个三尺铜人，一手指天，一手指地。四周墙上，绘有壁画，其内容有目连救母等宗教故事。在前殿的背后，还有韦陀坐像，手持金刚杵。山门外，左有白果松，右有古柏树，前有森森古槐。青石台阶，麻石铺道，铸铁双耳香炉，迎接前来进香的香客。

三尺小铜人后来失踪被盗了。我在大英博物馆看到不少中国北方庙宇中的泥塑彩绘佛像，也有铜铸而成，也有石雕玉琢。小铜人是否流落海外，不得而知。但小铜人一手指天，一手指地，这个意象我解读为，人对天的仰望，敬畏，对地的尊重和厚爱。表明人在天，地之间的位置，人与自然界之间的关系是上下贯通的，顺天则人和。

关公的外在形象是丹凤眼，卧蚕眉，红颜美髯，青龙偃月刀。他的精神内核是"义"。据陈寿的《三国志》所载，关公的武艺与张辽，徐晃，不相上下一般尔。即使在罗贯中的《三国演义》中，最出彩的也不是武，而是义。仁，义，礼，智，信，历来被中国古人也包括今人所推崇的一个人的道德完善与人格完美。也是维护社会秩序的一条法则。关公的义，包括从一而终，不忘初心。

济公的形象是社会最底层人物的形象，鞋儿破，帽儿破，身上的袈裟破。在皇权和法制不健全的社会背景下，人们总是希望求助或借助神仙的力量，希望神仙下界，走下神坛，济困扶危，抑制豪强，惩恶扬善。

达摩祖师面壁十年，一苇渡江。据说达摩是印度高僧，来到东土传经授道，创达摩宗。说远来的和尚会念经，这个"经"包括信仰者其对信仰追求的毅力，耐力，定力，表现出的一种执着。其精神一直影响到后世。

十八罗汉是释迦牟尼的粉丝和追随者。四大金刚手持的法器象征着风，调，雨，顺。这其实是农业社会中农民的企盼与愿景。

大肚弥勒佛是笑佛。正是因为人世间有太多的生死轮回的烦恼，贫病交加的苦难，十之八九的不如意和各种人生的遗憾。所以需要有一个佛让人的身心放松一下，有所缓解，有所放松，有所解脱。不是佛需要人，而是人需要佛。所以，笑佛就充当了人们心理咨询师的角色。

药师佛的角色更重要了。药师佛集药师与医师为一身，是人的健康守护神。在缺医少药，因病致贫的境遇下，人们往往求助于神灵。所以，人们将药师佛供在仅次于佛祖的地位。

对于观世音菩萨，民众倍感亲切，觉得离自己最近。青春与生育，都与观世音菩萨有关。况且，在民众观念中，菩萨能解决老百姓的实际问题，为弱势群体办实事，帮群众走出困境。

韦佗是护法将军。侍卫，警官，法官三种角色集于一身，是宗教秩序的维护者。

壁画上的目连救母故事，流传甚广。是说目连之母张氏，生前打僧骂道，用荤油燃点佛前灯。死后被众鬼带到阴间滑油山受难，张氏后悔。其子目连僧受师傅之命，前来救母。母亲还阳后尊僧重道，洗心革面，重新做人。

释迦牟尼是佛中之佛，如来者是也。如来，多棒的名字，响亮而吉祥。如叫：如去。则逊色多了。佛教有大乘小乘之分。释迦牟尼的愿望是普度众生，所以是大乘佛教。小乘是重视自己的修为，大乘是拯救全人类。

小小兴隆寺，汇聚儒，道，佛，集中了众神，容纳了众神。使众神各安其位，各得其所，各司其职。兴隆寺对所有的神都一视同仁，都享受人间香火。这些神天天在一起值守聊天，时间静好。也不必用手机微信，谁也不追求自己的利益最大化和欲望的填充。当然，众神也满足了民众的精神层面上的所有诉求。佛门好进，修为自持。民众从中受到了启迪，悟到了智慧，得到了安慰。

兴隆寺有着博大的胸怀。这胸怀来自思想，来自文化，来自哲学。中国传统文化的特色是多元的，多元共存，万物并育，兼收并蓄。彼此融和，和而不同；尺有所短，寸有所长；互相依存，互为补益；你中有我，我中有你。不是非彼即此，非此即彼。非黑即白，非白即黑。和，是中国传统文化的内核。

反观西方哲学思想的核心，是二元论对立。精神和物质相互独立存在。我参观过梵蒂冈的圣彼得大教堂和英，法，德，意，美的教堂，他们供奉的神都是唯一的。都是一神独尊，一家独大，唯我独尊。我即上帝，我即真理。视其他为异端，异类，异族。挟上帝以令诸侯，动辄征伐。争，是西方文化的价值观的核心。

据李连起老人讲，闹义和团时，兴隆寺曾是这一带义和团的活动中心。大师兄二师兄曾在这里设坛祭法，红灯照在这里集结活动。抗战时期，这里又成了八路军的活动地点。人民公社时期，这里又成了生产队的库房。现在仅存的正殿五间中，堆满了草帘子，权把，纺车，扫帚等物件，还有大模大样出没的老鼠，在彩绘壁画上大张旗鼓结网的蜘蛛。这也是一个历史时期的遗存，是活化石。

碑文不长，凡二百二十九字，但信息量丰富。兴隆寺很古老，在光绪年间重修时，亦"不知创自何年始自何日。"当时的寺况凄凄惨惨凄凄"年深日久，风雨摧残，脊露檐凋，佛像失容。"碑文中未提及方丈与老衲，只记载有一小僧，一个小和尚，一个年轻的和尚，或许只是一个脸上一团稚气鲜活的小沙弥。面对残灯破庙，毅然肩负复兴宗庙的重任。靠一钵一饭，敲着木鱼，沿街沿家化缘。而今看到碑文上密密麻麻的捐银名单，人名下面，只是几吊钱，几吊钱。可以想象，当时的百姓，于艰难困苦之中，为修复精神殿堂，不惜节衣缩食。

建庙艰难，维修更艰，毁庙却易。兴隆寺已被时间碾轧成现在的样子，但今天的我们仍能感受到小僧当年的慈悲与虔诚。人能弘道，非道能弘人。原来的兴隆寺须仰望，现在只能平视了。人与神性的日渐远离和由此导致的人的精神创造力和其想象力的退化。虽无奈，也只好豁达。但我们仍然需要一种高度，一种空旷，一种虚静，一种敬畏。

我们的到来，我们的造访，会使诸神在遗址上醒来与复活。小僧会率领诸位神仙向我们争相诉说：庙小胸怀大，僧少神仙多。

2018.4.24

善待乡愁

初识郑丛洲，是在 2008 年北京作协发展新会员的见面会上。顺义是我一人，密云是他和王也丹。我们之间并无交谈，虽然内心有结识同为远郊区县文友的亲切感。但囿于面子上的矜持，谁也不想冒昧地先伸出文学的橄榄枝进行交流。至少我是这样想。但他给我最初的印象：堂堂仪表，凛凛一躯。

后来在文学活动中，我送他新出的小说集《半夏》。事过境迁，也就忘记了。但再次相逢时，他却很热情地向我谈起《半夏》。从人物谈到语言，从结构谈到故事，从精彩谈到不足，并指出小说中某某细节的独到和描写的欠缺。并说将《半夏》作为枕边书，云云。

我着实被感动了。我从未奢望我的小说能引起读者的心情激动，虽然也希望有的读者为之心动。于是我觉得，我与郑丛洲之间，所有隔阂之门统统打开，文学的心灵通道一路绿灯。

在后来的几次文学作品研讨会上，他往往第一个发言，与作者对面剥葱，直指作品之不足。不绕弯，不掩饰，不含糊。但有理有据，言之凿凿。这使我很惊异又不得不佩服他的勇气，挑战相互吹捧的文坛江湖世俗。相比之下，我倒显得老奸巨猾。

有时我想，你批评别人的作品毫不留情，刀刀见血。你自己的大作呢？我们当然不能要求美食家同时也是一个高级厨师，但希望你也能颠颠炒勺。后来，看到了他的"绿豆""孔明灯"及写他父亲和写水的文章，这只是他全部作品中的少数几篇。当了解了他的阅读量和知识结构后，方晓得他确有其文学底蕴才能吞吐底气。而且，他在办实业公司与个人创作之间，如何拿捏得当，掌握平衡。既要操持生活艺术又要兼顾文学艺术，有时定然两难和两全。因为他对文学是认真的，严肃的，执着的，绝不是在"玩票"。我天真的想法是，若丛洲以文学为信仰，宁愿密云少一个企业家而多一个有影响的作家。

现在，又读了他这个八千多字的短篇小说："团圆"。

好的小说，会边看边引起读者联想，或掩卷之后，小说中的人物与情节会激活或唤起你尘封的记忆。短篇小说"团圆"，亦如是。

小说的结构并不复杂。上个世纪八十年代人民公社散社，生产队解体。种马"黄世仁"与牵种马的人启良一下子从辉煌走向黯淡，作为动物的种马自然无可奈何。但作为牵马的人，面对社会的转型，人生的落差，往往心有不甘。启良以自己独有的方式缅怀历史，记住乡愁，那就是找回了此种马纯正的后代，使之"团圆"而达到圆满。

由此勾起了我的回忆。当年我们生产队，曾饲养着三头草驴和两头母马。在春情萌动时，请沿河村的老田牵着他的马公子来了。那是一匹白马，通身雪白，只有头顶心两眉之间有一撮黑毛。长长的马鬃被编成很多小辫儿，扎上红绸飘动，脖子上挂一串黄铜铃铛。老田瘦高个儿，红脸膛，脚穿长靴，足踏白亮亮铁镫，高高地骑在金色马鞍上。手中将那软鞭儿往马背上轻轻一晃，那白马就驮着红脸老田，软颠慢跑，叮叮当当哗哗朗朗一路响过长街。若遇到熟人，老田也不下马，而是腕悬马鞭，拱手欠身作揖致意，如电视剧中过往的侠客。后来，生产队解体，白马进了汤锅。听说老田很郁闷，没几年就去世了。

郑丛洲笔下的黄骠马是幸运的，不因退役而退休。因为它遇到了启良，启良启动了人类的良知，并不完全用实用主义的态度对待异类。这有点像蒲松龄，蒲松龄就是以人文情怀关注异类，关怀异类，关心异类。所以，启良的心是柔软的，但这柔软却散发传达出巨大能量。他赋予了黄种马以骨肉亲情，以人性的苦恼设想解除马性的苦恼，让小马驹陪伴老爸老马，然后一起慢慢变老。

一个时代变迁，总会遗留下一些旧的东西。正如车子前行，总会留下辙痕。物是人非或物非人是。汽车代替牛车，电力代替畜力，电讯传递代替八百里快马加急。人民公社轰然倒塌，代之以乡镇。领袖来复去，人民却长存。

有一种说法做法曾大行其道却有失偏颇，叫不破不立，把破与立完全对立起来。我看了意大利古罗马城遗址，那残破，那恢宏，那古拙，那气势，足以让人震撼倒吸一口凉气。可见，旧的留存并未妨碍新的发展，正如中国长城的存在不但并未影响高楼大厦的崛起，反而倒反哺大厦高楼。由此证明，不破亦能立，船多不碍港。而破了也未必能立。

南水北调，河南南阳之水已注入密云水库。丹江水岸，有一怀旧林，里面安放着淹没区域农村农家日常用过的石碾，石磨，石臼，石碌，锅台土炕灶具及各种农具车辆等等。

这是一场规模宏大的聚会与团圆。石器与土器团圆，木器与铁器团圆，历史与现实团圆。郑丛洲的小说命名为"团圆"是有寓意和深意的。当黄骠马被当作种马倾其所能时，当畜力还成为生产力主力时，种马的价值与地位是无可替代的。当社会发展了，前进了，那些曾经拥有的价值变成一文不值，几乎没有人再重新审视，回望，挽救。如一个废旧的轮胎，任它在一个角落里蒙尘受辱。谁还念及它车轮滚滚风华正茂的时候。

离合总关情。乡愁是一个大概念，她的外延很扩展。历史曾经就是现实，现实转眼变成历史，未来也会变成现实。我们经历过的一切，都可以看作是乡愁。虽然，自己个人的经历哪怕于己是怎样的刻骨铭心，而别人则未必完全感同身受。但是，你的文字还是触动了我。因为，历史与现实是相通的，人心还是相通的。

郑丛洲这个短篇，选的角度很陡峭，施展身手很需要软硬真功夫。他从一个独特的角度忆旧怀旧恋旧书写乡愁，用心灵的力量感受逝去的一道风景那人那马那情并想去救赎。农村的历史是一棵树，我们都曾经从这棵树上摘取过果实，而且至今与我们尚有诸多的交集。但是我们移居城市，搬进楼房后，很少再去探望这棵树，也没有常回家看看。舌头也日益麻木，渐渐模糊那果实的味道。这是人性的弱点。作者恰恰揭示了这个弱点。"固时俗之流从兮，又孰能无变化。"郑丛洲对此进行了深度思维。我揣摩他此篇最想表达的是：善待乡愁。

2016.3.9

我的红墙大学

我时常在梦中上大学，一觉醒来，不过是黄粱美梦。我梦中大学的学堂，就如同天堂。

2006年，在我60岁的时候，我真上了"大学"，我称之为我的"红墙大学"，那就是在太庙举办的"北京市职工文学创作研修班"。其实，这个班早在二十世纪五十年代初就创建了，首创者是老舍先生。茅盾、曹禺、冰心、赵树理等大作家，都曾在此授过课。开创者令人尊重，后来者心怀感激。在中断了一个时期后，直至1996年才重新开班，恢复后那算是第1期。等我闻讯参加已是第9期。此后一发而不可止，我一直上到第14期，连续6期，至2016年，整整10年。

我清楚地记得第一次迈进太庙的情景。

天安门城楼东，过金水桥，太庙红墙正门上方悬一匾额，蓝底金字：北京市劳动人民文化宫。据说，这是毛主席进入北京后的第一次题字。进大门抬眼看顶棚藻井，井口天花，天花枝条纵横相交，格成方井。呈中国古典艺术之美。

迎接我的是一个个老者——一棵棵古柏，枝枝覆盖，叶叶交通，森森然。树身佝偻斑驳，遍体凸瘤，如老年瘢痕。枝叶却很茂盛，似乎是一个个老寿星，活得精神抖擞，一副长生不老的样子。本来吗，"左庙右坛"，此乃明、清两朝皇帝的太庙，皇家祭祖的地方，有的重臣死后经特批也配享太庙。

穿过有点幽暗的古柏林，迈进红墙五彩琉璃门，顿觉宽敞明亮起来。只见白玉石拱桥、戟门、三大殿依次排列在中轴线上，井亭、神厨，神库配殿依次排列于两侧。三重汉白玉须弥座台基，四周围石护栏。红墙黄琉璃瓦顶殿宇巍峨宏丽，庄严肃穆。方砖铺地，玉石雕龙，甚是宏阔。看了两侧配殿，过了二重院落，穿过红墙门才来到太庙最后一重殿宇——三殿，即祧庙。这就是听课所在的殿堂了。

报名在西配殿，门槛高，红木门厚，古老的红木窗雕成很精致的菱花形，氛围显得凝重。采光并不好，因此，大白天仍开着灯。我是第一次进入太庙，在古柏面前，我简直连婴儿也算不上；在高大的殿宇面前，我自己觉得像个侏儒；我又是一个老农民，迈进文学的神殿，有点手足无措。如何报名呢？屋里倒有四五个人正在说话，我又不认识，不好贸然插话，一时愣在那里。

这时，一人近前来，用手指点着桌上的报名表说，按栏目填写清楚：姓名、年龄、学历、地址，联系方式、发表或出版何种文章及著作等栏目。我耳朵听着，眼睛看他手背白皙，手指细长。当时有一闪念，此人是个书生，知识分子，看手就是读书人的手。

我填表毕，他拿起表来，看得很仔细，然后说了句：截至现在报名的 141 人中，你是年龄最大的，路程最远的，也是唯一来自郊区农村。

他说得很正确。我却觉得我的脸在发烧，很可能脸也红了。

报完名后，我不敢停留。这才打量一下此人，个子稍高，白净脸，头发不长不短中分，很清秀，身上有股书卷气。这时，别人叫他杜老师。噢，他就是我文友宋新华所说的杜芳伦，杜老师吧。临别时我想跟他握手，但一想我的粗手掌怎会和人家的细皮嫩肉的白手掌相比呢。还是算了吧。人的经历都雕刻在手掌上。

我一个人出门的时候，屋里的几个人也相跟着走出来追上我。攀谈后得知，他们也是来报名的。一个男生叫尚国民，知道我远从顺义来，返回家中须两个多小时，极力要给我买吃的，我自然极力不让。他后来写了一部长篇小说《商路》并因此加入了北京作家协会。他和他的夫人王女士在海棠花盛开的时候来过我家，好像还住了一夜。在青青的麦苗地里照过相，也曾邀我参加了他的新书发布会。还有一位女士个子不高，胖乎乎圆脸，很厚道的样子，叫刘卫华。另一位女士个子较高，身体也显得更壮实，大兴人，叫侯淑玉。我问她属什么的？她说属兔，并说网名叫玉兔。以后我当面就叫她"玉兔"，她很高兴地答应，看来她很喜欢这个网名。她出第一本书《我是农民》时要我给写序，我建议她去求刘庆邦老师。她说，刘庆邦老师那么大的作家，行吗？我鼓励她，以我对刘庆邦老师的观察其文品、人品，去了"吗"就剩下"行"。后来，刘庆邦老师果不出我所料，慨然应允，写了序"释放善意"。后来，她又出第二本书《乡里乡亲》时是我给写的序"乡情浓似酒"。还有一位女士，个子在刘卫华与侯淑玉之间，大脸盘，很喜庆，有气场，落落大方，有点明星范儿，叫王淑媛。后来熟了，就叫她大苹果，她亦欣然应答。另有一身穿蓝牛仔服的小女生叫高若冰，在航天部门工作。

上面说的，自然都是后话。但前后有几十个文化宫学员，我们先后彼此都成了朋友，十多年过去了，至今还在联系与走动，这也很难得。文友之间的交往，就是以文会友，目的单纯，没有功利性。这样倒好相处，也处得久。

上第一堂课前有个极其简约的开班式，就是北京作协秘书长王升山讲了几分钟话，然后杜芳伦老师宣布此期北京市职工文学创作研修班今天开课。这很出乎我的意料，这么简短？要是换别的单位，定要有个开幕式或领导剪彩，还不开个两小时，可能还不止。

在前几期，上第一堂课都是崔道怡老先生开讲。总是以俄罗斯作家康.帕乌斯托夫斯基(1892-1968)的《金蔷薇》中"珍贵的尘土"开始。他不用稿子，娓娓道来，声音虽有点沙哑，但讲得很动情。作家不就是从无数的尘土与细沙当中筛捡收集金屑，熔成合金，用来锻成自己的金蔷薇——小说和诗歌等文学作品吗？说他是老先生，并不为过。他1934年生，已72岁。大高个，背微驼，头发很密，却已白多黑少。他1956年于北大中文系毕业后到《人民文学》当编辑，到1998年从《人民文学》常务副主编的位置上退休，编辑生涯42年。编辑是作家与读者之间的桥梁，他发现了李国文、汪曾祺、刘心武、蒋子龙、浩然等一批当年的文学新秀，被称为"文学新秀摆渡人"。

我曾给崔道怡老师打过一个电话。缘起是北京小小说沙龙要出版一个纸质刊物《北京小小说》，会长是王培静，秘书长是宋新华。要在刊物上请到名人当顾问，于是委托我请崔道怡老师挂个名。崔老师在讲课后，会将自己家中座机的号码告诉学员记上。我怀着忐忑心情按号码拨过去后，接电话者明显是崔老夫人："崔道怡，找你的。"紧接着是崔老师有些沙哑的声音。我说明意思后，他明确表示同意，祝贺并鼓励我们坚持办下去。后来，以崔道怡等几位名人为顾问的《北京小小说》出了三期，后易名为《北京精短文学》。但还是以小小说为主，至今已坚持14年，也实属不易。

我和崔老师还有一次交集。我的一个短篇小说"香火地"被评为北京市职工创作"五一"文学一等奖，（后发表在《飞天》上）是崔老师写的颁奖词并在颁奖会上宣读。

在我所参加的6期太庙文学班中，每期都有毕淑敏老师讲课。我们私下里管她叫"穆桂英"，属于阵阵到的老师。她人微胖，慈眉善目，说话随和而温暖，语速不快不慢，声音不高不低，像个老大姐。她1952年生，1969年17岁时，就参军到西藏阿里高原部队当兵11年，历任卫生员、助理军医、军医等。她讲在冰原上拉练行军时的艰辛与心理承受能力。复员后攻读北师大心理学硕士并取得硕士学位，开过心理咨询所。著有《毕淑敏文集》十二卷。王蒙曾这样评价她是"文学的白衣天使。""真的不知道世界上还有这样规规矩矩（的）作家与文学之路，她太正常，太良善，甚至于太听话了。"她面对文学水平参差不齐的我等学员，就以老大姐的口吻讲文学创作的十个秘密。她还讲了马斯洛需求的五个层次，生理需求，安全需求，社交需求，尊重需求，自我实现需求。

我最后参加到第14期，毕淑敏老师也讲到第14期。那天她说，今天是最后一课，并不是都德的"最后一课。"我都讲老了。确实，从1996年讲到2016年，二十年时间，人生有几个二十年呢？她说完这句话后，有一种放下一副担子的轻松样子。

有一次毕淑敏老师在讲课中，讲到了观察的重要，她说描写红的词汇不下二十几个，如深红、浅红、紫红、酱红、朱红、绯红、柿红，胭脂红、嫩红、老红，水红等等，昨天又听了一个新词，叫冈比亚红，是形容汽车颜色的，听了这个"红"，我很高兴一阵儿。

听了毕淑敏老师兴致勃勃讲各种红色，当她新听到又有一种红色时，神情那样兴奋。我听着听着，心有所触动，也有所启发。第二天，我就写了一篇千字短文"盲人玫瑰"，发表在《北京日报》上，后被多家媒体转载，中国青年出版社出版的《梦想照耀未来》一书中，收入此文并放在首篇。到现在我也自认为，此篇是我散文中的代表作。所以我想，如果我未听到毕老师的这堂课，也就没有此小文出生。

南殿红墙外，有一棵也算高大的白丁香树。清明与谷雨之间花全开时，细碎繁花如雪，清新淡雅幽香。所以绕路也要从树下走过，仰脸闭眼，吮吸细香，鼻子发痒，有爱情滋味。待花落花飞之后，西篱下的紫萼玉簪叶子正肥，扶芳藤扯出的枝蔓在栅栏上攀援，而下面的那一片牡丹也盛开正旺姹紫嫣红。太庙的牡丹也是名品，魏紫与赵粉，二乔与姚黄，雪盖黄沙与黑海波涛。花大色艳，璎珞满身，花姿绰约，风动粉嫩花瓣，韵压群芳。

上课的时间是每星期六下午二时。赶集上庙一天工。我索性上午早早出来，从顺义乘915公交车到东直门，然后转乘638路到首都图书馆。那里常年上午有讲座，讲到11时30分。听完课后又乘638路到东直门，转乘地铁2号线至建国门站倒一号线至天安门东下，到西配殿门外的一个小饭店吃10元钱一碗兰州拉面后，此时离上课还有一个小时。

怎么打发这60分钟？上午在首都图书馆听中央民族大学蒙曼副教授的课，她讲的是《唐明皇与杨贵妃》。在提问环节，有听众问她，您除做学问外，最喜欢做的事是什么？蒙曼老师马上笑答：睡觉。

此时，经过半天多的折腾，我饭后最喜欢做的事也是眯上一小觉。于是，我选择一紫藤架下的长椅，书包当枕，放倒僵硬的身体，仰面看淡粉紫藤花正如瀑布般泻下，一二只虫儿乘游丝坠下，三五蜂儿蝶儿在浅花丛徜徉。看着看着，眼睛就饧得睁不开了。

虽与课堂只一道一门之隔，终不敢放心去睡。半睡半醒半梦之间，似有黄衣人入梦诘问。尔后，竟诌出下面几句：

椅长僵卧紫藤垂

梦里帝王问我谁

一介农夫垂老者

休来纷扰速銮回

  既是文学的殿堂，讲课内容还是很丰富和多样的，有的老师讲小说，有的老师讲散文，有的老师讲戏剧。我记得第一个讲戏剧的是李功达老师。他讲了自己的文学创作经历：我1955年生，也是插过队的，开始都是文学青年，业余作者。开始写短篇小说《小路》《蓝围巾》《乔迁》，也出了中篇小说集《对一个失踪者的调查》。后来才搞剧本。可将剧本拿给所谓的专家、学者、编辑或制片人看，还是被他们横挑鼻子竖挑眼，有时还被批得体无完肤，一无是处。你和他们争论也没有用，因为话语权与决定权在人家手里。但后来发现，他们否定过我的东西后又被肯定了。自己对自己的东西要有信心。再进一步想当制片人，也当了制片人。《宝莲灯》《白蛇传》《宝莲灯前传》《越王勾践》等都是我的作品。从我被别人挑毛病到我挑别人毛病，这个感觉很是良好。

  对于他的观点，我等自然不会感同身受。因为我们自知即使再努力，也很难达到当制片人的水平与地位。但他讲电视剧和电影剧本创作有一个基本要求，就是将各种矛盾尽可能集于一定的时间与空间内。他说，最近看了好几个电视剧本，均不太满意。最后看到一个剧本，背景是民国初年，地点是哈尔滨，为争夺一个有价值的东西，各方势力纷纷参与，有政府警察，有黑社会，有清朝遗老，有革命党，有土匪，还有白俄势力。这么多矛盾集中在一个事件，一定时间，一定空间爆发，就有意思了。李功达说到这里很兴奋，脸红红的。一个制片人遇到了一个好剧本，也是令人振奋和幸运的。

  邹静之也讲剧本。因为要反映中日关系的回暖与改善，张艺谋请他写一个关于中日友好的剧本，要求只有三个字"合理性"。这与李敬泽老师评一篇小说是否"成立"是一个意思。于是，邹静之老师用一个星期的时间拿出初稿，即《千里走单骑》。张艺谋看了，颇为满意。邹静之老师讲自己写电影或电视剧剧本，其人物关系的组合借鉴京剧中的生、旦、净、末、丑。后来看了他的几部电视剧如《铁齿铜牙纪晓岚》《康熙微服私访记》《琉璃厂传奇》等，莫不如此。

  邹静之老师还讲了自己开始学习写作的体会，总想把一件事情写得清楚又清楚，明白又明白，生怕读者看不明白。其实读者比作者聪明。后来看到林语堂关于写作的一句话，深受启发。林语堂说：写作时笔锋该转弯时就得转，转不过来时，硬转也得

244

转。

后来我问杜老师，怎不请邹静之老师讲课了？杜老师笑答，邹静之1952年生，也下乡插过队，他自认为是为写作而生，有人称他为中国第一编剧。他编的电视剧文学性强，文学性就是有人物，文学性能穿透时间。他是个才子，诗写得好，书法也不错。虽然成立了自己的工作室，但干活还是要靠自己。他时间那么紧，创作任务那么重。还有一个原因，他觉得他讲课时，听众眼神不对呀，眼神散，眼神没有交流，很茫然。自己讲着讲着就减少了激情。

我觉得邹静之老师的心情可以理解。

有一位老师讲课最多，每期安排4节左右，那就是首都经贸大学副教授晓白老师即白延庆者。1957年生，也曾插队务农，北京师范学院中文系毕业，又毕业于中国人民大学文艺学研究生班。著有长篇小说《魔幻激情》；小说集《归国少女》编著了《公文写作》等大学语文教科书。

晓白老师身材壮硕，像个运动员，身穿运动服，头发自然卷。他时时站起来板书，有时忘记坐下，讲到兴奋处坐下又站立起来，加上肢体动作。热情磅礴，激情四射，人显得热气腾腾。他讲课极富有吸引力，观点独到犀利。内容丰富，且有条理，正如笔名"晓白"乃通晓明白之意。学员们都在听，连杜老师也在听。看似滔滔不绝，但定时准点肯定讲完，不会拖延半分钟。显然，之前他定是做足了功课。讲课前，他把自己的手机号码写在黑板上，说愿与学员多沟通联系，态度很真诚。

晓白老师极力主张"传播"的必要性和重要性。作品写出来，尽力传播之。好酒也不要藏在深巷子里。充分利用互联网和现代传播手段。讲课，也是传播手段之一。在讲课方面，他身体力行，也到望泉寺文学社讲过课。在讲课时，他常常顺便评论当代作家，尤推崇刘恒老师。认为以刘恒之作品，应该得诺贝尔奖。说这话时，大手还在空中往下一挥。

晓白对刘恒老师的推崇自有道理。1954年出生的刘恒，就小说而言，已创作长篇小说三部，中篇小说计20部，短篇小说数十篇，出版作品集7部，已有五卷本《刘恒文集》问世。其短篇小说"狗日的粮食"可谓经典中的经典。虽说的是人的基本需求，却有着灵魂的重量。更何况他的剧本创作《窝头会馆》《金陵十三钗》《集结号》等影响甚巨。

刘恒原名刘冠军，取汉文帝刘恒名字为自己的笔名，也需要一番胆量、才气与大气。刘恒老师，他是一个很有成就又很庄重的人。又很低调，不轻易应邀讲课，据说在鲁迅文学院都未讲过。在顺义作协开会时他人虽未到，但发来贺信，连每一个标点符号都很严谨。

刘恒老师讲课倒不怎么讲文学，而是高屋建瓴。题目是"你头顶上的太阳与手中的资源"。这个观点其实很重要。大意是，你头顶上的太阳是上午的朝阳还是如日中天抑或是午后甚至是日薄西山，你处于哪个年龄段，自己应当清醒；你手中的资源是农村还是城市或是官场抑或是学校，自己应当明白。你一定要定好自己的位置，不然会事倍功半甚至劳而无功。这是一个使人醍醐灌顶的思想与提示，使人警醒。但有人听了，却一头雾水。私下里说：刘恒老师讲了半天，一句话都没讲小说创作。刘恒闻之，只好自我解嘲：我不是对牛弹琴，而我是牛。

太庙的夏天还是比较热的，穿过二殿宽阔场地，无树，干热。三殿虽大，但也并不凉爽。无空调只有吊扇，且风力不及。所以肖复兴老师讲课时，能明显地看出他脸上闪烁着汗珠。

肖复兴老师1947年生，亦到黑龙江建设兵团插过队，做过《人民文学》《小说选刊》的副主编，已出版50余种书。文学界对他的评价是写普通人的形象，不是用平面的、静止的单一写法，而注意生活的纷纭复杂与人物多样性格，给读者以立体感。他从编辑的角度，从作者来稿中的感觉，来讲自己对小说应如何来写。他说了一句很经典的话：写小说不要胡同里赶猪——直来直去。意思是不要直奔主题，应该讲究角度、视角。为了阐明自己的观点，他又引用林斤澜先生论写小说：写小说好比吃豆腐丝，从中段吃起，卷点小葱、生菜，抹点酱。吃的时候，可以想到如何种黄豆、收黄豆、磨黄豆。也可以想吃完豆腐丝后干什么。说到这儿，肖老师又做了一个比喻，又进一步解读，写小说不能总按时间顺序写，不要小猫吃鱼——从头吃到尾。可以直接写第三段，回忆前一、二段，续写后四、五段。这就是林斤澜老师所说的吃豆腐丝法。另外，写作时不能老按住一处写，一顺边写下去，要及时调整拐弯。

一个老师上一次课，只两个小时，内容不可能面面俱到。一个话题抛出，也不可能阐释得尽善尽美。难免"书不尽言，言不尽意。"好在各位老师虽各讲各的，事前并未沟通。但文学的内涵本来就是相通的，老师们互相的观点、内容，可以相互补益，互相印证。肖复兴老师讲，"写作时不能老按住一处写，一顺边写下去，要及时调整拐弯。"车前子老师说得更准确，写作要注意及时荡出去。荡出去，这个词很生动形象传神。进一步诠释了肖老师的话，也给邹静之转引林语堂先生关于写作中"硬转"做了又一次解读。车前子老师清瘦，额头宽阔有点苍白，脸色也有点苍白，架双拐走路。登台上梯时，几个学员簇拥上来扶持，可见同学对老师的敬仰。而学员中，不乏年龄比车前子老师尚大者。

一个人让人敬仰总是有理由的。车前子，原名顾盼，1963 年生于苏州.是个诗人、散文家、水墨工作者。出版有诗集、散文随笔集、评论集等 18 种。多次参加国内外画展，二十一世纪文人画的代表性画家之一。新时期文学横跨三代诗歌的代表诗人之一。杜芳伦老师能驾驭书、画、文三套马车，评车前子老师：有才，诗文俱佳，画继承是中国传统文人画精神。

太庙文学研修班也放所谓的暑假，只不过停几个星期而已。所以，阴天下雨，挨淋冒雨是常事。我常挎两个包，一个包装书、装笔记本、装《绿港文学》《顺义文艺》杂志，给文友带来；又将文友给我的书刊带回。另一个包装雨衣和伞。两个包鼓鼓囊囊，有点丑。挎两个丑包蹒跚而行，可能更丑。但好像总是身负重任似的，自我感觉总是良好。有一次乘地铁到东直门，出地铁口大雨如注，没有一时停的意思。只好出站，扑进雨中。布鞋里立刻灌满了水，踩着明灭的水泡去等公交车。回到家中，整个人像从水里捞出来的一条鱼。

秋天来了，太庙里的暑热率先退去。二殿前，不时有十几对或二十几对新人在拍婚纱照，新郎新娘都很漂亮，摄影师和拿反光板的年轻人也很漂亮。新娘大胆热烈并不羞涩，新郎倒有点矜持显得温文尔雅。

舒乙老师本人就温文尔雅，讲课不紧不慢，也显得温文尔雅，且不动声色。他讲其父老舍先生文章的特色是用词极简。他统计过，所有作品中的语汇也就二千多个，且是常用语，极少用生涩冷僻之词。经他一说，还真是，要不读老舍先生的作品，怎么觉得通俗易懂，平易近人呢。

舒乙老师还有一个特点，讲课毕，众学员要求与他合影，他概不拒绝。表情安静、从容、淡定，不动声色站在那里，稳如泰山，任学员轮换，不急不烦。这样会耽误回家时间，他也丝毫没有显露出不耐烦的意思。这也是一种对人尊重的修养。舒乙老师还来顺义工会礼堂讲过课，听众达几百人。

后来我问杜芳伦老师，舒乙老师怎么不来讲课了？

杜老师说，舒乙老师最近身体不适，手脚不太灵活，说话也有点别扭。现在好多了。

其实，舒乙老师得的病就是半身不遂。但经杜老师口中说出，就换一种语言和口气来表述，这就叫：口德。

在讲课的老师当中，除崔道怡先生外，赵大年老师年龄算大的了。他满头银发，但讲起课来，声如洪钟，露出满口好牙，竟没有一颗是假的。

毕淑敏老师在讲文学创作的十个秘密中，其中有一个秘密是语言。赵大年老师讲

247

了自己怎样向老舍先生学习语言。刚开始学习写小说，很喜欢用形容词。把自己认为最得意的一篇拿给老舍先生看，老舍先生看毕将稿子轻轻放在桌子上，未置可否，却对年轻的赵大年说，"小子，先到天桥听老百姓说话去。"老舍先生这句话对当年的赵老师启发很大，要注意搜集学习底层民众口头鲜活生动的语言，他真到天桥听各种人说话去了。

赵老师也没什么大作家的架子，后来应邀到顺义给业余作者讲过课。

赵大年老师生于1931年，于去年2019年7月1日仙逝，享年88岁，亦算长寿。代表作有《大撤退》《女战俘的遭遇》《公主的女儿》等。是电影《车水马龙》的编剧。还参与了《渴望》等电视剧本的创作。

冬天，雪后的太庙别一番景致。红墙黄瓦，白雪压顶。阳光照在柏树上，雪坨簌簌滑坠，针叶缀着晶莹的水滴，如颗颗珍珠。中殿前一大片雪场，我们跺着脚踏雪走路。但毕竟曾是皇帝祭祖的地方，基调是肃穆的，有着墓地般的余味和色调。想到这层，情绪总有些肃然。所以，从未开怀大笑过。

我记得陈建功老师来讲课时，就有一次是在雪后。要说他不到六十岁，就两鬓染霜，头上飞雪了。他不染发，不装嫩，顺其自然。他第一次讲课，讲小说结构。他说，作者就是要将你认识的人或不认识的人，凑到一块，热闹热闹。他的这种表述，觉得很新颖。这也就是鲁迅先生谈创作经验时指出，人物模特没有专门用过一个人，往往嘴在浙江，脸在北京，衣服在山西，是一个拼凑起来的角色。我将陈建功老师的这句话记在本子上，回家重读并用红笔标划了。当时也有疑问，写小说是要热闹些，但只止于热闹吗？直到第二年冬天，他再次讲课时，才拾起去年的话茬说，热闹些干什么？创造一个作者自己的文学世界。看看，看看，陈建功老师真是大喘气，一段话分两年说。

我觉得与陈建功，精神上更贴近一些。他1949年生，在京西煤矿当了10年采煤工，原也是个业余作者，在写出"京西有个骚鞑子"之后，来顺义参加过《北京文学》（那时称《北京文艺》）举办的研讨会。那次会规格很高，记得有秦兆阳、冯牧、邓友梅、刘绍棠、雷加等大作家。后来我看了他发表的"飘逝的花头巾""盖棺""丹凤眼"很是崇拜。其实，陈建功老师就是丹凤眼，后来到过顺义多次。他力挺顺义王克臣携长篇《风雨故园》加入中国作协。

冬天，也是一个严肃的季节。主持文学创作研修班日常工作的杜芳伦老师考虑得很全面，所请的老师在年龄结构，知识结构，文体结构上要互相区别又要相互补益。所以，搞文学评论的老师也不可或缺。评论界请的是李建军老师。

李建军老师很年轻，1963年生。唇边小黑胡须浓浓然。他评论当代作家，包括当下正走红的作家，风头正健的作家，他都照批不误，毫不留情。因此，在文学评论界以敢说话出名，有"文坛清道夫"之称。他的评论被认为"充分体现了有机的系统性，鲜明的问题性，辩证的统一性，研究的普适性和实践的指导性等特征。"

我与李建军老师亦有一次交集。在北京市职工文学创作"身边"征文中，我的短篇小说"娘亲舅大"获一等奖，就是李建军老师写的颁奖词并在颁奖会上宣读。这对我亦是一个鼓励和鞭策。

从授课内容看，涉及诗歌、散文和小说。但还是以小说为主。讲小说的老师中，刘庆邦老师应该是很有权威的。因为刘庆邦老师被小说界称为"短篇小说之王。"

这个称号其实较为准确，刘庆邦老师1951年生，1972年发表作品，至今已发表了300多个短篇小说，30多个中篇小说，9部长篇小说。莫泊桑一生就短篇来说，才写了二百多篇。刘老师写小说，如打开自来水的水龙头一样哗哗喷涌。

刘庆邦老师对小说有自己的理解和比喻。他说，长篇小说像大海，中篇小说像长河，短篇小说像瀑布，尤其像瀑布下的深潭。这种比喻很贴切，几乎不用阐释读者即可理解。有学员提问，您认为一篇小说如何产生？他说，我认为得有一粒小说"种子"种入心中，尔后这粒种子慢慢孕育，生发成小说。刘庆邦老师的"种子说"很形象，也贴切。当然，再准确的比喻也是有缺陷的。有的听者心领神会，有的人听了一头雾水，这也很正常。我理解刘老师所说的小说"种子"，是指小说的思想内核。一旦觉得此篇小说有了思想内核，就觉得值得去写了。他曾以老学员秦景棉的小说为例在现场与大家交流。

一次请他来顺义讲课时聊起，他每天几乎都是早上四时半起床即开始写作至八时左右，尔后吃早餐，再参加会议等活动。每年大年初一即开笔，不让自己的写作情绪为节日所扰。他认为写作就是要付出劳动、付出智慧、付出情感、付出心灵，是自己一个人的修行。

我2006年参加劳动人民文化宫文学创作研修班，大概过了半个学期，杜老师对我说，你手头有诗可以给我几首，咱班准备出一本书。我2005年已出版了一本薄薄的诗集《早春》，于是从中选了7首交给了杜老师。尔后不久，学员作品集出版，我的几首稚嫩诗全部收入。在以后又出的几本书如"大地之礼"等都有我的作品，虽不成熟，仍忝列之。

记得在2008年又是春天，丁香花又盛开时，杜老师一日忽然问我，你申请加入北京作协了？我听了一愣，说，是呀。杜老师没有再往下说，我也没再往下问。大约二十天后，北京作协通知我参加新会员见面会，会议由作协主席李青主持，由秘书长王升山颁发北京作协会员证的小黑本本。同期入会的有密云的郑丛洲和王也丹，后来我们都成了好朋友。还记得有个叫鲍尔金娜的女孩，看上就很有才气。

加入北京作协后，我也没告知杜老师，我也没再追问杜老师，您怎么知道我申请加入北京作协？杜老师也未再提起此事。我猜想，大概是秘书长王升山来太庙，杜老师定给我美言几句。我知道我自己，是一个很"木"的人。心存感谢感恩，但不善于表达或羞于表达。而杜老师这个人，又是个出言谨慎，施恩而又不望图报或内心觉得并未施恩于人的人，由此我从内心，更加敬重之。

2012 年，也是春天，一个明媚的日子，杜老师告诉我准备一发言稿，在四月十二日的现代文学馆一个研讨会上发言。直到那天会上我才得知，所谓的研讨会，北京是我发言，湖北是周春兰发言，东北是杨成军发言，宁夏西海固作协集体代表发言。诗人雷抒雁点评杨成军的诗，杜老师评论我的小说，题目是"红墙热土香火旺"。会议由李敬泽主持，梁鸿鹰做重点说明此会的召开的宗旨是重视基层文学创作。午餐时，杜老师及时提议，领导都在这儿，福元你还不抓紧申请加入中国作协？王升山立刻说，你写申请，我签字。李敬泽亦点头。这样，在同年我加入了中国作协，很是顺利。后来在济南我参加《当代小说》研讨会上，遇到付秀莹和邱华栋，邱华栋则对我笑说，在讨论你加入中国作协审议时我说，老许的小说写得不错，我评论过他的短篇小说"牙印"。其他人立刻附议：你邱华栋都表态了，我们也没的说了。

我申请加入中国作协时，已出版我个人专集《早春》《半夏》《仲秋》和《印象美国三十天》四本，并在《北京文学》《当代小说》《星火》《小说月刊》等期刊发表了小说。后来又出版了《瑞冬》与《惊蛰》。但应当说，我还是幸运的。

提到诗人雷抒雁点评杨成军的诗，我还要说几句，会后我和雷抒雁诗人合影留念。他悼念共产党员张志新烈士的长诗"小草在歌唱"我读了十几遍。受其影响，我也写了一首较长的诗"永恒的悲哀"收入我的诗集《早春》之中。谁承想，第二年即 2013 年 2 月 14 日雷抒雁诗人即驾鹤西去，令人唏嘘。

在那次会议上我还认识了《光明日报》编辑付小悦，后来付小悦编辑在其主持的副刊上，她给我发了多篇小小说。

在讲课的老师中，也有学院派。北大教授曹文轩就是。他身材修长挺拔，显得很儒雅。讲课时带点江苏盐城口音。他首先讲读书，他认为书是有血统的，流传下来的经典著作就是有着高贵的血统，应该读这样有高贵血统的书来打好文学精神的底色。不读或远离那些烂书。他在说到"烂书"两个字时，有点咬牙切齿。仿佛烂书在败坏高贵书籍的血统。对于写作，他主张先借鉴，多借鉴，没有借鉴就没有创新，甚至可以借鉴创作题材。他有一本契诃夫手记，上面记载了契诃夫灵光一闪的只言片语，很多有了点思路但并没写出来，后人可以继续发挥吗。他说，我的小说有的思路就来源于此，这不叫抄袭或剽窃。

曹文轩那么大的作家、教授，又是 2016 年首位国际安徒生奖得主。到劳动人民文化宫讲课，不用接送，就是自己乘地铁，挤公交，自去自来。讲完课后，看他飘然离去的背影，很快淹没于人群中。如此平凡，又如此不平凡。

我看了他的长篇小说《天瓢》后，他把雨写得那么淋漓尽致，深受启发，也试图借鉴。在我的几篇小说中，也描写了下雨的各种情景。而他的《青铜葵花》中的某个片段，也被移植到我的一本书《印象美国三十天》中。一次见面时我向他说明，并翻至书中某页。曹文轩老师连声说，没关系，没关系。

因在文化宫听了曹老师的课，觉得颇不过瘾。就决计到北大，旁听他的文学与艺术的课程。他的课安排在每星期一 9 时至 12 时，地点在北大逸夫楼阶梯形大教室。北大自蔡元培当校长始，就有这样一个优良传统，就是开放式教学。无论是否是本校学生，就是社会青年或老年，亦可听蹭课。当年的沈从文，不就是听蹭课成为作家的吗。这样，每星期一我从顺义乘公交，来回费时近 6 个钟点，去听曹老师的 3 个小时的课，这样坚持将近两个学期。

听课时还有一个小插曲，有学生认为我是教授，是我讲课。曹文轩 1954 年生，我1946 年生，老学生大老师 8 岁。

讲课的老师中，还有周大新，1952 年生，是军人作家，他写的长篇小说《湖光山色》获第七届茅盾文学奖。他讲课语速有点慢，很有感情，讲到情深处，眼湿润，声哽咽。他有一个观点，热心写作的人，大都是心想事不成的人，想在写作中实现自己的梦想。心想事成的人，不会执着于写作。这和严歌苓所说的"文学产生于苦闷，不产生于幸福。"观点相近。周大新老师还有一个观点，说写作的人其实都是笨人，肯下笨功夫。因为写作不能投机取巧，走捷径，抄近道，只能慢慢来，一个字一个字去写。当有学员提问写作如何选择题材时，周老师说，可以先从身边人写起，父母、兄弟、姐妹，然后同学、同事，朋友，写作对象渐渐扩大到其他人。从写身边熟悉的人开始，这样更容易一些。周老师人很随和，也到顺义望泉寺讲过课。

还有一位老师不得不提，那就是阎连科老师，1958 生，河南人。讲课有河南洛阳口音，浑厚低沉，但还是能听明白。他被认为是"荒诞主义大师"，这个称号他自己并不认同，他称自己的作品是"神实主义"。阎连科擅长虚构各种超现实的荒诞故事，情节荒唐夸张，带有滑稽剧色彩。他自己则说，并非我的作品荒诞，而是生活本身荒诞。不可能发生的事发生，才让我着魔。莫言称阎连科是最有希望获得诺贝尔文学奖的作家。在国内曾获鲁迅文学奖和老舍文学奖。在国外曾获卡夫卡文学奖和三次入围布克国际文学奖。

他讲了他的一篇小说，名字我忘记了，其中有一个情节，一个老农死在庄稼地里，过了很长一段时间，人们发现他时，一株玉米已经从他的骷髅骨架中长出长高，结的棒个很长很大。这一细节对我触动很大，受其启发，我写了一个短篇小说"香火地"就是前边提到的得《五一》征文一等奖的那篇。

我对阎连科老师有一段话特别有感受，大意是说，一个热爱文学写作的人，如果不将时间用在读书和写作上，真想象不出他的生活会是什么样子。意思是，读书与写作，已经成为作家或写作人的一种生活方式，生命体征。

阎连科老师提出了一个充分利用时间的概念。我也考虑如何充分利用时间。刚开始，我上午在首图听课，中午赶到太庙。后来听说东城区图书馆的讲座不错，每星期六上午 9 时半到 11 时半，时间亦能错开。乘车也顺脚，听完课后直接在北新桥乘地铁，在东单转 1 号线到天安门东。在南池子大街缎库胡同内一个山西小面馆吃 12 元一碗的山西刀削面，然后打着饱嗝从容不迫地去听课，真是个不错的选择。在上午东图课堂上，分别听了莫言、王蒙、蒋子龙、张炜、刘震云、严歌苓等人的讲座，也听了赵忠祥朗诵范仲淹的"岳阳楼记"，梁宏达的脱口秀，敬一丹介绍自己的新书出版及签名售书。有时约几个听课的学员，于一个部队对外餐厅吃饭。AA 制后，再去听课，边走边聊。

讲课的老师每期也不固定，也受各种条件制约并综合考虑。有的老师作古，有的老师因病，有的老师出差，有的老师参加每年的"两会"。有时杜老师须反复联系才能敲定。越到后几期，讲课老师越年轻化。宁肯讲小说，周晓枫讲散文，杜丽评点学员作业。讲课老师的年龄，也越来越年轻，学历也越来越高。各种文学观念也纷至沓来，各具特色。萨特、卡夫卡、卡尔维诺、马尔克斯、博尔赫斯、川端康成等外国作家的名字，从他们的讲课中，不断被提及。各种文学流派，如批判现实主义，解构主义，魔幻现实主义等等，出现的频率也很高。此时的太庙变成了文学殿堂，整个太庙属于文学，文学气味弥漫。古庙闻道，庄严肃穆。

在听课期间，文友高若冰提议成立个文学社，推我为社长，一开始只 8 个人，后来有二十几个人，到现在联系的还有十几个人。人交往就是这样，有的人走着走着就走散了，淡出了视线；有的走着走着就走近了，时不时还聚一聚。成立文学社之初，也办过几期纸质小刊，也结伴到妙峰山、大觉寺、纳兰性德的故居结伴出行。春到密云游玩，秋到怀柔远足，还到江南采风过。我写了3万多字的江南游记，收入我的《瑞冬》之中。现在想起来，此情常追忆。

还有别的文学社应运而生，如陈家新组织的《九月文学社》等。后来网络文学群勃兴，达几十个。参加文化宫文学创作研修班学员是基本力量。现在我们这一小群人还办个博雅文学沙龙，有徐子建、高锋霜、林万华、来印生、赵国培、秦景棉、郝洪才、藉利平、何学海。何学海者即齐七郎，在《北京文学》2020年第6期发表了短篇小说"寻道深山"，起点颇高。沙龙成员均是太庙各期的学员。人居散而心不散。

学员大都来自市区，也有郊区。每期初时报名者不少，有一百多人。但随着时间推移，学员听课者渐次减少。到最后，也就相当于开始报名者的三分之一，四五十人左右。这也是正常现象，由于各种原因，虽都是热爱文学，但热爱文学的程度不同。毕竟这不是全日制学校，其他方面未有约束力。坚持与否，全凭自己。总共学员，从第1期至16期，也近2000人左右。

但总有坚持到底的人，锲而不舍的人，热情不减的人，再接再厉的人。如秦景棉，自1996年第1期始，至2017年第15期，除去到悉尼外，期期到位，表现了她对文学的痴情总处于热恋之中。在此期间，她出了个人专集《追梦》《诱惑》，虽说是我给写的序，但未及其春水一般的文字。如侯淑玉，从大兴西红门到太庙红墙，奔波不止。许震和方效，已经加入中国作协，成绩不菲，仍谦谦来学。在古典诗词创作方面，刘古径经魏润身教授和黎烈南教授的指点，成绩斐然，被称为大兴女词人。被称为老班长的藉利平，进行散文创作并参与科学读物的出版。有的学员虽不创作，但读书很多，记笔记也很多。如冯好人，精神更加饱满，竟手抄《辞海》条目。作家与读者，老师与学生，是相互并存，相互补充，相互融合。在此时此地是学生，但在彼时彼地就是老师，如沈伯强，回航天单位就开班授课。有的学员即使名不见经传，但他们心里文学的角落也曾被老师讲课点亮过。

说来也不可思议，我在太庙听课十年中，并未去只有一条御道之隔的故宫参观，未登一街之隔的景山览胜，未游故宫后面的北海白塔，连角楼筒子河何时结了镜面般的薄冰全不晓得。

在第9期我报名时，杜老师说我年龄最大。但后来，还有一个长我一岁的学员，他叫徐子建。每次听课都坐头排，笔记且录音，回家后将重点标注，与杜老师通话或与文友交流认为重要处，还要用毛笔抄下，置于案头。经过努力，他居然写出《父亲的军装》一书，且文笔不错。由人民文学出版社出版，被排在同年畅销书前10名之内。他坦言，参加太庙文学创作研修班，受益不浅。说是"居然"，其实并非偶然，有其必然，就是徐子建长期积累，十年磨一剑。

说到出书，劳动人民文化宫也组织了几次学员的集子。先后出版了《烂漫集》《新叶集》《红雨集》《凝碧集》《春雪集》《人民文学北京职工作品专号》《非常纪录》《五一文丛》（四卷本）《老伏天》《2008年——中国红写黑》《十月赋》（上下卷）《与太阳握手》《无名帆船》《大地之礼》《北京精神给我力量》《精神脊梁》等。这无疑是展示学员作品的平台，给学员的作品提供了一个发表的机会，发展的机遇。在学员当中，加入北京作协的有六十多人，加入中国作协的有二十几个人。

现在，众多的学员活跃在各个单位，各个区域。他们成了各区县各系统文学期刊的编辑和主要撰稿人，撑起各自的文学天空。像大兴的周树莲，小说越写越好，且是《兴星》的主编；门头沟的马淑琴，诗有雄风，主持《百花山》；怀柔的李灵，领导《红螺》。张文睿，是《华北电力报》的主笔，也出了个人专集《二手论语》等；冷冰，在《劳动午报》开"红袄专栏"；汪再兴、蔚翠的诗，分别持豪放与唯美。又是得奖专业户。尚利平，出了《青果》等二本小说集。罗雨笙，出了个人专集《梦的追求》。我给写了序：外化其表内化其心。另，我、韩笑纹与杜老师、何镇邦教授，还到北京广播电台做过节目。有的学员看上去并没有取得骄人的成绩，但文学层次的提高，是潜移默化的。学员构成了基层文学创作队伍主体，是生气勃勃生力军。劳动人民文化宫文学创作研修班，培训了那么多文学爱好者，播撒了那么多文学的种子，这些种子至少在全北京市进行了二十五年的文学绿化工程。众多学员花开各地，既是文学爱好者，又是创作者。越是基层，越有底层奠基性，文学生态越稳定。

劳动人民文化宫文学创作研修班办到第15期，年龄限定在60岁以内。我自然就没资格再参加了，杜老师也退休了。但每年有时我还是约上三、五学员，去看望杜老师。他的小书斋题为"淡庐"，为白雪石先生的墨宝；"群贤毕至"，是徐静蕾的手书。墙上还挂一幅欧阳中石的行书，内容论书法形与神之间的关系"形神原为一事形灭则神亦不存形可忘但不可违离也芳伦存念中石"。小客厅正墙上镜框里是方成的漫画鲁智深，确是形神兼备而更神之。还有一幅杨春瑞画的晚年杜甫，拄杖子立，一副老病却昂然的样子。书房虽不大，室雅弥漫书卷气，翰墨散发君子风。每次与杜老师品茗聊天，都颇有启发。一次杜老师谈及张中行先生论治学，"学之所求，不信重于信。"启功先生则对之曰，"学之所得，不知多于知"据此我写了一篇随笔"学之所求与学之所得"，发表在《工人日报》上。又一次杜老师论书法，我又写一篇小小说"书法与飞鸽"，发表在《北京精短文学上》。每一次相聚，都如沐春风，均有所斩获。我的三本个人集子《仲秋》《瑞冬》《惊蛰》都是恳请杜老师题的书名，甚感荣幸。

杜老师书、画、文俱佳，极具个人特色。我有幸收藏了杜老师的随笔集《西庑杂记》和其一本画册。在复班 10 周年时他曾于信笺上留下硬笔书法：是文学的旗帜把我们召唤聚拢到一起，是文学的因缘使我们同声相应，同命相怜；是文学的梦想让我们活得苦乐参半，悲欣交集。北京市职工文学创作研修班已经走过十个年头，走出去一千余人，愿我们彼此常能相遇相慰，且歌且行。杜芳伦丙戌清明于太庙西庑。

是的，我就是众多学员中普通一员。设想，如果我未参加太庙的文学班，就不可能进行晚年写作。这个研修班，为我的写作热身，改变了我晚年的人生轨迹，成了我现在的样子。这是个什么样子呢？也许就是马斯洛所说的人生第五层次，最高需求是自我价值的实现吧。现在想来，原来做过的许多事几乎都是被迫的，而追逐听课，才是遵从自己的内心，完全是自愿，完全是热爱。将热爱如同凹透镜吸收太阳能量集中一点，庶几聚焦出一团活火来。

生命有好多形式，学习也有多种形式。人们认为，上大学是人生的转折点。但对我来说，早已失去了上正规大学的季节。农夫老去，机会方来。其中不乏悲壮与悲怆，无为与无奈，后悔与后退。但在风雨阴晴中奔波十年，人生也超不过三万天。但我在各处听课近千天，每个星期六、日都成了令人盼望的日子。文学诱惑着你，纠缠着你，也挑战着你，也嗔怨痴恨爱着你。但愿一切回忆，皆是序言。现在回想起来，那真是值得怀念和追忆。听课如同置身天堂，也算得我上了一所聊以自慰走读的我的"红墙大学"。

站在高处的小女孩

许福元

在蒙蒙细雨中，婺源的油菜花在漫山遍野开满了，明亮怒放。黄灿灿的梯田，如一幅幅被游人抖开的巨大横幅，一级一级由山脚传递到山顶白云缭绕处。

我手举雨伞，小心注意脚下湿漉漉的青石，拾级而上。赏花的人们兴致很浓，将弯弯曲曲的石径挤成布满蘑菇花伞的人流。

雨势稍停，人们将伞收起。你会惊奇地发现，很多很多人，那些年轻的女士们，头戴着油菜鲜花编织的花环。从高处望下去，条条山路上蜿蜒着涌动着花环的人流。

山路的两侧，不时有帐篷或临时小屋，卖乌梅，松仁等鲜果干果和小饼烤薯一类。阿嫂阿婆们，臂弯套着一串一串的花环，操着当地口音热情过分地探身拦着向过往游人兜售，"花环，鲜花环，嫩花环，十元一只。" 散发着花香轻微气息。

花环编得并不细致，却很别致。纤细柔软青青鲜活的嫩茎缠绕拧绑成一圈儿，一小朵一小朵小花上开放着四片花瓣。有的米黄，有的柳黄，有的鹅黄，还间杂有火焰红，春水绿和彩虹蓝。一株一株的伞状小花，看上去并不起眼。但排成阵势，几百亩上千亩铺陈开去，那满目黄花足以让你叹为观止。花环虽小，却蕴含丰富，光彩映人，花香拂面还引来嗡嗡蜜蜂。人面花环，相衬生辉。

快到山顶的时候，我有点饿了。眼睛寻过去，前边路旁拐角一块黑色山石上，孤零零立着一个身披白塑料布石雕般的小姑娘在张望，她似乎在卖什么吃食。

我走上前去。这个小姑娘确实很小，也就八，九岁的样子。一绺枯黄湿发黏贴在她的小脸庞，眼睛黑而大。她面前放一只古董般的木笼，底部是黑灰的木炭，却看不到火色，上层放着灰黑的红薯。旁边一个竹篮，几块红薯一只花环。一块不大的塑料布，看来她尽量用来遮挡木笼，以致雨水打湿了她的瘦肩头和窄额头。

我指着笼上的一块红薯问，"多少钱一块?"

"五块钱。"小姑娘怯生生伸出五根手指。手指皴黑，手背粗糙。那是常做农活的明证。

"可山脚下是四块钱。"我故意说。导游说过，旅游景区是足可以砍价的地方。

"您给四块也成。"她态度很诚恳。

于是，我掏出一张五元票，递给她。小姑娘用双手，捧上一块红薯。然后从衣兜，掏出一张很舒展的一元票，也用双手捧上。

我慌了，忙说，"逗你玩呢。你要十块我也会给的。"

小姑娘见我坚辞不要，又将那一元钱很郑重地放回去。仰起脸大声说，"谢谢叔叔!"一脸地感激。

这一声"谢谢"谢得我心酸，这一声"叔叔"叫得我心虚。我望下去，山脚的房子只有火柴盒大小，人流也看似影影憧憧。我身边这个小人儿，定是天麻麻亮就起身，背着木笼，挎着红薯篮子，披着塑料布，冒着细雨，蹒跚地扭曲地吃力地一步一步登上湿滑的石阶，且攀登到高处，为的就是每块红薯多卖一块钱。一块钱，在这小姑娘心中，地位如此重要。

山顶毕竟游人少一些，也清冷一些。我和她攀谈起来，"你挣的钱干什么用?"

"上学。"

"你上几年级?"

"我没上学。供我哥哥上学。"

"你哥哥几年级?"

"我哥哥也没上学。钱攒够了再上学。"

"你今年几岁?"我心里顿时发紧，猜想她的实际年龄。

"我十岁，我哥哥十二岁。"小姑娘说得很坦然。

我立刻想起我的小外孙女糖糖，今年六岁，正在上幼儿园大班。到九月份，该就近上小学一年级了。于是我问，"你哥要是上学，学校一定很远吧？"

"也不远。您看，就在那白云升起的地方。"

我顺着她的手指望过去，云深不知处。

一定要换一个话题。我指着遍地黄花，"小姑娘，你看，那么多游人都头戴花环。那么多阿婆编花环卖花环。你也可以采摘编了卖钱呀。花期这么短，可别错过呀。"

"不。"小姑娘口里只吐出一个字，却很坚决。脸上的表情很严肃，显得心思重重。

"为什么？"我有些不解。

这时，她从竹篮里拿起那个花环，显然是被人戴过遗弃的。花朵已萎谢，叶子已萎蔫，嫩梗已萎缩。她将花环举到我眼前，问，"叔叔，把菜花生生折了，还能结籽吗？油菜开花，就是让人硬折的吗？花是不会喊疼，可是会流泪的。这就是油菜花的眼泪。您说呢？"

油菜花环，浸出绿色微红汁液，那就是花的泪水。如果尝一尝，定然是苦涩的。

是的。人们将美丽葱翠的花环戴在头上照相留念，将一瞬变成永恒。随后弃之，踩在脚下。我看到多少花环被投进垃圾箱，以为本是花环应有的下场与归宿。只有我眼前这个卖红薯的小姑娘，能听到油菜花环在哭泣，她触摸到了油菜花的疼痛。

我无言以对。真的，无言以对。

我定了定神，对小姑娘说，"你看，雨丝又飘起来了，我看你穿得单薄，衣服也湿了。你还有多少块红薯，我全包了。你也该回家了。"

"不。"小姑娘又只说出一个字，仍很坚决。脸上的表情仍然严肃。

"为什么？"我依然不解。

"您是不饿了。可有人饿了咋办？我不能将红薯卖给一个不饿的人。我妈说了：饭给饥人。"

这时，我小外孙女糖糖跑过来，连连嚷着，"我饿了，我饿了。"

炭火已灭。红薯是有的，但是凉的。这时，小姑娘从怀中掏出一个塑料

258

包，层层打开，是一块红薯。她双手捧起，"小妹，给。"

这块红薯，带着小姑娘的体温与温情。

下山的时候，糖糖频频回头，问，"我小姐姐呢?"

我指给糖糖，仰望澄澈光亮的地方：站在高处的小女孩!

载《东方少年》2019 年 06 期；总 854 期

不负韶华谈写书

——在石园小学分享会上的讲话

许福元

各位老师好，各位同学们好！

我非常荣幸获得邀请，来跟同学们做分享。起因是我花了 3 年多时间，出版了《洋桥破浪》一书。这本书获得了顺义区政府宣传及文化部门的认可和表彰，顺义教委还特意给石园小学写了一封表扬信，因为我的孙子许梓唐，在这所小学读四年级。今天，来和你们分享一下我写《洋桥破浪》一书的故事。希望给在座的各位同学一些启发。

我是土生土长的顺义临河村人，从小就在这片土地上长大，一直没有离开过这片热土，我所写的书，都是写我的家乡——顺义。

同学们，你们知道我们脚下的这片土地，可以追溯到哪个年代吗？

你们知道，我们顺义的母亲河，叫什么名字吗？

我们顺义的历史，可追溯到远古商周时期；顺义的母亲河是潮白河。

一、脚下这片热土，承载历史变迁

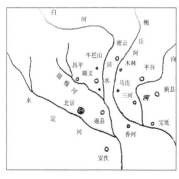

秦汉时期潮河、白河位置图

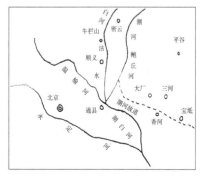

北魏时期潮白河位置图

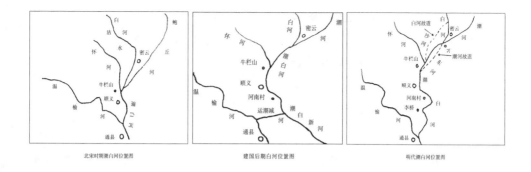

北宋时期潮白河位置图　　　　　建国后期白河位置图　　　　　明代潮白河位置图

　　这五张地图表明，潮河与白河，潮河源头在河北丰宁，白河源头在河北沽源，两地源头本相距一百多公里，分别长途奔波 400 多公里，从秦汉时期到现在，二千多年来，不约而同流经顺义全境 38 公里。所以，潮白河被誉为顺义的母亲河，因为在几千年里，在潮白河两岸养育了无数代人，也支持了燕京啤酒、牛山二锅头、顺鑫农业等现代龙头企业。如果说顺义最大的特产是什么？我认为就是潮白河水。

　　二、排除万难，谱写家乡赞歌

　　我写《洋桥破浪》一书，计 36 万字，历时 3 年多。去北京市档案馆查资料二年多（赶上疫情），查得纸质资料高达 1 米。我乘公交，转地铁，每天查 8 个小时，中午吃十二元一碗兰州拉面。写作时每天 2000 字，冬天脚浸在热水盆里取暖。写完《洋桥破浪》的"后记"，正是 2022 年的大年初一，所以我特别在结尾写了"初稿 2022 年 2 月 1 日（农历壬寅虎年正月初一）于六祖慧能故里菩提园"。我可以告诉同学们，我从来没有双休日，也没有年节概念。在去北京市档案馆查资料期间，顶风冒雨是常事，一次雪后路滑，还栽一个大跟头，爬起来拍拍土又迈步了，我已是 75 岁老人了。几乎是以命下注，拼力一搏，决然无悔。出《洋桥破浪》一书，10 万块钱，是我自费。我的生活非常节简，把纸盒子收集起来卖钱。更节约用水，大盆小盆存脏水拖地。我多次到苏庄残桥考察，数次采访苏庄老年人。他们讲了不少关于苏庄闸桥的掌故，如罗斯夫人劝房东不让给她孩子吃馒头的故事，村民拔桩拉线的故事，大龟扒桥的故事。

　　写这本《洋桥破浪》一书的缘起，是"洋桥破浪"曾是顺义老八景之一，苏庄残桥是顺义不可移动文物之一。我这本书的意义在于，第一次证明顺义人的贡献，从 1925 年至 1939 年，潮白河水经苏庄闸桥，连续向天津输水 14 年，水量相当于 100 座密云水库；冲刷海河泥沙，使轮船畅行。第一次证明，京杭大运河南起杭州，北不止到通州，而至少到顺义牛栏山；第一次证明，潮白河水系是大运河水系最北端的水系保障。

三、少年立志，笔耕不辍数十年

我在上小学三年级时，曾在我同学王任民蓝色笔记本上写过一首诗：

> 背依紫竹度晚年，
>
> 忆起青春泪满衫。
>
> 时间皆弃风尘里，
>
> 著作应留天地间。

我从小朦胧立下当作家的梦想。几十年白天劳动，晚上读书；晴天劳动，雨天读书。数年坚持写作，现已出个人专集 7 本，共二百多万字。2018 年加入北京作协，2012 年加入中国作协。有的文章被当作中学生语文课外辅导教材；有的作为高考模拟试题。我觉得人要从小立志，立长志，不要常立志。

四、四个"自找"，不负韶华报祖国

1、自找志立故事：我同龄人的梦想是当瓦匠、木匠、油匠，但我的梦想是当一名作家，不管多苦多累，我都始终没有忘记这个梦想。我在炕角放一小桌，晚上在油灯下看书。我当瓦匠时，干一天活已经很累，住工棚趴在水泥袋上写小说。

2、自找书读故事：

上学时无钱买书，到处借书，抄书。也读古旧线装书，民国版、光绪年间出版的《三字经》《百家姓》《千字文》《千家诗》《古文观止》《古文释义》，也背书。后来买书，现有藏书一万多册，可能是全顺义区藏书最多的个人。

3、自找苦吃故事：

我从 2006 年六十岁开始，双休日及星期一到首都图书馆、东城区图书馆、北京市劳动人民文化宫、北京大学连续听课十年，所做笔记本码起来比我还高。

4、自找乐趣故事：

我不抽烟、不喝酒，不会打麻将、甩扑克。我最大的乐趣是读书、写书和背书，现在仍能背下中国古典诗词三四千首。

我非常羡慕同学们你们有现在的生活条件，有这么宽敞的教室，有这么多学习的书籍，有这么用心的老师。我想，如果我生在你们这个时代，我一定少走好多弯路，可以有更大的成就。希望同学们珍惜当下，好好读书。梁启超说，"少年强则中国强"，教育家陶行知说过这样的话："在教师手里操着幼年人的命运，便是操着民族和人类的命运。"国运在你们手中，中华必然复兴。

2024.6.20

生命破茧

许福元

你看到过自然界中，各种生命的破茧吗？

鸡雏须自己努力啄破坚固的蛋壳，才能跳到外面的世界；马驹脱胎而出，就开始跌跌撞撞去学走路；一只美丽的蝴蝶，总要奋力破茧而出，冲破重重束缚，才能羽化成仙。

关林雁的这部小说集，所以名为《生命破茧集》，无论是"错系红绳""晴空一阵相思雨"还是"丝缕王国渡" 等篇，都讲的是生命破茧的故事。

往事并非如烟，回忆如在眼前。少年的阴影，青春的懵懂，年轻时的困惑，生活的捉弄。命运对每个人，似乎并不公平。有的人一路顺风，伴鲜花与掌声。有的人在夹缝中生存，在逆风中前行。有的人屡战屡胜，屡胜屡战；有的人屡战屡败，却依然屡败屡战。我对屡败依然屡战的人，更怀有深深的敬意。

这是一部凝重的小说，读起来沉甸甸的。这里面记载了作者半个多世纪真实的生活，经历的实录。有困难与磨难，有尴尬与不堪，有挫折与挣扎，有无奈与企盼。但不乏对生活的提炼，对人生感悟，对自我的审读。作者沿着自己心路一路写来，不回避矛盾，不粉饰现实，展现各种人的世相，披露自己的心迹。作者写了自己抑或他人心灵的苦难，精神的折磨，婚姻的不幸，感情的失落。但最重要一点，作者不是为写磨难而写磨难，为写痛苦而写痛苦，而是写了对待磨难与痛苦的态度。坚韧与顽强，忍耐与韧长，抗争与自强。战胜它，跨越它；不懈地努力，不屈的奋斗；自爱、自尊、自救、自度；希望就在前面，凡生命总要破茧，自我突破，心海慈航。

关林雁是个普通人，是个平常人，是个平凡的人。她没有建立丰功伟业的大厦，也没战胜过关山重重般的雄关，更没有企图战胜任何人。她只是战胜了自己，活出了自己。能战胜自己，活出了自己，也是一种成功。她像林下水边的一只秋雁，倔强而善良，含蓄而宁静。

作者文笔最大的特点是真诚与准确。将几十年经历的人和事以上帝的视角展现出来，让读者自己去唏嘘，去评判；用准确的语言文字表达，不矫揉，不造作、不夸张，不铺陈，还其率真、本来面目。

关林雁本是个钟情于收藏起自己的人，本书的出版，将暴露更加完整的自己。

2024.6.22

密云小说漫谈

——7·20 在果园文学社漫谈密云小说

许福元

各位文友好！

去年我就来到果园文学社和大家座谈文学。今天是 7 月 20 日，农历六月十五，后天就是大暑节气，今天来的文友对文学的热情，比天气还热烈。

昨天我向刘冠军、郑云珍建议，如果人不多，可围桌而坐，不必台上台下。这样面对面，更得交流。再者，通知只发个信息，不必给个人打电话，谁有时间谁就来听听。我的这两个建议都得到采纳。我不是讲课，而是和大家座谈，互相交流。

今天讲小说，专讲密云作家、密云作者写的小说。

张抗抗老师论写作，"'写什么'和'怎么写'同等重要——'写什么'体现自己的价值观，'怎么写'是价值观的实现方式，用文学表达对自身、人性及对世界的认识。其实，最为重要的是'为什么写作'"。

我在北京听课时有不同的老师讲过，有人说"写什么"重要，举例说如杨利伟写太空生活，普通人无此经历，无法比拟；有人说"怎么写"重要，爱情是永恒和普通的主题，但作者写了人与蛇相恋，就成了传统名剧《白蛇传》。

我觉得张抗抗老师说得很到位、准确和全面。现在，就用她的观点去分析密云小说。

彭光江有一篇小小说"爸爸给我'举高高'"（载《渔阳文艺》2023.1.）讲的是一个缉毒警察的儿子，一个小孩子，特别盼望被他爸爸举得高高，往上抛去，又被接住。他总嫌他妈举的不高，没他爸举得高。小孩子的一个愿望就是盼他爸回家来被"举高高"，盼来的却是众警察叔叔捧着他爸的遗像和骨灰盒。

这篇虽是一千多字的小小说，但表达的主题很庄严和宏大。写什么？是写一种为人民的牺牲精神。怎么写？通过一个小孩子的角度去写。小切口，大境界。

王也丹有一个短篇"幸运来"（载《渔阳文艺》2024.1期），讲的是作者"姐夫"幸运来（虚构）大半生的生活历程。他从穿喇叭裤、戴蛤蟆镜，开摩托车到开二手面包车到撞树报废，从经营小卖部又开"三把子"，从酒驾被罚到养猪，从儿子开出租到出车祸等等一系列。

看官，王也丹写的是什么？她想表达什么呢？作者想表达的是在体制外生存的那很多人，小人物，小百姓。他们努力奋斗、苦心经营、意外不断，尴尬无奈；但是他们没有躺平，而是前行。不断碰壁，却不断摸索。却从未失去对前途的信心，对生活的热情。他们用自嘲进行自我解脱，用梦想补充现实。他们有自己的精神世界，情绪宣泄的出口，自我生存的方法与哲理。王也丹在思想深处，也许是个悲观主义者。但她的作品，总是给人以暖意。

作者是怎么写的呢？一般来说，一个一万多字的短篇，很难写一个人或一个家庭几十年的变化与变迁，但王也丹做到了。她借助小说中人物关系"我""姐姐""姐夫"，抓住几个关键的人生时间节点，悄悄地就置换成功，"骗"过读者。写什么是抽象的，而怎样写是形象的。怎么找到一种珠联璧合的结构，用行动来将思想表现出来。王也丹的架构与笔力，往往似有神助。

下面，就《密云文学作品精选集》（2015年中国文联出版社出版）小说部分，谈谈我的阅读体会。

于连贵的"怪才谢老三"，写了一个改革开放的村主任谢国辉，村人习惯叫他谢老三。为改变家乡面貌，他逆向思维连砍"三板斧"：一是刨掉柏油路，回归到黄土路；二是收回已经承包到各家的土地山场承包权，统一经营管理；三是不准各户盖新房，而是易地建新村。

这三板斧看似怪招，但作者都给出了合理性。没有合理性，读者就认为"假"。于连贵想写什么呢？他写改革开放中的新人、能人、带头人。怎么写呢？就写了谢老三的"三板斧"，而且是层层递进，步步深入。表面看来是写"术"，写"招术""方法"，实际在写"志"，"志向""精神"；通过写"事"，内涵在"人"。写改革开放，要落实到人的思想解放，观念更新，与时俱进。人只有想法，才有办法；有了思路，才有活路。

当然这只是一个短篇，如果写成一个中篇，还要有矛盾冲突。改革是有阻力的，是会有挫折的，未必都是顺风顺水。改革者并非登高一呼，应者云集。

第二篇是王也丹的"瓦琴"，我很早就拜读过了，就不说了。还是说一下她的代表作"双面绣"。这篇著名的小说写什么？正如残雪所分析的，小说的主人公"是个双面人"。什么样的"双面人"？恩格斯说过大意是这样的话，"没有爱情的婚姻是不道德的。"但历史和现实，耳闻与目睹，"不幸的家庭各有各的不幸"，真心相爱的，未必能走到一起；走到一起的，未必相爱。盲婚与哑嫁，隐忍与委屈，勉强与凑合，就成为常态。王也丹的这篇小说，正是将这常态揭示出来，摊晒在丰沛的阳光下，令人唏嘘与叹息，警觉与清醒，审视与回眸。你们看在一座座墓碑下，掩埋了多少人的不可言说、无法言说、欲说还休、并不道德、并不幸福的不幸婚姻的伤心故事。王也丹她自己所说的"真诚永远具有打动人心的力量"中的"真诚"含有"真实、真相、真心、真意"的含义。她想表达的这个思想，必须有个载体，有个具象，有所附着。于是，王也丹由"瞎鞋"过渡到了"双面绣"。所以，寻寻觅觅，"众里寻他千百度"，找到一个与"思想"相契合的"象征""载体"，非常重要。若妙手偶得，小说就成功了一半。

第三篇是曹国军"飞翔的鸡"，写得很奇特。城里人夏小雨开车撞死小山村老人的一只母鸡。这本来是个故事，却变成了事故。老人待夏小雨以茶，管之以饭。然后从容不迫谈这只母鸡的价值，鸡生蛋，蛋生鸡，生生不息直至鸡的精神世界。夏小雨以为，甚至读到此处，读者也以为是钱的事。当夏小雨倾其所有拿出一千二百元赔一只母鸡时，老人庄重而愤然说道："孩子，大爷啥时说找你要钱来？"

曹国军写什么？他写的是对生命的尊重。老人的女儿死于车祸，一只鸡也死于车祸。从众生平等的佛家观点看，一只鸡虽然渺小与卑微，却也是一条生命。弘一法师每次坐凳子之前，都要摇一摇凳子。徒弟不解，弘一法师说，怕凳子下有虫子，让它们躲一躲，不小心会伤害它们。曹国军通过写一只鸡的死亡，达到了思想的飞翔。

第四篇是孙明舜的"绝狼谷"。这是一篇短小说，却短促有力。狼吃了村民的羊，村民猎杀了狼。人、狼对峙，各有所伤。人放过狼，狼也远离了人类。山村遂成了"绝狼谷"。作者的意图很明显，人与自然要和谐相处。这个思想怎么表现？用人们传统意识中的凶狠狡诈的狼来当主角，人却成了配角。构思很新奇，效果很不错。

第五篇是王也丹的"落地生根"，是她第一本小说集的名字。我给这本集子写过书评，"若炫耀就炫耀优雅"。今天也不讲了，不然成了王也丹小说研讨会了。她的《云上》我看了一半，慢慢去读，慢慢领悟，慢慢吸收。并临摹了一幅画，也题名《云上》。如讲王也丹的散文，加上郑丛洲的随笔，至少能讲两个小时，其中的思想、禅意、语言、构思、知识、画面、声音、气息，充盈丰富，壮观奇崛。

第六篇是于连贵的108病房。我使用"跌落"一词。正局级的离休干部住院应该享受干部病房的待遇，结果"跌落"到普通的108病房，于是普通病房的真实现状就暴露无遗：门窗斑驳、空间逼仄、病床拥挤、空气恶浊；来苏水、馊饭菜、臭汗酸；成堆的香蕉皮、橘子皮、卫生纸……

作者在写"等级",社会等级。通过"跌落",展现生活的真相与真实。京剧《锁麟囊》中的薛湘灵,正是由富家小姐一下子"跌落"到乞丐佣人才悟到生活的因果轮回。小说中的"芹",这个人物写得很棒,是个灵魂人物。一个短篇,总要塑造一个呼之欲出的灵魂人物。

第七篇是郑丛洲的一篇小小说"绿豆发芽了"。写了女人夏花因病切除了乳房,她以绿豆充之,保持了女人丰满的形象。但绿豆在汗水浸润下发芽了。

有人认为郑丛洲写的是爱情。我认为郑丛洲写了爱情之上即爱之上的东西,更属于精神层面,那就是人的尊严。夏花以绿豆充之乳房,不只是为好看,而是为了作为一个女人的尊严。在夏花逝世那天,丈夫将发了芽的绿豆扔掉,而以炒熟的豆子代之。炒熟的豆子是不会发芽的,丈夫也永远维护了妻子的尊严,直至天国,直到永恒。尊严对一个国家,一个民族,一个企业,一个家庭,一个人是非常重要的。孔子的学生子路,可以说就是死于尊严。郑丛洲写什么? 写尊严;怎么写,写绿豆。

第八篇是曹国军的"寻找那条河"。这个短篇不短,在本书中长达 24 页,几乎就写了一个人——叶子。她的身世、遭遇、生活、思想、心理、命运、渴望、希冀,还远不止这些。

由此我想到了沈从文的名篇《边城》。沈从文以极饱满的热情写了翠翠,曹国军也以极大的耐心写了叶子。叶子这个形象,足以立于小说肖像人物之林。叶子虽身体残疾,但精神健硕;面对生活,充满热情;心态阳光,灵台宁静;接受缺陷,不失童心。作者想表达的,至少是这些。

"寻找那条河",叶子在寻找属于自己的那条河流。即使在冬天,看上去河滩上满是石头,但在叶子的眼神里,那是开放的石头花。可以想象,叶子内心的安详与和谐。曹国军通过叶子提示我们,生活可能有残缺,梦还是要圆满。如荷尔德林所说, "人,诗意的栖居"。

第九篇是陈奉生的"穿喇叭裤的青春"。小说的结构很简单,山区中学老师陈川被报社录取,但老校长坚决不放。陈川很沮丧和无奈,只好约林染到水库溜一圈。

作者写了一个人青春期的烦恼,成长的烦恼,成熟的烦恼和面对选择的困惑。歌德在二十岁出头的时候写了《少年维特之烦恼》。陈川内在的烦恼,由他外在穿一尺二寸的喇叭裤表现出来。陈奉生对青春期的那一段青春不稳定情绪,不掩饰,不做作,具真情、存真意,率性而为,描写得很是生动。青春期是人生的火山活跃期,熔岩奔突，炽热横溢，青春激流中的漩涡。我们不能总站在所谓道德的制高点上去指疵，去说教，上纲上线讲假、大、空的道理。列宁说过，"年轻人犯错误，上帝也会原谅。"陈奉生的强项应该是散文，并不是小说。

第十篇是李国政的"空婚"。这篇写得深刻而老道，曲径通幽。曹老板为延续香火，借腹生子。花五万块钱让小姐竹子与憨厚农村小伙树根形成"空婚"，最后，竹子和树根由"空婚"变成"实婚"。

作者真正想写谁？是树根，树之根。忠厚、老实、朴拙、单纯、刚毅、向善和那种原始而粗野的伟岸。但李国政在这个树根对面，放一个曹老板，一个有钱就变坏的当代西门庆。用对比来写，此法古已有之。"赋、比、兴"中的"比"即如是。曹老板最后舍弃竹子又找一个有所谓高贵血统的女子代孕，真是神来之笔。但此种题材，颇不好驾驭。但李国政却举重若轻。

第十一篇"同事路小明"和第十二篇"无眠之夜"均为刘士莉所写。今天光说"无眠之夜"。

"无眠之夜"就是夜不能寐。小学教师刘承恩新居紧挨锅炉房，煤烟黑雾，闭窗闷热，窗外噪音，有荤有素。为此，刘承恩为摆脱困境，开始明施手段，暗费心机，奔走上访，搞得身心疲惫，可收效甚微。

刘士莉用非常准确，十分生动，鲜活贴切的语言写了普通底层人物在现实生活中的种种无奈，诸多尴尬和诉诸无门的灰色心情。生活中有疙疙瘩瘩，这才是生活的本质。似乎无解的问题一下子有解，还是源于政府的参与。作者对人物的情感写出了微妙，这正是沈从文所说的"贴着人物写"。

最后说说王长青的"房后那棵老榆树"。作者写什么？在写历史、沧桑、乡愁。怎么写？通过一棵老榆树。为什么写？人和树的情感。情感永远具有打动人的力量。这篇短小说可以写成喜剧，结果如现在这样。人挪活了，树也挪活了；也可以写成悲剧，人挪活了，树挪却死了。将更给人以震撼。中国的传统文化在农村，农村失之，文化则断之。

我上面所谈的，并非是密云小说的全部，只是密云小说部落当中的一间房子或几间房子。是密云小说星空中的一个角落。但仍可窥其一斑，可见密云小说星空之灿烂。每一篇小说，不只是一棵树，而是一片或大或小的森林。我今天的"密云小说漫谈"，只是一孔之见，一家之言。也可能是只见树木，未见森林。也可能是主观臆断，以偏概全。望听者见谅。

刚才崔福东老师提问，写小说长句子好还是短句子好？我认为该长则长，应短则

268

短，长短为内容所需要和为内容服务。我是主张尽量用短句子。台湾的三毛，特别主张用短句子。鲁迅也是短句子居多。老舍先生不但惯用短句子，他常用语汇也就有二千六百多个。

杨玉茹老师问，写当下有没有意义？当然有意义。鲁迅说过大意是这样的话，于现实有意义才对将来有意义，因现实终究会变成将来。（原文我忘了。）

王新艳老师问，您说王也丹写散文用小说笔法？是的。比如王也丹写的散文"沟口人家"中，老任打猎归来，"两只雪色猎狗，一个肩挑黑獾的汉子，雄赳赳走在冒出山头的太阳里。"看，白狗、黑獾、壮汉、红太阳，这是一幅油画。写"胖丫擦鞋店"，我全有了去擦鞋的冲动。

还有的老师问，散文可不可以虚构？我认为可以虚构。但"虚"到什么程度，是有分寸和讲究的。范仲淹写"岳阳楼记"时，并非在现场临窗而写，而是凭想象。不像王羲之书《兰亭集序》。但我坚信，范仲淹肯定造访过岳阳楼，只不过时间与空间是错位的。王也丹写"黄土坎的梨花""大树洼上看星星""大岭的山楂树""天门山情结"等篇，时间和空间也可能有错位的。

有人问我读书习惯，我主张慢读，不动笔墨不读书。前些天某记者来录像，日记、笔记、记录本累积起来达二米五，我成了"二百五"。这次座谈，并无片纸发言稿，但我慢读密云作者作品，也做了抄录和笔记。所以，"慢"就是"快"；"少"就是"多"；"笨拙"就是"聪明"。

顺义是平原，土厚宜稼。密云多山，山多石头多。他山之石，可以攻玉。我也从中学习，很有收获。我们都是基层文学爱好者、写作者。都在生活的苦坑里扑腾过，互相交流，不用说"请"，只要你们"哼"一声，我就来。

谢谢大家！

根据 2024.7.20　现场录音整理

2024.7.22

长篇历史小说 《洋桥破浪》 简介

许福元

本书计 63 万余字，写的是苏庄闸桥的兴废。苏庄闸桥联系着历史的纵深。观秦汉地图，流入顺义境内的河流主要有两条，一条是潮河，一条是白河。潮河发源于河北丰宁，白河发源于河北沽源。秦始皇 “海运饷边” 运送军粮至当时的北方重镇渔阳郡即今密云，就曾利用这两条河。自汉、唐到宋、辽、金、元至明、清，都是漕运水道。到了民国，苏庄闸桥更是控扼潮白合流后于顺义平原，上承峰峦叠嶂的燕山山脉，下达九河下梢的天津，因此水文位置十分重要。

顺义苏庄洋桥，在民国初年，曾是中国北方一个最大规模的水利枢纽工程。此水利枢纽工程，建泄水闸 30 孔，进水闸 10 孔，并开挖一条 20 公里长的新河作为黄金水道，向天津输水。共耗资 250 万现大洋。之所以被称为洋桥，是借洋人资金，请洋人设计，由洋行施工，买洋人材料修建而成。

这座闸桥之所以兴建，是缘于民国六年（1917 年）大水，冲毁了顺义县李遂镇东堤。使进入北运河之潮白河水，窜入箭杆河，辗转直接入海，史称 “夺箭入海”。其结果是，海河无潮白河水补充，轮船不兴；无潮白河清水冲刷，淤积日浅；天津商埠地位，岌岌不保。当时天津有十多个外国租界，其商业利益受到严重损害，于是外国使团纷纷要求政府建闸治水。当时民国政府的财政收入，亦仰赖于天津海关税收。且潮白河 “夺箭入海” 的后果也使下游通县、宝坻、香河等县，水涝成灾。正是在这种内忧外困的情况下，前国务总理、财政总长熊希龄被请出山，主持修建了以苏庄闸桥为首的等一系列水利工程。

苏庄闸桥建成以后，每秒将潮白河水经北运河向海河输水 600 至 1000 立方米，达 14 年之久。共输水有 3000 多亿立方米，从而保证了轮船畅行。同时用潮白河清水冲刷海河泥沙，为天津商业繁荣，做出了巨大贡献。也部分减轻了宝坻、香河等下游各县的水患灾害。

苏庄闸桥见证了近代中国历史。苏庄闸桥从最初动议、酝酿、筹划、准备、施工到 1925 年（民国十四年）建成，历经 14 年。运行 14 年之后，于 1939 年（民国二十八年）即被大水冲毁。这两个 14 年共 28 年，占整个民国史 37 年的百分之七十六。苏庄闸桥的兴废本身就证明了在军阀割据，南北分裂，国家不统一的情况下，民族的复兴是没有希望的。

因此，本历史长篇小说是以苏庄洋桥为切入点，从水利兴废视角写了民国28年的历史。以史料为经，务求确凿；以逸闻为纬，不尚虚诬；以时间为纲，以事件为目。以人叙事，以事彰人。彰显民族之魂。这个魂，就是中国人的精神。一个家族可以兴衰，一座桥可以兴废，一个朝代可以兴亡，但人的精神不可萎靡，不可颓废，不可磨灭。这是特色之一。

特色之二。作者在本小说中写了众多民国人物三百余。从民国总统到总理，从各部部长到各县知事，从村正村副到贩夫走卒，从清朝遗老到洋派人物，从文人墨客到土匪兵痞，从军阀政客到洋行买办，从和尚僧人到律师法官，无不卷入到苏庄闸桥的盛衰荣辱之中。各色人物各有各的故事，各有其存在的合理性。几百个人物凑在一起，很是热闹繁杂，异彩纷呈。

为了建这座洋桥，多少志士仁人，乡贤土著。或积极筹资，或八方奔走，或忍辱负重，或为民请命，或以身赴死。才能在当时中国积贫积弱军阀混战的政治生态中，诞生了本来就先天不足营养不良的新生儿，注定是短命的。但是，却也体现了鲁迅所说的中国人民族"脊梁"的风骨。

特色之三。在建桥过程中，发生过财政困难，经历过直奉战争，遭遇过测夫被绑架，兴起过土夫罢工，追捕过包工人逃逸，起诉过洋行经理。在国乱民贫中，仍能于艰难困苦中，将桥建成，在当时自有其历史的地位和意义，也有历史的局限与缺陷。明史可鉴今，知耻而后勇；抚今而追昔，怆然而泪下。

特色之四。本部长篇历史小说以较多笔墨写了熊希龄，他是我国著名的爱国教育慈善家。他早年参加维新变法，民初担任国务总理，财政总长。晚年投身兴修水利，社会慈善，救灾办赈，收养儿童，创办驰名中外香山慈幼院，并且将全部家产捐充儿童福利基金，同时还积极投身抗日救亡。对熊希龄，至今还没有一部文学作品以小说形式进行全程展现，作者鄙人则填补了此项空白。毛泽东、周恩来等一代伟人，蔡元培、雷洁琼等知名人士，都对熊希龄给予很高评价。

特色之五。本部小说的结构是以苏庄洋桥的兴废为主要线索。眼见得筹建洋桥,眼见得洋桥建成,眼见得宴宾客大庆祝,眼见得洋桥塌了。由此揭示了在当时军阀混战,南北分裂,国家尚不统一,内则民不聊生,外有列强环伺,借外资区区建一座闸桥,也必然是短命的。只有在新中国成立后,治国必治水,一九五四年即建成官厅水库,一九六〇年又建成密云水库。历史的发展，总会有自身的逻辑。

特色之六。本部小说将顺义红色元素融入其中。如与李大钊同时遇难的顺义共产党人李昆，领导顺义人民反对鸡蛋捐，策划了"八百扁担砸鸡蛋局"之义举；早期共产党员发动长山石匠群起抗交石税，获得胜利；发动贫苦农民成立"穷人会"组织，遍及冀东数县，播下革命的种子。这些红色元素为顺义革命史做了早期铺垫，也是北京红色记忆中不可或缺的部分，同时为后来者留下写作广阔空间。

特色之七。本部小说虽重点写了苏庄闸桥，实际上以苏庄闸桥为点，写了五条线即五条河，即箭杆河、潮白河、北运河、海河、永定河。北京市政府将大运河定为文化带，一般认为通州是作为大运河的最北端，这是片面的。本部小说正是以翔实的史料，确凿的数据，将大运河文化带，向北延伸数百公里。正是由于有了潮、白二水经苏庄闸桥补水北运河，引水济津，大运河才有了源头活水。苏庄闸桥是大运河文化带的枢纽与节点。在大河文明中，外国有尼罗河文明，两河文明。中国则有黄河文明。北京将大运河作为文化带，顺义挟潮白合流而参与，并非浪得虚名，而是实至名归。大运河南起杭州，南北串起钱塘江、长江、黄河、淮河与海河。海河之水，则依靠潮白河水补充。如前所述，在苏庄闸桥存在的十四年中，共向海河、天津供水3000多亿立方米，相当于100座密云水库储水量。至今京城，仍仰赖潮白之水。正是因为有苏庄闸桥，其兴废故事则可陈叙百年，赓续北运河文化带，绵延千里。

特色之八。本书钩沉历史，再现历史人物。如东汉张堪任渔阳太守期间，在顺义北小营开垦稻田八千余顷，劝民种稻。因此民谣曰：桑无附枝，麦穗两歧，张君为政，乐不可支。如熊希龄，除正面写他赈灾治河外，还写了他在李大钊遇难后，帮助其遗孀赵韧兰及子女脱险之举。1932年，熊希龄毅然将自己全部家产共计大洋47.2万余元，白银6.2万两，房产、田地、股票以及无法计价的财产40余件全部捐献给了慈幼院等单位，设立"熊朱义助儿童幸福基金社"，总社设在北平石驸马大街。分社设在湖南芷江青云社。因此，熊希龄被称为中国近代慈善事业之父。本书还记述了黎元洪、徐世昌、冯国璋、梁启超、吴佩孚、曹锟、钱能训、张学良、陆征祥、蔡元培、胡适之、王宠惠、吴毓麟等民国人物及罗斯、平爵内、戴理尔、斐利克等外国专家又及各县知事、村董、村正、村副、村民等。

特色之九。本书探幽寻微。作者所描写的时代，正是国际上风云变幻，列强环伺。国内新旧交替，暴风骤雨。苏庄洋桥这个洋工程，表面上看是钢筋、水泥、沙子和石子组成的混凝土；但从另一层含义上来说，又是我们中国式的经验、教训、失败、痛苦、泪水、汗水、血水掺和的混凝土筑成。毫无疑问，在这一艰难建桥过程中，当时社会的种种病态和我们本身的局限以及种种缺陷弊端是不可避免的。而这一切，只有在新中国才能克服。如前所述，1954年在永定河上游修建的官厅水库和1960年在潮白河上游修建的密云水库，正是基于熊希龄当年的设想、设计、勘测与蓝图。正是新中国，将熊希龄、罗斯的梦想变成了现实。

特色之十。顺义历史上地处游牧文明与农耕文明的结合部，潮白河将顺义从历史上就分为河东与河西，属冀东又归于京城，居平原又依浅山。对京城而言是农村，对河北而言又是天子脚下。但从整体来讲，本书语言风格还属于京味。本书细致描写了顺义自然风光，四时而不同，朝夕则各异；风土人情，既有皇家气象，又有乡土风味；既写了市井繁华，人烟辐凑；又写了洪水撞村，塌房灭户。各种民俗，婚丧嫁娶；特色文化，祭祀娱乐。还用一定笔墨，追踪十几处不可移动文物和非物质文化遗产。而且以点穿线，以苏庄闸桥为点，穿起南北大运河于一线。又以线带面，北带密云、怀柔，西携昌平，东挎平谷、三河，南融通州。至于北京，顺义的版图早在 1958 年之前就以首都机场嵌入。所以，牵一顺义而动全身，举一纲而众目张，翻一书而呈众生相。

作者历时三年余，查阅历史档案数千份，记录原始资料二百余万字，沿几条河上溯寻源，探访古稀民间宿老。又经去芜存精，去伪存真，由此及彼，由表及里进行筛选加工，才赋予文学色彩，用历史小说形式面世。其中引用数量不菲的资料，均是历史档案原件收录，亦可称弥足珍贵。

《洋桥破浪》被顺义网友戏称是苏庄闸桥的《红楼梦》。此次在"从文学到影像"优秀作品推介活动中，若被评委诸位君子慧眼看中，若真能将纸上铅字变成形象、声音、色彩、气息，立体鲜活生动地呈现在观众游客面前，将一座百年前的仿真复原苏庄洋桥横跨在残桥之南一桥飞架时，那将是一幅何等壮观的景象：千里大运河，平添壮景观；烟柳洋桥，风帘翠幕，两岸百万人家；往事沧桑，抚今追昔，不由感慨系之。游船画舫，灯影桨声，回荡历史回声。届时，沿途百姓将箪食壶浆，以谢评委诸君。

作者
2024 年 8 月 16 日
于许福元文学创作工作室

附作者简介：

许福元，笔名：星白，字：元之，别号：林河居士。1946 年生，北京顺义临河村人。北京作家协会、中国作家协会会员。

主要作品有：诗集《早春》；小说集《半夏》《仲秋》《惊蛰》；散文集《瑞冬》；游记《印象美国三十天》。长篇历史小说《洋桥破浪》。另有作品发表在《北京文学》《小说林》《小说月刊》《星火》《当代小说》《飞天》《大家》等期刊。

短篇小说"香火地""娘亲舅大"分获 2011 年 2013 年北京市职工创作"五一""身边"文学一等奖；小说"卷毛活"获首届浩然文学短篇小说一等奖。其作品多篇被收入各种选本。散文"盲人玫瑰"等被列为某某中学生语文课外教材。小说"吊炕""栗子·立子"等被某些高校列为高考模拟试题。

地址：北京市顺义区临月路 4 号院 3 号楼 2 门 302 室邮编：101300

《洋桥破浪》 主要人物小传

1：熊希龄：（1870 年 7 月 23 日——1937 年 12 月 25 日），字秉三，别号明志阁主人，双清居士。湖南湘西凤凰人（人称熊凤凰），祖籍江西丰城石滩。民国时期政治家、教育家和慈善家。曾任北洋政府财政总长、第四任国务总理。

在本小说中，写了熊希龄在"民六"大水后，主持赈灾救民达六百万众。尔后任顺直水利委员会会长，主持修建以苏庄闸桥为首的一系列工程及筹办香山慈幼院等。

2：梁启超：（1873 年 2 月 23 日——1929 年 1 月 19 日)字卓如，号任公，又号饮冰室主人。广东新会人。中国近代史上著名的思想家、政治家、教育家、史学家和文学家。梁启超的一生充满传奇色彩，他的思想和行动对中国近代史产生了深远影响。

熊希龄本来隐居不仕，"民六"大水后，是时任财政总长的梁启超带 30 万元救灾款劝其出山赈灾，动情说道："君不出山，如苍生何?"。

3：黎元洪：（1864 年 10 月 19 日——1928 年 6 月 3 日）原名秉经，字宋卿，湖北黄陂人，故称"黎黄陂"，中华民国第一任副总统、第二任大总统。

黎元洪是熊希龄的坚定支持者，因熊希龄救灾治水有功，特颁给其一等大绶宝光嘉禾章。后又出席苏庄闸桥落成仪式。

4：陆征祥：（1871 年 7 月 29 日——1949 年 1 月 15 日），字子欣，也作子兴，晚号慎独老人，江苏省松江府上海县人。中国近代外交家。多次出任民国政府外交总长。1919 年率中国代表团出席巴黎和会，拒签对德和约。

熊希龄正愁无人能领衔总工程一职时，陆征祥经夫人博斐培德（比利时人）提议，向熊希龄举荐了英国人罗斯。

5：罗斯：国际知名英国水利专家。原任印度工务部长，主管印度水利工程达三十年之久。有数部水利专著。被熊希龄聘为顺直水利委员会工程部部长（每月薪俸二千五百大洋）。他是苏庄闸桥等一系列水利工程的总设计师。是他提出在潮白河上游密云和永定河上游官厅一带修建两个大蓄水池，以解决两条河治本问题，并进行了初步勘探设计工作。

6：魏易：罗斯翻译。技术处处长。后被留任华北水利委员会。为人谦和，处事圆滑。

7：杨豹灵：工程师。他是苏庄闸桥被冲毁现场见证者。

8：李德晋：工程师。有独立见解，多次提出新的设计思路。认真执着有个性。

9：吴思远：测量室主任。随罗斯到青龙湾测量，遭绑架。

10：唐肯：顺义县知事。陪熊希龄降服绿林白马崔三，又"唐肯上书"争取牛山青石捐办学。《顺义县志》载有恶名，作者提出己见。

11：白马崔三：绿林中人，事母至孝。为熊希龄所用，执红旗巡逻潮白河沿线。

12：黑马张哲：绿林中人。与寡妇葛氏相好。为京城名捕蒋连城所收服。为熊希龄所用，执黄旗巡逻潮白河沿线。

13：蒋连城：京城名捕。除收服黑马张哲外，又组建顺直卫队，保证工程人员人身安全。惩治违规兵痞。

14：杨德馨：衙门刀笔吏、乡间诗人，顺义文坛领袖。《顺义县志》重修者。他是苏庄闸桥兴废见证人和实录者，组织诗社笔会。

15：赵晋阳：苏庄乡绅。他是第一个质疑苏庄闸桥工程的人。他事前预测到苏庄闸桥前景，不幸竟被言中。

16：吴毓麟：（1871年——1944年)，字秋舫，回族，祖籍安徽歙县。任交通总长，京兆河道治理督办。他倾听民意，在新河修建渡桥。

17：白七爷：王家场村大地主，其子是国会议员。在征地过程中，他的态度是风向标。先反对，后配合。有政治考量。

18：郑树墩：走窑汉，铁光棍，穷光蛋，阻挠征地另有隐情。

19：陆绍初：大兴洋行总经理，曾留学美国，与罗斯是校友。以高价承包苏庄闸桥泥水工程。后强行在牛山炸山取石。

20：陆小舟：陆绍初侄儿，在"牛山开石"一章，被迫同意交青石捐。

21：金庆林：鑫记建筑公司经理，因投标价位低反而未中标，于是将顺直委员会告到法院，对簿公堂，结果败诉。

22：马长星：著名律师，为金庆林官司未打赢，却义务为村民王万志、王万隆打四百元官司而胜诉。

23：胡顺臣：公顺记木厂法人，却执意投苏庄闸桥"挖河标"。中标后管理不善，工人逃散，巨额亏损，逃之夭夭被通缉。

24：蔡书勤：胡顺臣妻弟，承包工程二道贩子。正是他的一系列操作，导致他姐夫破产。

25：小瞎王三：固安县东绩村人。领钱就跑者达百余人。

26：王兰亭：接胡顺臣未完挖河工程，后因偷工被罚。

27：卢员外：芦各庄最大地主，拒绝大兴公司高价买土，说不能破坏风水。

28：能勤：孤山庙住持。用强硬手段迫使大兴公司以每中国方2元付石款.

29：明立十：牛山碧霞宫住持，用"僧俗联名"上诉方式使大兴公司付青石款1800大洋。

30：商文英：漕运码头下坡屯村正，用实力揽下青石装船至苏庄河边活计。

32：赵太太：罗斯与夫人安娜居苏庄房东。其背景是负责奉军采购。

33：桂严：通县知事。第二十六章"桂严上书"，写他请修迎水坝一事。

34：张学良：直奉战争，张学良任第一军副军长。他亲自开车去接顺义知事陈登甲，后拿出一筐大洋庆祝苏庄洋桥落成。

35：董俊兰：女说客。长袖善舞。纵横捭阖，折冲樽俎。

36：朱其慧：熊希龄夫人，才女，与熊希龄诗词唱和。

37：李先生：阴阳先生。通八卦，卜古凶。曾高搭法台作法撵白河。

40：四杆子：社会油子，帮闲无耻之辈。他攻讦熊希龄。

41：何生、何静：熊希龄、朱其慧救助的受灾儿童。后成为密云水库七人核心设计组成员之一。

42：沈伯棠：华北水利委员会庶务处处长，在第三十九章"寒电修坝"起重要作用。

43：须君悌：华北水利委员会技术处副处长，在第三十九章"寒电修坝"起重要作用。

44：王水存：渡口船夫，人称水耗子，潜水探坝，浪里白条。

45：张崇恩：天津著名律师，担任大兴洋行诉华北水利委员会欠款案之律师。

46：张人杰：华北水利委员会委员长，全面接管顺直水利委员会。

47：张度：特派员。查崇各庄河水撞村一案。为民请命。

48：毛濂清：驻苏庄闸工程师。调节双闸启闭。

49：罗胖子：崇各庄大地主，家有五杆快枪（民国政府规定，三十亩地即可配一杆快枪）。武力阻止开闸放水。

50：宁兴利：闸夫。坚守苏庄闸到最后一刻。

本书共收有名有姓人物三百余人，仅举50人，以窥全豹。

作者

2024 年 8 月 16 日

于许福元文学创作工作室

《爸妈把爱给了谁》一书推荐语

许福元

　　原本的作者——侯淑玉，是我认识近二十年的文友。因为她属兔，所以我戏称她"玉兔"，有时直呼其"兔"。我见证了这个生于古老村庄农民的女儿，在文学的土地上耕耘，在文学的田野上收获，一直在文学的大地上奔跑，一直在注视着广阔的地平线。她以坚持不懈的努力，实现了自己的人生追求，收获了爱情，实现了理想。她新出的这本书是《爸妈把爱给了谁》，侯淑玉以自己独有的方式，将爱给了爸妈。

2024.8.13

感受真情

——读玉兔《我是农民》一书印象

许福元

太庙三殿，在老松古柏的掩映下，愈发显得肃穆与巍峨。2006 年第九期劳动人民文化宫文学研修班，就在这里举行。台阶砌巨石，高而且宽，青苔留痕，最少处亦有九层。我垂垂老矣，又兼腿笨，每拔上一级，都要用手掌扣住膝盖，如登山般艰难。这时，倘玉兔在，必然接过我肩上书包，托住我手臂，尔后一同攀登文学的台阶。

她的第一本散文集《我是农民》书稿杀青，请我写序，被我断然拒绝。并向她提出三点建议：其一，写序者最好是有文学成就且在文坛有影响口碑好的作家；其二，最好是了解你作品与人品的人；其三，最好是能认真给你写序的人。玉兔沉吟再三，说："我想求刘庆邦老师写序，您看如何？"我马上以手加额，点头赞成："一者，刘庆邦老师号称短篇小说之王，作品人品俱佳；二者，你听过他五次讲课，他对你会有印象；三者，刘老师亦出身农村，你是农民，有天然的亲切感。你不求则已，求则必成。"

结果不出我所料，刘庆邦老师为侯淑玉的散文集《我是农民》欣然作序："释放善意"。非常之棒。

《我是农民》一书，固然是释放善意，但内核则是感受真情。

爱情是真情中的圣情。玉兔的爱人，是一个当兵的外地人，曾战斗在老山前线。经过500 多个日日夜夜的思思念念，273 封滚烫的书信往来，最后凭借 1 辆自行车，完成了两个人的爱情之旅，双双携手共同走进神圣的婚姻殿堂。

亲情是真情中的真情。玉兔写到她的母亲，在粉碎干草的情景：粉碎机停止了运转，母亲冲了出来。只见她头顶上眉毛上脸上挂着白毛毛草末子，用手扯下已经看不出是口罩的口罩，弯着腰大口地喘气，干咳着。她闭着眼扬起手自己在拍打，霎时间母亲周身腾起阵阵烟雾，刮起了小旋风，阵阵草末烟尘腾腾飞扬起来……此情此景，如在昨日，若非亲历，断无此文字。

性情中人在真情中展示真性情。浩然因病住院后，她自 2004 年 11 月 18 日至 2008 年 2

月20日这几年间，曾多少次前往医院探视。她捧来鲜花，买来红套装，与病榻上的浩然共度元宵节。听到浩然老师逝世，大滴大滴的泪水夺眶而出。在八宝山公墓，她又用花圈与泪水，送浩然老师一程。可是，浩然并未给她出过书、做过序，推荐过作品发表。她对浩然，完全是出于对其作品人品的敬仰，是一种非功利，非物质的精神遨游与对接。

友情是真情当中没有血缘关系的纯情。她有一篇散文"好人娟儿"，读毕真催人泪下。娟儿是她的朋友，是个好人，真真是个好人。最后却死于车祸。我边读边依稀看到书页上斑斑泪痕。

玉兔的真情是宽泛而博大的，街坊邻居、路人顾客、猫狗飞鸟、国槐枣树、村庄街巷、老屋祖坟，在她的笔下都温暖起来，灵动起来、蓬勃起来。所以读她的散文，不会像雨后荷叶上的水珠，滚动即逝。而是像滴滴春雨，渗入人们干渴的心田。她文中所表现出来的人和事，都是生机勃勃地活着，就活在我们身边。我觉得，这才是人间的烟火人情气味。

《我是农民》这本散文集，不见得篇篇精彩，但篇篇有真情。当阅读的光芒照耀你时，你会触摸到著者真情的灵魂。我以为，真情是文学作品中熠熠闪光的宝石。至于精神上的快感，智慧上的磨砺，美感上的熏染，倒在其次。真情是作者拴住读者的唯一绳索，因为读者阅读到作者虚情假意时，会戛然而止。

文如其人。现实中的玉兔，是善良的，热情的，愉悦的，友好的。也是一个很朴实而大方的人。在她的眼中，没有坏人。在她的心中，不存恶念。这对一个热爱文学的人，是非常之重要。黑格尔说：如果你合理地观察世界，世界也合理地回顾你。

《我是农民》是散文集，玉兔取材于身边耳闻目睹抑或自己的亲身经历，这是必须和难能可贵的。她有一次和我说，想试着写小说，我告诉她：写小说的第一步，就要迈上虚构的苍茫大道。

2012.8.20

在果园举行的魏子楚《回眸》新书发布座谈会上的谈话

许福元

你们今天一进大门，就会震惊的发现，原来的书屋、饭厅、居室、卫生间、料房已不复存在，均被夷为平地。蓬蓬勃勃野性般生长起了一人多高威猛的荒草，又恢复了原生态。这次自 5 月 10 日始拆除"违建"房屋运动，连果园看护房都不能幸免，咱就只能在这森林小屋聚会了。先不谈这些，谈起来让人无语而伤心。

今天来的人，是文友，更是知心朋友。都是魏子楚亲自点名邀请：冯连才、肖文强、金克亮、萧冰、柏凤英、听雪还带来她的小孙子，加上作者魏子楚本人、李眸和我，一共 10 个人。胡广星因去保定，张艳因给她母亲去医院看病，未能到会。

《回眸》这本书，是我给起的书名，我题的"墨宝"，我给写的"序"，且是我设计的封面：临摹《芥子园画传》中的"颠崖树倒垂"。鲁迅有感于时代，比喻自己像石头底下的小草，只能弯弯曲曲地生长。魏子楚的生活经历，更如遇到一座座悬崖。但她这棵老树，竟神奇般从颠崖之上，倒垂下来，且枝繁叶茂。

《回眸》这本书，是她的回忆录。从四、五岁记事时写起，写到当下，历时七十余年。

这本书有什么特色呢？我觉得有下面几个：

1：真实。有人说，回忆录应该真实。但"应该"归"应该"，有的回忆录是"失真"的。魏子楚在书中记录了自己优渥的童年，无忧的少年，多舛的青年，曲折的壮年。那人、那事、那情、那景，细节的真实，心灵的震撼；细腻的内涵，内在的灵魂，都凝于笔端，挥之不去。正如她自己所说，我以我笔写我心，一颗柔软而巨大的心脏。作家是要讲真实的，这是文学的天理。古人云：修辞立其诚。我正在看路遥的《平凡的世界》。给我最深刻的印象：真实。因为我们是同时代的人，我比路遥大三岁。

2：和解。有的人的人生大多是顺境，有的人的人生大多是逆境。更有的人坎坷一生，磨难不断。魏子楚即属于后一类人，所以她的书中，荆棘多于鲜花，平凡多于高大，朴素多于浪漫，挫折多于成功，她一直沉淀在社会底层。但即使是这样，魏子楚采取了和解态度。与社会和解，与他人和解，与自己和解。与社会和解，就不会走极端；与他人和解，就会放下恩怨；与自己和解，就会得到解脱。尤其是与自己和解，人有时自己要肯定自己，自己要欣赏自己，自己要原谅自己。不然的话，你总是在负重前行。"背愈重，虽困剧不止也。"

（柳宗元）。作者十七岁时，被一造反派头头差点打死。今日出书，叙述此事，隐去其名。"她也是受害者。"这就是和解。

3：精神。人总是要有一点精神的，精神追求，精神寄托，精神生活。魏子楚体重不到百斤（八十八斤），形容枯槁，走道踩死不了一只蚂蚁。用农村的话说，撅巴撅巴装不了一笆篓子。但她却用竹枝似的手指，写出了《王姥姥逗错字》《荒唐人荒唐言荒唐泪》《荒唐吟》《灯下絮语》《陌上细雨》《师说》《朝圣者》加这本《回眸》计八本，总计有三百余万字。

我认为魏子楚在写作时，是在用文字与自己和解，用文字与命运抗衡，用文字和病痛、衰老、不堪抗争。她视写作为生命，宛如新生。她写的虽然是个人家庭经历和个人经验，但家庭是瞭望社会的窗口，个人经验往往打上时代的印痕，她的文字反映了社会的呼吸。所以她呈现出来的个体"秘密花园"就有了普遍性，会让更多的人产生共鸣，这就是她写作的意义。

坚韧。坚韧的意思是坚持和韧长。魏子楚是坚韧的。一着认定，一发而不可止。一坚持就是多半生，一韧长就达半个多世纪。就客观条件，她上有老下有小，侍病人睡不好；既出工又出力，又伤心又惹气；居斗室，喂蚊子；居然著作等身。她那单薄的身躯竟支撑起自己文学的大厦，简直不可思议。这就是精神的力量，坚韧的成果。可以想象，假如没有文学，她将会是什么样子？我们的条件比她好多了，当做何感想？

金克亮谈，看魏子楚身体，不忍心请其校对。可魏子楚说，让她校对，这是对她的信任，是对顺义的贡献，是一件有意义的事。肖文强住院，写了"护工"一文，发表在《京西文学》上。其中写了一个叫秦海花的护工，有读者看了，欲联系秦海花做护工，这就是文字的影响。听雪用一年零两个月的时间，将《洋桥破浪》由文字版变成有声版，吸引了一部分听众。有个叫岳宝章的老先生，听后写感想、发评论，很有水平。一部作品，总会有他的读者、听众和知音，无须悲观。萧冰送我的那本写潮白河的书《萧冰文集》，其中的五幅地图我用在拟出版的《顺义小说选》，丰富了潮白河水系资料。

冯连才一直在关注魏子楚的文字，已经给她写过三篇读后感。这次他又写了感言：也许这本书呈现了这个时代一切的痛苦和希望。理解她的作品，关键就在于理解她独特的文学精神。文章颇具感伤气质，但她一方面以朴实的语言，消解自身的悲剧性；另一方面，在面对厄运的消极抵抗中，不时地通过自我解嘲，成功地超脱了来自现实的压力。这种态度赋予了人物自身顽强性特质。什么是生活意义？我们为什么生活？为什么痛苦？这主题是人生最基本的内涵。

冯连才还肯定了柏凤英的诗，听雪做的酱牛肉。

森林书屋，绿树围合，秋梨泛白，核桃垂青。丝瓜累累，黄花艳艳。细雨微风，后天处暑：秋风送爽已觉迟，一度暑出处暑时。

2024.8.20 记

简评大型摄影画册《北京顺义与大运河》

许福元

王鹏先生的大型摄影画册《北京顺义与大运河》的问世，向读者展现了潮白河、箭杆河、温榆河、金鸡河诸河流在顺义版图上水网密布的盛况；穿越了从安乐古城到呼奴故城的历史；再现了良牧署旧廨与望粮墩的景观。画册中，既有道教色彩的石幢幡影，又有独具特色的顾家庄无梁阁；北立有北孙各庄枝繁叶茂的古银杏树，南尚存北河村古井生波；西矗高丽营清真寺，东耸北营村朝阳庵。更不必说牛栏山的元圣宫，杨镇的关帝庙了。总之，此本画册，将顺义的山川与河流，历史与现实，县志与实证，传说与文物，荟萃于一册。有图有真相，佐文字明出处。蔚为壮观，详细博览。

尤为弥足珍贵的是，王鹏先生发现、搜集、挖掘出一幅"民国六年(1917)8月京兆尹公署内务科自治课制《北运河平面图》局部"。在这张107年前的地图上，明明白白、清清楚楚、赫然显著标注：北运河直达顺义牛栏山。这是迄今为止所发现的关于北运河在顺义位置的唯一地图。虽然顺义本土作家许福元在其长篇历史小说《洋桥破浪》中以大量文字写了北运河与顺义之关系，说明北运河北达顺义牛栏山，但苦于没有地图佐证。这回证据确凿，许福元写的文字与王鹏提供的地图相互印证，铸成铁案。对大运河的起始与终点，原来模糊认为，京杭大运河南始自杭州，北到通州北关。现在则可以理直气壮地声明：大运河的北端至少达顺义牛栏山以北。也就是说，大运河往北至少延伸50公里。将顺义纳入大运河水系，大运河文化带，名至而实归，有历史、地理和天然的合理性。

此张地图绘制的时间节点，正是民国六年（1917）七、八月份，河北境内天雨连绵，山洪暴涨。永定河、大清河、子牙河、南运河、北运河、潮白河六大河同时漫溢，发决口数百余道。怀柔、密云的山洪下泄，致潮白河水涨发，冲毁了顺义县李遂镇东堤，使原流入北运河的潮白之水，窜入箭杆河，交汇于苏庄，洪流直抵宝坻等县，然后辗转弯曲入海。史称潮白河"夺箭入海"。此张地图，正是潮白河"夺箭入海"后，由京兆尹公署内务科自治课所绘制。

王鹏先生的画册，光是这一张地图，就有了其独有的价值。但绝不止于此。这本画册，是直观的色彩，立体的形象；律动的声音，美妙的音乐；古老的符号，现代的气息。可观、可赏、可歌、可咏，可击节而叹之，可抚今追昔而求索之。毫不夸张地说，这是一本图文并茂、信史可读、历史钩沉、现实可触，关于北京顺义与大运河的百科全书。

（本文是作者于2024年9月2日与顺义电视台记者访谈纪要）

青岛行

许福元

2024 年 8 月 24 日下午 1 时 25 分，我及二女儿一家 3 口，乘坐 G1071 和谐号高铁倏忽间就滑出了热烈纷繁的北京南站。像一支利箭，向东南黄海之滨——青岛射去。

我倚窗而坐，杯水不兴。窗外处暑风景，瞬间闪过。天津的亮点水泊，德州的青杨垂柳，济南的高楼林立，淄博的玉米方阵，潍坊的塑料大棚，像大海白色波涛涌起。我母亲常说：人是带脚仙，一日不见走一千。现在是高铁时代，一个多时辰就飘出一千里之外了。

在华灯初上的时候，我们就做客在船歌饭店的雅间里了。他乡遇故知。春月在青岛科技大学时的同学室友杜艳萍女士，与其先生杜海龙，热情为我们设便宴接风洗尘，以尽地主之谊。这对伉俪还带来他们两个宝贝女儿，大女儿杜淳茜刚考上青岛重点高中，身上已带有青春学子书卷气。小女儿杜宜恩读小学一年级，尚未脱活泼泼孩子气，很快就和五岁的小元宝闹熟了，门里门外玩捉迷藏。

吃海鲜是青岛饭菜特色，即使是饺子，若在北京，大多是猪肉大葱馅、韭菜馅、芹菜馅或牛肉、羊肉、三鲜馅等。而这里首选是乳白色大鲅鱼水饺、淡黄色黄花鱼水饺、金黄色海胆水饺、黑黑如墨汁色的墨鱼水饺。凉菜是老醋蛰头、油泼扇贝；热菜有蒜蓉蒸海蛎子，大虾烧胶州大白菜；汤是蛤蜊疙瘩汤。真是靠山吃山，临海吃海！

青岛是啤酒之都，空气中都散发着鲜啤酒的泡沫味道。全麦白啤、啤酒原浆、纯生啤酒，都是只有在市区才能喝到的一厂精酿、一厂原浆。一扎一扎，连绵不断。杜先生的殷勤劝酒，杜女士的周到布菜，使几乎不饮酒的我也连饮十几杯，春月也微醺，酒力尚浅的杨军山脚下也飘飘欲仙了。以致呼来代驾，青岛地势，上坡下坡，路窄堵车，送我们回酒店。上下台阶，杜女士不时搀定我这七十八岁老翁。春月早就赞美她，在上大学时，杜艳萍就是一个很会为别人着想，乐于并善于照顾别人的人。

有三种友情是非常纯洁和珍贵的：学友、战友和朋友。学友是青春之交，战友是生死之交，朋友是义气之交。

如果说，喝的罐啤是掌中之物，那青岛啤酒博物馆一系列巨大啤酒罐如楼高耸，须仰视才见，气势非凡。进馆内参观的人，川流不息，摩肩接踵，拥挤热情。一百多年前的老物件静静独立与现代化人工智能流水工艺巧妙衔接，如同穿越了时间隧道，亲身体验了物转星移、时代变迁、新旧交替。从清末，到民国，经日伪，直至新中国。大众的饮料——青岛啤酒，以中国人伟岸的雄姿立于黄海之滨了。

相比之下，德国总督楼旧址博物馆里的游人就少多了，这座德国威廉时代古堡式建筑，成为青岛的地标。想当年，西方列强用炮舰撞开中国封闭的国门。这个国中之国、岛上之府，有办公处、会客厅、餐厅、书房、居室、健身房、钢琴屋，还有其子、女独处的单独空间。各个房间各有各的功能，那些发黄的老照片和蒙尘的老物件足以显示当年德皇治下总督卡尔·罗森达尔等贵族生活的优雅和尊严。而今，只是供人抚今而追昔，感慨系之。

海之滨有个红树林度假大世界。这个世界之大，面积达 80 万平方米，占地 1200 多亩；4000 余房间，110 余家餐厅与酒吧；4500 平米无柱宴会厅，可 4000 人同时宴会、6000 人同时会议。室外有 6000 平米的小镇广场，常驻数千只鸽子；德式建筑风格，"哥特式婚礼堂"，露天海水浴池。如果说，总督楼是岛上建岛，是德国贵族殖民者的领地。总督曾坐在那高大石制元帅椅上睥睨大海，君临天下，曾视青岛为德国疆域。那么，红树林度假大世界则是中国小康民众休闲的天堂。假如把德国总督从古墓中拖出来，让他看一看黄金海岸线上，那横无际崖、一眼望不断的亭台楼阁，青岛的跨海大桥，海港帆樯塔吊林立,集装箱连营结寨,定会"当惊世界殊"。

洗罢海水浴，往前漫步三、五分钟，就真到海边了。黄沙滩、白浪花、蓝天空。苏小明唱"海风在轻轻的吹，海浪在轻轻的摇……"如亲临海边,并不准确。海风轻轻地吹倒还相似,海风拂面,腥味且淡。但海浪绝非轻轻地摇。而像是从地球的边缘，从大海的深层、远方、水天一线处，波峰浪谷就突兀涌起，相连相拥；层层黑水托起条条白浪，排山倒海般向你长途奔袭而来，轰隆轰隆，阵阵涛声。扑向沙滩，消弱于无形。若撞上礁石，堆雪飞空。人此时面对大海，方仰观天地之阔，宇宙之大，自然之伟力，造化之无穷。

名胜，因有名人造访而出名；山川，因载文学经典而形胜。蒲松龄写了与崂山有关的八篇作品。在《聊斋志异》中，有一篇"香玉"，所以我特站在白牡丹花与耐冬花前合影留念。还有一名篇"崂山道士"士"，所以我看崂山松阴背后的岩石山貌，都像太上老君般的道士。道士因居名山而得道，因修行而长寿。太清宫里的龙头古槐，粗可数人以手围之，经1200年的修行，枝叶蓬勃；山门内的黄杨，已经修行了120多年，直经才20多厘米，粗只盈手。看来时间是修行的不二法门。其实人之一生，也是个不断修行的过程。修行得"不求人间争富贵,但做沧桑一嘹鸥"，也是一种脱俗境界。

修行也要有个传承。无论朝代如何更替，政权如何易手，宗教总是要存在，精神领袖也要有所师承。西汉张廉夫开山奠基，唐代李哲玄悬壶济世，宋代刘若拙称华盖真人，金元丘处机三游崂山，明代张三丰崂山仙踪，清代韩谦让道洽琴心。

道者修行，游人朝拜，也总要有个载体，有个平台，有个道场。宫内后山，高台之上，蟠桃峰下，铸有老子铜像，身高50米，面朝大海。一手指天，一手指地，寓意开天辟地。《道德经》五千言，即开天辟地之言。

太清宫内有一组石雕——孔子问道。孔子与老子面对而坐。准确来说，孔子向老子请教关于"礼"。"礼"并不为老子所看重。孔子的"礼"，讲的是人类社会秩序；老子的"道"，讲的是师法自然秩序；佛陀的"佛"，讲的是人们心灵秩序。有了社会秩序，我等才有秩序的来到这里，过有秩序的生活；有了自然秩序，我们来不来青岛，到不到海边，这里依然潮起潮落，涛声依旧。有了人们心灵的秩序，才初心不改，宠辱不惊，宁静致远。

人总是要有点精神的，总要尽力有所作为。你看环崂山之廊道纹理，人车分隔，各行其道。弯弯曲曲，曲曲折折，折折往返，绵延千里。面朝大海之浩渺，背依崂山之巍峨。民宿餐馆，酒旗灯红，如彩色飘带，系于山脚潮头。随潮头而涨落，听松风而入眠。这长长廊道，如一部部长篇小说，有长度、有密度、有难度。其中蕴藏多少动人的故事、精彩的情节、鲜活的人物。

2024年8月30日下午1时25分，我们乘G1072和谐号高铁由青返京。七天的青岛之行，点点滴滴，剪成碎影。小元宝在乱礁石上跳跃闪转，如履平地；春月上扶老，下携小，分外劳神；杨军山既是"领导"，又是司机，二者兼之。我们三代人，吾自垂垂老矣，春月与军山，正人到中年。再过二十五年，待新中国建国一百年时，世界将属于元宝那一代人。那时风景，将更加辉煌。

此时的北京，正进行中非合作论坛北京峰会。在中南海，我们心中的海，中国领导人正接见各国总统首脑，和各路一言九鼎的人亲切握手。从中南海到黄海，到东海，到南海，中国的大海正敞开浩瀚的怀抱。

青岛，在中国近代史上，是个见证者。见证了晚清的耻辱。巴黎和会失青岛，"五四"运动争主权;见证中国海军的崛起，青岛海港秋点兵,军舰大驱列队行;也必然见证中国海洋世纪的未来,中华民族必复兴。

潮自东方起，正是扬帆时。

2024.9.14

与路遥书

——读《平凡的世界》

路遥贤弟：你好！

所以称你为贤弟，我 1946 年 8 月 7 日出生，属狗。你 1949 年 12 月 3 日出生，属牛。我枉长你三岁：我今年 78 岁，你今年 75 岁。

由于种种原因，刚刚读完你的百万字巨著《平凡的世界》，读得我百感交集，五味杂陈，内心沸腾，泪流满面。

我不就是你书中的孙少平吗？我在家中也排行老二。孙少平是个连五分钱丙菜、也买不起一份的穷小子，我是个连玉米面窝头也吃不饱、上学时带干粮只是两块红薯；孙少平当小工箍窑背石，脊背磨烂了，我学瓦匠时，手上血泡擦血泡；孙少平下煤窑当了长期工，我装煤车只是个临时工。但读的小说与书报几乎是相同的：《红岩》《林海雪原》《青春之歌》《创业史》《悲惨世界》《简爱》《牛虻》及杰克·伦敦的小说《热爱生命》等。《牛虻》中有一句诗，至今还记得，"我们都是一只美丽的大苍蝇。"

我不就是你书中孙少安吗？孙少安当过生产队长，是个标准的庄稼汉。我当过组长，筛、簸、扬、拿，提梁下种，我都拿得起来；孙少安十三岁就担负起生活的重担，我初中毕业就顶起门头过日子；改革开放，孙少安用两千五百块钱开了一个烧砖窑。我则用八千元办了一个涂料厂。当他的砖窑熄火时，我的涂料厂也面临倒闭。

是啊，你《平凡的世界》中的人物，几乎也是我平凡世界中的人物：常趿拉一双烂鞋，却怀有极大政治热情的孙玉亭和我们生产队那个常光脚板、去追逐偷茄包子的"敌人"的"政治王"可有一拼；那神汉刘玉升手掌扬沙收白狗精与我村凭阴阳的李先生"咒驱黄鼠狼大仙"何其相似。你书中，有田五的"链子嘴"；我临河村，有"快板韩"。你省作协有《山丹丹》，我县文化馆有《无名花》。

你的政治视野是广阔的，上到中央，下到地方。从国务院副总理写到"整个头颅像一块粗糙的岩石"的省委书记乔伯年；从县委书记张有智写到市委书记田福军，从徐治功——石圪节的"土皇帝"写到双水村的"农村政治家"田福堂。一路写来，有简有繁，都能在我生活过的地方和岁月找到他们的身影。你写田福军，是特别用了心的。一个国家，一个地方的命运和前途，往往决定在少数领袖手里。田福军，是他所掌管所在地区的一把手，是改革开放者、实事求是者、承上启下者。把他的椅子写端正了，整部小说就有了合理性和灵魂。你写田福军，好就好在没有把他写成一个登高振臂一呼、应者云集的英雄。而是也有无奈，也有困惑，也遭误解，也遇不幸，也被人嫉妒与攻讦。这也许就是现实生活中真正改革者的真实写照。

你在小说中写了各种各样人物的性格与命运。孙玉厚本分厚道，儿孙满堂；"游荡鬼"王满银游荡半生，最后收心归正；就是那个口里常说"这世事要变了"的憨汉田二，也在砖厂找到了自己的位置。

你用浓墨重彩，写了几个奇女子。润叶，到底遵循心底的善良，照顾起失去双腿的李向前；田晓霞，毅然奔赴洪水滔天的灾区，以身殉职；孙兰香，这个世代传统农民的女儿，经过努力，成了一个探索星空的学者。

很钦佩你对爱情的解读与提升。以田润叶对孙少安的感情，不管孙少安处于何种境遇，都会相濡以沫；以田晓霞对孙少平的深情，即使孙少平当一辈子"煤黑子"，也会与他青丝成雪；在孙少平受了工伤、面容被毁之后，金秀向孙少平明确表示："哥，我爱你。"田润生不顾家人的反对、世俗的偏见，毅然和家有孤儿的寡妇郝红梅组成了家庭。

你用大量笔墨写了他们之间的感情，细腻而感人，纯洁而真挚。但又不能不写他与她的结局或有残缺，或不圆满，或生离死别。这是因为你对爱情的理解是：真正的爱情是无私的、无我的，是完完全全、彻彻底底为对方着想的。你写了"爱之上"悲悯精神层面。穿越亘古，唯爱情至真至善至美。可以想象，你下笔写田晓霞的死、孙少平的伤时，定然犹豫再三，辗转反侧，心中波涛汹涌。写成最后结局，那需要一颗多么巨大而伟大的心脏。

你落笔之处是苍凉辽远黄土高原的千沟万壑，你满怀深情描写你家乡母土的风光。你写春天植物发芽出叶，鲜绿嫩青，绿色越走越深；你写黄原河涨宽，浸肤的凉意；你写双水村的打枣节，噼哩啪啦，满地珍珠玛瑙；你写冬天的傍晚，暮色渐渐笼罩了北方连绵的群山和南方广阔的平原，在黄土坡的褶皱里层层叠叠的房屋和高低错落的窑洞。

我每读到这里，就联想到我的家乡北京郊区顺义这块古老的土地。北方连绵的燕山群山和南面广阔的冀中平原，潮白河水在涨宽。春天河边烟柳，排排青杨；夏天麦浪滚滚，极目金黄；秋天五彩浅山，张灯结彩；冬天冰河落雪，素林白霜。

我读书有个固执的偏见。凡引起我联想与膨胀的书，我就感到亲切，认为此书的血统与我一样。读你的《平凡的世界》，如是。

你小说的语言是朴实的，朴实地叙述社会的伦理、生活的纹理。田润生，乐于把握方向盘；孙少安作为家庭长子，以一种"家有长子，国有大臣"的豪迈自居，他为分家而自责，为村子建校舍而自豪；孙少平的志向并不高远，他只是想当个好矿工，他的"齐家"只是为家箍孔新窑。正如当年的我，把三间土屋翻建成青砖到顶的五间大瓦房当成最高追求。孙少安工伤后的选择是那么平凡而又不平凡，他在师傅的遗孀惠英那里找到了人生的归宿。

平凡的世界正是因为有大千平凡的人才显得不平凡。"领袖来复去，人民却长存。"

你写这部小说的时候，刚过"而立"之年。你以改革开放为大背景，以黄原、原西、双水村为切入点，挥如椽大笔，有席卷铜城、包举陕西、囊括全国、并吞八荒之势而为之。有胆识，有勇气，有智慧，有能力，且有耐力、韧性与韧长。

五十年后再回头看这部小说，脉络似乎更清晰了。《平凡的世界》里写了什么？写了改革开放伊始新的历史时期，从农村到城市，从中央到地方；从封闭到开放，从思想到体制；从自然生态到政治生态；方方面面，上上下下。这是全景式、全方位、展现那一个时期独有的特色和独到之处。你写了1975到1985那十年，读《平凡的世界》，就是读懂那十年的中国。直到现在，仍不能用简单的几句话来浓缩与概括那个时代。没有经历过那个时代的人，读你的小说，也会不甚了了。

你在《平凡的世界》中写改革开放，并未写中央一道"圣旨"，神州立刻鲜花开放。而是写了改革的艰难，遇到的阻力，求索的代价；写了积重难返，沉渣泛起，贫富差距。但你的笔端，主要呈现的是春意盎然，开河顺水，勇立潮头，一发而不可止的滚滚雷声。我很赞成你的观点：改革开放的潮流不可阻挡，潮涌潮落自有其新气象，至于有些乱象不过是潮头上的泡沫。

《平凡的世界》：现实、真实、厚实、朴实。你的创作是现实主义，所塑造的人物真实笃实，所表现的生活厚实厚重，所用的语言朴实准确。你这部小说，既有黄土高原的大地道德又有煤矿深层的生存法则；既有人世间的烟火气息又有理想主义色彩；既有对生活意义的挖掘又有追逐梦想的重叠；既闪耀思想的火花又显现哲理的光辉；

既描绘了外部世界的广阔又探究人心内部世界的幽微。你这部小说，既不是悲剧，也不是喜剧，是正剧，但具有悲壮色彩。

路遥知马力，文笔见文心。你写得激情澎湃，有时情不禁自己就直抒胸臆。你写得很苦，以命下注，绝然无悔，英年早逝。定然留有遗憾，心有不甘。"世有良材天不永。"但你的文学年龄会远远超过你的生理年龄。你实现了一个梦想，创造一个了历史，建立了一座纪念碑。

我之所以称你为贤弟，我是懂你的。"人如其所读"。我懂你丰富的内心世界和细腻的心理情感，你直面人生、昂扬向上的精神不会辜负自己也昭示后人。我之所以写这些，是读了你的小说后，将我已经杀青的 46 万小说推倒重写。你是我面前的一座青山，"我看青山多妩媚，料青山见我应如是"。

恨不相逢你未逝时。

愚兄许福元

2024.10.6

第四辑　独家讲坛

　　中央电视台有个"百家讲坛"栏目，办得风生水起，名声如雷贯耳。笔者所以将此辑名为"独家讲坛"，是将自己在顺义图书馆及各种场合的讲课、讲话和座谈会上的发言辑录在此。这些话里，当然有废话，但又不全是废话；有错话，但不全是错话。这些话里，说全无营养，我不敢认同。说营养如何丰富，我认为是戴高帽了。但我态度是认真的，每有所约，我即如临深渊，如履薄冰，认真备课，实不敢敷衍了事。其中的"中国诗歌史"计九万字，着实费了我一番功夫，最终却未讲完。当我讲的时候，我虽居台上，面对台下听众，即使人数寥寥，都如面对一座座山峰。"我看青山多妩媚，料青山见我应如是。"如图"临文衡山"那般。

不负韶华读书正当时

许福元　何雪莲

（主持人：何雪莲老师　　主讲人：许福元）

（何老师：今天是世界读书日，我们非常荣幸地邀请到顺义本土著名作家许福元老师讲他自己读书写作的故事，听许老师讲一讲如何通过读书和写作，从一个农民变成一个农民作家。）

各位老师好，各位同学好!

今天是世界读书日，很高兴和十一中的老师和同学们谈读书。十九号下午我在南院的南彩二小讲，今天又在北院中学讲，很高兴。我在你们这个年龄是跑校拿干粮上学读书的。看到风华正茂的你们，脸上泛着青春的光彩，如沐浴在春风中阳光下的排排青杨，朝气蓬勃，昂扬向上。不禁让我想起诗人何其芳的一首诗《我为少男少女们歌唱》：何老师，你还记得这首诗吗？你教过的，请何老师背诵几句。

何老师：那好吧。

我为少男少女们歌唱，

我歌唱早晨，

我歌唱希望，

我歌唱那些属于未来的事物，

我歌唱那些生长的力量……

（许老师，您想到这首诗，您一定是又想回到青年时代了吧。我能冒昧地问一下，您今年高寿？）

我今年已七十七岁了，属狗，是一九四六年的狗。比在场的学生要大六十多岁。我讲到这里，我感觉到我脸色发烧，可能是红红的，像秋后的红高粱。那是因为我重新变得年轻了，我的血流得很快，在你们面前，我忘掉了老年的困惑和忧伤。

自古英雄出少年。两千多年前的秦国，有一个叫甘罗的少年，因为出使赵国有功，被秦王嬴政奉为上卿。才十二岁，少先队员的年龄，就当了国务院总理。汉代名将霍去病，十七岁带兵大败匈奴左贤王，被汉武帝封为冠军侯，尔后封狼居胥；三国时的周瑜，十七岁起兵，与孙策横扫江东；列宁十七岁参加革命；马克思29岁，恩格斯27岁，发表了《共产党宣言》。年轻人牛顿看见苹果落地，开始思索万有引力。古今中外的很多例子说明，自古英雄出少年。

英雄出少年，少年重读书，读书正当时，不负韶华。秦观词有，"韶华不为少年留。"今天是世界读书日。世界上民族有几百个，公认有两个民族的人民最聪明，一个是犹太人，另一个是中国人。犹太人（以色列）每年每人平均读书64本，居世界第一位。俄罗斯第二位，55本；美国40本。为了让小孩子养成读书习惯，犹太人在书页上抹上蜂蜜来吸引孩子。所以，得诺贝尔奖最多的人是犹太人，占所有诺奖得主的百分之二十二点五。截至现在，获诺奖总人数超过900人，犹太人已获200多席，号称诺奖霸主。中国成人读书量2022年是4.7本，小学生是14.7本，中学生百分之四十二学生达12本，个别学生达36本。比尔盖茨每星期读1本，全年50本。这就是差距。

前几年我在大英博物馆看到一块石头，这块石头的发现曾震惊了世界。这块石头的三个侧面分别刻着三种文字，经考古学家考证，分别是蝌蚪文、楔形文和象形文字，是古巴比伦文字、古埃及文、古罗马文。但这些文字统统都消失了，被拼音文字所代替。现在只有中国还在使用象形文字，已使用了3700多年，还将继续使用下去。

传说中国古人仓颉造字，"天雨粟，鬼夜哭。"天上下小米，异类惊恐不安。人类发明了文字，是文明的开端。比如说"人"字，是一个人走路侧面生动形象。比如"一"，加一"竖"是"十"，下面加一"横"是"土"，或"士"；上面加一"横"是"王"；两边各加一"竖"是"田"；上面出头是"由"；下面出头是"申"；上面不出头是"甲"下边再加两"横"是"里"。中国古人智慧，文字变化无穷，中国所独有。读书和认字，密不可分。

（何老师：您能说说您少年和青年时期是读什么书？怎么读书？切身体会是什么？这才是大家最想听的。）

好。我看书大约在五六岁，还没上学，到东邻一个老中医家中去玩，老中医送我一本线装版《千家诗》，好像是光绪年间出版的。上图下文。虽不识字，但喜欢上面插图。后来上了学，才将图、文联系起来。由此对古诗产生了浓厚兴趣并影响我一生。

在念初中时，那时有什么书看什么书，现在是看什么书有什么书。像小说《平原枪声》《烈火金钢》《苦菜花》《青春之歌》《钢铁是怎样炼成的》《红旗谱》《林海雪原》及《三国演义》等四大名著，还有《七侠五义》等，互相借着看，传着看，有的书要抄，有的书到手后，书皮书底都没了。把书翻成卷子一样。

初中只是打下了认字的基础，我真正读书是我初中毕业十六岁以后在家务农。开始是读竖排版的《毛泽东选集》1—3卷，后来又读横排版的《毛泽东选集》第四卷、第五卷。读马克思、恩格斯所著《共产党宣言》不下十遍；读了马克思的《哥达纲领批判》；恩格斯所著《反杜林论》；列宁的《共产主义运动中的左派幼稚病》等著作。大概从二十岁起，开始通读《鲁迅全集》及《鲁迅日记》又及《鲁迅书信集》，所以受鲁迅作品影响很深。外国文学作品喜欢雨果的《悲惨世界》和托尔斯泰、屠格涅夫的作品。

（何老师：听许老师聊读过的书，简直是如数家珍啊。作家曹文轩老师说过，书是有血统的，您怎么看？）

太对了。我到北大旁听曹老师的"文学与艺术"课近两个学期。他讲，书是有血统的，要读那些有高贵血统的经典书籍、大书、硬书，不要读那些庸俗的书，低俗的书、破书、烂书、品质低劣的书。他说这话时，有点咬牙切齿。我虽读得不太懂，但沉浸之，向往之，沐浴之，恩泽之，也打好了我的文学底色。

（何老师：那时您是个农民，劳动是主体，读书时间是怎么安排呢？）

一个字：挤。那时白天劳动，夜晚读书。晚上油灯如豆，窗外星光如眨，蟋蟀虫鸣；晴天劳动，雨天读书。就是所谓古人提倡的"晴耕雨读"。那时最盼阴天下雨，好过读书瘾；田间干活，间歇读书，见缝扎针，坐田埂上逮住片刻光阴；背诵更是利用零星时间，瓜棚守夜，月下吟咏。看渠浇地，背诵古诗词曲，几次竟踩到水里。

（何老师：看来您背古诗词真是太入迷了。谈到背诵古典诗词，听说您二十岁之前，就能背下三千多首诗词，是真的吗？）

把"吗"字去了，就是"真的"。我从十六岁开始，大概到二十岁，从《诗经》背起，到唐诗宋词元曲，自己统计，已经突破了三千首，再往后至现在，没有再统计，三千首应该是保守数字。包括汉乐府最长五言诗《孔雀东南飞》，白居易的《琵琶行》《长恨歌》，李白的《梦游天姥吟留别》，陶渊明的《归去来辞》，丘迟的《与陈伯之书》，王勃的《滕王阁序》，还有散文及宋词等篇章。

（何老师：您能现场给大家背几段吗？）

你在考我？可以。不过，此处应该有掌声。是你提示，还是我自选？

（何老师：您先自选吧。）

那我先讲一个真实的小故事吧。那年我大概十九岁，跟车到顺义粮库交公粮，中午到寡妇饭店吃饭，吃饭人很多。饭店中间有方柱，上面写有李白的诗《行路难》，是行草。我站在面前看，一个二十多岁的跑堂的看我不顺眼，问，"你看什么看？看得懂吗？挡道！"我那时才80多斤，瘦小枯干，穿得也破。这小伙子长得膀大腰圆，小牛犊子似的。我只好说，"看不懂。""看不懂还看。别挡道，好狗别挡道！"我真是属狗的，我火了说，"我要是能背下，你怎么办？"小伙子斜眼看我，一副轻蔑的样子，"你要背下来，你们几个人，我白送几个摊黄菜。"我说，"四个人。"然后我背向柱子，开始背："金樽清酒斗十千，玉盘珍馐值万钱……"等背到"多歧路，今安在"时，小伙子央求我，"小孩，小孩，你别背了，我四盘菜要出飞了。"我坚持背完，"长风破浪会有时，直挂云帆济沧海！"我背完，小伙子说话不算数，不过送我们四碗榨菜汤，一毛三一碗，并说，凡是你带人来，饺子汤随便喝。"我希望在座的中学生，现在正不负韶华，读书正当时，以后"直挂云帆济沧海"。

（何老师：您这个小故事表明了一个人要得到别人尊重，必须"腹有诗书气自华"。现在该选答题了，每道题您背几句就行。先从汉乐府《孔雀东南飞》开始。）

六十年前背的，也许背不全了。试试吧。为节省时间，我背序：汉末建安中，庐江府小吏焦仲卿妻刘氏，为仲卿母所遣，自誓不嫁。其家逼之，乃投水而死。仲卿闻之，亦自缢于庭之。时人伤之，为诗云尔。最后是"两家求合葬，合葬华山傍……"

白居易的《琵琶行》"浔阳江头夜送客，枫叶荻花秋瑟瑟……"

丘迟的《与陈伯之书》"迟顿首：陈将军足下，幸甚！幸甚！……"

（何老师：鼓掌！看来许老师肚子里装的还真不少啊。所传不虚。您认为最好背的诗是什么？最难背的诗是什么？）

最好背的诗是明朝张岱写的《课儿读》：少壮不努力，老大徒伤悲。平时弗用功，自到临期悔。

最不好背是屈原的《离骚》："朝发轫于苍梧兮，夕余至乎县圃。欲少留此灵琐兮，日忽忽其将暮。我令羲和弭节兮，望崦嵫而勿迫。路漫漫其修远兮，吾将上下而求索。"

年龄小，不理解也没关系，先把它背下来，死记硬背也无妨，将终身受益。学生如有兴趣，我这八十岁老翁和在场青年才俊可择时现场PK。

（何老师：您开始说读书是借书，后来呢？）

后来除借之外，主要是买。节衣缩食去买。从一九六二年至现在，我六十年坚持订阅报刊。先后订有《文汇报》《人民日报》《北京日报》《京郊日报》《参考消息》《南方周末》《人才》等。现在仍订有《北京文学》《天津文学》《收获》《小说选刊》《世界文学》。到书市买，书店买，现在网上买。购书藏书，应该不下于五千册。前几天搬家，主要是搬书。

（何老师：哇，听您这么一说，您家简直就是一个小型图书馆了。此处应该有掌声。您已经说了您少年，青年，壮年读书，还没说进入老年以后如何读书，坚持终身学习的？）

2006 年我 60 岁，又发少年狂。每星期六上午在首都图书馆或东城区图书馆参加书海听涛讲座，下午去北京市劳动人民文化宫参加文学创作研修班，从第九期上到十四期，风雨无阻，连续 10 年，被研修班称为学员中的一面旗帜。星期一去北京大学，乘公交转地铁往返六个小时，听曹文轩老师两个小时文学艺术课近两个学期。这期间遇到 2012 年的 7.21 大暴雨，出地铁口时水深及膝；也曾在公交车上跌倒过，也曾因疲惫不堪坐错了站。自然也沐浴过太庙的丁香树的花香，"东图"门口的玉兰花盛开，北大逸夫楼阶梯大教室的风光。十多年来一路听课，边听边记，竟记了笔记一百多本。码起来有一米多高。自嘲戏称自己上了一所"红墙大学"。

（何老师：鼓掌！我对您简直是太佩服了。60 岁以后还坚持学习，您真是终身学习的典范，也是我们学习的榜样。从开始到现在，谈的都是读书和学习，下面我还想请您谈谈写作。）

好。我第一首诗是写在同学王任民的笔记本上，蓝色封面画几杆紫竹，一块山石，一个老人斜坐。我题道：

> 背依紫竹度晚年，
> 忆起青春泪满衫。
> 光阴皆弃风尘里，
> 著作应留天地间。

这一年我上临河小学三年级，十岁，似乎已埋下以后想当作家的种子。

我先后出版了诗集《早春》，小说集《半夏》《仲秋》《惊蛰》，散文集《瑞冬》，游记《印象美国三十天》，又出版了 36 万字长篇历史小说《洋桥破浪》。先后在《北京文学》《当代小说》《大家》《飞天》《小说林》《星火》《小说月刊》等文学期刊发表小说多篇。短篇小说《香火地》《娘亲舅大》分获 2011 年、2013 年"首都五一文学奖"一等奖；《卷毛活》获首届"浩然文学奖"短篇小说一等奖。散文《盲人玫瑰》等被选入中学生语文课外教材；小说《吊炕》《栗子立子》等多篇作品被收入各种选本和被列入高考模拟试题。2008 年加入北京作家协会，2012 年加入中国作家协会，时年 66 岁。

（何老师：您认为读与写的关系是什么？）

我认为读是学，写是习；读是认知，写是实践；读是知，写是行，读写是知行合一；读是认识世界，行是改造世界，重要是改造世界。读是充实自己，写是影响别人。当然，二者是可分的，又是不可分的。

（何老师：这有点上升到哲学层面了。您能不能举个例子，给学生解释的通俗一点。）

我有一篇小散文叫《盲人玫瑰》，被列为中学生语文课外阅读教材和高考模拟试题。讲一个盲人种玫瑰，不为自己看而为别人欣赏，自己也从中得到快乐。他学有关玫瑰知识是读，种玫瑰是写。既充实自己，又影响别人。同学们可以到网上去搜一下。

（何老师：您新出版的长篇历史小说《洋桥破浪》产生一定影响，顺义电视台播了消息，顺义区宣传部长赵鹏做了介绍，您简单谈谈这本书想表现什么？）

你朗诵过这本书的"序"，你是否可以现场播放或朗诵一下，让同学们了解大概。

（何老师：好的。【朗诵或播放。】）

（何老师：您再简单介绍一下。）

当然可以从各个角度进行解读，比如从民国时期的政治层面，经济层面，外交层面，民生层面，技术层面等，但我最想表达的是顺义人民的精神层面，胸襟开阔、顾全大局、忍辱负重、勇于担当、坚韧坚持的精神。

（何老师：最后，我想提一下，许老师先拿出十万元，设"许福元文学奖"用于奖励顺义中青年作家、作者；小作家、小作者，希望你们入围得奖。）

是的。谁得奖，我发大红包。

（何老师：您坚持生命不息，学习不止；您坚持书写顺义，笔耕不辍；您不遗余力，发挥余热。"春蚕到死丝方尽"，向您学习。）

我只是一只老蚕，只吃几片桑叶，只吐几根细丝而已。在座的师生才是在知识的海洋中"长风破浪会有时，直挂云帆济沧海。"

（何老师：还有很多话题，意犹未尽。因时间关系，先到这里。愿大家不负韶华，读书正当时。谢谢许老师，谢谢大家!）

2023.4.23

文学面面观

——我的红墙大学

主　讲：许福元

顺义各位朋友：下午好！

　　说不上讲课，只是线上聊天。在这疫情期间，我们连续做核酸，我手机背面的小圆标全要贴满了。前几天我在手机上看到两个段子，其中一个段子说，

　　"医护人员问：哎，你是朝阳的吧？

　　您是怎么知道的？

　　你嗓子都有茧子了。"

　　另一个段子说，"我听说邻门101室那个哑巴，连着做五轮十次核酸，嗓子给捅得会说话了。"

　　高，高手在民间，幽默也在民间。民间能将无奈之事也加以调侃，用乐观积极向上的态度来对待。

　　网上还传德国医生预防新冠肺炎的简易办法，每天用热盐水漱口数次，使嗓子环境 PH 值酸碱度由酸性变成碱性，新冠病毒最怕碱性，可以一试。我每天都做，尤其是早上和从外边回到家里后。

　　现在人在躺平，宅在家中。我想人的大脑更应活跃起来，静以修身，文以养德。谈一谈我坚持十年到北京各处听文学讲座的心得。

　　我是顺义临河村人。我深爱我的家乡顺义。最近，我为我的长篇小说《洋桥破浪》写了一篇自序，题目是"落笔之处是家乡"，我念其中一段：

　　我的家乡顺义，是个美丽的地方。虽说是平原阡陌田畴绿野，却也有浅山环抱翠树相拥。潮白河、箭杆河二水，分出河东、河西；牛栏山、狐奴山、长山三山，见证了汉、唐的辉煌。

　　顺义的春天是美丽的，河边烟柳，排排青杨；顺义的夏天是靓丽的，麦浪滚滚，

极目金黄；顺义的秋天是瑰丽的，五彩浅山，张灯结彩；顺义的冬天是壮丽的，冰河落雪，素林白霜。

顺义人的胸怀是宽广的。任潮白河水从自己的胸膛上哗哗流过，经苏庄闸桥，进入北运河，补水海河，济水天津，长达十四年，输水共达三千多亿立方米。

顺义人是有牺牲精神的。正是因为建了苏庄闸桥，虽为繁荣天津，减轻宝坻等县水患，做出了贡献，同时也牺牲了自己。良田变成河道，闸桥锁住水路，溃堤成河，时发生河水撞村，塌房灭户。民国二十八年（1939 年），顺义人几受灭顶之灾。至今经历此难的老年人，仍谈之色变，心有余悸。但顺义人，在该担当的时候有了担当，担当就意味着奉献，奉献就意味着牺牲。

顺义人是平和的，往往不以最激烈的方式和手段来实现自己的诉求。为官者为民请命，开明乡绅泣血上书，卖苦力的群体用和平方式罢工，僧人遗老也以非暴力而智慧的方式来维护自己的利益。当然，当以温和的手段使用无效时，他们也会揭竿而起！如"八百扁担砸鸡蛋局"事件。

顺义人是有韧性的。为了降服河水，在苏庄闸桥水面，建了一道挡水坝又一道挡水坝，总共建了十三道；春汛将田地里大麦、豌豆冲了，又改种了玉米、高粱；夏汛将玉米、高粱毁了，又播下了荞麦和冬麦。当上一年的大水退去，农民又在淤泥中播下希望的种子。总之，在任何困难与灾难面前，顺义人表现出坚韧不拔咬牙坚持的韧性，从未向困难与灾难低过高贵的头颅。

此部长篇历史小说是以时间为纲，以事件为目，以史料为据，以人物为魂。这个魂就是顺义人的精神。一个家族可以兴衰，一座桥可以兴废，一个朝代可以兴亡，但人的精神不可萎靡，不可颓废，不可磨灭。

我这篇千字文表达了我对家乡顺义的热爱。

顺义人的精神层面还有一个尊重知识，爱惜人才，认真学习，坚持终身学习的精神。此轮顺义图书馆等三单位联合举办的"潮白讲坛百姓课堂"就是这种精神的体现。

刚才顺义作协主席王艳霞介绍了我的文学创作基本情况。顺义作协目前青年才俊辈出，但还有"四老"在坚守。"四老"是：王、冯、许、刘。王是王克臣，1941 年生，今年 81 岁，属蛇，也称小龙，是龙头；冯是冯连才，1945 年生，今年 77 岁，属鸡，写诗，"宁做鸡头，不做牛尾"，是诗歌头头；鄙人许福元，今年 76 岁，属于 1946 年的狗；老四是刘振华，1947 生，今年 75 岁，属猪，金猪拱门不得了，琴棋书画，诗词歌赋都行。"四老"加起来共 309 岁。

实事求是讲，我和王克臣、冯连才、刘振华三位老师相比，自愧不如，相差甚远。

王克臣是上世纪 1962 年北京 48 中学毕业，是老高中生；冯连才杨镇中学毕业，也是老高中生；刘振华则是杨镇中学的语文教师。而我，只是一个河南村中学毕业的小初中生。

这种先天不足决定我的后天失调。要想调整过来，只能是恶补和学习。

这样，我从 2006 年至 2016 年，每星期六或星期日或星期一，坚持到北京听文学讲座，风雨无阻，一下子历时十年。

2006 年，我 60 岁，经宋新华老师提供的信息，我参加了在北京市劳动人民文化宫举办的第九期北京市职工文学创作研习班，一直到 2016 年的第 14 期。连续 6 期，我已 70 岁。这个班早在上世纪五十年代初就创建了，首创者是老舍先生。茅盾、曹禺、冰心、赵树理等大作家，都曾在此授过课。开创者令人尊重，后来者心怀感激。

我清楚地记得第一次迈进太庙的情景。

天安门城楼东，过金水桥，太庙红墙正门上方悬一匾额，蓝底金字：北京市劳动人民文化宫。据说，这是毛主席进入北京后的第一次题字。进大门抬眼看顶棚藻井，井口天花，天花枝条纵横相交，格成方井。呈中国古典艺术之美。

迎接我的是一个个老者——一棵棵古柏，枝枝覆盖，叶叶交通，森森然。树身佝偻斑驳，遍体凸瘤，如老年瘢痕。枝叶却很茂盛，似乎是一个个老寿星，活得精神抖擞，一副长生不老的样子。本来吗，"左庙右坛"，此乃明、清两朝皇帝的太庙，皇家祭祖的地方，有的重臣死后经特批也配享太庙。

穿过有点幽暗的古柏林，迈进红墙五彩琉璃门，顿觉宽敞明亮起来。只见白玉石拱桥、戟门、三大殿依次排列在中轴线上，井亭、神厨，神库配殿依次排列于两侧。三重汉白玉须弥座台基，四周围石护栏。红墙黄琉璃瓦顶殿宇巍峨宏丽，庄严肃穆。方砖铺地，玉石雕龙，甚是宏阔。看了两侧配殿，过了二重院落，穿过红墙门才来到太庙最后一重殿宇——三殿，即祧庙。这就是听课所在的殿堂了。

我报名填表以后，负责人杜芳伦老师说，"截至现在报名的 141 人中，你是年龄最大的，路程最远的，也是唯一来自远郊区农村。"

说到年龄最大，我要插上几句。1987 年我 41 岁，念建筑成人中专，在班上我年龄最大；1990 年读工民建大专班，我年龄最大；1991 年、1992 年考验线员、土建工长本时，在考场上我是年龄最大；1993 年我拿到土建助理工程师本时，47 岁，年龄最大；1996 年我学车，50 岁，那一期全腾达驾校，是最大年龄。在北大中文系旁听期间，不用说听课学生，我比讲课的曹文轩教授还大 8 岁。尤其令我骄傲的是，疫情前我在金城慢生活健身馆游泳，年龄无人能望我项背，连教练都说：老爷子，您来了，悠着点！

我个人体会，在学习上别脸皮薄，要脸皮厚，还要足够厚，别老觉着臊眉搭眼。别老觉得我年纪大了，年纪大没什么资本，只不过多吃几年咸盐而已。也不要认为学什么晚了——凡意识到晚就不晚。

扯远了，话题还回到听课上。差不多每期都是毕淑敏老师上第一堂课。她一开始并未讲文学，而是讲马斯洛的人类需求层次理论。美国心理学家马斯洛在1943年提出了这个理论，马斯洛的需求层次结构是心理学中的激励理论，包括人类需求的五级模型（也有被演绎八级模型），通常被描绘成金字塔的等级。从层次结构的底部向上，需求分别为：生理（衣服和实物），安全（工作保障），社交需要（友谊），尊重和价值自我实现。这种五阶段模式可分为不足需求和增长需求。前四个级别通常称为缺陷需求（D需求），而最高级别称为增长需求(B需求)。马斯洛指出，人们需要动力实现某些需要，有些需求优先于其他需求。

毕淑敏老师说，我的文学导师李国文曾说过，搞文学创作要为利不如经商，要为名不如做公益，做好事。但热爱文学创作的人是要在文学创作中实现自己的人生价值。

因此，这也不难解释王蒙今年已88岁，去年写了长篇小说《猴儿与少年》，现在还在写。大画家大作家黄永玉今年已98岁，85岁开始写长篇小说《无愁河的浪荡汉子》已出版三部计260余万字，现在还在写。往近了说，顺义潮白书画院院长王雍，1943年生，已虚岁80，他的长城系列摄影集被联合国总部永久收藏。现在，他仍笔耕不辍。干什么事都需要动力，应当说，实现人生价值的最大化，是人内心最大的动力。有这个动力，生命就不会干枯。

说到马斯洛理论第四个层次，一个人重视被社会被人所尊重，我讲一个我自身经历的小故事。大概是上世纪的1963年或1964年，完秋我们临河小二队两辆车往粮库交公粮，我跟车。粮库就在火车站东北，现在西单商场西边。交完公粮到寡妇饭店吃饭（其实不全是寡妇）。当时上县午餐补助是一人五毛钱。我们四个人，要了一人一斤大饼，三毛八，那时一碗鸡蛋汤，八分。一碗榨菜汤，一毛三。所以每只好要鸡蛋汤。

吃饭的人很多。饭厅有一四方柱子，写有李白的诗"行路难"，是行草。我当时穿一个大裤衩，光脚，光膀子，披一个包袱皮，光头，手里拿着轰家雀（仓）的破草帽子。衣服上是汗渍斑斑，身上的汗腥味熏人呛鼻子。

我正在立柱子前看李白这首诗，一个小跑堂的过来呲哒我，"看什么看？看得懂吗？挡道。"

看他那气汹汹的架势，我只好说，"看不懂。"

"看不懂还看？好狗不挡道。"

他最后那句话把我惹火了，"我要是看得懂怎么办？"

"那，我送你们桌上每人一个肉炒菜，你们桌上几个人？"

"四个人。"我又问他，"你看得懂吗？"

"我看不懂，可我那大厨看得懂。"

然后他请来大厨，我背对方柱，开始背诵："金樽清酒斗十千，玉盘珍馐值万钱，停杯投箸不能食，拔剑四顾心茫然——"

到了最后，小跑堂央求我，"别背了，我认输了。"

我坚持背完后说，"认输了好，上菜，热炒，有肉。"

"我一个月才十八块钱。我给你们上四碗榨菜汤。"小跑堂的又央求我，"以后凡你带人到这儿来，饺子汤随便喝。"

我讲这个小故事意思是，人需要被尊重，但只是达到了马斯洛理论的最四个层次。

要想达到人生最高层次，即人生价值的自我实现，最大化，刘恒老师一次讲文学创作时说，作者要关注自己头顶上的太阳和手中的资源。

头顶上的太阳是指自己的年龄段。你是处于早晨八、九点钟的太阳还是如日中天，是下午三四点钟的未时与申时之间还是已日薄西山。你得判定你生命长度的阶段与节点，来决定你干什么与不干什么，有所为有所不为。

中国的文化博大精深，在人的一生各个阶段都有形象的比喻与界定。我们花点时间捋一下：刚出生三天的小孩叫汤饼之期，吃奶或者喝飞鹤奶粉吗；出生不到一岁的小孩叫襁褓时代，离不开尿不湿；两到三岁称孩提之年，小孩一提拎就走；女子七岁，称为髫年（音：条）额前垂下短发；总角之年，指八到十四岁的孩子，把头发梳成小抓髻；黄口之年，指十岁以下的小孩，借雏鸟的嘴来形容；金钗之年，指十二岁的女子，古代女子十二岁要戴钗子；豆蔻年华，指十三岁女子，豆蔻是一种开黄花的植物；舞勺之年：指十三到十五岁的男子，正是要勺子年龄；及笄（音：积）之年，古时指十五岁的女子要把头绾起来，戴上簪子，到了谈婚论嫁的年龄；志学之年，指男子刚到十五岁的年纪，来自孔子"吾十有五而志于学。"；碧玉之年，破瓜之年，二八年华：指女子十六岁；舞象之年，指男子十五到二十岁，可以舞刀弄棒了；弱冠之年，古代男子二十岁束发戴冠；桃李年华：指女子二十岁，正青春年少；花信之年：指女子二十五岁，年轻貌美；而立之年：男子三十岁，来自"子曰"；半老徐娘：指三十岁女子。"徐娘半老，风韵犹存。"；不惑之年，指四十岁到五十岁，来自"子曰"。天命之年，指五十岁老人，来自"子曰"。杜甫活了五十八岁，四十岁就自称"老叟"；耳顺之年，花甲之年：指六十岁；古稀之年：指七十岁，来自杜甫诗"人生七十古来稀"；

朝枚之年：指八十岁老人，出自姜子牙八十岁于渭水垂钓遇周文王的典故；耄耋之年：指八十至九十岁的老人王克臣就处于这个年龄段，我还有四年，也上了这个台阶；鲐背之年，指九十岁的老人。有一种鱼叫鲐鱼，褶皱很多，九十岁老人的背很像鲐鱼；白寿之年指九十九岁，"百"字去了上面一横是"白"；期颐(音：仪)之年：指百岁老人，出自《礼记》；花甲重开指一百二十岁；古稀双庆指一百四十岁，现在只能当愿望吧。

中国文化把人生阶段分得清楚又复杂，我很赞同物理学家杨振宁说过的一句话。有人问杨振宁："科学与文学的区别是什么？"杨振宁回答说："科学将复杂的事弄简单了，文学将简单的事弄复杂了。"

现在还回到刘恒老师所提到的你要关注你头顶上的太阳问题，在座的听众、观众，你如果是学生，正处志学之年，你就要考虑奋发学习。像北大韦神韦东奕，1991年生，今年31岁，博士生导师，数学天才，一人单挑六位博士。可上网一搜。如果你在而立之年，走仕途的话，就得考虑三十当官，四十撒欢。而五十就打蔫，六十就靠边。对于六十岁人，阅读也要选择，和自己要干的事挂钩；到了古稀之年，首先要照顾自己身体，别给儿女添麻烦，这是老生常谈了。

刘恒老师还讲了下半句话，你手中的资源。

1.峰回路转神仙府，云涌泉生道士家。

2.《假如给我三天光明》。

3.启功大师讲：唐朝以前的诗是"长"出来的，唐诗是"喊"出来的，宋诗是"想"出来的，宋以后是"仿"出来的。

4.人改苏东坡的句子为"愿你出走半生，回来依旧少年。"我改一下，"愿你热爱文学，心态永远少年。各位吃瓜君子，来个一圈三连。"

5.错误处，请指正。

思想永远是第一位的

各位文友：下午好！

人算不如天算。上星期的课因为天气原因挪到今天，正赶上党的生日，正是个好日子。今天我讲的题目是：思想永远是第一位的。在这个文学沙龙的前身文委二层文学沙龙上，我计划讲小说的"细节""语言""思想""结构"。已经讲了"细节""语言"并已登在《顺义文艺》上。今天讲"思想"。

先讲一个文坛掌故。东城区作协主席，《光明日报》副刊部主任，著名散文家韩小蕙去医院看望张中行先生。张中行先生是"燕园三老"：季羡林，金克木，张中行又与邓广铭并称"未名四老"。有《顺时集》《负暄琐话》等著作存世。长篇小说《青春之歌》中余永泽的原型，胡适的得意弟子。与杨沫育有一子一女。寒暄之后，韩小蕙问，"您认为，文章中最重要的是什么？"张中行先生几乎未加思索地说，"思想永远是第一位的。"这是一个思想者最后的声音。当有人称他为文学家，哲学家，思想家时，他只认同思想家。几个月后，张中行先生驾鹤云游。

汪曾祺先生也说，"小说里最重要的是什么？我以为是思想。是作家自己的思想。是作家用自己的眼睛对生活的观察（我称之为"凝视"）自己的感受，自己的思索，自己对人生的独特感悟。思索是非常重要的。接触到生活，往往不能即刻理解这个生活片段的全部意义。得经过反复的一次比一次深入的思索，才能汲出生活的底蕴。作家和常人不同，无非是对生活想得更多一点，看得更深一点。我有的小说重写过三四次。重写一次，就是一次更深的思索。"

文有文心，书有书胆，诗有诗眼，剧有剧魂，散文的所谓形散神不散，就是讲一个故事，也要有一个故事"核"，其实就是讲的思想。

思想的定义，词典上是，"客观存在反映在人的意识中经过思维活动而产生的结果。"

为了便于将思想与文学创作之间的关系讲清楚，我借用并改造过去庙里的上香牌位：天，地，君，亲，师。把"亲"换成"人"。

第一：先说文学创作与"天"的关系。谈天。

科学家认为，宇宙的年龄在 140 亿年左右，地球的年龄在 45 亿年左右。人类（直立人）地出现在 150 万年左右，猫地出现在 2 亿年左右。如果把地球的形成浓缩成一天 24 小时，那么人类的诞生才 7 分钟。从这一点说，人的资历很浅，小儿科。你别看人类这么能折腾，闹哄哄。

中国的文明史，文学史，涉及"天"的方面太多了。屈原写《天问》，全篇共 374 句，提出 172 个问题。历史上只有柳宗元写了《天对》，但学术界认为对的不好，流传不广。有好多"问"，至今回答不了。"遂古之初，谁传道之？上下未形，何由考之？"关于宇宙起源，前些天中国进行宇宙粒子的研究立项。我的感觉《天问》有点像马克思"怀疑一切"的精神。《天问》中有询问，疑问，商榷的意思。信息量太大了。《老子》认为宇宙起源是"一生二，二生三，三生万物。"有点接近现代宇宙大爆炸理论，从一点开始。《窦娥冤》里有对天地的质问，"地也，你不分好坏何为地？天也，你错勘贤愚枉为天？"苏东坡认为人生不过是天地之逆旅，在天地间做客罢了。其实我们现在坐这里，也是坐客文学，两个小时以后就散了。

慈禧太后有一次和太监安德海说闲话聊天。慈禧问，小安子，你说天大还是地大？安德海说，您说哪。慈禧说，我问你呢？小安子说，有您老佛爷在这儿，没有我说话的份儿。慈禧说，我说天大。安德海两手一拍，说，对呀，您说要是没有天罩着地，地不是溢出去了吗。

慈禧尔后改口说，我说地大。小安子又两手一拍，说，您说得太对了，要是没有地托着天，天不是该趴架了吗？慈禧给逗乐了，你这个猴崽子，倒挺会说话。这回你说，到底天大还是地大？安德海说，您是老佛爷，您说天大，天就大；您说地大，地就大。这和《红楼梦》里的凤姐，贾母喜欢吃什么我就喜欢吃什么？我们有的领导班子，一把手说出自己的意见，其他成员往往顺着说。但是，一个作者，你要考虑哪片天罩着你，哪块地托着你。

对天的态度，就是宇宙观。现代物理学界认为，我们截止到现在人类所有认知的物质，仅仅是整个宇宙的百分之五。每个人都有自己的宇宙观，大概分两种，有神论和无神论。有什么样的宇宙观就会有什么样的人生观，有什么样的人生观就会有什么样的创作观。于是，构成人类文明。文明有三要素：第一，哲学——人类思想的荟萃；第二，宗教——人类灵魂的寄托；第三，文学艺术——人类对万物之美的诠释。

讲"天"对我们的文学创作并非大而无当。汪曾祺先生讲过他少年时听到的一个故事对他创作影响很大：一个瓷器店的小学徒，失手打坏了一件古瓷器。小学徒见了掌柜，怕赔不起哭了。掌柜笑着安慰他，此件瓷器寿命已到，该坏。掌柜让小徒弟将那件坏瓷器的底盘翻过来，上面烧制一行字：某年某月某日某时某刻制造，某年某月某日某时某刻寿终。一看挂钟，分秒不差。这个故事讲宇宙间所有事物，器物，人物，皆有定数。人的生命有定数，那就是长度，大概在三万天左右。人生的有限性与宇宙的无限性。我们几乎无法把握，只能尽量拓展人生的宽度，增加其厚度。佛教认为，人与人相识相知，是有缘分和定数，是前世已安排好了的。今天在座听课的每一个人，都是一颗一颗星星，在对的时间，对的空间坐在一起，就形成了今天的星座。也是定数。在我们彼此的生命里，没有人无缘无故来，也没有无缘无故离开。此刻谈文学，这是一次美丽的交集。

我们抬头看天，要关注你头顶上的太阳。你的年龄段是属于早上八，九点钟的太阳，还是中午，午后还是夕阳红。人生就是在什么阶段干什么事。读书，创作也要与人生各阶段相匹配。茅盾，巴金都是先当编辑，然后写小说，散文，最后以随笔收科。要是写长篇，先考虑身体能不能过关。所说的"天"，就是属于你自己头顶上的那片文学天空。

第二，文学创作与"地"的关系。刚谈完"天"，现在说"地"。

鲁迅说过，人不能揪着自己的头发离开地球。每个人都处在一个地理坐标上。每个作家都有自己创作的基地，根据地，发祥地或地域性。鲁迅——绍兴，沈从文——湘西，王安忆——上海，莫言——山东高密，陈忠实——陕西。浩然是顺义，浩然的主要著作都是在顺义完成的。1949 年诺贝尔文学奖得主，美国作家威.福克纳说，"我发现,我自己像邮票那样大的故乡是值得好好写的,不管我多么长寿,我也无法把那里的故事写完。它打开了一个各色人等的金矿,我也从而创造了一个自己的天地。"福克纳一生写了 19 部长篇和 75 个短篇,其中 15 部长篇与绝大多数短篇都发生在一个叫约克纳帕塔法县的地方。这个县和县政府所在地杰弗生镇是以福克纳的家乡拉法艾特县和奥克斯福镇为原型的。作家如果换地儿，会水土不服。

屠格涅夫的《猎人笔记》中有一篇"贝尔牧场"。其中描写牧场的夏夜，"你深深地吸着这种别有风味的，醉人的新鲜气息——俄罗斯大地夏夜的气息，心胸不由地涌来一阵甜美的感觉。四周，一片阒寂，几乎听不到一点声音……只是近处河里，偶尔突然响起大鱼泼水的响声，弄得岸边的芦苇被冲来的波浪轻轻激荡，发出轻微的沙沙声……只有那两堆篝火仍然轻轻地哔哔啪啪地响着。"好在哪儿？声音，画面，气息，味觉，触觉，意境。现代的人们，很难静心观察，体验，描写，阅读，欣赏这样的文字了。它使我想起我少年时在月牙河苇塘摸鱼的情景。

与地相关的是水和土。同仁堂进药，对产地要求非常讲究。山药，面朝黄河，背靠太行山的铁棍山药；白芍，山茱萸——杭州；芡实——苏州；牛黄——京牛黄，北京黄牛；黄连——川黄连；牛犀——川牛犀和怀庆府各半；人参——长白山靖宇县。正是产地的水土决定药材的上品，纯洁，地道。对于药材来说，疗效是第一位的；对于作品，思想是第一位的。文学产生的地域差别也分成赵树理的山药蛋派和孙犁的荷花淀派。

顺义的土是什么？《顺义县志》载：土厚宜稼。平原土厚适于种庄稼。适于深耕，适于凿井。每个作者都应该在自己的土地上凿好属于自己的一口井，越深越好。顺义的水是潮白河。"任凭弱水三千，我只取一瓢饮"你取哪一段作为自己的创作资源？你是取唐宋明清，还是取清末民初？你是取抗日战争，解放战争还是取解放以后至现在？克臣的两部长篇都是取的是抗日战争，克臣靠写顺义水土起家的。有人将人分为动物型和植物型。作家无疑大多属于植物型。冯连才的诗"把自己种在黄土地里"有土腥味；刘振华不止一次写汉石桥湿地，有水腥味；金克亮吃准了顺义，在报纸上已发表近二十篇关于顺义古村落的散文。高国镜是门头沟人，小说里有山根子味；林馨老师念过大书，他的作品有书香味。你生长在这片土地，得益于这片土地，生于斯，长于斯，就要用笔描写这块土地，反哺这块土地。你是顺义人，对顺义最大的爱就是守候在原地。总之，这些作品，各具特色，各有千秋，互相区别，相得益彰。你写顺义人性格特点，不能不写顺义人的胸襟开阔。因为顺义地处平原，视野开阔。纵观顺义作者的作品，含有乡土文学四要素：中国气派，民族风格，地方特色，乡土题材。

有人说，我所在的村子，所上班的单位没有那么多人和事当创作素材。莫言在东图讲课时有听众提问，你写的山东高密怎么那么多故事？莫言答，我是把别处发生的故事借到高密来。我们也可以借呀。故事可以借，但思想是自己的；情节可以编，感情是自己的；剧可以假，情真诚。密云王也丹说，真诚永远具有打动人的力量。换句话说，思想永远具有打动人的力量。

现在写农村题材要有新意，新的手法。现在的农村变化太大了。不能以过去的思维方式与价值观念来看待新事物新问题。六十岁老太太跳舞，七十岁农民用手机，八十岁老头镶的满口牙。收破烂的连报纸不爱要。陈旧的观念，陈旧的语言，陈旧的表达方式都需要更新与时俱进。即使你写了散文，诗歌，报告文学，小小说，短篇，中篇甚至长篇还得了各种奖。只能说明过去，自己要不断自我清零，不断刷新。

有人说过，思想和身体，总有一个在路上。灵感往往来自经历，阅历，游历。作家应尽量走出去。前三个星期我去青岛港，集装箱如楼房小区，连绵不断，如起伏的群山。套用马淑琴老师的诗，"一万年的海水退去了，留下山一样的集装箱。"中国正提倡的一带一路，会更进一步改变中国人的世界观。走出去，才能看到天下之大，物品之丰，人才之多，知识之无极限。人不走出去，就会像井底之蛙那样自命不凡。冰心有一首小诗：墙角的花 / 当它孤芳自赏时 / 天地变小了。

第三，文学创作与人的关系。论"人"。

有人问我，我怎么一写就写童年，写小时候的故事。我说，那就对了。曹文轩老师说过，人一生都生活在童年的影子里。

还有人问过我，我怎么一写就写自己的亲人，父母，爷爷奶奶，姥姥姥爷，儿子孙子，秃姑瞎姨烂眼二舅母。我说，那就对了。人总是以自我为圆心，按血缘亲疏关系一圈一圈放大。沈从文先生说，小说就是要贴着人物写

人要面对两个世界，一个是外部世界，一个是内心世界。外部世界是自然环境，社会环境，政治生态等；内心世界是贪欲，痴迷，怨恨，嫉妒，仁爱，慈悲，救赎等。文学又是两个世界的和谐统一。《复活》的外部世界是西伯利亚的流放地，内心世界是渥伦斯基的道德自我修复与完善；林黛玉的外部世界是大观园，她的内心世界是葬花，"一朝春尽红颜老，花落人亡两不知。"我前些天看了印度电影"摔跤吧爸爸"外部世界是摔跤，内心世界是励志。《三国演义》第七十一回"武乡侯骂死王朗"，诸葛亮骂司徒王朗"皓首匹夫，苍髯老贼""王朗听罢，气满胸膛，大叫一声，撞死于马下。"史实却是在诸葛亮出祁山之前，王朗高寿善终，二人终生未见过面。罗贯中那样写，不惜颠倒历史，把"拥刘反曹"思想放在第一位。把王朗当一个垫背的，有点损。

经典的文学名著更重视对人自身的人性，情感，思想，内心的描写与挖掘。有一首佛诗：佛在心中莫妄求，灵山就在汝心头。人人有座灵霄塔，只在灵山塔下修。作家重视对精神的追求，心态决定状态。儒，道，佛，在这一点上，殊途同归。

一个人如何对待外部世界与内心世界，其实就是人生观。历代文人雅士，迁客骚人，写岳阳楼的人太多了，为什么范仲淹的《岳阳楼记》最著名，是"先天下之忧而忧，后天下之乐而乐"的思想。中国的知识分子历来有一种担当，就是宋朝张载的横渠四句，"为天地立心，为生民立命，为往圣继绝学，为万世开太平。"习近平在2016年曾两次提及。司马迁所以忍辱写《史记》，为了"究天人之际，通古今之变，成一家之言。"有所担当。我们虽不能至，心向往之。所以，思想永远是第一的。

你准备写一个作品，往往有了思想的贮备，再经过外界形象的触动，叫触点，才有了所谓灵感。或对外界形象进行挖掘，联想此形象背后的隐喻，暗喻，象征的意义，才有了欲罢不能的灵感。这正如马淑琴老师所说，想写移民，这是思想的贮备；看到青黄的麦子，这是形象。两者擦出火花，把移民当麦子写，把麦子当移民写，写的还

是人的情感，思想。

　　不知在座的人谁读过刘庆邦老师的短篇《丹青索》。我和刘庆邦老师一对一当面交流过。我问，您写《丹青索》是不是索画家先是将钟馗画成神，然后将钟馗画成鬼，才动笔写的？他答，是。只有找到这颗"种子"，我才去写。种子即思想。所以，思想要压得住人物，人物要压得住事件。《红楼梦》中，贾宝玉，薛宝钗，林黛玉，三个人思想不同，性格不同，被读者记住了。他们之间的事件往往忽略了。

　　第四，文学创作与"君"的关系。评"君"。

　　君，旧指皇帝。现可以引申为社会。人是群体动物，社会是群体动物集大成者。社会产生文学，文学又影响社会。唐朝产生唐诗，唐诗又影响唐朝及后代。有点"时势造英雄，英雄造时势"的意味。

　　如何看到我们当前所处的时代，现实社会？王蒙，莫言，蒋子龙都曾引用过英国作家狄更斯在《双城记》开篇一大堆对立排比句描述他所生活的时代，"这是最好的时代，也是最糟糕的时代；这是睿智的年月，也是蒙昧的年月；这是信心百倍的时期，也是疑虑重重的时期；这是阳光普照的季节，也是黑暗笼罩的季节；这是充满希望的春天，也是让人失望的冬天；我们正在直升天堂，也在直下地狱；我们面前无所不有，我们面前一无所有。"最近发生了三件重要的事。一是习近平主席视察山西农村脱贫，二是茂县村庄被山体垮塌所埋，三是乒乓国手弃赛。我只说第一件事。几乎与习主席视察贫困户土墙破屋，家徒四壁的同时，也是山西，一土豪煤老板用豪华轿车下葬。如果是真的，只能让人瞠目结舌。所以，如何看我们的时代，仁者见仁，智者见智。

　　每个人在社会中都扮演一定社会角色。在座诸位，现在都是顺义文学沙龙成员。走出这个门，角色立刻转变。开车来的是司机，坐车来的是乘客。到了家，父亲，儿子，丈夫，母亲，女儿，妻子等各种角色集于一身，不停变换。所以，美国在1936年创角色学理论，后传到中国。但今天我想说的是，如何定位，把握个人与社会之间的关系；如何定位，把握文学创作与社会效果之间的关系。

　　人与社会之间，大概有下面几种关系。

　　1.融入：大到仕途,小到社区。从戴大檐帽到臂戴红胳膊箍志愿者，属融入社会型，入世。如王安石变法，司马光写《资治通鉴》。

　　2.对抗：从思想到行动，从情感到情绪，与社会对抗。《水浒》的思想，造反有理。现在的恐怖主义。

　　3.隐居：古今皆有之。与现政府不合作。古人陶渊明，王冕。当代也有。

　　4.讲和：独立，适中，顺时。冷静观察，适当参与。如苏东坡的心态是"此心安处是吾乡""既无风雨也无晴"。

我觉得应选择与社会讲和。但和而不同。有自己的独立思考，不同见解，自我意识。反映到文学创作，作品总要给人以希望，光明，温暖，也要展现自己的个性特色。

在东图听课时，有一个文友问我，我想写一个小小说，题目都想好了，叫"黑蛇白蛇眼镜蛇"。我问，什么是黑蛇？答：穿黑袍的法官。什么是白蛇？答：穿白大褂的医生。那眼镜蛇呢？答：学校的老师。我说，你最好别写。一千多字的小小说，写社会三个方面，且是阴暗面，不好把握。这是一个中篇的结构。

一个作者动笔写作，一定要掌握好与社会的分寸，界定好边界。有些事，可以说可以写，比如学雷锋，爱护环境；有些说说行，你写不了。杨利伟等航天员上太空，你写不了；有些不可说也不可写，从微信上传钓鱼岛打起来了，实际是假新闻；有些可写不可做，小说中可以写性爱，但说就不好说了。

还有一个作品的社会性和作者个性如何界定与兼顾。太注重社会性会遮蔽作者个性，太注重个性会遮蔽社会性，如何找到一个恰到好处的临界点，咱以后再讨论。

毛志成老师讲他写过一篇小说，讲一个警察追捕一个逃犯。费了很多周折将逃犯抓住给其戴手铐时，他把逃犯的袖子抻好，手铐铐在袖子上。不错，逃犯该抓。但作为一个人，也应有人性的关怀与尊严。

作家李迪，深入到哈尔滨看守所采访，体验生活。写一个女贩毒犯，三十多岁，长得非常漂亮。不要一写贩毒贩，就皮糙肉厚，一脸横肉。她与朝鲜做边境贸易。货发到朝鲜后，对方不给钱，给毒品。她怕血本无归，只好要了。结果毒品还没卖出去就被抓了，在看守所里待了三年。在三年期间，女看守与女犯人成了很好的朋友。女看守联名向最高法请求不要判女犯人死刑，因为毒品还没有流散到社会。但结果女犯人还是被判处死刑。临刑前，女看守用自己的钱给女犯人买新衣服过生日，又联名要求用注射死不被枪毙。女犯人临死前告诉自己孩子，我罪有应得，你长大了一定要做一个对社会有用的人，不要怨恨这个社会。女看守所做的一切，就是为了让犯人不要带着对社会的怨恨离开这个世界。

阿根廷的博尔赫斯是作家当中的作家，他在小说"死去的神学家"中写了梅兰希顿。所表达的思想是，光有信仰是不够的，还要有慈悲。即使你是神学家，你只坚持信仰，不讲慈悲，你死后进不了天堂，只能沦为魔鬼的奴仆。上面两个故事其实体现人类的悲悯情怀。文化大革命为什么如此惨烈，就是光有信仰，不要慈悲。

一个人写出作品，都是认为自己写得好。孩子自己的好，媳妇人家的好。正如戚长道导师所说：我塑造的人物形象多生动，胳肢窝的虱子都双眼皮。如锁在抽屉里那是自己的私事。一旦发表，包括报纸，刊物，电视，广播，微信，那就是公共产品，你就是公众人物。你必须接受社会品评，审视，议论，批评。你必须考虑你充当的社会角色，社会效果。因为作品关乎世道人心。所以，思想永远是第一位的。

第五：文学创作的师承关系。师说。

韩愈有一篇文章"师说"。其中的一些观点到现在也不过时。"师者，所以传道，受业，解惑也。""是故弟子不必不如师，师不必贤于弟子。闻道有先后，术业有专攻。如是而已。"我曾背诵过，现在背不全了。

思想家是有传承的。柏拉图的老师是苏格拉底，学生是亚里士多德。作家有没有师父？像手艺人传承一样。有的人有，有的人没有。师父无论有无，但一定有师承。

汪曾祺二十岁在西南联大的语文老师是沈从文，他的小说经沈从文指点后发表；曹文轩的语文老师是林语堂的关门女弟子；毕淑敏，刘震云在鲁院的指导老师是李国文；王蒙在解放初期，听小说课是茅盾，巴金，诗歌课是何其芳，历史课是范文澜，哲学课是艾思奇。这些顶尖大家，如雷贯耳。顺义文化馆从1975到1985年，请王蒙，刘绍棠，邓友梅，雷加，孟伟哉，张志民，秦兆阳，冯牧等大家来讲课，浩然长住顺义。那时，陈建功，理由，陈祖芬，李陀，刘连枢还是业余作者，跟现在的我们一样，坐在台下。顺义先后涌现了石占琴，张友明，赵松泉，刘振华，张宝星，冯连才，王克臣等一批人。包括高国镜，马成。现在顺义的6名中国作协会员，包括在下，都是从那时启蒙。

写作能不能教授？美国在80年前的1936年爱荷华大学创办了第一个创意写作学部，挑战"写作不可教授"的成见。现在全美有三百多家创意写作学部，输送出一批一批作家，有的获诺贝尔文学奖。严歌苓曾在其中一所学部学习过。

每个作家走上文学之路不尽相同。所谓条条大路通罗马。但每个作家虽不一定有师徒关系，但肯定有师承。据专家考证，曹雪芹写《红楼梦》，借鉴兰陵笑笑生的《金瓶梅》。因为自《金瓶梅》始，作家笔触开始描写市井日常生活，拓宽了原来只写历史事件，王朝兴衰，神仙鬼怪，帝王将相的题材疆域。所以，曹雪芹绝口不谈《金瓶梅》。

周晓枫或冯敏在一次讲课中说过，我一看你的作品，就知道你的知识结构，思想师承。

思想师承是有血统的。孟子继承和发展了孔子"仁"的思想；庄子继承和发展了老子"道"的思想；六祖慧能将印度外来佛教发展成中国的禅宗。都是一脉相承。岳飞带兵北伐途经南阳，专门在卧龙岗住下，夜里手书诸葛亮的《出师表》。岳飞与诸葛亮相隔八百多年，但在北伐中原上思想是相通的。岳飞接到朝廷十二道金牌的时候，军队已经逼近开封。金军已经主张弃城要撤了。为什么没撤？是岳飞撤了。不然历史将改写。

我们现在所以能看到方志敏在狱中写的《可爱的中国》一书，得感谢鲁迅。方志敏和鲁迅并不认识，也从未通过书信。但方志敏通过读鲁迅的文章，认为鲁迅是可以信任和托付的人。让人辗转将手稿送到上海鲁迅手中。鲁迅在夜间，拉好窗帘，将其手稿浸在清水盆里。因为方志敏是用筷子蘸着米汤写的，鲁迅得赶紧辨认抄写，然后整理。鲁迅当时那样做，是要冒很大风险的。鲁迅与方志敏，是思想上的相通，同志式的信任。鲁迅，恨的庄严，爱的也庄严。

说到鲁迅，鲁迅是有血有肉是立体的。讲关于鲁迅的几个小故事。

有一个文学青年是鲁迅粉丝。尾追鲁迅的黄包车到家。然后让佣人通报。鲁迅让老佣人说，我没在家。那粉丝说我尾追鲁迅先生到家，肯定在家。鲁迅很生气，让老佣人直告，告诉你没在家，是对你的客气。你读我著作就是。大师们的做法有相似之处。一个青年想拜见钱钟书，说我喜欢您的著作。钱钟书说，喜欢，你读就是了。你喜欢吃鸡蛋不必去拜访老母鸡。

鲁迅对巴金就不一样。1934 年巴金东渡日本，10 月 6 日鲁迅在南京路饭店设宴为巴金饯行。出席的有黄源，茅盾，叶圣陶等 8 人。当时鲁迅 53 岁，巴金 30 岁。鲁迅出殡时，巴金扶柩执绋。

鲁迅理发，理发师看不起这个衣着朴素的干老头。像扫院子一样把鲁迅的头发扫完了。鲁迅掏出一大把零钱给他。理发师感到意外，想这个干老头出手还挺大方。再给鲁迅理发时，尽其所能。把鲁迅伺候得了。鲁迅却照章给钱，一分钱全没有多给。理发师纳闷问，"您这是？"鲁迅回答：你认真，我也认真；你不认真，我也不认真。

《语丝》刊物诞生更有点意思。鲁迅的学生孙伏园是《申报·自由谈》副刊的编辑。鲁迅的一篇杂文没给登。孙伏园当面问主编，鲁迅文章您看了吗？主编说，我只看了题目，题目不成内容不用看。孙伏园年轻气盛，啪！打主编一个大嘴巴。这才有了《语丝》，孙伏园当主编。其实光看题目不成，莎士比亚有一剧作《温莎堡里的风流娘们》。冲着题目我看了，内容一点也不风流。起这个题目是逗你玩。这个城堡我参观过。

鲁迅收到一刊物寄来的稿费，一算账不对。一问，答复是标点符号不算钱。鲁迅再寄稿时，一个标点符号都没有。黑呼呼一片。主编只好向鲁迅道歉。所以研究鲁迅，要把鲁迅当鲁迅研究。真实的鲁迅，生活中的鲁迅，客观的鲁迅。这是花絮，题外话，说远了。

现在中国的思想资源空前丰富或称资源性思想多元化。国学是一个源头。自"五四"以来外国各种思潮涌进，伏尔泰，孟德斯鸠，卢梭，称"法兰西启蒙运动三剑侠"；（王岐山研究法国大革命）叔本华，尼采，黑格尔，都是德国哲学家；达尔文的进化论，影响很大。等等。中国还有一个特色资源，那就是马克思主义，毛泽东思想。从上世纪始，各种哲学思想，文学思潮蜂拥中国，现代主义，后现代主义，存在主义，解构主义，魔幻现实主义等等，马尔克斯，博尔赫斯，卡夫卡等外国范儿，你方唱罢我登场。别说内容，连名称都让人眼花缭乱。只能借用鲁迅的一句话，"但我从别国里窃得火来，本意却在为煮自己的肉的。"为我所用。

今年，正好是中国新文学 100 年。1917 年陈独秀在《新青年》上发表"文学革命论"。中国文学进入了一个新的话语空间。新文学作家与外国文学的关系变得密不可分。这些作家大都留学外国，懂外语，能翻译，有译著。如鲁迅，郭沫若，田汉，周作人，郁达夫，留学日本；胡适，闻一多，谢冰心，留学美国；徐志摩，艾青，巴金，陈学昭，留学英国，法国；老舍受英国狄更斯影响；曹禺受易卜生影响，巴金受法国卢梭，左拉，无政府主义影响。中国新文学受苏俄影响很大。"五四"以后 8 年间，187 部单行本翻译作品中。俄国就有 65 部。

为了今天的讲座迫使我浏览了相关著作，得出了一个最简单的结论：古今中外，从来就没有任何一种理论是包罗万象，一成不变，永远伟大，光荣，正确，放之四海而皆准而达到顶峰战无不胜的。我相信列宁的话，真理再向前跨进一步，就是谬误。

具体到你写一篇作品，思想从哪儿来？从生活中发现挖掘是重要来源之一。原《人民文学》副主编肖复兴讲他一篇散文的构思过程：除夕前一天傍晚，他散步到街上一个卖对联卖灯笼临时小屋，与主人攀谈。小店主讲自己一个人租一间小屋，租金还不便宜，吃方便面，供乡下孩子念书，城管常来查找麻烦。一脸的无奈。聊了半天，肖复兴老师觉得挖掘不出什么来了，于是告辞。这时，这个外地人站起来送他，说跟你聊得心里很痛快，对联和红灯也卖不出去了，我就把剩下的对联贴我小屋上，红灯挂起来，我一个人也要红红火火过春节。肖复兴心头一亮，说，有了。卖对联的人问，什么有了？肖复兴所说的有了，是散文的思想有了。我和秦景棉探讨过什么叫"有了"。一个人的张灯结彩表明底层民众生活艰辛，处境尴尬，但对以后的生活，仍充满信心和期望，仍不失前进的动力。这就是作者想寻求想表达的在现实生活中的底层小人物的思想。文学作品要大处着眼，小处着手。

思想的来源再一个是入古而出新。孔子"登东山而小鲁，登泰山而小天下"到了杜甫手里，"会当凌绝顶，一览众山小"孟子讲"庖有肥肉，厩有肥马，民有饥色，野有饿莩"一千多年以后到杜甫笔下才化作"朱门酒肉臭，路有冻死骨"。陶渊明的"其行途之未远，"直接移自屈原的"及行迷之未远"《沙家浜》【智斗】一场，阿庆嫂唱"垒起七星灶，铜壶煮三江"由苏东坡诗句"大瓢贮月归春瓮，小杓分江入夜瓶"演化而来。毛主席和柳亚子的诗"落花时节读华章"化的是杜甫诗《江南逢李龟年》"岐王宅里寻常见，崔九堂前几度闻。正是江南好风景，落花时节又逢君。"毛主席用"落花时节"不光指节令，还含有重逢的意思。因为毛主席还是1945年去重庆谈判的时候见的柳亚子。在毛主席诗词中，"一唱雄鸡天下白"化自李贺，"雄鸡一声天下白"。"我欲因之梦寥廓"化自李白"我欲因之梦吴越"你别看只是语言，语言即思想。毛主席诗词中，战争题材占大部分，为什么？"枪杆子里面出政权"的思想。叶剑英有一句诗，"眼底吴钩看不休"化的是辛弃疾的"把吴钩看了，栏杆拍遍。"说到"栏杆拍遍"，大名湖亭上有一匾额，草书，即：栏杆拍遍。

文学作品如何表达思想？有的直白，如李白的"床前明月光""行路难""蜀道难"。采用《诗经》"赋，比，兴"中的第一种表现手法"赋"。有的将思想渗透隐藏在作品中，思想在作品中远远等着你。"蓦然回首，那人却在灯火阑珊处"。不是直白，不是胡同赶猪直来直去。莫泊桑的"项链"表达的思想是虚荣。一晚的虚荣等于十年的辛劳。开头"她也是一个美丽动人的姑娘，好像由于命运的差错，生在一个小职员的家里。"如果直接写"她也是一个爱好虚荣的姑娘。"就没意思了。欧.亨利的短篇小说"麦琪的礼物"中的吉姆和德拉，用失去金表和失去头发表达爱情的永恒。说到爱情，中国文学中不乏爱情经典。有一首民歌体的诗：枕前发尽千般愿，要休且待青山烂。水面上秤砣浮，直至黄河彻底枯。前三句是妻子说，你要休我，得满足这三个条件。后三句是丈夫说，又加了三条，白日参辰现，北斗回南面，休即未能休，且看半夜出日头。你们看，反着说，文学有时需要反着说。往极致说，文学需要极致。不温不火不感人。

《红楼梦》写封建王朝由盛而衰，结果是"一片白茫茫大地真干净。"但曹雪芹并没有喊出，"大清国要完了！"陈忠实认为"小说是一个民族的秘史。"但他并没有标榜《白鹿原》就是民族的秘史。实际上，陈忠实就是按民族秘史写的。其思想厚重，确也称得上一部民族秘史。一部厚重的作品，从思想层面往往用简短的话就可以概括。《三国演义》，"天下大势，合久必分，分久必合"。《水浒》，"逼上梁山"。《围城》，"城里的人想出来，城外的人想进去"短篇也是，《老人与海》"人生不是为了失败"。戏剧也是，《白毛女》的思想是，旧社会将人逼成鬼，新社会将鬼变成人。上次马淑琴老师讲写诗歌思想境界要进入一种高度，你的作品就太低不了。有一首写十三陵的诗，"墓碑的顶端／蹲一只乌鸦／它就把一切帝王／踩在脚下。"

思想从何而来？正确的思想又是从何而来？毛主席在1963年为"关于农村社会主义教育运动若干问题"写了一个序言，"人的正确思想是从哪里来的？是从天上掉下来吗？不是。是头脑里固有的吗？不是。人的正确思想，只能从社会实践中来。"实践出真知。

史铁生是个轮椅作家，作品有"我与地坛"等。在陕北插队时因腿致残想自杀，想从高处跳下来。一个放羊的老头看见他想自杀，甩着羊鞭唱着山歌也不劝他。史铁生很纳闷，问老头，你知道我要自杀怎不劝我？老头一笑说，我劝你干嘛？你想找死我拦不住哇。天天看着你也没用啊。其实，你不找死也得死，早晚得死，死得找你。对死，你可着哪门子急呢？你看村里人生活艰难，有自杀的吗？这位陕北老农的生死观与托尔斯泰有一拼。托尔斯泰说，我先把别人送进坟墓，然后别人再将我送进坟墓。

一语惊醒梦中人。放羊老头不识字，但他有文化，有哲理。与佛教不主张自杀观念相吻合。人生本来就是一条单行线，生下来直奔死亡而去。因此作家蒋丹说过，"人生来世上是个偶然，而走向死亡是必然。"由此史铁生发奋读书写作，八十年代写的"遥远的清平湾"获全国短篇小说一等奖。在开全国文代会时，张贤亮给史铁生推轮椅，说我这张照片将载入中国文学史。所以车尔尼雪夫斯基说，"生活是左右文学发展的一个主要力量。"

你从生活中汲取什么很重要。臧克家参加高考，数学零分，作文写几句诗被闻一多录取。后来当刊物的诗歌编辑。有一青年拿一首诗请教，臧克家让他念：我经过女生宿舍／此刻／我不知道她们在屋里／正说些什么？我经过女生宿舍／此刻／我不知道她们在屋里／正做些什么？臧克家说，停。问此青年，她们在宿舍里说什么做什么与你有关系吗？你操那心干嘛？你从这生活中到底要汲取什么？此青年终未成为诗人。每个人对生活中某一事物的理解和感知是不同的。比如香山红叶，我曾问一文友是否去香山看红叶，他说，"我从来不看红叶，凡是叶子先红的都是劣等植物。孔子曰：岁寒而知松柏之后凋也。"对雨也因人而异，苏东坡将自己书房叫喜雨斋，周作人自己书房叫苦雨斋。对愚公移山，我文友张文睿说，你跟大山较什么劲？搬家易地脱贫不就得了么。

在座的诸君也许认为我在忽悠大家，认为把思想讲得太玄乎，不着边际，下笔之前还要考虑"思想永远是第一的"这个庄严话题。其实没那么复杂。你有写作的欲望与冲动或灵感动笔或动电脑写就是了。拿破仑有一句名言，"首先投入战斗，然后决定胜负。"马克思在《哥达纲领批判》中说，"一步实际运动比一打纲领都重要。"先是有没有，然后才是好不好。孩子不生出来，谁也不知道好不好看。当然，写作要扬己之长，自避其短，做好有个性的自己。

在座的各位文友文学起点不尽相同，文化程度不同，从事职业不同。有的是教师，有的是白领，有的是北漂。有的已经在各种报刊发表作品。有的还没有。有人说，我没有老师，也无师承，想写作，怎么办？崔道怡老师和肖复兴老师都说过，你可以找你最喜欢的作家三五篇作品，像拆机枪零件一样拆装组合，从思想，结构，语言，情节，细节等方面，学习，借鉴，模仿一下。王安忆也说过，"当作家要有好胃口。"是善于借鉴吸收的意思。也要从身边人汲取营养。

一开始我讲，要关注你头顶上的太阳，这是刘恒老师讲的话。他同时还讲了另外一句话，就是你手中的资源。1970年挖温榆河，我住岗山我三姑家，歇人不歇炕。上工路上边走边睡觉。咣，撞到一个人。我赶紧说，对不起。对方没有反应。一看是电线杆子。这个细节就是我的资源。张晓晶的诗"初恋"，是她的资源。羊和表叔，是李文香的资源。张艳与福利院的孩子接触是资源，刘振祥知道马连良的一些轶事也是资源。每个人都有自己唯一的核心竞争力。

谈天，说地，论人，评君，师承。然后顺势讲了正确思想的来源与传承。我是将文学放在与写作者一定距离，写作者站在一定高度去俯视。因为高度决定视野，视野决定胸襟，胸襟决定格局。一个热爱文学的人，应该有大胸襟，大格局。一个将写作作为自己追求，当作事业，热爱钟情的人，他认为自己从事的写作是大事，处世会旷达，就不会在小事上纠缠不休，而忘了奋然前行。而文学阅读与创作，不能像数学，物理，有公式可循。只能一本书一本书去读，一篇一篇去写。所有的奥秘，精彩，困惑，疑问，乐趣都在其中。所以，让我们热爱阅读，站在巨人的肩膀上坚持写作。

我还有一个建议，主张背诵一些东西。前一时期中央电视台由董卿主持的中国诗词大会很火，女孩武亦姝得了冠军。现在我随便出十个题，算顺义文学沙龙的诗词小会。我说出上句，看谁能答下句，

1."蒹葭苍苍，……"（白露为霜。所谓伊人，在水一方。溯洄从之，道阻且长。溯游从之，宛在水中央。——《诗经》是"思无邪"。以后是"思有邪"。现在是"思求邪"）

2."出不入兮往不返，……"（平原忽兮路超远。——屈原的《国殇》"李清照的"生当作人杰，死亦为鬼雄"即出于此。）

3."东西植松柏，……"（左右种梧桐。——出自《孔雀东南飞》）

4. "木欣欣以向荣，……"（泉涓涓而始流。——出自陶渊明的《归去来辞》)

5. "暮春三月，……"（江南草长。——出自丘迟《与陈伯之书》

6. "落霞与孤鹜齐飞，……"（秋水共长天一色。——出自王勃《滕王阁序》

7. "云青青兮欲雨，……"（水淡淡兮生烟。——出自李白《梦游天姥吟留别》)

8. "白日放歌须纵酒，……"（青春作伴好还乡。——出自杜甫《闻官军收复河南河北》)

9. "醉里挑灯看剑，……"（梦回吹角连营。——辛弃疾《破阵子》)

10. "对潇潇暮雨撒江天，……"（一番洗清秋。——柳永《八声甘州》)

再加一项，王克臣的长篇《风雨故园》书名来自鲁迅哪首诗？"灵台无计避神矢，……"（"自题小像"：——风雨如磐暗故园。）

《寒凝大地》出自鲁迅哪首诗？"血沃中原肥劲草，……"——（"无题"：寒凝大地发春华。）

克臣正在写的第三个长篇《朱墨春山》来自鲁迅的诗"赠画师"："风生白下千林暗，雾塞苍天百卉殚。愿乞画家新意匠，只研朱墨作春山。"

这个测试结果我认为不太理想，但可以理解。你们出10个题我也未必能答上来。我想问在座的诸位书生，中国古典诗词，不知谁能背一百首，请举手？五百，请举手？一千，请举手？二千，请举手？在座最小年龄是1981年生，36岁。我在二十岁之前，已经能背诵三千首左右。现在当然背不全了。我真希望有一个年轻人，用背诵与我巅峰对决。马淑琴老师说，你一阅读，就进入了那个境界高度；我说你一背诵，就处在那境界的高度。你一背诵，古人会与你倾心交流。

我曾经因为背诵李白的"行路难"赢过饺子汤。在1965年，我当时19岁。到顺义粮库交公粮，中午到寡妇饭店吃饭。饭店方柱子上镜框镶着行草李白的"行路难"。当时我戴轰家雀儿的破草帽，披日本进口尿素袋子当包袱皮，大裤衩，光脚，汗流成花狗脸。我正欣赏书法作品，一个店小二用斜眼问我，"你看得懂吗？"我说，"不懂。""不懂你还装什么拿不得。"他这句话把我惹火了。我说打赌，我要是能背诵下来，你输什么？他说一人一斤大饼，一人一碗榨菜汤。当时，一斤大饼二角八，一碗鸡蛋汤8分，榨菜汤1角3分。当时我们两个车把式两个跟车的共4个。请大厨当公证人。我赢了后，他食言，只是饺子汤管够，外加酱油，醋。当年背诵只是喜欢，并非功利，不是为了饺子汤和酱油，醋。你付出的时光，时光不会辜负你，时光会记得。我所以现在自我显摆，晒，嘚瑟，掉书袋，是激发在座诸君的背诵兴趣。当然，我当时的背诵是生吞活剥，囫囵吞枣。日后则如牛羊倒嚼反刍。你们在座的各位年轻人，高学历，有人高收入，风华正茂，有的属于新新人类。我不过是个老农民，垂垂老矣。我现在还在背诵，只是为了延缓老年痴呆。世界上什么是属于你的？父母，配偶，子女，车子，房子，票子，都将离你而去。只有你的身体，头脑中的知识，始终与你不离不弃。

有人问，文学有什么用？我觉得像庄子所说的那棵巨大的臭椿树，是无用之用。我认为是社会生态平衡。对作者个人，能对抗内心世界的孤独与外在世界带来的烦恼。流沙河被打成右派发配到沙漠边远农村。有一次看到老乡糊墙的报纸上刊登着自己的诗。心情立刻激动高昂起来，"我的诗又从穷乡僻壤钻出来了。"被平反以后，写了长诗"阳光，谁也不能垄断"。张艳当面背马淑琴老师的诗，马淑琴她两眼放光。

搞文学的人是什么样的人？我认为热爱文学是一种修养，修为，修行。他生活有情趣，说话有风趣，作品有趣味和幽默。比如海明威。一个领带厂商给他寄一领带，附一封信：本领带很受顾客欢迎，请寄成本费 2 美元。海明威按地址回寄自己一本书，也附信一封：本小说集很受读者欢迎，售价 2.8 美元。意思说，你还欠我 8 毛钱。一位美女找到萧伯纳，说，我想和你生一个孩子。这个孩子将来会是我的脸蛋和你的智力。萧伯纳本人长得丑，确实丑，瓦刀脸，象鼻倭瓜头。来中国由蔡元培，鲁迅陪同。他说，谢谢。我有一个担心，怕这孩子会是我的脸蛋和你的智力。

我认为热爱文学的人好能好到哪儿去，上不封顶；坏也坏不到哪儿去，他也许想干坏事，但还是没干坏事。因为他有自己的道德底线。沈从文认为，"伟大文学作品具有无言之教功用。"你看顺义的作者，无论他是富有还是贫穷，健康还是残疾，无一堕落。像张书明，徐希敏，赵炳玉等。文学是需要文采，但更要文德。但是，作者往往在现实中受到嘲笑与戏弄，被人开涮。我出第一本诗集《早春》时，一块跟我干过活的瓦匠就说，不就是许福元吗？一人砌一道山墙，我得占明山，他暗山；我砌到山尖了，他刚垒柁平，木匠还得等着他上檩。克臣也是，什么《风雨故园》？割麦子我到地头都剜袋烟了，他还在多半截上跟麦秧子打摽呢。诗集《早春》和砌墙，《风雨故园》与割麦子，中间隔阂并不远，只是一条银河。永远扭曲别人成功的人，是自己未成功。抬杠你绝抬不过他，他抬到坟地都不换肩。有的人专好抬杠，我曾说，吃完饺子喝饺子汤，原汤化原食。当时就有人质问我：那你吃完油饼怎么不把油也喝了？但是，风遮蔽不了阳光。看一个人，要有总体把握。作家有不少短板，但长项是写作。有的人总爱不负责任地评论别人，不负责任谁不会呀？

还有一种现象。同学们走出校门，过五年十年或几十年老同学再聚会时，你会发现热爱文学坚持写作的人与其他同学在精神，气质，状态，智力，思维，风度及身体上的差别。虽然走出半生，再见依然少年。少年的求知欲依然不减，因为总有要写的题材在前面等着，岁月的皱纹掩不住文学气质。用农村的话说，小牛撅尾巴——还来劲了。因为他们肯下笨功夫。

当然，作家与科学家确实有"笨"的一方面。浩然不知电灯泡的度数。陈景润买东西少找他一毛钱他回去要，结果车费花了一块钱。牛顿爱养猫，他告诉给他垒围墙的瓦匠，大猫留一个大洞，小猫留一个小洞。瓦匠说，您这人可真是，留一个大洞不就得了么，大猫小猫都能钻过去。

简单总结，天，是上观天气；地，是下接地气；人，是聚拢人气；君，是不跟社会治气；师，是经常与老师包括图书通通气。所以强调思想永远是第一的，借用微信上的一段话：没有唐僧这个精神导师，思想领袖，孙悟空依然是猴子，猪八戒是好吃懒做的庄稼汉。沙僧是老实巴交的妖怪，白龙马不过还是马，不会穿越回去当小白龙。所以，永远不要忽视思想的光芒，精神的力量。文学还有一个辅助功能，意外养生，是男人的加油站，女人的美容院。你们彼此看看，男生精神好，女生颜值高。是不是？

张爱玲说过，一个人出名要趁早。张爱玲15岁写出"不幸的她""霸王别姬"借用改造一下。一个人热爱文学也要趁早。像养生保健一样，不能病了才治，饿了才吃，渴了才喝。文学从何时起步都不晚，老了也能后发先至。如果人生一定要有个伴，这个伴可以选择文学。你在热爱文学的路上迈出左脚，就要迈出右脚。成不成作家我认为不重要，重要的是你享受阅读与创作的过程。文学能在孤独时给自己以安慰，在寂寞时给自己以温暖。有事心不乱，无事心不空。有的人没成为作家，但成为阅读者，朗读者，藏书者。体会到文学的况味，也是一种不错的选择。不能将热爱文学功利化。

一个真正热爱文学的人，他不会逢人就讲文学。他需要一个气场。这个环境，就是一个文学的气场，就是一个有梦一起追的平台。肖复兴，阎连科等作家到台湾某大学讲课，听众只有7个人，其中还有一个人是精神病。今天在座的有三十多人，没有一个人是精神病。但每个人都有文学神经。一位外国作家说过，每个人都有文学潜能，只是有的人未挖掘开发而已。我念张爱玲的一篇小散文"爱"：于千万年之中遇见你所遇见的人，于千万年之中，时间的无涯的荒野里，没有早一步，也没有晚一步，刚巧赶上了。那也没有别的话可说，唯有轻轻地问一声："噢，你也在这里吗？"

谢谢！

2017.7.1

听课与创作十大关系

——在密云采风文学创作研讨会上的发言

各位新老学员好：

我可能是在座学员中年龄最大的一个，我属狗，还是一九四六年的狗。我这次能来密云，是我个人申请，经王可欣老师等领导恩准，搭一个顺风车，有点"沾光，借光"的味道。在热烈的仲夏能与大家热情地见面，感到很荣幸。

我从 2005 年第 9 期始，至 2015 年第 14 期，共参加了 6 期，听课 10 年。包括在东图，首图，文学馆，北大中文系。现在我想讲讲听课与创作十大关系。这样的题目不科学不严谨只是为了叙述方便。讲的也随便，大概二十分钟。算是向大家汇报吧。

1.课与太阳。刘恒老师有一次讲，要关注你头顶上的太阳与手中的资源。你头顶上的太阳是你的年龄与身体状况，是横坐标；你手中的创作资源和知识结构是纵坐标。你该准确自己的定位。假如你二，三十岁，大学毕业，你可以多种尝试，写诗歌，散文，小说，电视连续剧本等。可以通读《战争与和平》《悲惨世界》和米兰·昆德拉和卡夫卡等。你如五，六十岁，就要以创作为主，只能精准阅读。创作何种体裁要找准自己的位置。不能再做大而无当之事。所以，刘庆邦写小说，李建军搞评论，崔道怡老爷子当编辑。二月河有当工程兵经历不去写掏山洞而写清朝落霞三部曲。同样，唐国强可以演毛泽东和诸葛亮，他不会去演栾平和刁小三。作家对地域性也有一个定位，沈从文写湘西。莫言写山东高密。莫言在东图说过一句很抄近的话，我把别处发生的事移到高密来写。所以，"点"坐对了，"点"才顺。

2.课与大蒜。邹静之有一次讲课谈如何观察生活，北京大杂院小两口煮饺子，发现蒜没有了。对门老太太门口挂着蒜辫子。问学员此时小两口怎样和老太太要蒜？学员说几条都不对。应该是这样的：小伙子走过去揪蒜，边揪边叫"老太太……"老太太头全不抬，"吃馅啊……""一会让您侄媳妇端一碗过来。""你没看见我正择韭菜呢吗？"看，这就是北京老太太。要时刻打开自己头脑中的雷达，观察生活中鲜活，生动，独特和准确的东西。浩然小说中的彩霞灶前烧火，胳肢窝夹着孩子，右手拿水瓢，左手拿蒲墩，脚往灶膛里踢火，嘴里说着话，头发粘在前额上。所以王安忆说，当作家要有好胃口。是善于吸收的意思。周晓枫旅游时看见一个马蜂窝，边看边用笔记下。所以，要用自己的眼睛去观察生活。

3.课与热闹。陈建功讲小说创作，两年说了一句完整的话。第一年说，小说就是将那些认识的与不认识的人凑到一块，热闹些。这是上半句。第二年大喘气才说了下半句，热闹为了什么？是为了创造一个作者心中崭新的世界。人有这样的一个特点，不仅仅要求生活在真实的物质世界，也同样渴望生活在一个理想的精神世界。给予人一种价值导向和心理依托，生命获得充实感心理支撑而理直气壮。小说的本质其实就是作者创造出来的一个崭新热闹精神世界。《水浒》就是爱打架的一帮武林高手聚在梁山泊；《红楼梦》就是一群才子佳人群居大观园。《西游记》更是人，鬼，魔，神在取经路上打乱仗。只有热闹，才有人看，看书也可以叫看热闹。所以纳博科夫说，"对于天才作家来说，所谓的真实生活是不存在的，他必须创造一个真实和必然的后果。"人和蛇，人与鬼的婚姻在现实中是不可能的，但在文学作品中不但可能，而且还是真实和必然的后果，还挺热闹。如《白蛇传》《牡丹亭》。所以，作家要建立自己的精神王国。男作家是一字九鼎的皇帝，女作家是骄傲高贵的女王。

4.课与吃豆腐丝。林斤澜先生讲，写小说如同吃豆腐丝。吃中间一段，一层一层，还要夹点葱，酱，五香粉，蒜泥等佐料。在吃的过程可以想象种黄豆，收黄豆，磨豆浆。也可以设计吃完豆腐丝干什么。林老其实讲的是小说的结构。结构很不好讲，历来讲课的老师讲得都不细。小说的结构比如按时间可分五部分，可以直接写第三部分，回过头来再写第一，二部分，然后续写第四，五部分。这是将现在时，过去时，将来时都包括了。肖复兴老师讲写小说不要小猫吃鱼，从头吃到尾；胡同赶猪，直来直去。文学就是将简单的东西弄复杂了。当然，文无定法。但还是有客观规律可寻可依可参考可借鉴甚至可模仿，甚至可以像拆机枪零件一样拆结构。

5.课与天桥。赵大年老师有一次讲，他二十岁时写一篇自认为很得意的小说让老舍先生提意见。老舍先生看完，将稿子往桌上一放，对他说：小子，你先到天桥听老百姓说话去。意思是说，语言不行。所以汪老说，小说就是语言。老舍先生的语言，你"种"那儿了？汪老在《受戒》结尾中，"惊起一只青桩（水鸟），擦着芦穗，扑鲁鲁飞远了……"留下多大的空白。作品大于作家。对爱情的描写，莎士比亚，美女对帅哥说，"你走后，我就锁上爱情的箱子，而将钥匙交给你。"鲁迅在《伤逝》中，子君说，"我是我自己的，他们谁也没有干涉我的权利。"刘巧儿怎么说，"劳模会上我爱上人一个，他的名字叫赵振华。"我不知道在座的谁登过大集，在牛羊市上，听买羊的与卖羊的有一段对话：买羊的一抬头望望太阳，说，"卖不了秫秸——戳着。货到街头死。"卖羊的说，"我小鞭一摇，家走。一只羊轰着，两只羊也赶着。""我是实买，你撂价得贴船下篙，慢开口。""我实卖，你给价得往星星上撂，紧睁眼。"算账时买羊地对卖羊的说，"你把鞋脱下来。"卖羊的一抖搂手，说，"这点小账我还算不得，不就是一百老婆子二百个妈妈（乳房）吗。"所以，好语言在民间。

6.课与猎狗。曹文轩老师近期获国际安徒生奖，他有一部儿童文学作品，其灵感来自《契诃夫创作手记》中一句话，"有一只小猎狗，总被同伴看不起。"（大意）。曹老师由此生发开去，写出了一部优秀作品。曹老师讲，做人要做聪明的人，作家也要做一个聪明的作家。要善于借鉴。有些题材，构思，古人，今人，外国人提到了，但未深入，你可以继续挖掘，挖掘了就是你的；有些还可以提高，提高了也是你的。这不叫抄袭，还是原创。李清照的诗，"生当作人杰，死亦为鬼雄。至今思项羽，不肯过江东。"其思想来自屈原的《国殇》"身既死兮神以灵，子魂魄兮为鬼雄。"所以，没有传承就没有创新。

7.课与关羽。关羽千里走单骑，正处在过五关斩六将人生辉煌。张艺谋找到邹静之，上边要求拍一个表现中日友好的影片。"千里走单骑"。只对邹静之提出的要求是三个字：合理性。一个星期，邹静之拿出剧本。张艺谋一看，满意。有合理性。包括内在逻辑的合理，情节设置的合理，人物性格情感变化的合理，时间与空间安排的合理等。我去年五月去南阳诸葛庐，就是刘备三顾茅庐的地方。有蜡像馆，很逼真。47岁的刘备身体前倾，隔桌聆听27岁的诸葛亮侃侃而谈。关羽按剑而立，斜睨诸葛亮，颇有不屑。张飞一脸不耐烦，焦躁。由此我想诸葛亮后来外交出访，为什么只带赵云。关羽太傲，张飞太燥。再说，人家和刘备是铁哥们，你不好支使。所以，什么人干什么事，什么人说什么话，什么人流什么泪，什么人发什么笑。就是合理性。

8.课与思想。曹禺先生论创作，"想得少，好不了。"老舍先生论创作，"想得深，说得俏。"张中行先生论创作，"思想永远是第一位的。"想，是思索，是思想，是境界，非常重要。多想深想还要有表现手法的"俏"。《水浒》中，武松打虎与李逵打虎不一样，潘金莲偷汉子与潘巧云也不同。有人得肺病，有革命志士被杀，应该都是平常事，鲁迅将这两件似乎平常的事进行嫁接，就产生了一个反映辛亥革命的宏大主题，《药》。霍乱是传染，爱情是情深，两者一结合，产生了《霍乱时期的爱情》。陈忠实正是想写作一部民族秘史，才有了《白鹿原》。车前子老师说，写作要"荡"出去。作品没有思路，就没有活路；没有想法，就没有办法。所以，境界的高度决定作品的高度。

9.课与圈子。文化宫文学班从1996年复兴至今2016年计15期，学员有一，两千人。学员之间或三五人或八九人或长或短或紧或松或疏或密互相联系的小圈子有几十个。联系的方式有纸质，期刊，信箱，qq，短信，电话尤其是微信，传文字，晒照片，发发酵，冒个泡。文学圈子古今中外皆有之，还乐此不疲。脂砚斋等小圈子参与了《红楼梦》的评论甚至创作；刘禹锡与白居易的聚会产生了"沉舟侧畔千帆过，病树前头万木春"这样的名句；俄罗斯文学沙龙使果戈理的《死魂灵》新生；而《渴望》诞生于作家们的聊天。圈子能互相传递信息，互通有无，抱团取暖，共同提高。可以如晓白老师所说的作品要善于传播。有圈子和无圈子大不一样。我们顺义有一作者，今年76岁，闷头写作40多年，写了四五十万字。这次出书我一看他手稿，还是写"四人帮"破坏"农业学大寨"要挖好金鸡河把"四人帮"造成的损失夺回来。你看他思想还多么老。有的作品显得单薄营养不良不丰满不丰富不丰饶跟作者阅读阅历有关。我觉得既然是文学圈子，不是麻将圈子，股票圈子，权力圈子，应以文会友。我所在的圈子聚会时出题，每人去创作。以《栗子》《酱》此形式贴近创作活动为好。所以，文学创作虽然是个体劳动，但需要从群体中吸收营养。

10.课与殿堂。"左坛右庙"，文化宫原是太庙，皇帝祭祖神灵的殿堂。毛主席解放后题的第一块匾额，成了一座文化精神殿堂。听课与看书，感觉是不一样的。瞿秋白听列宁讲演，热情磅礴；毛主席听孙中山讲话，气势恢宏；王蒙讲他夜校听课，讲历史的是范文澜，讲哲学的是艾思奇，讲诗歌的是何其芳，讲文学的是老舍，冰心，茅盾。那些智者的声音，如洪钟大吕。对思想的启迪，如醍醐灌顶。听课能将求知的快乐贮存起来，同时激活自己的文学贮存。上星期六我在首都剧场看话剧《樱桃园》，最后的一句台词是，"生命就要过去了，我好像还没有生活过。"耐人寻味，可做不同解读。"生活是什么？什么样的生活才能与生命相映？"是的，生命就要过去了，我们无法再听到老舍，冰心，茅盾等大师的声音；2006年第9期我听毛志成老师课，去年仙逝，书比人长寿；舒乙先生，正在病中；赵大年老师，年老简出；毕淑敏老师，宣布讲课退役。但还可以听到莫言，刘恒，蒋子龙，刘震云，晓白，雷达等大家的声音。我觉得热爱文学，阅读与写作是一种修为，修行，达到一种境界。与学佛相似。佛的意思是智者，觉者，悟者。在座的每个人都是独一无二的不可复制，都能成佛。每个人的灵魂都应该有一个安放的地方。"此心安处是吾乡"。在文学的殿堂上安放自己的灵魂，那真的是一个好所在。

汇报完毕。耽误大家时间了。谢谢！

2016.7.8

文学之树上的散文与小说

各位文友:下午好!

我临时受命,又见面交流文学了。刚才图书馆工作人员给视屏美了颜,怎么美颜,我也老模咔嚓脸了。王艳霞让我先讲一讲散文与小说之区别又互相融洽,然后重点谈小说创作。我就拟了一个题目, "文学之树上的散文与小说"挺厚的嘴唇也要说细话。我要说天气"五月十三单刀会,六月十三分龙兵。"要说庄稼"有钱难买五月旱,六月连天吃饱饭。"倒更顺口一些。今天是农历六月初四, "六月六,看谷秀。"我本一介农夫,那我就试着秀一秀,秀对了,是专家们已有定论;秀错了,是老农我自己的错,与别人无涉。

我认为散文与小说最本质上的区别是,小说是虚构,散文是真实。有人说,这几年流行一种非虚构小说,既是小说,又非虚构,怎么解释? 我的答复是不解释。不解释也是一种解释,正如在联合国开会投票,投弃权票也是一种权力。所以今天不把非虚构小说列为话题。

鲁迅的一篇短文"一件小事",我认为既可以看成是一篇散文,也可以看成是一篇小小说。假如能把鲁迅穿越到现场,我会当面问: "鲁迅先生,您老的'一件小事'就文体来说,是散文呢? 还是小小说呢?"

先生略加思索说, "是小散文,而已。"

我于是问, "拉您的黄包车夫为了扶那老妇人,等于把您撂半道就不管了,有点不合适。要是我,我给您网约顺义出租电动节能车,就是绿牌黑字那种,不是蓝底黑字那种,顺义正创城,减少碳排放。"

鲁迅先生解释说, "其实,这并非是我亲历,我听说此事发生在胡适之身上,我移花接木而已。"

我又对鲁迅说, "那应该算小小说。小说是可以虚构,您不是说过,您创作小说人物时,往往嘴在浙江,脸在北京,衣服在山西,是一个拼凑起来的角色。那黄包车夫也是拼凑起来的角色?"

鲁迅先生想了想说, "是拼凑起来的角色,也可以算小小说。"

我继续追问, "您到底认为是散文? 还是小小说?"

我把他您问急了，先生有点生气，说，"可分又不可分。"又跟了一句，"竖子不足以谋。"

我忙找个台阶下，"您别生气呀。晚生愚钝。是不是可以这样理解，您的百草园和三味书屋确实卖给朱文公的子孙了，您的老师藤野先生的墓地至今有其后人凭吊。而在鲁镇，并无孔乙己的后裔，有祥林这个人，但无祥林嫂。豆腐西施实是东施，脸上只有三个麻子，是一摞儿。前者是散文，后者是小说。"

鲁迅听了，扔下一句话，"孺子可教也。"然后拂袖而去。

此段就是小说，是虚构。

散文与小说，在内容上，真实与虚构，是二者本质的区别。我听说有科幻小说，没听说有科幻散文的。其他的区别还有，我想大家懂得。但二者之间，确实是可分的，毕竟是不同文体；但又是不可分的，又是你中有我，我中有你。如同一棵文学大树上的不同枝丫，虽有区别，但又枝枝覆盖，叶叶交通。

我们以前谈小说很多，谈散文较少。这也在情理之中。现在从整个文学生态来说，小说对散文有压倒性优势，几乎降为小说的附庸。可是，须知，正如汪曾祺先生所说，"中国是散文大国，中国散文的历史的悠久大概可以算世界第一。""中国的新文学，新诗、话剧、小说都是外来的形式，只有散文，才是土产。渊源有自，可资借鉴汲取的传统很丰厚。"散文曾主导中国文学潮流达几千年，而小说的勃兴不过才百余年。

现在学术界对散文如何界定也有不同认识，有人提出大散文观，认为一切文章除诗以外皆是散文，认为诗是分行的文字。小散文观就是现在的一般分法，分散文、小说、诗歌、戏剧、曲艺等相互的边界。我只是从我个人阅读经验谈一点对散文的体会。先说先秦散文中一篇,李斯的"谏逐客书"。

先秦时期，有人指秦始皇统一中国前的战国时期、春秋时期，还有人上推至三皇五帝时期，且不去管它。

李斯大家可能了解，《百家讲坛》王立群教授专门讲过他这个人。他是楚国上蔡人，与韩非同是荀子的学生。其志不可小觑，想当官仓里的大老鼠。当初他到了秦国后，好不容易混成了公务员。秦王却下了一道逐客令，打算将所有在秦国做官的外国人统统赶走，马上滚蛋。原因是秦国贵族上书秦王，说外国客卿不会忠于秦国的。李斯也打好铺盖卷准备打个"的"走人。但他心有不甘，就给秦王写了一封信，这就是有名的"谏逐客书"。秦王看了这封信后，立刻取消了"逐客令"，李斯官复原职，以后他辅佐秦王嬴政灭六国，统一天下，当了秦国丞相。当然个人结局很惨，被腰斩于市。这篇"谏逐客书"最后写到，"却宾客以业诸侯，使天下之士退而不敢西向，裹足不入秦，此所谓藉寇兵而赍盗粮者也。夫物不产于秦，而宝者多；士不产于秦，而愿忠者众。今逐客以资敌国，损民以益仇，内自虚而外树怨于诸侯，求国之无危，不可得也。"

对这段文言文我就不翻译了，意思大家明白。是讲如果按逐客令做，不但不能统一天下，秦国本身也就危险了。我个人认为，这篇散文从某种意义上说，改变了中国历史的走向。欧洲面积和中国差不多，却分裂成几十个国家。我们今天能坐在大一统的中国北京顺义谈文学，也与这篇散文有联系。刘鹤说，地理决定文化，文化决定制度。以中国的地理位置，就决定了中国的大一统文化。我想说的是，李斯当年不用散文文体而咿咿呀呀地朗诵一首诗，八成不行。

还有一篇很有名的散文是丘迟的"与陈伯之书"，一篇文章，抵上万雄兵。丘迟是南朝梁文学家,官至中大夫，陈伯之是冠军将军、骠骑司马。原同朝为官，后陈伯之叛梁归魏。丘迟以个人名义写信劝降陈伯之，丘迟在信中动之以情，晓之以理。陈伯之读此信后，率八千军队归降。"与陈伯之书"遂成千古名篇，其中金句迭出。信开头即说：迟顿首陈将军足下：无恙，幸甚，幸甚！将军勇冠三军，才为世出，弃燕雀之小志，慕鸿鹄以高翔！昔因机变化，遭遇明主，立功立事，开国称孤。朱轮华毂，拥旄万里，何其壮也！如何一旦为奔亡之虏，闻鸣镝而股战，对穹庐以屈膝，又何劣邪！

这是开头一段，后面金句迭出："暮春三月，江南草长，杂花生树，群莺乱飞。"

后人评价，"丘迟善攻心，一信化干戈。"此名篇收入《昭明文选》《古文观止》。谁有兴趣，网上可搜。我举这两篇散文的意思是我们应从中国古典文学中吸收更多营养，余秋雨和贾平凹的散文，即深受先秦散文影响。

我写散文不多。《工人日报》《中国文化报》《北京日报》登过我的散文。我有一篇四百字的小散文"柳梢雪"登在《北京日报》上，我念一下：

柳梢拱芽冒嘴时，恰逢一场雪。

雪下得很有创意。天空是乳白色，澄明静远。如开河后广阔的江面，雪花就如从天湖上移舟顺水的片片白帆；风微雪扬，飘飘荡荡，又如一只只断线的风筝，袅袅婷婷地悬在半空中潇洒；又谁给雪花插上了翅膀，如纷纷扬扬的玉蝴蝶，争先恐后地停落在柳树上。

黑黢黢地树干上叠积了白雪；返青的枝丫支棱起雪棚；泛黄的柳梢，丝丝缕缕，被雪的精灵上下穿插，左右翻飞，追逐着，嬉闹着，纠缠着；终于纷纷垂下粘着雪花的枝条。

细看啊，柳梢起苞破芽处，雪沾上即化了，就这样洇湿了一个春天的开局。柳梢雪是冬天送给春天的最先一个，也是最后一个文学小品。有如与高僧谈禅，与名士谈心。化成春水的雪水定然变成了凝露香茗，枯湿浓淡，温润甜绵，一任柳枝浅饮低酌。你看，纤细弄轻柔的一树柳枝，竟摇摇摆摆，浅吟低唱，此时真的醉了哟！谁？就这样一不小心，一脚就迈进春天的门槛里面？

水到极致是雪，雪到极致是水。冰，则是极端了，要把冰从春天的内容中删去。冬残是春，春前是冬。冬去春来，尽可被暖意兼容；

春与冬谈判，冬与春交接，季节的变换原来可以这样华丽地转身，圆融地进行。

献丑了。我想表达的思想是自然界季节的变换是圆润的，社会的更迭也应是平和的。

王克臣有一篇散文，叫"雪白的梨花"，真的写得很棒。写梨树花开"哗"的一下，花瓣落在院子里，落在凉灶锅台上，落在小花猫的背上，小花猫驮着花瓣在院子里跳跳跃跃。我为此写了一篇较长评论。冯连才的四篇散文"狗五""九爷""五招""九成"，都被当成小小说发表在《百花园》《河北小小说》上。在微信上还看到木欣写树木被高位截肢的散文，也有意思。

我认为好的作品要有鲜明的个人色彩，要有自己的真我真心真情真言真悟。越有个性就愈有共性，共性即存在于个性之中。

我一开始说散文与小说，如同一棵文学大树上的不同枝丫，虽有区别，但又枝枝覆盖，叶叶交通，可分又不可分。你看《红楼梦》是小说，但几乎包含当时所有文体。诗，海棠诗，菊花诗，香菱学诗，黛玉的"葬花诗"：花谢花飞飞满天，红消香断有谁怜，游丝软系飘香榭，落絮轻沾扑绣帘。顺便在此多说两句，林黛玉对花开花落极其敏感，鲁迅怎么说，（悼杨铨）岂有豪情似旧时，花开花落两由之。何期泪洒江南雨，又为斯民哭健儿。毛主席怎么说，（悼艾地）花落自有花开日，蓄芳待来年。还回到《红楼梦》再说，词，开辟鸿蒙，谁为情种？都只为风月情浓。歌，一个是阆苑仙葩，一个是美玉无瑕。若说没奇缘，今生又遇着他；若说有奇缘，如何心事成虚话。这是讲林黛玉。赋，气质美如兰，才华馥比仙，天生成孤僻人皆罕。你道是啖肉食腥膻，视绮罗俗厌；却不知好高人愈妒，过洁世同嫌。这是讲惜春。曲，如"好了歌"就是元曲风格，还有其他如谣、谚、赞、诔、偈语、联额、书启、灯谜、酒令、骈文，拟古文等等。一僧一道则是魔幻现实主义。我举例的意思是，就《红楼梦》中文体的丰富性，我们也应有所启发与借鉴。

不独《红楼梦》，《三国演义》也是如此。刘玄德一顾草庐时看隆中景物：果然山不高而秀丽，水不深而澄清，地不广而平坦，林不大而茂盛，猿鹤相亲，松篁交翠。

我与克臣十多年前到卧龙岗时，觉得描写准确，但无猿鹤相亲，却有鹅鸭戏水。这不就是散文中的风景描写吗？到二顾草庐途中，刘备闻路旁酒店有二人喝"牛二"作歌：壮士功名尚未成，呜呼久不遇阳春。君不见东海老叟辞荆棘，后车遂与文王亲。八百诸侯不期会，白鱼入舟涉孟津。这不就颖州石广元，汝南孟公威之诗歌烘托诸葛亮么？

　　下面，我谈谈小说创作。其实，我刚才讲"谏逐客书""与陈伯之书"《红楼梦》《三国演义》，醉翁之意不在酒，是换一个视角，换一种方式讲小说创作。是说一个写作者，也应尝试一下其它文体；更应从中国古典文学中吸收营养。你知识结构的单薄决定你作品的单薄。

　　在上次讲"我的红墙大学"中，提到了刘恒，他说作者要关注自己头顶上的太阳与手中的资源。还提到了曹文轩和李功达三位老师。今天我讲讲陈建功、肖复兴、车前子三位老师。先讲陈建功谈小说创作。我想大家对陈建功并不陌生，他作品很多且是中国作协常务副主席，来顺义多次，对王克臣加入中国作协有帮助。他说，小说创作就是将那些认识的人和不认识的人凑在一块，热闹些。热闹完了干什么，创造属于自己的一个世界。

　　一花一世界，一叶一菩提。想想也是，曹禺的《雷雨》，老舍先生的《茶馆》，刘恒的《窝头会馆》，人多又热闹。创造了一个个文学新世界

　　陈建功就是按照自己的理论，写出了《丹凤眼》《迷乱的星空》《鬈毛》等一系列作品。肖文强讲了他们村一个文学青年上午干半天活，回家因为看《丹凤眼》这篇小说，饭都没做，喝瓢凉水空肚子又去下地干活去了。

　　我听了陈建功讲课后，得到启发，以后就试着将那些认识的人和不认识的人凑在一块，读过的书与没读过的书，指无字之书，将相干与不相干的事，将八竿子都不沾边的亲戚都凑在一起，让其热闹些。热闹完了干什么，创造属于自己的一个文学小王国。在这个小王国里，我就是国王，想让谁当官就让谁当官，想让谁致富就让谁致富，想嘉奖谁就表扬谁，想让谁下地狱就让谁下地狱。

　　最近几乎天天做核酸，我想应该写一篇以做核酸为题材的小小说来纪念一下这段历史。就写了一篇1700字的小小说，灵感来自手机，题目就是"做核酸"，我念一下：

　　疫情前，彼此见面问，"吃了吗？"现在则是，"做核酸了吗？"

　　怕手机弹窗，我几乎天天做核酸，手机背面已被五颜六色的小圆标贴得无以复加了。还好，这几天竟不用贴了。如再继续贴，薄手机该变成厚砖头了。

　　正好利用这段时间，正好静下心来宅在家中写我的长篇小说《洋桥破浪》。我住在刺槐林西楼七层，临北窗下是我的电脑桌。

正在我文思泉涌渐入佳境时，连续几天，不，应该有十几天抑或二十几天。上午从九时到十一时，下午从三时到六时，总有粗犷蛮野原始的歌声压过树上的蝉鸣，破窗而入。这歌声显然经过音箱放大，一阵高一阵，一浪高一浪地灌进来，把我小书房别名"桃花坞"的各个角落充满了。似有一种焦灼的气味，让我无处可逃又无可奈何。

我在持续地情绪焦躁心烦意乱的情况下，准备打市长热线电话12345。可又一想，别因为自己感觉不爽就惊动市长大人，但还是毅然给在镇派出所工作的我外甥小颜打了电话，也算举报吧。

小颜很快来了。他颜值高，也喜欢古诗词，也喜听京剧。见我怒气冲冲的样子，开口笑说，"桃花坞里桃花庵。"

我立即回道，"桃花坞主做核酸。"

他又说，"我命由我不由天。"

我答，"天天都在做核酸。"

他接着说，"洛阳亲友如相问。"

我应道，"就说我在做核酸。"

小颜再出一句，"莫愁前路无知己。"

我也被逗笑了，"知己都在做核酸。"

他马上补了一句，"别看排队长达一里,间隔两米，都是知己。"

我心情平和了些，问，"是谁纸糊的驴，大嗓门，破锣砂锅似的沙哑声音，野狼嚎似的天天嚎五六个小时。也没什么新鲜词儿，就那么几句。现在正疫情期间，居家办公，宅家休息，这不是诚心扰民吗？"

小颜没回答我这个人是谁，却问我，"您听出这个人唱的是什么吗？"

这下倒把我问住了，"像歌不是歌，听戏不是戏，不是大鼓书，也不是单弦排子曲。嘴里像含着热豆腐，有时也能听懂一两句，像京剧中的黑头花脸，但绝不是小生青衣。"

这时小颜打开他手机的录音，"您听听，是不是这个声音？"

"就是，就是这个调调。"我支楞起耳朵认真听了，"这不是京剧样板戏《智取威虎山》中夹皮沟李勇奇'净'行'铜锤花脸'的一段唱吗？"

我爱听京剧，也自诩为票友，于是手拍电脑桌，脚下踏歌，唱了起来，"早也盼，晚也盼，盼穿双眼。想不到今日里，打土匪进深山，救穷人出苦难，自己的队伍来到面前……"

"您调唱得对,词不对。"小颜拦了我的雅兴，"词儿是这样的。"说罢他也唱起来，

"早也盼，晚也盼，盼穿双眼。想不到今日里，敞开喉咙大声喊。喊爹喊娘喊苍天，一下憋了我五十年。铁树开花，枯枝发芽，就在今天。我就是要喊喊喊……"

我也拦了小颜，"他您净顾自己喊、喊、喊了，净图自己嗓子痛快了，也不管别人耳朵受得了受不了。"

小颜没接我的话茬，侧耳听了一阵窗外的蝉鸣，问，"二舅，外面蝉声如此聒噪，您怎不烦呢？"

"我也烦，可有什么办法呢。"我卖弄似的说，"昆虫永远不会忘记季节的变换。假如你是一只蝉，在冻土下，在洞穴中，在黑暗里，苦苦修炼四个寒来暑往，忍耐了一千多天的无声寂寞。好容易钻出土层，攀上高枝，沐浴阳光，畅饮雨露，吸食琼浆。然后，为生命而歌，为爱情而歌，为死亡而歌。它们无论怎样狂奏乐章、声嘶力竭、喊破喉咙，都不过分。因为，它们用四年的生命历程，才唤来几十天最多一百天的放声歌唱。"

我外甥拍手，"您讲得好，很好。"然后问，"您记得月牙村有一个编席的哑巴老安吗？"

"记得，怎不记得？他给我编过三领炕席呢，席，板实，纹密实。"我叹口气，"他的哑巴不是胎带来的，是半路哑巴。他到南河套放牛，雷雨天，一个响雷把牛劈死了，把他也震成了哑巴。"

小颜又问，"听说老安没哑以前，唱歌唱戏特棒。"

"那是，那是。他学唱郭颂的'新货郎''乌苏里船歌'在公社群众大会戏台上，掌声雷动，不让他下台。"我不无遗憾地说，"人呀，就是命。因他学唱样板戏《智取威虎山》中李勇奇的唱段特神，要被部队特招，不就因为哑巴了没去成。"

这时，窗外又传来那李勇奇的一段唱，和小颜录的音一样。熟悉又陌生，遥远又近听。

小颜问，"您猜是谁在唱？"

我摇头。

"做核酸也许有意外收获，那棉签不是普通的棉签，专业名称叫荧光探针，有人被检测出舌根癌。"小颜最后郑重宣布，"唱歌的是编席老安。因为做核酸，把他这个五十多年的哑巴捅得会说话了。"

这篇小小说水平高低暂且不论，按照陈建功的理论，做核酸与民警、与古诗、与样板戏、与民歌、与部队招兵、与雷雨天、与市长热线、与蝉鸣、与编席老安并不发生交集，但凑在一起就热闹了。热闹之后，作者想表达的是，在疫情下，每个人都与我息息相关，命运与共，应该相互理解。既然连蝉鸣聒噪都谅解了，何况疫情下的人与人呢。

肖复兴老师当过《人民文学》副主编，他讲如何现实中的人和事变成作品。他举了一个外地人除夕卖对联，卖红灯的故事。这个人将卖剩下的对联贴起来，红灯挂起来，一个人也要张灯结彩过年，体现了底层大多数人对生活充满信心，对国家充满希望。

车前子老师讲文章要"荡出去"，史铁生的"我遥远的清平湾"就历史般地荡了出去。

下面，我想讲讲稿子修改问题。忘记是哪位作家说过，文章是改出来的。此话很有道理。最近看到梁实秋的一篇文章，梁实秋与鲁迅是同时代的人。题目是"作文要知道割爱"其中讲文章如何修改，如何割爱，我念一下就行了：

不成熟的思想，不稳妥的意见，不切题的材料，不扼要的描写，不恰当的词句，统统要大刀阔斧地加以删削。芟除枝蔓之后，才显得整洁而有精神，清楚而有姿态，简单而有力量。所谓"绚烂之极趋于平淡"就是这种境界。文章的好坏，与长短无关。文章要讲究气势的宽阔，意思的深入，长短并无关系，长短要求适度。文章的好坏与写作的快慢无关。我们欣赏的是成品，不是过程。文章的好坏与年龄无关。

欧阳修草完"醉翁亭记"，将其挂在墙上，光开头就修改多次。最后用"环滁皆山也。"才满意。读罢全文，感到作者对人生独到的观察，对自成一家的语言的精美享受。

最后，我说说投稿问题。我本人投稿少，主要原因是作品少，其次是懒得投稿，这是大缺点，今后要向王克臣、冯连才学习。我投稿都是一刊一稿，前些天和一个资深编辑谈，他认为可以一稿多投，一稿投一百家刊物都可。但有一条，如哪家刊物先用，你就要通知其他家。此做法大家可以当作参考。

再一个投稿要从上往下投，从大刊物投起，传播效益最大化。

文学是个永远也谈不完的话题，我上次和这次讲文学，撂下很多话头，以后有时间，可以像禅宗那样"参话头"。

先讲到这里，有错误，请指正。谢谢大家！

有提问的吗？

许福元

2022.7.2

在更读书舍的发言

各位老师好，各位文友好！

现在时间是差一刻不到五点，我讲不超过三分钟。

第一，王长存在总序中说，"在现代社会，人的发展中读写能力是终身学习和持续发展的关键能力。"我解读在学习的过程中，读书是求知，写作是行动，读写就是"知行合一"。

第二，孟云霞十多年前在圣泉山诗会上曾说过，"我把木盆可以想象成大湖，把盆中的鞋子想象成一只船。"小说的本质是虚构，诗歌的本质是想象。孟云霞的诗想象力丰富，云蒸霞蔚。

第三，石庆叶的小说《叶落何方》写了绿茶、青茶、白茶。万丈红尘一杯酒，千秋文化一壶茶。我读了觉得有现代版女士大夫氛围。

第四，看了"梦湖蓝"文学创作节系列丛书《星火激情》，突然联想到红军长征到达陕北后开了瓦窑堡会议，毛主席讲了大意是这样的话，"我们中华民族有同敌人血战到底的决心，有光复旧物的勇气，有自立于世界民族之林的能力。"当时红军才八千多人。十四年后，取得了全国胜利。我的言外之意是，别看杨镇中学的文学星星之火，但只要激情四射，就会星火燎原。

第五，下面，朗诵我十二年前写杨中的"人和亭"，算顺口溜吧。

重塑北京乡土文学

丛洲：你好！

你与凸凹先生的对话"每个人都有一座村庄——兼谈凸凹短篇小说《土灶》"刊载最近一期（2022 年第 3 期）《渔阳文艺》头版头条。我连看了三遍，并用笔工整录于笔记本上，时常又翻阅之。

此番对话信息量很丰富，凸凹先生从理论到实践，对北京乡土文学进行了重塑，也就是其所谓的"新乡土文学"。

"新乡土文学""新"在哪儿了？凸凹提出四个概念，"地理的、文化的、道德的、精神的。"

"地理的"——是北京、京畿、京西。忘记是谁说过，地理决定文化，文化决定民族性格。北京古都的地理环境，决定了北京作家的文化属性和性格。所以他们的文化必然是京味文化，他们的文学也必然是京味文学，尤其是土著作家。北京是他们的生活之根，也是创作之根。即使是北漂作家，在北京浸润久了，也难免被同化。

"文化的"——是大文化概念。通过对乡土的描写，获得乡土以外、乡土以上的意义。这个意义是民族的历史，人性的复杂，国民性的层面等丰沛的理性与宏富的内涵。凸凹特别指出，乡土文学的写作者不能只"匍匐于乡土，醉倒于乡俗"，而是关注、提炼"乡土"这个"形而上"的层面。

"道德的"——则是大地的道德。大地的道德是厚德载物。乡土的书写要符合大地的道德，就是要歌颂厚德载物。承认大地上的一切存在，山川草木，飞禽走兽，疾雨飘风，日月阴晴，都是合理的。如不合理，为何存在？人类只能去尊重这一切的存在并与之和谐相处。这就是所谓的"每束阳光都有其照耀的理由。"

"精神的"——是相对于乡土的精神。面对乡土，生发出乡愁、乡情、乡恋及乡土哲学。既然乡土是一个至少有一万年的存在，必然也萌生、派生、滋生有生生不息的情感元素、人文因素、社会要素，丰富而多彩，多情而缠绵。既有其规律性，又有其神秘性和宿命观。

"新乡土文学"的"地理的、文化的、道德的、精神的。"的四个概念，其实早已存在。很多作家在写作中，似乎有意抑或无意地触摸到了，进而摸索实践实施了，但似乎还未有哪个作家对此认真进行总结、归纳、提炼、提纯、提高，给予理论上的集中概括和在此理论指导下的实践。凸凹先生正是集此理论与八百多万字的乡土文学创作成果于一身，他是"新乡土文学"理论的提出者，又是亲力亲为的写作者和实践者。所以，凸凹并非浪得虚名、名不副实而是实不副名还有点实际成就大于其名声。

丛洲，你是写作者，又是评论者；你是作家，又是评论家。创作与评论，是文学飞翔之两翼。我个人浅见，创作人搞评论，更贴切，更亲切、更准确、更无隔靴搔痒之感。但也更难为、更难得，也是对个体更大的挑战。因为评论者不仅要对作者及其作品进行审读、品读，褒贬扬弃，指疵掘深，寻幽探微。还要融入自己的文学主张，审美标准，价值取向。因此从这个层面讲，评论者又是对作者的一次再塑造，对其作品是一次再创作。所以二者集于一身，鲜者寡矣！如你与凸凹的对话，一问一答，一来一往，如两朵云在同一高度相遇，才蒸腾出如此酣畅淋漓的思露话雨。又如两位弈者，于山间松风泉水叮咚中，品茗下棋，纹枰论道。

我们当代，正面临百年未有之大变局。反观文学，又何尝不是呢。就中国当代乡土文学而言，既不是国外屠格涅夫，托尔斯泰笔下的农奴制度下的乡土，托尔斯泰写地主家的一个早晨，就用了较大篇幅。也不是沈从文、鲁迅一百年前的中国乡土。就是刘绍棠、浩然笔下的乡土，也离我们恍如隔世，渐行渐远。当今的农村，是城中村，或村中城，抑或不城不村、不村不城、亦城亦村，自然也有各美其美、美美与共的山水村落。当今的农业，与传统的农业已不可同日而语，季节的变换对农业生产也在弱化。当今的农民，也不再日出而作，日落而息，脸朝黄土背朝天。自给自足的自然经济已经瓦解，他们的吃穿用度，很多也来自超市。城市化的进程，资本的介入，农村的没落与振兴，农村化解国家危机的调蓄功能及历史经纬等等，都被时代的大潮所裹挟。就是从事乡土文学创作的作家，也不再居农舍，喂臭虫，在如豆油灯下创作。

今天的乡土是动态的，动荡的，流动的，多元的、颠覆历史与传统的。所以，进行当代的乡土文学创作，我以为更复杂，更应深入，用更多视角，才能更准确地把握乡土的脉搏。写出当今乡土的生命状态、生活样相和生活走向，写出情感深度，人性广度。无论乡土上的物与事是如何变化与变幻，但乡土本身自有其稳定性。正如天上风吹云动，天不动；河里水流，石不流。凸凹的短篇小说《土灶》就是借助土灶这个道具，作为抓手，象征其稳定性。表现了农村千百年来的人间烟火，生生不息。虽然写得还略显粗糙，也许土灶本身就是粗糙的。凸凹所归纳与倡导的乡土文学创作"地理的、文化的、道德的、精神的"四原则，就如土灶一样，自有其稳定性和指导意义。

凸凹对乡土文学写作者有一形象的比喻与提示，蚂蚁头上如插上一小小翅膀，就会飞上一个小小高度，那么看世界的纬度就会发生根本性变化。其实古人有一句话说得更准确、形象和透彻：一蜂至微，亦能游观乎天地，一虾至微，亦能放肆乎大海。对新乡土文学创作，我们至少应如蜂如虾，游观乎，放肆乎。外国那些大家乡土文学作品，我们引为参考系，与国内这些乡土作家，实现他洽，投身于当代乡土文学创作，进行自洽。则乡土文学创作，定会推陈出新，果实绵密。

丛洲，你好！我与你和也丹，已相识多年。有事则说事，无事则彼此相忘于江湖，此种状态很好。但终不忘前几年北京作协在兴隆山组织活动时，你斩木为我做手杖，也丹也伸手相扶助。此事虽小，足可见你待人真诚与热情。

久未联系，看了你与凸凹先生的对话，感慨系之。觉得凸凹先生从广义上，提出了"新乡土文学"的四个维度；从狭义上，重塑了北京乡土文学。因此说了上面那些愚者一得的废话。你会呵呵笑我，我也会报以我笑呵呵。《渔阳文艺》设对话评论专栏，作家幸甚！读者幸甚！

顺致

吉祥安康

许福元

2022.11.24

世界读书日谈读书

各位同学好！老师好！

今天是四月十七日，二十三日是世界读书日，今天我面对顺义五中的初中生谈读书。窗外柳绿花红，春光正好。在座恰同学少年，风华正茂。我是老初中毕业生，一九六二年毕业。比你们要大六十多岁，今年已七十八。刚才对我的介绍是吹牛的版本，我自己有个自我介绍版本（《早春》中的简介）。我就是个老农民，以后见面就叫我老许，现在开始倚老卖老和你们交流，不是讲课。

中国人历来讲，读书认字。读书从认字开始。文字是历史的印记，是文明的脉络，是前人智慧的结晶。中国字起始于甲骨文，大约有 3500 年历史（6000 年前的半坡遗址就有可以称为汉字的刻画符号）。据刘安组织人编写的《淮南子》一书记载，古人仓颉（黄帝的史官）造字，"天雨粟，鬼夜哭。"天上下米粒，鬼在哭泣。文字的出现，是一件惊天动地的大事。人类将用文字记录、记载生产、生活经验，将传之后世，必然促进生产力发展。人类将告别野蛮，走向文明，与其他物类相差越来越远，所以它们感到一种恐惧与危机感。

甲骨文有 5000 余个，是汉字的源头。两千多年前的东汉许慎著《说文解字》一书，共收汉字 9353 个（我们常用汉字 3500 个左右）。比如说"学"字，从甲骨文到金文到篆文到现在的演变过程："学"从简单到复杂再到简单，前世今生。表示在房屋

之下，人在学习。"学"含有觉悟的意思。不读书，不学习，就不会觉悟。《论语》开篇就是，"学而时习之，不亦说乎。"孔子将学习看作是一件快乐的事。中国的汉字很神奇，比如说"一"，"一画开天地"；一"竖（丨）"，上下通也。一横加一竖是"十"，底下加一长横是"土"，加短横是"士"；上面加一横是"王"；上面加一"点"，是"主"；去"点"加两竖是"田"；上面出头是"由"；下面出尾是"甲"；上下出头是"申"。左半包围是"匣"。真是变化无穷，出神入化。但这还只是变化之美，还有字容之美，字音之美，艺术之美。

我在大英博物馆看到收藏的一块石头，当年曾震惊世界学术界。这块石头的三面刻着三种文字，分别是楔形文、蝌蚪文和一种象形文。据专家考证，这是三种已经消失、湮没不再使用、不再传承的三种古文字。现在世界上，只有中国古老的象形文字——汉字，还在使用、传承、传播。现在世界的各个角落，都有人说汉语，学中文。2008年我在美国一个大公园迷路，一位非裔女士用很流利的汉语指路给我。作为每一个中国人，为之感到自豪与骄傲，幸福与幸运。这是我们的文化自信。汉字是一种生生不息，历久弥新的文字，是中华民族文化的瑰宝。汉字有着深厚的文化底蕴、独特的文化魅力，潜藏着丰富的审美价值。中国语言学家陈寅恪说："依照今日训诂学之标准，凡解释一字，即是作一部文化史。"（一个汉字就可以讲一堂课）。

关于读书的重要性，古今中外，论述太多了，我就不多说了。我说句很幼稚的玩笑话，人和其他动物的区别，就在于会不会读书。即使有的动物比人跑得快，力气大，嗅觉更灵敏，眼睛更敏锐。有的动物还能使用和制造简单的工具，但人还是处于生物链的顶端，就是人的读书能力。

我有个建议，初中生应该读什么书？我非常赞同北大教授曹文轩老师的观点，要读那些有血统的书，大书、硬书。书是有血统的，大书、硬书是指那些经过千百年大浪淘沙留传下来、沉淀下来的经典作品。不是小书、烂书和轻飘飘的书。

如果让我推荐一些书目，我认为初中学生应当至少读这样几本文、史、哲的书：历史类，首推《史记》。鲁迅论《史记》："史家之绝唱，无韵之离骚"。这部书是一部伟大的历史书籍，也是一部伟大文学作品。哲学类：老子的《道德经》，庄周的《庄子》。"老庄"是中国文化源头之一"（中国文化源头儒、释、道）。《道德经》文字古老，一句顶一万句。《庄子》文采飞扬，寓言式哲理；文学类内容要多一点。《诗经》是从民间长出来的，"思无邪"；屈原的《离骚》，开中国文学浪漫主义先河。往后的汉赋、唐诗、宋词、元曲，都要读一点。四大名著，更不必说了。现代鲁迅的著作，不见得通读《鲁迅全集》，但主要著作要看。不然，你不了解中国人的国民性。政治的书，应该读几遍《共产党宣言》，那是共产党立党根本。我读了十几遍。《时间简史》，值得一看，我们身上有释迦牟尼的元素。看戏剧看英国的戏剧，如莎士比亚的《哈姆雷特》《奥赛罗》，展示了复杂的人物性格，爱恨和情仇，嫉妒与背叛等；读小说读法国的，如雨果的《悲惨世界》，写了底层人性的伟大；巴尔扎克的《欧也妮·葛朗台》，最出色的人物描写之一。读书要杂一些，法布尔的《昆虫记》，值得一看。叶永烈的《十万个为什么》值得一读。

我上面提到的书目，只是我个人爱好，一家之言。只是我这个年龄段，我这种知识结构所推荐。只供你们课外阅读参考。孔子说，"行有余力，则有学文。"现在有的初中生不得了，有个叫蒋方舟的女孩，十一岁写了长篇小说《正在发育》，十二岁写了长篇小说《青春前期》，由人民文学出版社出版。顺义仁和中学初一(10班)崔畅轩的一篇作文《我记得》，她的语文指导老师张艳推荐给我，我推荐给《东方少年》，已登在第 3 期上。有的初三学生竟看埃及文明史、罗马文明史、地中海文明史、两河文明史，起点很高。眼界开阔，眼界决定观念，观念决定人生。文学是一切艺术包括电影、音乐、美术等的基础。学生当然以课本为主，全面发展。要重视自然科学，像古希腊的泰勒斯，仰望星空。更要重视体育，毛泽东在念师范时提出"文明其精神，野蛮其体魄。"

下面，我想谈一下读书方法。我主张下"笨功夫"，不要"讨巧"。

一、不动笔墨不读书。 这是中国古人所提倡，现在手机时代也并不过时，仍可遵循。古时"洛阳纸贵"，传播主要靠手抄。《红楼梦》就是这样传播的。抄一遍等于读十遍。人的肌肉也是有记忆的，就算孙颖莎拿银行卡跟我打乒乓球，我也打不过。白居易的诗为什么留下那么完整？他自己将《白香山集》手抄三份，分别放在三个寺院。我念初中时书少，又没钱买。只能借书，抄书。我抄书及做的笔记积累起来有一百五六十本，摞起来比我还高。

二、我主张"死记硬背"。 对一些古典诗词，经典文章，优美段落，有兴趣、有决心、有毅力要背诵下来。多多益善，终身受益。据说，中国商务代表一次和外国商务代表谈中国葡萄酒出口贸易时，外国人说，中国白酒生产有悠久历史，葡萄酒生产没有历史。中国代表马上吟出唐诗，"葡萄美酒月光杯，欲饮琵琶马上催"（王翰【凉州词】）。证明葡萄酒在中国至少已有一千多年的生产历史。我在你们这个年龄段，已经背下几千首古典诗词了。如《诗经》中的"坎坎伐檀兮，置之河之干兮……"；屈原的《九歌·国殇》："操吴戈兮被犀甲，车错毂兮短兵接……"，陶渊明的《归去来辞》："归去来兮，田园将芜，胡不归……"；李白的《梦游天姥云留别》："海客谈瀛洲，烟涛微茫信难求……"白居易的《长恨歌》："汉皇重色思倾国，御宇多年求不得……"

《琵琶行》："元和十年，余左迁九江郡司马，明年秋，送客至湓浦口……"中国文学史最长叙事诗《孔雀东南飞》计357句，1780个字并序："汉末建安中，庐江府小吏焦仲卿妻刘氏，为仲卿母所遣，自誓不嫁。其家逼之，乃投水而死。仲卿闻之，亦自缢于庭树。时人伤之，为诗云尔。……"被称为叙事诗双璧的还有《木兰诗》："唧唧复唧唧，木兰当户织。不闻机杼声，唯闻女叹息……"王勃的《滕王阁序》："豫章旧郡，洪都新府。星飞翼轸，地接横庐……"丘迟《与陈伯之书》："迟顿首，陈将军足下：无恙，幸甚幸甚……"好了，不要掉书袋了。王婆卖瓜，自卖自夸。今天，我们站在文学历史长河的岸边背诵，觉得左有李白、杜甫、白居易，右有屈原、苏轼、陶渊明，后有陆游、辛弃疾、李清照。涛声依旧。朗诵者处于痴迷神往陶醉状态。

初中，正是背诵文章的黄金时期，否则，盛年不再来。背诵时不懂不要紧，以后慢慢就懂了。先"吃下"，像牛羊吃草那样，以后再"反刍""倒嚼"。有些文章，须用一生时间去理解。而背诵，都是利用零星时间，如欧阳修的"三上文章"（马上、枕上、厕上）。你们语文课本中的古典诗词像曹操的诗，李白的诗，杜甫的诗，李商隐等人的诗，都应背下来。有的整个课文也应背下来，像鲁迅的《从百草园到三味书屋》等（在座有多少同学能背诵写景一段，可举手。我们那时老师要求全文背下的）。还有的可以延伸去背，由马致远的《秋思》背到《夜行船·秋思[套数]》，"百岁光阴一梦蝶，重回首往事堪绝。昨日春来，今朝花谢，急罚盏夜阑灯灭——"（现在也忘了不少，背不全了。）

三、读书，读书，就是要"读"出来。 篆文中"读"这样写，【 譱 】。

《说文解字》注释："读，诵书也。从言，'卖'声。徒谷切。"译成现代汉语，"读，朗诵而又思索。从言，'卖'声。"卖"是"牍"的简化。"牍"是木简、公文的意思。读书要有声音、画面、气息、味觉、触感，才能体会出其中的意思、思想、意境来。

下面，我想讲讲读书的动力，或者说原动力、内心动力。每个人干任何事情都要有个动力，读书也如此，你是为家长读，为考试读，为高考读，为毕业读，为兴趣读，为爱好读，等等。

古人读书大多为科举为当官。"天子重英豪，文章教尔曹。""朝为田舍郎，暮登天子堂。"当官也是报效国家，为民谋利的平台。岳母以沙为纸，芦秆为笔，教岳飞识字，为的是精忠报国；范仲淹少时家贫，食不果腹。熬一盆粥，划成四块。早晚各一块，中午两块。他的人生观是，"先天下之忧而忧，后天下之乐而乐"。

我们的周恩来总理读书的动力很明确，"为中华崛起而读书"；毛主席读书是为了"改造中国与世界"。这种动力，何其巨大，终成伟人。

我觉得在座的学生，读书的动力至少为自己。真诚为自己知识的增长，学问的厚重，视野的开阔，修养的提高，人格的完善，价值的体现。做一个对社会有用的人，对国家有贡献的人，有益于人民的人。

既然是世界读书日，也环顾一下 2023 年，世界各国人均阅读量排行榜，排名前几位是：以色列 60 本，俄罗斯 55 本，德国 47 本，日本 45 本，奥地利 43 本，中国是 4.76 本。美国学生为 36.6 本，是中国学生的六倍。中国人多，是阅读大国，但不是阅读强国。人均读书量多与获得诺贝尔奖人数成正比的。美国 384 人，以色列 162 人，英国 132 人，德国 111 人，法国 70 人，瑞典 31 人，日本 28 人，奥地利 22 人，中国 11 人（包括中国籍和华裔）。以色列家长给书上抹上蜂蜜，吸引婴儿对书从小感兴趣。

最后，我想对各位同学提一点希望，或者说建议。希望你们，也建议你们要"自找苦吃"。你们现在太幸福了，衣来伸手，饭来张口。你们应该品尝饥饿难耐的感觉，干渴嗓子冒烟的感受，累得直不起腰的疲惫，出一身透汗，咸的滋味，被大雨浇成落汤鸡的狼狈。还要内心强大，经得起委屈，受得了误解，对别人的批评乐呵呵接受，挨骂时首先反省自己。忘掉自己对别人的好，记住别人对自己的好。感恩父母，不忘师恩。将困难当成游戏，把吃苦当成喝蜂蜜。等等的心理建设。毛泽东在你们这个年龄，将孟子的一段话当座右铭："天将降大任于斯人也，必先苦其心志，劳其筋骨，饿其体肤，空乏其身，行拂乱其所为，所以动心忍性，增益其所不能。"

在你们以后的人生道路上，不会全是辉煌和好梦，鲜花与掌声，顺风与顺境。必然有坎坷与挫折，困难和艰难，逆风加逆境。所以从现在开始，就要有意识地主动地提升自己、锻炼自己、磨炼自己，自找苦吃。

自古英雄出少年。甘罗十二为秦国上卿、拜相（相当于国务院总理）；周瑜十三岁带兵，十四岁封都督；岳飞十七岁参军，二十七岁建岳家军。马克思 30 岁、恩格斯 28 岁，合写《共产党宣言》。

开始我就讲了，我是老农民，你们是青年才俊。最后，我用李白的诗句送给同学们："长风破浪会有时，直挂云帆济沧海！"

谢谢！

2024.4.9

世界读书日和企业家谈读书

各位企业家好！各位来宾好！

今天是 4 月 23 日，世界读书日的由来和西班牙大作家塞万提斯与莎士比亚的出生日和逝世日有关。我现在想谈谈企业家与读书有关的话题。

企业家这个词，在《现代汉语词典》中没有，只有企业法人这个条目。查了百度，才知道"企业家"一词由法语中借来的，其原意是指"冒险事业的经营者和组织者"。在现代企业中，企业家大体分两类，一类是企业所有者企业家，就是说这个企业是他自己家的，作为所有者他们依然从事企业的经营管理工作；另一类是受雇于所有者的职业企业家。在更多情况下，企业家只指第一种类型，而把第二种类型称作职业经理人(我不知道在座企业家是何种类型？)。

既然是读书日，我想讲一下读书。读书从认字开始。中国字起始于甲骨文，已发现 5000 余个，大约有 3500 年历史。据《淮南子》一书记载，仓颉（黄帝史官）造字成功，"天雨粟，鬼夜哭"。文字的出现是一件惊天动地的大事，人类将用文字记录、记载生活、生产经验，并传之后世，必将促进生产力发展。人类将告别野蛮，走向文明。与其他物类相差越来越远，它们必然感到一种恐惧和危机感。

《论语》开篇即是，"学而时习之，不亦说乎！"中国人自古就提倡读书，讲书香门第，耕读世家。"忠厚传家久，诗书继世长"。今天是世界读书日，世界各国人均 2023 年人均读书量排行榜前几位是：以色列 60 本，俄罗斯 55 本，德国 47 本，日本 45 本，奥地利 43 本.中国是 4.76 本。美国学生为 36.6 本，是中国学生的六倍。中国人多，是阅读大国，但不是阅读强国。但会成为阅读强国的。人均读书量多少与获得诺贝尔奖人数成正比的。美国 384 人，以色列 162 人，英国 132 人，德国 111 人，法国 70 人，瑞典 31 人，日本 28 人，奥地利 22 人，中国 11 人（包括中国籍和华裔）。我相信中国随着成为阅读强国，中国人获诺贝尔奖的人会越来越多。以色列家长给书上抹上蜂蜜，吸引婴儿对书从小感兴趣。为什么要提获诺贝尔奖人数？其研究成果往往为企业指出前景与方向。

企业家与读书是什么关系？我理解的企业家是什么样子？企业家应该具备哪些素

质？我认为，优秀的企业家应具有政治家的胸怀，外交家的纵横捭阖、折冲樽俎，经济学家的头脑，军事家的谋略，建筑家的架构，还要有商人的精明，农民的吃苦耐劳和长跑运动员的坚韧。更要有绿林豪杰的侠气，韩信的忍辱负重和慈善家的爱心。

吕不韦是战国时期大企业家、大商人，他有政治家的胸怀，不惜重金，奇货可居，使子楚登上王位，为庄襄王丞相。后又辅佐嬴政，统一天下。后召集天下读书人三千食客，编写了《吕氏春秋》一书。所以司马迁称，"不韦迁蜀，世传'吕览'"。

一次中国企业家与外国企业家，谈中国张家口葡萄酒出口欧洲事宜，那位外国人口气傲慢地说，"中国白酒生产有悠久的历史，葡萄酒生产没有历史。"中国企业家马上吟出唐诗，"葡萄美酒月光杯，欲饮琵琶马上催。醉卧沙场君莫笑，古来征战几人回。"（王翰【凉州词】）。证明葡萄酒在中国至少已有一千多年的生产历史，那时我们古人饮酒，用的是夜光杯。

看过一个报道，一个学经济的大学生想创业，但苦于没有资金。一次参观大理石加工厂，看见废弃的边角料被当作垃圾堆放在那里，于是突发奇想，免费运走，制成书法的镇尺，掘得第一桶金。无独有偶，美国自由女神像制成后，留下许多钢材垃圾，一个人(名字我忘记了)廉价买下，制成自由女神钥匙链出售，发了大财。

洛克菲勒开始经商时，让他老婆手握鸡蛋卖，他不拿。因为他媳妇手小，鸡蛋显得大些。

企业家都是重视读书的。比尔·盖茨平均每年读50本，大约每周一本。他有读书四原则；1.在书的空白处做笔记；2.不要看一本你看不完的书；3.多看纸质书，少看电子书；4.每次看书时间至少一小时。比尔·盖茨推荐书目:历史与理解人类社会方面，《枪炮、病菌与钢铁》《今日简史》；科技与创新方面，《为什么我们睡觉》《创新者的解决方案》；个人成长与领导力方面，《动力》《强势领袖的神话》；生物学与医学方面，《细胞之歌》《基因传》；科幻与想象力方面；《间谍与叛徒》。这些书籍涵盖了从科学、历史、个人发展到科幻各个领域，反映了比尔·盖茨广泛的阅读兴趣。

巴菲特一年的读书量是500本，平均每天看500页。包括每天看16本年刊。他有个作息时间表，每天6.45起床，连续阅读5份报纸，9时走进办公室，每天有百分之八十花在阅读上，数十年如一日。

李嘉诚一年读书100本。他最喜欢的三本书是：《资治通鉴》《孙子兵法》《菜根谭》。他办公室挂的书法文字是：发上等愿，结中等缘，享下等福；择高处就，平处坐，向宽处行。

人与人的差别，企业家与企业家的差别，地区与地区的差别，民族与民族的差别，国家与国家的差别，和读书是有关系的。读书总使人站得高些，看得远些，观察的多些和快些，一个人能活出多个人的人生。张磊的《价值》一书，值得一看。有的企业家认为忙，没时间读书。鲁迅说，"时间像海绵里的水只要愿意挤，总还是有的。"

我觉得作为一个优秀的企业家，应该具有三种优秀素质：

一、创新观念。法语将企业家定位为"冒险事业的经营者和组织者"是很有道理的。哥伦布所以能发现新大陆，敢于冒险，首先他的观念在当时是新的。他相信地球是圆的，从脚下出发，一直航行下去，还会回到原点。而当时中国人的宇宙观，还是天圆地方。苍天如圆盖，大地如棋局。中国人从骨子里缺少创新精神，是由中国的地理环境决定的。西面是高山和沙漠，北面是冻土，东面和南面是大海。以那时的交通工具是很难跨越。封闭的地貌决定封闭的思维，地理决定文化，文化决定观念，观念决定行为，行为决定命运。企业亦如此，若要发展，观念必须创新。如任正非，视创新为企业生命。

二、守住底线。北京同仁堂门口的楹联是："炮制虽繁必不敢省人工品味虽贵必不敢减物力"有个东北山民从大山后面捡到了一堆动物骨头，他也不知是什么动物的，背到同仁堂去卖。同仁堂师傅们鉴定后，也未得出结论，暂按普通动物骨头收购，山民得钱后还很高兴。同仁堂然后请已经退休的几位耄耋老师傅仔细鉴定，确定是虎骨，但年头久了，是虎坠入山涧摔死的。这样才敢入药。又寻到那位山民，按虎骨补钱。那山民也发了财。所谓守住底线是守住企业文化的底线，企业精神的底线，企业道德的底线。企业之间的竞争，归根到底，还是拼的是文化，讲的是精神，守的是道德。如董明珠，坚持搞实业，从底层崛起。

三、热心公益。帮助越王勾践复国的范蠡，功成身退，经商获得巨大成功。但他三次聚金，三次散金。被商家奉为祖师爷——陶朱公。比尔·盖茨将580亿美元全部捐给梅琳达·盖茨基金会（美国斯坦福大学，老太太捐椅，老头捐路）。玻璃大王曹德旺首期捐出100亿建福耀科技大学。这才是大胸怀、大格局、大智慧、大企业家。我觉得凡称为企业家，就应当热心公益。因为你的财富来源于社会，就应当以财富之一部反馈社会。你占有社会资源越多，反馈社会就越多。因为钱虽然是你挣的，资源却是全社会的、全人类的、大自然的。而你的原始积累，你的第一桶金，未必都是干净的。做公益，也是一种自赎。（做公益还要趁早，如田某。）

最后，我想谈一下企业家，或者一个人的精神年龄或称精神寿命问题，不是生理年龄和生理寿命。一个人的生理年龄长寿者也就百岁左右，但精神年龄就不一样了。一般的人，精神年龄也就三年多。一个人逝世，一周年、二周年、三周年，有个别人给父母办十周年，然后每年扫墓祭奠一下。但企业家不同，我去北大听课，在逸夫楼。在顺义住院，也在逸夫楼。我们感谢邵逸夫先生，他的精神年龄要超过百年。熊希龄，当过民国的总理和财政部部长，办过实业。1917年"民六"大水，他救助了六百万灾民，六千多名受灾儿童。他任顺直水利委员会会长期间，制定了在潮白河、永定河中上游，分别建官厅和密云两大蓄水池并进行了勘测设计。1932年，他捐出全部财产：大洋47.2万余元，白银6.2万两，房产、地产、股票以及无法估计的古董、字画40余件。毛主席曾住过的双清别墅和当时中共中央住的二三百间的房子，都是他的财产。毛主席和周总理，对熊希龄都有很高评。他被称为"中国现代慈善事业之父"（我写的长篇历史小说《洋桥破浪》详细记载了他的事迹）。所以，熊希龄的精神年龄，何止百年。至于资助左宗棠收复新疆的企业家、大商人胡雪岩，前面提到的范蠡、吕不韦，他们的精神年龄或精神寿命都在百年、几百年及至几千年。我希望在座企业家，"自信人生二百年，会当击水三千里。"

　　谢谢！

20224.4.23 于世界读书日

小说的语言和人物漫谈

各位文友好!

今天,在这人间的天堂里,我们又见面了。忘记是哪位外国作家说过,人间的天堂是什么样子,应该就是图书馆的样子。

记得在今年 7 月 8 日下午,我在这儿依据鲁迅先生的《中国小说史略》和木心先生的《文学回忆录》,粗浅地讲了中国古代小说史。在 7 月 22 日下午,还是在这里,我讲了 8 篇外国小说。其初衷是从中国传统和洋为我用这两个方面来探讨小说的欣赏与借鉴。那时还是"七月流火",现在已是"九月授衣"。

前几日,王艳霞建议,让我从小说写作这方面来讲小说,这样可能更接地气。于是我就拟了几个题目:"小说的语言与人物""小说的细节与意境""小说的故事与结构"等。

今天先讲"小说的语言与人物"。

据专家考证,人类的历史大约有 300 万年,人类语言的历史有五六十万年。据推算,北京猿人那时已经有了自己的语言。而甲骨文的出现大约在 3500 年前。

人类说话早于文字,人们的口头文学先于书面文学。所谓的文学,简单概括,就是文学语言,语言文学。散文、诗歌、戏剧,小说,首先展现的是语言。中国的前秦散文、汉赋、唐诗、宋词、元曲、明清小说,最鲜明的特色还是语言。语言是所有文学文体的第一要素,是文学的最基本元素。如果把文学比喻成大厦,语言就是一砖一瓦。如果把文学比喻成一棵大树,语言就是枝叶。如果把文学比喻成一匹骏马,语言就是皮毛。当然,任何比喻都有它的局限性和缺陷。

语言分两种,书面语言和口头语言。小说,是属于口头语,或者说,与口头语最接近。所以每个人都有口头文学的天赋。给母亲写信,鲁迅这样写,"母亲大人膝下,敬禀者,久不得来信了,今日上午,始收到一函,甚慰。但大人牙痛,不知已否痊愈,至以为念。"这是书面语言。但见面了会这样说,"妈,您牙疼,好点吗?我买来桃酥,吃着软一些。现在时兴种植牙,价格也便宜了不少,种一颗?"(也穿越一下。)

汪曾祺似乎说过类似的话:写小说就是写语言。王蒙也说,语言即思想,语言即意境,语言即小说。(我记不清原话了,意思大概如此。)

小说的语言也有几条铁律，就是必须遵守的规矩：即什么人说什么话，什么场合说什么话，什么情绪下说什么话，什么地方的人说什么话，有什么样"三观"的人说什么话。当然，这五种或六种或 N 种说话是你中有我，我中有你，互为表里，互相补充，互相借鉴，互相融合，但又互有区别。

1、什么人说什么话？

《红楼梦》中写了九百七十五个人物，其中有姓名称谓的人物是七百三十二人，没有姓名称谓的人物是二百四十三人。警幻情榜一百零八位，其中有金陵十二钗。每个人说话都符合个人身份，性格特点，个人特色。贾母权威而稳重，刘姥姥粗俗且卖呆，平儿圆滑谨慎，林黛玉尖酸刻薄，薛宝钗绵里藏针。贾宝玉净说痴话，王熙凤见什么人说什么话，焦大骂骂咧咧。

在第三十三回"手足耽耽小动唇舌不肖种种大受笞（吃）挞（踏）"即宝玉挨打一章。

（因金钏投井而死和贾环使坏，导致宝玉挨打。）贾政打完宝玉，还要拿绳子勒，说，"我养了这不肖的孽障，已不孝；教训他一番，又有人护持；不如趁今日一发勒死了，以绝将来之患！"

王夫人趴在宝玉身上说，"老爷虽然应当管教儿子，也要看夫妻分上。我如今已将五十岁人了，只有这个孽障，必定苦苦地以他为法，我也不好深劝。今日里越发要他死，岂不是有意绝我。既要勒死他，快拿绳子来勒死我，再勒死他。我们娘儿们不敢含怨，到底到阴司里得个依靠。"忽又想起贾珠来，便叫着贾珠哭道："若有你活着，便死一百个我也不管了。"

"王夫人哭着贾珠的名字，别人还可，惟有李纨(宫裁)禁不住也放声哭了。（贾珠是宝玉哥哥，早夭。）

贾母出场，"只听窗外颤巍巍的声气说道：'先打死我，再打死他，岂不干净了？'"

（丫鬟要搀宝玉）"凤姐骂丫鬟，'糊涂东西，也不睁开眼瞧瞧！打成这个样了，还要搀着走！还不快进去把那藤屉子春凳抬出来呢。'"

（回怡红院后）袭人在卧室给宝玉褪下中衣说，"我的娘，怎下得这般狠手！你但凡听我一句话，也不得到这步地位。幸而没动筋骨，倘或打出个残疾来，可叫人怎么样呢！"

（手托药丸）宝钗看望宝玉说，"'早听人一句话，也不至今日。别说老太太、太太心疼，就是我们看着，心里也疼。'刚说了半句又忙咽住，自悔说的话急了，不觉得就红了脸，低下头来。"

（黛玉只有眼泪）黛玉两眼哭成桃，悄悄来看宝玉，"半日，方抽抽噎噎地说道：'你从此可都改了吧。'"

（第二日）黛玉后来见宝钗眼上有哭泣之状，以为宝钗是心疼宝玉，就取笑说，"姐姐也自保重些儿。就是哭出两缸眼泪来，也医不好棒疮。"

看，宝玉挨打一事，牵扯到荣国府上上下下各个层面，各色人物所做的反映，所说的话都符合自己的地位、身份，都不可替代，都具有合理性、分寸感、拿捏得恰到好处。什么人说什么话，实在是精彩。建议大家再读一读，体味出个中三昧来。

《说岳全传》里有一章是"岳飞枪挑小梁王"，曾被收入高中语文课本。小梁王在小校场比武，岳飞赶去，但不知小校场地址。半路见两个老人在街心墙下聊古话儿。于是下马、收枪、双手抱拳，和颜悦色问道，"不敢动问两位老丈，往小校场怎么走，请您指点晚生一二。"两位老人见这个年轻人如此有礼貌，忙告知，"您往前走，到十字街右拐，见有箭楼飘红旗下即是。"岳飞拱手，口称"谢过老丈"，方飞身上马而去。再说张显、汤怀闻知岳飞前往小校场与小梁王比武，怕有闪失，也带兵刃，纵马赶来，并不识路径。见有两个老人在墙根晒暖，于是在马上用枪指着，"你这两个老儿，刚才看见我们岳大爷奔哪里了？"一句话，把这两个老人气得浑身直哆嗦。

在中国传统说书、评话中，民间艺人很把握什么人说什么话。

文学是反映生活。在现实生活中，什么人说什么话。在农贸市场牛羊市，买羊人与卖羊人有一段对话：

买羊人：您这只羊是论斤呢？还是戳个呀？

卖羊人：后脑勺留胡子——随便。

买羊人：那还是论斤吧，过秤心明眼亮。您报个价，得往星星上撂。

卖羊人：好。那您还价也得贴船下篙。

买羊人：您的价高，这集上没这行市。

卖羊人：买卖成交就是行市。

买羊人：这价行，您得搭上一只小崽。

卖羊人：你也不怕累赘？

买羊人：我一只羊也轰着，两只羊也赶着。

卖羊人：（算账时讽刺）手指头不够用把脚趾头也搭上。

买羊人：（一抖落手）这口喃的账还不好算，不就是一百个老婆子二百个妈妈（指乳房）么。

如将这段对话写入小说，就很精彩。

2、人物在什么场合说什么话。

《三国演义》中，有诸葛亮舌战群儒和骂死王朗两个章节。诸葛亮所以舌战群儒，是为了联吴抗曹。所以话虽锋利，却留有余地。骂王朗则不同，是讨伐篡汉逆贼，匡扶汉室，所以义正辞严，痛快淋漓。在第九十三回"姜伯约归降孔明武乡侯骂死王朗"（电视剧唐国强饰诸葛亮，董骧饰王朗）：吾以为汉朝大老元臣，必有高论，岂期出此鄙言！吾有一言，诸军静听：昔日桓、灵之世，汉统陵替，宦官酿祸；国乱岁兴，四方扰攘。黄巾之后，董卓、稽（吉）、氾（寺）等接踵而起，迁劫汉帝，残暴生灵。因庙堂之上，朽木为官，殿陛之间，禽兽食禄；狼心狗行之辈，滚滚当道，奴颜婢膝之徒，纷纷秉政。以致社稷丘墟，苍生涂炭。吾素知汝所行：世居东海之滨，初举孝廉入仕；理合匡君辅国，安汉兴刘；何期反助逆贼，同谋篡位！罪恶深重，天地不容！天下之人，愿食汝肉！今幸天意不绝炎汉，昭烈皇帝继统西川。吾今奉嗣君之旨，兴师讨贼。汝既为谄（产）谀（鱼）之臣，只可潜身缩首，苟图衣食；安敢在行伍之前，妄称天数耶！皓首匹夫！苍髯老贼！汝即日将归于九泉之下，何面目见二十四帝乎！老贼速退！可教反臣与吾共决胜负！"

诸葛亮在两军阵前，站在道德的制高点上，用法官宣判式的语言，骂死司徒王朗。（《三国演义》是小说。据《三国志》载，王朗活了八十多岁，得以善终。但王朗这黑锅背了好几百年。）

在契诃夫小说《变色龙》中，警官奥楚蔑洛夫面对白色小猎狗是否是席加洛夫将军家的狗，咬了首饰匠赫留金，有几次变脸。第一次表态，"这是谁家的狗？我要拿出点颜色出来给那些放出狗来到处乱跑的人看看。那些老爷既然不愿意遵守法令，现在就得管管他们。"

当有人说这条狗好像是席加洛夫将军家的，奥楚蔑洛夫又说，"狗怎么会咬着你的？它是那么小；你呢，却长得那么魁梧！你那手指头一定是给小钉子弄破的，后来却异想天开，想得到一笔什么赔偿费了。你这种人啊……是出了名的！"

当巡警说这条狗不是席加洛夫家的，席加洛夫家都是大猎狗时，奥楚蔑洛夫马上改口说，"赫留金，你受了害，我们绝不能不管。得好好教训他们一下，是时候了。"

最后确定这条狗是席加洛夫哥哥家的，奥楚蔑洛夫前后五次变脸，比变色龙变得还快。作者也完成了塑造一个趋炎附势、欺下媚上、见风使舵的沙皇专制制度的走狗形象。

诸葛亮在军前骂死王朗，是在一种场合说一种话。而在《变色龙》中，在契诃夫笔下，是在一种场景中，说几种话，把前后矛盾、意思对立。用语言转换、衔接、过渡，反转，足可资学习、借鉴。

据老人讲，临河村有两个卖柿子的人，一个善于吆喝，"磨盘柿子，又软又甜，不甜不凉不要钱！"另一个卖柿子的人，口吃，跟在他身后，只紧跟说两个字，"一样！"所以说话，可借场景，借话说话，来表达自己想表达的东西。契诃夫在《变色龙》中，亦有此手法与技巧。

3、什么情绪下说什么话

前些日手机上有一篇贾平凹谈小说语言的文章，"好的文学语言的七张面孔"其中说，"有什么样的精神世界就会有什么样的文学语言。有人心里狠毒，写出的文字就阴冷。有人正在恋爱期，文字就灿烂。"

一个人有什么样的精神世界，处在一种什么情绪下，就会有什么样的语言，作者笔下要写好这种情绪化的文字。

鲁迅小说"祝福"中的祥林嫂，正是在儿子阿毛被狼叼去之后，她的精神与情绪才发生重大变化，才絮絮叨叨向人不断诉说自己的不幸。所以，祥林嫂性格的转变，是以儿子阿毛的死为节点。所以，情绪化的语言要有依据，要有合理性。可以写一个人发脾气，但不能写发无名火。比如在京剧样板戏《智取威虎山》"夹皮沟"的一场戏中，当少剑波到李勇奇家访贫时问"老乡，家里有人吗?"，李勇奇以为又是土匪来了，满腔怒火地说，"人还没死绝呢！"等消除误解后，李勇奇有一大段唱："早也盼晚也盼望穿双眼怎知道今日里打土匪进深山救穷人脱苦难自己的队伍来到面前亲人哪我不该青红不分皂白不辨我不该将亲人当仇敌羞愧难言。"如果没有李勇奇之前的"人还没死绝呢！"做铺垫，就没有李勇奇后面的花脸大唱段。所以，什么情绪下怎么写，情绪反转如何写，是很讲究的，如何写得巧，才算写得好。

英国作家哈代有一个非常有名的短篇小说，《彼特利克夫人》，（我在上次讲过）。在彼特利克夫人病情突然恶化，病入膏肓，很快表现出生命垂危的症状，她觉得自己活不了多久，这才向丈夫说出一个秘密，他们的孩子血缘来自英国贵族萨士韦斯特兰德公爵家族中年轻的侯爵。当然后来证明，这是子虚乌有的事。作者巧妙地利用情绪来写这篇小说。三种情绪集于彼特利克夫人一身：对贵族等级意识的痴迷，本身患有妄想症,病重临终之前的幻觉。正是由于彼特利克夫人有这种情绪，也影响了她丈夫提摩太。本来提摩太的内心里一直潜伏着彼特利克家族特有的秉性，他们从来都仰慕贵族，以巴结他们为荣。所以，写好了情绪，也就写好了小说。

《水浒》中，宋江一心想被招安，想走东京名妓李师师的门子，因为宋徽宗常去李师师处。第一次与柴进拜见李师师，送上礼物刚喝上一盏茶，报宋徽宗来了，二人慌忙离开，事没说成。这是小说。有个真实历史故事，李师师所唱曲牌，很多是词人周邦彦为其所写，因此二人关系非比寻常。一次周邦彦刚与李师师见面，报宋徽宗来了，（有地道相通）周邦彦躲闪不及，就藏在李师师床下，听二人说话。只听李师师说，"本想留皇上在此过夜，听说您龙体欠安，还是下次吧，龙体保重要紧。"宋徽宗也确实身体欠安，说一会儿话离去。之后，周邦彦将此事写成了词，李师师唱，很有些情调。李师师在情绪的把控上，说话很得体。

4、什么地方的人说什么话。

中国地域辽阔，方言众多。好在文字统一，（感谢秦始皇）音不同字同，书面文字能相互顺畅沟通，但互相又有区分。如沈从文的湘西话，王安忆的上海话，莫言的山东高密话，老舍的北京话。

就一个地区而言，也有方言。就是所谓的"隔道不下雨，过路不通风。"顺义的河东与河西，语言也略有不同。河西人管栅栏门叫街门，河东人管栅栏门叫梢门。河西人说"不知道"，河东靠平谷有的人说"知不道"。对同一件农具的称谓也不同，河西人管割韭菜的农具叫韭刀子，河东人叫薅锄。河西人叫"粪箕子"，河东人叫"荆筐"。

在老舍的《茶馆》里，有一句掌点小权者索贿的台词：你把那点"意思"，"意思"了，不就有"意思"了吗，别弄得大伙儿没"意思"。这一句话里的"意思"二字，一会儿是名词，一会儿是动词，一会儿又是形容词，一会儿又是代词。这种语言，只能出现在京味小说里。

在侯宝林大师说的相声里，三个人一串在街上卖糖葫芦，头一个人高声叫卖："卖冰糖葫芦啦！"第二个人跟着喊："糖葫芦！"第三人只说："葫芦！"干脆利落！人们不会误认为，此时的"葫芦"是当瓢用的葫芦。这不是书本上的语言，是生活中鲜活的语言。三句话中都没有主语，但都知道是什么意思。中国人说话，写文章，有时不是按语法、逻辑，而是按习惯、约定俗成。

顺义作者有一点优势，就是顺义话语更接近北京话。所以汪曾祺曾有个建议，外地有志于写小说者，可考虑在北京郊区，租房住上半年到一年，听听北京人怎么说话，对写作会有裨益。

浩然小说的语言构成，主要是顺义地方话，是沃野平畴，很开阔的语言。因为他在顺义工作过，《艳阳天》和《金光大道》就是在顺义完成的。他整理、利用、改造、提升、拓展、凝练、解读了顺义很多语言。如《艳阳天》开头一句，"萧长春死了媳妇，三年没续上。现在是筷子夹骨头——三根光棍。"刘绍棠的语言，更多的能听到运河桨声，码头水音。他的语言水灵，有才气。如《蒲柳人家》《峨眉》里的语言。刘恒出生山区，语言瘦挺，硬朗，说一句是一句。如《狗日的粮食》中语言。他小说中的村名，有的就是实际存在。

生活当中的语言有着天然的韵味，有嚼头。比如说，过去老人死了，子女哭丧：儿子哭，惊天动地；闺女哭，呼天抢地；儿媳妇哭，虚心假意；姑爷哭，草驴放屁。（现在看不到这镜头了）

5、有什么样"三观"的人就说什么话。

"三观"指世界观、人生观、价值观。正确的三观是，世界观：要遵守天理；人生观：要自我实现；价值观：要遵守良知。

这样说有点概念化。哥伦布在当时所以敢于冒险航海，是他相信地球是圆的，无论走多远，还能回到原点。而当时中国人还认为"天圆地方"，怕走远了回不来。在"一战"的时候，也闹过这样的笑话。别的战士向前冲锋，一个士兵拿枪往后跑。长官问他你要当逃兵？他说我要从背后袭击，因为地球是圆的。

中国人的观念总的来说比较保守，这是由于中国的地理位置决定的。东面和南面是大海，西面是喜马拉雅的高山，北面是草原、沙漠和冻土。而欧洲人观念比较开放，是环地中海，所以产生了地中海文明。地理决定文化，文化决定民族性格。

我十六七岁就听到我们生产队一个老农讲嘲笑山里人的笑话。

山里人有爷俩，第二天要到山外去。爸爸嘱咐儿子，明天到山外平原去，你要少说话，说话别"露怯"，儿子点头。第二天爷俩出山到了平原，仰望广阔的天空，儿子不由得问，"您说这么大的天，阴天还不阴半年？"他爸爸说，"让你少说话，你一说话就露怯，哪还用得了半年，三个月就阴严了。"

秦始皇出巡时，三个人见了说了三句话，刘邦喟(kuì)然长叹曰："嗟乎，大丈夫当如此也。"表现刘邦对权力的羡慕，刘邦只比秦始皇小三岁。秦始皇是皇帝，刘邦是乡镇的书记。项羽见了，发狠地说："彼可取而代之。"表现了复国的决心。还有一个叫喜的小官，只在日记竹简上写四个字：今过安陆。

一个人一生的价值观也是有变化的，玩具对小孩子来说，就是全部价值所在。一件玩具的丢失和损坏，对小孩子就是天大的事，可以哭的鼻流。而在南宋洪迈的《容斋随笔》中，视改朝换代、江山更替为席间推杯换盏一样。

有个"得陇望蜀"的典故，汉光武帝刘秀"既平陇，复望蜀"。人总是贪心不足，得寸进尺，也是一种前进的动力。王克臣在《南瓜王》未发表以前曾说，"打一把小瘪高粱就知足了。"现在呢，有三囤棒粒还不知足。

我们这一代人是经历过挨饿年代的，在"瓜菜代"时期的最高奢望是吃一顿不掺野菜的净面窝头。后来的愿望是实现劳日值是一元钱。(我当时干一天活是四角六分三)"分，分，社员命根；今年不挣，明年没的吃。"什么时代有什么时代的语言。

读《一千零一夜》，里面常出现"让伟大的安拉拯救我们吧！"看莎士比亚戏剧，常有对上帝的膜拜；《西游记》亦可看作孙悟空、猪八戒、沙僧不断开悟成长的过程。孙悟空在大闹天宫以前和保唐僧西天取经以后，说话是不一样，大闹天宫是青春期叛逆。而当了唐僧徒弟后是思想成熟期。《三国演义》则是儒家修身、齐家、平天下的版本；《红楼梦》则是集儒、道、佛思想为一炉。鲁迅说，"贾府里的焦大，不会爱林妹妹。"李汝珍所作《镜花缘》中的君子国中，买东西不是讨价还价，而是多给钱。

从"三观"这个大尺度下来看小说的语言和人物，实际上小说的语言和人物，都在"三观"的笼罩下、关照下、影响下、参照下甚至规范下进行的。无论作者怎样挥毫泼墨、奇思怪想、闪转腾挪、变化无穷，都跳不出"三观"这如来佛的手心。

具体说到小说的语言，首先是准确，然后是形象、生动、哲理及其他；小说的人物，首先是典型，然后才是个性、外在、内涵及其他。而一篇小说最高标准，是意境之有无及高下。

定有错误处，请诸君指正。

2023.11.4

小说的细节与意境

——许福元先生谈小说

作　者：许福元

上次（11 月 4 日）下午，我讲了《小说的语言和人物》，岩颜名之曰"基础篇"。确实，小说的阅读和写作首先遇到的就是语言和人物。然后则是细节、故事、结构、意境及其他。今天讲《小说的细节与意境》，从这个层面讲，此讲算提高篇也不为过。因为此讲是今年最后一讲，即使明年再讲也是在半年以后，所以今天请了高人——雪莲之声的主播何雪莲老师，加盟朗诵其中经典的有关章节，以添精彩，共同主持。

什么是细节？《现代汉语词典》定义为名词：细小的环节或情节。与细节相类比的词有：细胞、细密、细巧、细情、细润、细微、细致、细腻等。

就人的认识事物过程来说，先是感性认识，先感知细节，然后才是抽象和概括。比如说"有黄狗挡于当道"，可抽象为"狗挡道"。说小说的细节，从某种意义上说，写小说写的就是细节。所以当代有的作家如何镇邦老师就说：小说，小说，就是往"小"了说。这个"小"，首先指细节。当然也可以指小人物、小事件、小题材。如果将小说比喻一张渔网，纲举目张，（不知道在座文友看过渔民扑开网捕鱼的情景，双手先顺势将网成团，身体后仰，再向前奋力抛出，空中布成圆阵，落水罩鱼，然后慢慢收网。）网眼张开，细节则是网眼；如果将小说比喻成一条河流，细节就是浪花；如果将小说比喻成一座大山，细节就是大山的褶皱与草木。可以设想，一座大山如果没有褶皱与草木，它就是一块光溜溜的大石头，一览无余。（傅山诗：既是为山平不得，我来添尔一峰青）所以，写小说就从细节开始，从小处写起。老子说：合抱之木，生于毫末；九层之台，起于累土；千里之行，始于足下。

细节都要有一个载体，有所附着，就如毛发附着在皮肤上一样。"皮之不存，毛将焉附？"下面我们探讨一下：场景中的细节；情节当中的细节；人物关系中的细节；人物心理活动中的细节。当然还有其他细节，甚至包括细节中的细节，细节当中的细微、细腻和微妙部分。

事物总是可分的。庄子说：一尺之棰，日取其半，万世不竭。细胞由分子构成，分子下面是原子，原子下面是电子，电子下面是质子，质子下面是中子，质子还可分为夸克，再往下的层次科学家称为"弦"的物质。在我们说话这刹那之间，就有多少万亿个夸克通过我们的身体而不觉察。（根据印度《摩诃僧祇律》记载：刹那者为一念，二十念为一瞬，二十瞬为一弹指，二十弹指为一罗预，二十罗预为一须臾，一日一夜为三十须臾。）

1、小说场景中的细节。

想那曹雪芹这老爷子对如何写荣国府，也是感到挠头，不好下笔。因为荣国府有三四百人丁，事件一天也有一二十件，正感到无从下手时，灵光一闪，于是从千里之外，芥豆之微写起。这就有了《红楼梦》第六回"贾宝玉初试云雨情刘姥姥一进荣国府"。前边略去刘姥姥先找周瑞家的牵头，进了荣国府。单写王熙凤出场（有请何雪莲老师朗诵）：

那凤姐儿家常带着秋板貂鼠昭君套，围着攒珠勒子，穿着桃红撒花袄，石青刻丝灰鼠披风，大红洋绉（宙）银鼠皮裙，粉光脂艳，端端正正坐在那里，手内拿着小铜火箸（住）儿拨手炉内的灰。平儿站在炕沿边，捧着小小的一个填漆茶盘，盘内一个小盖钟。凤姐也不接茶，也不抬头，只管拨手炉内的灰，慢慢地问道："怎么还不请进来"一面说，一面抬身要茶时，只见周瑞家的已带了两个人在地下站着呢。这才忙欲起身，犹未起身时，满面春风地问好，又嗔着周瑞家的怎么不早说。刘姥姥在地下已是拜了数拜，问姑奶奶安。凤姐忙说："周姐姐，快搀起来，别拜罢，请坐。我年轻，不大认得，可也不知是什么辈数，不敢称呼。"周瑞家的忙回道："这就是我才回的那姥姥了。"凤姐点头。刘姥姥已在炕沿上坐了。板儿便躲在背后，百般地哄他出来作揖，他死也不肯。

凤姐儿笑道："亲戚们不大走动，都疏远了。知道的呢，说你们弃厌我们，不肯常来，不知道的那起小人，还只当我们眼里没人似的。"刘姥姥忙念佛道："我们家道艰难，走不起，来了这里，没的给姑奶奶打嘴，就是管家爷们看着也不像。"凤姐儿笑道："这话没的叫人恶心。不过借赖着祖父虚名，作了穷官儿，谁家有什么，不过是个旧日的空架子。俗语说，'朝廷还有三门子穷亲戚'呢，何况你我。"说着，又问周瑞家的回了太太了没有。周瑞家的道："如今等奶奶的示下。"凤姐道："你去瞧瞧，要是有人有事就罢，得闲儿呢就回，看怎么说。"周瑞家的答应着去了。

何老师上面朗诵的，是刘姥姥一进荣国府，见王熙凤的场景。也是一个乡下贫婆见上层社会贵夫人的场景。这里面都由细节组成，一个细节跟着一个细节，环环相扣，串珠成链。最经典的细节是什么？是凤姐端端正正坐在那里，手内拿着小铜火箸儿拨手炉内的灰。平儿站在炕沿边，捧着小小的一个填漆茶盘，盘内一个小盖钟。凤姐也不接茶，也不抬头，只管拨手炉内的灰，慢慢地问道："怎么还不请进来"一个高富美贵族派头的管家人那种居高临下很讲排场很会拿捏的形象跃然纸上。

"凤姐也不接茶，也不抬头，只管拨手炉内的灰。"这是小场景下的精致细节，那么在大场景下，如何写细节。如《三国演义》第五回，关羽温酒斩华雄一节，在以袁绍为首领的十八路诸侯讨伐董卓，大战于汜水关下，华雄已斩了鲍忠，败了孙坚，又杀了袁术手下骁将俞涉，韩馥帐下上将潘凤，华雄正耀武扬威，盟军正一筹莫展。

原文说：众皆失色。绍曰："可惜吾上将颜良、文丑未至！得一人在此，何惧华雄！"言未毕，阶下一人大呼出曰："小将愿往斩华雄头，献于帐下！"众视之，见其人身长九尺，髯长二尺，丹凤眼，卧蚕眉，面如重枣，声如巨钟，立于帐前。绍问何人。公孙瓒曰："此刘玄德之弟关羽也。"绍问现居何职。瓒曰："跟随刘玄德充马弓手。"帐上袁术大喝曰："汝欺吾众诸侯无大将耶？量一弓手，安敢乱言！与我打出！"曹操急止之曰："公路息怒。此人既出大言，必有勇略；试教出马，如其不胜，责之未迟。"袁绍曰："使一弓手出战，必被华雄所笑。"操曰："此人仪表不俗，华雄安知他是弓手？"关公曰："如不胜，请斩某头。"操教酾（筛）热酒一杯，与关公饮了上马。关公曰："酒且斟下，某去便来。"出帐提刀，飞身上马。众诸侯听得关外鼓声大振，喊声大举，如天摧地塌，岳撼山崩，众皆失惊。正欲探听，鸾铃响处，马到中军，云长提华雄之头，掷于地上。其酒尚温。

这战争场面，罗贯中未从正面描写，关羽如何与华雄正面厮杀，而是从侧面，从战争氛围，从联军感觉声势上去描写，更加震撼，同时给人留下想象的余地。前面曹雪芹写了王熙凤的"静"，罗贯中写了关羽的"动"。所以在什么场景下，如何写细节，是很讲究的。

人们往往把细节称为魔鬼细节，神仙细节。因为一个细节往往决定一件事情的成功与否甚至决定一场战争的胜负。一个日本公司的一个小推销员接待一个客户，这个客户每次乘火车来公司，无论往返，他的座位总是面临车窗。他感到很奇怪，怎那么巧呢，就问推销员。小推销员说，因为您坐车时间较长，会感到单调。所以我每次购票，都选择您的座位要临窗，好看看沿途风景，减少寂寞。依此细节，联想其他服务，这个客户成为公司大客户，这个小推销员后来成为大推销员，连续数年，推销业绩全公司第一。

拿破仑一世英明，横扫整个欧洲。所以最后兵败滑铁卢，就是因为夜里下了一场雨，因为路滑，他的炮没能及时就位。（在法国，我看到过拿破仑使用过的炮。）

在现实生活中，注重细节有时也能使人免陷于尴尬。我在"自序"中说自己是个二把刀的瓦匠、半开眼的木匠，并非虚话。那一年我随马家父子出村到大营村做房架。那家揽作的黑脸看我不像木匠，问："小许，你是科班，还是捐班？"我说："捐班。我就拿锛子抄抄檩条就行了。"黑脸一笑："你接庄迈庄地怎能让你干下手活——刮挑檐。"这明明是想看我手艺。于是我大大咧咧地说："行，我在哪个'楞'上干呢？"黑脸听了一愣,这是行话。指着旁边一个楞说："你就使这个楞。"我一看说："这楞上得换卡铁，木条不行。"那黑脸忙说："那你使我这楞，这楞上有卡铁。"说完他递给我一床刨子。我一看，笑说："刮挑檐用短刨子，刮檩条用二货头，您给我这长刨，是要拼板严缝，您熬猪皮膘了吗？一年斧子二年锯，三年刨子推不出去。"

黑脸一听，有点尴尬，这才改口说："许师傅，您跟号檩去吧。"我拿柁杆、檩杆（向日葵秆做的）到现场一试说："你西一那间檩落空短二寸。"黑脸不信，现场一试，果然短二寸，骂道："是谁使坏？"我说："也没准让人踩短了，檩杆、柁杆应放高处。"黑脸谢我："险些出大错，檩短了立架一上——'扑通'"

吃饭时，让我上座，我让马师傅上座。喝水时我看窗户，黑脸问我看什么？我说这窗户橙捏腰盖面活不错。我看风门子，说比例不对，四六隔扇对折风门子。临走时黑脸热情对我说："这窗户是我打的，打风门子是笨家。您是揽作的材料，以后我活急了，请您带人来帮忙。"我慷慨应道："您甭说'请'，'哼'一声就到。人不亲斧子把还亲呢。"其实我心里真发虚，好比锛得木打前闪——全靠嘴支着呢。所以没穿帮，全靠一系列细节支撑。这也是不战而屈人之兵，不攻而拔人之城。

2、小说情节当中的细节。

小说总是要有情节。情节是场景中某段事情的变化或经过的情景和节点。如情节是树的一段树枝，细节则是叶子，无论互生还是对生；如果情节是叶子，那细节则是叶子上的脉络；如果情节是脉络，那细节则是脉络的分支。所以，情节可以长短，细节也可以粗细。

比如《水浒》第三回中，鲁达三拳打死镇关西一节，现将郑屠欺辱金氏父女情节略去，将鲁达与史进、李忠吃饭一节略去，将店小二被打落两门牙略去。鲁达到了郑屠的肉铺，故意刁难让郑屠亲自操刀切肉（有请何老师朗诵）：

这郑屠整整的自切了半个时辰，用荷叶包了道："提辖，叫人送去？"鲁达道："送甚么！且住，再要十斤都是肥的，不要见些精的在上面，也要切做臊子。"郑屠道："却才精的，怕府里要裹馄饨，肥的臊子何用？"鲁达睁着眼道："相公钧旨分咐酒家，

357

谁敢问他？"郑屠道："是合用的东西，小人切便了。"又选了十斤实膘的肥肉，也细细的切做臊子，把荷叶包了。整弄了一早晨，却得饭罢时候。

……

郑屠道："着人与提辖拿了，送将府里去？"鲁达道："再要十斤寸金软骨，也要细细地剁做臊子，不要见些肉在上面。"郑屠笑道："却不是特地来消遣我？"鲁达听了，跳起身来，拿着两包臊子在手，睁着眼，看着郑屠道："洒家特地来消遣你！"把两包臊子劈面打将去，却似下了一阵的"肉雨"。

郑屠大怒，两股怒气从脚底下直冲顶门，心头那一把无明业火焰腾腾地按捺不住，从肉案上抢了一把剔骨尖刀，托地跳将下来，鲁提辖早拔步在当街上。

……

郑屠右手拿刀，左手便要来揪鲁达；被这鲁提辖就势按住左手，赶将入去，望小腹上只一脚，腾地踢倒在当街上。鲁达再入一步，踏住胸脯，提起那醋钵儿大小拳头，看着这郑屠道："洒家始投老种经略相公，做到关西五路廉访使，也不枉了叫作'镇关西'！你是个卖肉的操刀屠户，狗一般的人，也叫作'镇关西'！你如何强骗了金翠莲？"噗的只一拳，正打在鼻子上，打得鲜血迸流，鼻子歪在半边，却便似开了个油酱铺，咸的、酸的、辣的一发都滚出来。郑屠挣不起来，那把尖刀也丢在一边，口里只叫："打得好！"鲁达骂道："直娘贼！还敢应口！"提起拳头来就眼眶际眉梢只一拳，打得眼棱缝裂，乌珠迸出，也似开了个彩帛铺，红的、黑的、紫的都绽将出来。

……

郑屠当不过，讨饶。鲁达喝道："咄！你是个破落户！若只和俺硬到底，洒家倒饶了你！你如今对俺讨饶，洒家偏不饶你！"又是一拳，太阳上正着，却似做了一个全堂水陆的道场，磬儿、钹儿、铙儿一齐响。鲁达看时，只见郑屠挺在地上，口里只有出的气，没有了入的气，动弹不得。

鲁提辖假意道："你这厮诈死，洒家再打！"只见面皮渐渐地变了。鲁达寻思道："俺只指望痛打这厮一顿，不想三拳真个打死了他。洒家须吃官司，又没人送饭，不如及早撒开。"拔步便走，回头指着郑屠尸道："你诈死，洒家和你慢慢理会！"一头骂，一头大踏步去了。

（何雪莲老师的诵读把当时氛围展现出来了。）鲁达三拳打死镇关西，实际上是三拳加一脚。金圣叹评之为"阔绰"。打得很讲排场、阔气、阔大、潇洒、干净、利落、不缠斗、不拖泥带水。从开始鲁达拔腿到当街到最后"指着郑屠尸体道：'你诈死，洒家和你慢慢理会！'一头骂，一头大踏步去了。"一气呵成。施耐庵以吃瓜群众欣赏观赏角度来写郑屠被打，用视觉、听觉、味觉来调动读者，觉得身历其境，在现场看到一样。作者在情节当中写了一连串细节。很多读者读过，但是否这样分析过。我们如何在自己的小说中，细节也写得阔绰。

在小说中如何写景，在写景的情节中如何写好细节，可以看老舍先生《骆驼祥子》中"在烈日与暴雨下"写下雨的细节（请何老师朗读）：

云还没铺满天，地上已经很黑，极亮极热的晴午忽然变成了黑夜似的。风带着雨星，像在地上寻找什么似的，东一头西一头地乱撞。北边远处一个红闪，像把黑云掀开一块，露出一大片血似的。风小了，可是利飕有劲，使人颤抖。一阵这样的风过去，一切都不知怎么好似的，连柳树都惊疑不定地等着点什么。又一个闪，正在头上，白亮亮的雨点紧跟着落下来，极硬的，砸起许多尘土，土里微带着雨气。几个大雨点砸在祥子的背上，他哆嗦了两下。雨点停了，黑云铺满了天。又一阵风，比以前的更厉害，柳枝横着飞，尘土往四下里走，雨道往下落；风，土，雨，混在一起，连成一片，横着竖着都灰茫茫冷飕飕，一切的东西都裹在里面，辨不清哪是树，哪是地，哪是云，四面八方全乱，全响，全迷糊。风过去了，只剩下直的雨道，扯天扯底地垂落，看不清一条条的，只是那么一片，一阵，地上射起无数的箭头，房屋上落下万千条瀑布。几分钟，天地已经分不开，空中的水往下倒，地上的水到处流，成了灰暗昏黄的，有时又白亮亮的，一个水世界。

（从何老师的诵读中，在这下暴雨时的情节中有什么样的细节呢？）云的样子，地的颜色，风的寻找，柳树的惊疑，尘土的溅起，雨的箭头，房屋的瀑布，水的世界。是一个云、风、雨、树、土、人的大混合、大混沌、大搅动。好像看一场足球赛，二十二个人混战一场成一锅粥，最后完成临门一脚。写足了在烈日与暴雨下的骆驼祥子狼狈状态。

我的一篇小说"抢场"，写的是人民公社时期，生产队麦秋遇雨抢场的场面。试图学习老舍先生写雨景：

风来了，先是热风，有青草味，麦秸味，尘土味，马尿味，汗腥味，很杂。很快变凉风，凉风要坏事。风是雨的头，雨是风的尾。风还从南边往北推过来一大片黑云彩，呈扇子面往中天推进，速度很快。黑云立刻布满头顶，如厚厚的黑夜。猛地刷啦啦一道利闪，嘎啦啦一声响雷，紧接着天雷滚滚。而后是一阵寂静，万籁无声，静得可怕。天空倒放亮了，白了。老场头意识到，乌云变白，雨马上就来。越是静悄悄，雨说话就到。可不是，有一种声音，如蚕吃桑叶，沙沙沙从南边传来，那是云催着雨的唑唑声。继而刷刷刷，如万千军马，长途奔袭而来；紧接着，啪啪啪，那是雨阵已到南上坎小临河北的长垅地，雨点敲击甩喇叭口棒子叶声音。喘口气的工夫，就会越过南沟，到达这场院。果然，雨来了，腾起来一片雨雾，然后花花搭搭地掉几个大雨点，有烧饼大，砸在脸上摔碎了，碰个满脸花。紧接着，风停了，下的是面条雨，直直地挂在眼前；下了一会儿，变成小镝子雨，来回刨；把麦秸刨了，把麦鱼子刨了，把麦粒堆刨了；没半顿饭功夫，又下窝蛋雨；雨注在一个地方不挪窝，砸着坑下，吹着泡下。后来下的雨叫不上名称，肆无忌惮，疯了！

老舍先生写下雨，是立体的，多层次的，声音、画面、气味、触觉、体会，使人如置雨中。我虽学习，但是平面、单薄，好像隔窗观雨。这就是差别。

3、人物关系中的细节。

以上讲的，都是长篇名著。下面，我想举几个短篇名篇，探讨在小说的人物关系中，如何欣赏、借鉴和把握细节。

一：茹志鹃（王安忆的母亲）写的《百合花》。写的是战争题材。开头只一句话，"一九四六年，中秋。"（我就出生于一九四六）在大战前夕，领我到前线包扎所是个小通讯员（有请何老师诵读）：

这时，我看见他那张十分年轻稚气的圆脸，顶多有十八岁。他见我挨他坐下，立即张惶起来，好像他身边下了一颗定时炸弹，局促不安，调过脸去不好，不掉过去又不行，想站起来又不好意思。我拼命忍住笑，随便地问他是哪里人。他没回答，脸涨得像个关公，讷讷半晌，才说清自己是天目山人。原来他还是我的同乡呢！

"在家时你干什么？"

"帮人拖毛竹。"

我朝他宽宽的两肩望了一下，立即在我眼前出现了一片绿雾似的竹海中间，一条窄窄的石级山道，盘旋而上。一个肩膀宽宽的小伙，肩上垫了一块老蓝布，扛了几枝青竹，竹梢长长的拖在他后面，刮打得石级哗哗作响。……这是我多么熟悉的故乡生活啊！我立刻对这位同乡，越加亲热起来。

然后写小通讯员去一家借被子，但女主人不借，作者和小通讯员又去那老乡家：（到老乡家怎么样了？）

我们走进老乡的院子里，只见堂屋里静静的，里面一间房门上，垂着一块蓝布红额的门帘，门框两边还贴着鲜红的对联。我们只得站在外面向里"大姐、大嫂"地喊，喊了几声，不见有人应，但响动是有了。一会，门帘一挑，露出一个年轻媳妇来。这媳妇长得很好看，高高的鼻梁，弯弯的眉，额前一溜蓬松松的刘海。穿的虽是粗布，倒都是新的。我看她头上已硬挺挺的挽了髻，便大嫂长大嫂短的向她道歉，说刚才这个同志来，说话不好别见怪等等。她听着，脸扭向里面，紧咬着嘴唇笑。我说完了，她也不作声，还是低头咬着嘴唇，好像忍了一肚子的笑料没笑完。这一来，我倒有些尴尬了，下面的话怎么说呢！我看通讯员站在一边，眼睛一眨不眨地看着我，好像在看连长做示范动作似的。我只好硬着头皮，讪讪的向她开口借被子了，接着还对她说了一遍共产党的部队，打仗是为了老百姓的道理。这一次，她不笑了，一边听着，一边不断向房里瞅着。我说完了，她看看我，看看通讯员，好像在掂量我刚才那些话的斤两。半晌，她转身进去抱被子了。

通讯员乘这机会，颇不服气地对我说道："我刚才也是说的这几句话，她就是不借，你看怪吧！……"

我赶忙白了他一眼，不叫他再说。可是来不及了，那个媳妇抱了被子，已经在房门口了。被子一拿出来，我方才明白她刚才为什么不肯借的道理了。这原来是一条里外全新的新花被子，被面是假洋缎的，枣红底，上面撒满白色百合花。

后来，小通讯员为救抬担架的老乡而牺牲了，在将小通讯员放入棺材时，发生这样一幕（何老师请诵读）：

卫生员让人抬了一口棺材来，动手揭掉他身上的被子，要把他放进棺材去。新媳妇这时脸发白，劈手夺过被子，狠狠地瞪了他们一眼。自己动手把半条被子平展展地铺在棺材底，半条盖在他身上。卫生员为难地说："被子……是借老百姓的。"

"是我的——"她气汹汹地嚷了半句，就扭过脸去。在月光下，我看见她眼里晶莹发亮，我也看见那条枣红底色上洒满白色百合花的被子，这象征纯洁与感情的花，盖上了这位平常的、拖毛竹的青年人的脸。

（何老师朗诵得声情并茂，仿佛回到了那战火纷飞的年代。）小说中，并没有出现小通讯员的姓名，作者身份是文工团员，与拖毛竹的小青年，新媳妇本来并无交集，是战争使这三个人发生了联系，纽带就是一床百合花的被子。人物关系随着借被、不借、又借被、借到被子到最后新媳妇用百合花新被送走牺牲的小青年。故事都是围绕一床被子展开，一系列细节也围绕被子描写，实际上描写的是人物关系，描写的是人物，抒发的是人物感情。新媳妇对小通讯的感情是通过"是我的——"她气汹汹地嚷了半句，就扭过脸去。来表现的。读到这里，也激起了读者的感情。

和茹志鹃同时代还有一位女作家，名字我忘记了，她写的一篇小说，名字也忘记了。写的是一位火车司机和他的妻子，俩人都参加了地下党组织，但遵守组织纪律，相互并不知晓，彼此互相保密。其中有一个细节，写得非常棒。婆婆对儿媳交代，今天中午煮七个咸鸭蛋。八口人，让煮七个咸鸭蛋，显然没有儿媳自己的。吃完饭收拾饭桌时，妻子发现桌上剩半个咸鸭蛋，就问："谁剩的?"丈夫说："我。""你挺大的人，连半个咸鸭蛋都吃不了?"男人说："咸。"妻子尝一下，说："不咸呀，你怎么说咸呢?"丈夫瞪了她一眼，抬腿走了。看，在那个时代背景下，政治的操守与夫妻的感情，通过咸鸭蛋这一细节，表现得淋漓尽致。

有些人物关系所用的细节很独特又别具匠心。我在其他场合讲过这篇小说，小说作者忘了，小说名字已忘了，有心者可搜之。但小说的一个细节记得很深刻。河边上有个村庄叫柳庄，有个光棍老汉叫柳爷。在大汛来临前凭他多年经验要发大水，他挨家动员村人砍自家柳树在村堤内栽桩挂柳，以防大水冲坏堤坝。但村人不信，因多年未发大水，谁也不肯砍掉自家柳树。柳爷只好砍掉自家柳树栽好桩子。大水真的来了，柳爷和他的狗下河栽桩挂柳，村庄保住了，水性好的柳爷却淹死了。村人为他做了四五六（四寸的帮，五寸的盖，六寸的底。）厚棺材，筑起高高的坟头。柳爷的狗趴在坟头上，不吃不喝，乡亲把白面馒头一圈一圈码满坟头，狗饿死了，小说也结束了。这个细节惊心动魄，用这个细节将柳爷与村人的关系表达得极为深刻。柳爷为全村人的安全献出了柳树，献出了生命，连一条狗也为其殉葬。柳爷的死和狗为柳爷而死将村人的良知激活了。一篇好小说应该有类似这样的细节。

在现实生活中，关于体现人物关系的故事也很有意思。儿子划船载他妈与媳妇过河。他妈坐船头，他媳妇坐船尾。到了河心，一阵风吹来，小船摇晃一下。他妈突发奇想，问儿子："假如船翻了，我和你媳妇同时落水，你先救谁?"儿子一时不好表态。他妈说："你也不用说，用手指一下就行。"于是，儿子用右手在身前指向他妈;同时用左手在身后指向他媳妇。妈和媳妇都认为先救自己，都很高兴。儿子两边都不得罪，这也是一种生活智慧。

还一个九岁孩子的故事。他爸打他妈，他劝他爸不听，孩子让他奶奶劝，他奶奶也不劝。于是他动手打他奶奶。他爸斥责："你干吗打你奶奶?"孩子回答："你打我的妈，我就打你的妈。"他爸只好住手。这就是现实人物关系中的细节。

4、人物心理活动中的细节。

外国有的小说家善于描写人物的心理活动，比如美国作家亨利·詹姆斯（1843年——1916年）主要作品有长篇小说《贵妇人画像》《鸽翼》等。

《红楼梦》中，宝玉和黛玉之间的相互试探、猜忌、揣摩、误会写得细致入微。而在《三国演义》《水浒》中，心理描写比较微弱。《西游记》中有一些，但不多。但在一个短篇之中，如何体现，须借助于细节。

好像是高晓声写过的一个短篇，名字也忘记了。写的是一个农村的母亲，求年轻的妇联主任给自己大龄儿子说对象，其实她儿子还是很优秀的，就是家里穷一些。这位妇联主任很热心，一连从外村介绍几个姑娘，姑娘都不同意。嫌小伙子不是工人，不是军人。每次晚上妇联主任到他家来时，他母亲坐一把椅子，妇联主任坐一把椅子，小伙子站在旁边侍立伺候。说够了话小伙子将妇联主任从村西头送到村大东头，看见妇联主任进栅栏门才转身离开。一连几个外村的姑娘都未说成，他母亲很着急。妇联主任安慰说："外村的姑娘实在不行，就从本村找一个。"他母亲说："我家这么穷，本村的姑娘谁进这个门。"后来有一晚，小伙子照例送妇联主任回家，正好停电，黑黑的。妇联主任脚下一滑，身子一歪，小伙子赶紧去扶，却扶不直了。小说就此结束。"扶不直了"——韵味十足！

还看过一个短篇，作者和篇名也忘记了。写一个年轻的右派被下放到贵州一个偏远农村。这个年轻人到镇里的一个商店见到一个年轻的女售货员，心生爱慕。他又没钱购物，他的右派身份又不敢妄想去表白追求。就每天花两分钱买一个软木暖瓶塞，一连很长时间，天天去买。女售货员也不问你买这么多暖瓶塞干什么，双方也没有多余的话。后来，有一天，年轻人照例又买暖瓶塞，正好商店没有其他顾客，女售货员问："你买多少暖瓶塞了？"年轻人回答："不知道。反正有一麻袋了。"女售货员说。"你不要再买了，我嫁给你吧！"——一个小小暖瓶塞，韵味无穷。

我上面讲的这几篇小说，作者和篇名几乎都忘了。但几十年后，仍牢牢记住一个个细节，这些细节的背后，是强大而软弱，粗犷又细微，简约且丰富的心理活动，情感轨迹及起伏跌宕的情绪曲线。

中国古代两则成语《杯弓蛇影》和《疑人偷斧》就是讲人的心理活动。欧·亨利的短篇《最后一叶子》也是讲人的心理暗示作用。得肺炎的琼西看到常春藤的叶子一片一片飘落，想到了自己的死亡："当一个灵魂正在准备走上那神秘的、遥远的死亡之途时，她是世界上最寂寞的人了。那些把她和友谊及大地联结起来的关系逐渐消失以后，她那个狂想越来越强烈了。"但是，老贝尔门也用心理暗示挽救了年轻女孩琼西。画上去的那一片叶子也是贝尔门画家一生之中最了不起的杰作。所以，小说是心理的描写，情感的记录，不是故事的叙述，事实的重述。

讲一个我小时候的故事。我十一二岁的时候，正是洋槐花盛开的季节。我挎个小柳条篮，里面装两只半大小白兔，一公一母。我在公兔的耳朵上系一红布条，在母兔的耳朵上系一蓝布条，以示区别，去赶李桥集。从临河村到李桥是干八里。

我在集市一段土墙下摆摊，也学人家在篮子上插个草标。也不会吆喝，杵在那里。一个老头过来，花白胡子，问我："小孩儿，出摊是卖的。你这两只兔子怎么卖？"我说："一块钱一只。"老头说："我两只全要，一块八你卖不卖？"我说："不卖。就是一块钱一只。"老头说："行。许可挑吧，那我挑一只，哪个是母兔？"我把系红布条的兔子卖给了他。

我很快卖掉一只兔子，心里很高兴，想做买卖也不过如此。可接下来这只公兔不好卖了，我还坚持一块钱一只。一会儿那老头转过来问："小孩儿，这只兔子还没卖呢？"我摇摇头，懒得搭理他。老头这时说："八毛钱，我买这只公兔。"我赌气："不卖。一块一只。"老头说："好，好。你卖吧。你这孩子还挺拧。"快下集了，我这只兔子还没卖掉，也有点急了，也泄了气。这会儿老头又转过来："小孩，货到街头死。按说到这会了，你这只公兔7毛钱全没人要，你看全打蔫了。我还给你八毛钱。你不卖我可走了。"我说，"别走。卖给您了。"尔后，老头教训我："小孩，你不会做买卖。一开始你就应该两只兔子搭伙卖，你先卖了母兔，公兔就不好卖了。下回你就照我说的办。"我说："没下回了。""怎么？""我就养两只兔子，养着玩的。"老头听后说，"小孩，我求你件事，这只兔子你连鞭递把，没有篮子，俩兔子我放哪儿，小篮我也不白要，我给你两毛钱，还回到你原来一只兔子一块钱。"

在回家路上，走到后桥村，碰见一个十七八岁的小伙子，胳膊上挎着我的白柳条编的小篮，里面趴着两只小白兔，一只兔子耳朵上系着红布条，一只兔子耳朵系着蓝布条。我问："大哥，刚才在集上买的，多少钱？"小伙子说："三块八，你看小篮多漂亮。便宜。"

我空着两手回到家中，向母亲细说卖兔子经过。母亲说："你还真不是做买卖的料。我编的小篮，就值一块钱。你碰上了一个'搬墩子'的。"

假如这个花白胡子老头会写小说，心理描写会特棒。他把我的心里琢磨透了。

上一次讲完课后张洁问我："什么是意境？"我简单回答说是："意思、意义和境界。"现在可以认真探究一下。

什么是意境？《现代汉语词典》定义为名词：文学艺术作品通过形象描写表现出来的境界和情调。与意境相类比的词有：意会、意匠、意趣、意思、意味、意象、意义、意韵（左边是音字旁，右边是均匀的匀）意蕴（带草字头蕴藉的蕴）、意识流等。

今天讲的题目是《小说的细节和意境》，但一直在讲细节，现在才讲意境。因为小说的细节是实，意境是虚；细节是形，意境是神；细节是形象，意境是抽象；细节是形而下，意境是形而上；细节是肉体，意境是灵魂；细节是冰山，意境是冰山下面的东西；细节是耳、眼、鼻、舌、身可听到、可看到、可嗅到、可尝到、可触摸的东西，而意境是意，则是无色、无声、无味但又极其微妙无所不有、无所不包、无所不涵盖的存在。细节都是偶然的、独特的、典型的、唯一的不可复制的；意境是必然的、普遍的、一般的可以做多种解读可以反复咏叹的。

国学大师王国维曾说，文章即看意境的有无及高下。意境可以简单理解为意义、境界、思想。二十几年前我登上慕田峪长城，看见一个四十多的汉子吟道：啊！长城，你真他妈的长呀！

张打油咏雪景的诗：

江山一笼统，雪地黑窟窿。

黑狗身上白，白狗身上肿。

此诗不可谓不准确、不形象、不生动，但不能算好诗，因为没有意境。

同样是诗，王之涣的《登鹳雀楼》写：

白日依山尽，黄河入海流。

欲穷千里目，更上一层楼。

"白日依山尽，黄河入海流"这是细节；"欲穷千里目，更上一层楼。"则是意境。

松下问童子，言师采药去。

只在此山中，云深不知处。

"松下问童子，言师采药去。"这是细节；"只在此山中，云深不知处。"这是意境。

横看成岭侧成峰，远近高低各不同。

不识庐山真面目，只缘身在此山中。

"横看成岭侧成峰，远近高低各不同。"这是细节；"不识庐山真面目，只缘身在此山中。"这是意境。

庄子的文章，表面讲的都是故事，说的是寓言，运用的是细节；背后隐喻的是哲理，揭示的是天道，体现的是规律。

意境似乎看不见，摸不着，但确确实实真实存在。人也是一样，也是大有意境的。苏轼所说的"腹有诗书气自华"也含有这层意思。

我前面讲的小说细节，有没有意境呢？自然有的。刘姥姥三进荣国府，是荣国府由盛到衰的缩影。刘姥姥一进荣国府，王熙凤给了二十两银子。二进荣国府，连银子带其他衣服等，有二百两之多。在京剧《武家坡》中。薛平贵调戏王宝钏，才放在地上银子三两三。刘姥姥二进荣国府所得的钱，折合成现在的人民币，不下四五万。这些都跟王熙凤有关系。凤姐下场很悲惨，但她最后将女儿大姐儿托付给了刘姥姥，与刘姥姥的外孙子板儿成了亲，已算有了归宿，避免被卖入娼门。这也是因缘意境。有时意境是草蛇灰线，伏脉千里。

关羽温酒斩华雄，是刘、关、张作为一派政治势力，一种军事力量第一次在当时政治舞台亮相。十八路诸侯联军，经公孙瓒推荐，刘备才坐了末位。正是关羽首战成名，才为刘备集团开了一个好头。

鲁达三拳打死镇关西，其深层次原因是镇关西打破当时社会的道德底线，价值观念。鲁达为并无血缘关系的金氏父女闹出人命，从而毁了自己中级军官的前程（宋时提辖相当于现在的正处、正团级）。所以，施耐庵给予鲁智深以极大的赞扬与同情。鲁智深的结局是最好的，坐化圆寂。"何立从东来，我向西方走"。

祥子拉车所遇到的暴风雨，预示着他人生的暴风雨。无论他怎样奋斗，怎样挣扎，怎样吃苦，怎样自律，都逃不脱悲苦命运，这是社会制度使然。

买我兔子的花白胡子老头也是有意境的，他教小孩以后卖兔子的经验，也可以看作是一种自赎；在那个黑脸木匠身上，也可以看作对工匠精神的崇拜；那个驾船的男人，在掌握一种人生的平衡；而那个打他奶奶的小男孩，体现了少年智慧。

意境可以是格言，也可以是哲理；可以是启迪，也可以是开悟；可以是宁静致远，也可以是出淤泥而不染；可以是大隐隐于市，也可以"采菊东篱下，悠然见南山"。意境有大小，有高下；有宏阔，有幽微。有美好，有真如；有禅静，有无为；也有无所住而生其心。

我们生活当中的真人真事只能是小说的起点或启示或启发，只是跳板，需跳跃或跃升到意境的高度。

上次讲课后，收到张艳老师指导下她学生崔畅轩的一篇作文，篇名是"我记得"。下面有请何老师朗诵：

我记得

在注定的生死离别面前，任何超能力都不值一提。在错位的时空里，人们沿着各自的平行线一路向前，再也无法相交。只有记忆涌来时，一任饱含热泪的眼眸，默默倾诉着遥远的思念。

除了清明祭奠，常日里，人们多是以"我记得"开启思念的闸门。

从小，长辈就常常给我讲他们记忆里那些拳拳的思念。那些闪烁着温暖的光泽的细碎生活，因为反复的提及，已经可以让我倒背如流了。

姥姥总爱讲她和她的奶奶的故事。尤其是在吃荷包蛋的时候，每当她面上含笑，眼睛望向不远处，我就知道姥姥回忆的潮水临近了。

"我记得，我小时候住在山顶上，那时候，山顶上没有别人家，远远近近只有我和奶奶……"

小时候姥姥经常生病，姥姥家住得偏僻，医疗条件差，找不到大夫，也买不到药。"我记得，每回发烧，我奶奶就把一碗热气腾腾的荷包蛋端到我面前，我可高兴了。在我们那个年代，那个地方，鸡蛋是金贵的，只有过年啦、生病啦，才有机会吃得到。吃完荷包蛋，奶奶把被子给我盖个严严实实，我在被窝里安安稳稳地睡下，一觉睡醒，通身大汗，烧就退了。"

姥姥小时候条件艰苦，只能吃面糊糊、野菜，即便如此，还是不够。"奶奶每天都紧着我吃。"

每天，姥姥很早便要起床，和她奶奶一起推磨。磨要一天推一次，不然一整天就没的吃。"我奶奶裹小脚。不到一拃长的小脚，用一条长长的白布带子一层一层地裹上，包得像个粽子。她的小脚站都站不稳，推磨更艰难了。可奶奶心疼我，从不让我早起，但我知道这是我唯一能给奶奶帮忙的大事。"

于是，姥姥从小一直就有一个大大的愿望：将来工作挣了钱，一定要让奶奶吃饱吃好，过好日子。长大以后，姥姥当了护士，每次发工资，都是先给奶奶买礼物。姥姥总是低声说，"不论多少礼物，都抵不过那时候我奶奶对我的好啊！"

物换星移，姥姥的奶奶已至耄耋之年，时间冷峻地把一件每位老人不得不面对的事情推到了面前，那就是死亡。

那一天，姥姥的奶奶像平时一样，洗漱，休息。她睡着了，睡得又香又甜，以至于在次日黎明破晓时，忘记了睁开了眼睛……

"我这辈子最遗憾的事，就是没能见我奶奶最后一面……"每每讲到这里，姥姥便神色黯然，随后，她便紧接着说道："好了好了，不说了，吃荷包蛋了。"

童年是五彩斑斓的，有耀眼的红，有鲜艳的绿，有灿烂的黄，有纯洁的白，有深沉的蓝，也有暗淡的灰。许多人用一生治愈童年的灰暗不幸，也有许多人用童年的温煦抵御一生的雨雪风霜。

每个人的一生中总会有那么一些人，他们也许平凡得不能再平凡，普通得不能再普通，可是为了他们，我们愿意做一个无畏的人，为他们全力以赴。他们的存在似信仰一般，坚定地扎根在我们的心中，使我们在迷途中心有安稳，在黑夜里选择坚强。他们对我们并不很长久的陪伴却能让我们铭记一生，温暖一生，以至于在他们离开很久后，我们只需一句"我记得"，便使他们瞬间重新回到我们的生活……

有时候，我也在想，在路遥马急的人间，人们执着地诉说着"我记得"，为了什么呢？

也许，那港台词就是：我深爱着你，直至永远。

（毕竟是老师最了解学生，听起来崔畅轩也是何老师的学生）这篇作文的细节是一碗荷包蛋串起三代人，意境是三代人对一种"我记得"精神的传承，我读到了一个初中学生对生活细节的敏感和思索。给我的感觉是惊喜和震撼。惊喜的是，她才上初一，才十四岁。一个人的文学才气与年龄无关；震撼的是，我这个年纪是老牛破车，完蛋了，再不向年轻人学习，更加完蛋了！尽管，这篇文章的描写有不准确的地方，语言堆砌，表露直白，主题有点分散，但仍不失为一篇好作文。但要在报刊上发表，还要改，现在还显粗糙。好的文章像一株植物，是自然生长出来的。

小说的话题还有不少，顺便简单说一下。

如小说的结构与故事。结构一般指空间，比如我们看到没封顶的楼房结构，梁、柱、楼板框在那里；一座塔吊立在那里；在医院里一个人的骨架，支在那里。故事一般指时间，事情从发生、发展、高潮到结束的时间线条。在小说中，时间和空间是可分的，又是不可分的。小说要把握其中的联系和界限。托尔斯泰的名作《安娜·卡列尼娜》中写"幸福的家庭大都相似，不幸的家庭各有各的不幸。"家庭是空间，安娜·卡列尼娜从开始看别人卧轨自杀到自己卧轨自杀是时间。作者写开头的时候已经设计好了结尾。

小说的形象思维与逻辑思维。小说展现的都是形象思维，背后都是逻辑思维。人的认识都是先从形象思维开始，眼睛接受外部信息占一个人接受全部外部信息百分之八十以上。比如你看到一个高个女人，穿着高跟鞋，涂着口红，用长链牵着一卷毛小黄狗，但表述说出来就抽象概括了：人牵狗。小说须还原，将抽象还原成具象，将简单还原成复杂，将现代还原成原始。《白鹿原》的开头就是还原。

小说的实与虚。刘庆邦老师有一篇讲小说实与虚的文章，讲得很到位，大家可搜之阅之。大意是讲写人物是实，写风景是虚；写白天是实，写黑夜是虚；写现实是实，写梦境是虚，等等。若写短篇，刘庆邦老师的短篇小说，可资学习借鉴。

老舍先生在与人聊天的时候说（在书报上找不到）："想得少，好不了；想的深，说得俏。"

"想"是对主题的开掘与探求，就是意境；"俏"是如何写和怎样写，就是细节。

禅宗中有个著名公案：幡动、风动、心动。寺庙外的经幡被风吹动，小和尚说，幡动；另一和尚说，风动。慧能大师说：心动。一个作者，只有心动了，动心了，才会去构思小说。

东汉名臣陈蕃（就是王勃《滕王阁序》中"徐孺下陈蕃之榻"的陈蕃）十五岁时独

居一室读书，不打扫屋子。他父亲的朋友薛勤来看他，问："你为什么不打扫屋子?"陈蕃说："大丈夫处世，志在扫平天下。我不干打扫屋子的小事。"薛勤说："你一屋不扫，何以扫天下?"陈蕃醒悟，后来成就一番事业。

我北京有一文友，十几年来未写东西。我问他为什么不写？他说："我要写就写出《红楼梦》来。"我说："你如果连小小说都不肯写，那你就肯定写不出《红楼梦》来。"

说得天花乱坠，不写还是不能领会。1962年，我大哥许福太考入南开大学外文系（教过何雪莲老师英语），第一堂课是与鲁迅同时代教授李霁野讲的一个小故事：一个人身上长满虱子，痛苦不堪。向一名医求医。名医给其药方回家后层层剥开看，只有一个字——捉。

今天讲了很多无用的废话，若有错误之处，请诸君指正。

谢谢大家！谢谢何雪莲老师！

2023.11.18 于顺义区图书馆

外国短篇小说的欣赏与借鉴

——窃得外国短篇小说之火，乃是为煮中国短篇小说之肉

各位文友好！

昨日中伏，明天大暑。感谢各位，以对文学的热爱，又在这里相逢相熟。上星期六即 7 月 8 日下午，我在这儿讲了中国古代小说文学史，会后我和某君交流，某君评价四个字：云山雾罩。

今天，我想讲得具体一些，专讲短篇小说，讲外国短篇小说，顺便讲中国短篇小说。鲁迅曾说过，"从别国里窃得火来，煮自己的肉。"所以这一讲的副标题是：窃得外国短篇小说之火，乃是为煮中国短篇小说之肉。原则还是我上次说的"述而不作"

（我选讲外国十个短篇，王艳霞主席已做预告，不知在座诸君读否？）

对于短篇小说这种文体，鲁迅先生曾说过，"在巍峨灿烂巨大的纪念碑底的文学之旁，短篇小说也依然有其存在的充足理由。"其充足理由是短篇小说拥有众多读者。对其原因，鲁迅说，"在现在的环境中，人们忙于生活，无暇来看长篇，自然也是短篇小说繁荣的很大原因之一。"

现在的环境又和鲁迅所处的时代不同了，人们更加忙碌，连短篇都无暇来看了，所以小小说勃兴，有越写越短的趋势。看手机、刷视频、点抖音，成为时尚。但对于文学爱好者和写作者来说，对短篇小说的欣赏和学习，借鉴与创作，是必须要经过的阶段。而时间不等人。"流光容易将人抛，红了樱桃，绿了芭蕉。"

世界短篇小说浩如烟海，其中之佳作同样卷帙浩繁，要从中挑选出具有一定代表性作家，实属不易。短篇小说真正成熟于十九世纪，我从《外国经典短篇小说选》（伟才译；2004 天津

古籍出版社）中，英国选 2 篇，法国选 2 篇，俄国选 2 篇，美国选 2 篇，德国选 2 篇，意大利选 2 篇，共计 10 篇。要想在近 2 个小时内讲透这 10 篇，那是不可能的，只能挂一漏万，有所启发而已。

先讲英国哈代的《彼特利克夫人》。作者是托马斯·哈代（1840——1928），19 世纪英国著名的批判现实主义作家。出生于英国多塞特郡的一个建筑师家庭，早年做过几年建筑师，后来致力于文学创作。共创作了 14 部长篇小说，4 部短篇小说，8 部诗集和史诗剧《列王》3 部。主要代表作有《德伯家的苔丝》等。他的作品集中表现了英国农村社会在资本主义入侵下，经济、政治、道德和风俗方面发生的一系列变迁，具有深刻的现实性。

丁玲自己坦言，她读《彼特利克夫人》9 遍，我截至 2020 年 6 月 24 日，读了 10 遍。故事的主要情节是这样的：安奈塔即彼特利克夫人临终前向丈夫提摩太说出一个秘密，她刚生下的儿子取名罗伯特真正的父亲是萨士韦斯特兰德家族中年轻的公爵。提摩太吃惊之后，绝不能让不是自己血统的后代继承丰厚的祖产，于是修改了祖父遗嘱。（中国农村的传统是三不让：第一，地界不能让；第二，房基地不能让；第三，媳妇不能让。）后来再与家庭医生谈话中得知，妻子彼得利克夫人患有幻想症，且她有家族遗传。而那几年，年轻公爵一直在国外，根本未到本地来，不可能和妻子发生任何关系。他又目睹了年轻公爵讲演风采，用仰慕的眼光望着公爵他那高贵的面孔。一下子觉得，先前看自己的孩子越来越像英国贵族，现在越看越像平民，丑陋的厚嘴唇，木讷的表情。提摩太心里，倒真愿意自己的孩子是贵族血统。所以在结尾，提摩太对儿子说："那种就像已经统治别人几百年的风度，那种高贵不俗的容貌，怎么在你身上看不到呢？"

孩子说："爸爸，为什么你有这种想法？我和他又有什么关系呢？"

"哼！本来你们就应该有关系！"他父亲怒气冲冲地大吼道。

这篇小说的立意非常深刻，贵族等级观念渗入人的血液，甚至不惜挑战家族血统的纯洁性。小说名字虽叫"彼特利克夫人"，但写彼特利克夫人只写了几句。但一切事情的发生，都源于彼特利克夫人。正如施耐庵写《水浒》，开头几章写教头王进受迫害，写林冲发配，矛头直指高俅。揭示祸从上种下，乱从下生。逼上梁山的合理性。当然，从这个短篇可以做多种解读，如对铁饭碗、公务员、明星等的认知。批判现实主义是对现实存在中的不合理现象的一种否定和批判。

木心评哈代，"他的作品好到，在这个路子上我看到绝望为止。""我认为哈代最好的小说是《苔丝》，全名《德伯家的苔丝》，像《苔丝》这种小说，福楼拜、托尔斯泰看了都会发呆。福楼拜会说"我还是写粗了，急躁了。"托尔斯泰会说，"他的才是小说，我们写的还不是呢。"

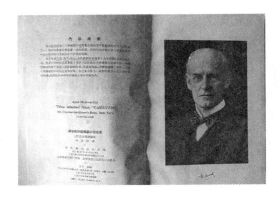

第二篇讲《品质》。作者，约翰·高尔斯华绥（1867——1933年），英国戏剧家、小说家。出生于伦敦一个律师家庭，曾在牛津大学学习法律，1890年获得律师营业执照，但并没从事律师行业。1895年从事文学创作，最著名的作品是长篇系列小说《福赛特世家》三部曲及其续篇《现代喜剧》三部曲。1923年获诺贝尔文学奖。他创作的剧本主要有《银盒》《斗争》和《正义》。

《品质》是一篇描写普通制靴匠感人品质的故事。格斯拉先生和他的哥哥在伦敦西区一条新兴的街道合开一个制靴店。"店铺外面的装修看起来很朴素，在门口似乎看不到什么声称承揽王室生意的特别说明。只有一块招牌，上面写着'格斯拉兄弟'，表明他的日耳曼血统。他只接受订货。"当作者"我"去定鞋子时，"他让我把脚踏在一张纸上，他拿出铅笔在脚的边缘勾勾画画，又用他灵活的手指反复摸我的脚趾，想要找出我要求的方式。"

在作者笔下，格斯拉先生制作的靴子，纯粹是精美的艺术品。虽然制靴子只是一门手艺，但格拉斯先生仿佛饱含着对某种信念的执着。靴子做得太结实了，没那么容易穿破，好像靴子有了灵魂。他对每一双靴子制作倾注了心血，他对靴子的热爱成为一种信念。他不做广告，选材严格，坚持定做，永不涨价，信守承诺。最后在工厂化、商业化、广告化的冲击下，制靴店关闭被收购，格斯拉先生最后给饿死了。

作者题名为《品质》，是在歌颂一种品质，也是对一种品质唱挽歌。当工商文化兴起，手工业文化必然式微。所谓的工匠精神，实际上是一个民族对某种信念的执着与热爱，认真而奋不顾身。现在，所以假冒伪劣产品屡禁不绝，是人品质的缺失，民族精神集体缺失。如果我们出一个征文，题目就叫《品质》，怎么写？可以进行开掘。如诚信的品质、契约精神的品质、工匠精神的品质等。（要是我写，就写我的理发经历）。

讲完英国讲法国。先讲左拉的《陪衬人》。左拉（1841——1902年），19世纪后半期法国重要的批判现实主义作家，自然主义文学理论的主要倡导者。他一生写成数十部长篇小说，代表作为《萌芽》。1902年9月29日，左拉因煤气中毒而逝世。1908年时，法兰西共和国政府以其生前对法国文学的独特贡献，为他补行国葬，并使之进入伟人祠。

小说一开头就说，"在巴黎，一切都可以当作商品出卖：粗陋的女人与漂亮的女孩，谎言与真理，泪水与微笑。"杜朗多是个富有独创精神的企业家，是个百万富翁。他不满足挣美女们的钱，想法在丑女身上打主意。于是他突发奇想，开一个杜朗多陪衬人代办所，招募那些奇丑无比的女人，来给长相平平的女郎当陪衬，出入上流社会或收获爱情。

招募丑女人也并非易事，杜朗多雇人四处寻找。看到一个奇丑无比的女人会如获至宝，"太太，您长得很丑，好极了，我要按天购买你的丑，每天5法郎。"有些自以为丑的女人前来应聘，想成为商品。杜朗多要进行面试，他会让商品转一转身，让他从不同角度端详。有时，他也会去摸摸商品的头发，瞧瞧商品的面孔，就像裁缝摸布料杂货商察看蜡烛和胡椒一样。当被检验的女子的确丑得无以挑剔，相貌真的蠢笨而又迟钝，令人望而生厌或者呆若木鸡面孔冷若冰霜，杜朗多会向介绍人祝贺，甚至会拥抱一下这个丑女，他认为自己是挑选丑女的天才。而有的丑女认为自己很丑前去应聘，可杜朗多认为她还丑得不够，鼻子还不够歪，嘴还不够咧，耳朵不够卷，样子还不够呆傻，"您还是等老了再来吧！"

结果当然是杜朗多获得了成功，上流社会的名媛和淑女们获得了爱情。而当陪衬人的丑女们为别人引来了爱情，但她们自己却永远得不到爱情。虽然丑女是按小时出租的商品，但她们是有血有肉有感情的人哪！左拉最后无奈与愤激地说，"当然，与社会进步相比，一个灵魂的痛苦是微不足道的！

什么叫批判现实主义？就是作家对不合理的现实进行揭露、暴露和批判。对人的尊严践踏，是最大的不合理。当一切都成为商品，当一切人都向钱看的时候，人的尊严必然受到无情的践踏。前几天在手机上看到这样一条信息，不知真假。一个女富婆出高价雇两个年轻男保姆，月薪每人15万。要求之一是，要跪着为她服务，将服务员视为奴隶。据记者披露，还真有数个年轻人前去应聘。但愿这是个假消息，封建奴隶社会不会复辟。

左拉《陪衬人》的写作视角值得借鉴，如何对资本主义社会进行批判，他采取了毁灭性视角。我们在构思时，也要考虑视角和切口。文学作品在塑造人物上，也要适当设置"陪衬人"的角色，如京剧中的丑角。像《凤还巢》中的大小姐，《群英会》中的蒋干。

木心评左拉，"左拉"与"自然主义"几乎是同一个词，我早年不看他的作品。后来耐心读，才知道写得很好，悟到艺术品都是艺术家的头脑、心肠、才能，三者合一。

下面讲让——保罗·萨特。（1905——1980），法国当代著名作家，哲学家，存在主义文学创始人。成名作是 1938 年出版的长篇小说《恶心》，以外还有短篇小说集《墙》，长篇巨著《自由之路》三部曲，《懂事的年龄》《弥留季》《心灵之死》，剧本《苍蝇》《密室》《死无葬身之地》《可敬的妓女》《肮脏的手》《魔鬼与上帝》《托洛亚妇女》等。由于"他那思想丰富，充满自由气息和带来真理精神的作品，已对我们时代产生了深远的影响"，萨特被授予 1964 年诺贝尔文学奖，但他没有接受这一奖金。理由是"谢绝一切来自官方的荣誉"。

作者讲了一个有强烈的真实感的故事，以至于很多人都把它看作一部写实的作品。但其实这又远远不止一部写实作品这么简单。三个死囚犯汤姆、小儒昂和巴勃罗·伊比埃塔，48 小时之后就要被法西斯分子枪毙了。在地窖里这等待死亡的 48 小时之内，绝望、恐惧、寒冷、孤独、煎熬、幻灭、噩梦，每个人都受到精神折磨,精神都要崩溃，想象自己被枪弹射穿的样子，思索人存在的意义。汤姆尿了裤子，小儒昂在地窖里来回奔跑，哀求着，"我不愿意死，我不想死。"但 48 小时之后，汤姆和小儒昂都被法西斯在墙下枪毙了。而巴勃罗·伊比埃塔抱定必死的信念，拒不说出长枪队队长格里斯藏身地点，而骗他们说，"格里斯他就藏在公墓。"令人诡异的是，格里斯真的藏在公墓。巴勃罗·伊比埃塔倒没有被枪毙。

作者并没有将伊比埃塔描写成一个宁死不屈，决不出卖战友的革命志士，他所以不出卖战友，是因为自己有选择不当叛徒的自由和权力及思维的顽固，还有法西斯分子并未对他用刑，这完全是存在主义的表达。存在主义认为，面临死亡，心理恐怖不可避免，但主观无畏可以选择。（看电视剧，主人公面对死亡面不改色，身体被子弹打成筛子眼了，还端着机枪向敌人扫射）。"墙"寓意什么？生死界限之墙，看不见摸不着而又处处存在；堵塞人生道路之墙，即一切荒诞性偶然性的客观存在之墙；人与人互相隔膜之墙。

中国古代小说与外国 19 世纪小说兼容性差，对接得也不甚融洽。除了翻译原因之外，主要原因是中国小说属于农耕文化，外国小说属于工商文化。但表现手法可资学习，如《墙》的寓意可以为我们所借鉴。你小说想表达的思想最好找一个与之相匹配的外壳，或称道具。《墙》的心理描写很细腻，很到位，很震撼。《水浒》《三国演义》《西游记》几乎没有心理描写，有描写也是粗放的概括性的，如"心中大喜""悲从心来"。《红楼梦》中稍多一些。

木心论萨特"什么是文学？萨特认为写作就是揭露，揭露即改变。""他的《墙》，还是写得好。""什么是存在主义文学？以存在主义哲学为核心的文学活动。存在主义的内核，是存在主义哲学；存在主义的外形，是存在主义的文学。一个哲学概念和一个文学流派一起发生、发展，这在文  学史中没有过。""老庄是出世的，而存在主义是入世的。"

下面，开始讲俄国的两篇，一篇是普希金的《驿站长》。另一篇是列夫.托尔斯泰的《舞会之后》，

我在莫斯科旅游时，红场北边二层，有很豪华的历史悠久的咖啡厅，导游说，托尔斯泰、果戈理和普希金，经常在这儿喝咖啡，下面，我说说普希金。大家耳熟能详。（我对俄罗斯人印象不好，对英国人印象好。）

普希金(1799——1837)只活了 38 岁，因与人决斗而死。俄罗斯浪漫主义文学的杰出代表，现实主义文学的奠基人，现代标准俄语的创始人。他的作品是俄国民族意识高涨以及贵族革命运动在文学上的反映。作为一个黄金时代的诗人，他创作的作品非常丰富。既有政治抒情诗《致恰达耶夫》《自由颂》《致西伯利亚囚徒》等，也有大量爱情诗和田园诗等。历史剧《鲍里斯·戈都诺夫》，长篇小说《上尉的女儿》。他的作品中提出了许多重大的时代问题：专制制度与民众关系问题，贵族的生活道路问题，农民问题等。《驿站长》就开了俄罗斯文学中"小人物"系列的先河。这些问题的提

出和文学形象的产生，大大促进了俄国社会思想的前进，对俄罗斯现实主义文学及世界文学的发展都有重要影响。

普希金的叙事诗《渔夫和金鱼的故事》和《致西伯利亚的囚徒》曾被收入中学课本。（我在劳动人民文化宫听课时，崔道怡背诵普希金的诗，"假如生活欺骗了你。不要悲伤，不要心急，忧郁的日子里须要镇静，相信吧，快乐的日子就要来临。"）（俄罗斯对普希金的重视，窗外花园欲搞建筑。）

《驿站长》讲了俄罗斯最底层十四级小官萨姆松·威林，他老实厚道，忠于职守，性格懦弱，忍辱负重，卑躬屈膝地生活在社会最底层，与女儿冬妮娅相依为命时，"他气色很好，五十来岁，精力充沛，穿一件深绿色长制服，胸前挂着带子褪了色的三枚勋章。"可在年轻骠骑军官明斯基拐走他女儿之后，"我看到他的头发全白了，满脸的皱纹，好久没剃的胡子拉碴乱糟，背也佝偻了——仅三四年的时间，一名身强力壮的汉子就变成一个衰朽的老头。他一下子衰老了许多。"死后他被草草埋葬在妻子的坟旁。

这篇小说提出了对人性、爱情、伦理的思考。驿站长对女儿有深情的父爱，想接回女儿，但见女儿已经过上优渥生活，又接受了现实；明斯基装病拐走冬尼娅，却是真心爱她，并没有出现她父亲所担心的被抛弃；冬尼娅处事乖巧，爱她父亲更爱明斯基，当然这种爱有所不同。她觉得对不起父亲又未施予援手，想拥抱父亲结果是一座空坟，悔恨只能长跪不起。此篇小说写出人性的复杂，情感的矛盾，伦理的相悖，现实的无奈。应该说，写底层社会小人物的命运，自普希金始，这个主题在俄国文学史上第一次被提出，后来在果戈理、陀思妥耶夫斯基、契诃夫等作家的笔下，有了更长足的发展。

普希金用笔非常洗练简洁，在驿站长介绍女儿时，神态有些自豪，"她聪明伶俐，动作干练，和她死去的母亲一样。"前边的叙述为后面事情的发生做了铺垫。社会底层是大多数人，快递小哥、门卫、环卫、饭店服务员、公交司机等。看一个人的文明素质，就看他对底层人的态度。（李嘉诚对门卫、司机和厨师的态度，认为自己的性命掌握在他们手中。前几年有一起诡异公交车事故，即源于乘客辱骂公交车司机）。再有，中国的小说、戏剧爱看结局大团圆，符合中国人的价值观念好人有好报，恶人遭报应。"与小姐幽会后花园，落难之后中状元。"人们看后睡个好觉。外国小说看后让人思索，让人睡不着觉。

木心论普希金，"普希金之前，俄文不纯粹的——但丁之前，意大利文很尴尬。德文，是由马丁.路德清理的。马丁.路德曾说；我好不容易把马厩里的粪便清除了——当时俄文夹杂好多外来语，古体今体，条目混乱，普希金第一个用纯粹的俄文来写美丽伟大的著作。""普希金被公认为是俄国文学的太阳。"

列夫·托尔斯泰(1828——1910)是 19 世纪俄国最伟大的作家。（不是之一。他死后 7 年，爆发了十月革命）他出身于贵族家庭，1840 年入喀山大学，受卢梭（《忏悔录》、孟德斯鸠《波斯人信札》）等启蒙思想家影响。1847 年退学回故乡后在自己领地上做改革农奴制的尝试，他认为农民是最高理想的化身。他的主要著作《战争与和平》，《安娜·卡列尼娜》，《复活》等。晚年的托尔斯泰力求过简朴的平民生活。1910 年 10 月从家中出走，11 月 7 月病逝于一个小站，享年 82 岁。

短篇小说《舞会之后》，写于 1903 年 8 月 20 日，距今差 28 天即 120 年，托尔斯泰当时已 75 岁，他对俄国社会批判最为深刻有力，此篇也成为世界文学不朽篇章之一。

小说通过伊凡.华西里耶维奇的自述，讲他年轻时参加一个本城首席贵族在家举办的盛大舞会。那个贵族老头十分和蔼可亲，特别有钱，又很好客，而且还是宫廷侍从官。相貌堂堂，身材魁梧，面容端庄，肩膀强壮而结实，宽阔的胸脯，两腿也均匀修长，是个尼古拉一世时代典型的军事长官。他脸色红润，泛着兴奋的光彩，留着两撇银白色的小胡子并且跟腮上的胡子连成一片，两边鬓角的头发也向前梳着，他那明亮的眼睛和嘴唇也和他女儿华莲卡一样流露出亲切愉快的微笑。跳舞时，他的舞步有时是轻盈平稳地滑动，有时是热烈喧闹地大声跺脚。他敏捷地分开双腿又合拢，然后单腿跪下。老上校是那样的热情好客，优雅文明。

可是，就在舞会之后的早晨，伊凡·华西里耶维奇亲眼目睹了老上校残忍另一面。对自己手下的鞑靼（与蒙古人有密切关系。俄罗斯有鞑靼人 530 万人。）逃兵，让士兵轮番棒打其后背，尽管犯人用呜咽的哭声哀求，"好兄弟，行行好吧！好兄弟，行行好吧！"那犯人的后背，那是多么可怕的脊背呀！从模糊、奇形怪状，简直难以让人相信那是人的身体！

但老上校还认为不够。突然，上校快步走到一个士兵跟前，举起戴鹿皮手套的手，使劲扇了那个吓坏了的、力气不大的小个子士兵一个耳光，以惩罚他没有用力抽鞑靼人脊背，他命令，"拿几根新棍子来！"

托尔斯泰被称为是"俄罗斯良心"。他 1863 年至 1869 年用 6 年时间写完《战争与和平》之后，想停笔休息一段时间，但总有一个女人入梦，挥之不去。于是开始构思《安娜·卡列尼娜》，用 4 年时间将一个妓女写成安娜·卡列尼娜,为追求爱情而奋不顾身最后殉情。托尔斯泰具有人文情怀，他虽是大庄园主，但经常与农奴一起劳作。

在写作方法上，亦可学习和借鉴。我开始读时，猜想以伊凡.华西里耶维奇与老上校女儿华联卡恋爱发展下去，并没有。又设想老上校从舞场到战场的表现，也没有。而是来一个情景场景的大反转，完全颠覆了你的认知与构思。前面写老上校的优雅与彬彬有礼只是铺垫与衬托，目的是写老上校的冷酷与残忍。

木心论托尔斯泰：托尔斯泰当时的国际地位非常高，一不高兴，直接写信给皇帝，劈头就说："您忏悔吧！"朝廷要办他，宪兵将军说"他的声望太大。俄罗斯监狱容不了他。"

选了两个美国作家的作品，先说杰克.伦敦的《热爱生命》。杰克·伦敦(1876——1916)，生于破产农民家庭，自小以出卖劳动力为生，曾做过卖报、卸货等工作，当过童工。成年后当过水手、工人，曾去阿拉斯加淘金，得了坏血症。从此埋头读书写作，成为职业作家。他虽然只活了40岁，却写了19部长篇小说，150多篇短篇小说和故事，3部剧本以及论文、特写等。早期作品有描写北方淘金者生活的短篇小说集3部，通称《北方故事》。后来又写了长篇小说《海狼》《铁蹄》等。1916年，他在精神极度苦闷空虚中服毒自杀。

列宁晚年在病床上爱读杰克.伦敦的《热爱生命》，在座的诸君也比较熟悉。讲的是一名淘金者在返乡途中扭伤了脚腕，伙伴比尔抛弃了他，他独自在荒原上寻找出路，忍受饥饿，吃毫无营养的灰白色浆果，耐心地嚼着它们。吃灯芯草，可纤维却不容易嚼。这种食物并不能止住饥饿，反而刺激更强烈的饥饿；想在小水坑里找青蛙，用指甲挖土里小虫，却没有。他从水里捞到三条小手指般大的小鲦鱼，生吃了两条，留一条第二天吃。他把四只刚孵出的小松鸡，活蹦乱跳地活活塞在嘴里。他吮吸着咀嚼着狼吃小驯鹿剩下已经啃得精光的骨头，仿佛听到他咀嚼骨头的声音。最后，他与一只病狼对峙，他的脸紧紧压住病狼的咽喉，嘴里满是狼毛。他丢掉了所有金子，所带的毯子一条一条割下来裹腿了。他看到伙伴比尔被狼群吃剩下的血淋淋的骨头，但他没有吮吸比尔的骨头，也没拿走比尔丢下金子。当然，最后他得救了。他表达了对生活的热情，谈到他的母亲，谈到了阳光灿烂的南加利福尼亚以及橘子树和花丛中他的家园。这篇小说，以极端的方式展现了人性的伟大和坚强，他对生命热爱与敬畏。

作者所以能写出这类的小说，是和作者的人生经历有关。我们写小说，也要考虑自己手中的资源。如何将手中的资源写到极致，不能不温不火。另外，在写实中如何适当"荡出去"。在描写他与病狼相持时"病人一路爬着，病狼一路跛行着，两个生灵就这样在荒原拖着垂死的躯壳，相互猎取着对方的生命。如果是一只健康的狼，那么，他觉得也没有多大关系；可是，一想到自己要喂这么一只令人作呕、只剩下一口气的狼，他就觉得非常厌恶。他就这样吹毛求疵。——狼那粗糙的干舌头正像砂纸一样摩擦他的两腮。——那只狼的耐心真是可怕，这个人的耐心也一样可怕。"

杰克·伦敦死于自杀，他说，"我宁愿是燃烧过的灰烬,也不愿做地上的尘土。"他往往自找苦吃，为搜集写作素材，不断冒险奔走。

（孟子曰，"故天将降大任于是人也，必先苦其心志，劳其筋骨，饿其体肤，空乏其身，行拂乱其所为，所以动心忍性，增益其所不能。"）

木心评杰克·伦敦，"大家知道，他母亲是个女巫，从小很苦，成大名，最后自杀的。别墅被烧掉，在旧金山发一小册子，遍请有才能的人食住，住到愿意离开的时候。每天早饭后请人讲故事，晚上写出来。"

欧纳斯特·海明威(1899——1961)是现代美国乃至世界文学史上最著名的作家之一。

从童年时代开始，他便培养起对文学、艺术以及体育运动的强烈兴趣。他一生的经历丰富多彩，具有某种传奇色彩。他的小说创作具有鲜明的时代特色和个性特征。他笔下的主人公多是在迷惘中顽强拼搏的硬汉形象，具有惊人毅力、旺盛精力、无所畏惧地面对痛苦与死亡的斗牛士、拳击手、猎人、渔夫等。长篇小说有《太阳照常升起》《永别了，武器》《丧钟为谁敲响》。中篇小说有《老人与海》等。短篇小说有《打不败的人》《杀人者》等。海明威 1954 年获诺贝尔奖。

（我在美国旅游时，在杜莎夫人蜡像馆见过他的蜡像，很逼真。）

《杀人者》又被译成《杀手》。故事发生在美国中西部一座叫萨米特小镇。一天傍晚，两个杀手，一个叫阿尔，一个叫迈克斯。他俩到达乔治开的亨利餐馆是五点钟，要枪杀拳击手奥勒·安德生，因为按习惯，拳击手在六点钟要来这餐馆吃饭。因此，两个杀手将餐馆服务员尼克·亚当斯和黑人厨子山姆背对背绑在一起，嘴里塞了毛巾。可等到七点十分，拳击手并没来，杀手计划落空，两个杀手只好走了。尼克忙去到公寓找到拳击手奥勒·安德生，说有两个杀手要杀他。可奥勒·安德生出奇地出乎意料地冷漠与冷静，长大的身体躺着面向墙壁，无动于衷，既不想报警，也不逃走，也不想办法，只是说，"我惹着别人了，根本没有好法子。"胆小的尼克离开了这座城市。这个短篇三次被改编成电影。

这个短篇虽名为《杀人者》，但未描写杀人。不然，一个短篇可能胜任不了。从结构上看，不直接描绘，主要用对话，展现故事脉络，突出人物性格，这种写法不多见。以最少的文字获得戏剧效果。但后来的胡安·鲁尔福的中篇《佩德罗·巴拉莫》基本采用以对话为主的叙述方式。

作者的主题想表现什么？拳击手在面临死亡时拒绝采取行动，自愿处于一种被动和宿命论的状况，安静地等待死神的到来，因为他知道任何行动都是无用。这体现了海明威一贯关注的是人们在面对不幸时的一种虚无主义的主题，表达人物的迷惘，被称为"迷惘的一代"。到人类的不确定性，再到英雄的宿命论。为阐释一个哲学命题，那就是"存在主义"。

德语国家部分选两篇，先讲卡夫卡的《判决》。弗兰茨·卡夫卡（1883——1924），奥地利犹太小说家，西方现代主义文学奠基人之一。一个文学史上划时代的作家名字，他被公认为西方现代文学的先驱和大师，甚至还有一颗以他命名的小行星。他于 1883 年出生于布拉格，1924 年卒于维也纳附近的基尔疗养院。生前默默无闻，死后却声名大振。生前无名，死后封神。他著有 120 个短篇小说，3 部长篇小说都未完成，因为他只活了 41 岁。（喜欢烧稿的作家）。其长篇小说深刻地揭示了现代人根本性的尴尬处境，其短篇小说则表现了现代人的特殊形象。卡夫卡视写作为巨大幸福，一种内心表达的手段。他追求纯粹的内心世界，致力于表现客观世界在个人内心引起的感受。

《判决》讲述了一个小商人格奥尔格，在写给朋友的信中，将自己订婚的事情遭到父亲的指责和嘲讽，末了因儿子的一句顶撞，于是父亲"判决"儿子去跳河。儿子遵从父命，最终真跳河了。父亲荒诞地"判决"，儿子荒诞地接受。

卡夫卡这是自传性的写作，也是对父亲无声的控诉。卡夫卡曾写给父亲一封长达三万字的书信，在信中他控诉父亲的专制。他的失败、他的敏感忧郁的性格，都是他父亲造成的。这封他交给母亲转交的信，最终母亲也并没给到父亲手里。他的父亲也确实影响了他的一生，卡夫卡一生都生活在父亲的阴影之下。他曾三次订婚，三次解除婚约，终身未婚，跟他父亲有一定关系。两代人有无望的隔阂，所以在卡夫卡的笔下，有无望的孤独。

我们阅读像卡夫卡类的作品，有阅读障碍。觉得晦涩难懂、跳跃太大、发展太快，荒诞离奇不符合逻辑。也确实这样，这就是差异，中外文化本来就有差异。我们又不能直接读原文，译者水平不一。如读莎士比亚作品，还是读朱生豪翻译的，如读法国作家作品，就读付雷翻译的。有一本《付雷家书》，值得一看。如看《唐吉河德》，看杨绛译的为好。我倒觉得，也要读一点费解的书，费劲的书，有难度的书。读太顺畅的书也不太好，缺乏挑战。如读"三句半"。

读了卡夫卡的《判决》，可能觉得不可思议，离我们很遥远。其实在我们的身边，不乏这样的事实。我认识一个人，比我小一岁，身体很棒，和我一样，在市运四场小关装过汽车。别人给介绍对象时，他爸爸出面，说，"我同意我儿子就同意。"结果打一辈子光棍。2017年之前就逝世了。还有一个人，比我大十岁左右，对我有类似救命之恩，还当过三年兵。别人一给提对象，他爸就说多一张嘴养不起。死时40多岁。还有一个女人，今年已八十岁，终身未嫁。只因她是长期工，自己谈的对象是合同工，母亲不同意，发誓不嫁。卡夫卡的《判决》，提出了在人性当中，父权应当是有限的，不应是无限的。如何将自己身边的故事，上升到文学作品。

残雪对卡夫卡的《判决》是这样解读的：（残雪是谁？1953年生。本名邓小华，原名邓则梅。湖南耒阳人,生于长沙,中国当代作家，被誉为先锋派文学的代表人物。也是作品被翻译到外国最多的女作家。三次上榜诺贝尔文学奖赔率榜，被称为"中国的卡夫卡"。她当过十几年街道裁缝。前些日我一次买了她5本书。《黄泥街》还缺货。密云王也丹的小说集《落地生根》就是残雪给作的序。）

"同《变形记》一样，这篇作品涉及良心问题。但这里采取的形式比那一篇更为高级，界限被突破，冷酷而严厉的真理直接显现。"

最后，是今天下午这个 4 层报告厅的最后时间，最后讲第 10 个作家斯蒂芬·茨威格 (1881——1942)，奥地利著名小说家、传记作家，出身于富裕的犹太家庭，青年时代在维也纳和柏林攻读哲学和文学，后去世界各地游历，结识了罗曼·罗兰和罗丹等人，20 年代赴苏联，结识了高尔基。1934 年，他遭纳粹驱逐，先后流亡于英国、巴西，1942 年在孤寂和理想幻灭后与妻子双双自杀。巴西为他

举行国葬。茨威格被认为是世界最杰出的三大中短篇小说家之一。代表作有《最初的经历》《马来狂人》《恐惧》《感觉混乱》《人的命运转折点》《一个陌生女人的来信》《象棋故事》《一个女人一生中的二十四小时》等。短篇小说《看不见的珍藏》《月光小巷》等。茨威格的作品充满人道主义精神，社会批判的成分较重，尤其是"以罕见的温存与同情""世界上最了解女人的作家。（高尔基语）塑造了不少令人难忘的女性形象。他对心理学和弗洛伊德学说兴致颇浓，其作品擅长细致的性格刻画，以及对奇特命运下个人遭遇和心灵的热情描摹。1982 年，人们在他的遗稿中发现又一长篇小说《富贵梦》的手稿。被罗曼.罗兰称为"奥地利高贵的代言人。"

《看不见的收藏》写一个双目失明的老人赫尔瓦特，六十年不抽烟、不喝酒、不旅行、不看戏，将所有的钱都买了画。他的画有 27 本，每本收藏一位大师的作品。这些

大师有荷兰的伦勃朗、德国的丢勒、意大利的曼台涅……。当他因战争激动而双目失明后，唯一的乐趣就是"每天下午能把他的画夹子翻上三个钟头，跟每幅画都像跟人似的说上一阵子"这几乎成了他生活的唯一内容和生命的唯一寄托。终生为自己的艺术珍藏而骄傲，将自己的晚年完全沉浸在拥有稀世珍宝的幸福感里，却丝毫不知他的藏品早已在严酷的生活现实中流失殆尽，他的妻子和女儿已将这些名贵的画以极低的价格去换柴米油盐，以养活一家八口。他拿给别人鉴赏的所谓画册只不过是一摞摞经过精心伪装的普通纸张而已。作者虽然没有直接描写战争杀戮、死亡等血腥的场面，但正是在这种战后严酷的特殊社会生活环境中，作者曲折地表达了自己强烈的反战思想。小说情节虽然简单，但主题深刻。

　　我读到那个双目失明的老人抚摸认为价值连城实则一文不值的白纸时，也几乎掉泪。茨威格以曲笔写战争，从写画入手。说点轻松以诗入画的话题。有人用"蛙声十里出山泉"为题，大多数人画泉水青蛙，只有一人画下游泉水蝌蚪；"游春归来马蹄香"，众人画马蹄的花瓣，只有一人画马蹄蜜蜂；"野渡无人舟自横"大多数人画一只空船，只有一人在船头画一只野鸟。这个人就是齐白石。别出心裁。书画同理，写小说不能胡同里赶猪，直来直去。做人宜直，做文宜曲。

　　上面讲到外国作家 10 人及作品，不及全部万分之一，已令人眼花缭乱，莫衷一是，"醉眼看花花欲乱"。仰望天空，群星灿烂；远望大海，望洋兴叹。文学史本身就是一个无边无际的世界。但也无须悲观，古人云，一蜂至微，亦能游观乎天地；一虾至微，亦能放肆乎大海。

　　木心认为，"讲文学史课，胜于读书。"感谢各位老师，到此交流。更感谢 10 位大师，从世界各地，从不同时空维度，乘 FUO，带着他们的作品，奔赴汇聚这里，用文学之光照耀我们。当然还有许多大师，如卡尔维诺、莫拉维亚、博尔赫斯、川端康成、村上春树、米兰.昆德拉(刚逝世 10 天)等。中国现当代作家，大多受其影响。如刘恒的著名短篇小说《狗日的粮食》开头是，"故事是日后人们记起杨天宽那天早晨离开洪水峪的样子，总找不到别的说法儿。"是借鉴加西亚·马尔克斯《百年孤独》的开头"多年以后，奥雷连诺上校站在行刑队面前，准会想起父亲带他去参观冰块的那个遥远的下午。"只这一句开头语，就打破时空，将过去时与现在时联系在一起了。假如以后有人写今天情景，会写到"多年以前仲夏的一个下午，老农民许福元在顺义图书馆讲外国小说，好像说得头头是道，实际上是胡说八道！"

　　谢谢大家！

2023.7.22

鲁木铎文学回忆录

（一）从中国古代小说看对中国现当代小说写作的影响

许福元　辑　录

　　昨日小暑，今天谈小说，文友们的到来，吹起了一阵文学清凉之风。南彩的中学生也来了，将度过一个有意义的周末。

　　近日，王艳霞主席让我在顺义图书馆讲小说系列，胡广星主编也和我谈工作室应该有点学院学术气息。我也觉得，民间的土戏台、草台班子也应该唱唱大戏，不能只演《小姑贤》《小女婿》《小放牛》，也应尝试上演《大登殿》《大保国》《失空斩》等连台大戏。演得好演不好暂且不论，首先是演不演，有没有，然后才是好不好的问题。

　　我以为现在时机正好。习近平主席十分重视中国传统文化，提倡书香中国，此为天时；顺义官方与民间都有较好的活动场所，可谓地利；有越来越多的人关注国学，热心文化，爱好文学，这是人和。有此天时、地利、人和，定会出现文化文学繁荣景象。

　　顺义现在有一个文化、文学现象，即一般读者与一般文学爱好者，并未得到系统的文化、文学培训与熏陶，并不了解或不甚了解文化、文学的历史全貌。他们手中所掌握的文化、文学知识，是分散的、零碎的、碎片化的，所以他们的认知，也必然有其偏颇与狭隘。有的人虽也在进行文化传播或也在进行文学创作，但并不了解自己的思想是否抵达了历史上前人已经达到的高度，在艺术上自己的水平处于历史上何等人的水平。所以，他们的认知，是在文化、文学断层上的认知；他们的创作，是在文化、文学断层上的创作。始终未置于中国文学与世界文学的景观之中。所以出现这种状况，与缺乏对文化、文学的历史纵深了解有关，也与缺乏对文化、文学的中外比较、横向联系有关。因此，本系列讲座试图开启一个新的模式，用讲中国小说史联系现当代的小说创作，讲外国小说流派联系中国现当代的小说创新。纵论历史，横比中西。从大尺度的眼光下回观自己小尺度的文化自觉与文学创作。温故而知新，述往事而思来者。换句话说，让我们的眼界，竖看历史，横观中西。

我上面讲的"他们"，自然包括"我们"。"我们"之中，自然包括"我"。我只是个老农民、泥瓦匠和笨木匠。但总得有人出这个头。"出头的椽子先糟"，那就让我先糟吧。豁出去了，反正我也是垂垂老矣的糟老头子了。

我讲课也有个底本，才有底气。我依靠很权威的这三本书，一是鲁迅的《中国小说史略》，二是木心的《文学回忆录》，三是郑振铎所著《中国文学史》。所以本系列讲座我命名为"鲁木铎文学回忆录"，这一讲的副标题是：从中国古代小说看对中国现当代小说写作的影响。还是以讲古为主。

所谓的"鲁木铎"，鲁即鲁迅，木即木心，铎即郑振铎。我只是辑录，"述而不作"。偶尔发点小看法，小议论。如果我讲对了，是三位大师的理论正确；如果讲错了，是我理解上的偏颇，与大师们无涉。

鲁迅的《中国小说史略》自不必说了，是教科书式的；郑振铎的《中国文学史》，也不必说了。自"五四"以来，奉为中国文学史的圭臬。郑教授认为，中国文学进展的两个动力：民间创作与外来影响。

我要说说木心，张艳在 7 月 2 日散文组讲课时提到木心。他被认为是目前在中国文学界，被严重低估的大作家。

木心生于 1927 年 2 月 14 日，仙逝于 2011 年 12 月 21 日，享年 84 岁。他本名孙璞，字仰中，号牧心（放牧的牧），笔名木心。（树木的木）中国当代作家、画家。浙江嘉兴乌镇人。著有散文集《琼美卡随想录》《散文一集》等；诗集《西班牙三棵树》《巴珑》等；小说集《温莎墓》等；画集《木心画集》等；口述作品《文学回忆录》等。

木心与茅盾是亲戚，鲁迅也常到木心家去。木心笔名的由来出自《论语》"木铎之心"是指教育者教书育人的初心。我想，郑振铎的名字含义也许源于此。今天我把这三个人的名字连在一起，说是巧合，实有深意。为了节省篇幅，有所侧重，以木心为主，肩挑鲁、郑。

下面，我开始耐着性子讲，难免枯燥。在座诸君，不必耐心听，觉得无味，自然离开。这和与个人关系远近无关。在汗牛充栋的文学史中，我辑录的只是择其精、撮其要，粗线条地抛砖引玉而已。我和在座的诸君一样，当成一个共同学习、相互探讨的机会。我用 3 号黑体字显示所引原作，以示尊重。用 4 号等线做中文正文，以示区别，不敢混淆。

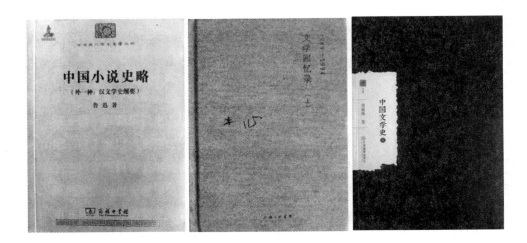

胡广星已讲了两堂戏剧史。木心认为：中国小说萌芽期比戏曲还早，但比戏曲成熟晚。《三国演义》《水浒》《西游记》，是在戏曲高度成熟后才出现的，都在元朝以后（常识：《三国志》《三国演义》是不同的。演义是故事性的，志是历史的）。

中国人的民族性，很善说故事。

小时候家中佣人、长短工，都会讲故事，看上去很笨，讲起来，完全沉浸在故事里，滔滔不绝。中国哲学家也比西方哲学家更喜欢以形象说理，放进很多神话、传说、寓言，甚至笑话——这或许就是先秦诸子夹着早期的"袖珍小说"。特别是庄子、列子，写本精美绝伦，收集起来，洋洋大观。那时的谋士、策士，进谏皇帝，也要会讲故事，否则会杀头。

中国人都喜欢以故事情节打动别人。《汉书.艺文志》讲起中国多少学问门类，其中《诸子略》列有小说，录自"伊尹说"至"虞初周说"，凡十五家，作品一千三百八十篇，可见自周朝以降古代小说之兴旺。

很抱歉，一个字都没留下来，只是传说。

木心所说中国人喜欢说故事和听故事是一语中的，鲁迅在散文《阿长与山海经》中，讲自己的文学启蒙就是儿时听保姆长妈妈讲《山海经》的故事。有一首歌唱道，"我坐在高高的谷堆旁，听妈妈讲过去的事情。"小说的起源应当是民间口头文学，口头文学就是讲故事。这种传统引入小说，所以中国的古代小说，几乎都是讲故事的。就是现代和当代，小说的主流还是变着法讲故事。所以想违背这个传统是很难的，大多数读者是不买账的。二十世纪八九十年代流行一阵意识流，虽热闹一阵子，终未流行开来。我现在仍认为一个初学小说写作者，还是先训练自己，如何将一个故事，从开头、发展、高潮、结尾，完整地写好。就是一些名作家或创作风头正劲及已著作等身的作家，有的一直在坚持用讲故事方式，有的又回归到讲故事的笨办法。鲁迅的第一篇小说是《狂人日记》，不是讲故事。鲁迅后来自我评价，从严格意义上说，《狂人日记》并不是小说。后来往讲故事回归，写了《孔乙己》《祥林嫂》《药》等，并没有沿着《狂人日记》的路子，写成《孔乙己日记》《祥林嫂日记》《华老栓日记》。鲁迅还写了《故事新编》，讲了八个故事，有神话，有历史。《补天》《奔月》《铸剑》《出关》《采薇》《非攻》《理水》《起死》，讲了八个故事。汪曾祺的《大淖记事》《色戒》，刘庆邦的每一个短篇，都是一个故事，几百个短篇，就是几百个故事。

记得我小时候大年三十晚上吃饺子，困得不行，我母亲就给我们讲了一个这样的故事：一个男人在外经商多年才回到自己家中，已是夜间。见院子里野草有半人多高，每棵草上都亮着蓝色小灯笼。妻子分外高兴，忙给他烧火做饭，一看灶火也是蓝色的。在等饭熟的时间，他偷看妻子梳头，妻子将自己脑袋搬下来梳，这才知道妻子已变成了鬼。于是男子开门偷跑，妻子在后面带风紧追不舍。男子绕一棵粗槐树躲闪，鬼不会拐弯，双手抱着树。第二天天亮以后，村人发现男人死在树旁，树干上手指抓痕有二寸深。

鲁迅认为，"中国小说自来无史；有之，则先见于外国人所作之中国文学史中，而后中国人所作者中亦有之，然其量皆不及全书之什一，故于小说仍不详。"对于郑振铎的《中国文学史》，鲁迅首肯，"郑振铎教授之谓当以朝代为分之小说史，亦殆非肤泛之论也。"

是的，中国的文学史，最早所作并不是中国人，而是俄国人、日本人、英国人、德国人。

什么是小说？鲁迅说，小说之名，昔者见于庄周之云"饰小说以干县令"（《庄子·外物》）。小说被认为是街谈巷议，残丛小语，琐屑之言，非道术所在。小说当时是不能登大雅之堂的。鲁迅引孔子曰："虽小道，必有可观着焉，致远恐泥。"小说的作者，班固认为，"小说家流盖出于稗官。"稗官即小官，采集官，指小说作者。当代人对小说的定义为：小说，小说，就是往小里说。强调小说是写细节的。所以小说的概念含义，古今有相同处，也有不同处。

郑振铎认为，所谓古代文学，指的便是西晋以前的文学而言。这个时代文学有两个特点：第一，纯然为未受有外来的本土的文学。我们的中世纪和近代文学，无论是在形式上，内容上都受到外来文学的影响，特别是印度的。第二，纯然为诗和散文的时代。像小说和戏曲的重要文体，在这个时代，尚未见其萌芽。但在希腊、在罗马或在印度的文学史上，已是很绚烂的照耀着这两种伟大文体的不可迫视的光彩了。

郑振铎论中国文学史中的小说史，起步很晚。观点与鲁迅同，英雄所见略同。

木心论中国古代小说：最早古的小说，《燕丹子》，叙荆轲刺秦王事，中国小说的老祖宗。稍后有《神异经》《海内十洲记》两本古小说集，史传作者是东方朔，否定者也无他例可替代。又有《汉武帝故事》《汉武帝秘传》（又作《汉武内传》）两本小说，传作者为班固。（史学家，与司马迁合称班、马，修《汉书》）还有《汉武帝别国洞冥记》（简称《洞冥记》），写外国，是想象出来的。还有古小说《赵飞燕外传》。

上述，均可能是晋朝人假托汉代人写的。

六朝之后，小说更繁，我分三类，一类写超自然的神怪，如《搜神记》、（东晋史学家干宝写《晋纪》。著志怪小说，《搜神记》。比如说写一个人饮了千日醉酒，醉了三年才醒，别人闻了他酒气，又醉了三个月。还有梁祝故事。干宝是有神论者。蒲松龄受其启发。）《续齐谐记》（为南朝人吴均所写的志怪小说，牛郎织女故事即出于此。鲁迅亦称之为"亦卓然可观。"

一类记录民间的轶事、名言、警句、杂事，如《世说新语》、（《世说新语》是南朝人刘义庆集门人编纂的名士的教科书。世说，是众人说。新语是新的故事。如记载刘伶裸奔，天地是我的房子，房屋是我的衣服，你们怎么跑到我裤裆里来了？魏晋之间，乃是乱世，有志之士，多难自保。嵇康临难前弹"广陵散"。《西京杂记》是笔记小说集，作者刘歆（新）。西京指西汉首都长安。写的是西汉杂史。如昭君出塞、卓文君私奔司马相如等。（直到清代《阅微草堂笔记》也承续这一路，作者纪晓岚，清大才子）。

例，《搜神记》。有人名阮瞻，不信鬼，无人使其信，得意。一日有客，相谈，客也善言，甚投合。谈到鬼，阮说无鬼，客说有。辩久，客软化，自称鬼，变形吓唬阮，遂消去。阮不久死。

《搜神记》是一本专讲鬼怪志异的短小说集子。莫言有一篇小小说叫《奇遇》，讲自己下了公交车天色已晚，走夜间小路几十里回家，路经玉米地、高粱地、红薯地、黑森森树林，各种声音飒飒，各种影影绰绰。他害怕有鬼，就吹口哨为自己壮胆。看到了村西头那棵大槐树，才放下心来，这时天已微明。他嘲笑自己一路上怕鬼的恐惧心理。这时邻居赵大爷立在树下，抽着旱烟和他搭话，"老三，你怎么这么早就出村了？"莫言说，"我走了一夜路，刚回来。"赵大爷说，"你这小子胆子够大的，你也不怕遇到鬼？"莫言说，"我是共产党员，是唯物主义者。世上本无鬼，是自己吓唬自己。"赵大爷说，"对，对，没有鬼。你把我这旱烟袋给你爸吧，翡翠嘴的。我借你爸五块钱，好几年也还不上。"莫言推辞，赵大爷催说，"你快回家吧，你爸你妈该等着急了，你原说昨天晚上就到家的。"莫言回到家中，把旱烟袋给他爸，他爸迟迟不敢接。莫言问，"为什么？"他爸说，"你赵大爷前天就死了，这旱烟袋还是我给他放进棺材里，搁在他右手上的呢。"莫言摸着旱烟袋，尚有余温。

莫言的这篇小说我只记其梗概，也够魔幻的。但并非无源之水，无本之木，而是有迹可寻，他赓续了记录民间的轶事、名言、警句、杂事的文学传统。用中国古代小说传统手法，加上现实生活元素，表现自己想表达的思想：有的人死了，用魂魄展示信用；有的人活着，已丧失了信用。

木心又说，《世说新语》之外，还有一本《语林》，谈汉魏至晋的语言应对，可惜失传了，遗文尚有存者（《浮生六记》也险些失传）。

现在呢，资讯太发达，一批批被冲淹了。

我想说一下《浮生六记》，作者是清朝人沈复，讲述自己和妻子芸娘日常生活的小故事，很有情趣。比如说芸娘爱吃腐乳和小卤菜，沈复嫌味怪异并说，"你是个雅人，善刺绣、做诗词，怎么喜欢吃这种东西？"芸娘说，"你尝尝就知道了。"沈复尝后，也喜欢吃了。沈复写了六章，丢失两章，后人续写两章。内容写的是日常生活，因此有"小红楼"之称。看当代作家付秀莹的小说如《爱情到处流传》《旧院》《陌上》等，写的就是人们的日常生活。

木心认为：在我看来，古代小说是叙事性散文，严格说来不能算小说。直到唐代，真正的小说上场，即所谓"传奇"。唐人传奇精美、奇妙、纯正，技巧一下子就达到极高的程度，契诃夫、莫泊桑、欧·亨利等西方短篇小说家若能读中文，一定吃醋。

最好的是《霍小玉传》《李娃传》《南柯太守传》《会真记》（唐人元稹所作，又名《莺莺传》），叙述张生与崔莺莺的爱情悲剧故事。鲁迅评，"其事之震撼文林，为力甚大。"《离魂记》（唐代作家陈玄祐所作，讲清河女子张倩娘与太原王宙私奔的故事。两人私奔五年，育有二子。待王宙与倩娘回家时，张父奇怪，我女儿在床上病了几年，未离家半步。两个倩娘相见，合为一体，只是多了一层衣服。原是倩女离魂追去。）《枕中记》（唐代沈既济作，写卢生在邯郸遇道士吕翁，自叹怀才不遇。道士授枕令他入梦，梦见自己高考得中，娶妻生子，享受荣华富贵。醒来黄粱未熟。"黄粱梦""邯郸梦"由此而来。体现道家浮生若梦思想。）《柳毅传》《长恨歌传》（作者陈鸿，唐代史学家、小说家。取材于史事而加以铺张渲染，寓有劝诚讽喻之意。白居易作诗《长恨歌》，陈鸿作《长恨歌传》。清洪升剧《长生殿》即据此编剧。）《红线传》《虬髯客传》（唐人杜光庭著，写了红拂女、李靖和虬髯客三个人物的三次选择。歌妓红拂女大胆私奔李靖，又慧眼识虬髯客，结拜为兄妹并引与李靖见面，结为兄弟。

虬髯客慧眼识李世民，倾其家财给李靖，助李世民成功。三个人均有豪侠之气。虬髯客做了扶余国国王，三个人都功成名就。）《刘无双传》（唐人薛调所著，写唐德宗建中年间，刘震的女儿无双与刘震的外甥王仙客的故事。很曲折动人。）《昆仑奴》等。诸位以后买来，都是精华，可以说唐人传奇，篇篇都好。

三类：恋爱故事、豪侠故事、鬼怪故事。

第一类谈爱情。例，《霍小玉传》。美女霍小玉，霍王的后裔，有贵族血统。私生子，名不正，流落民间，成妓，引名人追求。其爱人李益赴官前经家族订婚，不敢抗，与霍小玉断。小玉资产用光，李益后高升入都，仍不理小玉。一日在庙，众人赏牡丹。有黄衫客引大家赴家赏牡丹，自称更美。次日，官人李益随黄衫客去，却往霍小玉家，避不得，相见。小玉号哭饮恨而死，成鬼，扰官人一家一世。

以上爱情传奇实在罗曼蒂克，感情张力猛大，悲欢喜怒，都唯美，十足唐风，现代中国不可能有。我少年时就羡慕那黄衫客，无名无姓，仅颜色，也没有通信地址，妙极……我至今愿意寻找他。（鲁迅小说中有的人物，也无名无姓，只是写"三角脸"之类。）

《李娃传》，作者白行简，是白居易的弟弟。（妓女李娃与荥阳生士、妓交往的故事，荥阳生沦为乞丐后，李娃相救，后助他考取功名，然后悄然离去。）

我觉得应该说一说《柳毅传》，作者李朝威。此篇曾被收入高中语文课本，也曾被改编成电影《柳毅传书》，大家可能看过。说的是一个叫柳毅的书生，高考落榜，既没考上北大，也没考上清华，别的志愿没填，准备复读。回家访友路上见一年轻女子一个人放一群羊，每只羊都长得怪模怪样，那女子一脸愁苦。柳毅心生同情，于是问道："子何苦而自辱如是？"意思是问，"美女，你怎么沦落到放羊这个地步了？这可不是你干的活儿。"牧羊女见问，垂泪以实相告，"妾乃洞庭龙君之小女，嫁泾川次子，谁知这小子是个渣男，以至于此。此地离洞庭遥远，听说你还吴，你能为我传书信吗？"柳毅英雄救美，一拍胸脯，"我家就住洞庭湖边，可烟波浩渺，我是凡人。如何进入水中？"龙女告知洞庭湖边有大橘树，当地人称"社橘"。你解带束物叩树三发，当有应者。柳毅到得洞庭湖边社橘树照做，果有武士来接引，让柳毅闭目，水分两边，到了龙宫。只见楼台亭阁，门户万千，奇草珍木，无所不有。柳毅详述遇龙女牧羊于野，所不忍睹。呈上书信。龙王这才知自己女儿受难。龙女叔叔钱塘君知悉，电目血舌，挣断锁链，怒吼而去。把柳毅吓瘫在地。过一段时间，钱塘君回来了。龙王问，"老姑爷呢？"她叔叔说，"我把这负心汉吃了。"又把柳毅吓瘫。尔后龙女回来，龙宫大摆筵席致谢，一连几日，钱塘君乘着酒劲，要柳毅娶龙女，柳毅严词拒绝，"我传书初衷，是为救人，不图报答。是为了义，哪能杀其婿而娶其妻，万不能从命。您这样强迫我，假如我与您遇于大海洪波之中，您把我吃了，我毫无怨言，因我视您为禽兽。现在您穿西服，打领带，满嘴文明，却强人所难，您反思吧。"柳毅义正词严的一番话，说得钱塘王满脸惭愧，连连道歉。当然，柳毅后来与龙女终成眷属。这篇小说的尾声也有点意思。多年以后，柳毅的表弟薛嘏经洞庭湖，见到柳毅，柳毅还是青春年少小鲜肉，柳毅送表弟五十丸药，一丸增一岁。几十年后，薛嘏也失踪了。

《柳毅传》文辞精美，构思巧妙，人物鲜明，境界高远，在1300多年前，短篇小说已达到相当高的水平。《柳毅传》的魂在哪儿，就是柳毅当初拒绝钱塘王迫婚一事的一番话，有堂堂正正的君子之风，三观态度、价值观念。

郑振铎认为，元人戏曲叙此事者不少。尚仲贤有《柳毅传书》剧，李好古有《张羽煮海》，也叙龙女事，并与此有关。所谓"龙女"，在中国古代并无此物。可能是由印度所给予我们的许多故事里传达进来的。

木心论述：第二类叙豪侠。凡浪漫时代都敬重豪侠。司马迁的《刺客列传》《游侠列传》，直接影响唐传奇。司马迁就是大豪侠，为李陵仗义一事，我以为最是豪侠。历史上的昏君、妖妃、贪官、污吏在，更使百姓盼望豪侠，哪怕在小说里透一口怨气恶气。没有一个时代不向往豪侠，秋瑾、鲁迅，都应列为豪侠，在座诸位也不乏豪侠在。（昨天小暑，今天冒酷暑来听课的，都是豪侠，具有豪侠之气。）

唐人传奇中的《红线女》《刘无双传》《虬髯客传》《昆仑奴》，都很惊人。

例，《红线女》。女侠红线，是潞州节度使（相当于军区司令）薛嵩家中侍女。薛嵩有政敌，相争，红线知，请往探对方虚实。一更去，三更回，取对方枕边宝物回。次日，薛嵩送还政敌。大惊，和好。此事后，红线请别，举筵饯别之际，红线伴醉离席，不知所终。

好在写红线只写事实，武艺一点不带着（与现在武打片正相反）。红线"适可而止"，身份露，飘然隐去，这才是大侠本色。而深藏不露又算不得大侠，他在等待最佳时刻。千里盗盒，难度极高，姿态优美（杀对手太容易了，要你防不胜防，只好求和，豪侠之豪，就豪在没有还价）。我小时候看京剧《红线盗盒》，太着迷，那刀马旦的行头，紧俏好看。

我乌镇老家曾有"侠"来，搜宝不得，留字而去，指明天请查堂圌，梁上竟有棉被铺着，似荔枝、桂圆壳尽在。

从前游侠着黑衣，盘扣密密麻麻，薄底轻靴。（有点像京剧中时迁扮相。）

《昆仑奴》也很生动。叙崔生奉父命往视大臣病，大臣命一妓以一瓯绯桃、沃甘酪奉客，崔生羞不食，大臣命妓以匙喂之。及生辞去，此妓送出院，临别出三指，反掌三度，再指胸前圆镜。崔生归，苦念妓，比画再三，莫解其意。家有昆仑奴名磨勒，见主忧苦，问其故，生告之。磨勒曰：出三指是她住第三院，三反掌是示十五之数，胸镜指明月，盼你十五月圆夜赴第三院相会。届时磨勒负主逾十重高墙，又负二人同出。后大臣知情，崔氏夫妇已隐去。磨勒受困，飞出重围。十余年后，崔氏家人在洛阳见磨勒卖药，容颜如旧。写得多好啊！（唐朝是一个十分开放的年代，昆仑奴和磨勒，不是中原人。郑振铎认为，所谓"昆仑奴"，据我们推测，或当是非洲的尼格罗人，以其来自极西，故以"昆仑奴"名之。写佳人私奔，持歌颂欣赏态度。）

所说的豪侠，是豪杰与侠客的合称。这些人的特点，有豪杰之气，侠义行为。为"义"赴汤蹈火，万死不辞。同时，不要求回报，不要求被帮助者感恩，我为你做了大事，你不必感谢我。一旦完成义举，自己悄然隐退，决不自我宣传，决不给人添麻烦，这才是豪侠的境界。至于武功，自然了得，但作者并未将重点放在技术层面而放在精神层面。这就是唐传奇高明之处。至于后来的《三侠五义》《七侠五义》《小五义》等，如南侠展昭、北侠欧阳春、双侠丁兆兰、丁兆蕙、钻天鼠卢芳、入地鼠韩彰、穿山鼠徐庆、翻江鼠蒋平、锦毛鼠白玉堂，武功虽高，但只是为朝廷捉奸捕盗，沦为朝廷鹰犬而已，绝算不上豪侠。

了解中国古代小说史可以避免犯一些常识性错误。前几年看一部演绎唐朝故事的电视剧，其中有一个细节，剧中的女主人公嘲笑一个男生，"你长得跟窦尔敦似的！"窦尔敦是清康熙朝河北献县人，在京剧《盗御马》《连环套》中是重要人物，在小说《施公案》《彭公案》中亦提及，两朝相隔近千年。

在称谓上，旧时也是很讲究的。比如张学良，字汉卿，号毅庵，乳名双喜，小六子。电视剧中，赵四小姐管张学良叫汉卿，有人说不对。民国时家中妻、妾称丈夫应为名，叫学良；朋友称字，蒋介石、周恩来称张为汉卿；张作霖可以叫他小六子。号，一般是别人送的，如自己起的，叫自号，如陆游，自号放翁。现在也应准确一些，有一次庄重场合，主持人不称王艳霞而称岩焱，应该正称王艳霞，再说笔名。比如胡广星，小范围称为班长，体制内称胡处，按官职称，中国有这传统，李白又称李翰林，杜甫称杜工部，王羲之称王右军。

木心云，第三类志神怪，而唐神怪写得更好。后来的《聊斋》文笔果然是好，论情节故事，却难得有一篇比得《枕中记》《南柯太守传》，明明是怪异的寓言，能写得如此人情深刻，阔大自然。

例，《枕中记》。穷书生得枕，梦见荣华富贵，娶美妻、登显官、寿八秩、儿孙满堂，乃含笑而逝，醒来如故。至此，所寄居的旅馆主人蒸黄粱，还没蒸熟。有道家思想，但蒸黄粱一节，实在是灵感。

《南柯太守传》是唐代文学家李公佐创作的传奇。这篇传奇写东平人淳于棼在古槐树下醉倒，梦见自己变成槐安国的驸马，任南柯太守二十年，与金枝公主生了五男二女，荣耀一时。后来与檀萝国交战失败，金枝公主病死，最后失宠遭谗，被遣返故里，沿途破车惊醒，发现"槐安国"和"檀萝国"竟都是蚁穴，历历如现。这个故事反映了人生如梦，后来有成语"南柯一梦"，典始于此。全文构思巧妙，设想新奇；结构精美，描写生动；能融合寓言与志怪的表现手法，具有讽刺文学特色；情节丰富，脉络清晰，富于文采。后来，汤显祖据此改编成戏剧《南柯记》。蒲松龄写《聊斋》，都有缘可寻。由此看来，凡是经典，皆有传承。

其实，我们也可以从另一个角度来解读这篇小说，认为宇宙是多维的，蚂蚁王国是一个维度，人类是一个维度，我们人类看蚂蚁，如同外星人看地球上的人类，也觉得不可思议。淳于棼在蚂蚁王国做了二十四年南柯太守，可梦醒之后，在人间只不过打了个盹儿。假如我们乘光速车飞出银河系须 20 万年，返回到地球后，不知地球已是什么样子。

还有一个故事，忘记在哪本书里看到。说一个书生，上京赶考，落第回来，傍晚行至树林，前不着村，后不着店。正彷徨间，见树林内有灯光，于是寻去。只见一片青堂瓦舍，有二青衣家人接引，又有二丫鬟接待，口中说："大姑爷来了，小姐正虚席以待。"只见厅内灯火通明，人影憧憧。丫鬟引书生与小姐相见，小姐美若天仙。尔后置酒欢饮，诗词唱和。小姐并于信笺上赠诗一首。及至醒来，哪有什么青堂瓦舍。是睡在一座坟前，借晨光一看，上书"薛涛之墓"。薛涛乃唐时名妓，与白居易、刘禹锡交往甚深，创"薛涛纸"。书生手中所持正是薛涛纸，题诗墨迹未干。

我认为此类故事，民间亦有，或取材于民间。我村老人岳星如活着有一百二三十岁了。我初中毕业十六岁，他已经五十多岁了。他会针灸，有三根锈针。能瞧"外道"，"外感"。住杨家胡同拐弯处。一次他讲，正是三星晌午时，有两个青衣人叫门请他出诊，说他家老爷病了，赶紧去一趟。他收拾针包，上了骡车，他透过车窗，过大街井沿，香铺，贺老二的豆腐房，出了何家巷，想再看，青衣人就将窗帘拉上了。觉得窗外风声呼呼。到得一所豪宅，高墙深院。他被引到客厅，四个人请他上座，自称黄先生、胡先生、常先生、白先生，美味佳肴，四人殷勤劝酒。并说，以后遇事您手下留情，我们也拉家带口。因不胜酒力，被扶上床睡觉。睡得正香时，被人唤醒。原来是村人贺萝卜缨子，起早捡粪，用粪叉子将其捅醒，"岳星，你怎躺这儿？""这是哪儿?""这是北沟北上坎,你是不是撒癔症?"岳星睁眼一看,身边碗碴破瓦,蚰蜒、蚰蜓、钱串子在爬。从此大病一场,在瞧外感时手下留情。想那四人,黄是黄鼠狼、胡是狐仙、常是长虫、白是大白兔子。此故事我收入我下一部长篇小说《临河槐乡》中。在几千年的乡土民间,都有此类故事。

郑振铎认为,唐代"传奇文"是古文运动的一支附庸;却由附庸而蔚成大国。其在我国文学史上的地位,反而较萧(萧颖士)、李(李公左)、韩(韩愈)、柳(柳宗元)的散文更为重要。他们是我们的许多最美丽的故事的渊薮,他们是后来的许多小说戏曲所从汲取原料的宝库。其重要有若希腊神话之对于欧洲文学的作用。(韩愈、柳宗元的古文运动的副产品是唐传奇,蔚为大观,已成气候。现在京剧《红娘》《贵妃醉酒》等还在演。唐传奇之前有个是《故事集阶传》,在隋、唐之际出现,如王度所自作的《古镜记》见《太平广记》卷二百三十一篇《王度》。照一婢女,原是狐狸,照百年枣树,树洞内大蛇。是故事集的结束,传奇文的开始。还有一本唐武后时期《游仙窟》,中国本土已失传,但日本存之。为遣唐史带回日本。)

木心说,中国文学大多古奥渊雅,专供士大夫欣赏,给成年人欣赏,没有儿童文学,但一直有民间社会存在,直到四十年前,消亡了。按我看,中国文学有三层关系:我与母亲一层(士大夫),佣人一层(民间),还有我与佣人的师生关系一层。

他们看宝卷、话本,有木版,有手抄,同样是《岳飞传》《梁祝》,但版本不一样的。凡当时流传的中国文学,今多已荡然无存。主要靠口传,部分靠手抄,怎能留得下来?

敦煌曾发现钞本小说几种,今在大英博物馆。

古代民间文学都是白话文。白话古已有之,绝非"五四"以后才有,其行文之生动,远过于今之白话文。

古代说话成一行业,分四家(派)。其一,小说,北方称"银字儿"。其二,说经,讲佛家故事,劝人为善,参禅悟道。(如"目莲救母"。)其三,讲史,通俗浅显地解释通鉴、史话。其四,合生,讲当代故事,是报告文学、新闻,从古代讲到当时。

说书人的底本就是话本。宋以前,中国没有中长篇小说,只有记叙性散文、笔记、话本。元明以后,约十四世纪后,才出现长篇,所谓演义、章回小说。

历史说来不是有板有眼的。没有就是没有,说来就来了。

大英博物馆我参观过,占地有7万平方米,相当100亩地,馆藏文物800万件,其中的33号中国馆的中国文物23579件,实际上有20万件以上。在全球47个国家的200多家博物馆中,中国精品文物160万件。在入口处用中英文写着:"中国人创造了世界上最广泛、最持久的文明。他们的语言，在近四千年的时间里，以同样的形式说和写，把他们辽阔的国家联系在一起，表达了一种其他地方无可比拟的统一文化……"看了以后，心中很不是滋味，这些价值连城、代表中国文明的珍贵文物，本来应珍藏在中国的博物馆内。

木心论到，到《水浒》，技巧大有进步。人物一百零八，名字全是作者起的。起名字容易吗？可不是！一个小说家不会起人物名字，先已完蛋了。你看看现代小说起的那些名字。

武松、鲁智深、卢俊义、李逵、林冲……个性描写游刃有余，个个清楚，笔墨酣畅，元气淋漓。每个人出身衣着，细细地写，都有滋味——从此小说走向高峰，一反中国古文学阴柔气，一派阳刚气。

原本几乎没有见过，今本是金圣叹标点的，赞成悲剧结局。《水浒》实在是才子书。作者到底是谁？有说是施耐庵，也有说罗贯中，也有说，施耐庵作于前、罗贯中续于后。我的见解——至少是愿望——是施耐庵。但愿如是。我见过一篇施耐庵作的序，极好。

"风雪夜，听我说书者五六人，阴雨，七八人，风和日丽，十人，我读，众人听，都高兴，别无他想。"我幼时读，大喜，不想后来我在纽约讲课，也如此。

施耐庵性格有一点像巴尔扎克——写起来兴致勃勃。（木心用"兴致勃勃"四字极佳，写东西的人的感觉就是兴致勃勃。）

人说《水浒》，女人写得不好，无好女人，可《红楼梦》没一个完整的男人。求全，不是求完美。我不讲《水浒》，只望大家再读。我愿武断地说，大家从前是读其故事、人物，今再读，要去读施耐庵，读文学！

郑振铎认为，《水浒传》的底本，虽创作于施耐庵，编纂于罗贯中，然使其成为今样的伟大作品的，则断要推嘉靖时代某一位无名作家的功劳。

木心说：志：历史。演义：小说。

三国史料相当多，可说是对三国三分天下时代的纪念。唐纪念一回，宋纪念一回。文学家创《三国演义》，无损历史真实。让历史的还给历史，艺术的还给艺术。（有点像：上帝的归上帝，恺撒的归恺撒。）

罗贯中（约1330—约1400年），据说是施耐庵的学生。陈寿写《三国志》，因写史，畏首畏尾，读起来急死人。《三国演义》则是纯粹的艺术，但不要以现代小说去要求它。

读三顾茅庐之第一顾——像什么？像协奏曲的曲子，钢琴还没弹起来，前面已如此丰富。三顾时，孔明有诗，好诗！

大梦谁先觉，平生我自知。

草堂春睡足，窗外日迟迟。

孔明文集中没有这首诗，是罗贯中写的。厉害！

中国历史上才德兼备、最完美的政治家，是诸葛亮。

你们再看中国小说，又要消除现代人的迷津，又要隔岸观火，要跳过此岸，回到古代。向未来看是胸襟开阔。向古代看也是胸襟开阔。如能做到，是一种感知丰富、进退自如的境界——前可见古人，后可见来者。人，无非是借助过去和未来支撑的。陈子昂："前不见古人，后不见来者。念天地之悠悠，独怆然而涕下。"这是一种艺术态度。艺术的态度是瞬间的、灵感的、认识变化的。此外是日常的、基本生活态度，健朗的态度。艺术态度，生活态度，都要保持平衡、健朗。这种生活的基调——前见古人，后见来者——是所谓教养。教养何来？是艺术教养出来的。

艺术和生活是这样的关系，不相扰。但艺术教养可提高生活。

"文革"之中，死不得，活不成，怎能活下来呢？想到艺术的教养——为了不辜负这些教养，活下去。

鲁迅论《三国演义》一书由来：其《全相三国志平话》分上下二栏，上栏为图，下栏叙事，以桃园结义始，孔明病殁终。而开篇亦先叙汉高祖杀戮功臣，玉皇断狱，令韩信转生为曹操，彭越为刘备，英布为孙权，高祖为献帝，立意与《五代史平话》无异。

鲁迅评《三国演义》中写人物：至于写人，亦颇有失，以致欲显刘备之长厚而似伪，状诸葛之多智而近妖。惟于关羽，特多好语，义勇之概，时时如见矣。

鲁迅这两段话的意思，一是一部伟大作品的产生都是有其渊源与流变；二是即使是一部伟大作品，也是瑕瑜互见。《三国演义》成功塑造了三个典型人物：奸雄的典型曹操，忠义的典型关羽，智慧的典型诸葛亮。

今天就到这里，谢谢大家！请多多指正。

2023.7.8

中国古典诗歌欣赏

各位文友好！

今天下午，我们又在图书馆见面了。我上两讲是 7 月 8 日和 7 月 22 日，分别讲了中国古代小说和外国短篇小说，尔后闲谈时我向王艳霞主席建议，应将中国诗歌史、文字史和思想史讲一下，等于进行一次学术般的普及。王艳霞主席从谏如流，所以安排这次讲课。前两次还是"七月流火"，现在已是"九月授衣"。

木心有言，"文化是个大生命，作者的个人生命附着于这个大生命。"也可以说，"文学也是一个大生命，作者的个人生命也附着于这个大生命。"

蒙曼教授说，"古诗词是中国语言的提纯，是中国情感的提纯，这是最重要的。为什么学古诗词，因为她是最美的。"这次讲中国诗歌史，还是以郑振铎先生的《中国文学史》为主要参考书，辅之以木心等人的观点和评论。以时间为顺序，以诗家为重点，以诗来论诗，但肯定挂一漏万。

中国最早的一部诗歌总集是《诗经》。之前自然也有诗，但未形成集子，或者属于民间口头文学，就是鲁迅所说的"杭育杭育派"。有一首民歌唱道"你唱的歌，是我的，我从云南学来的，我在河边打瞌睡，你从我口袋掏出的。"民间口头文学之前自然先是说话。据英国牛津大学遗传学专家安东尼·玛纳克教授领导的研究小组通过最新专题研究证实，人类开始说话始于 20 万年前。

据司马迁《史记》记载，《诗经》为孔子所编辑，共 305 篇。有论者认为，诗三千，孔子选其三百，为《诗经》。郑振铎认为，"此语不甚可靠。不过古诗不止三百篇之数，则为无可疑的事实。"木心认为，"《诗经》是两千五百前，（共三百零五首）的北方民间诗歌，当时南方没有文化，称南蛮。"

《诗经》分风、雅、颂三个大分别。《诗大叙》说，"上以风化下，下以风刺上。主文而谲谏，言之者无罪，闻之者足以戒，故曰风。……言天下之事，形四方之风，谓之雅。雅者正也，言王政所由废兴也。……颂者，美盛德之形容，以其功告于神明者也。"朱熹《诗经集注序》持相类似观点，郑振铎疏解为，"风是属于个人的，雅是关于王政的，颂是'以其功告于神明'的。"并提出自己分法，"一、诗人的创作，像《节南山》

《正月》《十月之交》《嵩高》《蒸民》等。二、民间歌谣，又可分为：（一）恋歌，像《静女》《中谷有蓷》《将仲子》、等；（二）结婚歌，像《关雎》《桃夭》《鹊巢》等；（三）悼歌及颂贺歌，像《蓼莪》《麟之趾》《螽斯》等；（四）农歌，像《七月》《甫田》《大田》《行苇》《既醉》等。三，贵族乐歌，又可分为：宗庙乐歌，像《下武》《文王》等；（二）送神乐歌或祷歌，像《思文》《云汉》《访落》等；（三）宴会歌，像《庭燎》《鹿鸣》《伐木》等；（四）田猎歌，像《车攻》《吉日》等；(五)战事歌，像《常武》等。"

我所以引用郑振铎此段话，是想说明，在周平王东迁前后，距今已三千年左右，这部《诗经》的内容何等丰富，对后世的影响何等巨大。后代的政治家及文人哲士，其所引为辩论讽谏的根据，往往为《诗经》的片语只言。汉以后的作家，受《诗经》的风格感化者不少。韦孟的《讽谏诗》《在邹诗》，东方朔的《诫子诗》，曹植的《元会》《责躬》，乃至陶潜的《停云》《时运》《荣木》，无不显然地受有《诗经》的感化。

习近平主席很重视中国传统文化，他在不同场合的讲话和文章中引用过《诗经》中的句子，如"如履薄冰，如临深渊"；引自《诗经·小雅》篇；"靡不有初，鲜克有终"引自《诗经·大雅》篇；"民亦劳止，汔可小康"，亦出自《诗经·大雅·民劳》。

木心说：《诗经》中第一首诗是爱情诗。后人说显得孔子通人性，孔子则视如夫妇之道。以下是诗：

《周南·关雎》

关关雎鸠——关关，和鸣声。雎鸠，雎水，雎河，一在河南，一在湖北。鸠，旧说是鹫，但鹫非吉鸟，声亦非关关。鸠，可能是斑鸠，雎水上特有的鸠。

在河之洲——河，黄河。洲，水中央的陆地。

窈窕淑女——窈窕，音腰挑（上声），美好貌。淑，善。

君子好逑——君子，贵族男子通称。好，相悦。逑，同仇，指配偶，相配。

参差荇菜——荇，音杏，水生植物，叶心脏形，浮水面，可食。

左右流之——流，通谬，捋取也。

窈窕淑女

寤寐求之——醒为寤，睡为寐。寤寐，犹言日夜。

求之不得

寤寐思服——服，古读愎，思念。"思""服"同义。

398

悠哉悠哉——悠，长。悠悠，绵绵不断。

辗转反侧——辗转，同义。反，覆身卧。侧，侧身卧。

参差荇菜

左右采之——采，音契。

窈窕淑女

琴瑟友之——友，亲也，读以音。你"琴"我"瑟"，求友之意。

参差荇菜，

左右笔之——笔，音冒，是苬的借字。笔之，就是采之。

窈窕淑女，

钟鼓乐之——钟鼓，成婚也。乐，娱悦，讨好。

我所以详引此诗，是想说读诗要解诗，才能懂诗。这首诗写了二三千年前古人从恋爱到结婚的过程。是遵循自然的，在劳动生产中进行的有仪式感的。这里没有讲媒婆介绍，女方也不要房、车，像白素贞，一把雨伞就做成定情之物。

孔子论《诗经》"思无邪"，思想纯正无邪念。现在有的诗和小说及其他文学作品，专往"思有邪"发展。孔子又说，"不学诗，无以言。"意思是说，你不学《诗》，你就说不好话，说话不形象、不生动、不准确。说话要想既有内涵，又有品位，就得学《诗》。孔子还提出了"《诗》可以兴，可以观，可以群，可以怨。"意思是说诗可以激发情志，可以观察社会，可以交往朋友，可以怨刺不平。

《诗经》中怨刺不平的一首诗是《魏风·伐檀》：

坎坎伐檀兮——坎坎，伐木声音；檀，树之一种，做车；

置之河之干兮——干，同"岸"；

河水清且涟漪——那时河水没被污染；

不稼不穑——稼，播种；穑，收割；

胡取禾三百廛兮？——胡，为什么？廛，三十亩为廛。

不狩不猎——狩，冬天打猎叫狩；夜间打猎叫猎。

胡瞻尔庭有县貆兮？——貆，獾；县，古"悬"字，挂；

彼君子兮——彼，那些；

不素餐兮！——素，白；

像这些诗句，已不只是怨刺，而是当面指斥，开口大骂了。

《诗经》对后世的影响是深远的，主要有三个方面：

一、是开创了我国诗歌现实主义传统，其"饥者歌其食，劳者歌其事"的创作精神，如汉乐府民歌作家、建安诗人、陈子昂、杜甫等。

二、抒情诗传统从《诗经》开始，抒情诗成为诗歌主要形式之一。汤显祖的《牡丹亭》中，深闺小姐杜丽娘诵读《关雎》而产生对于爱情的渴望，则是一例。

三、《诗经》的"赋、比、兴"的表现手法，为后世文学的创作提供了成功的艺术借鉴，如屈原、东方朔、竹林七贤、建安七子、陶渊明、李白、陆游等。

现在我们使用的语言中，很多来自《诗经》，如：求之不得、辗转反侧、逃之夭夭、爱莫能助、无所适从、手舞足蹈、忧心忡忡、信誓旦旦、万寿无疆、自求多福、不可救药、进退维谷、小心翼翼、明哲保身，等等。

因为《诗经》是中国最古老的一部诗歌总集，因此讲得多一些。往后要简单一些。

《诗经》时代之后便是"楚辞"的时代。所谓的"风骚"，"风"即指《诗经》中的十五国"风"，"骚"即指"楚辞"中的"离骚"。

在《楚辞》的总集中。最重要的作家是屈原及宋玉，屈原是《楚辞》的开山鼻祖，也是《楚辞》里最伟大的作家。《楚辞》这个名词，指的就是屈原及其服从者。《楚辞》的名称，《史记·屈原列传》已言："屈原既死之后，楚有宋玉、唐勒、景差之徒者，皆好辞，而以赋见称。"《楚辞》名称的由来，郑振铎认为，"据相传的见解，谓屈原诸"骚""，皆是楚语，作楚声，纪楚地，名楚物，故谓之《楚辞》。""楚，地方；辞，文学作品。"（木心语）

大家知道，楚国疆域广大，版图在今天的湖北、湖南全部，重庆、河南、山东、安徽、江苏、江西、浙江、贵州、广东之一部。秦始皇灭六国，楚人认为应该是楚灭六国，所以有"楚虽三户，则亡秦必矣！"后来果然是刘邦、项羽带兵灭秦。"（刘邦比秦始皇小三岁）"百二秦关终属楚，三千铁甲可吞吴。"在古代史中，李斯是楚人。在近代史上，湖南省南人都不曾缺席，如曾国藩、左宗棠、魏源、蔡锷、熊希龄、毛泽东、刘少奇、彭德怀、邓中夏、谢觉哉等。长沙岳麓书院有一对联很有名：惟楚有才，于斯为盛。

屈原是古代第一个有主名的大诗人。在古代的文学中，没有一个人可以与他争那第一把交椅的。屈原名平，"原"是他的字。又名正则，灵均。与楚同姓，约生于公元前 340 年，初为楚怀王左徒，博闻强记，明于治乱，娴于辞令，入则与王图议国事，以出号令；出则接待宾客，接待诸侯。原是怀王很信任的人。后遭谗两次被疏远，披发行吟泽畔，颜色憔悴，形容枯槁。乃做《离骚》《怀沙》于五月初五日，抱石投汨罗江而死。大约 62 岁。

《楚辞》共有 25 篇，（一说有 16 篇。历史上有学者质疑有的篇章不是屈原所作）包括《离骚》《天问》《九辩》《九歌》《九思》《远游》《卜居》《渔父》《招魂》《大招》等。其中《离骚》为古代最重要的诗篇之一；也是屈原创作的最伟大的作品。"离骚"二字的解释，司马迁以为"犹离忧也"。班固以为"离，犹遭也；骚，忧也"简单理解就是发牢骚。《离骚》全文，共 372 句，2461 字，包罗万象。作者的文学天才在《离骚》中发展到极致。如"朝饮木兰之坠露兮，夕餐秋菊之落英。""制支荷以为衣兮，集芙蓉以为裳。""兰芷变而不芳兮，荃蕙化而为茅。"几乎是一句一词，如珠落盘。郑振铎评论道："她是秀美婉约的，她是若明若昧的。她是一幅绝美的锦幡，交织着无数绝美的丝缕；自历史上，神话中的人物，自然界的现象，以至草木虫兽，无不被捉入诗中。屈原的想象力极为丰富。"木心亦评论道："中国诗人，要说伟大，屈原最伟大。他在残暴、肮脏、卑鄙的政治环境中，竟提出这样一首高洁优雅的长诗。他的《离骚》，能和西方交响乐——瓦格纳、西贝柳斯、法朗克——媲美。"在屈原作品中，吸收了很多民间元素。民间元素在没有和文士阶级接触之前，都是十分粗豪鄙陋的，只有经过文人学士的吸纳、加工、改作，才给他们以一种新的生命，新的色彩、新的意境。（读《楚辞》比较烧脑，那毕竟是两千多年以前的文字了。）

在《楚辞》里，可指名的作家，屈原以外，便是宋玉了。传是屈原的学生。他写秋景很有名，"悲哉秋之为气也。萧瑟兮草木摇落而变衰。"他的《登徒子好色赋》很有名，（当年背过。宋玉、潘安，被认为是古时美男子。）现在还记得形容东邻女子之美，"增一分则太长，减一分则太短；著粉则太白，施朱则太赤。嫣然一笑，惑阳楼，迷下蔡。"我也背过屈原的《九歌·国殇》：

> 操吴戈兮被犀甲，车错毂兮短兵接。
>
> 旌蔽日兮敌若云，矢交坠兮士争先。
>
> 凌余阵兮躐余行，左骖殪兮右刃伤。
>
> 霾两轮兮挚四马，援玉抱兮击鸣鼓。
>
> 天时怼兮威灵怒，严杀尽兮弃原野。
>
> 出不入兮往不反，平原忽兮路超远。
>
> 带长剑兮挟秦弓，首身离兮心不惩。
>
> 诚即勇兮又已武，终刚强兮不可凌。
>
> 身既死兮神以灵，魂魄毅兮为鬼雄。

后来李清照在《夏日绝句》中写诗悼项羽即借鉴《国殇》：

生当作人杰，死亦为鬼雄。

至今思项羽，不肯过江东。

　　鲁迅将屈原的"路漫漫其修远兮，吾将上下而求索。"作为《彷徨》扉页上的文字。《诗经》是中国北方诗歌；《楚辞》是南方诗歌。《诗经》是现实主义；《楚辞》是浪漫主义。杜甫传承了现实主义，李白发扬了浪漫主义。可见《楚辞》对后世文学，影响极其深远。至于其爱国思想，后人绵延传承，岳飞、文天祥、黄宗羲等。（《楚辞》在国际上亦影响很大，尤其在日本、韩国、越南和前苏联。1972 年日本首相田中角荣访华，毛主席送其《楚辞集注》）

　　下面讲汉赋。汉初文学，仍承秦弊，没有什么生气。秦朝的焚书法律，到汉惠帝四年（公元前 191 年）才废止。也就是说在汉朝建立 15 年后才废止。所以整个秦代，没有一个诗人，也没有一个散文作家。刘邦不喜欢儒生，看见读书人戴着儒生帽子，给揪下来往里撒尿。他自己作了两首诗，其中一首大家熟悉，

大风起兮云飞扬，

威加四海兮归故乡，

安得猛士兮守四方。

（刘邦晚年回家乡沛县时所作。）

　　另一首是对戚夫人所唱，

鸿鹄高飞，一举千里。

羽翮已就，横绝四海。

横绝四海，当可奈何。

虽有曾缴，尚安所施。

（刘邦欲废太子刘盈未果，其死后，吕后专权，大封诸吕。王立群讲，你可封顺义王。将戚夫人制成人彘。）

　　到汉文帝时有贾谊，洛阳人，十八岁成名，三十三岁英年早逝。善于辞赋，散文也很棒。他的《吊屈原赋》模仿屈原的《离骚》《九章》，以抒写自己的不得志：

造托湘流兮敬吊先生，

遭世罔极兮乃殒厥身。

呜呼哀哉兮逢时不祥！

鸾凤伏窜兮（chi）鸱枭翱翔，

（ta）阘茸尊显兮谗谀得志，

贤圣逆曳兮方正倒植。

贾谊还有一篇非常有名的散文《过秦论》。本来今天不讲散文，散文已由张艳讲了。但这篇《过秦论》写得实在是太棒了，不由得不提一下，这篇散文开头即说，

"秦孝公据崤（xiao）函之固，拥雍州之地，君臣固守以窥周室，有席卷天下，包举宇内，囊括四海之意，并吞八荒之心。当是时也，商君佐之，内立法度，务耕织，修守战之具，外连衡而斗诸侯。于是秦人拱手而取西河之外。"

这篇《过秦论》的思想性是总结秦王朝灭亡的原因，"仁义不施，攻守之势异也。"单从结构和写作方法上，作者用排比、对仗、夸张、用典、虚实、设问;铺排渲染，语势腾纵，气势如虹，文采辉耀，环环相扣，妙语连珠，风格朴实峻拔，议论酣畅;读之回肠荡气，千里快哉风! 鲁迅称之为"西汉鸿文"这篇散文建议大家读一读。在二千多年前，我们先人的文学水平，已达到何等高的水平。

贾谊二十几岁就被汉文帝召为博士，官至太中大夫。受到周勃、灌婴等功臣排挤，出他为长沙王太傅，后拜他为梁怀王太傅（帝王师。太傅相当于国家办公厅主任。）后梁王坠马死，宜自伤为傅无状失职，常哭泣，哀伤而死。1964 年，毛主席写诗悼贾谊:

《七绝·贾谊》

毛泽东

贾生才调世无伦，哭泣情怀吊屈文。

梁王堕马寻常事，何用哀伤付一生。

毛主席爱其才华,惜其早逝。

王勃《滕王阁序》也说到，"屈贾谊于长沙，非无圣主。"对贾谊的遭遇，深表同情。贾谊的主要作品有：《吊屈原赋》《鵩鸟赋》《过秦论》《论积贮疏》《陈政事疏》等。司马迁对屈原、贾谊都寄予同情，为二人写了一篇合传。后世因此将二人称为"屈贾"。

到了汉景帝时，出现了一位大诗人枚乘。枚乘（约公元前 210——前 138），字叔，淮阴人，西汉辞赋家，与邹阳并称"邹枚"，与司马相如并称"枚马"，与贾谊并称"枚贾"。早年游学广陵，曾做过吴王刘濞的文学侍从。刘濞欲谋反，枚乘作《上书谏吴王》力劝，吴王不听。枚乘转投梁王刘武当门客。等刘濞已起兵，"七国之乱"爆发，枚乘又作《上书重谏吴王》再劝，吴王又不听，结果如枚乘所料，兵败被杀。枚乘有政治眼光，名声大噪。

枚乘在文学上主要成就是辞赋，《汉书·艺文志》著录"枚乘赋九篇"，今仅存三篇，《七发》《梁王菟园赋》《忘忧馆柳赋》。《七发》是标志汉赋正式形成的第一篇作品。全文两千余字，假设楚太子有病，吴客去看望，通过反复问答，为其指出病源

及治疗方法，说明声色犬马之乐不如圣贤之言有益。《七发》是从楚辞到汉赋的承前启后之作，后代作者群起模仿，在赋中形成"七"的专体。

我简单介绍一下《七发》的结构，使大家了解一下：

序曲：楚太子有疾，吴客往问之，说有要言妙道，能将太子病治好。

第一段，以音乐说之，琴声凄美，太子病不能听。

第二段，继以饮食说之，美味佳肴，太子病不能尝。

第三段，更以骏马名骑说之，太子不能乘。

第四段，再以美色说之，越女侍前，齐姬侍后，太子不能游。

第五段，又以游猎之乐说之，稍有起色。

第六段，更以曲江观涛说之，太子不能兴。

第七段，以哲人方士，老子孔丘，庄周孟子，论天下之精微，理万物之是非。太子于是据几而坐，涩然汗出，霍然病已。

《七发》为后来汉大赋创作树立了典范，是一篇奠定大赋虚构夸张、排比铺陈典型特点开风气之先。后来有曹植《七启》、张协《七命》、张衡《七辩》等。

（枚乘是心理咨询大师，养生专家。）

1959 年 8 月 16 日，毛主席对西汉辞赋家枚乘《七发》写了一篇评语，"此篇早已印发，可以一读。这是骚体流裔，而又有所创发。骚体是有民主色彩的，属于浪漫主义的流派，对腐败的统治者投以批判的匕首。"

到了汉武帝即位，慕枚乘大名，便以蒲车安轮（以蒲草裹车轮）征聘枚乘，结果枚乘途中病死，享年七十三岁。

汉武帝好诗书，他初读司马相如的赋，自恨生不同时，而后来发现竟是同时代的人。司马相如（他仰慕战国时期赵国名相蔺相如）字长卿，蜀郡成都人。（成都刚开完大运会）（公元前 179——117 年）。初侍景帝为武骑常侍，非其所好。后客游梁，为梁王著《子虚赋》。梁孝王死，相如归，贫无以自业。（正处人生低谷）至临邛，富人卓氏女文君新寡，闻相如鼓琴，悦之，夜亡奔相如。卓氏怒，不分产与文君。于是二人在临邛盘一小酒馆，文君当垆，相如当店小二，端盘刷碗。卓氏见状不得已，遂分与文君僮百人，钱百万，相如因以富。（后世文章与世俗，对文君私奔，持理解称赞态度。）武帝时相如复在朝，（陈阿娇失宠，"金屋藏娇"典故。花重金请司马相如做《长门赋》，汉武帝看了很受感触，陈阿娇重新得到宠幸。这就是后世辛弃疾《摸鱼儿》词中，"千金纵买相如赋，脉脉此情谁诉"的由来。）著有《子虚赋》《上林赋》《哀秦二世赋》《大人赋》《天子游猎赋》《美人赋》，《长门赋》《凤求凰》《上书见猎》等，被称"赋圣""辞宗"

郑振铎评论：《子虚赋》几若有韵之地理志，其山川什么的，其土地什么的，其南什么的，所有物产地势，无不叙毕："云梦者，方九百里。其中有山焉。其山则盘弗郁，隆崇聿聿，岑鉴参差，日月蔽亏，交错纠纷，上干青云。罢池坡陀，下属江河。其土则丹青赭垩，雌黄白附，锡碧金银，众色炫耀，照烂龙鳞。"什么都被拉牵进去了；不问是否符合实际。后来的赋家，像班固、张衡、左思诸人受此种影响颇深。（用现在的话说，辞赋像个"筐"，什么都往里面装。）

中国古代有四大美女，西施、王嫱、貂蝉、杨玉环。说一首王嫱即王昭君的诗《怨旷思惟歌》：

> 秋水萋萋，其叶萋黄。
>
> 有鸟爰止，集于苞桑。
>
> 养育毛羽，形容生光。
>
> 既得升云，获幸帷房。
>
> 离宫绝旷，身体摧藏。
>
> 志念抑沉，不得颉颃。
>
> 虽得喂食，心有徊徨。
>
> 我独伊何，改往变常。
>
> 翩翩之燕，远集西羌。
>
> 高山峨峨，河水泱泱。
>
> 父兮母兮，道里悠长。
>
> 呜呼哀哉，忧心恻伤。

补充说明一下，王嫱（约公元前52年——公元前19年）享年33岁。名嫱，字昭君，乳名皓月。西汉南郡秭归（今湖北省宜昌市兴山县宝坪村）人。自幼父亲教她读书习艺弹琵琶。被选入宫后因未贿赂画师毛延寿而未识君王面。呼韩邪单于曾三次进长安入朝，向汉元帝请求和亲，对汉称臣，自请为婿。汉元帝挑选宫女，王昭君主动报名，此时才见到王嫱真面目，才貌双全，优雅大方。汉元帝后悔不已，但不能与呼韩邪单于悔婚，失信于匈奴，于是王昭君远嫁，与呼韩邪单于结婚只两年（公元前31年），呼韩邪单于就去世了。她和呼韩邪单于生了一个儿子，名叫伊屠智牙师。呼韩邪单于死后，按照匈奴"子蒸其母"的习俗，王昭君必须嫁给呼韩邪单于第一阏氏所生的长子雕陶莫皋单于。王昭君不能接受，上书汉成帝，请求回归故土。但成帝令她遵从胡俗，昭君只得下嫁。昭君与雕陶莫皋生有两女，长女即须卜公主，小女即当于公主。公元前 20 年，雕陶莫皋又死，她又下嫁给了继位的搜谐若鞮（dī），相当于他的孙子，也生了一个儿子。王昭君 33 岁香消玉殒，厚葬于今呼和浩特市南郊，墓依大青山，傍黄河水，后人称之为"青冢"。王昭君与世长辞时，匈奴为她举办了匈奴最高规格的葬礼。这个葬礼还被记录在敦煌莫高窟的壁画上。画面上有用刀划破脸颊的，还有割掉自己一只耳朵的。王昭君远嫁匈奴，为汉匈之间，保持了 50 多年的和平相处，这是中国历史上，最成功的一次和亲。她教匈奴人认字读书，传授中原人的农业技术和缝纫技巧，向他们介绍汉朝文化习俗。后来，值得欣慰的是，王昭君的两个女儿回到了汉朝。在王昭君远嫁匈奴后，汉成帝就将毛延寿杀了。

有必要提一下张衡。东汉时期杰出的天文学家、数学家、发明家、地理学家。著有《二京赋》《归田赋》，与司马相如、扬雄、班固并称"汉赋四大家"。他发明地动仪，改进浑天仪。南阳建有"张衡纪念馆"。（2015 年我参观过，绕其坟转三圈。）张衡的爷爷是谁？就是张堪。

说一下东方朔（公元前 161——93 年），齐人，也善于辞赋。作《七谏》《答客难》《怨世》等。他的赋有浓厚的个性。他的自荐信汉武帝看了三个多月，共四十多万字。他喜为滑稽之行为。司马迁在《史记》中称他有"滑稽之雄"。他被尊为相声的祖宗爷。有个故事，据说有"君山不死酒"，汉武帝派人求来，却被东方朔偷喝一空，一滴不剩。汉武帝要杀他。东方朔笑说，"假如酒灵验，陛下杀不死我；要是不灵验，这酒有什么用呢？陛下在史书上还担了一个杀忠臣的恶名。"武帝一想有道理，就将他放了。

当时还有辞赋家严助（向汉武帝推荐朱买臣），作赋 35 篇，刘安（淮南王）作赋82 篇，吾丘寿王作赋 15 篇，朱买臣（京剧《马前泼水》严阵龚苏萍主演）作赋 3 篇，枚皋（枚乘之子）作赋 120 篇，但有些已佚失不传。

此后的辞赋家有王褒，字子渊，为谏议大夫，作赋 16 篇。其《洞箫赋》《圣主得贤臣颂》《四子讲德论》《甘泉宫颂》皆有名于时。张子乔官至光禄大夫，作赋 3 篇无存。那时最重要的辞赋家却要算是扬雄（公元前 53——18），字子云，蜀郡成都人。以模拟为他的专业。他的作品，几乎没有一诗一文不是以古人为模式的。古人启发了他的文趣，也启发了他的思想。他读《易》，便作《太玄经》；读《论语》，便作《法言》；读《楚辞》，便作《反离骚》《广骚》《畔牢愁》；读了东方朔的《答客难》，便做《解嘲》。甚至《论语》13 篇，他的《法言》也是 13 篇。他的赋如《甘泉》《羽猎》《长杨》等，也是以司马相如诸赋为准则。郑振铎认为，"除堆砌美词奇句，行文稳妥绚丽外，便什么也没有了。"（扬雄从前人和同时代人中获得启发、灵感、文采、文趣及知识典故写作方法等亦值得借鉴。）

郑振铎评，"后汉的辞赋作家，也完全不脱西京的影响；西京（长安）有什么，东京（洛阳）作家一定是有的。司马相如有《子虚赋》，班固便有《两都赋》；东方朔有《答客难》，班固便有《答宾戏》，张衡便有《应间》；枚乘有《七发》，张衡便有《七辩》。两汉人士模拟之风本盛，而以东京为犹甚，而辞赋作家则尤为甚之甚者。许许多多的辞赋，背可以一言而蔽之曰："'无病而呻'；而其结构布局，更有习见无奇者。"

（文风互相濡染，相互借鉴。文人互相启发，相互促进，近代亦有。浩然写了短篇小说"一匹瘦红马"上了中学课本，李准就写了"龙马精神"被拍成电影。路遥、贾平凹出长篇，陈忠实写了《白鹿原》。）

同时有崔骃也善为赋，所作《达旨》仿扬雄《解嘲》。李尤作《函谷关赋》。马融作《笛赋》。王逸作《楚辞章句》之外，尚作《机赋》《荔枝赋》。蔡邕字伯喈，陈留圉人，（蔡文姬之父）为汉末最负盛名学者。召为议郎，校正《六经》文字，自书丹于碑，使工镌刻，立于太学门外四十六块，观视及摹写者车乘日千余辆，填塞街陌。作赋有《述行》等。

下面谈五言诗。

郑振铎认为，五言诗的产生，是中国诗歌史上的一个大事件，一个大进步。《诗经》中的诗歌，大体上是四言的。（我看言正平发在顺义作协公众号上的诗，大体上也是四言的。）《楚辞》及楚歌，则为不规则的辞句。楚歌又往往陷于粗率。而四言为句，又过于短促，也未能尽韵律的抑扬。又其末流乃成了韦孟《讽喻诗》，傅毅《迪志诗》等等的道德训言。五言诗乘这个机会，脱颖而出，立刻便征服了一切，代替了四言诗，代替了楚歌，而成为诗坛上正宗的诗歌。自屈原、宋玉之后，大诗人久不产生。五言体一出现，便造成建安、正始、太康诸大时代。曹操、曹植、陶潜诸大诗人便也陆续诞生了。诗思消歇的"汉赋时代"遂告终止。

《古诗十九首》作者不详，均为五言。以"青青陵上柏"为例，《古诗十九首》计19首，都没有题目，就以每首诗开头一句作为题目。就如当代作家出短篇小说或散文集子，抽出其中一篇作为书名一样。

> 青青陵上柏，磊磊涧中石。
>
> 人生天地间，忽如远行客。（李白与苏轼皆有此感慨）
>
> 斗酒相娱乐，聊厚不为薄。
>
> 驱车策驽马，游戏宛与洛。
>
> 洛中何郁郁，冠带自相索。

> 长衢罗夹巷，王侯多帝宅。
>
> 两宫遥相望，双阙百余尺。
>
> 极宴娱心意，戚戚何所迫。

（宛，宛县，东汉南阳郡治所在，有"南都"之称。洛：东汉的京城洛阳）。

这是一首乐府诗，产生于东汉末年，讲述一个读书人游宛洛所见王侯帝宅，冠带相索情景。完全用五言表述。

曹植写了"白马篇"，也是五言。

> 白马饰金羁，连翩西北驰。
>
> 借问谁家子，幽并游侠儿。
>
> 少小去乡邑，扬声沙漠垂。
>
> 宿昔秉良弓，楛矢何参差。
>
> 控弦破左的，右发摧月支。
>
> 仰手接飞猱，俯身散马蹄。
>
> 狡捷过猴猿，勇剽若豹螭，
>
> 边城多警急，虏骑数迁移。
>
> 羽檄从北来，厉马登高堤。
>
> 长驱蹈匈奴，左顾凌鲜卑。
>
> 弃身锋刃端，性命安可怀。
>
> 父母且不顾，何言子与妻。
>
> 名编壮士籍，不得中顾私。
>
> 捐躯赴国难，视死忽如归。

可见，当时五言诗已经很成熟了。汉代的乐府古辞，分为相和歌词、舞曲歌辞及杂曲歌辞三类。《孔雀东南飞》亦属于杂曲歌辞。是汉乐府最长一首叙事诗，共357句，1785字。后人称与北朝的《木兰辞》为"乐府双璧"。

序："汉末建安中，庐江府小吏焦仲卿妻刘氏，为仲卿母所遣，自誓不嫁。其家逼之，乃投水而死。仲卿闻之，亦自缢于庭树。时人伤之，为诗云尔。"

结尾：

> 两家求合葬，合葬华山傍。
>
> 东西植松柏，左右种梧桐。
>
> 枝枝相覆盖，叶叶相交通。
>
> 中有双飞鸟，自名为鸳鸯，

　　　　仰头相向鸣，夜夜达五更。

　　　　行人驻足听，寡妇起彷徨。

　　　　多谢后世人，戒之慎勿忘！

（我 50 年前用半个月时间背过的，现在背不下来了。）

　　这首乐府长篇叙事诗历来被认为是控诉封建礼教，其深层次还有一个人性问题。即有的当婆婆的见不得儿子和媳妇的好，或者说，小两口的好，不能好过母子之好。我所认识的前辈中，就有此例，且不只一例。

　　五言诗自然还很多，如《薤露歌》《公无渡河》《蒿里曲》等。《皑如山上雪》即《白头吟》相传为卓文君所作。

　　郑振铎认为，建安时代是五言诗的成熟时期。作家的驰骛，作品的丰美，有如秋天原野中金黄的禾稻，垂头迎风，谷实丰满；又如果园中的嘉树，枝头累累皆为晶莹多浆的果实。

　　在建安文学（建安文学指建安时代文学，从汉献帝建安前几年到魏明帝最后一年公元 239 年，大约 50 年，也称建安时代）作者群中，以曹操、曹丕、曹植父子为中心，诗人纷纭。屈原之后，诗思消歇者几五六百年，到了这时，诗人们才由长久的熟睡中苏醒过来。有建安七子：孔融、陈琳、王粲、徐干、阮瑀（yu）、应场（yang）、刘桢。七人之外，还有杨修、应璩（qu）、吴质、繁钦、路粹、丁仪、丁廙（yi）等。

　　孔融为孔子二十世孙，少有重名。（孔融让梨）。作品颇多，有集十卷。举杂诗一首：

　　　　岩岩钟山首，赫赫炎天路。

　　　　高明曜云门，远景灼寒素。

　　　　昂昂累世士，结根在所固。

　　　　吕望老匹夫，苟为因世故。

　　　　管仲小丘臣，独能建功祚。

　　　　人生有何常，但患年岁暮……

　　从这首诗中即可看出孔融政治抱负和恃才傲物，后被曹操所杀。

　　建安之后是一个更热闹的诗人时代。建安七子中像孔融、陈琳（为袁绍写"讨曹操檄文"作者，将曹操骂得狗血喷头。）、阮瑀等，他们主要是做官，并不以作诗为业。黄初（曹丕年号）以后，专业诗人渐渐多起来。下面讲魏与西晋的诗人，有竹林七贤：阮咸、刘伶、向秀、嵇康、山涛、王戎、阮籍。

　　嵇康字叔夜，谯郡铚人。好言老、庄尚奇任侠。与魏宗室亲，拜中散大夫。家贫，锻以自给。山涛为吏部，举康自代。嵇康于是写下有名的《与山巨源绝交书》，后被司马昭所杀。临刑前，索琴弹之曰：《广陵散》自此绝矣！（嵇康死后，由山涛将嵇康的两个孩子养大成人。）嵇康有文集十五卷。如其《游仙诗》：

> 遥望山上松，隆谷育青葱。
>
> 自遇一何高，独立迥无双。
>
> 愿想游其下，蹊路绝不通。
>
> 王乔弃我去，乘云驾六龙。
>
> 飘摇戏玄圃，黄老路相逢。
>
> 授我自然道，旷若发童蒙。

嵇康在思想上另辟一条老庄的玄超大道，一脱汉儒的阴阳五行凡近实践的浅陋。当时的知识分子，即士人名士，经历了魏代汉，晋代魏的两次社会大变革，原有的正统观念轰毁，陷入迷茫，采取遁世态度。

阮籍容貌瑰杰，志气宏放。有文集 13 卷。司马昭为子司马炎求婚，阮籍大醉六十日不醒，司马昭只好作罢。对人能以黑白眼对待，对所欣赏的人用黑眼，对礼法之士用白眼。（因此鲁迅悴悼范爱农诗有"白眼看鸡虫"句）籍有《咏怀》诗 82 首，其成就极为伟大。姑举其中一首：

> 夜中不能寐，起坐弹鸣琴。
>
> 薄帷鉴明月，清风吹我襟。
>
> 孤鸿号外野，翔鸟鸣北林。
>
> 徘徊将何见？忧思触伤心。

到晋太康时代，诗坛有三张、二傅、两潘、双陆、一左。三张是张华、张载、张协；二傅者：傅玄、傅咸；两潘者：潘尼、潘岳；双陆者：陆机、陆云；一左者，左思。

我只说左思（约 250——305 年），字太冲，齐国淄博人。西晋文学家。少时曾学书法鼓琴，皆不成。后由父亲激励，乃发愤勤学。貌丑口讷，（学潘安挨打）不好交游。后写出《三都赋》（"吴都赋、魏都赋、蜀都赋"）使得豪贵之家竞相传抄，一时洛阳纸贵。纸价炒成房价。（我的笔名星白即源自左思的"白发赋"）

> 星星白发，生于鬓垂。
>
> 虽非青蝇，秽我光仪。……

木心认为，"勿以为魏晋思想玄妙潇洒，其实对人格非常实用，对生活、艺术、有实效。譬如谈话。如能像魏晋人般注重语言。安有好问，好答；再好问，再好答。"

下面，重点讲一下陶渊明（约 365——427 年），名潜，字元亮，别号五柳先生

410

（门前种五棵柳树），私谥靖节，世称靖节先生，浔阳郡柴桑县（今江西九江）人。东晋末到刘宋初杰出诗人。一度为彭泽县令，不为五斗米折腰，赋《归去来辞》归隐田园。（归去来兮，田园将芜，胡不归！既不以，心为形役，奚惆怅而独悲。吾以往之不荐，知来者其可追。实迷途其未远，觉今是而昨非。）陶渊明是六朝最伟大的诗人，没有之一。是中国田园诗人的开山鼻祖。六朝的诗，出现两个趋势，第一是文采涂饰得太浓艳，第二多写闺情离思的东西。陶渊明以豪侠之士的姿态自拔于时代风气之外。他的诗是天真的、自然的、不故意涂脂抹粉的。如《饮酒·其五》一诗：

结庐在人境，而无车马喧。

问君何能尔，心远地自偏。

采菊东篱下，悠然见南山。

山气日夕佳，飞鸟相与还。

此中有真意，欲辩已无言。

陶渊明对后世诗人影响很大。李白在《戏赠郑溧阳》诗中写道：

陶令日日醉，不知五柳春。

素琴本无弦，漉酒用葛巾。

清风北窗下，自谓羲皇人。

何时到栗里，一见平生亲。

杜甫诗《奉寄河南韦尹丈人》写道：

宽心应是酒，谴心莫过诗。

此意陶潜解，吾生后汝期。

白居易被谪江州时，有两个人温暖了他的灵魂，一个是琵琶女，一个是陶渊明。江州离陶渊明故里不远，因此他专程拜访。写了《访陶公旧宅》，其中写道：

我生君之后，相去五百年。

每读五柳传，目想心拳拳。

昔常咏遗风，著为十六篇。

今来访旧宅，森若君在前。

苏轼评其诗"外枯而中膏，似淡而实腴。"

辛弃疾在词《鹧鸪天·晚岁躬耕不怨贫》中说，

"千载后，百篇存，更无一字不清真。若教王谢诸郎在，未抵柴桑陌上尘！"

毛主席在《七律·登庐山》诗中亦有"陶令不知何处去，桃花源里可耕田。"

（若喜欢陶渊明，他的两首诗必备。就是前边我背的《饮酒诗·其五》和《归去来

兮辞》）

木心评陶渊明的诗，"读陶诗，是享受，写得真朴素，真精致。不懂得其精致，就难感其朴素。不懂得其朴素，就难惑其精致。他写得那么淡，淡得那么奢侈。"

与陶渊明并称"陶谢"的是谢灵运（385年——433年）名公义旅字灵运，浙江会稽人。东晋名将谢玄之孙，小名"客"，人称谢客。南北朝时人。著名山水诗人、佛学家、旅行家。他是中国山水诗派鼻祖。他组织"驴友"从宁南山出发，伐木开道，直到临海，从者数百人。人惊疑为"山贼"。主要作品有《登池上楼》《岁暮》《登江中孤屿》《石壁精舍还湖中作》等。《登池上楼》中四句：

> 初景革绪风，新旧改故音。
>
> 池塘生春草，园柳变鸣禽。

（谢灵运自视甚高，"才高八斗"就出自他口。）

郑振铎认为：陶、谢并称，然渊明远矣！灵运竟于外物，徒知刻画形状。渊明则是"呕出心肝来"的真挚诗人。

当时与谢灵运齐名的还有颜延之，时称"颜、谢"，对颜就不讲了。

（李白却对谢灵运情有独钟，在《梦游天姥吟留别》中道：谢公宿处今尚在，渌水荡漾清猿啼。脚著谢公屐，身登青云梯。半壁见海日，空中闻天鸡。）

下面讲一下新乐府辞，属于六朝文学。《吴声歌曲》中《子夜歌》等，表现少年男女情绪情感爱情的。如《子夜四时歌》：

> 春　歌
>
> 自从别欢后，叹音不绝响。
>
> 黄蘗向春生，苦心向日长。
>
> 夏　歌
>
> 田蚕事已毕，思妇犹苦身。
>
> 当暑理絺 chi 服，持寄与行人。
>
> 秋　歌
>
> 秋风入窗里，罗帐起飘飏。
>
> 仰头看明月，寄情千里光。
>
> 冬　歌
>
> 渊冰厚三尺，素雪覆千里。
>
> 我心如松柏，君情复何似？

《子夜吴歌》对后世诗人影响很大。如李白即借用《子夜吴歌》四时歌写道：

秋

长安一片月，万户捣衣声。

秋风吹不尽，总是玉关情。

何日平胡虏，良人罢远征。

当然李白还有春、夏、冬诗。所谓创新，是在继承基础上的创新，是站在前人肩膀上的创新。任何一个人的创新与突破，并非无源之水，无本之木。

在齐梁诗人中，说一下丘迟。丘迟（464年——508年）字希范，乌程人，梁时为司空从事中郎。他作有《芳树诗》《望雪诗》，但最有名的是一篇劝降信《与陈伯之书》，一纸空文胜过8000雄兵，被称为天下第一劝降书。这封信是梁与北魏的战争中写的。丘迟与陈伯之一文一武，原同在梁朝廷为官。后陈伯之叛梁投北魏。在寿阳与梁军对抗，于是丘迟写了这封劝降信。陈伯之接信后，率8000军投降。丘迟为此又加官晋爵。《与陈伯之书》写得情中有理，理中有情。情中有景，景中有诗。在那个时代，外交辞令中也是有诗的。所以"诗"的应用，在实际上已应用很大了。

（我试背诵之：陈将军足下：无恙，幸甚幸甚！）

南北朝共161年，下面讲隋及唐朝诗歌。隋未产生大诗人，因此略去。直接讲唐初四杰，"王、杨、庐、骆"。杜甫在戏为六绝句中说：

王杨庐骆当时体，轻薄为文哂未休。

尔曹身与名俱灭，不废江河万古流。

这是杜甫于唐肃宗上元二年（761年）所作的文学批评六首之中的第二首。哂，是讥笑的意思。针对当时诗坛有一种风气，一些人对唐初四杰的作品妄加批评。因此杜甫的意见是，这四个人的作品代表当时的文体，是初唐的文学风格。你们却以轻薄之言加以否定，一时聒噪不休。你们这帮人死也就死了，可这四个人的名字将像江河流水一样万古长流。

先说王勃（647年——675年），字子安，绛州（今山西新绛县）龙门人。相传其六岁善文辞，九岁得颜师古注《汉书》读之，作《指瑕》以指其失。年未弱冠（20岁），授朝散郎。后出为虢（guo）州参军。上元二年（675年）往交趾（现越南北部）省父，渡海溺北，悸而卒。（王勃墓在越南北部）。只活了29岁，英年早逝。有集《王子安集》。又相传王勃作文，先研墨数升，以被覆面而卧，忽起书之，不易一字。时人谓之腹稿。

王勃有一首诗特有名,在座诸君能背下，就是一首五言绝句，《送杜少府之任蜀州》：

城阙辅三秦，风烟望五津。

与君离别意，同是宦游人。

海内存知己，天涯若比邻。

无为在歧路，儿女共沾巾。

（中国和阿尔巴尼亚友好时，《人民日报》曾引用此诗中的"海内存知己，天涯若比邻。"）

但王勃最有名的是《滕王阁序》。滕王阁在今南昌九江边，为何叫滕王阁？是李渊之子，李世民的弟弟李元婴所建，他被封为滕王，所以叫滕王阁。九月九日重阳节，阎都督邀当地文人墨客饮酒作诗，诗成须有序，像王羲之作《兰亭集序》一样。阎都督本来让自己的女婿吴子章来写序，来显示一下，这是事先安排好的。众人心知肚明，推辞不写。可王勃偏巧路过，应邀出席蹭饭吃，因年少，坐末席。却毫不客气，挥笔而就。阎伯屿都督大不悦，称更衣暂避，却让人把王勃所写，一句句抄来。第一报"豫章旧郡，洪都新府"阎公觉得老生常谈；接下来"台隍枕夷夏之交，宾主尽东南之美；"阎都督沉吟不语。报到第二十一联，"落霞与孤鹜齐飞，秋水共长天一色"阎都督矍然而起说，"此真天才，当垂不朽矣！"王勃时年26岁。（网传4岁小孩背《滕王阁序》）

杨炯（650年——695年），华阴人，幼年便博学好为文。年十一，举神童，授校书郎。为崇文馆学士，迁詹事司直。恃才简居，人不容之。武后时，迁婺（wu）州（金华）盈川令，卒于官。他闻时人以四杰称，便自言道："吾愧在卢前，耻居王后。"（卢照邻却说：喜居王后，耻在骆前。）有《盈川集》，足称律诗的前驱。

杨炯《从军行》：

烽火照西京，心中自不平。

牙璋辞凤阙，铁骑绕龙城。

雪暗凋旗画，风多杂鼓声。

宁为百夫长，胜作一书生。

杨炯从未上过战场，却被称为边塞诗人。（如孙殿英，他没到过的地方，写那个地方的诗照样能获奖）他死在盈川县令任上，做了不少利民好事，死后被当地人封为城隍爷拜之。

"四杰"身世皆不亨达，以卢照邻为尤。照邻（650年——689年）字升之，幽州范阳人。年十余岁，从曹宪、王义方授《苍雅》及经史。博学善属文。初授邓王府典签。王有书20车，照邻披览，略能记忆。王甚爱重之。对人道，"此即寡人相如也！"

414

其诗《释疾文》：

> 岁将暮兮欢不在，时已晚兮忧来多。
>
> 东郊绝此麒麟笔，西山秘此凤凰柯。
>
> 死去死去今如此，生兮生兮奈汝何。

卢照邻后拜新都尉，因染风疾（类风湿）去官。居太白山中，以服药为事。而疾益笃。友人供其衣药。疾甚，足挛，一手又废。乃预置墓。病既久，不堪其苦。与亲友执别，自投颍水而死，时年40岁。有集《照邻集》，有《四部丛刊》本。（最有名是一首爱情诗《长安古意》，其中"得成比目何辞死，愿作鸳鸯不羡仙"被后世流传。）

骆宾王（？——684年）婺州义乌人。7岁写了"鹅、鹅、鹅，曲项向天歌，白毛浮绿水，红掌拨清波"。少无行与赌徒为伍，入过狱。徐敬业在扬州起兵讨伐武则天，骆宾王为其作《代李敬业传檄天下文》，武后读到"入门见嫉，蛾眉不肯让人;掩袖工谗，狐媚偏能惑主"，只是嬉笑。当读到，"一抔（pou）之土未干，六尺之孤安在!"大惊,问何人所作？答曰：骆宾王。后道："宰相安得失此人？"徐敬业兵败死，骆宾王也不知所终？有集《骆宾王集》，有《四部丛刊本》。（"请看今日之域中，竟是谁家之天下""文革"中被各派广为引用。）

骆宾王五言诗：

在狱咏蝉

> 西陆蝉声唱，南冠客思深。
>
> 不堪玄鬓影，来对白头人。
>
> 露重飞难进，风多响易沉。
>
> 无人信高洁，谁为表予心。

于易水送人

> 此地别燕丹，壮士发冲冠。
>
> 昔时人已没，今日水犹寒。

（骆宾王这哥们也爱打抱不平，他到蜀中遇郭氏女子，向他诉苦，卢照邻来蜀中时与她成为恋人，还怀了孕。说到长安后会派人接她，结果杳无音讯。骆宾王于是以郭氏口吻写诗，《艳情代郭氏答卢照邻》，将卢照邻臭骂一顿。因为诗写得太好了，一时在长安城传唱，还传到朝鲜等。卢照邻遭到网爆，成了渣男。卢照邻无奈辩解，"我身体都这样了，如何接她来长安？"）

盛唐是唐诗的黄金时代，开元、元宝四十三年（公元713年——755年），诗坛呈波澜壮阔的伟观。（顺义的开元寺）有的诗篇飘逸若仙，有的风致淡远，有的是隐逸者的闲咏，也有的是寒士的苦吟，还有壮健悲凉的作风，更有的诗写田园的闲逸，有的诗描写异国的情调，有的诗则流露浓艳的艳情，自然有诗抒怀豪放的意绪。总之，这时代囊括尽了种种诗的变幻的，更曾同时诞生那么多伟大的诗人。（希腊的悲剧时代，英国的莎士比亚时代，也不过数十年。）

在这一时期，只举五人：王维、孟浩然、李白、高适、岑参。

王维（699年——759年）字摩诘，河东人，开元九年进士擢第。诗名最盛，王侯豪贵之门，无不拂席迎之。工书画。（苏轼曾云：维诗中有画，画中有诗。）他的诗风，是直接继承东晋陶渊明。若浅实深，若平庸实深厚，若平淡实丰腴，千百年来只得数人而已。

举《山居秋暝》：

空山新雨后，天气晚来秋。

明月松间照，清泉石上流。

竹喧归浣女，莲动下渔舟。

随意春芳歇，王孙自可留。

《九月九日忆山东兄弟》

独在异乡为异客，每逢佳节倍思亲。

遥知兄弟登高处，遍插茱萸少一人。

《渭城曲》

渭城朝雨浥清晨，客舍青青柳色新。

劝君更尽一杯酒，西出阳关无故人。

（论者如胡应麟将《渭城曲》推为盛唐绝句之冠。）

孟浩然(689年——740年)襄阳人，少好结义，工五言。隐居鹿门山，不仕。张九龄、王维都极称道他。维待诏金銮朝房，一日私邀浩然入，俄报玄宗来到，浩然忙伏匿床下。维不敢隐，因奏闻。帝喜曰："朕素未闻人而未见也。"浩然遂出。命吟近作，至"不才明主弃，多病故人疏"之句，帝慨然道："卿不求仕，朕何尝弃卿，奈何诬我！"因命放还南山。有集《孟浩然集》四卷。

《春晓》

春眠不觉晓，处处闻啼鸟。

夜来风雨声，花落知多少。

《宿建德江》

移舟泊烟渚，日暮客愁心。

野旷天低树，江清月近人。

《望洞庭湖赠张丞相》

八月湖水平，涵虚混太清。

气蒸云梦泽，波撼岳阳城。

欲济无舟楫，端居耻圣明。

坐观垂钓者，徒有羡鱼情。

《过故人庄》

故人具鸡黍，邀我至田家。

绿树村边合，青山郭外斜。

开轩面场圃，把酒话桑麻。

待到重阳日，还来就菊花。

王维与孟浩然，都写山水，号称"王孟"，诗风看似相近，实则不同。王维写自然者往往是纯客观的，差不多看不见自己的影子。孟浩然则是主观的，处处都有个"我"存在。王维的诗是恬静的，浩然的诗却是活泼跳动的。

李白有一首《黄鹤楼送孟浩然之广陵》，至今被传唱不已：

故人西辞黄鹤楼，烟花三月下扬州。

孤帆远影碧空尽，唯见长江天际流。

大家对李白的诗已经很熟悉了，李白，字太白……（701年——762年），陇西成纪人，或曰山东人，或曰蜀人。（一说生于碎叶，今属吉尔吉斯斯坦，当时属唐朝领土。）他少有逸才，志气宏放。初隐岷山，益州刺史苏廷见而异之，道："是子天才英特，可比相如。"天宝初，到长安，见贺知章。知章见其文，叹道："子谪仙人也！"乃解金龟换酒，终日欢乐。言于明皇，召见金銮殿，奏颂一篇。帝赐食，亲为调羹。有召供奉翰林。白犹与酒徒饮于市。帝坐沉香亭子，意有所感，欲得白为乐章。召入，白已醉。左右以水洗面，稍解。援笔成文，婉丽精切。白尝侍帝，醉。使高力士脱靴，力士耻之，乃谮于杨贵妃。白自知不为亲近容，恳求还山。帝赐金放还。（明冯梦龙

《警世通言》中有《李谪仙醉草吓蛮书》）乃浪迹江湖，终日沉饮。后永王李璘辟白为僚佐。璘以谋乱败。白坐长流夜郎。遇赦得还。（李白政治上很幼稚。郭子仪救了李白。）相传他是于渡牛渚矶时，醉时于水中捉月而被溺死。李白喜击剑，好任侠，乐交友，轻财好施。在任城时，与孔巢父、韩准、裴政、张叔明、陶沔，居徂徕山中，每日沉饮，号"竹溪六逸"。在长安时，又与贺知章、李适之、王琎（jìn）、崔宗之、苏晋、张旭、焦遂为酒中八仙。中年与杜甫交尤善。

李白的诗风最能于他长歌中表现出来，如《行路难》：

> 金樽清酒斗十千，玉盘珍馐值万钱。
> 停杯投箸不能食，拔剑四顾心茫然。
> 将登太行雪满山，欲渡黄河冰塞川。
> 闲来垂钓坐溪上，忽复乘舟梦日边。
> 行路难！行路难！多歧路，今安在，
> 长风破浪会有时，直挂云帆济沧海！

（余年轻时曾背此诗，赢过四碗榨菜汤。）

李白的长诗如《蜀道难》《梦游天姥吟留别》应背下来。（余20岁之前背过。）气吞斗牛，目无齐、梁。狂言若奔川赴海，滔滔不已。虽时有言大而夸，但并非虚矫而夸。其短诗，几乎没有一首不是爽口悦耳的，却又具浑重之致，一点也不流于浮滑。（余读有的新诗，则流于浮滑。）

下面我引用郑振铎一段话来评：白的诗，纵横驰骋，若天马行空，无迹可寻；若燕子追逐于水面之上，倏忽西东，不能羁系。有时极无理，像"白发三千丈"，有时又极幼稚可笑，像"愿餐金光草，寿与天齐倾"（《古风》），但那都无害于他的诗纯美。他的诗如游丝，如落花，轻隽至极，却不是言之无物；如飞鸟，如流星，自由至极，却不是没有轨辙。如侠少的狂歌，农工的高唱，豪放至极，却不是没有腔调。他是储蓄得过多天才的。随笔挥写下来，便是晶光莹然的珠玉。在音调的铿铿上，他似尤有特长。他的诗篇几乎没有一首不是"掷地如金石声"的。尤其是他的长歌，几乎个个字都如"大珠小珠落玉盘"，吟之使人口齿爽畅，若不可终止。

李白一生写了1010首诗，收入《李太白集》中。

下面讲高适（700年——765年）字达夫，一字仲武，沧州人。（与胡广星同乡）少性磊落，不拘小节，隐迹博徒。五十始学诗，即工。以气质自高，多胸臆间语。他虽没有王维、孟浩然的淡远，李白的清丽奔放，却有一种壮激致密的风度，为王、孟所没有的。大器晚成，才名远播。曾擢谏议大夫，负气敢言，尚气节，语王霸。曾迁

418

西川节度使。是独当一面的大员。尝过汴州，与李白、杜甫会，酒酣登高台，慷慨悲歌，临风怀古。他的诗不谈穷说苦，不使酒坐骂，不说什么上天入地，不着边际的话。他是一位"人世间"的诗人，是一位显达的诗人。开元以来，诗人皆穷，显达惟高适一人。他的最高成就是七言绝句。如：《别董大二首》：

千里黄云白日曛，北风吹雁雪纷纷。

莫愁前路无知己，天下谁人不识君。

六翮（he）飘飖（yao）私自怜，一离京洛十余年。

丈夫贫贱应未足，今日相逢无酒钱。

《塞上听吹笛》

雪净胡天牧马还，月明羌笛戍楼间。

借问梅花何处落，风吹一夜满关山。

《除夜作》

旅馆寒灯独不眠，客心何事转凄然。

故乡今夜思千里，霜鬓明朝又一年。

上述三首，足以窥见他慷慨壮烈的风格。

唐朝疆域广大，国际交往频繁。岑参是开元、天宝时代最富异国情调的诗人。岑参（718年——769年）南阳人，出身于官僚世家。聪颖早慧而五岁读书。天宝三年进士及第。后出为嘉州刺史。他累佐戎幕，往来鞍马烽火间十余载，极征行离别之情。城障塞堡，无不经行。唐诗人咏边塞诗较多，大多捕风捉影。岑参的诗，却句句从体验中来，从阅历中出。如《银山碛山馆》："酒泉西望玉关道，千山万碛（qi）皆石草"。《热海行》："侧闻阴山胡儿语，西头热海水如煮"。《走马川行奉送封大夫出师西征》："君不见走马川行雪海边，平沙莽莽黄入天。轮台九月风夜吼，一川碎石大如斗。随风满地石乱走"。最有名的是《白雪歌送武判官归京》：

北风卷地百草折，胡天八月即飞雪。

忽如一夜春风来，千树万树梨花开。

散入珠帘湿罗幕，狐裘不暖锦衾薄。

将军角弓不得控，都护铁衣冷难着。

瀚海阑干百丈冰，愁云惨淡万里凝。

中军置酒饮归客，胡琴琵琶与羌笛。

纷纷暮雪下辕门，风掣红旗冻不翻。

轮台东门送君去，去时雪满天山路。

山回路转不见君，雪上空留马行处。

五位诗人之外，还有王昌龄、储光羲、常建、王湾、崔颢、王之涣、祖咏、李欣等若干人，他们也都是各具特色，驰骋于当世而不稍为他人屈的。

王昌龄（698年_757年）字少伯，京兆人，与高适、王之涣齐名，而昌龄独有"诗天子"称号。他登开元十五年进士第。为江宁丞。他的诗，绪密精思，多哀怨清溢之作。

《出塞》时传诵最盛：

秦时明月汉时关，万里长征人未还。

但使龙城飞将在，不教胡马度阴山。

（写于从军时）

《闺怨》

闺中少妇不知愁，春日凝妆上翠楼。

忽见陌头杨柳色，悔教夫婿觅封侯。

（写于仕途不顺）

《芙蓉楼送辛渐》

寒雨连江夜入吴，平明送客楚山孤。

洛阳亲友如相问，一片冰心在玉壶。

（写于被贬时）

王昌龄屡屡被贬，李白写诗《闻王昌龄左迁龙标遥有此寄》安慰之："杨花落尽子规啼，闻道龙标过五溪。我寄愁心与明月，随君直到夜郎西。"

王之涣（688年——742年）字季陵，并州人（今山西太原），与兄之咸、之贲（bì）皆有诗名。天宝间与王昌龄、崔国辅、郑明联唱迭和，名动一时。《集异记》载：一日天寒微雪，之涣与高适、王昌龄三诗人，共诣旗亭贳酒小饮，听梨园伶官唱诗。三诗人所作，皆为所唱及。独妓中最佳者，乃唱之涣的"黄河远上白云间，一片孤城万仞山。羌笛何须怨杨柳，春风不度玉门关。"明、清戏曲家演此事之剧本以《旗亭记》为名。其五言诗："白日依山尽，黄河入海流。欲穷千里目，更上一层楼。"为五绝之首。而上面说的《凉州词》为七绝之首。

储光羲(707年——763年)润州延陵（今江苏丹阳西南）人。登开元中进士第，历监察御史。禄山乱后，坐陷贼贬官。其中以田园诗名篇为多。如《咏山泉》：

> 山中有流水，借问不知名。
>
> 映地为天色，飞空作雨声。
>
> 转来深涧满，分出小池平。
>
> 恬淡无人见，年年常自清。

（与李白、杜甫素有交往。一度与王维隐居终南山。）

常建（708年——765年）祖籍邢州（今陕西西安人），字少府，开元十五年（727年）与王昌龄同榜进士，比王昌龄小10岁，19岁。仕途不顺。其诗"其旨远，其兴僻"。如《题破山寺后禅院》：

> 清晨入古寺，初日照高林。
>
> 曲径通幽处，禅房花木森。
>
> 山光悦鸟性，潭影空人心。
>
> 万籁此都寂，但余钟磬音。

崔颢（704年——754年），汴州（今河南开封）人。出身于"博陵崔氏"大家族。开元十一年登进士第。官司勋员外郎。他少年为诗，多浮艳语，晚乃风骨凛然。游武昌，登黄鹤楼，赋成名篇《黄鹤楼》：

> 昔人已乘黄鹤去，此地空余黄鹤楼。
>
> 黄鹤一去不复返，白云千载空悠悠。
>
> 晴川历历汉阳树，芳草萋萋鹦鹉洲。
>
> 日暮乡关何处是，烟波江上使人愁。

后李白来，道："眼前有景道不得，崔颢题诗在上头。"无作而去。（这是李白聪明处，有自知之明。何时能写，何时不能写，不勉强为之。）

崔颢的《长干曲》也很有名：

> 君家住何处？妾住在横塘。
>
> 停船暂相问，或肯是同乡。

王湾（693年——751年），号为德，洛阳人，登先天进士第。其文名较著。其《次北固山》：官终至洛阳尉。

> 客路青山外，行舟绿水前。
>
> 潮平两岸阔，风正一帆悬。
>
> 海日生残夜，江春忆旧年。
>
> 乡书何日达，归雁洛阳边。

当时宰相张说手书此诗挂于堂前。

李颀（690年——751年）颖阳人（今郑州登封市），擢开元十三年进士第，官新乡尉。王世贞谓："盛唐七律诗，老杜外，王维、李颀、岑参耳。"《古从军行》：

> 白日登山望烽火，黄昏饮马傍交河。
>
> 行人刁斗风沙暗，公主琵琶幽怨多。
>
> 野云万里无城郭，雨雪纷纷连大漠。
>
> 胡雁哀鸣夜夜飞，胡儿眼泪双双落。
>
> 闻道玉门犹被遮，应将性命逐轻车。
>
> 年年战骨埋荒外，空见蒲桃入汉家。

李颀（qí）有一首写农村老头的，也有点意思：

> 《野老曝背》
>
> 百岁老翁不种田，惟知曝背乐残年。
>
> 有时扪虱独搔首，目送归鸿篱下眠。

祖咏（699年——746年）洛阳人，登开元十二年进士第，与王维有善。考试官出题《终南望余雪》，要求十二句，咏只写了四句：

> 终南荫岭秀，积雪浮云端。
>
> 林表明霁色，城中增暮寒。

考官让再写，祖咏道："意尽！"不肯续写。（祖咏很有性格，考官自然不予支持。其他应试的诗都无名，此四句诗却留存下来。）

> 望蓟门
>
> 燕台一去客心惊，萧鼓喧喧汉将营。
>
> 万里寒光生积雪，三边曙色动危旌。
>
> 沙场烽火连胡月，海畔云山拥蓟城。
>
> 少小虽非投笔吏，论功还欲请长缨。

（蓟门即今北京西南，唐时为边兵军营。）

王翰（687年——726年）字子羽，并州晋阳（今山西太原市）人。少豪健恃才，景云元年登进士第。与当时名士祖咏、杜华等交往。杜华母亲崔氏对王翰评价很高，学孟母三迁，搬家离王翰很近，便于让儿子与其交往。《全唐诗》收其诗14首。"葡萄美酒夜光杯"一首，被王世贞推为唐人七绝压卷之作。

> 凉州词
>
> 葡萄美酒月光杯，欲饮琵琶马上催。

醉卧沙场君莫笑，古来征战几人回。

（此首诗也是生产力。中国葡萄酒当初欲进入西方市场。在谈判桌上，西方人士云，中国白酒历史悠久，但葡萄酒没有历史。我方人员马上朗诵此首诗，经查，已有一千多年历史。而欧洲葡萄酒，才几百年历史。于是成功打入西方市场。）

下面，用一定篇幅讲杜甫，讲杜甫时代。

杜甫（712 年——770 年）字子美，京兆人。是唐初狂诗人杜审言的孙子。家贫，少不自振，客于吴、越、齐、赵间。李邕奇其才，尝先往访问他。举进士不第，困长安。天宝三年，献《三大礼赋》于明皇。帝奇之，使特诏集贤院。命宰相试文章。擢河西尉，不拜。改右卫率府胄曹参军。安史之乱起，避难于三川。肃宗立，拜左拾遗。后流落剑南，营草堂成都西郭浣花溪。依严武节度使。表为检校工部员外郎。严武死后，出瞿塘，溯沅、湘，登衡山。客耒阳，游岳祠。大水暴至，涉旬不得食。县令具舟迎之，乃得还。为设牛炙白酒。大醉。一夕卒。年五十九岁。

杜甫的生平，可以分为三个时代。他的诗，也可以分三个诗风。

第一期是安史之乱前，他的理想不只是当一个诗人，和当时大多数知识分子一样，走仕途，当重臣。青年杜甫对自己很自信也有些狂放，"读书破万卷，下笔如有神""致君尧舜上，再使风俗淳"《奉赠韦左丞丈》"耽酒须微禄，狂歌托圣朝"（《官定后戏作》）"会当凌绝顶，一览众山小"（《望岳》）。其情调与李白、孟浩然差不多。

最能体现这一时期的杜甫，是他的《壮游》一诗：

往昔十四五，出游翰墨场。

斯文崔魏徒，以我似班杨。

七龄思即壮，开口咏凤凰。

九龄书大字，有作成一囊。

兴豪业嗜酒，嫉恶怀刚肠。

脱略小时辈，结交尽老苍。

饮酣视八极，俗物都茫茫。

……

第二期，从安、史之乱后到他入蜀以前（公元 755——759 年），杜甫诗风大变。在这短短五年间，他身历百苦，流离迁徙，刻不宁息，极人生之不幸，所受苦难，较他为甚。情感整个转变。个人功名利禄换成悲悯情怀。独肩起苦难时代写实的重大责任来。他所写的乱离诗，以写自身所感受为最多。"眼穿当落日，死心著寒灰。所亲惊老瘦，辛苦贼中来。"《喜达行在所》（这是杜甫从安禄山乱军中逃出）。

到家以后情形,"经年至茅屋,妻子衣百结。恸哭松声回,悲泉共幽咽。平生所娇儿,颜色白胜雪。见耶背面啼,垢腻脚不袜。床前两小女,补绽才过膝。"《北征》。与家人同流离迁徙,"岁拾橡栗随狙公,天寒日暮山谷里。中原无主归不得,手脚冻皴皮肉死。"《乾元中寓居同谷县作歌七首》。

但杜甫是一个心胸广大热情诗人,对苦难推己及人,对苦难的百姓,给予充分的同情。《茅屋为秋风所破歌》最足以体现这伟大的精神。"安得广厦千万间,大庇天下寒士俱欢颜,风雨不动安如山。呜呼,何时眼前突兀现此屋,吾庐独破受冻死亦足!"这精神也是等同一种宗教精神。杜甫这一时期,写了"三吏三别"。《新安吏》《石壕吏》《潼关吏》《新婚别》《垂老别》《无家别》。"三吏"写征兵征役的劳苦,"三别"写百姓离别的忧苦。如《新婚别》:

> 兔丝附蓬麻,引蔓故不长。
>
> 嫁女与征夫,不如弃路旁。
>
> 结发为君妻,席不暖君床。
>
> 暮婚臣告别,无乃太匆忙。
>
> 君行虽不远,守边赴河阳。
>
> 妾身未分明,何以拜姑嫜。
>
> 父母养我时,日夜令我藏。
>
> 生女有所归,鸡狗亦得将。
>
> 君今往死地,沈重迫中肠。
>
> 誓欲随军去,形势反仓皇。
>
> 勿为新婚念,努力土戎行。
>
> 妇人在军中,兵气恐不扬。
>
> 自嗟贫家女,久致罗襦裳。
>
> 罗襦不复施,对君洗红妆。
>
> 仰视百鸟飞,大小必双翔。
>
> 人事多错迕,与君永相望。

(杜甫经历安、史之乱八年。我们承平日久,读此诗有警醒。)

"安、史之乱"产生了杜甫这些伟大的诗篇。这些诗篇,在其他时代看不到的,其他诗人里绝无仅有的。在这一期间,杜甫写了一百四十多首诗。(我们承平日久,读此诗有警醒。)

第三期是公元 759 年——770 年,杜甫到成都直到去世,生活比较安定。所以这十一年的诗，往往比较恬静、工致和苍劲。写诗也最多，占全集十之七八。如《江村》：

清江一曲抱村流，长夏江村事事幽。

自去自来堂上燕，相亲相近水中鸥。

老妻画纸为棋局，稚子敲针做钓钩。

但有故人供禄米，微躯此外更何求。

这是 760 年杜甫草堂落成以后写的。763 年春天，唐军在洛阳附近衡水打一个大胜仗，收复黄河以北广大地区，杜甫闻讯大喜，于是写下了《闻官军收复河南河北》：

剑外忽传收蓟北，初闻涕泪满衣裳（长）。

却看妻子愁何在，漫卷诗书喜欲狂。

白日放歌须纵酒，青春作伴好还乡。

即从巴峡穿巫峡，便下襄阳向洛阳。

这是杜甫第一快诗。

杜甫死后，有大历（唐代宗李豫年号，计 14 年）十才子，最著者为韦应物、刘长卿、顾况、释皎然、李嘉佑诸人。因篇幅关系，只介绍韦应物、刘长卿和韩翃（hong）。

韦应物，生卒年代不详。京兆长安人。少以三卫郎侍明皇。晚折节读书（其妻元铭贤之）。曾出为苏州刺史。后人称"韦苏州"。其诗《滁州西涧》很有名：

独怜幽草涧边生，上有黄鹂深树鸣。

春潮带雨晚来急，野渡无人舟自横。

（后世美术考官试题，即以"野渡无人舟自横"作画，大多作者画野渡空船，只有齐白石在船头画一只野鸟。空船未必无人。）

刘长卿（约 726 年——790 年），字文房，宣城（今属安徽）人。少时居嵩山读书，积学以备举业，然屡试不中。749 年登进士第。780 年任随州刺史，世称刘随州。其诗意境幽隽者甚多。自诩为"五言长城"。《逢雪宿芙蓉山主人》最有名：

日暮苍山远，天寒白屋贫。

柴门闻犬吠，风雪夜归人。

提一下"大历十才子"中韩翃（hong）生卒年代不详。字君平，南阳人。玄宗天宝十三载（754 年）登进士第。他的一首诗《寒食》为唐德宗赏识，亲自点名他为中书舍人。

春城何处不飞花，寒食东风御柳斜。

日暮汉官传蜡烛，青烟散入五侯家。

下面讲韩愈（768年——824年）享年57岁。字退之，南阳人。生三岁而孤，由嫂郑夫人抚育（8月19日星期六下午张艳在此讲韩愈《祭十二郎文》即与此有关）。少好学。贞元八年（公元792年）登进士第。曾为监察御史、国子祭酒、吏部侍郎等官职。有集四十卷。韩愈是古文运动的倡导者和领袖，他在散文方面的主张由艰深的骈俪回复到平易的"古文"，他打的旗帜是"复归自然"。他的诗有意求险、求深，求不平凡。元和十四年（公元819年），宪宗遣使到凤翔迎佛骨入宫，韩愈上《论佛骨表》切谏，宪宗大怒，贬他为潮州刺史。韩愈写诗《左迁至蓝关示侄孙湘》：

> 一封朝奏九重天，夕贬潮州路八千。
>
> 欲为圣明除弊事，肯将衰朽惜残年。
>
> 云横秦岭家何在，雪拥蓝田马不前。
>
> 知汝远来皆有意，好收吾骨瘴江边。

与韩愈同道的有孟郊、贾岛、卢仝、刘叉、刘言史诸人。我们只说一下孟郊和贾岛。

孟郊（751年——814年）享年64岁。字东野，湖州武康人，少隐嵩山。性介，少谐和。韩愈一见备为忘形交。年近五十，始得登进士第。调溧阳尉。郊最长于五言。他喜写穷愁之状，喜绘寒饥之态。

苦寒吟

> 百泉冻皆咽，我吟寒更切。
>
> 半夜倚乔松，不觉满衣雪。
>
> 竹竿有甘苦，我爱抱苦节。
>
> 鸟声有悲欢，我爱口流血。
>
> 潘生若解吟，更早生白发。

这是"郊寒"。

贾岛（777年——841年）字浪仙，范阳（河北涿县亦说是北京市房山）人。初为僧，名无本。韩愈很赏识他，劝他去浮屠，举进士。后为普州司参军。行坐寝食，苦吟不辍。一日在驴上得句云："鸟宿池边树，僧敲月下门"引手作"推敲"之势，至犯韩愈车骑。韩愈建议用"敲"字，这就是"推敲"典故的由来。他尝自道："两句三年得，一吟双泪流"。他的"寻隐者不遇"很有哲理。

> 松下问童子，言师采药去。
>
> 只在此山中，云深不知处。

（读书、写作甚或与人交往，都有"云深不知处"的困惑。我儿时听母亲背此诗。）

《剑客》

十年磨一剑，霜刃未曾试。

今日把示君，谁有不平事？

（真要想做成一件事，真需要有"十年磨一剑"的功夫。）

《朝饥》

市中有樵山，此舍朝无烟。

井底有甘泉，釜中乃空然。

我要见白日，雪来塞青天。

坐闻西床琴，冻折两三弦。

饥莫诣他门，古人有拙言。

（此诗写诗人早上的饥饿感，无柴无米无阳光连琴弦都冻断两三根，但仍不失君子之风，不去他门乞求。）

此是"岛瘦"。贾岛每年除夕，必取一岁所作，置几上，焚香再拜，酹酒祝曰："此吾终年心血也！"痛饮长歌而罢。存世有《孟东野集》十卷。

唐朝诗人有三大家，李白、杜甫、白居易。李白、杜甫都说了，下面说白居易（772年——846年）。杜甫比李白小11岁，白居易在杜甫死后一年多才出生。字乐天，下邽（gui）（今陕西渭南）人。幼慧，五六岁时，已懂得作诗。以家贫，更苦学不已。登进士第后，授秘书省校书郎。元和三年（公元808年）拜左拾遗。元和九年，授太子左赞善大夫。元和十年，贬江州司马。长庆二年，做杭州刺史。（此间修筑西湖白堤）公元836年，为太子太傅，进封冯翊县开国侯。后以刑部尚书致仕。卒年75岁，有《白氏长庆集》存世。

白居易年轻时到长安游学，拿着自己写的诗拜访当时颇有名望的诗人顾况，顾况当听到他的名字叫白居易时，开玩笑说，"长安米贵，物价高，居住不易，更别说白居了。"等读到"离离原上草，一岁一枯荣。野火烧不尽，春风吹又生"（《赋得古原草送别》）时，马上改口说，"能写出如此诗句，白住也易。"白居易是最勤于作诗的人。他一生写了3840首诗。自己分为四类：一，讽喻，如《买花》中"一丛深色花，十户中人赋"。《卖炭翁》中，"一车炭，千余金，宫使驱将惜不得。半匹红纱一丈绫，系向牛头充炭直。"二，闲适，是他"知足保和，吟玩性情者"。如"绿蚁新醅酒，红泥小火炉。晚来天欲雪，能饮一杯无？"三，感伤，是他"事物牵于外，情理动于内，随感遇而形于叹咏者。"如《琵琶行》中，"座中泣下谁最多，江州司马青衫湿"。

四，杂律，是他的五言与七言诗。他在《与元九书》中说，"文章合为时而著，歌诗合为事而作。"故他的诗，"非求宫律高，不务文字奇。惟歌生民病，愿得天子知。"（《寄唐生》）白居易在《与元九书》（有兴趣者可从网上搜而读之。）中还提出评诗的标准：根情、苗言、华声、实义。白居易是实实地将诗歌当作劝诫的工具了，用诗歌干预现实生活，而不管收效如何。

白居易诗最高水平是《长恨歌》与《琵琶行》，（这二首长诗，余都背诵过。）当时的青楼歌女以咏得两诗而提高身价。白居易也力求自己的诗通俗平易，妇孺能懂。他每作一首，令一老妪解之。曰解，则录之；不解，则又复改之。所以史书载，村路卖鱼肉者，俗人买以胡绢半尺。士大夫买以乐天诗。还有年轻人在身上刺青，白舍人行诗图。可见白居易诗在当时的普及程度及影响，已扩展到国际上。现在日本，白居易的名声比李白、杜甫大。白居易诗也很艺术，如：

《钱塘湖春行》

孤山寺北贾亭西，水面初平云脚低。

几处早莺争暖树，谁家新燕啄春泥。

乱花渐欲迷人眼，浅草才能没马蹄。

最爱湖东行不足，绿杨阴里白沙堤。

和白居易同时的诗人有元稹、刘禹锡诸人。他们都是白居易好友，虽作风未必相同。白居易先与元稹有元、白之称，稹逝世后，又和刘禹锡齐名，号刘、白。

先说元稹（779年——831年）享年53岁.字微之，别字威名，河南洛阳人。八岁父亲去世，家贫无业，幼学之年，不蒙师训。其出身于书香门第的母亲郑氏教子读书。后与白居易同科及第。曾官至监察御史、武昌军节度使。诗名与白居易相等，共同创新乐府"元和体"。在任监察御史期间，秉公执法，有《元氏长庆集》传世。收诗八百三十余首。元稹的悼亡诗很有名。

离思五首·其四

曾经沧海难为水，除却巫山不是云。

取次花丛懒回顾，半缘修道半缘君。

这首诗是悼亡妻韦丛，两人感情很深。元稹一生娶过三个女人，分别是韦丛、安仙嫔和裴淑。他一生有过六次成功的恋爱经历，让同时期的诗人自叹不如。第一个是崔莺莺。她是元稹远房表妹，冰雪聪明，兰心蕙质，二人走到一起。后元稹赴京应试得中，弃莺莺而娶高门韦丛。元稹写了《莺莺传》。崔莺莺即是《西厢记》中崔莺莺的原型。元稹以监察御史身份出使蜀地，与才女薛涛发生姐弟恋（薛涛时年41岁，元稹

428

31岁。"薛涛笺"流传至今。玉垒山前风雪夜，锦官城外别离魂。信陵公子如相问，长向夷门感旧恩。《送卢员外》)。元稹被贬，朋友李景俭将自己表妹安仙嫔嫁与元稹，感情甚好。但三年以后，安仙嫔留下一个孩子也去世了。元和十一年，36岁元稹正式娶名门闺秀裴淑为妻。裴淑去世后，又纳江南著名女诗人兼歌手刘采春为妾。网上将元稹评为中国古代诗人中第一渣男，这里不加评论。

顺便说一下薛涛（768年——832年）享年64岁。字长度，长安（今西安市）人。唐代诗人，歌妓、女校书、清客，唐朝四大女诗人之一。（李冶、薛涛、刘采春、鱼玄机）薛涛幼时随父亲薛郧入蜀，遂寓蜀中。韦皋镇蜀，召薛涛入乐籍。后脱乐籍，居浣花溪。后与高崇文、武元衡、元稹、刘禹锡、白居易、杜牧、张籍、王建、张祜均有唱酬。韦皋上奏其为校书郎未果，然薛涛以"女校书"而名动远近。晚年移居碧鸡坊，建吟诗楼，悠闲吟咏，著道士装。创"薛涛纸"，沿用至今。有《锦江集》五卷已失传。《全唐诗》录其存诗一卷。

薛涛辩慧工诗，诗风清俊高洁。八岁时，他父亲薛郧咏院内梧桐树："庭中一古桐，耸干入云中。"薛涛随口续道："枝迎南北鸟，叶送晚来风。"其诗《池上双凫》：

　　　　双栖绿池上，朝去暮飞还。

　　　　更忆将雏日，同心莲叶间。

《罚赴边有怀上韦令公·其一》
闻道边城苦，今来到始知。
羞将门下曲，唱与陇头儿。

《题竹郎庙》
竹郎庙前多古木，夕阳沉沉山更绿。
何处江村有笛声，声声尽是迎郎曲。

也说一下上官婉儿（664年——710年7月21日）复姓上官，陕西郡上邽县（今甘肃省天水市人）。宰相上官仪的孙女，大臣上官庭芝之女。唐朝女官，诗人、皇妃。有《上官昭容集》。《全唐诗》卷五收其诗32首。（称量天下士。）
《彩书怨》
叶下洞庭初，思君万里余。
露浓香被冷，月落锦屏虚。

《驾幸三会寺应制》

释子谈经处，轩臣刻字留。

故台识老识，残简圣皇求。

驻跸怀千古，开襟望九州。

四山缘塞合，二水夹城流。

宸翰陪瞻仰，天杯接献酬。

太平词藻盛，长愿纪鸿休。

刘禹锡（771年——843年）享年72岁。字梦得，彭城人，贞元年间登进士第，为监察御史。以附王叔文，贬为郎州司马。有《刘梦得文集》四十卷。他久在南方，其短歌，是很受少数民族情歌的影响。故富于南国的情调。像《竹枝词》：

杨柳青青江水平，闻郎江上踏歌声。

日出东边西边语，道是无情却有情。

山桃红花满上头，蜀江春水拍天流。

花红易衰似郎意，水流无限似侬愁。

山上层层桃李花，云间烟火是人家。

银钏金钏来负水，长刀短笠去烧畲（she）

刘禹锡这些情歌诗，在其他诗人中是不多见的。他有一首诗非常有名：《酬乐天扬州初逢席上见赠》：

巴山楚水凄凉地，二十三年弃置身。

怀旧空间闻笛赋，到乡翻似烂柯人。

沉舟侧畔千帆过，病树前头万木春。

今日听君歌一曲，暂凭杯酒长精神。

他还有一首咏史的诗，也非常有名：《西塞山怀古》被罗贯中收入《三国演义》第一百二十回即最后一回：

五濬楼船下益州，金陵王气黯然收。

千寻铁锁沉江底，一片降旗出石头。

人世几回伤往事，江山依旧枕寒流。

今逢四海为家日，故垒萧萧芦荻秋。

他还有一句诗传诵引用至今："莫道桑榆晚，为霞尚满天"（《酬乐天咏老见示》）体现出一种积极向上的精神。

柳宗元（773——819年）享年47岁。字子厚，河东人，河东柳家是望族。（联想集团柳传志即属于河东柳族)登进士第。被贬永州司马，久居南方，写了《永州八记》。与韩愈同提倡古文运动，与刘禹锡是好友。他的诗和散文同为后世所重。（他也是唯一对应屈原《天问》写《天对》的人。）有《河东先生集》传世，收诗文600多篇。（二十世纪七十年代，章士钊出一本书《柳文摘要》，内容是章士钊对柳宗元的文章，撮其精，择其要。郭沫若找到出版社，问，我的书稿给出版社那么长时间了，怎么还没出来？《柳文摘要》怎那么快？出版社回答，《柳文摘要》有主席批示。郭沫若一时无言。）他最有名的诗是《江雪》：

> 千山鸟飞绝，万径人踪灭。
>
> 孤舟蓑笠翁，独钓寒江雪。

《渔翁》

> 渔翁夜傍西岩宿，晓汲清湘燃楚竹。
>
> 烟销日出不见人，欸（ai）乃一声山水绿。
>
> 回看天际下中流，岩上无心云相逐。

柳宗元的散文比诗成就大，如《捕蛇者说》《黔之驴》等。他也是在中国历史文人中，第一个回应屈原的《天问》，写了《天对》的人。他的小散文写得也很棒。如《小石潭记》，将小石潭写得很幽雅，晶莹如珠玉：（从小丘西行百二十步，隔篁竹，闻水声，如鸣佩环……）

我以上介绍了那么多诗人，几乎没有一个纯农民，纯手艺人，几乎都是进士及第或未及第的，即高考上榜或落榜的。在高考前，考生心里忐忑，有一个叫朱庆余的考生，临考前给看重自己的张籍写了一首诗《闺意》：

> 洞房昨夜停新烛，待晓堂前拜舅姑。
>
> 妆罢低声问夫婿，画眉深浅入时无。

张籍阅罢一笑，回诗安慰曰：

> 越女新妆出镜心，自知明艳更沉吟。
>
> 齐纨未足人间贵，一曲菱歌抵万金。

李贺（790年——816年），享年27岁，字长吉。系出郑王后。河南府福昌县昌谷（今河南省宜阳县）人。与李白、李商隐并称"唐代三李"。七岁能辞章，韩愈、皇甫湜（shi）始闻未信。过其家，使贺赋诗，辄就，乃大惊。自是有名。贺每日旦出，骑弱马，从小奚奴，背古锦囊。遇所得，书投囊中。及暮归，足成之。母道："是儿呕出心肝乃已耶！"然不能禁也。所作乐府诗，乐工皆合之管弦。仕为协律郎。李贺的诗崇尚奇诡，号称"诗鬼"。如《雁门太守行》：

黑云压城城欲摧，甲光向日金鳞开。

角声满天秋色里，塞上燕脂凝夜紫。

半卷红旗临易水，霜重鼓寒声不起。

报君黄金台上意，提携玉龙为君死。

他的五言诗也很棒：如《马诗·其五》：

大漠沙如雪，燕山月似钩。

何当金络脑，快走踏清秋。

毛主席喜欢"三李"的诗，即李白、李贺、李商隐。在《七律·人民解放军占领南京》中化用李贺《金铜仙人辞汉歌》诗中"天若有情天亦老"；在《浣溪沙·和柳亚子先生》中化用李贺《致酒行》诗中"雄鸡一声天下白"。

下面说晚唐诗人李商隐（813年——858年）享年46岁。字义山，怀州河内（今河南沁阳）人。号玉谿生，樊南生。与杜牧合称"小李杜"与温庭筠合称"温李"。李商隐幼年丧父，随母还乡过着清贫的生活，因擅去古文而知名。837年考中进士，曾被授秘书省正字。晚年笃信佛教。流传下诗歌600多首。（称情诗之王。西昆体。）

《无题》

飒飒东风细雨来，芙蓉塘外有轻雷。

金蟾啮锁烧香入，玉虎牵丝汲井回。

贾氏窥帘韩掾少，宓妃留枕魏王才。

春心莫共花争发，一寸相思一寸灰。

《无题》

相见时难别亦难，东风无力百花残。

春蚕到死丝方尽，蜡炬成灰泪始干。

晓镜但愁云鬓改，夜吟应觉月光寒。

蓬山此去无多路，青鸟殷勤为探看。

所谓的"无题"，实是有题。所谓的"无题"，也许是给某某女郎情诗的代名词，李商隐这类诗不少，写得多情而暧昧难明，如粉光斑斓的蝴蝶。他有一首五言诗，写得较明朗：

《乐游原》

向晚意不适，驱车上古原。

夕阳无限好，只是近黄昏。

还有一首被林黛玉肯定的诗：

《宿骆氏亭寄怀崔雍崔衮》

竹坞无尘水槛清，相思迢递隔重城。

秋阴不散霜飞晚，留得枯荷听雨声。

还有一首写给他妻子的《夜雨寄北》

君问归期未有期，巴山夜雨涨秋池。

何当共剪西窗烛，却话巴山夜雨时。

温庭筠（约812年——约866年），本名岐，艺名庭筠，字飞卿，太原（今山西首祁县人）人。是唐初宰相温彦博的后裔。少敏悟，才思艳丽。每入试，押官韵作赋，凡八叉手而八韵列成，时号温八叉。多为邻铺假手，日救数人。一生屡试不第，官终国子助教。温庭筠精通音律，诗词兼工。时诗坛有"温李"之称。词与韦庄齐名，并称"温韦"，被尊为花间派鼻祖，对词的发展影响很大。其诗今存300多首，其词今存70多首。有《花间集》传世。其诗《商山早行》（此时作者已年近50岁）很有名：

晨起动征铎，客行悲故乡。

鸡声茅店月，人迹板桥霜。

槲叶落山路，枳花明驿墙。

因思杜陵梦，凫雁满回塘。

其中"鸡声茅店月，人迹板桥霜。"被千古传唱，欧阳修仿之不及。都用名词排列。

词《菩萨蛮》

小山重叠金明灭，

鬓云欲度香腮雪。

懒起画蛾眉，弄妆梳洗迟。

照花前后镜，花面交相映。

新帖绣罗襦，双双金鹧鸪。

（此词写闺中少妇早上晨妆，是《甄嬛传》主题曲）

前面说薛涛时提到过四大才女之一的鱼玄机，借着温庭筠，说一下鱼玄机（844年——868年）享年24岁。她字幼微（一字蕙兰），为长安普通家女，喜读书，有才思，初为李亿妾，为李亿妻妒，后出为女道士，主持咸宜观，和诸名士往还。以答杀婢女绿翘，被京兆温璋所杀。她钟情于大她32岁的温庭筠，是忘年交。有《鱼玄机诗》传世。

《冬夜寄温飞卿》

苦思搜诗灯下吟，不眠长夜怕寒衾。

满庭木叶愁风起，透幌纱窗惜月沈。

疏散未闲终遂愿，盛衰空见本来心。

幽栖未定梧桐处，暮雀啾啾空绕林。

《赠邻女 \ 寄李亿员外》

羞日遮罗袖，愁春懒起妆。

易求无价宝，难得有心郎。

枕上潜垂泪，花间暗断肠。

自能窥宋玉，何必窥王昌。

"易求无价宝，难得有心郎。"是中国古代女子的千古一叹。

杜牧（803年——852年），字牧之。京兆万年人。828年擢进士第。曾历黄州、池州、睦州三州刺史，又为湖州刺史。牧刚直有奇节，敢论列大事。他注释过《孙子兵法》，是继曹操后第二人。他的诗也情致豪迈，与时流之竞为枯瘠清瘦或繁缛温馥之作不同。人号为小杜，以别杜甫。有《樊川集》存世。（杜牧的《阿房宫赋》非常有名："六王毕，四海一。蜀山兀，阿房出。……"）

杜牧诗有几首代表作,耳熟能详:

《清明》

清明时节雨纷纷，路上行人欲断魂。

借问酒家何处有，牧童遥指杏花村。

《山行》

远上寒山石径斜，白云生处有人家。

停车坐爱枫林晚，霜叶红于二月花。

《泊秦淮》

烟笼寒水夜笼沙，夜泊秦淮近酒家。

商女不知亡国恨，隔江犹唱后庭花。

《江南春》

千里莺啼绿映红，水村山郭酒旗风。

南朝四百八十寺，多少楼台烟雨中。

杜牧还有一首自嘲的诗《遣怀》：

落魄江湖载酒行，楚腰纤细掌中轻。

十年一觉扬州梦，赢得青楼薄幸名。

杜牧是个风流才子，时常出入风月场所。中年的杜牧回忆十年扬州生活，纵情声色。（古人似乎有一种偏见，对风流才子的风流之事，总是持一种包容、欣赏、理解态度。风流即风雅。同样的事放在文盲身上，文盲即流氓。）

说唐诗最后说杜荀鹤（848年——907年）字彦之，池州人，有诗名，自号九华山人。公元893年进士第。或以他为杜牧妾之子。朱温受禅，拜他为翰林学士。他的诗类似格言的成语，最得民间的欢迎。

《小松》

自小刺头深草里，而今渐觉出蓬蒿。

时人不识凌云木，直待凌云始道高。

《泾溪》

泾溪石险人兢慎，终岁不闻倾覆人。

却是平流无石处，时时闻说有沉沦。

《题弟侄书堂》

何事居穷道不穷，乱时还与静时同。

家山虽在干戈地，弟侄常修礼乐风。

窗竹影摇书案上，野泉声入砚池中。

少年辛苦终身事，莫向光阴惰寸功。

木心总结道：

唐诗分四个时期：初唐、盛唐、中唐、晚唐。

初唐——唐兴至玄宗开元之初，凡百余年。

盛唐——开元至代宗大历初，凡约50年。

中唐——大历至文宗太和九年，凡约70年。

晚唐——文宗开成初圣唐末，凡八十余年。

初唐诗人中，王勃、杨炯、卢照邻、骆宾王称"四杰"——其实魏徵是初唐正宗第一诗人。陈子昂呢，是唱唐代文学宣叙调的男高音、领唱者。此外是沈全期、宋之问、刘希夷、张若虚，都是初唐的诗人代表。

盛唐诗人：李白、杜甫、王维、孟浩然、王昌龄、高适、岑参。

中唐诗人：韦应物、韩愈、柳宗元、白居易、元稹、刘禹锡、孟郊、贾岛。

晚唐诗人：杜牧、李商隐、温庭筠、罗隐、司空图、陆龟蒙、杜荀鹤。

这份名单，吓死人。中国是超级诗国。英国算得天独厚的诗国，诗人总量根本不能与中国比。

这四个时期，不可一刀切，有横贯，有承继。划分时期，是为了看看天才降生的壮观景象，简直像放烟火，令人眼花缭乱，目不暇接。每个诗人风格各不相同，各自臻于极致。用现代话说，在自己找到的可能中尽到了最大的可能（第一要找到最大的可能，然后发挥到极点）。

诗说得差不多了，该说词了。木心云："唐诗宋词，有一种精神上的亲戚关系。"五七言诗在唐代，时见之歌坛，但并不是每一首诗都可以歌。诗人每以其诗得入管弦为荣。后来，便专名这种可以入乐或"合之管弦"的歌曲为词，"词"乃是可歌的乐曲总称，所以词无可不歌者，又称长短句。词的来历，颇为多端，但最重要者则为"里巷之音"和"胡夷之曲"。一种新文体的产生，往往有其悠久的历史。最早可追溯到六朝时代的长短句甚成《诗经》。

词在五代文学中占主体。所谓"五代文学"，是从朱温即皇帝位（公元907年）到南唐被宋所灭（公元974年）的六十余年的文学。讲一下南唐中主李璟（916年——961年8月12日）享年46岁。他的两首词很有名：

《摊破浣溪沙·其一》：

菡（han）萏（dan）香消翠叶残，西风愁起绿波间。还与韶光共憔悴，不堪看。

细雨梦回鸡塞远，小楼吹彻玉笙寒。多少泪珠何限恨，倚栏杆。

《摊破浣溪沙·其二》：

手卷真珠上玉钩，依前春恨锁重楼。风里落花谁是主？思悠悠。

青鸟不传云外信，丁香空结雨中愁。回首绿波三楚梦，接天流。

李璟词作，传者不多。皇帝没当好，文才不错。

李煜（后主·936年——978年）字重光，为李璟第六子。开宝八年，煜降于宋，终日以泪洗面。相传系宋太宗以毒药杀之，享年42岁。他天分极高，善属文，工书画，尤长于音律。李煜的词分前后两期，第一期为少年皇帝的生活，极尽人间的富贵豪华，拥红倚翠，又有些恋爱小喜剧，如：

《菩萨蛮·花明月暗笼轻雾》

花明月暗笼轻雾，今宵好向郎边去。

划（chan）袜步香阶，手提金缕鞋。

画堂南畔见，一晌偎人颤。

好为出来难，教君恣意怜。

蓬莱院闭天台女，画堂昼寝人无语。

抛枕翠云光，绣衣闻异香。

潜来珠锁动，惊觉鸳鸯梦。

慢脸笑盈盈，相看无限情。

（描写的是宫里闺中缱绻缠绵的日常生活状态）

第二期则是降王的囚居生活，家国之思，更深更邃；遭际之苦，更悲更苦。暗伤亡国，号啕痛哭。

《相见欢·无言独上西楼》

无言独上西楼，月如钩，寂寞梧桐深院锁清秋。

剪不断，理还乱，是离愁！别是一番滋味在心头。

《虞美人·春花秋月何时了》

春花秋月何时了，往事知多少？

小楼昨夜又东风，故国不堪回首月明中。

雕栏玉砌应犹在，只是朱颜改。

问君能有几多愁？恰如一江春水向东流！

《浪淘沙令·帘外雨潺潺》

帘外雨潺潺，春意阑珊。罗衾不耐五更寒。

梦里不知身是客，一晌贪欢。

独自莫凭栏，无限江山，别时容易见时难。流水落花春去也，天上人间。

《相见欢·林花谢了春红》

林花谢了春红，太匆匆。无奈朝来寒雨晚来风。

胭脂泪，相留醉，几时重。自是人生长恨水长东！

《长相思·一重山》

一重山，两重山，

山远天高烟水寒，相思枫叶丹。

菊花开，菊花残。

塞雁高飞人未还，一帘风月闲。

《破阵子·四十年来家国》

四十年来家国，三千里地山河。

凤阁龙楼连霄汉，玉树琼枝作烟萝，只曾识干戈？

一旦归为臣虏，沈腰潘鬓消磨。

最是仓皇辞庙日，教坊犹奏别离歌，垂泪对宫娥。

《清平乐·别来春半》

别来春半，触目柔肠断。

砌下落梅如雪乱，拂了一身还满。

雁来音信无凭，路遥归梦难成。

离恨恰如春草，更行更远还生。

《忆江南·多少恨》

多少恨，昨夜梦魂中。

还似旧时游上苑，车如流水马如龙。

花月正春风。

（李煜的人生有多大的落差，他的词就有多大的落差。李煜的国亡了，他的词未亡，流传下来有词作有 46 首。他的词，以浅近之语，写深厚之情，难状之境。以他的文学造诣，至少可当作协主席。）

在敦煌石室所发现的汉文卷子里，有《云谣集杂曲子》一种，凡录《凤归云》《天仙子》《竹枝子》《雀踏枝》等数十首，其中不乏民间土朴之气，如《雀踏枝》：

叵耐灵雀多满语，送喜何曾有凭据！

几度飞来活捉取，锁上金笼休共语。

比拟好心来送喜，谁知锁我在金笼里？

欲他征夫早归来，腾身却放我到青云里。

这是少妇和灵鹊的对话，俏皮风趣而可爱，在文人学士词里，尚不多见。

提一下花蕊夫人，姓徐，五代十国人，生于青城（今成都都江堰）。幼能文，擅宫词，得幸于后蜀后主孟昶，封慧妃，赐号花蕊夫人。后又被赵匡胤封为贵妃。她有一首《述亡国诗》，写得很震撼：

君王城上竖降旗，妾在深宫那得知。

十四万人齐解甲，更无一个是男儿。

（这首诗是在一次宫中宴会上，花蕊夫人当场作诗吟诵，赵匡胤还大度，呵呵一笑了之。后在打猎时，被宋太宗赵光义一箭射死，原因是参与了赵匡胤立太子。）

晚唐五代十国时蜀人韦庄（约公元836年——公元910年）字端己，别名秦妇吟秀才。京兆郡杜陵县（今陕西西安）人，五代时前蜀宰相，苏州刺史韦应物四世孙。代表作《秦妇吟》与《木兰诗》《孔雀东南飞》并称"乐府三绝"。叙事诗《秦中吟》长达1666字，是现存唐诗中最长的一首。世存《浣花集》十卷，《全唐诗》收录其诗三百一十六首。

韦庄词属于花间派，与温庭筠并称"温韦"。《菩萨蛮·人人尽说江南好》：

人人尽说江南好，游人只合江南老。

春水碧于天，画船听雨眠。

垆边人似月，皓腕凝霜雪。

未老莫还乡，还乡须断肠。

（这是写离乱的词，一共五首，这是其二。）

韦庄有一首词《思帝乡·春日游》：

春日游，杏花吹满头。陌上谁家年少，足风流。

妾拟将身嫁与，一生休。纵被无情抛，不能羞。

（这是借一个年轻女子之口，说出自己隐秘的心思。用现在的话说，不求天长地久，只求曾经拥有。）

韦庄的诗也很可诵之，如《送日本国僧敬龙归》

扶桑已在渺茫中，家在扶桑东更东。

此去与师谁共到，一船明月一帆风。

（此诗足以证明，中日文化交流历史的久远，当时中国，是世界文化中心。）

唐末五代前蜀有高僧贯休（832年——932年），字德隐，婺州兰溪（今浙江兰溪市游埠镇仰天田）人。画僧、诗僧。贯休七岁出家和安寺，日读经书千字，过目不忘。被前蜀主王建封为"禅月大师"。他诗句中云，"一瓶一钵垂垂老，万水千山得得来"时又称"得得和尚"。贯休亦擅绘画，在中国绘画史上，有很高的声誉。存世《十六罗汉图》是其代表作。最有名的诗是《献钱尚父》：

贵逼人来不自由，龙镶凤蕶势难收。

满堂花醉三千客，一剑霜寒十六州。

鼓角揭天嘉气冷，风涛动地海山秋。

东南永作金天柱，谁羡当时万户侯。

五代十国有一首民歌风格的词《菩萨蛮·枕前发尽千般愿》，作者已不可考，写男女之间爱情的，甚有忠贞味道。

《菩萨蛮·枕前发尽千般愿》

五代十国·佚名

枕前发尽千般愿，要休且待青山烂。水面上秤锤浮，直待黄河彻底枯。

白日参辰见，北斗回南面。休即未能休，且待三更见日头。

宋文学介绍几个大家，首先是欧阳修（1007年8月6日——1072年9月8日）享年66岁。字永叔，号醉翁，晚号六一居士。庐陵人，天圣中进士。累擢知制诰，翰林学士，参知政事。神宗时，以太子少师致仕卒。谥号文忠。从小家贫，母亲郑氏以芦秆画沙地教他识字，这就是成语"画荻教子"的由来。（欧母也因此成为中国古代四大贤母之一。其他三位贤母是孟母，即孟子母亲，"孟母择邻"；陶母，陶侃母亲，"陶母退鱼"是陶渊明的曾祖母；岳母，岳飞母亲"岳母刺字"。）十岁从玩伴家中得《韩昌黎集》，爱不释手。后来连中三元。因穿大红状元服参加殿试，被宋仁宗降至十四名，以挫其锋芒。

欧阳修的《醉翁亭记》，千古名篇，开头一句，"环滁皆山也。"几易其稿。他将此篇文稿，挂在墙上，不时咏读修改，才成了今天我们看到的样子，成了流传千年的经典文章。"醉翁之意不在酒，在乎山水之间。"成了千古名句。为宋代古文运动的中心人物。今天只说他几首词。

《木兰花·别后不知君远近》

别后不知君远近，触目凄凉多少闷！渐行渐远渐无书，水阔鱼沉何处问？

夜深风竹敲竹韵，万叶千声皆是恨。故欹（yi）单枕梦中寻，梦又不成灯又烬。

（这是欧阳修早期作品，受花间派的影响，以代言体即女性第一人称的方式，写闺中思妇的深沉凄绝的别恨表现得深曲婉丽，淋漓尽致。）

《生查子·元夕》：

去年元月时，花市灯如昼。

月上柳梢头，人约黄昏后。

今年元夜时，月与灯依旧。

不见去年人，泪湿青衫袖。

这是欧阳修怀念妻子杨氏一首词。

《蝶恋花·庭院深深深几许》

庭院深深深几许，杨柳堆烟，帘幕无重数。玉勒雕鞍游冶处，楼高不见章台路。

雨横风狂三月暮，门掩黄昏，无计留春住。泪眼看花花不语，乱红飞过秋千去。

作者写深闺中的少妇孤身独处，心事深沉而又无处诉说的幽怨之情。因此李清照称赏不已，并拟"庭院深深"数阙。

《踏莎行·候馆梅残》

候馆梅残，溪桥柳细。草薰风暖摇征辔（配）。离愁渐远渐无穷，迢迢不断如春水。

寸寸柔肠，盈盈粉泪。楼高莫近危阑倚。平芜尽处是春山，行人更在春山外。

（这是描写女主人公在春天与情人离别的哀愁无奈，借景抒情，柔肠百转，用多种修辞手法如比喻、拟人。成为脍炙人口的佳作。）

欧阳修在利用时间上，提倡"三上"文章，即枕上、马上、厕上。（邓拓在《燕山夜话》中亦提到欧阳修的"三上"文章。）欧阳修又是个伯乐，他当过主考官，发现提携不少人才，如苏轼、苏辙、苏洵、王安石、范仲淹、曾巩、包拯、梅尧臣等。唐宋八家，（一韩一柳一欧阳，3+2+1）他提携了五个。被称为千古伯乐。

梅尧臣（1002 年——1060 年）字圣俞，宣城人，以荫补斋郎，嘉祐初，召试，赐进士。历尚书都官员外郎卒。有《宛陵集》。参与编撰《新唐书》，并为《孙子兵法》作注。欧阳修极称其诗，以为"圣俞覃思精微，以深远闲淡为意。"与欧阳修齐名，时人称"欧梅"。与苏舜钦齐名，称"苏梅"。其诗《陶者》：

淘尽门前土，屋上无片瓦。

十指不沾泥，鳞鳞居大厦。

（此诗看似平淡，其意深刻。用对比手法，有震撼效果。）

《鲁山山行》

适与野情惬，千山高复低。

好峰随处改，幽境独自迷。

霜落熊生树，林空鹿饮溪。

人家在何许，云外一声鸡。

（熊上树、鹿饮溪，可见当时的生态环境。）

《苏幕遮·草》

露堤平，烟树杏。乱碧萋萋，雨后江天晓。

独有庚郎年最少。窣（su）地春袍，嫩色宜相照。

接长亭，迷远道。堪怨王孙，不记归期早。

落尽梨花春又了。满地残阳，翠色和烟老。

（此词虽写草，但全篇未着一个"草"字。）

苏舜钦（1008 年——1048 年）享年 41 岁。字子美，梓州桐山（今四川省中江县）人。景祐中进士。累迁集贤校理，坐事除名。居苏州，作沧浪亭以自适。终湖州长史。今存《苏舜钦集》。

《淮中夜泊犊头》

春阴垂野草青青，时有幽花一树明。

晚泊孤舟古祠下，满川风雨看潮生。

（这是苏舜钦被贬后写的，前三句是静态，最后一句是动态。）

《过苏州》

东出盘门刮眼明，萧萧疏雨更阴晴。

绿杨白鹭皆自得，近水远山皆有情。

万物盛衰天意在，一身羁苦俗人轻。

无穷好景无缘住，旅棹区区暮亦行。

《松江长桥未明观鱼》

曙光东向欲胧明，渔艇纵横映远灯。

涛面白烟昏落月，岭头残烧混疏星。

鸣根莫触蛟龙睡，举网时闻鱼鳖腥。

我实宦游无况者，拟来随尔带笭箵。

(苏舜钦的诗，欧阳修评价说："笔力豪俊，以超迈横绝为奇"。郑振铎则以"其气魄都是很宏大的。"相诩。

苏舜钦有北宋第一美男之称，他提倡古文，比欧阳修、苏东坡提倡古文运动还早。属于范仲淹改革派。与梅尧臣齐名，时称"苏梅"。他以汉书佐酒。他住在岳父家中，每天晚上读书他都要饮一斗酒。他岳父奇怪，偷偷观察，只听他在朗读《汉书·张子房传》。当读到张良用铁锥击秦始皇而误中副车，拍案叫道："惜乎夫子不中！"说完就满饮一大杯。又听他读到张良对汉高祖说："此天以臣授陛下。"时，他又拍案叫道："君臣相遇，其唯如此！"说完又饮一大杯。他岳父见了笑道："有这样的下酒物，一斗也不算多。"以书下酒，后来陆游等也曾效仿过。苏舜钦工书法，每写一纸，立刻被人索去。连米芾都盛赞学习之。

王安石(1021 年 12 月 19 日——1086 年 5 月 21 日)享年 66 岁，字介甫，号半山。福州临川（今江西省抚州市）人，庆历二年进士，神宗朝累除知制诰，翰林学士，拜同中书门下平章事。封荆国公。卒谥曰文。有《临川集》传世。他是唐宋八大家之一，他的《答司马谏议书》被收入中学语文课本。他是一位大政治家、文学家、思想家、改革家。历行新法，颇为守旧者嫉视。他的诗才殊高，所作皆以险绝为功，多未经人道语。其诗擅长于说理与修辞，晚年诗风含蓄深沉，深婉不迫，以丰神远韵的风格在北宋诗坛自成一家。

《登飞来峰》

飞来山上千寻塔，闻说鸡鸣见日升。

不畏浮云遮望眼，只缘身在最高层。

（此时王安石三十岁，正值壮年，抱负不凡，写下这首壮怀之作。）

《咏竹》

谁怜直节生来瘦，自许高材老更刚。

曾与蒿藜同雨露，终随松柏到冰霜。

（这是一首托物言志诗《咏竹》，一波三折。先写先天不足，后写环境恶劣，但他勇于自强，最后大器晚成。）

《泊船瓜州》

京口瓜州一水间，钟山只隔数重山。

春风又绿江南岸，明月何时照我还。

（这是王安石55岁时，被宋神宗第二次召做宰相，从江宁赴京师途经瓜州时所作。先后用"到""过""入""满"，最后用"绿"字，王安石讲究修辞练句。远方有梦想，家乡有平静。）

《元日》

爆竹声中一岁除，春风送暖入屠苏。

千门万户曈曈日，总把新桃换旧符。

（1069年，王安石被拜参知政事，宋神宗让他主持变法时的喜悦心情。屠苏，可以解释为屠苏酒，也可以理解为平房、茅屋。屠苏是一种植物，也叫紫苏。）

下面讲邵雍（1011年12月25日——1077年7月5日）享年67岁。字尧夫，自号安乐先生、伊川翁等。先为范阳（今河北涿州大邵村）人，后迁共城（今河南辉县）。北宋数学家、诗人、哲学家、理学家和易学家。同周敦颐、张载、程颢、程颐并称"北宋五子"。朱熹将邵雍同周、张、二程和司马光称为道学"六先生"。有《伊川击壤集》《皇极经世书》《观物内外篇》《渔樵问对》等著作。只说他的诗：

《清夜吟》

月到天心处，风来水面时。

一般清意味，料得少人知。

《心安吟》

心安身自安，身安室自宽。

心与身俱安，何事能相干。

谁谓一身小，其安若泰山。

谁谓一室小，宽如天地间。

《观事吟》

一岁之事勤在春，一日之事勤在晨。

一生之事勤在少，一端之事勤在新。

郑振铎评价道：邵雍的诗，在北宋诸作里，显出特殊的风味，与时流格格不能相入。其苍茫独立的风度，颇有些宗教主的气味。

钱钟书先生亦曾指出：宋诗爱讲道理，发议论；道理往往粗浅，议论往往陈旧，也煞费笔墨，去发挥申说。

用一定篇幅讲苏轼（1037 年 1 月 8 日——1101 年 8 月 24 日）享年 65 岁。字子瞻，又字和仲，号铁冠道人、东坡居士。世称苏东坡、苏仙、坡仙。眉州眉山（今四川省眉山市）人，祖籍河北栾城。

嘉祐二年进士。历端明殿学士，礼部尚书。与父苏洵、弟苏辙并称"三苏"。曾被贬黄州、惠州、儋州。建中靖国元年，卒于常州。

苏轼是欧阳修、梅尧臣、苏舜钦之后最有天才的诗人。他是一个多面手，诗、词、赋、古文，无不精好，随手拈来，皆成妙谛。他的书法，也自成一家，称"苏体"，"苏、黄、米、蔡"四大家之一。其绘画，造诣颇深。他的一幅枯木怪石图，被拍了4.2 亿。我们还是谈他诗的情绪与风格，也是多方面的，有的清新，有的瘦削，有的丰腴，有的险峻。他上迫梅尧臣、欧阳修，下启山谷、后山。他的笔锋是那样的无施不可，他的才调是那样的无所不能。所以苏轼在宋诗的诗坛上，乃是一位承前启后的大家，其地位和杜甫在唐是没有二致的。苏轼留下诗词 3460 首。

《卜算子·黄州定慧院寓居作》

缺月挂疏桐，漏断人初静。谁见幽人独往来，缥缈孤鸿影。

惊起却回头，有恨无人省。拣尽寒枝不可栖，寂寞沙洲冷。

（这是苏轼因乌台诗案被贬初到黄州时心情的写照，惊魂未定，前途未卜，幽独寂寞，孤高自持，蔑视俗流。）

《江城子·密州出猎》

老夫聊发少年狂，左牵黄，右擎苍。

锦帽貂裘，千骑卷平岗。

为报倾城随太守，亲射虎，看孙郎。

酒酣胸胆尚开章，鬓微霜，又何妨！

持节云中，何日遣冯唐？

会挽雕弓如满月，西北望，射天狼！

（这首词是苏轼豪放派的代表作，是苏轼任密州太守出猎时所作。表达作者兴国安邦的豪迈志向。）

《定风波·南海归赠王定国侍人寓娘》

常羡人间琢玉郎，天应乞与点酥娘。尽道清歌传皓齿。风起。雪飞炎海变清凉。

万里归来年愈少。微笑。笑时犹带岭梅香。试问岭南应不好。却道，此心安处是吾乡。

（"此心安处是吾乡"这句话本来是王巩的歌女柔奴所说，经苏轼点化，遂成千古名句。苏轼一生屡屡被贬，颠沛流离。但他心胸豁达，化苦为乐，心安随缘。在不同角色里来回切换，忘怀于得失，把握住当下。林语堂评苏轼：是个不可救药的乐天派，一个伟大的人道主义者。）

《水调歌头·黄州快哉亭赠张偓佺》

落日绣帘卷，亭下水连空。知君为我新作，窗户湿青红。长记平山堂上，欹枕江南烟雨，杳杳没孤鸿。认得醉翁语，山色有无中。

一千顷，都镜净，倒碧峰。忽然浪起，掀舞一叶白头翁。堪笑兰台公子，未解庄生天籁，刚道有雌雄。一点浩然气，千里快哉风。

（这是苏轼被贬黄州第四年所作，是他豪放词的代表作之一。全词通过描绘快哉亭周围壮阔山光水色，抒发了作者虽处逆境而旷达豪迈的处世精神。一点浩然气，千里快哉风。）

《庐山烟雨浙江潮》

庐山风雨浙江潮，未至千般恨不消。

到得还来皆不是，庐山烟雨浙江潮。

（这是苏轼人生写的最后一首诗，是写给儿子苏过的，颇有禅意。第一境界：看山是山，看水是水；第二境界：看山不是山，看水不是水；第三境界：看山还是山，看水还是水。）

受苏轼影响最大者，有所谓苏门四学士。盖指黄庭坚、秦观、张耒、晁补之四人。先说秦观（1049年——1100年）享年52岁。字少游，别号邗沟居士，高邮（今江苏高邮市）军武宁乡左厢里人。元丰八年进士。以诗见赏于王安石。经苏轼荐，任太学博士，迁秘书省正字兼国史院编修官。著作有《淮海词》三卷 100 多首，宋诗十四卷 430 多首，散文三十卷共 250 多篇。尤工于长短句，于诗也很有成就，情韵兼胜。为北宋婉约派重要作家。

《鹊桥仙》

纤云弄巧，飞星传恨，银汉迢迢暗度。

金风玉露一相逢，便胜却人间无数。

柔情似水，佳期如梦，忍顾鹊桥归路。

两情若是久长时，又岂在朝朝暮暮。

（这是秦观为长沙一位歌女写的，独出机杼，立意高远。摆脱了欢娱苦短的主题，而是"两情若是久长时，又岂在朝朝暮暮。"）

《浣溪沙·漠漠轻烟上小楼》

漠漠轻烟上小楼，晓阴无赖似穷秋。淡烟流水画屏幽。

自在飞花轻似梦，无边丝雨细如愁。宝帘闲挂小银钩。

（这首词写了一个闺中女子在春阴时空里的淡淡哀愁和轻轻寂寞，是闲愁。这种闲愁是无端的，与爱情无关，与友情无关，与亲情无关。从这首词，可以体会古人感情之细腻。）

《满庭芳·山抹微云》

山抹微云，天粘衰草，画角声断谯门。暂停征棹，聊共引离尊。多少蓬莱旧事，空回首、烟霭纷纷。斜阳外，寒鸦万点，流水绕孤村。

销魂。当此际，香囊暗解，罗带轻分。谩赢得、青楼薄幸名存。此去何时见也？襟袖上，空惹啼痕。伤情处，高城望断，灯火已黄昏。

（这是秦观的一首与歌妓离别的词，是其杰出的词作之一。笔法高超还韵味深长，起首一句"山抹微云"，秦观由此得"山抹微云君"。虽写艳情，亦寓仕途不顺。）

前边已说到秦观、苏轼等人的词，郑振铎先生将北宋词分为三期，第一期的作家有：晏殊、欧阳修、范仲淹、张先、晏几道、宋祁、王安石等；第二期的作家有：柳永、苏轼、秦观、黄庭坚、贺铸、程垓、赵令畤、王诜、魏夫人等；第三期的作家；周邦彦、吕渭老、向镐、朱敦儒、赵佶、李清照等。

前面已经介绍过的不再提了，未提到的还是要交代一下。

晏殊（991 年——1055 年）享年 65 岁。字同叔，江西抚州临川（今属江西抚州）人。他是一个大天才，七岁便能文。曾官至宰相，仕致观文殿大学士卒。卒后，赠谥元献，后人亦称其"晏元献"。举其代表词三首：

《浣溪沙·一曲新词酒一杯》

一曲新词酒一杯，去年天气旧亭台。夕阳西下几时回？

无可奈何花落去，似曾相识燕归来，小园香径独徘徊。

（这是一首伤春之作，又是一首抒杯之词。表达了作者对时光流逝的无奈与感慨。"无可奈何花落去，似曾相识燕归来"，一句，历来为人所传诵。）

《蝶恋花·槛菊愁烟兰泣露》

槛菊愁烟兰泣露，罗幕轻寒，燕女子双飞去。

明月不谙离恨苦，斜光到晓穿朱户。

昨夜西风凋碧树，独上高楼，望尽天涯路。

欲寄彩笺兼尺素。山长水阔知何处？

（晏殊是婉约派诗人，这是一首颇负盛名的词虽写离别，但写得寥廓深远。"昨夜西风凋碧树，独上高楼，望尽天涯路。"这一句被王国维演绎成治学第一境界。）

《浣溪沙·一向年光有限身》

一向年光有限身，等闲离别易销魂。酒筵歌席莫辞频。

满目河山空念远，落花风雨更伤春。不如怜取眼前人。

（这是晏殊伤春怀远之作，写得深刻沉着，高健明快，而又保持一种温婉的气象。开首即写人生的短暂，离别是寻常的也使人伤感。"满目河山空念远"，"不如怜取眼前人"实是性情中人。）

北宋词人中有大晏小晏之称谓。大晏即晏殊，小晏是晏几道，是晏殊之第七子。（1038年——1101年），字叔原，号小山，著名词人，抚州临川文港沙河（今属江西省南昌市进贤县）人，历任颍昌府许田镇监、乾宁军通判、开封府判官等。性孤高自负，傲视权贵。晚年家境中落。词风哀感缠绵、清壮顿挫。有《小山集》传世。

《长相思·长相思》

长相思，长相思。

若问相思未了期，

除非相见时。

长相思，长相思，

欲把相思说似谁，

浅情人不知。

（此词是民歌体，言浅而意深。前半片是说为解相思除非相见，除相见而不可解相思；下半片是说相思无人可说，浅情的人是不懂的，不可说。词人只是独自伤心而已。）

《临江仙·梦后楼台高锁》

梦后楼台高锁，酒醒帘幕低垂。去年春恨却来时。落花人独立，微雨燕双飞。

记得小蘋初见，两重心字罗衣。琵琶弦上说相思。当时明月在，曾照彩云归。

（这首词是晏几道代表作之一，是写给一个叫小蘋歌女的。给人一种梦幻般感觉。其中"落花人独立，微雨燕双飞"成为千古名句。）

《鹧鸪天·彩绣殷勤捧玉钟》

彩绣殷勤捧玉钟，当年拼却醉颜红。舞低杨柳楼前月，歌尽桃花扇底风。

从别后，忆相逢，几回魂梦与君同。今宵盛把银缸照，犹恐相逢是梦中。

（小晏善于写梦境。梦的意境在他笔下，采用递进的方式，前一句的相思之情已是极限，后一句则递进一步，产生了循环往复的效果，意象更为丰满。此词是写歌女，鲁迅说，有至情之人，才能有至情之文。此词写悲感、写欢情，真挚情深。晏几道一生为情所困，是那个时代的情词王子。）

说一下宋祁（998年——1061年）享年64岁，安州安陆（今湖北安陆市）人。字子京，小字选郎。别名红杏尚书。北宋官员、文学家、史学家、词人、古文家。他于北宋仁宗天圣二年（1024年）中进士，历官龙图阁学士、史馆修撰、知制诰。曾与欧阳修合修《新唐书》，前后长达十余年，此书大部分为宋祁所作。

宋祁其诗文与其兄宋庠齐名，时称"大小宋"，兄弟二人同时考中进士，本来是宋祁为头名状元，宋庠第十名。但刘太后认为弟弟不能超过哥哥，就将两个人的名次调整一下。宋庠第一名，宋祁第四名。不但与状元擦肩而过，连榜眼探花都没有得到。但得美名"双状元"。现其家乡河南省商丘市民权县双塔乡双塔集村建有一座兄弟双状元塔，塔高约二十余米。人称"双塔秋风"。

宋祁词传者虽不多，但他练字练句，有的词脍炙人口，

如《玉楼春·东城渐觉风光好》：

东城渐觉风光好，縠皱波纹迎客棹。绿杨烟外晓寒轻，红杏枝头春意闹。

浮生常恨欢娱少，肯爱千金轻一笑，为君持酒劝斜阳，且向花间留晚照。

（此词写早春景色，言人生如梦，匆匆即逝，为欢几何，应及时行乐。言情虽缠绵而不轻薄，措辞虽华美而不浮艳。"红杏枝头春意闹"，王国维在《人间词话》中说："着一'闹'字而境界全出。"由此宋祁竟得了"红杏枝头春意闹尚书"别名。）

《鹧鸪天·画毂雕鞍狭路逢》

画毂雕鞍狭路逢，一声肠断绣帘中。

身无彩凤双飞翼，心有灵犀一点通。

金作屋，玉为笼，车如流水马如龙。

刘郎已恨蓬山远，更隔蓬山一万重。

（这是一首宋祁因街头艳遇而写的词，词的文学水平一般，但背后的故事有趣。宋祁在做翰林学士的时候，有一天，他路过繁台街，恰巧遇上了皇帝的车队，连忙闪到路边避让。车队中一辆豪车从他眼前经过，车里的一个宫女撩起绣帘对他喊："哦，那就是小宋啊！"

"小宋"指宋祁，宋祁的哥哥叫宋庠，兄弟二人同举进士并有文名，时称"二宋"，当时人们以"大宋""小宋"之称来区别宋氏两兄弟。

宋祁听到宫女的甜美呼唤，顿时心旌荡漾，心情久久不能平静，于是挥毫填此词，表达对宫女的思念之情。新词一出，就在京城传唱开来，同时也传到了宫中。

宋仁宗也知道了"宫女呼小宋"这件事后，就问女官，"是车队的第几辆车子？又是何人呼唤小宋？"

这时有个宫女主动站出来说："当时我们去侍宴，途中遇宣翰林学士，车里的宫女说，那就是小宋。我就喊了一声而已。"

宋仁宗召见宋祁，不紧不慢说起此事，宋祁顿时惶恐窘迫不安。宋仁宗却笑说："君恨蓬山远，其实蓬山并不远。"言罢，就将那宫女赏给了他。

宋祁有一首写晚年的词《浪淘沙近》：

少年不管。流光如箭。因循不觉韶光换。至如今，始惜月满、花满、酒满。

扁舟欲解垂杨案。尚同欢宴。日斜歌阕将分散。倚兰桡，望水远、天远、人远。

（此词的意思是，少年的生活无拘无束，流逝的光阴如箭离弦。随随便便地打发日子，不知不觉间美好的时光早已更换。直到今天，才懂得珍惜团圆的月、盛开的花、盈盈的酒杯。想解下岸边垂杨系的小舟而去，不禁又折回头来一同欢宴。待到太阳西斜，歌声终了，行将离散，倚着小船回首而望，方知天是那样辽阔、水是那样苍茫、人是那样遥远。）

宋祁、晏殊、晏几道、欧阳修，苏轼等可以说是"非职业"诗人、词人。而柳永则是"职业词人"。苏轼的一生，爱博而无所不能，以其绝代的天才，雄长于当时的词坛、诗坛、文坛。而柳永的一生，却专情于词。他除词外没有著作，除词之外没有爱好，他除词之外没有学问。相传宋仁宗留意儒雅，深斥浮艳虚华之文。柳永则好为淫冶之曲，传播四方。尝有《鹤冲天》词云："忍把浮名，换了浅斟低唱。"及临轩放榜时，特落之。原来是宋仁宗说道："且去浅斟低唱吧，何要什么浮名。"其后，他另改了一个名字，方才得中。

柳永（约987年——约1053年），享年约67岁。初名三变，字耆（qi）卿，又字景庄，因排行在七，又称柳七，后改名柳永。又称"奉旨填词柳三变"。崇安（今福建武夷山）人，北宋著名词人，婉约派代表人物。他出生于官宦世家，少时学习诗词，有功名用世之志。

景佑元年中进士，官至屯田员外郎，故世号"柳屯田"。他的一生生活，真可以说在"浅斟低唱"中度过的，他的词大都在"浅斟低唱"中写成的。他的灵感大都是发之于"倚红偎翠"的妓院中的，他的题材大都是恋情别绪，他的作词大都是对妓女少妇而发的或代妓女少妇而写的。他的文辞因此便异常浅近谐俗，深投合于妓女阶层的口味，为这些妓女们所能传唱，所能口唱而心知其意，所能欣赏而深知其好处，所能受感动而怅惘不已。所以他的词才能流传极广，"凡有井水处，即能歌柳词"。但颇为学人所鄙。

《雨霖铃》

寒蝉凄切，对长亭晚，骤雨初歇。都门帐饮无绪，留恋处，兰舟催发，执手相看泪眼，竟无语凝噎。念去去千里烟波，暮霭沉沉楚天阔。

多情自古伤别离，更那堪冷落清秋节。今宵酒醒何处？杨柳岸晓风残月。此去经年，应是良辰好景虚设。纵有千种风情，待与何人说？

（这是一首写离别的词，能细细地分析出离情别绪的最内在的感觉，又能细细地用最足以传情达意的句子传达出来，将离情别绪写得奔放铺叙，备足无余。不再用含蓄的手法。）

《八声甘州》

对潇潇暮雨洒江天，一番洗清秋。渐霜风凄紧，关河冷落，残照当楼。是处红衰翠减，苒苒物华休。惟有长江水，无语东流。

不忍登高临远，故乡渺邈，归思难收。叹年来踪迹，何事苦淹留。想佳人、妆楼颙（yong）望，误几回、天际识归舟。争知我，倚栏杆处，正恁凝愁。

（《雨霖铃》和《八声甘州》是柳永的代表作。此词用"对"字开头，已写出登临纵目，望极天涯的境界。其中的"雨""洒"和"洗"循声高诵，定觉素秋清爽，无与伦比。一个"渐"字，又生一番变化。尔后一个"紧"字，写尽悲秋之气。再下一个"冷"字，层层逼紧。而"凄紧""冷落"，又双声叠响。"残照当楼"境界全出。下片词由苍莽转悲壮，转入细致沉思，由仰观转入俯察。"苒苒"与"渐"相呼应。一"休"字寓有无情的感慨愁绪。"惟有长江水，无语东流"写的是短暂与永恒、变化与不变的宇宙人生哲理。"无语"二字乃"无情"之意。下半片善于推己及人，本是自己登高远眺，却想象是故园中佳人，也登临盼归舟，游子归来。全篇笔法之高妙，柳永不愧是慢词奠基人。）

《望海潮·东南形胜》

东南形胜，三吴都会，钱塘自古繁华。

烟柳画桥，朱帘翠幕，参差十万人家。

云树绕堤沙，怒涛卷霜雪，天堑无涯。

市列朱玑，户盈罗绮，竞豪奢。

重湖叠巘清嘉，有三秋桂子，十里荷花。

羌管弄晴，菱歌泛夜，嬉嬉钓叟莲娃。

千骑拥高牙，乘醉听箫鼓，吟赏烟霞。

异日图将好景，归去凤池夸。

（《望海潮》这首词是为打动旧友而写的。因为柳永在杭州生活一段时期，将杭州写得富丽堂皇，使人向往。据说这首词传到了北方，被金主完颜亮读到"三秋桂子，十里荷花"时，立即为杭州的美丽、富庶、繁华而怦然心动，遂萌生了投鞭渡江之志。侵吞南宋的野心。当完颜亮攻宋率军抵达扬州时，亲眼看到了江南美景，写下了一首大气磅礴、气势恢宏的诗《南征至维扬望江左》：

万里车书尽混同，江南岂有别疆封。

提兵百万西湖上，立马吴山第一峰。）

两宋词人如夏云春雨般绵绵不绝。苏、柳、黄、秦外，更有贺铸、李之仪、陈师道、毛滂、程垓、谢逸、周紫芝、晁冲之、陈克、李庸、王观、张舜民诸家。

贺铸（1052年——1125年）享年74岁，北宋词人。字方回，卫州（今河南省卫辉市）人。其远祖可追溯唐朝诗人贺知章。元祐中，通判泗州，又倅太平州。退居吴下，自号庆湖余老。有《东山寓声乐府》传世。陆游云："方回状貌奇丑，俗谓之贺鬼头。其诗文皆高，不独工长短句也。"铸有小院，在姑苏盘门之外十余里，地名横塘。方回往来其间，作《青玉案》云：

凌波不过横塘路，但目送芳尘去。锦瑟年华谁与度？月台花谢，绮窗朱户，惟有春之处。

碧云冉冉蘅皋暮，彩笔新题断肠句。试问闲愁都几许？一川烟草，满城风絮，梅子黄时雨。

后黄庭坚赠以诗云，"解道江南肠断句，只今只有贺方回。"时人称贺铸为"贺梅子"。

（这是一首相思怀人之作。通过对暮春景色的描写，抒发作者感到的"闲愁"。上片写路遇佳人而不知所往的怅惘情景，也含蓄地流露其沉沦下僚、怀才不遇的感慨；下篇写因思慕而引起的无限愁思，表现了幽居寂寞积郁难抒之情绪。全词虚写相思之情，实抒悒悒不得志之"闲愁"，立意新奇，想象丰富，历来广为传诵。词人将无形变为有形，将抽象变形象，变无可捉摸为有形有质。显示了超人的艺术才华和高超的艺术表现力。）

《鹧鸪天·重过阊门万事非》

重过阊门万事非，同来何事不同归。梧桐半死清霜后，头白鸳鸯失伴飞。

原上草，露初晞，旧栖新垅两依依。空床卧听南窗雨，谁复挑灯夜补衣。

（这是一首悼亡诗，贺铸悼亡妻的。在中国文学史上，此诗与潘岳《悼亡》，元稹《遣悲怀》，苏轼《江城子·乙卯正月二十夜记梦》等同题材作品并传不朽的名篇。此首词在艺术构思上最突出之处在于将生者与死者紧密联系在一起，作者词笔始终关合自己与妻子双亏，其情之深已侵入文章构思之中。如："重过阊门万事非，同来何事不同归。""头白鸳鸯失伴飞。""谁复挑灯夜补衣。"借行为举止抒情，把情感推向高潮，动人心弦。）

《六朝歌头·少年侠气》

少年侠气，交结五都雄。肝胆洞。毛发耸。立谈中。死生同。一诺千金重。推翘勇。矜豪纵。轻盖拥。联飞鞚。斗城东。轰饮酒垆，春色浮寒瓮。吸海垂虹。闲呼鹰嗾大，白羽摘雕弓。狡穴俄空。乐匆匆。

似黄粱梦。辞丹凤。明月共。漾孤篷。官冗从。怀倥偬。落沉笼。簿书丛。鹖弁如云众。供粗用。忽奇功。笳鼓动。渔阳弄。思悲翁。不请长缨，系取天骄种。剑吼西风。恨登山临水，手寄七弦同。目送归鸿。

（此词塑造了游侠壮士的形象，在唐诗中屡见不鲜，但在宋词中则是前所未有的。此词第一次出现了思欲报国而请缨无路的"奇男子"形象，是宋词中最早出现的真正称得上抨击投降派、歌颂杀敌将士的爱国诗篇，起到了上承苏词、下启南宋爱国词的过渡作用。）

李之仪（1038年——1117年）享年80岁。北宋中后期词人。字端书，自号姑溪居士、姑苏老农。滨州无棣（今山东滨州无棣县）人。二十岁考取进士。历枢密院编修官，通判原州。曾为苏轼幕僚。"苏门"文人集团的重要成员、他的词受苏轼的熏陶、指点。徽宗初，提举河东常平。坐事编管太平。遂居姑熟。著有《姑溪词》一卷、

《姑溪居士前集》五十卷和《姑溪题跋二卷》。他的小词，殊"清婉峭茜"。毛晋说，之仪的小令"更长于淡语、景语、情语"。之仪的"淡语"或未为当时斗红竞绿的词人所欣赏。李之仪晚年与歌女杨姝相恋相爱，留下一首脍炙人口的词：

《卜算子·我住长江头》：

我住长江头，君住长江尾。日日思君不见君，共饮长江水。

此水几时休，此恨几时已。只愿君心似我心，定不负相思意。

（李之仪57岁时，其爱妻去世。尔后几年，女儿和儿子也相继去世，他自己也病倒，几乎失去性命。此时遇到16岁歌女杨姝，杨姝以一曲《履霜操》安慰饱受折磨的李之仪，二人遂产生爱情并结合。于是李之仪写下了此首《卜算子·我住长江头》。）

《咏苍髯》

青丝白发一瞬间，年华老去向谁言？

春风若有怜花意，可否许我再少年。

（人们一直以为年老还是十分遥远的事，其实就在一瞬之间。这种叹息无处可说。花有重开日，人无再少年。还是珍重现在的时光吧。）

《早梅芳·雪初销》

雪初销，斗觉寒将变。已报梅梢暖。日边霜外，迤逦枝条自柔软。嫩苞匀点缀，绿萼轻裁剪。稳深心，未许清香散。

渐融和，开欲遍。密处疑无间。天然标韵，不与群芳斗深浅。夕阳波似动，曲水风犹懒。最销魂，弄影无人见。

（早梅的形象是耐寒而立、迎风而发，表现出冰清玉洁之质。作者以梅自喻，展示了一个孤寂傲视、坚韧刚强、超凡脱俗的自我形象。）

周邦彦（1056年—1121年或1058年—1123年）享年66岁，字美成，号清真居士、杭州钱塘（今浙江杭州）人，北宋文学家、音乐家、官员，宋词"婉约派"代表词人之一。

周邦彦自小性格疏散，但勤于读书。宋神宗时成为太学生，撰《汴都赋》，歌颂新法，受到神宗赏识，升任太学正。此后十余年间，在外漂流，历任庐州教授、溧水县令等职。

周邦彦精通音律，曾创作不少新词调。作品多写闺情、羁旅，也有咏物之作。格律谨严，语言曲丽精雅，长调尤善铺叙。为后来词人所宗，其作品在婉约词人中长期被尊为"正宗"。旧时词论称他为"词家之冠"。近人王国维称其为"词中老杜"。在宋代影响很大。有《清真居士集》，已佚，今存《片玉集》。

《六丑·蔷薇谢后作》

正单衣试酒，恨客里光阴虚掷。愿春暂留；春归如过翼，一去无迹。为问花何在？夜来风雨，葬楚宫倾国。钗钿堕处遗香泽，乱点桃蹊，轻翻柳陌，多情为谁追惜？但蜂媒蝶使直叩香楄。

东园岑寂，渐蒙笼暗碧，静绕珍丛底，成叹息。长条故惹行客，似牵衣待话，别情无极。残英小，强簪巾帻，终不似一朵钗头颤袅，向人敧侧。漂流处，莫趁潮汐；恐断鸿尚有相思字，何由见得。

（这首词描写游子思念佳人，以美人喻鲜花，用爱的柔笔抒发自己的迟暮之感，使花园的寂寞与人世的幽独有机地结合在一起，词人惜花伤春的同时，也在自伤。"惜花"更"惜人"。上片抒写春归花谢之景象；下片着意刻画人惜花、花恋人的生动情景。汴京名妓李师师当徽宗面演奏《六丑》，连精通音律的宋徽宗也未识此曲。李师师告知，这是周邦彦独创。后来，徽宗皇帝特意召见周邦彦，问他曲子名称为何叫《六丑》。周邦彦答道，因为这首曲子犯了六个宫调，其中最好听的章段都被称为《六丑》，所以他取名为《六丑》。关于周邦彦、李师师和宋徽宗之间还有故事，就不展开讲了。）

《苏幕遮·燎沉香》

燎沉香，消溽暑。鸟雀呼晴，侵晓窥檐语。叶上初阳干宿雨，水面清圆，一一风荷举。

故乡遥，何日去。家住吴门，久作长安旅。五月渔郎相忆否。小楫轻舟，梦入芙蓉浦。

（这是一首羁旅怀乡之作。此词由眼前的荷花想到故乡的荷花，浓浓思乡之情，向荷花娓娓道来。构思巧妙别致。王国维评道："此真能得荷之神理者。"这首词写游子的思乡情结，写景写人写情写梦皆语出天然，不加雕饰而风情万种。）

《满庭芳·夏日溧水无想山作》

风老莺雏，雨肥梅子，午阴嘉树清圆。地卑山近，衣润费炉烟。人静乌鸢自乐，小桥外、新绿溅溅。凭栏久，黄芦苦竹，似泛九江船。

年年。如社燕，飘流瀚海，来寄修椽。且莫思身外，长近尊前。憔悴江南倦客，不堪听、急管繁弦。歌筵畔，先安簟枕，容我醉时眠。

（此词内容仍是倦客怀乡之作。此词化用了杜甫、白居易、刘禹锡、杜牧诸人诗句，而结合真景真情，炼字琢句，运化无痕，气脉不断，实为难能可贵的佳作。）

陈与义（1090年——1138年）享年49岁。字去非，号简斋居士，本蜀人，后徙居河南叶县。宋徽宗政和三年（1113）中上舍甲科，累迁太学博士。高宗南迁，召为兵即部员外郎，迁中书舍人，吏部侍郎，出知湖州。宋高宗绍兴七年（1137）参知政事，提举洞霄官。他是江西诗派三宗（黄庭坚、陈师道、陈与义）之一。其诗"体物寓兴，清邃起特，纡余闳肆，高举横绝"。其词吐言天拔，无蔬笋气。绍兴中，拜翰林学士，知制诰，参知政事。有《简斋集》《无住词》。

《临江仙·夜登小阁忆洛中旧游》

忆昔午桥桥上饮，坐中多是豪英。长沟流月去无声。杏花疏影里，吹笛到天明。

二十余年如一梦，此身虽在堪惊。闲登小阁看新晴。古今多少事，渔唱起三更。

（此词上片忆旧，追忆洛中旧游。"杏花疏影里，吹笛到天明。"造句奇丽。追忆当时天下太平无事，行游赏之乐。下片说当前，南宋朝廷在南迁之后，偏安一隅，仅能自立。回忆往事，百感交集。这首词节奏明快，浑成自然，如水到渠成，不见矫揉造作之迹。真是自然而然。）

《临江仙》

高咏楚词酬午日，天涯节序匆匆。榴花不似舞裙红。无人知此意，歌罢舞东风。

万事一身伤老矣，戎葵凝笑墙东。酒杯深浅去年同，试浇桥下水，今夕到湘中。

此为凭吊寄怀词，作于宋高宗建炎三年（1129年）端午节，作者避乱湘贵之时。由于"金人入汴，高宗南迁"战乱四伏，词人感时伤世，抚今追昔，在凭吊屈原中，表达出深沉的爱国情怀。

一开头，词人便用"高咏楚辞酬午日"表达对屈原由衷的敬仰与缅怀。光阴荏苒，节令匆匆，此时的石榴花，已经失去那艳红刺目的光泽，较之那鲜艳的舞裙，已是黯然失色。"榴花"一句，看似浅显，实则寓意极深，饱含着词人无尽的感慨。词人一面追悼亡魂，一面回首往昔，目睹五月榴花，恍然有若隔世。而满帘悲风，不正是词人知音难觅，无与共语的极妙写照吗。上片以"满帘风"收结极妙，不仅即情生景、借情衬情，使得悲壮之声如雷贯耳，而且为下面的抒情，做了有力的铺垫。

"万事一身老矣"既是对上片凄苦情怀的补叙，又是对国破家亡、个人身世的深沉浩叹。人一衰老，便万事休矣。徒有报国之心，恨无济世之力。因而当他看到墙东那欣欣向荣的葵花，怎能不悲从中来呢。词人写蜀葵"凝笑"，是以乐衬悲之语。五月的葵花正充满勃勃生机之时，而且朝夕向日，经久不衰。相形之下，词人豪情虽在，却力不从心，除了哀叹"老矣身安用"之外，还能会怎么样呢？他在无可奈何之中，举杯凝思：去年今日，杯酒虽同，而人事皆非了。最后，作者把全部激情，都倾注在对屈原的凭吊之中了："试浇桥下水，今夕到湘中。"他虔诚地把一杯美酒洒入江中，并遥想当天的晚上，一定会流到屈原殉难的地点——汨罗江吧。全词至此，境界始大，意蕴无穷。

　　这首词，首句咏《楚辞》，中间感身世，结尾酹亡灵。写得一唱三叹，悲壮至极。其语意之超绝，实在令人拍案击节。（引自陈崇宇评点。《宋词三百首》孟庆文主编。第188页）

　　　　　《登岳阳楼·其一》
　　洞庭之东江水西，帘旌不动夕阳迟。
　　登临吴蜀横分地，徒倚湖山欲暮时。
　　万里来游还望远，三年多难更凭危。
　　白头到古风霜里，老木沧波无限悲。

　　（首联写岳阳楼的地理位置，从大处着墨，以洞庭湖和长江为背景，在宏观背景中推出岳阳楼。巧妙运用"东""西"两个方位词，并以湖、江系之。"帘旌"为近景，"夕阳"为远景，近景与远景合二为一。额联从静态舒缓的景物描写中振起，转而为强烈的抒情。登临的地理位置加入了厚重的历史感。颈联发出了最高亢最强烈的呐喊，因靖康之耻而喊出了一个亡国之臣心中的愤懑。尾联作者顾影自怜，以无限悲凉的身世之慨收束全篇。）

　　　　　《观雨》
　　山客龙钟不解耕，开轩危坐看阴晴。
　　前江后岭通云气，万壑千林送雨声。
　　海压竹枝低复举，风吹山角晦还明。
　　不嫌屋漏无干处，正要群龙洗甲兵。

　　（首联点明作者此时的身份、心境以及神态行为；额联写景，景象壮阔，气势雄浑；颈联既是眼前实景，也是对时局的企望。尾联用典，写观雨感受，表现对抗金胜利的渴望。该诗虽然写的是雨景，但却包含着诗人对时局极大的关心。全诗还运用了拟人、对仗等辞格，使得气韵雄沉，但关键还是双关的应用，把眼前的自然现象、把诗人对自然现象的观感与对现实的焦灼而深刻的思虑天衣无缝般有机熔为一炉，拓宽了诗歌意境，深化了诗歌的内涵，气足神完，极具审美意义，是陈与义现存诗中的精品。）

　　赵佶（宋徽宗）（1082年——1135年）享年54岁，尊奉道教，自称为"教主道君皇帝"。他有文学艺术的天才，是最好的文人学士，但可惜他却是一位要担负天下事的皇帝。因此，他一放松自己，而天下事便弄得不可收拾。金人乘虚而入，他遂与儿子钦宗一同被掳北去。他后半期的生活，便在北地度过极人世不堪忍受的种种痛苦。

456

《眼儿媚》

玉京曾忆昔繁华，万里帝王家。琼林玉殿，朝喧弦管，暮列笙琶。

花城人去今萧索，春梦绕胡沙。家山何处？忍听羌管，吹彻梅花。

（本词为宋徽宗被金人掳到北地而作，全篇围绕对故国的追忆，展现了今昔之别，表达了亡国之君内心复杂的心情。）上片写汴京曾经的繁华和歌舞升平的景象；下篇写现实，写拘囚金地的痛苦，抒发乡关亡国之思。）

晁补之（1053年——1110年）享年58岁。字无咎，号归来子，济州钜野（今山东巨野）人。北宋时期文学家，"苏门四学士"之一。早年从父晁端友游宦杭州，携文谒苏轼，深得嘉许。与张耒并称晁张。著有《鸡肋集》《晁氏琴曲外篇》。

《忆少年·别历下》

无情官柳，无情画舸，无根行客。南山尚相送，只高城人隔。

罨画园林溪绀碧，算重来、尽成陈迹。刘郎鬓病如此，况桃花颜色。

这首词写作者离开历下城时的感受。"历下"古代城名，在今山东省历城县西。词的上半片写作者离开历下城时，面对周围景物产生惜别之情。开首用三个排比句，"无情官柳，无情画舸，无根行客。"表明无人送别他，只有依依垂柳相送。而所乘的彩船疾行，并不了解乘船人依恋之情，作者屡遭贬谪，漂泊不定，遂产生无根之感。作者乘船远行，总看到连绵起伏的南山，好像南山在为自己送行。但城里却无人前来送行，可见世态炎凉。

下半片通过写好景无长，借以排遣因离历下的离愁别绪。作者对历下确有些留恋，又因无人送行而感到忧愤。但转念一想，如隔段时间旧地重游，这些让人留恋的景物也许会成为陈迹了。"罨画园林溪绀碧，算重来、尽成陈迹。"此三句词，也寓有作者失意后富贵无常之感。词的最后两句进一步阐发上述观点。刘郎指唐朝诗人刘禹锡，其有诗云："玄都观里桃千树，尽是刘郎去后栽。"词的最后两句，抒发了作者对黑暗官场憎恶之情，但写得很含蓄，耐人寻味。

《摸鱼儿·东皋寓居》

买陂塘、旋栽杨柳，依稀淮岸江浦。东皋嘉雨新痕涨，沙觜鹭来鸥聚。堪爱处最好是、一川夜月光流渚。无人独舞。任翠幄张天，柔茵藉地，酒尽未能去。

青绫被，莫忆金闺故步。儒冠曾把身误。弓刀千骑成何事，荒了邵平瓜圃。君试觑。满青镜、星星鬓影今如许。功名浪语。便似得班超，封侯万里，归计恐迟暮。

这是作者晚年居住金乡东皋（今属山东）归来园时所作。上半片写景，描绘出一幅恬淡平和，闲适宁静的风景画：陂塘杨柳，野趣天成，仿佛淮水两岸，湘江之滨的青山绿水。东皋新雨,草木葱茏，山间溪水的涨痕清晰可辨，沙州上聚集着白鹭、鸥鸟，一片静穆明净的景色。买到池塘，岸栽杨柳，好似淮岸江边。作者一人，坐在塘边，自斟自饮。

下片抒情。"青绫被，莫忆金闺故步。儒冠曾把身误。"这三句是说自己不要留恋做官的生涯，反而因做官而使田园荒芜。面对镜中白发，老之已至。"功名浪语。便似得班超，封侯万里，归计恐迟暮。"便似得班超，封侯万里后，不久便去世。所谓"功名"不过是一句空话。作者表现出厌恶官场，急流勇退，回归田园的初心。

《水龙吟》

次韵林圣予惜春

问春何苦匆匆，带风伴雨如驰骤。幽葩细萼，小草低槛，壅培未就。吹尽残红，占春长久，不如垂柳。算春长不老，人愁春老，愁只是、人间有。

春恨十常八九，忍轻辜、芳醪经口。那知自是、桃花结子，不因春瘦。世上功名，老来风味，春归时候。最多情犹有，尊前青眼，相逢依旧。

这是一篇惜春词，作者抒写因春天匆匆而过从而产生的忧愁和怨恨之情，最后以自慰作结。

首二句："问春何苦匆匆，带风拌雨如驰骤。"词一开头即询问春天匆匆而去，且又是带风伴雨。通过对春的质问，表达了作者惜春之情，点明题目。带风伴雨，抱怨这个春天没有多少天气，没给人留下多少好春光。下面三句写在低矮栏杆围起来的小园中，绿萼托着散发着幽香的花儿，其根部的土尚未来得及培好。因春光太短，又兼风雨，虽是栽花种草季节，便有了来不及培土的遗憾。以下三句感叹春天里繁盛的红花，很快便凋谢，被风吹尽，不如垂柳占尽春光。其中寓意富贵不长久，贫贱易久长的人生哲理。后面几句写春天本身不会有衰老的时候，只是人的感觉而已。只有丰富感情的人，应物斯感，才有惜春之情。

词的下半片写对惜春的怨恨之情后寻求排遣的方法。"春恨十常八九，忍轻辜、芳醪经口。"于是"借酒为迹"。以饮酒来解除春恨。实是抒发他被贬的幽愤情绪。可细细想来，"那知自是、桃花结子，不因春瘦。"人有伤春悲秋之情，大自然的运行，却有其规律。"天行有常，不为尧存，不为桀亡。"（荀子·天论）桃花落后，自然结子，果实丰满，不因春逝而瘦削。作者此时羡慕自然万物，不禁为自己的坎坷身世感到伤心，感到悒郁，感到烦恼。"世上功名，老来风味，春归时候。"概括出使他感到悲仇怅恨的三件事：功名短暂，老年伤悲，春归景象。都是无可奈何。抒其超脱、嗟老、伤春之情。"最多情犹有，尊前青眼，相逢依旧。"最后归隐田园，不再看官场白

458

眼，而与农人相乐。

李清照（1084 年 3 月 13 日——1155 年）享年 72 岁。别名李易安，号易安居士，齐州章丘（今山东省济南市章丘区）人。她出生于一个爱好文学艺术的士大夫家庭，父李格非进士出身，官至提点刑狱、礼部员外郎，苏轼的学生，"苏门后四学士"之一，藏书甚富，《宋史》有传，有著述传世。母亲是状元王拱臣的孙女，很有文学修养。一说李清照母亲为元丰宰相王珪长女，善文辞。李清照 2 岁时生母去世，王拱辰孙女为其继母。李清照自幼生活在文学氛围十分浓厚的家庭里，耳濡目染，家学熏陶，加之聪慧颖悟，所以才华过人。曾受到当时的文坛名家、苏轼的大弟子晁补之的大力称赞。她于 21 岁嫁给太学生赵明诚，明诚又是一名文士。李清照是宋代婉约派代表词人，有"千古第一才女之称"。作品有《李易安集》《易安居士文集》《易安词》，但已散佚。后人辑有《漱玉集》《漱玉词》。今有《李清照集》辑本。

李清照是宋代最伟大的一位女词人，也是中国文学史上最伟大的一位女诗人。她的词集凡六卷，她的文集也有七卷，大多散佚。今所传的诗词，不过寥寥数十首而已。这个损失，大有类于希腊之损失了她的最大女诗人萨福（Sappho）的大部分作品一样。然即在那些残余的"劫灰"里，仍可充分地见出她的晶光照人的诗才来。她的五七言诗并不甚好；她的歌词绝是她的绝调。像她那样的词，在意境一方面，在风格一方面，都可以说"前无古人，后无来者"。她是独创一格的，她是独立于一群词人之中的。她不受别的词人的什么影响，别的词人也似乎受不到她的什么影响。无数的词人诗人，写着无数的离情闺怨的诗词。他们一大半是代女主人翁立言的。这一切的诗词，在清照之前，直如粪土似的无可评价。她十六岁写的一首词则名动京城。

《如梦令·昨夜雨疏风》

昨夜雨疏风骤，浓睡不消残酒。试问卷帘人，却道海棠依旧。

知否、知否，应是绿肥红瘦。

（此词一问世，便轰动了整个京师，"当时文人学士莫不击节赞赏，未有能道之者"）

《醉花阴·薄雾浓云愁永昼》

薄雾浓云愁永昼，瑞脑消金兽。佳节又重阳，玉枕纱厨，半夜凉初透。

东篱把酒黄昏后，有暗香盈袖。莫道不销魂，帘卷西风，人比黄花瘦。

（这是一首李清照思念丈夫赵明诚的词。此词在艺术上的一个特点是"物皆著我之颜色"，从天气到瑞脑金兽、玉枕纱厨、帘外菊花，词人用她愁苦的心情来看待一切，无不涂上一层愁苦的感情色彩。"莫道不销魂，帘卷西风，人比黄花瘦"成为全篇最精彩之笔。此词另一个特点是含蓄。从字面上看，这首《醉花阴》没有写离别之苦，相思之情，但仔细寻味，它的每一个字都浸透了这一点。全词明白如话，表达的感情却十分深沉细腻。畅达与深沉相结合，这正是李清照词风一个特点。)

《一剪梅·红藕香残玉簟秋》

红藕香残玉簟秋。轻解罗裳，独上兰舟。云中谁寄锦书来，雁字回时，月满西楼。

花自飘零水自添。一种香思，两处闲愁。此情无处可消除，才下眉头，却上心头。

(这首词起句"红藕香残玉簟秋"，领起全篇。一些评家称此句有"吞梅嚼雪、不食人间烟火象"上半句写室外之景，下半句写室内之物，对清秋季节起了点染作用。接下来的五句按顺序写词人从昼到夜所做之事、所触之景、所生之情。下半片用"花自飘零水自流"一句，承上启下，词意不断。它既是即景，又兼比兴。其所展示的花落流水之景，是遥遥与上阕"红藕香残""独上兰舟"两句相拍合的。而其所象喻的人生、年华、爱情、离别，则给人一种"无可奈何花落去"之感。此首洞结拍三句，是历来为人所称道的名句。读者之所以特别易于为它的艺术魅力所吸引，其原因在于如李廷机在《草堂诗余评林》中所说"语意超群，令人醒目。"。)

《武陵春·春晚》

风住尘香花已尽，日晚倦梳头。物是人非事事休，欲语泪先流。

闻说双溪春尚好，也拟泛轻舟。只恐双溪舴艋舟，载不动许多愁。

(此首词是李清照流寓避难浙江金华时所作，时年 52 岁，已多年孀居之后，非一般闺情闺怨诗可比。这首词借惜春之景，写出了词人内心深处的痛苦和忧愁。全词一唱三叹，语言优美，意境有言尽而意不尽之美。这首词在艺术形象塑造上，新由表及里，由外及内，步步深入，层层开掘，上阕侧重于外形，下阕多偏重于内心。此首词巧用比喻，好的比喻往往将精神化为物质，将抽象的情感化为具体的形象饶有新意，各有特色。她自新辞，而且用得自然妥帖，不着痕迹。)

《声声慢·寻寻觅觅》

寻寻觅觅，冷冷清清，凄凄惨惨戚戚。乍暖还寒时候，最难将息。三杯两盏淡酒，怎敌他、晚来风急！雁过也，正伤心，却是旧时相识。

满地黄花堆积，憔悴损，如今有谁堪摘？守着窗儿，独自怎生得黑！梧桐更兼细雨，到黄昏点点滴滴。这次第，怎一个愁字了得。

(这首词是李清照南渡以后所写的名篇之一。南渡是她生活逆转的分水岭，靖康之变后，金兵南侵，她的丈夫不幸病故。因为祸不单行：国破、家亡、夫死，伤于人事，这一时期的作品再没有当年那种清新流丽，乐观活泼，而转为沉郁凄婉，主要抒写她对亡夫赵明诚的怀念和自己孤单凄凉的状况。此词就是这时期的代表作品之一。)

范仲淹（公元 989 年 10 月 1 日——1052 年 6 月 19 日）字希文。祖籍邠州（今郴州市，隶属于陕西省咸阳市）享年 64 岁，吴县（今江苏苏州人 1995 年撤销）。北宋著名政治家和文学家，宋真宗大中祥符八年（1015 年）进士。仁宗时官至参知政事（副宰相），是庆历新政的倡导者。范仲淹在文、赋、诗、词方面均有成就，其词刚健清新，气势挥洒。有苏辛之先导。有《范文正公全集》并存词五首。

范仲淹两岁丧父，随母改嫁到朱家。在南都学社"划粥断齑"苦读，终于学业有成，后成就一番事业。今天不讲他的名篇《岳阳楼记》，讲他的两首词：

苏幕遮·怀旧

碧云天，黄叶地，秋色连波，波上寒烟翠。山映斜阳天接水，芳草无情，更在斜阳外。

黯乡魂，追旅思，夜夜除非，好梦留人睡。明月高楼休独倚。酒入愁肠，化作相思泪。

这首词的写作背景是宋仁宗康定元年（1040 年）至庆历三年（1043 年）间，当时范仲淹正在西北边塞的军中任陕西四路宣抚使，主持防御西夏的军事，是个平西夏的将军。这是一首写乡愁乡思的词作名篇。

词的上半片以行人所观起笔，写深秋天高云淡，碧空万里的景象。

"碧云天，黄叶地，秋色连波，波上寒烟翠。"由近及远眺望写起，抓住深秋时节的特点，勾勒出一幅慷慨悲凉的壮观图景。着重一个"寒"字，使秋景添愁，意境怀乡。感怨芳草，情景相融。

下片承上片写景，着重抒发词人羁旅中忧国思家的沉郁情怀。前四句"黯乡魂，追旅思，夜夜除非，好梦留人睡。"直抒胸臆，写作者面对满目秋色，更加惆怅无依，只有睡时偶然做个好梦，才能得到暂时的慰藉。突出了全词的主题。

前人评此词文，"前段多入丽语，后段纯写柔情，遂成绝唱。"（《远志斋词衷》。）

词人连串运用一些意象词：如碧云天、黄叶地、寒烟、芳草、斜阳、明月、高楼、愁肠、相思泪等，整首词立体扑面而来，也为后世文人不断模仿、借鉴、化用，如王实甫在《西厢记》崔莺莺送别一场中，将此词中的"碧云天，黄叶地，秋色连波，波上寒烟翠。"化为"碧云天，黄花地，西风紧，北雁南飞，晓来谁染霜林醉？总是离人泪。"

御街行

纷纷坠叶飘香砌，夜寂静，寒声碎。真珠帘卷玉楼空，天淡银河垂地。年年今夜，月华如练，长是人千里。

461

愁肠已断无由醉，酒未到，先成泪。残灯明灭枕头敧，谙尽孤眠滋味。都来此事，眉间心上，无计相回避。

上一首《苏幕遮·怀旧》是怀乡之作，这一首《御街行·秋日怀旧》是怀人之作。上片以写景为主，而景中含情；下片以写情为主，而情中有景。全词情景妙合无垠，意境浑融完整，为历来评词家所称道。这也是一般词家写词之套路。

上片从落叶写入，一叶落而知秋。不言秋而知秋。写视觉，"纷纷"；写听觉，"寒声碎"；写环境，"玉楼空"；写氛围，"夜寂静"；写时间，"银河垂地"。词人置身于此境况，难免要怀人思远，引出"长是人千里。"

下片承上片尾句"长是人千里"，引出离愁别恨。久别的煎熬，肠已因愁重而寸断。想用醉酒来消愁，一醉方休，也是不可能的，那是因为"酒未到，先成泪。"上一首词还说，"酒入愁肠，化作相思泪。"此词更进一步，酒尚未入肚，已化成泪水。作者又用"孤眠""残灯""枕头敧"将离人的愁思推到了极致，"都来此事，眉间心上，无计相回避。"李清照的《一剪梅》中"此情无计可消除，才下眉头，又上心头"的词句显然受此启发和影响而来。

范仲淹借一女子形象、心情、际遇借秋夜登楼思念远方情人，实际想表达的是一个臣子对皇帝的眷恋之情。希望皇帝能重用自己，报效国家。自屈原始，即有此比拟传统。

张先（990年——1078年）字子野，乌程（今浙江吴兴）人。宋仁宗天圣八年（1030年）进士，曾任渝州、虢州知州等官，以尚书都官郎中致仕。张先词含蓄而颇有情韵，既擅长小令，又作慢词，为北宋作慢词较早的一位词人。有《张子野词》传世。

天仙子

时为嘉禾小倅，以病眠不赴府会。

水调数声持酒听，午醉醒来愁未醒。送春春去几时回？临晚镜，伤流景，往事后期空记省。

沙上并禽池上暝，云破月来花弄影。重重帘幕密遮灯，风不定，人初静，明日落花应满径。

此词是作者在嘉禾任判官时所作。"嘉禾"，乃是秀州的别称，治所在今浙江省嘉兴市。当时词人任通判，时年五十二岁。他曾借口卧病，闲居在家，不想入府，表明他性格孤傲，不肯依附于人。因此，仕途坎坷，很不得意，只当了嘉禾小倅，即协助知府掌管文书的小吏。作者感慨自己老大无成，故写此词抒发临暮伤春之情。

词的上片"水调数声持酒听，午醉醒来愁未醒"，写词人尽管饮酒听乐，仍无法排遣深愁。听音乐，饮美酒，本是封建士大夫的赏心悦事。可是词人醉后醒来，醉意消散了，而愁绪仍无法排解。"持酒"二字，勾画出词人把酒凝神细听的神态。"愁未醒"三字，点出了词人的愁不是淡淡的闲愁，而是一种深沉的哀愁。是什么样的哀愁呢？是对春去的留恋和惋惜。"空记醒"的"记"是思念的意思，指往事而言。"省"是省悟、知晓的意思。"空记省"与"愁未醒"遥相呼应，既表明了愁的原因，又写了愁的深度。

词的下半片，由暮至夜，词人借助景物抒写伤春的情怀。"并禽"指成双成对的鸟儿。"暝"指暮色。禽鸟双栖，反衬了自己孤身相处，暗寓伤别之意。一个"破"字，写出了月光不甘被云遮雾罩的心情，它像词人一样留恋春光。一个"弄"字，赋予花以人格，好像春之将逝而弄影自怜。词人将他的笔触由室外转到室内，描绘出夜深人静，独处室内的情景。"重重帘幕密遮灯，风不定，人初静，明日落花应满径。"

结句仍回到"送春"之意，有意突出了惜春的主题。

青门引

乍暖还轻冷，风雨晚来方定。庭轩寂寞近清明，残花中酒，又是去年病。

楼头画角风吹醒，入夜重门静。那堪更被明月，隔墙送过秋千影。

开篇两句是双管齐下之语，容量大，寓意深，不可轻易放过。"乍暖还轻冷，风雨晚来方定。"前句交代季节特征，后句则指一天当中的天气状况。看似脱口而出的寻常话，只是随手记下身边的事，但是起笔切入颇具匠心。它创造出一种特殊氛围。透出清冷、悒郁之感，正与词人的惆怅、孤寂的情绪相契合。"庭轩寂寞近清明，残花中酒，又是去年病。"补叙了起笔的内容。这种精神状态并非今年所有，去年甚至多年，每到这个季节，精神上都要受一番折磨。

下半片"楼头画角风吹醒，入夜重门静。"远处传来的军中号角声音，打破了重门内外的寂静，把他从醉梦中惊醒。此时他酒意淡薄，醉态残存，可是心中的孤独寂寞之感却醒而复炽。原因在最后两句轻轻点出，他透过窗户，向外面望去，只见明月斜照，万物影像绰约，墙那边高高的秋千架子的影子被这斜射的月光送过墙来，这是一幅朦胧的画面，仿佛昔日的恋人在秋千架下的一幕幕情景，又浮现在脑际间，他在重温芳馨、甜蜜的柔情，在深味一刻千金的幸福欢会。词作到此戛然而止。末句那堪送影，真是神来之笔，极希微窅渺之致。

（张先比苏轼大47岁，他80岁那年，娶了18岁的妻子。作为好友，苏轼前去道喜。在喜庆的氛围中，张先兴致高昂地吟道：我年八十卿十八，卿是红颜我白发。与卿颠倒本同庚，中间只隔一花甲。喜悦之情，溢于言表。

苏轼当即和了一首：十八新娘八十郎。苍苍白发对红妆。鸳鸯被里成双夜，一树梨花压海棠。)

毛滂（1064年——约1124年）衢州江山（今浙江）人。哲宗元祐间任杭州法曹，受知于苏轼。徽宗政和中，守嘉禾，后依附蔡京，骤得进用。他的词清疏空灵，情韵特胜，别具一格。被誉为"潇洒派之宗主"。《有东堂词》传世。

《惜分飞》

富阳僧舍作别语赠妓琼芳

泪湿阑干花著露，愁到眉峰碧聚。此恨平分取，更无言语。空相觑。

断云残云无意绪，寂寞朝朝暮暮。今夜山深处，断魂吩付。潮回去。

《惜分飞》是一首脍炙人口的词。南宋的黄升将此词收入《唐宋诸贤绝妙词选》时记下这样一段故事："元祐中，东坡守钱塘，泽民（毛滂字）为法曹掾，秩满辞去。是夕宴客，有妓歌此词。坡问谁所作，妓以毛法曹对。坡语座客曰：'郡寮有词人不及知，某之罪也。'翌日折柬追还，流连数日。泽民因此得名。"尽管这一故事是否真实有待考证，但也可佐证《惜分飞》在当时已经广泛流传了。

这是一首写别情离绪的词作。作者显然是写给一个萍水相逢的妓女，但字里行间情真意切，没有一点逢场作戏之语。风尘知己也是知己，作者将自己的珍爱和痛别都进行了淋漓尽致地表达。

上片一开始，作者笔蘸浓情，先写琼芳之别。"泪湿阑干花著露，愁到眉峰碧聚。""泪湿阑干"是指泪流满面的样子；"花著露"指容貌如花，花沾雨露。这里作者写了两层意思，一是写女方依依惜别，满脸泪痕，点点滴滴，如春花带露，写出了琼芳的悲情已到极致，竟致无言以叙，只能以泪带语。二是写琼芳的美貌，即便是泪眼迷离，也美艳如花，蜇泪如珠。不但没减少姿色，反而使之如梨花带雨，见之犹怜。"此恨平分取，更无言语空相觑。"原来送者与被送者心情是一样的。这里的"恨"字寓意深远，是恨被迫分离的缘由，还是恨再难相守的无奈，还是恨更多难于言表的内隐？不得而知，也许三者皆而有之。"更无言语空相觑。"两眸相对，相对无言，这是一种纯粹的静态。"空相觑"写出了情感上的无奈。

下片作者笔锋一转，开始写别后的相思之苦。"断雨残云无意绪，寂寞朝朝暮暮。"从这两句可以看出，上片作者不是写实，而是在追忆往事，在回忆和琼芳离别之景。"断雨残云"又写意，又写景。雨丝零乱,残云纷飞，正和作者的心境相应，烘托了全词悲剧气氛。而"云""雨"又暗喻着曾有过的男欢女爱，揭示了曾有过的私情已经残破无补。"无意绪"三字又把作者回忆往事而引发的情绪动和无可奈何的意向表述明白。正因为如此，作者才"寂寞朝朝暮暮"，独饮相思的苦酒。此词末两句说，"今夜山深处，断魂分付潮回去。"此时他在富阳某僧舍写词，故称山深处。因他思念琼芳已极，自持不能，只有把"断魂"赋予潮水，水虽无情，人却有意。这种情景交融的结语，使全词达到了高潮。

这首词虽写给一位风尘知己，却把他对琼芳的真情实感写到了极限。在我国古代，封建社会的士子为歌妓赠诗写词的并非少数。而如毛滂这首《惜分飞》般的情真意切之作实不多见。故人传前面东坡之赞语，并不为过。（引自王鸣铎语）。

《烛影摇红·松窗午梦初觉》

一亩清阴，半天潇洒松窗午。床头秋色小屏山，碧帐垂烟缕。

枕畔风摇绿户。唤人醒、不教梦去。可怜拾到，瘦石寒泉，冷云幽处。

此词融情入景，饶有情韵地抒写夏日松窗午梦初觉时的感受，创造出迷离倘恍，清丽闲雅的词境。

上片描写夏日的中午，词人高卧松窗之下，窗外古松参天，落下一亩清阴，凉爽袭人；室内床头秋色屏风，绿帐青烟，清幽至极。下片叙写词人午梦初觉时的情景以及梦醒后对梦境的留恋回味之情。正当词人来到"瘦石寒泉，冷云幽处"，心旷神怡之时，忽然一阵清风袭来，将词人从梦中唤醒。词人真希望在那清幽的梦幻世界里多流连一会儿。此词笔调冷峭，意境清幽，似幻似真，颇具空灵清丽之妙趣。

《临江仙·都城元夕》

闻道长安灯夜好，雕轮宝马如云。蓬莱清浅对觚棱。玉皇开碧落，银界失黄昏。

谁见江南憔悴客，端忧懒步芳尘。小屏风畔冷香凝。酒浓春入梦，窗破月寻人。

这首词上片写想象中的汴京元夜之景，下片写现实中羁旅穷愁，无法排遣的一种无奈心情。上片虚写，下片实写；一虚一实，虚为宾，实为主。

首句"闻道长安灯夜好"，"长安"点"都城"，即汴京。"灯夜好"点"元夕"。词题即在首句点出。"闻道"二字，点明都城元夕的热闹景象都是神游，并非实境。不过，这"神游"并不是对往昔生活的回忆，也不是对于期待中的未来憧憬，更不是梦境，而是在同一时刻对另一空间的想象，即处凄冷之境的"江南憔悴客"对汴京元夜热闹情景的想象。摆脱现实的束缚，按照自己潜在的心愿作几乎是无限的发挥。上片越是写得繁华热闹，则越是反衬出下乃凄清冷寂的尴尬之状。

下片首句，"江南憔悴客"是作者自指。"谁见"，设问之辞，意即无人见。特指作者自己深深思念妻子反不知自己待罪客舍的窘境。这一句，以设问的口气写出了自己的孤寂。"谁见"二字还将读者（也使作者自己）从想象中的繁华景象拉回到凄冷的现实中来。"端忧懒步芳尘",这是写闺中人对那元夜的繁华已失去兴趣,她知道自己的丈夫远在千里之外,乃"懒"去那元夜繁华之地。她只在闺房中,在"小屏风畔",独对熏香袅袅,熏香则见冷而凝。这种描写,只是词人们的设想,设想闺中人在思念自己,也就更深刻表现自己在思念闺中人。"酒浓春入梦,窗破月寻人。""春梦"只能于"酒浓"时去做,而酒并不能去解忧。没有人寻他,只有月从客舍的破窗隙中来"寻",越显其孤独寂寞,心情已从凄冷变成凄苦了。

张元幹(1061年——1170年)字仲宗,自号芦川居士,又号真隐山人,永福(今福建永泰)人。宋徽宗宣和七年(1125年)任陈留县丞。宋钦宗靖康元年(1126年)为李纲僚属,官至将作监丞,协助抗金。宋高宗绍兴元年(1131年)秦桧当权,挂冠而去。后因作词送胡诠,遭秦桧迫害下狱,削籍除名。晚年寓居福州,约七十余岁卒。张元幹是北宋末、南宋初一位著名爱国词人。他以词抒发爱国激情,慷慨悲凉,至为感人。另外亦清丽婉约之作。著有《芦川归来集》《芦川词》。

《石州慢》

寒水依痕,春意见回,沙际烟阔。溪梅晴照生香,冷蕊数枝竞发。天涯旧恨,试看几许消魂。长亭门外山重叠。不尽眼中青,是愁来时节。

情切。画楼深闭,想见东风,暗消肌雪。辜负枕前云雨,尊前花月。心期切处,更有多少凄凉,殷勤留与归时说。到得再相逢,恰经年离别。

这首词写闺怨,题材虽不出奇,但用笔却有新奇之处。通篇所写的是男女离愁别恨。据黄蓼园《蓼园词选》中所云:"仲宗于绍兴中,坐送胡诠及李纲词除名。起三句是望天意之回。'寒枝竞发'是望谪者复用也。'天涯旧恨'至'时节'是目断中原又恐不明也。'想见东风,暗消肌雪'是远念同心者应亦受损也。'辜负枕前云雨'是借夫妇以谕朋友也,因送友而除名,不得已而托于思家,意亦苦矣。"这种解释,就张元幹所处时代特点而言,不无道理。他志向远大,慷慨激昂,以报国为己任,却反遭压抑打击,愤懑不平之气郁结于胸,朝廷又是奸佞当道、小人得志。政治环境险恶,心中有话难以明言。采用借夫妇以言君臣,托香草美人,以喻时事的手法,来倾诉心中之隐,自然不悖于理。(引自曾永祥评论。见《宋词三百首》第175页)

《兰陵王》

卷珠箔,朝雨轻阴乍阁。阑干外、烟柳弄情,芳草侵阶映红药。东风妒花恶,吹落梢头嫩萼。屏山远、沉水卷熏,中酒心情怯杯勺。

寻思旧京洛,正年少疏狂,歌笑迷著。障泥油壁催梳掠,曾驰道同载,上林携手,灯夜初过早供约,又征信飘泊。

466

寂寞。念行乐。甚粉淡衣襟，音断弦索，琼枝璧月春如昨。怅别后华表，那回双鹤。相思除是，向醉里，暂忘却。

张元幹的词，主要分两类。一类作品继承了苏轼豪放风格，写得慷慨悲凉。另一类，则写得清丽婉转，本词即是这一类型的代表作。

上半片先写时间与环境。珠泊之帘初卷，清晨小雨点点滴滴，雨停乍晴。从楼上向外远眺，阳光下柳条细摆，红药阶开。绿草萌发，生机勃发。"东风妒花恶，吹落梢头嫩萼。"一句是转折。成也东风，东风花开；败也东风，将枝头嫩萼吹落。"屏山远、沉水卷熏，中酒心情怯杯勺。"由景转入人，由外景转入内景。因春愁那沉香炉也懒得调理，因酒醉不愿见杯勺。这片所写之景之怯都是主人公所见所感。二者交融而又以景为主。

中片，"寻思旧京洛。"点明主人公思绪转向对往事的回忆。"正年少疏狂，歌笑迷著。"想当年在京城汴梁时，正年轻气盛，疏于检点多为狂放之举，迷恋歌舞场中的调笑。与歌女同车奔驰，上林携手，灯夜共约。回忆的都是京城名胜，而这京城名胜已不再属于宋，而是归于金朝了。

下片开首"寂寞"二字，又将思路拉回现实，还在头脑中思念着往昔行乐的情景。但"甚粉淡衣襟，音断弦索，琼枝璧月春如昨。"一句，则是对别后凄凉景象的描绘。衣襟上残留的美人脂粉气渐渐淡薄下来。音讯也杳杳不可知，真不知有多长时间了。但春天的花枝与如璧的明月好像和昨天一样。勾起往昔我对行乐之事的思念之情。"怅别后华表，那回双鹤。"意思是自从离别之后，物是人非，变化巨大，真令人惆怅不已。"相思除是，向醉里，暂忘却。"一句作为歇拍，是概括全词题旨。原来作者相思之情难以排遣，只好借酒浇愁。明李攀龙曾指出"上是酒后见春光，中是约后误佳期，下是相思在梦中。"作者借相思之苦寄托自己黍离之悲。全词感情真挚，用笔细密工巧，体现了张元幹词作的婉约风格。 （引自曾永祥评论《宋词三百首》第 178 页。）

《贺新郎》

梦绕神州路。怅秋风、连营画角，故宫离黍。底事昆仑倾砥柱。九地黄流乱注。聚万落、千秋狐兔。天意从来高难问，况人情老易悲如许。更南浦，送君去。

凉生岸柳催残暑。耿斜河、疏星淡月，断云微渡。万里江山知何处。回首对窗夜雨。雁不到、书成谁与。目尽青天杯今古，肯儿曹、恩怨相尔汝。举大白，听金缕。

在北宋灭亡，士大夫南渡这个时期，慷慨悲壮的忧国忧民的词人们，名篇迭出；张元幹有《贺新郎》之作，先以"曳杖危楼去"寄怀李纲，后以"梦绕神州路"送别胡铨，两词尤为悲愤痛苦，感人肺腑。宋高宗绍兴十二年（1142 年），因反对"和议"、请斩秦桧等三人贬为福州签判的胡铨，再次遭遣。除名编管新州（今广东新兴），张元幹作此词以相送。后因此词而被捕下狱，并被削职为民。词极慷慨悲愤，忠义之气，溢于字里行间。

"梦绕神州路"是说我辈的灵魂都离不开未复的中原。"怅秋风"三句，写值此金秋在萧萧的秋风之中，一方面号角之声连绵不绝，似乎武备军容，十分雄壮。一方面想起故都汴州，已是禾黍稀疏，一片荒凉。此句将南宋局势，缩摄于尺幅之中。以下便由此发出强烈的质问之声。绝似屈原《天问》风格。

首问："为何昆仑天柱般的黄河中流之砥柱，竟然崩溃，以致浊流泛滥，使中原人民遭受痛苦，使九州之土全成沉陆？又因何使衣冠礼乐的文明乐土，变成狐兔盘踞横行的惨境！须知狐兔者，实指人民流离失所，村落空虚，只见野兽乱窜。又虚指每当国家遭遇不幸陷于敌手之时，必然狐兔横行，古今无异。即'地走人形兽，看开鬼面花'。"

下面用杜少陵句"天意高难问，人情老亦悲"言天高难问，人间又无知己，只得胡公者一人，同在福州，而今胡公离然分别，悲可知矣！上片一气呵成，全为逼出"更南浦，送君去"两句，其苍劲有力，句句沉实，作掷地金石之响。

过片则预想别后情景，钱别是在水畔，征帆即去，但不忍离去，伫立在江边以致柳枝随风飘起，产生一丝凉气。天上的星星一眨一眨出现。"耿斜河"三句，如似以"闲笔"视之，即如知大嚼，而不晓细品，浅人难得深味矣。

下言写此别之后，不知胡公流落之地，在何所，想象也感到困难，相距万里，想在一块共吐心事，已经是不可能的！云雁之南飞，不逾衡阳，而今新州距衡阳，宾鸿不至，书信特凭谁寄付？不但问天之意直连上片，而且痛别之情古今所罕。用此方法关心国家、社会，纵怀今古，沉思宇宙人生；所关切者绝非个人命运得失穷达，又岂肯谈个人私事。

情怀既然这样，何以作词？所谓词意俱尽，遂尔引杯长吸，且听笙歌。以此豪迈之言打发心头之痛，作者用笔如天骄之龙，不以陈言落套为此。

蔡伸（1088——1156）字伸道，号有古居土，莆田（今福建莆田）人。宋徽宗政和五年（1115）进士。任太学辟雍学士，历知滁州、徐州和州，官至左大中大夫。人评其词"雅近南唐"，有些词"几近清真之室"。有《友古居士词》。

《苏武慢》

雁落平沙，烟笼寒水，古垒鸣笳声断。青山隐隐，败叶萧萧，天际暝鸦零乱。楼上黄昏，片帆千里归程，年华将晚。望碧云空暮，佳人何处，梦魂俱远。

忆旧游、邃馆朱扉，小园香径，尚想桃花人面。书盈锦轴，恨满金徽，难写寸心幽怨。两地离愁，一尊芳酒，凄凉危阁倚遍。尽迟留、凭仗西风、吹干泪眼。

本篇写作者羁留异乡，对家乡妻子思念之悲苦。

上片，写深秋的凄凉景象，从而引起作者对妻子的怀念。作者首先以，"雁落平沙，烟笼寒水，古垒鸣笳声断。"三句写深秋暮景。夜幕即将降临，一群大雁从远方哀鸣着飞来，栖息在渺无人烟的沙滩上，傍晚的云雾笼罩着深秋的寒水，古垒胡笳的悲鸣已渐沉寂无声，然而这显然是战乱的气息。触景伤情，满目凄凉。这就为本篇定下凄凉的基调，揭示出充满战乱的时代背景。

尔后，在"青山隐隐，败叶萧萧，天际暝鸦零乱。楼上黄昏，片帆千里归程，年华将晚。"六句中，通过对远山、败叶、乱鸦、归帆的描写，进一步点出作者悲凉感情。以后，在"望碧云空暮，佳人何处，梦魂俱远。"三句中，点明家乡遥远，与亲人难与相会。由于路途遥远，休说归乡相会，连做梦都梦不到她。思归不得，心情十分凄楚。

下片，转入对"旧游"往事的回忆，从今昔不同的处境相对比，愈发感到有家难归的悲苦。

先在"忆旧游、邃馆朱扉，小园香径，尚想桃花人面。"三句中，描写夫妻二人昔日相处的美好情景。他们曾住在豪华的朱门深馆里闲步在百花吐香的庭园小径，鲜艳的桃花与女小娇嫩的容颜相映生辉。生活在温馨幸福之中。这与他目前身处凄凉的异乡，满怀有乡难归的凄苦处境形成鲜明的对照。此三句也表明，妻子的身份也非小家碧玉。

接着，在"书盈锦轴，恨满金徽，难写寸心幽怨。"三句中，又转写女子对丈夫的思念。极写"幽怨"之深，描写妻子对自己的思念，用以表现自己对妻子的苦思，这是中国古代诗词中常用的手法。

最后，在"两地离愁，一尊芳酒，凄凉危阁倚遍。尽迟留、凭仗西风、吹干泪眼。"五句中，又将着笔点转到眼前，表明从上是分写夫妻两人在两地的相思之苦，此为概括两人的离别相思之愁苦。此句之后，又单写作者的相思之愁苦。他的"离愁"至今已无法排遣。万般无奈，他只能用一杯美酒解愁。然而，这一杯薄酒又怎能解得了如此深重的离愁？解愁不得愁更浓，只能丢下酒杯，凄楚满怀的遍倚栏杆，长时间在栏杆旁逗留徘徊。归乡不得，如之奈何？百感交集，愁肠欲断，不禁眼泪纵横。对满面眼泪，既不是由自己拭干，也不是由同情者为之拭干，而是凭仗西风，吹干眼泪。这表明他因极端凄伤顾不得拭泪，独倚高栏，又无他人在旁。更表明，"危栏倚遍"

时间之久。不然，这泪眼，何以吹干？此二句含意极深，表明作者凄伤已极，与上片的"败叶萧萧"前后呼应。

本篇写景抒情，由景及情，由今及昔，再由昔及今。由浅而深，由凄凉而缠绵，以至悲怆，层层递进、步步深入。可谓结构严谨、层次分明，抒作悱婉而真挚，写作颇具匠心。（——引自田毅点评《宋词三百首》孟庆文主编第 195 页）

岳飞（1103——1142）字鹏举，相州汤阴（今属河南）人。宋徽宗宣和四年（1122）真定宣抚幕当兵，屡立战功。南渡后，历任清远军节度使，加检校少保，拜太尉，授开府仪同三司。宋高宗绍兴十年(1140)授少保，任河南北诸路招讨使。朱仙镇大捷，正欲渡河，直捣黄龙府时，宋高宗与秦桧下令班师。宋高宗绍兴十一年任枢密副使，封武昌郡开国公，罢为万寿观使，后被赵构、秦桧以"莫须有"罪名杀害，卒年三十九岁。后来赐谥武穆，追封鄂王，改谥忠武。后人编有《岳武穆集》，今存词三首。

《满江红·怒发冲冠》

怒发冲冠，凭栏处，潇潇雨歇。抬望眼、仰天长啸，壮怀激烈。三十功名尘与土，八千里路云和月。莫等闲、白了少年头，空悲切。

靖康耻，犹未雪。臣子恨，何时灭？驾长车、踏破贺兰山缺。壮志饥餐胡虏肉，笑谈渴饮匈奴血。待从头、收拾旧山河，朝天阙。

这是一首同仇敌忾、气壮山河的爱国主义名篇。词中书写了作者壮志未酬，岁月空逝的悲愤心情，表达了雪尽民族耻辱，收复山河，统一祖国的雄心壮志。

词一开始，由"怒发冲冠"写起，给人一种突兀之感。作者愤怒得发怒冲冠，可见其怒气之大。"凭栏处"是指词人所在之地。"潇潇雨歇"表明所处之时。此时凭栏四望，阴云密布，雨声潇潇，更激起作者填膺的怒气。一旦雨歇，云散天开，"抬望眼"，眺望雨后清新的山川，仰望晴空长天，益增对祖国河山的热爱，由此不由得"仰天长啸"了。这一声"长啸"，吐出了久压在心中的怒火；这一声"长啸"，抒发了词人久蓄于心中的微烈心志。"怒发冲冠""壮怀激烈"，正是作者当时内心的鲜明写照，也是全诗题旨所在。这里虽未言明所怒之事，但由下文逐渐点明。

"三十功名尘与土，八千里路云和月。"这是追怀往事，也是凭栏所思。"三功十名"是概写作者所建功业。作者本人战绩显赫，身获重任，身受殊遇，功名不为不高。但在岳飞看来，建立功业不过像尘土一样微不足道，所恨者是壮志未酬，因此不能不令人慨叹。"八千里路"写转战南北战斗艰苦的军旅生活。岳飞二十岁离乡到真定府路从军，然后随军征冀北、鲁西至商丘，再北返河内转战滑县、新乡、巩县、开封到建康（南京）。光复建康之后，从湖口进入赣南、粤、湘、再到九江，计其行程，足有

470

八千里之多。作者回忆过去，追云逐月，南征北战，可谓艰苦卓绝、战功卓著。但山河破碎，国仇未报，"取故地，上版图"未能实现。怎能不令人悲愤填膺！诗人追怀事，但未沉湎于所建功业，而是慨叹壮志未酬。故接下去，唱出了"莫等闲、白了少年头，空悲切。"激励心志的高歌。千万不能坐待年华的消逝，空悲马齿徒增，而应趁有为之年，奋发图强，报仇雪恨、光复山河，干出一番轰轰烈烈的事业来。最后三句情真意切，砥砺心志，激发壮怀，语虽尽而意无穷。

下片写作者报仇雪耻，收复山河的决心和壮志。上片，作者写出了自己激烈的壮怀和悲愤的心情，但未点明为何如此。下片直抒胸臆。

"靖康耻，犹未雪。臣子恨，何时灭？"宋钦宗靖康二年（1127年）金兵大举南侵，宋朝国都开封被攻破，徽宗和钦宗都被掳走，中原沦落，山河破碎。这种奇耻大辱，作为宋朝臣子的"精忠岳飞"来说，怎能不义愤填膺？但是至今仍国耻未雪，大仇未报，又怎能不令他怒火万丈？（岳飞写此词时，"靖康之耻"已过去15年。）"臣子恨，何时灭？"表现了诗人报仇雪耻的急切心情。怎样雪尽这奇耻大辱？那就是，我要驾着战车踏平金兵占领的关山险隘。怎样消除我的心头大恨？那就是，"壮志饥餐胡虏肉，笑谈渴饮匈奴血。"这两句表现出对金朝贵族的极大仇恨，同时也表示了报仇雪恨的决心和信心。他曾对部下说过，"直捣黄龙府，与诸君痛饮耳！"（《宋史·岳飞传》）作者最后表示要决心收复国土，重整山河，朝见天子。作者的雄心和壮志，在这里表露无遗。

全词表现了作者对敌寇同仇敌忾、报仇雪恨的迫切心情和收复中原国土的决心和信念，这种心志当时完全符合人民共同的愿望。表现了强烈的爱国主义思想。尤其是词中坚决战斗意志和奋发图强的精神，无时不再给人们以激发和砥砺！（引自孟庆文评点。《宋词三百首》孟庆文主编第207页）。

张孝祥（1132——1169）字安国，别号于湖居士，历阳乌江（今安徽和县）人。宋高宗绍兴二十四年（1154）中进士第一，曾任中书舍人，提举汀州太平兴国宫，除知府州。孝宗即位，复集英殿修撰，知平江府。当任建康留守时，因襄助张浚北伐而被罢官。宋孝宗乾道元年（1165），复集英殿修撰，兼广南西路经略安抚使，被劾罢官后，起知漂州，涉知剑南、荆湖北路安抚使。均有政绩。病卒，年仅三十八岁。其词一百七十余首，特点是声律宏迈，音节振拔，气雄调雅，意缓语峭。其词风近于苏轼，并开南宋爱国词派之先河，在词的发展中是一个重要人物。有《于湖居士集》、《于湖词》。

《六州歌头》

长淮望断，关塞莽然平。征尘暗，霜风劲，悄边声，黯销凝。追想当年事，殆天

471

数，非人力。洙泗上，弦歌地，亦膻腥。隔水毡乡，落日牛羊下，区脱纵横。看名王宵猎，骑火一川明。笳鼓悲鸣，遣人惊。

念腰间箭，匣中剑，空埃蠹，竟何成！时易失，心徒壮，岁将零。渺神京，干羽方怀远，静烽燧，且休兵。冠盖使，非驰骛，若为情。闻道中原遗老，常南望，翠葆霓旌。使行人到此，忠愤气填膺，有泪如倾。

南宗孝宗隆兴元年（1163年），张浚北伐失败，南宋统治集团又转而走向妥协，张孝祥便在建康写下了这首《六州歌头》词。

上片首句"长淮望断，关塞莽然平。"说的是面临淮河边界远望，只见边关要塞淮地是一片莽莽平原。接下去渲染边塞苍凉景象。"征尘暗，霜风劲，悄边声，黯销凝。"关塞莽然，给人以空虚之感，边界之上号角之声全无，只见秋风劲吹，尘土飞扬，对此作者黯然神伤。"追想当年事，殆天数，非人力。""当年事"指1127年"靖康之耻"。"洙泗上，弦歌地，亦膻腥。"当年孔子讲过学的洙泗间，本是华夏的礼乐之乡，如今竟也沾染了腥臊之气。紧接一句描写敌占区的风光。"隔水毡乡，落日牛羊下，区脱纵横。"隔水相望，处处是异族人住的帐篷，在茫日中放牧的牛羊归来，而守屯戍边的土堡南北纵横到处都有。"看名王宵猎，骑火一川明。笳鼓悲鸣，遣人惊。"看那金兵将师夜半打猎，骑兵举着火把将山川照得通明。阵阵鼓笳声起，十分悲壮，令人胆战心惊。以上是词的上片，描写的是中原地区的凄凉景象和敌人的骄纵猖獗。流露出作者慨叹山河破碎的感伤情怀。

下片首句便唱到"念腰间箭，匣中剑，空埃蠹，竟何成！"想想腰中佩戴的弓箭，匣中珍藏的利剑，弃置不用。白白地被尘埃所盖，蠹虫侵蚀，最终一事无成。战具如此，人又怎样？"时易失，心徒壮，岁将零。"战机一错即失，不易再战。而年岁也将老尽，可惜了一片雄心壮志。是什么原因使战士寒心，战具弃置呢？紧接着道出原因："渺神京，干羽方怀远，静烽燧，且休兵。"原来是朝廷正用文德以杯柔远人，正在向敌人求和，所以平息了边塞烽火，暂且休兵。此时叙述已感到作者对朝廷不满情绪了。"冠盖使，非驰骛，若为情。"那些打着宋王朝旗号的使者，一批又一批地往来奔走，怎么好意思呢？"闻道中原遗老，常南望，翠葆霓旌。"听说遗留在沦落区的中原父老，翘首南望，希望能看到皇帝回归故都的旌旗，谁料想看到仍是和谈的使者。"使行人到此，忠愤气填膺，有泪如倾。"将士报国无门，强敌骄横逞凶，中原父老失望，和议之风大盛，边应设防而无防，将士可用而不用，民心可收而不收，抗战无望，亡国有日，即使一个普通路人也顿生忠义愤激之情寒满胸膛而热泪纵横，而作者本身怎样就不言自明了。（引自刘维治点评。《宋词三百首》孟庆文主编第213页）

陆游（1125——1210）字务观，号放翁。山阴（今浙江绍兴）人。宋高宗绍兴二十三年（1153年）省试第一，再试礼部，因主张抗金，而被秦桧黜落。孝宗隆兴初，赐进士出身。曾历任县主簿、州通判、知州、礼部郎中、膳部郎中、太中大夫等官。晚年以宝谟阁待制致仕。退居故乡山阴二十余年，宋宁宗嘉定三年（1210）与世长辞，享年八十六岁。陆游是南宋一位伟大的爱国主义诗人。但因在政治上不断遭受排挤和打击，致使他的爱国主张和政治抱负不能实现。他只好发之于诗，因此写下了大量爱国主义的诗章。今存诗近万首。词作一百三十余首。其词主要特点是清真拔俗，沉郁豪放，兼有纤丽雅快之美。著有《渭南文集》《剑南诗稿》《放翁词》。

《卜算子》

驿外断桥边，寂寞开无主。已是黄昏独自愁，更著风和雨。

无意苦争春，一任群芳妒。零落成泥碾作尘，只有香如故。

毛主席曾就此词反其意而用之。（风雨送春归，飞雪迎春到，已是悬崖百丈冰，犹有花枝俏。俏也不争春，只把春来报。待到山花烂漫时，她在丛中笑。）

陆游的词慷慨豪迈，风格手法却灵活多变。这首词，作者托物一言志，以梅的高格劲节自喻，抒发自己报国无门、壮志难酬，屡遭奸人排挤打击的不幸遭遇及矢志不渝的高尚气节。虽有封建文人孤芳自赏的一面，但其铮铮铁骨的基调却永远有着巨大的艺术感染力。

词的上片力写梅花迎风冒雨、独自怒放的艰难处境。首起二句"驿外断桥边，寂寞开无主。"着力刻画梅花四顾无依、孑然一身的孤独形象。在偏僻简陋的驿站外边。傍着涓涓流水的断桥，只有一枝无人照管的梅花独自开放，她那纤纤的花蕊和那超艳绝俗的高洁与四周的荒寂形成鲜明的对比。没有人来护理她，也没人来欣赏她，但她仍是时开放，义无反顾。作者起笔以郁郁的笔触再现梅花备受冷落的凄凉。"无主"二字尤其形象立体，令人读之梦魂萦绕。词人所以如此描写梅花寂寂无依的境遇，联系其当时所处的当时环境，便不难明白。陆游一生力主抗金，但却屡遭贬谪与迫害。晚年被迫隐居山阴，虽仍有报国宏志，但又有谁来"欣赏"呢？纵然有满腔爱国热忱，也只能像这无主的梅花一样空守寂寞，自保高洁。后两句加上，"已是黄昏独自愁，更著风和雨。""著"字加上，本已时近黄昏，愁苦难耐，再加上狂风骤雨的摧残，梅花的遭遇就更加凄惨艰难了。作者以象征手法，委婉地倾诉了自己晚年在主降派重"重包围下所遭的各种打击。"黄昏"二字，暗指当时的政治生态环境。

词的下片从写梅花的艰难处境陡然写梅花高洁的志向与品格。尽管作者身处逆境，但其不慕荣华、刚正不阿的性格是不会改变的。一二句"无意苦争春，一任群芳妒。"

形象地再现了词人决不随波逐流，决不与阿谀奉承之徒为伍的坚定信心。"零落成泥碾作尘，只有香如故。"的慷慨心声，以此正告当权者和一意追求功名利禄的庸俗之辈，即使我遭受更大的打击摧残，飘零脱落，化为泥土，但我依然芳香如故，永不改变。

这首词语言晓畅平易，风格沉郁顿挫，以托物言志的手法，将梅与人，人与梅相互交织，浑然一体，给人以广博的遐想，确不失为陆游词的代表作品。（引自由文平点评。《宋词三百首》孟庆文主编。220页）

《钗头凤》

红酥手，黄滕酒，满城春色宫墙柳。东风恶，欢情薄，一怀愁绪，几年离索。错，错，错！

春如旧，人空瘦，泪痕红浥鲛绡透。桃花落，闲池阁，山盟虽在，锦书难托。莫，莫，莫！

陆游与表妹唐琬的婚姻爱情悲剧与《钗头凤》词作，广为人知，世代相传，影响巨大而深远。

关于陆游写这首词的背景，陆游原娶舅父唐闳之女唐琬。唐氏美而慧，与陆游情好甚笃。但陆母却不喜欢唐氏，遂被迫离婚。后来唐氏改嫁于同郡人宗室赵士程。在一次春游中，陆、唐偶遇于禹迹寺南之沈氏园（在今绍兴市）。唐语赵，遣人送酒肴致意。陆游极为感伤，乃赋此词，书于沈园壁间。相传陆游作此词是三十一岁（1155年。另一说在前四年。）此题词墨迹受到了良好保护至孝宗淳熙年间（1174——1189年）还存在。长达40年。

此词深刻地表达了作者对前妻真挚深厚的感情和对离异的无比悔恨、痛苦、怨恨与无可奈何之情。

上片写到，春日游园，本是赏心悦目，畅性怡情之举，但不料在春游之中猛然遇见自己离异多年又已改嫁的前妻，而自己对前妻又一直怀着深深的恋情。此情此景，心情陡然一变，满园春色和眼前的一切都带上了悲哀苍凉的情调。白嫩红润的纤手，举起美酒又送到我面前。这既是重逢时的写照，也是往昔婚姻生活中的美好回忆与联想。面对眼前宫墙内的柳树，倍觉有如已改嫁的前妻那样可望而不可即。纵有千种风情，又怎能诉说？风光虽如此美艳，心情却万分凄苦，对比十分鲜明，形成强烈反差。接着自然追忆往昔，由于"东风"的摧残，使得春花凋零净尽，夫妻劳燕分飞。离异已经多年，自己一直愁绪满怀，今日当此，真是倍感大错特错，追悔莫及！

下片开头，主写眼前的昔日妻子：春色不受外界干扰，年年依旧；而心爱的人却在抑郁的惆怅中容颜憔悴。那流不尽的泪水，伴着脸上的红胭脂，已湿透了手帕。再面对眼前的桃花已落，池阁空漠的景象，更增加了彼此凄凉的心情。又想到双方均已另行婚嫁，限于礼法，执连书信也难于往来了，只能将彼此情意深埋心底。一切都已如此，真是无可奈何。就不用再去想它说它了吧！以"莫，莫，莫！"之字做结，其中包含了多少难言的苦痛为潜台词！（引自邓伟点评。《宋词三百首》孟庆文主编。第222页。）

唐琬看了陆游词后，回作一首《钗头凤·世情薄》

世情薄，人情恶，雨送黄昏花易落。晓风干，泪痕残。欲笺心事，独语斜阑。难，难，难！

人成各，今非昨，病魂常似秋千索。角声寒，夜阑珊。怕人寻问，咽泪装欢。瞒，瞒，瞒！

唐琬作此词后，抑郁而终。

辛弃疾（1140——1207）字幼安，号稼轩，历城（今山东济南）人。青年时期，曾组织一支两千多人的队伍，参加耿京的起义军，任"掌书记"。当耿京被叛徒张安国谋害后，他率部下五十人闯入金营，活捉张安国南归。南渡后，宋高宗只任他在地方上任通判、知州、安抚使等官，并未受重用。他曾多次上书，谈恢复、论统一，反遭排斥和打击。被免职后，在江西上饶闲居十年。宋光宗绍熙三年（1192）以后，几次起用，又几被罢官，直至宋宁宗开禧二年(1206)任兵部侍郎，终因忧愤致疾而卒。辛弃疾是南宋一位杰出爱国词人。他的词继承了苏轼的豪放风格。题材广阔,内容丰富, 气势雄奇，意境深远。并善用比兴、寄托、白描、典故等手法和精练而流畅的语言，抒发爱国热忱，歌颂壮丽江山，描写社会生活和农村风光，充分发挥词语表现力。辛词在文学发展史上占有极重要地位。著有《稼轩长短句》，存词六百多首。

《贺新郎·别茂嘉十二弟》

绿树听鹈鴂，更那堪、鹧鸪声住，杜鹃声切。啼到春归无寻处，苦恨芳菲都歇。算未抵，人间离别。马上琵琶关塞黑，更长门翠辇辞金阙。看燕燕，送归妾。

将军百战身名裂。向河梁，回头万里，故人长绝。易水萧萧西风冷，满座衣冠似雪。正壮士，悲歌未彻。啼鸟还知如许恨，料不啼清泪常啼血。谁共我，醉明月？

这是辛弃疾非常著名的一首词，本词的写法为前人所未有，词中罗列许多离别事迹，彼此似乎没有必然联系，而且与茂嘉十二弟更无关涉。但各处又不离"离情""别恨"，这就是此词妙处之所在。

词的开头几句："绿树听鹈鴂，更那堪、鹧鸪声住，杜鹃声切。啼到春归无寻处，苦恨芳菲都歇。"一开头，作者用三种鸟的啼叫为下文先做铺垫，并且构成全词悲剧气氛。全词用三种鸟悲鸣之声起兴，仅出数语便形成了悲苦意境，形成全词的氛围基调，同时也衬托了词人春末夏初送别亲人时的悲哀心境。鸟儿们只知痛惜春光，却不知人世间的离情别恨更加让人难忍，"算未抵，人间离别。"成为上下文转接的关键。他把人之离别与鸟之悲啼做一比较，以衬托手法束上开下，为下文的人间离别张本。

"啼鸟还知如许恨，料不啼清泪常啼血。"此二句是说悲啼的春鸟只知春归之恨，如果我们亦解人间如许恨事，其悲痛应该更深。那样，啼出来的将不会是清泪而将是血了。"谁共我，醉明月？"作者此时的感情激荡，已达极点，于是便迅速归结全局，点破送别茂嘉事,结束全词。把上面广阔驰骋的笔端和思绪，一下子收拢到题目，别开生面。同时又隐含了作者自己难言的苦痛和孤寂的心境。

这首借送别一事，感古伤今，感人伤己，抒发积年悲痛苦恨，声情并茂，感人至深，确如陈廷焯所言："沉郁苍凉，跳跃动荡，古今无此笔力。"《白雨斋词话》——（引自魏全胜点评。《宋词三百首》孟庆文主编。第239页。）

《摸鱼儿》

淳熙己亥，自湖北漕移湖南，同官王正之置酒小山亭，为赋。更能消、几番风雨，匆匆春又归去。惜春长怕花开早，何况落红无数。春且住，见说道，天涯芳草无归路。怨春不语。算只有殷勤，画檐蛛网，尽日惹飞絮。

长门事，准拟佳期又误。峨眉曾有人妒。千金纵买相如赋，脉脉此情谁诉？君莫舞，君不见，玉环飞燕皆尘土！闲愁最苦。休去倚危栏，斜阳正在，烟柳断肠处。

"更能消、几番风雨，匆匆春又归去。"首句起势突兀，"是从千回万转后转折出来，真是有力如虎。"（陈廷焯《白雨斋词话》）如果我们知道了辛弃疾当时的处境，也就可以理解此句蕴含极深。主和派想尽一切办法阻挠辛弃疾等主战派成就事业，其方法之一就是频繁调动他们的职务和住所，从而消磨他们的斗志。岁月如风雨中的春天，匆匆归去。"惜春长怕花开早，何况落红无数。"依一般的理解，爱惜春天，当然想早日享受春光，可作者比常人想得更深，看得更远。因为爱惜春天怕花开得太早了，花开得早也落得早，于是春结束得也早。更何况此时也是"落红无数"的晚春季节了呢。辛弃疾将惜春、护春之情表达得非常深刻、非常透彻、非常真挚。情真意挚常与天真烂漫为邻，他对春的怜惜已达到发痴的地步。表现为欲留住春天的脚步，呼喊出"春且住"来。但作者环顾四周，春光春色，已溜得干干净净，了无痕迹。只有屋檐下的蛛网，网住了杨花柳絮。

下片既用典，又写景，也是用比兴的手法写就。"峨眉"指如作者自己主张抗金的斗士。至于妒人如玉环、飞燕者，是指那些投降派。烟柳斜阳既是暮春暮景，也像

476

征南宋偏安小朝廷。其命运不敢让人去想，其惨景令人不忍目睹。这首词最大的特点是上片用比兴寄托，下片用比喻象征，全词形成了比较完整的比兴体系，而不是个别词句用比兴，使词意含蓄委婉，深邃丰富。

陈廷焯说这首词"沉郁顿宕，笔势飞舞，千古所无。"（《白雨斋词话》）梁启超说："回肠荡气，至于此极，前无古人，后无来者。"（《艺蘅馆词选》）这首词在辛词中确实有独到之处，空前绝后，无可匹敌。（引自朱明伦点评。《宋词三百首》孟庆文主编。第243页）

《永遇乐·京口北固亭怀古》

千古江山，英雄无觅、孙仲谋处。舞榭歌台，风流总被、雨打风吹去。斜阳草树，寻常巷陌，人道寄奴曾住。想当年，金戈铁马，气吞万里如虎。

元嘉草草，封狼居胥，赢得仓皇北顾。四十三年，望中犹记，烽火扬州路。可堪回首，佛狸祠下，一片神鸦社鼓。凭谁问，廉颇老矣，尚能饭否？

这是辛弃疾在宋宁宗开禧元年（1205年）任镇江知府时所作。

词一开始，来势突兀，气象非凡。词人登上北固亭，首先映入眼帘的是"千古江山"。江山壮丽，自然可爱。"江山"是横望，"千古"是纵观。一横一纵，构成一幅气象万千的画面。词人面对"千古江山"，很自然联想起历史上在这里出现的英雄人物孙仲谋。三国时的孙权北御强敌，内固国本，曾建立过鼎足三分的霸业。一个"处"字，既点明作者登临所在之地，又引出舞榭歌台，曾经繁华一时。统统都被雨打风吹得没有痕迹了。

作者登上北固亭时，正当夕阳西下，他眼望这夕阳的余晖，荒草古树，远眺那平常的街巷小路，不由得又想起了在这里出生的刘寄奴。南朝宋武帝刘裕小名刘寄奴。作者写刘裕的两次北伐，用"金戈铁马"这样形象的词句，描绘他的军容整齐，兵强马壮。用"气吞万里如虎"形容他气吞万里，所向无敌的英雄气概。

词人上片连用两个典故，用热烈的感情，赞扬的笔调，歌颂他们的功业，实际是对英雄人物的向往。同时也借以表达对抗击金人收复国土的雄心壮志和爱国情怀。

词的下半片，写他对韩侂胄草率北伐的担忧和壮志难酬的慨叹。辛弃疾为了实现重整山河的壮志，曾积极支持北伐。但他反对草率从事和轻举妄动。作者在这里借用宋文帝北伐失败的教训，表现出他对韩侂胄北伐的担忧。同时也意在警告宋统治者应该接受历史教训。"赢得"两字用得巧妙而又恰切，含义极为深刻。事实结果果不出词人所料，后来韩侂胄的北伐以失败而告终。从这里可以看到辛弃疾的远见卓识。

"四十三年，望中犹记，烽火扬州路。"指作者二十三岁时，曾率轻骑冲进敌营，活捉叛徒张安国南归宋朝。是说现在遥望北方，还能记起扬州路上，烽烟弥漫，人民屡遭兵劫的凄惨情景。作者于词中写进这两件往事，既表现了作者有杀敌报国的雄心壮志而不被重用的感叹，又反映了对国土沦陷和人民遭受苦难的哀伤。“可堪回首，佛狸祠下，一片神鸦社鼓。”江北瓜步山下魏武帝留下佛狸祠下，一群乌鸦正争食祭品，祭神的社鼓正响个不停，暗示中原长期沦陷，金人统治的顽固。“凭谁问，廉颇老矣，尚能饭否?”这是全词的结束句。词的结尾往奇特，这里没有直接描写壮志和抒发感慨，而且巧妙地用了“廉颇老矣”这一典故作结。从这里可以看到辛弃疾永不衰竭雄心壮志和爱国热情。

总体来看，这首词起得突兀，收的别致。中间包含内容很多，通过回忆、写景和抒情，结合得很紧密，构成了一篇完美的词章。杨慎说：“辛词当以北固亭怀古《永遇乐》为第一。”（引自孟庆文点评。《宋词三百首》孟庆文主编。第 247 页。）

《木兰花慢·滁州送范倅》

老来情味减，对别酒，怯流年。况屈指中秋，十分好月，不照人圆。无情水都不管，共西风、只管送归船。秋晚莼鲈江上，秋深儿女灯前。

征帆，便好去朝天，玉殿正思贤。想夜半承明，留教视草，却遣筹边。长安故人问我，道愁肠殢酒只依然。目断秋霄落雁，醉来时响空弦。

这首词作于宋孝宗乾道八年（1172 年）秋天，当时作者正在滁州任上，是为送他的同事范昂赴京临安而写的。

“老来情味减，对别酒，怯流年。”起句即不同凡响，引人惊奇。当时正三十二岁的作者，何以言老呢？细细体味，一歹知词人说的乃是心情萧索之意，并非是说体态之老。他本拟大展雄才，却屈沉下僚，心情如何不老？又怎能不“对别酒，怯流年”?

“况屈指中秋，十分好月，不照人圆。”人处逆境，对于节气、环境的变化特别敏感，天上的月将圆了，但人间的好友却要离散。这能不让人遗憾吗？“无情水都不管，共西风、只管送归船。”“都不管”“只管”语义相反，却道尽“水”与“西风”的寡情。感情为之一跌。离别的痛苦上升到极致。“秋晚莼鲈江上，秋深儿女灯前。”笔锋陡转，化刚兴柔。此二句当是作者设想好友归家后，与家人共享天伦之乐的情景。

下片，进一步回到送别题旨。“征帆，便好去朝天，玉殿正思贤。”此一过片由上片结句脱出，格调转为高亢，劝勉友人不要忘情于天伦之乐，与上片的意境气氛又是一别。此是词人有意用昂扬的语意声调为友人入朝壮行色。趁征衫未脱，赶快去见天子，因天子正盼贤人料理国事呢。“想夜半承明，留教视草，却遣筹边。”好一幅君臣相得，振邦兴国的图画。

"长安故人问我，道愁肠殢酒只依然。"词又一转，激扬之气又化为纤徐低婉。作者由想象回到现实。友人倘回到京城，遇昔日朋友，当告知他们，自己依然肖酒所困。言外之意，是说自己仍壮志未伸，事业未成，仍为旧日景况，言词间透出无限的悲慨之意。

全词至此已几经转折起伏，至结句，突然振作起来："目断秋霄落雁，醉来时响空弦。"词人竟能于醉中引弓虚发，惊落秋雁，确为神奇妙想。这样，一个壮怀激烈，却又无用武之地的失意英雄形象便出现在读者面前。

此词的妙处在于联想的奇特与造境之巧。丰富的想象与跌宕起伏的情感意境相融合，构成一种跳跃性结构和起伏错落的笔法。全词从"老来情味减"一句起，是实写，以下各句实实虚虚，情感如江上波涛，起伏相继，大起大落，使柔与刚相济，豪迈的气势与沉郁的心境相一致，构成一雄浑的整体。（引自魏全胜点评。《宋词三百首》孟庆文主编。第 250 页。）

《青玉案·元夕》

东风夜放花千树，更吹落，星如雨。宝马雕车香满路。凤箫声动，玉壶光转，一夜鱼龙舞。

蛾儿雪柳黄金缕，笑语盈盈暗香去。众里寻他千百度，蓦然回首，那人却在，灯火阑珊处。

古代诗词作品中以上元灯节为题材的甚多，但辛稼轩的这首《青玉案》却能独标风韵而为千古传唱。仔细品味，其奥妙就在于人在寻觅知音时一瞬间的最美好感觉，这种感受又是人生体验中最惊喜激动而永生难忘的。

词的上半片属于场面描写，但其写景状物之精妙，想象之奇特足以表现作者非凡的才气。"东风夜放花千树"一句写灯之多，各种彩灯挂在树上，远远望去，五彩缤纷，仿佛一棵棵树上都开放着花朵一般。再着以"东风"二字，与"花千树"统一起来。热闹繁盛的景况再加上春天字眼的词语，立即使读者产生温馨幸福的感受。"更吹落，星如雨"一簇簇焰火升空，宛如满天的彩星，缓缓下坠。色彩绚烂，动静相间，景况何其壮观！"宝马雕车香满路。凤箫声动，玉壶光转，一夜鱼龙舞。"四句依然是场面描写，不同的是前面侧重空中，是大的背景渲染。而这几句是将视线移到地面，进行具体的刻画。装饰精美的车马载着那些衣锦佩玉的公子哥及打扮得千娇百媚的美娘倩女们充塞了街衢，熙熙攘攘，打情骂俏。到处传出优美动听的笙管笛箫的奏乐之声，人们皆沉浸在欢乐喜乐的气氛中。"玉壶"形容月亮，"光转"形容月光在移动，时间在流逝，整整过了一夜，这就为主人公的出场做好了准备。

下片转而写人。"蛾儿雪柳黄金缕，笑语盈盈暗香去。"两句以浓墨重彩摹画那些环金绕翠的富贵女子。她们一个个打扮入时，梳着时髦的发式，头上插满了元宵佳节时特有的闹蛾儿、雪柳儿等饰物及用黄金制成的缕丝。这些打扮新潮的游女们说说笑笑一个个从我面前走过，一阵阵香气随着她们的娇声细语的远去而在夜空中渐渐消散。我一直在众多的游女中寻觅知音，寻找与我心灵暗契的伴侣。可是在这熙熙攘攘的人群中我寻找了千遍百遍，却怎么也找不到她的踪影，不免有些焦急，有些失望。可就在这当儿，我偶然一回头，眼睛突然一亮，竟有了意外的发现。哦！那不正是她吗？原来她并未掺杂在众人之中，而是独立站立在灯火冷落的角落里，她矜持地伫立在那里，似一尊雕像，在凝神注视，似有所期待。我终于找到她了，她也终于等到了我。就在我发现她的一瞬间，我的心颤抖了，时间仿佛凝滞，世间的一切仿佛不存在，我一下子沉浸在无与伦比的亢奋与幸福之中，已成为整个宇宙中最幸福的人。

我们来挖掘一下本词所揭示的深刻主题。"众里寻他千百度"却寻找不到，而蓦然回首却发现"正在灯火阑珊处"。这一特写镜头所包含的意蕴是相当深刻的。这就是作者所期待的那个人不同凡响。不在花花世界追逐名利具有高尚情操的人。越是这样的人越孤独，越难为世俗所重，也就越冷清寂寞。但她却能不为所动，甘守寂寞，保持独立完整的高尚人格。这实质上也是作者理想人格的化身。梁任公评此词曾说："自怜幽独，伤心人别有怀抱。"（梁令娴《艺蘅馆词选》丙卷引语），可谓独具慧眼。

本词的艺术构思极为巧妙，成功地兼用了烘托与对比的表现手法。上片是对大背景的渲染，为主要人物的出场做好准备，那火树银花的热闹景象，那宝马雕车的人群都是陪衬；下片前三句描写的众多佳丽也是陪衬，都是为凸现主要人物服务的。而这种陪衬又用对比之法出之，热烈繁华的场面与高洁娴雅的追求形成鲜明的对比，对比越强烈，艺术效果愈佳。正是经过这样反复渲染之后，最后经过重重一笔揭出主旨，若画龙点睛，一笔皆活，使全词浑然一体，若有股生气贯穿其中，成为一件完美精彩的艺术珍品。（引自毕宝魁点评《宋词三百首》孟庆文主编第253页）此词写元宵佳节，至今800年，仍无人超越。辛弃疾被后人称为"词人之龙"。

《菩萨蛮·书江西造口壁》

郁孤台下清江水，中间多少行人泪。西北望长安，可怜无数山。

青山遮不住，毕竟东流去。江晚正愁余，山深闻鹧鸪。

本词是辛弃疾的代表作之一，其间散发着深沉的爱国情思和壮志难酬的愤懑之气。用典的娴熟和比兴手法的成功运用，都可体现词人的独特风格。

"郁孤台下清江水，中间多少行人泪。"起笔突兀，不同凡响。"郁孤台"在赣州城西北角，因其"隆阜郁然，孤起平地数丈"而得名。其地理位置在造口的上游，距造口尚有一百余里。那么，辛弃疾身在造口，为何要联想到郁孤台而又用其开篇呢？作者借其"郁孤"二字有郁闷、孤独之意，其台又"孤起平地数丈"，有一种高傲卓立不同凡俗之气度。作者正是要利用这个字面来暗寓以自己的郁闷孤独不谐世俗的品格。而这种郁闷孤独的感情贯穿全篇，成为全词的主旋律。身在造口的作者时时刻刻关注朝廷的光复大业，向往开明政治，渴望恢复中原是辛弃疾的一贯精神，但投降派占主导地位，愿望又不能实现，所以时时感到郁闷与孤独。"中间多少行人泪。"含意很宽泛，其中既有当年往事的辛酸回顾，有当年人的伤心落泪，也有词人伤感国事而洒落的滴滴热泪，调子很低沉。

"西北望长安，可怜无数山。"两句暗承首句郁孤台的典故而来，抒发对朝廷的向往和言路被阻的忧伤情怀。两句词一开一合，抒情曲折婉转，顿挫有力。词人独立造口远望朝廷，境界顿觉开阔，使人之精神为之一振。然而可看到的景象却是"可怜无数山"，可叹的是长安竟被无数重重叠叠的山峰所包围遮拦，境界又一变而成为具有封闭意味的形式，令人感到郁闷和窒息。

下片换头，感情上再度扬起。"青山遮不住，毕竟东流去。"境界陡然大开，尽管那重重叠叠的大山左拦右挡、前遮后拥，但还是遮不住这滚滚东流的清江之水，它毕竟还是不可阻挡的在前进着、前进着。这两句词显然都有寄托，但又难以指实。"青山"主要是指朝廷中的投降及那些奸佞谗邪的小人。"江水"则象征的是正义的力量，是人类历史前进的趋势和方向。"遮不住""毕竟"两个词语意极为肯定，表现出词人对历史进步的肯定和坚信，具有藐视困难，警告邪恶的刚劲之力，具有一种蓬勃向上的生气和鼓舞人们奋发的阳刚之美，而且又符合社会与自然发展规律，故为后人所激赏，成为千古传诵的名言警句。煞尾两句，"江晚正愁余，山深闻鹧鸪。"词境又做一大转折，再度出现封闭式的境界。江面上暮色苍茫、雾气沉沉，幽深凄清的山谷中传来鹧鸪的声声啼叫："行不得也哥哥！"怎不令人倍增凄怆之感。"正愁余"即正使我非常感伤忧愁，鹧鸪的叫声更增加了我的愁绪。于无限凄楚中充满愤怒、幽怨和无可名状的痛苦，一腔忠愤幽怨之气贯注萦绕于全词的字里行间。

《菩萨蛮》本为抒情小令，篇幅短小，写得如此开阔恢宏，实属不易。梁启超曾高度评价此词说："《菩萨蛮》如此大声镗鞳，未曾有也。"（《艺蘅馆词选》）。若从全词抒情的特点上看，可归纳出这样的形式，即抑——扬——抑——扬——抑，开头结尾皆是抑，中间两度扬起，这样便使全词于哀婉缠绵之中含有激越忠愤之气，外柔婉而内激越，一波三折，情深味永，具有很强的艺术感染力。（引自毕宝魁点评。《宋词三百首》孟庆文主编。第256页。)

《南乡子·登京口北固亭怀古》

何处望神州？满眼风光北固楼。千古兴亡多少事？悠悠。不尽长江滚滚流。

年少万兜鍪，坐断东南战未休。天下英雄谁敌手？曹刘。生子当如孙仲谋。

此词作于宋宁宗嘉泰四年（公元1204年）或开禧一年（公元1205年），当时辛弃疾在镇江知府任上。镇江，在历史上曾是英雄用武之地，此时成了与金人对垒的第二道防线。每当他登临京口（即镇江）北固亭时，触景生情，不胜感慨系之。这首词就是在这一背景下写成的。

此词通过对古代人物们歌颂，表达了作者渴望像古代英雄人物那样金戈铁马，收复旧山河，为国效力的壮烈情怀。饱含浓浓的爱国思想，但也流露出作者报国无门的无限感慨，蕴含着对苟且偷安、毫无振作的南宋朝廷的愤懑之情。全词写景、抒情、议论密切结合；融化古人语言入词，活用典故成语；通篇三问三答，层次分明，互相呼应；即景抒情，借古讽今；风格明快，气魄宏大，情调乐观昂扬。词以一个问句开始，"何处望神州？""神州"指中原金人占领地，是他一生都想收复的地方。"满眼风光北固楼。"满眼优美风光却是山河破碎，国家处于风雨飘摇之中，哪里有心情去欣赏美景。"千古兴亡多少事？"词人禁不住发问，从古到今，到底有多少国家兴亡大事呢？往事悠悠，是非成败已成陈迹，只有这无尽的江水依旧滚滚东流。"悠悠"形容漫长、久远。这里，叠词的运用，不仅暗示了时间之慢，而且也表现了词人心中无尽的愁思和感慨。接着"不尽长江滚滚流"意境，不但写出了江水奔腾而去的雄壮气势，还把由此而产生的空间感、历史感都形象地表达出来。"年少万兜鍪，坐断东南战未休"三国时代的孙权年纪轻轻就统率千军万马，雄踞东南一隅，奋发图强，战斗不息。作者在这里一是突出了孙权的年少有为；二是突出了孙权的盖世武功。其所以如此用笔，实借凭吊千古英雄之名，慨叹当今南宋无大智大勇之人掌管乾坤。

《西江月·夜行黄沙道中》

明月别枝惊鹊，清风夜半鸣蝉。稻花香里说丰年，听取蛙声一片。

七八个星天外，两三点雨山前。旧时茅店社林边，路转溪桥忽见。

公元1182年（宋孝宗淳熙八年），辛弃疾因受奸臣排挤，被免罢官，回到上饶带湖家居，并在此生活了近十五年。在此期间，他虽也有过短暂的出仕经历，但以在上饶居住为多，在此留下不少词作。这首词即是其中年时代经过江西上饶黄沙道时写的一首词。

前两句"明月别枝惊鹊，清风夜半鸣蝉"表面看来，写的是风、月、蝉、鹊这些极平常的景物，然而经过作者巧妙的组合，结果平常中就显得又平常了。鹊儿惊飞不定，不是盘旋在一般树头，而是飞绕在横斜突兀的枝干之上。因为月光明亮，因而鹊儿被惊醒了；而鹊儿惊飞，因而也引起别枝摇曳。同时，知了的鸣叫也是有时间的。夜间的鸣叫声不同于烈日炎炎下的嘶鸣，而当凉风徐徐吹拂时，往往特别感到清幽。接下来"稻花香里说丰年，听取蛙声一片。"把关注点从长空转移到田野，更关心扑面而来的漫村遍野的稻花香。又由稻花香联想到即将来的丰年。此时此地，词人与人民同呼吸的欢乐，尽在言表。在词人的感觉里，俨然听到群蛙在稻田中喧嚷，争说丰年。先出"说"的内容。再补"声"的来源。从蛙声说丰年，是词人的创造。前四句就是单纯地抒写当时夏夜山道的景物和词人的感受，然而其核心却是洋溢着丰收年景的夏夜。与其说这是夏景，还不如说这夏景将给人们带来幸福。

下阕一开头，词人就树立了一座峭拔险峻的奇峰，运用对仗手法，以加强稳定的音势。"七八个星天外，两三点雨山前"，在这里，"星"是寥落的疏星，"雨"是轻微的阵雨，这些都是为了与上阕的清幽夜色、恬静气氛和朴野成趣的乡土气息相吻合。特别是一个"天外"，一个"山前"，本来是遥远而不可捉摸的，可是笔锋一转，小桥一过，乡村邻边茅店的影子却意想不到地展现在眼前。从表面看，这首词的题材内容不过是一些看来极平凡的景物，语言没有任何雕饰，没有用一个典故，层次安排也完全是平平淡淡。然而，正是看似平淡之中，却有着词人潜心的构思，淳厚的感情。在这里，读者也可以领略到稼轩词于雄浑豪迈外的另一种境界。

木心论道："词分所谓'婉约派'和'豪放派'。以西方的说法，是柔美、壮美之分。向来是婉约派占上风，算是词的正宗。但为人所骂，说是儿女私情、风花雪月，又推崇苏东坡、辛弃疾等——我以为不对，弄错了。词本来是小品，是小提琴。打仗可用枪炮，不要勉强小提琴去打仗。"

本来宋词已讲完，但还要重点提一下民族英雄文天祥，他是南宋最后一个有民族气节的诗人。

文天祥（1236年6月6日——1283年1月9日），初名云孙，字宋瑞，又字履善。自号浮休道人、文山。江南西路吉州庐陵县（今江西省吉安市青原区富田镇）人，汉族江右民系，南宋末年政治家、文学家、民族英雄，与陆秀夫、张世杰并称为"宋末三杰"。宋理宗宝祐四年（1256年），二十一岁的文天祥中进士第一，成为状元。德祐元年（1275年），元军南下攻宋，文天祥散尽家财，招募士卒勤王抗元，后抗元失败被俘，押至元大都，被囚三年，屡经威逼利诱，仍誓死不屈。元至元十九年十二月（1283年1月）文天祥从容就义，终年四十七岁。明代时追谥号"忠烈"。

《过零丁洋》。

辛苦遭逢起一经，干戈寥落四周星。

山河破碎风飘絮，身世浮沉雨打萍。

惶恐滩头说惶恐，零丁洋里叹零丁。

人生自古谁无死，留取丹心照汗青。

这首诗当作于宋祥兴二年，（公元1279年）。公元宋祥兴元年（1278年），文天祥在广东海丰北五坡岭兵败被俘，押在船上，次年过零丁洋时作此诗。被押解到崖山后，张弘范逼迫他写信招降固守崖山的张士杰、陆秀夫等人，文天祥出示此诗以明志。

译成现代语言：回想起我早年由科举入仕历尽辛苦，如今战火消歇已熬过四个年头。国家危在旦夕恰如狂风中的柳絮，个人又哪堪言说似暴雨中的浮萍。惶恐滩的惨败让我至今仍然惶恐，零丁洋身陷元房可叹我孤苦伶仃。人生自古以来有谁能够长生不死？我要留一片爱国的丹心照耀史册。

此诗前二句，诗人回顾生平；中间四句紧承"干戈寥落"，明确表达了作者对当前局势的认识；末二句是作者对自身命运的一种毫不犹豫的选择。全诗表现了慷慨激昂的爱国热情和视死如归的高风亮节，以及舍生取义的人生观，是中华民族传统美德的崇高的表现。"辛苦遭逢起一经，干戈寥落四周星。"中"起一经"当指他二十岁中状元时说的，"四周星"即四年。天祥于德祐元年（公元1275年，宋恭帝赵㬎的年号）被俘，恰好四个年头。自此叙生平，思今忆昔。从时间上说，拈出"入世"和"勤王"，一说个人出处，一说国家危亡，两件大事。唐宋时期，知识分子要想保家卫国，必须通过科举考选，考选就得读经。干戈寥落说当时谢后下勤王诏，响应的人很少。"山河破碎风飘絮，身世浮沉雨打萍。"宋朝自临安弃守，恭帝赵㬎被俘，事实上已经灭亡。用山河破碎形容这种局面，加上说"风飘絮"，更加的形象生动。这时，文天祥的母亲被俘，妻妾被囚，大儿丧亡，真似水上浮萍，无衣元附了。

文天祥尚有《正气歌》《除夜》等篇章。其著作经后人整理，被辑为《文山先生全集》。我认为文天祥是宋朝319年最后一位诗人。

下面说元曲。

元曲是中华民族灿烂文化宝库中的一朵奇葩，它在思想内容和艺术成就上独有的特色，和唐诗宋词鼎足并举，成为我国文学史上三座重要的里程碑，其作品题材广泛、意境高远、语言通俗、音韵和谐、描绘生动。

元曲取唐诗之风骨，宋词之雅变，融当时社会之风貌，语言更加灵活，题材更加广泛，或泼辣或幽怨，或感慨或讽刺，有哀婉典雅的闺怨情怀，有苍凉感慨的怀古之情，有激越悲壮的边塞之风，雅俗兼容，阳春白雪和下里巴人都可以入其题材。

作为一代文学的主要形式，元曲的繁荣并非偶然。元代城市经济发达，市民阶层壮大，剧场、书会繁荣，这些都给元曲的发展创造了有利条件。写作元曲的人大都社会地位低下，经历坎坷多舛，他们扎根于底层，用手中的笔反映民生的疾苦，揭露社会弊端，使元曲更贴近民众百姓，也更具叛逆性、反抗性、战斗性。再加上当时各民族文化的交流与融合，元曲具备了更广阔的视野和内容，更加丰富多彩的格调，更加蓬勃的生机。关汉卿、马致远、王实甫、白朴被称为"元曲四大名家"，均活跃于这一时期。（引自《元曲三百首》任思源注释，前言。）

元好问（1190年8月10日——1257年10月12日）享年68岁。字裕之，号遗山，世称遗山先生。太原秀容（今山西省忻州市）人。金朝末年至大蒙古国时期文学家、历史学家。元好问自幼聪慧，有神童之誉。号称"元才子"。金宣宗兴定五年（1221年），元好问进士及第。后历任权国史院编修、镇平县令、内乡县令、南阳县令、行尚书省左司员外郎等职。金朝灭亡后，元好问被囚数年。晚年重回故乡，隐居不仕，于家中筑野史亭，潜心著述。元宪宗七年（1257年）逝世。元好问是宋金对峙时期北方文学的主要代表、文坛盟主，又是金元之际在文学上承前启后的桥梁，被尊为"北方文雄""一代文宗"。他善作诗、词、文、曲。其中以诗成就最高，其"丧乱诗"尤为有名；其词为金代一代之冠，可与两宋名家媲美；其散曲虽传世不多，但当时影响很大，有倡导之功。著有《元遗山先生全集》，词集有《遗山乐府》。辑有《中州集》，保存了大量金代作品。

《人月圆·卜居外家东园》

元好问

重冈已隔红尘断，村落更年丰。

移居要就，窗中远岫，舍后长松。

十年种木，一年种谷，都付儿童。

老天惟有，醒来明月，醉后清风。

【赏析】重重山冈阻断了红尘俗世，时值丰年，又是丰年，在这宁静的山村中居住，窗中见远山，舍后有长松，作者也乐得个清闲自在。他说："十年种木，一年种谷"，关于明天，还是让青年人去开拓吧。老夫唯有，醒来明月，醉后清风。看上去好像是不问世事，打算在诗酒中了此余生了。然而仔细品味此篇，想想他所生活的时代，那亡国之初文人的无奈和无所适从的心情便轻轻地泛了出来。

《人月圆·卜居外家东园》

玄都观里桃千树，花落水空流。

劝君莫问，清泾浊渭，去马来牛。

谢公扶病，羊昙挥涕，一醉都休。

古今几度，生存华屋，零落山丘。

【赏析】 "玄都观里桃千树，尽是刘郎去后栽。"本是唐刘禹锡重新被召回长安时所作的诗句，这是刘禹锡借花讽刺那些朝廷新提拔的权贵。

其对于时势变迁的感慨真的与亡国后卜居外家做元好问有所相同。所不同的是，刘诗所流露出的戏谑讥讽之情在元好问的曲中是没有的。亡国现实已无可改变，元好问虽心中沉痛，却也只有无可奈何而已。他因而选择了超旷的态度来解释心中的种种忧伤，不再管什么"清泾浊渭，去马来牛"。所求唯有一醉。因为从古往今来的角度去看待人事的代谢，无论当时是如何的烜赫显耀，最终的去处总难免野山荒冢。这样的人生态度固然消极，然而伤心人寻求解脱，这样想也是可以理解的。

《喜春来·春宴》

春盘宜剪三生菜，春燕斜簪七宝钗。

春风春酝透人怀。

春宴排，齐唱喜春来。

【赏析】

在古代，立春时要吃春卷、佩春燕儿，还要举行一些宴饮娱乐活动来迎接春天的到来，此曲描写的就是喜庆欢快的迎春场面。

用薄饼卷了春蒿、黄韭、蓼芽几种时蔬，将红绸子剪成春燕儿用簪子插在头上，节日的气氛已经弥散在空气中了。和煦的春风，香醇的春酒，更让人感觉到心中有无限的畅快。在一片欢声笑语当中，大家开始合唱《喜春来》。这首小令虽然简单，却十分自然，欢乐的气氛溢于纸外，让人有身临其境之感。

《骤雨打新荷》

绿叶阴浓，遍池塘水阁，偏趁凉多。海榴初绽，娇艳喷香罗。老燕携雏弄语，有高柳鸣蝉相和。骤雨过，珍珠乱糁，打遍新荷。

人生百年有几，念良辰美景，休放虚过。穷通前定，何用苦张罗。命友邀宾玩赏，对芳樽，浅酌低歌。且酩酊，从教二轮，来往如梭。

【赏析】

池亭水阁得到了高大柳树的荫庇，看上去清凉舒爽；石榴花刚刚开放，火红如锦，生机盎然。蝉儿在树上知了知了地叫着，好像在与那些叽叽喳喳的乳燕雏莺们相互唱和；一阵骤雨袭来，雨点打在刚出水面的荷叶上，宛如珍珠落盘，飞溅跳脱。对此良辰美景，作者不由得兴起日月如梭、人生几何的感慨，并认为人生的通达与否是命中注定的，不必苦苦经营；只有在诗酒当中终老，才是真正的快乐。

关汉卿(约 1234 年以前——约 1300 年)，原名不详，字汉卿，号已斋（又作一斋、已斋叟），汉族，解州（今山西省运城）人，另有籍贯大都（今北京市）和祁州（今河北省安国市）等说。关汉卿出生于金末，医户家庭出身，生活条件明显优于一般百姓，才使他能有幸接受教育，而且教育程度比较高。他北漂大都，专事戏剧活动。元杂剧奠基人，也与白朴、马致远、郑光祖并称为"元曲四大家"，关汉卿居四大家之首。他一生的戏剧创作十分丰富。剧目有六十多个，剧本大多散佚。他的杂剧，有悲剧、有喜剧，题材广阔，深刻地揭露了元代腐朽黑暗的社会现实。他的《窦娥冤》《救风尘》《望江亭》《鲁斋郎》《单刀会》都是脍炙人口的作品。在长期的创作实践中，形成了他的主题深刻、结构严谨、形象活泼鲜明、语言泼辣质朴的杂剧特点。他是中国戏剧史上作品最多，成就最大的一位作家。

《四块玉·闲适》

旧酒没，新醅泼，老瓦盆边笑呵呵。

共山僧野叟闲吟和。

他出一对鸡，我出一个鹅，闲快活。

【赏析】

旧酒新酒，都是重酿的醇酒，倒在老瓦盆里，大家饮得笑呵呵。曲的一开始，作者就用盛满酒的老瓦盆将看者邀入了欢快惬意的农家宴饮当中。那里有山僧野叟在忘情唱和，有发自肺腑的笑语欢歌，那里没有世俗的心机猜度；平日里的相聚小酌，人们是"他出一对鸡，我出一个鹅"。

《四块玉·闲适》

南亩耕，东山卧，世态人情经历多。

闲将往事思量过。

贤的是他，愚的是我，争甚么！

【赏析】

应该说，此曲是关汉卿对为什么不入仕途，为什么崇尚山林隐逸生活的最终表态，那就是因为"世态人情经历多"。隐居于东山的谢安，曾赢得过"安石不肯出，将如苍生何？"的赞叹，曾运筹著名的淝水之战，然而晚年终被权臣司马道子所排挤，忧愤而死。关汉卿在"闲将往事思量过"之后，终于下定决心远离仕途。对于旁人那些关于人生价值的评判，他以"贤的是他，愚的是我，争甚么？"反唇相讥，执着地坚持自己的人生道路。

《沉醉东风》

咫尺的天南地北，霎时间月缺花飞。

手持着饯行杯，眼阁着别离泪。

刚道得声保重将息，痛煞煞教人舍不得，

好去者，望前程万里。

【赏析】

在这首《沉醉东风》中，关汉卿选择前人诗词中经常出现的话别情形为主要内容，利用散曲中"曲中有戏"的特点，声情并茂地还原并演绎了有情人饯别时的场景。

天南地北的分别已近在咫尺，花好月圆的缠绵也将在霎时间变得月缺花飞。女子手持酒杯，噙着眼泪为爱人饯别，刚忍住悲伤道了声："你自己多保重吧。"便已哽咽得再难言语。最后她抬起头来，勉强挤出一丝微笑，说："一路走好，前程万里。"

长亭饯别的情景到这里已经曲终人散了，谁也不知曲终的女子究竟是徘徊于今别之地，还是抹干了泪转身离去。这种戛然而止的送别场景诱发了读者无穷的想象力。

《一枝花·不服老》 （节选）

【尾】我是个蒸不烂、煮不熟、捶不扁、炒不爆、响当当一粒铜豌豆，恁弟子每谁教你钻入他锄不断、斫不下、解不开、顿不脱慢腾腾千层锦套头。

我玩的是梁园月，饮的是东京酒，赏的是洛阳花，攀的是章台柳。

我也会围棋、会蹴鞠、会打围、会插科、会歌舞、会吹弹、会咽作、会吟诗、会双陆。

你便落了我的牙、歪了我的口，瘸了我腿、折了我手，天赐与我这几般歹症候，尚兀自不肯休。

则除自阎王亲自唤，神鬼自来勾，三魂归地府，七魄丧冥幽。

天哪，那其间才不向烟花路儿上走。

关汉卿的《不服老》套曲是元代散曲中的压卷之作，它以一种独特的自述抒怀方式，酣畅淋漓地表现出作者那桀骜不驯的性格、不屈不挠的意志，蕴含着他对于时局的愤愤之情。

在关汉卿生活的时代，因为元统治者不以科举取士，使广大的读书人不但丧失了参与国是的机会，更使他们穷困潦倒、苦无出路。为求生计，他们中的许多人以作曲编剧为业，混迹于倡优之中，关汉卿即是其中的佼佼者。这些人生活在社会的底层，备受歧视，本身的色彩也带有颓迷沉沦的。而关氏则能卓尔不群，他吟诗、弹奏、歌舞、打猎、踢球、下棋、赌博、编剧、演出无不精通，一扫历代文人酸腐、清高的习性。他矢志不渝地进行杂剧创作，以笔为剑，对社会的黑暗与不公进行无情的抨击。《不服老》一曲中的自我描绘即体现着他对社会现实秩序的背离和反抗。本篇是《不服老》套曲的尾曲，是作者愤慨之情和所怀心志的集中表现。

【赏析】

作者在曲中自比为"蒸不烂、煮不熟、捶不扁、炒不爆、响当当一粒铜豌豆"，不但坚韧顽强，而且历经磨难，谙于世故，具有丰富的战斗经验。他无意功名，甘于安身立命在风月场中，以种种世俗认为不登大雅之堂的技艺消遣生活，喜怒笑骂，我行我素。而"除是阎王亲自唤，神鬼自来勾，三魂归地府，七魄丧冥幽。天哪，那其间才不向烟花路儿上走"的宣言，无疑是被逼迫者发出的愤世嫉俗的强烈反抗。

白朴（1226 年——1306 年），原名恒，字仁甫，后改名朴，字太素，号兰谷，祖籍隩州（今山西河曲），汴梁（今河南开封）人，晚岁寓居金陵（今江苏南京），金朝官员白华之子。元代杂剧作家，"元曲四大家"之一。据元钟嗣成《录鬼簿》和明清之际李玉《北词广正谱》记载，白朴作杂剧 16 种，全本流传下来的仅有《裴少俊墙头马上》《唐明皇秋夜梧桐雨》《董秀英花月东墙记》（今存本是否为白作有争议）3 种，《韩翠颦御水流红叶》《李克用箭射双雕》两种存残曲。白朴还是著名的散曲作家和词人。有词集《天籁集》流传至今。散曲今存小令 36 首，套数 4 套。

近人王国维在《宋元戏剧考》中说："元代曲家，自明以来，称关马郑白，然以其年代和造诣论之，宁称关白郑马为妥也。"

《阳春曲·题情》（节选）

笑将红袖遮银烛，不放才郎夜看书。

相偎相抱取欢娱。止不过迭应举，及第待何如。

【赏析】

本以为柔情似水，盈盈含笑的她走来是为刻苦攻读的才郎打气加油，谁知她却轻起红袖，遮住银烛，不让他在"之乎者也"中苦海行舟；又将他紧紧搂住，带给他无限温存。如此情形，才郎怎能无动于衷，他于是也尽弃课业，与爱人深情相拥。全心享受两情相悦之乐。

读书应举，本是为了及第登科，从此走上荣华富贵之路。但即便荣华富贵又怎样？人生的美好既然现在就可得，为何还要等到及第登之后？

曲中的男主人公看来深谙此理，因而才能说出曲尾的潇洒旷达之言。

《沉醉东风·渔父词》

黄芦岸白蘋渡口，绿杨堤红蓼滩头。

虽无刎颈交，却有忘机友。

点秋江白鹭沙鸥。

傲杀人间万户侯，不识字烟波钓叟。

【赏析】

曲中描述了这样一个渔父形象：他有时垂钓在遍生黄芦白蘋的渡口，有时垂钓在杨柳堤畔、红蓼滩头；身边虽没有信誓旦旦的刎颈之交，却有真诚相待、无欲无求的忘机之友。他与白鹭沙鸥为伴，在大自然的怀抱里安心垂钓，虽然只是个不识字的渔父，却连万户侯也不放在眼里。此曲表达了作者傲视权贵，不以尘世为怀的人生态度，以及对自由自在生活的向往。

《阳春曲·知几》

张良辞汉全身计，范蠡归湖远害机。

乐山乐水总相宜。

君细推，今古几人知。

【赏析】

"张良辞汉全身计"是白朴四首一组《阳春曲·知几》组曲的第四首，也是最后一首曲子。它的中心意思与"知荣知辱牢缄口"一曲大致相当，也是陈述、表达自身远离世俗和归隐山水田园的愿望与情志。

张良与范蠡都是以智慧和功成身退而著名的历史人物，他们虽然是一国元勋，却因为能及时引退而避免了杀身之祸。张良归隐山林，范蠡泛舟五湖，又无形中与《论语》中所说"智者爱水，仁者乐山"相吻合。

作者主张放情山水间，终老泉下，他循循善诱地劝君仔细推究，从古到今，懂得投入大自然怀抱从而远离祸灾的有几人，一片警示之意自然流露。

《天净沙·秋》

孤村落日残霞，轻烟老树寒鸦。

一点飞鸿影下。青山绿水，白草红叶黄花。

【赏析】

此曲题面为"秋"，实写秋日暮景。孤零零的村落，落日与残霞，袅袅炊烟，栖于老树的寒鸦，这些景物着意渲染秋日黄昏的萧索凄清。"一点飞鸿影下"为清冷的画面带来活力，造成曲子抒发情感的转移。作者继而用青、绿、白、红、黄五种颜色，由远及近，由高到低，立体地多姿多彩、绚烂明丽的秋日景象，给人以不尽的遐想，使整个画面充满了诗意。

白朴的《天净沙·秋》，只有"孤村""轻烟"的梦幻境界，少了些马致远"小桥流水人家"的温柔和美；只抓住"白草红叶黄花"这样真实美丽的景色，并用白描的手尽力表现出了秋日色彩的美，而没有像马致远"断肠人在天涯"那样把强烈地个人情感变成曲子的主角。这种忠实再现环境的写法，与"平沙细草斑斑""黄云红叶青山"的秋景有异曲同工之妙。很难说这种写法与马致远孰高孰低，但对自然现象的再现，无疑也倾注了作者由自然景物引发的、最真挚的感情与认知。

郑光祖生于元世祖至元初年（1264年——？）字德辉，汉族，平阳襄陵（今山西临汾市襄汾县）人，元代著名杂剧家，散曲家。郑光祖从小就受到戏剧艺术的熏陶，青年时期置身于杂剧活动，享有盛誉。伶人尊称他为郑老先生。他死后，就是由伶人火葬于杭州灵隐寺中。他做过杭州的小吏，主要活动在南方，成为南方戏剧圈中的巨擘。所做杂剧在当时"名闻天下，声振闺阁"。元周德清在《中原音韵》中激赏郑光祖文辞，将他与关汉卿、马致远、白朴并列，后人合称为"元曲四大家"。所作杂剧可考者十八种，现存《周公摄政》《王粲登楼》《翰林风月》《倩女离魂》《无盐破连环》《伊尹扶汤》《老君堂》《三战吕布》等八种。其中，《倩女离魂》最著名，后三种被质疑并非郑光祖作品。除杂剧外，郑光祖写散曲，有小令六首、套数二套流传。

《正宫·塞鸿秋》

门前五柳江侵路，庄儿紧靠白苹渡。除彭泽县令无心做，渊明老子达时务。频将浊酒沽，识破兴亡数，醉时节笑捻黄花去。

雨余梨雪开香玉，风和柳线摇新绿。日融桃锦堆红树，烟迷苔色铺青褥。王维旧画图，杜甫新诗句。怎相逢不饮空归去。

金谷园那得三生富，铁门限枉作千年妒。汨罗江空氽三间污，北邙山谁是千钟禄？想应陶令杯，不到刘伶墓。怎相逢不忍空归去。

【赏析】郑光祖的散曲不多，但质量很高。这首散曲出语不凡，淋漓尽致地表现了向往陶渊明式的生活。作者在语言运用上堪称高手。

全曲通过举例讲述了对世代豪族的否定，肯定了像陶潜那样隐居山林，饮酒自娱。全曲通过否定现实，讴歌退隐，表明了作者的人生观与处世哲：人生短促，盛衰无常，一切荣华富贵都是过眼烟云，因而要隔绝红尘，避世隐居。过与世无争、诗酒闲逸的生活。

小令第一句从富的角度来写的。其中，金谷园是用典，即西晋富家石在河阳修筑的花园。以奢侈著称当时：以蜡当柴，美人充室，在厕所中放有香料。第二句写人们对寿时追求，打铁做门限来阻止鬼来索命。汨罗江一句又从忠君爱国的角度去写。作者以诗酒自娱、彰显其志。

《南吕·梧桐树南》

相思借酒消，酒醒相思到，月夕花朝，容易伤怀。恹恹病转深，未否他知道。要得重生，除是他医疗。他行自有灵丹药。

无端掘下相思窖，那里是蜂蝶阵、燕莺巢。痴心枉作千年调。不札实似风竹摇，无投奔似风絮飘，没出活似风花落。

情山远，意波遥，咫尺妆楼天样高。月圆苦被阴云罩，偏不把离愁照。玉人何处教吹箫，辜负了这良宵。

呀，那些个投以木桃，报以琼瑶？我便似日影内捕金乌、月轮中擒玉兔、云端里觅黄鹤。心肠枉费，伎俩徒劳。也是我恩情尽、时运乖、分缘薄。

我自招，随人笑，自古今好物难牢。我做了谒浆崔护违前约，采药刘郎没下梢，心懊恼。再休想画堂中、绮筵前，夜将红烛高烧。

疼热话向谁学？机密事把谁托？那里是浔阳江上不能潮？有一日相逢酬旧好，我把这相思两字细推敲。

我青春，他年少，玉箫终久遇韦皋，万苦千辛休忘了。

《【双调】蟾宫曲——半窗幽梦微》

半帘幽梦微茫，歌罢钱塘，赋罢高唐。风入罗帏，爽入疏棂，月照纱窗。缥缈见梨花淡妆，依稀闻兰麝余香。唤起思量，待不思量，怎不思量。飘飘泊泊船缆定沙汀，悄悄冥冥。江树碧茵茵，半明不灭一点渔灯。冷冷清清潇湘景晚风生，淅留淅零暮雨初晴，皎皎洁洁照橹篷剔留团栾月明，正潇潇飒飒和银筝失留疏刺秋声。见希飐胡都茶客微醒。细寻寻思思双生双生，你可闪下苏卿？

马致远（约1250年——1321年至1324年秋季间）号东篱，大都（今北京，有异议）人，元代戏曲作家、散曲家、散文家。与关汉卿、郑光祖、白朴并称"元曲四大家"。马致远出生在一个富有且有文化素养的家庭，琴棋书画，无所不通。年轻时热衷求取功名，似曾向太子孛儿只斤·真金献诗并因此而曾为官，之后大概由于孛儿只斤·真金去世而离京任江浙行省务官，后在元贞年间（1295年初——1297年初）参加了"元贞书会"，身负大才。晚年似隐居于杭州，最终病逝于至治元年（1321年）至泰定元年（1324年）秋季间。在戏曲创作方面，所作杂剧十五种如《江州司马青衫泪》《汉宫秋》。《汉宫秋》被称为四大悲剧之一。他也被称为元曲中的苏轼。又被称为

"秋思之祖，元曲状元"。马致远在音乐思想上经历了由儒入道的转变，在散曲创作上具有思想内容丰富深邃而艺术技巧高超圆熟的特点，在杂剧创作上具有散曲化的倾向和虚实相生之美。

《天净沙·秋思》

老树枯藤昏鸦，小桥流水人家。古道西风瘦马，夕阳西下，断肠人在天涯。

这首小令很短，共有五句28字，全曲无一秋字，但却描绘出一幅凄凉动人的秋郊夕照图，并且准确地传达出旅人凄苦的心境。被赞为秋思之祖，这首成功的曲作，从多方面体现了中国古典歌的艺术特征。

一、以景托情，寓情于景，在景情的交融中构成一种凄凉悲苦的意境。王国维《人间词话删稿》云：一切景语皆情语也。马致远这首小令，前四句皆写景色，这些景语都是情语。"枯""老""昏""瘦"等字眼使浓郁的秋色蕴含着无限凄凉悲苦的情调。而最后一句"断肠人在天涯"作为曲眼更具有画龙点睛之妙，使前四句所描之景成为人活动的环境，作为天涯断肠人内心悲凉情感的触发物。曲中的景物既是马致远旅途中之所见，乃眼中物。但同时又是情感的载体，乃心中物。全曲景中有情，情中有景，情景妙合，构成一种动人的艺术境界。

二、使用众多密集的意象来表达作者的羁旅之苦和悲秋之恨，使作品充满浓郁的诗情。意象是指出现在诗歌当中的用以传达作者情感，寄寓作者思想的艺术形象。中国古典诗歌往往具有使用意象繁复密集的特色。中国古代不少诗人常常在诗中紧密地排列众多的意象来表情达意。马致远此曲明显地体现出这一特色。短短二十八字中排列着十种意象，这些意象既是断肠人生活真实的环境，又是他内心沉重的忧伤悲凉的载体。如果没有这些意象，这首曲子也就不存在了。

与意象的繁复性并存的是意象表意的单一性。在同一作品之中，不同的意象的地位比较均衡，并无刻意突出的个体，其情感指向趋于一致，即众多的意象往往共同传达着作者的同一情感基调。此曲亦如此。作者为了表达自己惆怅感伤的情怀，选用众多的物象入诗。而这些物象能够传达作者的内心情感，情与景的结合，便使作品中意象的情感指向呈现一致性、单一性。众多的意象被作者的同一情感的线索串联起来，构成一幅完整的图画。意象的繁复性与表意的单一性相结合，是造成中国古典诗歌意蕴深厚、境界和谐、诗味浓重的重要原因。

古典诗歌意象的安排往往具有多而不乱，层次分明的特点，这种有序性的产生得力于作者以时间、空间的正常顺序来安排意向的习惯。今天有人称马致远的这首《天净沙·秋思》为"并列式意象结构"，其实并列之中依然体现出一定的顺序来。全曲十个意象，前九个自然分成三组。藤缠树，树上落鸦，第一组是由下及上的排列；桥、桥下水、水边住家，第二组是由近及远的排列；古驿道、道上西风瘦马，第三组是由远方到目前的排列，中间略有变化。由于中间插入"西风"写触感，变换了描写角度，因而增加了意象的跳跃感，但这种跳跃感仍是局部的，不超出秋景的范围。最后一个意象"西阳夕下"，是全曲的大背景，它将前九个意象全部统摄起来，造成一时多空的场面。由于它本身也是放远目光的产物，因此作品在整体上也表现出由近及远的空间排列顺序。从老树到流水，到古道，再到夕阳，作者的视野层层扩大，步步拓开。这也是意象的有序性的表现之一。

三、善于加工提炼。用极其简练的白描手法，勾勒出一幅游子深秋行吟图。马致远《天净沙·秋思》小令中的意象并不新颖。其中"古道"一词，最早出现在李白《忆秦娥·箫声咽》词中"乐游原上清秋节，咸阳古道音尘绝"。宋张炎《壶中天·扬铃万里》词中也有"老柳官河，斜阳古道，风定波犹直"。董解元《西厢记》中有一曲【仙吕·赏花时】："落日平林噪晚鸦，风袖翩翩吹瘦马，一经入天涯，荒凉古岸，衰草带霜滑。瞥见个孤林端入画，篱落萧疏带浅沙。一个老大伯捕鱼虾，横桥流水。茅舍映荻花。"其中有六个意象出现在马曲之中。

十分明显，《醉中天》是从《赏花树》中脱化而来，模拟痕迹犹在，二曲中出现的意象虽与马曲多有相同之处，但相比之下，皆不如《天净沙·秋思》纯朴、自然、精练、和谐。马致远在创作《天净沙·秋思》时受董曲的影响和启发，这是无疑的，但他不是一味模仿，而是根据自己的生活体验与审美目光进行重新创作。在景物的选择上，他为了突出与强化凄凉悲苦的情感，选取了最能体现秋季凄凉萧条景色，最能表现羁旅行人孤苦惆怅情怀十个意象入曲，将自己的情感浓缩于连十个意象之中，最后才用点睛之笔揭示全曲主题。他删了一些虽然很美，但与表达的情感不合的景物。如"茅舍映荻花，落日映残霞，一代山如画"，使全曲的意向在表达情感上具有统一性。在词句的锤炼上，马致远充分显示了他的才华，前三句十八个字当中，全是名词和形容词，无一动词，各种景物的关系以及它们各自的动态与形状，全靠读者根据意象之间的组织排列顺序外及自己的生活经验去把握。这种奇妙的用字法，实在与古人所罕见。温庭筠的《商山早行》中"鸡鸣茅店月，人迹板桥霜"与马曲用字法相似，但其容量仍不如马曲大。马曲用字之简练已达到不能再减的程度，用最少的字来表达丰富的情感，这正是《天净沙·秋思》这首小令艺术上取得成功的原因之一。

四、乐用悲秋这一审美情感体验方式，来抒发羁旅游子的悲苦情怀，使个人的情感获得普遍的社会意义。悲秋，是人们面对秋景所产生的一种悲哀忧愁的情绪体验，由于秋景（特别是晚秋）多是冷落、萧瑟、凄暗、多与黄昏、残阳、落叶、枯枝相伴，成为万物衰亡的象征，故秋景一方面确能给人以生理上的寒感，另一方面又能引发人心之中固有的悲哀之情。宋玉首开中国以悲秋为主要审美体验形式的感伤主义文学先河，他通过描写秋日"草木摇落而变衰"的萧瑟景象，抒发自己对人生仕途的失意之感，而且他将自己面对秋色所产生的凄苦悲凉的意绪形容成犹如远行一般，"僚傈兮（凄凉），若在远行，""廓落兮（孤独空寂），羁旅而无友生"这就说明悲秋与悲远行在情绪体验上有着相同之处。宋玉之后悲秋逐渐成为中国文人最为普遍的审美体验形式之一，而且将悲秋与身世之叹紧密联系在一起。杜甫"万里悲秋常作客"便是一例。马致这首小令也是如此。虽然曲中的意象不算新颖，所表达的情感也不算新鲜，但是由于他使用精练的艺术表达方式，表达出中国文人一种传统的情感体验，因此它获得了不朽的生命力，可以引起后世文人的共鸣。

一边是"枯藤老树昏鸦"的凄凉景色，一边是"小桥流水人家"的温煦氛围，而当骑在瘦马上的游子从荒郊古道上憔悴而来，两般景物分别代表眼下的景况与思归情绪便已分明。境遇如此凄凉，归心更加强烈，夕阳西下时，游子肠断，独立天涯。

通过以上分析可以看出，《天净沙·秋思》属于中国古典诗歌中最为成熟的作品之一。尽管它属于曲体，但实际上，在诸多方面体现着中国古典诗歌的艺术特征。

《夜行船·秋思 [套数]》

百岁光阴如梦蝶，重回首往事堪嗟。

今日春来，明朝花谢，急罚盏夜阑灯灭。

【乔木查】

想秦宫汉阙，都做了衰草牛羊野。

不怎么渔樵没话说。

纵荒坟横断碑，不辨龙蛇。

【庆宣和】

投至狐踪与兔穴，多少豪杰。

鼎足三分半腰里折，魏耶？晋耶？

【落梅风】

天教你富，莫太奢，无多时好天良夜。

看钱儿硬将心似铁，空辜负锦堂风月。

【风入松】

眼前红日又西斜，疾似下坡车。

晓来清镜添白雪，上床与鞋履相别。

莫笑鸠巢计拙，葫芦提一向装呆。

【拨不断】

名利竭，是非绝。

红尘不向门前惹，绿树偏宜屋角遮，青山正补墙头缺，竹篱茅舍。

【离亭宴煞】

蛩吟一觉方宁贴，鸡鸣时万事无休歇。争名利何年是彻？

密匝匝蚁排兵，乱纷纷蜂酿蜜，闹攘攘蝇争血。

裴公绿野堂，陶令白莲社。

爱秋来那些：和露摘黄花，带霜烹紫蟹，煮酒烧红叶。

想人生有限杯，浑几个重阳节？

人间我顽童记者：便北海探吾来，道东篱醉了也！

[赏析]

此曲是元代散曲的名篇，更是马致远散曲的代表作。起首感叹光阴如梭、人生如梦，往事堪叹。继而细数俗事沧桑："秦宫汉阙"变成了"衰草牛羊野"，豪杰墓上遍布了"狐踪与兔穴"，三国鼎立半腰里折，如今的人们更忘记了魏晋之间的纷争往事。既然事业功名皆是过眼烟云，作者劝人莫吝惜钱财，辜负本来就不多的好天良夜。他再淡光阴似箭，人生无常，推崇难得糊涂、淡泊功名、远离是非的生活态度，冷眼看那"蚁排兵""蜂酿蜜""蝇争血"似的经营与纷争，极力推崇归隐后"摘黄花""分紫蟹""烧红叶"悠然自得的生活。结尾喟叹人生有限、良辰无多，决意切断尘缘、杜门谢客，从此徜徉在酒乡梦境之中。

王国维说过"词人者，不失其赤子之心者也！""天才者，不失其赤子之心者！"马致远诸人，内心追求自我，即不失其赤子之心。

鲁迅说，"诗到了唐朝就作完了"。所以诗讲到唐朝。尔后，词讲到宋朝，散曲讲到元朝。

木心评论说，"唐是盛装，宋是便衣，元是裤衩背心。拿食物来比，唐诗是鸡鸭蹄膀，宋词是热炒冷盆，元曲是路边小摊的豆腐脑、脆麻花。"

忘记是谁说过，读一句诗词，就是和一双眼睛对视。穿越千年时间，与人交流谈心。

也忘记是谁说过，走好选择的路，别选择好走的路，你才能拥有真正的自己。

于 2024 年 2 月 19 日
农历甲辰年正月初十日雨水

第五辑　临河杂俎

　　我是临河村的娃娃。据许氏家谱记载，许氏一脉自关外落户临河，至少已有三百多年历史了。临河村，至少有近二千年的历史。临河村以东临白河而得名，古人逐水而居或择水而居，所以临河村人姓氏很杂。张、王、李、赵，巩、郑、郭、许，魏、刘、何、贺，周、吴、崔陈等有几十个姓氏，可见临河是个生育生发之地。本辑其中的数篇，就是写临河村的。临河虽曾是千年古村，而今却成闹区，这也是无可奈何之事。临河历史上产粮颇丰，品种甚杂。所以称"杂俎"。余画一菊，表示临河村已如隐士般隐去了，但曾经是"非粉飞珠别样红"。

致临河村委会、党总支书

临河村委会、党总支：

我是许福元，一九四六年生，属狗，今年七十有七，是土生土长临河村娃娃。也是北京市作家协会会员，中国作家协会会员。

二○二二年底，我历时三年有余，完成三十六万余字的长篇历史小说《洋桥破浪》并由作家出版社出版。该小说以苏庄洋桥兴废为背景，展现了顺义人的宽厚、善良、奉献及牺牲精神。其中不少章节写了临河村的月牙河、大槐树、大坨子、二坨子、三坨子、香火地、桥头子、大猪圈、鸭子场、大街、石臼子、前街、何家巷、后坡，东营及各色历史人物，如白马崔三、黑马张哲、三条鱼、五架鹰、药五爷、阴阳先生李及许六墩子等。临河村的风土人情，历史故事第一次被写进文学作品，为大美临河提供了历史依据，为挖掘临河传统文化提供了素材，为临河村的各种人物树碑立传，为开展临河村的文化生活而别具一格。

小说出版后，得到新任北京市副市长高朋、顺义区宣传部部长赵鹏、顺义区文联主席王辉、顺义区作协主席王艳霞及仁和镇领导的表彰和肯定，认为这是一部以顺义为背景，展现顺义人民精神，传承顺义红色基因的优秀作品。因此，北京电视台，顺义电视台进行了专题报道，《北京日报》《新京报》《北京纪事》等，亦刊载有关介绍文章，顺义图书馆、顺义新华书店和学校等单位，组织了多场《洋桥破浪》报告研讨会。

我虽已将此书赠给临河村人若干册，但毕竟财力有限，未能全覆盖。因此我不揣冒昧自推自荐，建议临河村委会图书室购进《洋桥破浪》一千本。此书如在北京图书大厦、王府井书店和顺义新华书店购买，每本须68元。为感谢临河父老乡亲和村委会、党总支，现每本折价50元。且仅此一千本，是出版社最后印刷册数，以后可能绝版。我虽已出7本书，但此《洋桥破浪》有更多家乡临河因素，因此只将此书自荐之。

临河村历史悠久，文化积淀深厚，民风淳朴。历来崇尚书香传家，诗文继世。素称文化之乡，文明之村，乡贤之所。在未拆迁之前，村委会、党总支就建图书室，倡导读书，修临河村志。现在回迁甫定，文娱将更加丰富，文化将更加繁荣，文学将更加勃兴。

临河村现有户籍一千余，人口几千余，读书群体众。且每年新考上大学者即几百余人。此《洋桥破浪》一书可馆藏，可借阅，可赠与，可交流，亦可给每个新录取大学新生配赠一本，让其带到全国各地。大美临河，将名扬八方，声誉远播。《洋桥破浪》一书，也算回归故土，叶落归根。

　　此致
敬礼

许福元

2023 年 8 月 7 日

临河村与月牙河

许福元

临河村的村名由来，我曾认为是因村东临月牙河而得名。但近期考证，这个观点有点牵强，值得商榷。临河村村名的由来，更准确地说，是因临近白河。

查秦汉时期地图，流经顺义的两条河流，一条是潮河，发源于河北丰宁；二是白河，发源于河北沽源，也称沽水。这两条河流入顺义分不同区域。白河从密云过牛栏山从临河村东到通县、安次；潮河从密云经木林过马庄到香河、宝坻。地图标明，在秦汉时期，潮河与白河在顺义境内是各走各的，并不发生交集。白河自牛栏山经临河村东到通县这一段原叫沽水，也就是白河。

查光绪年间（1875 年～1908 年）地图，临河村东的河是潮白河。在金代的文献中，才第一次出现潮白河的名字，这就表明潮河与白河在密云河槽村汇合后，流经顺义的是潮、白合流后的潮白河了。

查民国二十二年（1933 年）地图，临河村东标明"旧白河道"。这就表明，潮白河改道东移至李遂、柳各庄一带，临河村东只剩下旧河影，状似月牙，且是上弦月，因此村人称为月牙河了。所以，月牙河的前身是潮白河，潮白河的前身是白河。白河自秦汉时期就存在了，临河村的先民临白河而建村筑屋繁衍生息，所以取名临河村，这从 1975 年在临河村北三个大坨子即封土堆中挖掘出的东汉墓出土的文物中得到明证。临河村的村名很古老，大约有二千多年的历史。也可以说，先有临河村名，后有顺义县名，因为顺义被命名为"顺义县"已经是明朝洪武元年。而月牙河在地图上标明，晚见于 2010 年顺义水系图。

临河村人仰赖于白河，古老先民择水而居。秦始皇"海运饷边"，征集军粮，运送至当时的北方重镇渔阳郡（今密云），就曾利用这两条河（《光绪顺天府志》）。自汉唐到宋辽金元至明清及民国的一个时期，白河、潮河及潮白河，都是漕运水道。临河村老一辈人曾回忆，现今的月牙河即当年的白河、潮河。行驶运粮船及南北货船，帆影桨声，连绵不断。前街有申家老店，夜间骆驼趴满半坡，清晨驼队披着白霜去南河套木码头上船，颇有"鸡声茅店月，人迹板桥霜。"的诗情画意。

临河人一直受益于月牙河。芦苇浩荡，鱼肥虾多，苇莺做窝，野鸭纷飞，水面宽阔。二十世纪五、六十年代，即用柴油发动机抽月牙河水浇地。七八十年代，在潮白河南岸建抽水泵站，在村北建水闸，称"多级多"，意为多级扬水。在村南村北修建两个大水库，用于灌溉。另外，月牙河盛产芦苇，铁秆苇子适于编笆，高尖苇子用于织席，亚苇可以打箔。芦苇加工是当时临河村一项重要副业。

　　如果说，潮白河是顺义的母亲河，那月牙河则是临河村的奶娘。而临河村的名字，正是因临近白河而得名，这是再自然不过的了……

2022.6.3

地球在宇宙中的位置

各位文友好！

忘记是谁说过这样一句话，你要想招人讨厌，就好为人师吧。我上次讲小小说，有些话可能就招人讨厌了。这次访谈，尽量不招人讨厌。

一、人的位置

（1）宏观世界：从小往大说地球在宇宙中的位置

地球的直径大约是 1.2 万公里，光比体积。在太阳系中，土星比地球大 95 倍。"

金星比地球大 100 倍。

木星是地球的 1321 倍。

太阳是地球的 130 万倍。

北极星，相当于 5 万个太阳。

现在已知的'盾牌座 UY'相当于 45 亿个太阳。"

（2）微观世界：从大往小说

细胞、分子、原子、电子、质子、夸克。人体的细胞总数量大约有 40 万亿到 60 万亿个，将细胞放大到 1 万亿倍，才能见到夸克。

《文始真经》：一蜂至微，亦能游观乎天地；一虾至微，亦能放肆乎大海。

二、《千家诗》

《千家诗》是由宋代谢枋得《重订千家诗》（皆七言律诗）和明代王相所选《五言千家诗》合并而成。它是我国旧时带有启蒙性质的诗歌选本。因为它所选的诗歌大多是唐宋时期的名家名篇，易学好懂，题材多样：山水田园、赠友送别、思乡怀人、吊古伤今、咏物题画、侍宴应制，较为广泛地反映了唐宋时代的社会现实，所以在民间流传非常广泛，影响也非常深远。全书共 22 卷，录诗 1281 首，都是律诗和绝句。

启功先生论诗，唐以前的诗是"长"出来的；唐诗是"嚷"出来的；宋诗是"想"出来的；明清的诗是"仿"出来的。

许福元背李白"行路难"赢鸡蛋汤。（饺子汤随便喝）。

推荐一本书，《假如给我三天光明》。海伦·凯勒所著，这里记录了一个聋哑人凭借自己惊人的努力改变自己苦难命运的经历，在无光，无声，无语的孤绝世界里，她的坚强自信让自己的人生丰富多彩。在家庭教师安妮·沙利文的帮助下，进入大学学习，并以优异成绩毕业于哈佛大学。掌握了 5 种外语，共创作了 14 部文学作品。马克·吐温说过:十九世纪出现两个杰出人物，拿破仑是乱世枭雄，另一个是海伦·凯勒，则是生活中的勇士，是拒向生活低头，励志驱除人生黑暗的光明使者。海伦·凯勒的名言:我只看到我拥有的，不看我没有的。

三、马斯洛：人生需求层次理论

马斯洛的需求层次结构是心理学中的激励理论，包括人类需求的五级模型，通常被描绘成金字塔的等级。从层次结构的底部向上，需求分别为：生理（衣服和实物），安全（工作保障），社交需要（友谊），尊重和自我实现。这种五阶段模式可分为不足需求和增长需求。

前四个级别通常称为缺陷需求（需求），而最高级别称为增长需求(需求)。1943 年马斯洛指出，人们需要动力实现某些需要，有些需求优先于其他需求。

——在顺义图书馆讲课摘要

魂牵梦绕是家乡

许福元

我的故土是顺义临河村。

所以叫临河村，是先民临河而居，择水落户，自东汉以后，聚集成村。这条河就是村东的月牙河，原是白河从此流过，后改道东迁，只留下旧河影，仍遗一湾碧水，状似月牙。蒹葭苍苍，白露为霜。所谓临河，在水一方。更准确地说，临河村是临白河而得名。

临河村西高东低，上坡地黄土板，下坡地黑土地。土厚宜稼，适于耕种。上坡地耐涝，下坡地耐旱。所以两千年来，临河村发展了极其精致的农耕种植。

临河村地处顺义县城东南 5 公里，至北京东直门 30 公里，亦算是天子脚下。商贾往来，物流通畅。举目四望是大平原。因此，临河人的眼光高远，胸怀宽广，很有包容精神。所以临河村的姓氏很杂，可称得上有百家姓。

临河村的文化也是厚重的，曾有九槐十八柏十三座庙宇，庙产有香火地。现存的大槐树是槐树中的小字辈，距今也有三百余年。据说乾隆爷曾给临河大财主许六墩子挂过"千顷牌"，上书《义重乡畴》。当然，据说只是传说，但遗留下来的地名似乎印证着这段历史，"大猪圈"五百亩，是其放猪的地方；而"鸭子场"放鸭子就有九顷六。

临河的街道呈放射状，大街、前街、后坡、何家巷、东营、古北口坡子。房屋鳞次栉比，绿树掩映院落。胡同尽头是水井，辘轳汲水之声吱嘎不绝；磨棚碾道星罗棋布，油坊豆腐房红火开张。刘家小铺，大街香铺，东营药铺，山东张的铁匠铺，小龙的小炉匠，申家老店，崔家肉杠，前街轿子房，阮家杠头，苏老旺的烂蚕豆猪头肉，单秀才的私塾馆等等。乡村生活烟火味极为浓烈。临河就是一个自然经济，自给自足的小社会。媒婆神汉接生婆，秃姑瞎姨烂眼二舅母，草帽子亲戚圈套圈。一个人从生到死，从物质到精神，不出临河村都能解决。

这情景当然是清末民初的景致。

现在的情形呢？

随着城市化的进程，临河村进行棚户区改造，整体拆迁整个村庄被拆掉了。原来的临河村，已荡然无存。钩机扬起大鼻子，将青堂瓦舍豁成残垣断壁；推土机横冲直撞，将残垣断壁碾成瓦砾，夷为平地。整个村庄遗址罩上塑料绿网，各种野草荆榛蒿从网眼中纷纷长出，蓬蓬勃勃，其势汹汹，疯狂恣肆。于是有蛇鼠出没，狐踪兔穴。一片蛮野荒凉。

一个热气腾腾的村庄，繁衍延续了近二千年，就被现代化用几天时间，打回了蛮荒时代。

面对着废墟野草，不能不发出深深感慨与长长叹息。不能不对消失的家乡进行回忆与回望，这里曾生活了一代又一代的临河人，有勤劳到死的人，有仗义疏财的人，有知书达礼的人，有彪悍雄强的人。又有多少动人或不动人的故事在此发生过：财主间的斗富，穷人间的互助，抢寡妇的古风，贼人的绑票与剪径。如在昨日，历历在目。历史的沿革，河道的变迁，村庄的盛衰荣辱诸多故事，难道从此就湮没无闻了吗？

魂牵梦绕是家乡。我作为家乡人，应记家乡事。所以，我作为一个临河村的娃娃，为生我养我的家乡天地立心，为乡亲们立命，为临河往世继文字，为后代乡愁记忆铺陈底色。

月牙河，是临河村的大名，也是乳名。老槐树，是临河村留下的唯一见证者，也是老祖宗。因此，我将此小说集命名为《临河槐乡》，是集合了临河村两大基因要素。"槐乡"的谐音，也有"怀乡"的寓意。

临河村虽然消失了，但未曾远离，趁其行未远。在我的晚年写作，老来执笔的文字中，仍然保存着乡亲们的叹息与临河村呼吸般地复活。

2020.4.14

后　记

当我写这篇"后记"的时候，正值夏至日。窗外骄阳似火，绿草如茵。那些从外地移植过来的成年绿树，在四根枯木的扶持下，在自来水的喷灌下，枝繁叶茂，蓬蓬勃勃，一副衣食无忧，怡然自得的样子。它们也许早已忘记了自己的故土，已将他乡认作故乡。

但人毕竟不是植物，人比植物要多愁善感。当我看到窗外楼群高耸，凉亭八面来风。昔日的街坊四邻，父老乡亲笑呵呵住进了楼房，他们将自家小院的葡萄架葫芦棚、水缸土灶、柴门炊烟、鸡鸣狗吠都忘了吗？我想是不会的。

我这部小说集，虽名曰长篇，实是二十个短篇凑成的长篇。一般认为长篇的结构，似乎应有一些主要人物，贯穿始终。或有故事，从发生、发展、高潮到结束。这两条本书都不具备。我具备的只是曾在临河村生活过的各种各色的人物，发生过的各种各样的事情，几乎是实录一般。大街双井的辘轳声，香铺门前槐荫下的铁匠铺、何家巷豆腐房飘出的新鲜豆浆味，石臼旁打短工的短衣帮、前街的和尚塔、后坡的穷八家，财主、乞丐、绑匪、阴阳先生及贝勒爷等等。我的意图很明显，临河村这个村庄消失了，但临河村的故事还在，传说还在，临河人的精气神还在。村没了，魂还在。

仅此而已。

许福元

2023.6.21.癸卯年夏至日

狐奴山上话顺义

——狐奴山采风访谈

主持人：正是初夏小满季节，小麦抽穗，树木葱茏。听说你们一行六人，许福元、胡广星、柏凤英、肖文强、史晓燕、金克亮诸位老师，兴致勃勃地登上狐奴山，考古顺义城。

许福元：我先纠正你一下，我们是登上了狐奴山，更准确地说，考察的是汉代狐奴县故城遗址。古狐奴县城，并不是顺义县城。肖文强老师对此有更多研究，他已经写了关于狐奴山十七万的文字，还未有穷尽。关于"顺义"这一名称出现的时间，我问过金克亮老师。

主持人：正好今天金老师也在场，您可说明一、二？

金克亮："顺义"两个字最先出现在明洪武元年，朱元璋一改前朝对顺义的各种称呼，如狐奴、安乐、归顺州、顺州等。但今天的主题是谈狐奴山和古狐奴县城，所以我只能谈之一二。《顺义文艺》的主编胡广星班长组织过有关文章。

史晓燕：你们总称呼胡为班长，是不是他任文化馆书记期间，组织过文学沙龙班？

柏凤英：正是，正是。沙龙成果颇丰，许老师的《洋桥破浪》即缘于此。

胡广星：有点跑题了，我想沙龙还是要恢复的，见龙在田也要飞龙在天。还是将时间交给肖老师。

肖文强：我们站在这个地方已经是山顶了。山脚下西边是北府村，村北就是箭杆河发源地之一，泉眼众多，咕嘟咕嘟冒水，喷珠吐玉，日夜不停。发源地当然还有山南东府村北一带，榆林村北潮白河汉子的小分支，所谓的"圣水三潮"，即早年间山下有座神奇的水井，井水日涨三次，经久不衰。著名的白云观在东侧山脚下，观内有三幢大殿分别供奉着长春真人邱处机、太乙救苦天尊和药神孙思邈。山门能进出三套双轴大马车，观西侧有观主张道宽的圣人坟。当时佛教尚未传入中土，当时道教占主导地位，供的神都是中国的神。北边我们现在看到的树林，可当年都是山。因为几十年开山烧石灰，狐奴山缩小了许多。狐奴山当地人称为小山，小山灰很有名，质量好，出灰多。原来那么大的山，烧石灰烧成小山了。在人民公社时期开山烧灰是各生产队的一项重要副业。

胡广星：《顺义文艺》来稿，提到斜山。现在并没看到倾斜的山。

肖文强：（笑）。所谓的斜山，不是"歪斜"的"斜"，是穿鞋的"鞋"，传说二郎神担山赶太阳，累了在此歇脚，把鞋旮旯里的土倒在地上，成为一座小山称鞋山。还真别说，当年这山的形状真像一只鞋。当然，这只鞋也给烧成灰了。要不，咱刚才在山西边转了半天连遗址的影儿都没见着。

胡广星：(笑)这种传说我老家沧州也有，民间神话各地都有重叠的部分。我们今天采风想考察的是，古狐奴县城的遗址大概在哪儿？肖老师晒一晒您的研究成果？

肖文强：研究成果谈不上，只能说说我的看法。据考证狐奴县城旧址就在山西南，现在瓶厂的位置。我认为在秦汉时期，有县衙就会有城，有城必有墙，城墙起围护、保护作用。哪怕有的城墙只是夯土而成。据史书记载，公元前195年即汉高祖十二年设狐奴县，县治就在这狐奴山下，到公元238年即魏景初二年魏明帝曹叡撤销狐奴县，改设安乐县，狐奴县这个称谓在历史上存在了433年。

金克亮：狐奴县建制存在400多年，一开始可能是土城墙，后来很可能在土城墙外包砖了。

肖文强：金老师的看法很有道理，看山下瓶厂的那块地，北府村人叫瓦权地，时有砖瓦石片，绳纹砖出现，而且屡出不绝。这就说明古狐奴县城废弃1700多年后仍有遗存，但是不是古城遗址尚有待考证。现在我们脚下的烂砖碎瓦是天齐庙的旧址，天齐庙供奉的是二郎神。这座庙的损毁，不过在六七十年前。

柏凤英：（举起手中的残砖断瓦）肖老师，您说烂砖碎瓦不准确，应该说是秦砖汉瓦。主持人请看，是不是秦砖汉瓦？

主持人：我这个主持人成了吃瓜群众了，我也说不好。许老师当过瓦匠，他也许能说说自己的看法。

许福元：我这个瓦匠也是个二把刀。我们现在看到的砖块小，没看到铭文，但可以看到有三角形斜纹、回字纹般的绳纹，这残片肯定是瓦，虽厚但有弧度，要是瓦当就好认了。是不是秦砖汉瓦我也说不准。如果能考证出天齐庙建立的年代，是新建还是重修，就能大体确定。这两块实物也是采风收获之一，不虚此行，拿回我工作室研究研究。

史晓燕：我带着书包，先交给我吧。

胡广星：右边松阴处，有一凉亭，我们何不拾阶而上，在凉亭小坐。（放凉亭图片）这凉亭虽处高处，仍看不到前鲁各庄。邓拓在《燕山夜话》"两座庙的兴废"一文中，曾记述前鲁的张堪庙，当时香火旺盛。我想，张堪在这一带开稻田八千顷，合80万亩稻田，这可不是小数字。

主持人：张堪劝民在这一带种稻，向四周能扩展多远？

肖文强：往北说不好。我认为往西，大、小胡营、榆林直至史家口、牛栏山；往东可到东、西府、仇家店；往南到南彩、俸伯、李遂、苏庄、官庄、沮沟。到辽时，萧太后在牛栏山建过望粮墩。

金克亮：有道理呀有道理。水稻，水道，沿水道而种稻。潮、白二水加箭杆河水，足可以让河之两岸，成鱼米之乡。

胡广星：肖老师没有说往北开垦稻田，很有道理。农耕文明与草原文明的地理分界线是年降雨量为350毫米，长城正是暗合这一地理物象，因为年降雨量少于350毫米，只能长草了。所以，长城以南是农耕文明，长城以北是草原文明。

主持人：我读班固《后汉书.张堪传》，有一个感觉，史学家写张堪，写他抗击匈奴与劝民种稻是联系在一起的。张堪太守的劝民种稻是否还有更深层的意义？稻田遍布，成江南水乡，对阻止匈奴骑兵，也应起一定作用？"桑无附枝，麦穗两歧，张君为政，乐不可支。"这百姓歌中的"麦穗两歧"是否指稻、麦双丰收的意思？

肖文强：你这"三问"说得好，骑兵最怕水网沼泽，是其软肋；屯田藏粮，心里不慌；当时玉米和红薯这些高产农作物，还未传到中国，而稻谷的产量远高于小麦，"麦穗两歧"也说得通。"养老水"种稻，品质又高，这就是后来成了贡米的"三伸腰"。

许福元：我伸了伸腰，看凉亭处绿树簇拥之中，松声起动。想起左思诗中两句：非必丝与竹，山水有清音。

柏凤英：我也伸了伸腰，有点饿了。到了肖老师西乌鸡地面，听说您做东？

肖文强：我已经订好了饭店，咱们尝尝当地的农家饭——人民公社铁锅炖大鹅。

史晓燕：我带来了两瓶老酒，咱们老友、老饭加老酒，老干新枝论古昔。主持人，一块喝一杯。

主持人：这期的节目是过去时，等下一期现在进行时。

2023.6.5

510

我所认识的怀柔文友张桂仕老师

许福元

记得是七八年前的一个金秋时节，怀柔作协邀我去讲小说。我正要开讲的时候，推门急急进来一个身材并不魁梧，体态倒有些单薄的文友，裤脚还沾着新鲜的泥土。他满脸是汗，用粗糙的手背涂抹，尔后掏出皱皱巴巴的小笔记本，用圆珠笔认真记着。

会后他自我介绍，叫张桂仕。是从黄花城村乘的公交车。我问他黄花城村到怀柔县城有多远？他轻松地说，七十多里，坐公交车要四十多站，近两个小时的路程。听说我讲小说才放下栗子园中的农活赶来。

我和张桂仕原来并不认识，自那次之后便相识并熟稔了。每次通电话，他都兴奋地告诉我，他的某某篇散文，被《怀柔报》采用了；他的某某首诗歌，登在《红螺》期刊了；甚或和某某文友聚会，也和我唠一阵。他虽已近古稀之年，但兴奋得像个孩子。而对文学的热情和执着，又像个文艺小青年。

前几个月，他要出一本名为《野菊花》的个人集子，请我作序。这样一个质朴的文友，身上带着大山厚重的韵味，与我同龄，经历相仿，淡淡交往却精神相通，于是我便写了"长城脚下野菊花"的序文。

之后二十几天，他将装帧朴拙的集子寄来了。封面是一望无际的野菊花，似乎向长城脚下铺排开去。一朵一朵野菊花虽卑微，但列阵盛开，颇有"沙场秋点兵"的气势与壮观。封底是一首自题的诗，《野菊花》：

不求虚名登雅堂，甘居荒野献重阳。

春暖日丽让百花，凉秋露冷吐芬芳。

寒风吹来花更俏，严霜打杀蕊犹香。

留取丹心傲骨在，捐躯化作良药方。

诗言志。这首诗是他的座右铭，也许又是他的墓志铭。

在这本集子中，有亲情，有对母亲的感恩与思念，如诗《盼儿归》中的句子，"不闻亲娘唤儿声，唯有音容在心头。泪满面，哽在喉！"有对文友的友情，如词《江城子·赠别安钢》"半载相处非寻常，如手足，似尊长，侠肝义胆，愚友永不忘。"更多的是乡亲乡情。在人的情感上，友情、亲情和乡情，是人心最柔软的地方。他家临近水长城，因此写了《水长城——我百里挑一的新娘》：

水长城真美，我深爱着她，

她是我百里挑一的新娘。

我深爱那清波激滟的湖水，

那是我的新娘清秀的脸庞；

我深爱那长城与湖水相吻，

水面绣着鸳鸯，那是俺俩的新婚相。

我深爱她歌喉甜美，唱响了栗花乡，

唱响了中国过海漂洋。

我的新娘不仅貌美，她还有大海一样的胸膛。

在他的笔下，北京的后花园——怀柔的灵山秀水、精彩画面一一呈现：红螺寺的苍松翠竹，清泉禅意；喇叭沟门长寿泉边的白桦林，雁栖湖畔的雁栖塔；更不必说黄花城茶马古道九渡湾，驼铃声声；云梦仙境中的鬼谷庐，辈出英雄。

陶渊明诗云，"心远地自偏"。张桂仕老师蛰居长城脚下，山村之中。每日劳作，晴耕雨读。地位虽卑微，却未敢忘忧国。总心系国是，志存高远。在他的这本《野菊花》集子中，家事国事天下事，事事关心，融入笔墨，足可触摸。他为国庆盛大阅兵而感怀，为新冠疫情袭来而忧心；为美哉世园会而泼墨，为党的生日《唱支山歌给党听》。

多愁善感，似乎历来是才子佳人的专利。但作为一个深居简出的山民，一个颇通文墨的乡间文人。远离都城的繁华，市井的喧嚣。却对山林的一草一木，自然界季节的变换，有着细微的观察，敏感地捕捉，独到地描写，出神的刻画。表现出自己丰富细致的感情，于无声处听心声。雪天，在滚热的土炕上，邀来邻舍小酌，烫上一壶老酒；在冰消雪化的早春，细看八百年老栗树的枝条，努出新芽；春雨沙、沙、沙、山坡上，池塘边，堤堰下，挤满了嫩草、青蒿、犄角花。金秋那红红的火柿子，累累垂垂压颤了枝杈。

这些诗句，是从"门楼挂红灯，福字映花墙。三畦鲜嫩韭，五垅架豆王。"农家小院里飞出来；是从《打井歌》中汩汩清泉溢出来；是脚穿"踢倒山"的老山鞋，手掌硬如铁的感觉里写出来的。没有无病呻吟，透出乡间灵气，充满浓浓的乡情。

他将多年书法习作，结集出版了《张桂仕书法集》。他在序中说，"我喜欢书法，犹喜动静相谐的行书。写硬笔字，'自我感觉良好'。写毛笔字，可谓'墨池水浅'，功底太薄。于是，我怀抱一个'勤'字，在临帖上下功夫。神似难求，则力求形似。

那临帖的心情无比惬意，那洁白的纸上舒展着我愉悦的心。"

可以想象，他劳作一天，荷锄归来。更衣、净手，铺展宣纸，笔蘸墨饱。面对王羲之的《兰亭集序》或颜真卿的《争座位稿》，读之品之，临之摩之。月影横窗，门外虫鸣。一时物我两忘，笔走龙蛇。神思如"行到水穷处，坐看云起时。"

实事求是地讲，张桂仕老师在农村，就是一个农民；在林间，就是一个山民。他既无鸿篇巨制之作，又无经典咏流传。身上并无各种头衔，头上也无各色光环。但他又不仅仅是个传统意义上的农民、山民，他在土地里播下粮食、蔬菜、水果种子的同时，也在心里播下文学希望的种子；他为庄稼除草，为果树嫁接的时候，也在经营自己文学的田园；在别的庄稼人空闲时打打麻将、甩甩扑克时，他却游目于翰墨间，与欧、颜、柳、赵等书法古人对话。人，虽爱好不同，取舍各异，亦无可厚非。只是他选择了自己喜爱的生活方式和价值取向。

张桂仕老师的读书写作吟诗习书法，是没有任何功利性的。他既不是想当文豪巨匠，也不想当书法家或以卖字暴富。而是劳动之余，兴之所致，已当成一种生活习惯，只求身心愉悦而已。所以倒没有名缰利索的羁绊，文人相轻的恶习。他是个思想上的自由人，有个人守拙的操守与精神上的张扬。他待人接物态度虽显谦卑却有一身傲骨，并不为非我同道者而折腰。他又不身居朝堂，自不必虑及职务的升迁，地位的沉浮。所以他保持一种乡野文人的洒脱、宁静与雅兴，内心清净，了无挂碍。——我作以上如是观。

有人说，人生就是痛苦的积累。张桂仕老师的人生，如我辈一样，也曾经历过贫穷与困苦，艰难与逆境。但他自立，用柔弱的双肩担负起全家的重任；他自强，终生坚持学习，永远在求学的路上；他自重，保持了一个乡间文人的自尊与尊严。他自有他自己独有的世界，虽未官服加身，却也是无冕之王；虽不是富翁，却拥有自己的财富。父慈子孝，家庭和睦，邻里相亲，文友互助。再加上林间清风，山间明月。他就是一个逍遥自在，知足常乐，幸福满满，热爱生活，热情磅礴的人。

看到箭扣长城了吗？巉岩、险峻、巍峨、雄奇。上出云霄，下临无地。那么伟大的建筑，也是由普通的一砖一石垒积而成。古往今来，千千万万个张桂仕式的人物，就是万里长城上默默承压的一砖一石。普通得不能再普通，朴实得不能再朴实。但正是因为这普通和朴实，才铸成伟大建筑坚实的基础，才成就了伟大。

看到长城脚下的野菊花了吗？他把青春献给绿色的山岭，自己却未博得牡丹般的盛名。人们随意地叫他山花，他心里自有美好的憧憬。他悄然装点了万里长城的秋色，又用自己的药香妙用茶茗。虽名不见经传，头上也无桂冠，但却也是问心无愧、扎扎实实、张灯结彩、轰轰烈烈的一生。

2023.10.27

致高某书

高君阁下钧鉴：

　　敬启者，余以古稀之年，衰朽之躯，历时三年有余，终完成 36 万余字《洋桥破浪》一书。其宗旨将潮白河水系与大运河文化带联系起来，其内容细说苏庄闸桥的兴废荣辱，其意义彰显顺义人民的贡献和红色因素。不假仆一二谈也。

　　笔者与电视剧业内人士咨询，本长篇历史小说之体量，完全可以改编成 40 集以内的电视连续剧，可追溯万年河流，述说千年历史，展示百年沧桑，呈现民初风情，彰显顺义特色，继承红色基因。且可留下苏庄复原古桥，作为旅游景点。乘众星云集，顺势而做广告。

　　今居朝堂者，为清官一任，造文化一方。倘能事毕功成，顺义百万民众将箪食壶浆，弹冠相庆；决策者将县志存照，青史留名。顺义文化，将别开新局，风生水起。

许福元顿首

2023.2.12

致张导书

敬禀者：鄙人，许福元，由作家出版社出版一本长篇历史小说《洋桥破浪》。觉得有甚多电影元素，特自荐于君。时代背景：民国六年至民国二十八年，囊括民国半部历史；主要事件：当时引外资建中国第一座钢筋混凝土洋桥，从筹建到冲毁之全过程。因正逢直奉战争，洋桥则首当其冲；地域特色：顺直阡陌，京畿要地。潮白之水，补海河而济津；主要人物：熊希龄、黎元洪、陆征祥、曹锟、梁启超、王宠惠、吴佩孚、张学良、李大钊、罗斯及各县知事、乡绅、屠夫等。戏剧冲突：政府与民征地之明争、官场内部之暗斗、洋行买办夺利、清朝遗老抗争、和尚僧人护法，绿林好汉剪径，土夫民众罢工，红色基因传承。遍观君之佳作，还未有此题材者、故事者、立意者、人物者、应时者。且本书纳入大运河文化带，若能拍成电影，必钩沉历史，吸粉观众，包举读者。并于潮白河中流留下洋桥景观。顺义百万民众，则将箪食壶浆，以迎君之拍摄浩荡王师。

敬致

春安

许福元顿首

2024.4.16

悼念张玉琴大姐

许福元

与张玉琴大姐相识，记得是 2016 年春节前，在北新桥新和饭馆二楼，九月文学社例行举办迎春茶话会上，她满怀激情念完她自己写的诗，大家鼓了掌。她脸色微红，坐在我身边，并送给我一本她写的书《玉韵琴声》，作者：张玉琴。从书中我才知道她是一名退伍军人，军衔不低。就这样，我和张大姐算认识了。

到了四月份，张玉琴大姐要去老家蔚县捐书，牛志文教授就组织我也带我写的几本书一同前往，我记得当时还有密云作者李立文。

为了保障第二天出发时间，头天晚上张玉琴大姐和她的先生就安顿我们住在离她家不远的宾馆。她先生并未让我们到她家里坐坐，门口的警卫森严，他们住的是将军楼，知道她先生的级别也不低。

捐书的过程是风尘仆仆，一路劳顿。81 岁的张玉琴大姐却精神振奋，情绪激动。脖子上系着红领巾，被少年儿童簇拥着，笑容灿烂，背也好像直了许多，也年轻了许多。

回到北京后，有一开面包车的外地小伙子来接我们，攀谈后得知，张玉琴大姐帮助过不少人，他的孩子在北京入小学，就是张玉琴大姐帮的忙。还说，张玉琴大姐很勤俭，常捡些纸盒等废品去卖。

关于张玉琴大姐的事情了解越来越多了。她 1935 年 12 月 28 日生于河北省蔚县于集村，自幼跟随当八路军的父亲打游击，参加过儿童团，1948 年 13 岁即参加了革命。后来在部队学习深造当了军医，文职至副师级。在去老区捐书过程中，她还向当地小学校捐了五万块钱。在北京，她还长期资助 4 名贫困生上学。

张玉琴大姐的先生，当年在莫斯科留学。1957 年毛主席访问苏联，11 月 17 日接见留学生，曾亲身聆听毛主席谆谆教导：世界是你们的，也是我们的，但归根结底还是你们的。你们青年人朝气蓬勃，正在兴旺时期，好像早晨八、九点钟的太阳，希望寄托在你们身上。

张玉琴大姐那代人用一生的实践，证明了没有辜负毛主席的殷切希望。

值此张玉琴大姐逝世一周年之际，写此短文追思。愿您永垂不朽，精神千古！

2022.12.9

悼　词

　　恭维许氏凤志，今祭在堂。仙逝先妣，悼辞奉上。您本少孤，十岁丧娘。寄人篱下，兄姊皆亡。千里寻父，始得有傍。嫁入阮门，侍奉爹娘。晨昏辛劳，耕耘农桑。内理家事，芳邻有帮。生女育子，家和兴旺。恩泽其弟，助夫兴旺。名传乡里，德播四方。幸福回迁，住上楼房。母慈子孝，孙辈成行。年过九旬，盼您健康。溘然长逝，晚辈悲伤。愿您千古，松柏绵长。呜呼哀哉，伏惟尚飨。

孝子阮勇与妻刘文静

孝女阮秋敏阮春敏阮会与婿

及代表全体亲友同祭

2024 年 4 月 27 日

【顺义仁和】

表扬信

顺义区石园小学：

    贵校四年级（14）班许梓唐同学的爷爷许福元出版了36万余字长篇历史小说《洋桥破浪》，书中记载了苏庄闸桥作为大运河文化带的枢纽连接起潮白河和大运河，将这段尘封的历史用小说的形式再现，讲述一段动人的顺义故事。书中更是汇集了大量顺义文化元素，挖掘历史有呼奴县旧址、张堪种稻等。文物涉及牛栏山碧霞宫、无梁阁等。水系有箭杆河、潮白河等，红色元素有与李大钊一同遇难的共产党人李昆事迹、八百扁担砸鸡蛋局等。他自序："落笔之处是家乡"，许福元孜孜不倦的在文学沃土上辛勤耕耘，在作品中展现他对顺义的热爱，展现顺义人的情愫、胸杯、牺牲和奉献精神。许福元先生始终不辞辛苦地在文学的良田默默耕耘，为顺义而歌，为家乡而唱，为人民而赞。

    许福元以善行义举积极传播真、善、美，传递正能量，是我们学习的榜样。

    许福元的先进事迹值得肯定和鼓励，特致此信，请贵校在许梓唐同学所在班级的班会上予以表扬。

中共北京市顺义区仁和地区委员会

2024 年 5 月 23 日

第六辑　他山之石

　　我从《芥子园画传》上临摹一幅"虚心友石图"，几竿瘦竹，倚石而生，枝叶茂盛。所倚之石，巨大而浑厚，虚心而淳朴，与竹为友。可以想象，如果青竹没有身边这块友石，它所面临的风刀霜剑，电闪雷鸣，将情何以堪，情如何在？此辑收录了八个文友对我的文学评论：李广生、张艳、赵子林、刘维嘉、李士杰、张骥良、冯连才、李晔。这些评论，自然以赞扬为主，但无疑亦是期冀，提醒我找出差距，认识到不足。文人相轻，似乎是古已有之的积习。但我读文学史及文坛掌故，实不乏文人相重的故事。且我与这十一人关系，或密或疏，无一是我约稿之作，均是自己率性而为之。正基于此，我向这八人及众多文友，表示诚挚感谢。我觉得，文人相轻是最大的无知。

落笔之处可是此心安处

——读《洋桥破浪》随笔

作者：李广生

家的情结一直横亘在中国人的心底，虽然孕育它的农耕文化已渐行渐远。"少小离家老大回"，即便"儿童相见不相识，笑问客从何处来"，那种欣然和慰藉依然荡漾于字里行间。"欲为圣明除弊事，肯将衰朽惜残年"的韩老夫子又如何？"朝奏"而"夕贬"早在其意料之中，所以安排好"好收吾骨瘴江边"的后事。但离别之际、回望之时，不也是发出了"家何在"的悲叹吗？不得不承认，苏轼更为达观一些。这个诗文书画均有高深造诣的天才却命途多舛，其贬谪的足迹遍布大半个中国、深入荒蛮之地。他借一位痴情且坚毅的女子之口说出了对家的定义：此心安处是吾乡。

许福元先生在其新作《洋桥破浪》的自序中以"落笔之处是家乡"为题写到：我这部长篇历史小说《洋桥破浪》的诞生地，就是我可爱的家乡——顺义。心有所感，便有了上面这些话。"此心安处是吾乡"和"落笔之处是家乡"，时隔千年，地跨千里，家的情结让我把他们联系到一起。但我以为，苏轼之"吾乡"和许先生之"家乡"恐怕都不仅是一域或一隅，是更广阔和更深邃的精神家园吧。

许福元，笔名星白，别号临河居士，1946 年生，北京市顺义临河村人，北京作协会员，中国作协会员。与许先生仅有两面之缘，对其了解也仅此而已。于读书而言，这并非坏事。倘若与作者过于熟悉，难免不带有成见甚或偏见，就像读周树人必要愤慨、读周作人必要悠闲一样，读的意趣自然少了很多。若是不能像孩子探秘寻宝一样读书，读书可能变成一件苦役，或是装装门面罢了。

读《洋桥破浪》便是探秘寻宝的过程。

我在顺义工作生活已有十年之久，因生性孤僻且怯于交际，即时人所谓之"社恐"，对顺义的了解并不太多。于人情和人脉方面，毫无建树可言，但对于顺义的风土颇为好奇，在历史和文化上花过一些时间和精力。顺义新老八景、村庄地名、古建遗迹等，就连烙饼卷带鱼、李遂熏肉等民间吃食，都曾被我记述。风土人情本为一个整体，正所谓一方水土养一方人，却被我一分为二，难免有失偏颇。读许福元先生的《洋桥破浪》算是为我补上一课。

许先生笔下的洋桥在顺义苏庄，如今"残桥仍在，流水依然"。曾路过几次，但并未驻足，说实话，怎么也看不出它当年竟然是"中国北方一个大型水利枢纽"。洋桥之名，得于桥为洋人设计、钱从洋行贷款、材料洋人进口、由洋人组织施工——不折不扣的洋桥。1917年动议，1925年落成，历时八年之久，中间几多周折。用许先生的话说，"从民国总统到总理，从县知事到村正村副，从乡绅到贫民，从军阀到土匪，从清朝遗老到江湖术士，从外国洋行到出家僧人，无不卷入到苏庄闸桥的盛衰荣辱之中"。建成后开闸放水之盛况在这本书中有详细记述。

看得出许先生在这里下了大功夫：既有大场面，又有小人物，既有官场风云，又有民间风俗，既有功成的喜悦，又有对未来的隐忧，纵横捭阖，笔力雄健，且不失细腻，堪称大手笔。但是，仅仅过了14年，在1939年一场罕见的大水中，被认为固若金汤的洋桥，如"土鸡瓦狗，轰然倒塌"。"其兴也勃焉，其亡也忽焉"，一座桥，哪怕是洋桥，似乎也落入"历史周期律"。既然如此，这座短命的桥所折射的那段风云激荡的历史又当做如何观？写到这里，忽然想起刘禹锡的《西塞山怀古》。"人世几回伤往事，山形依旧枕寒流"，读懂其中的意蕴恐怕非要穿越历史的迷雾不可。但谁又能保证，穿越这一团迷雾后不会陷入下一团迷雾呢？史家治史、后人读史不正是在一团团迷雾中穿行吗？如是观之，李白的"西风残照，汉家陵阙"更容易引起共鸣。

毫无疑问，本书是一部建桥史。1917年，民国六年，河北境内天雨连绵，山洪暴涨，京畿一带，顷成泽国，受灾县达一百零三个、村庄一万九千余、田亩二十五万余顷、灾民六百余万之众。史称"民六大水"。怀柔、密云等地，山洪下泻，奔涌而至，潮白河水暴涨，冲毁李遂镇护河东坝，使原流入北运河的潮白之水，窜入箭杆河，交汇于苏庄，洪流直抵宝坻县，辗转入海。史称潮白河"夺箭入海"。

正因为有如此一系列之灾变，才有民国政府请熊希龄出山，建洋桥、开新河等一系列壮举。一百多年后的今天，再看顺义境内的潮白河和箭杆河，河床裸露，涓流如溪，怎么也不会想到它们当初竟然如此凶猛残暴。

中华民族具有悠久的建桥史。始建于隋，由李春设计的赵州桥，历经一千五百年风吹雨打，至今横跨于河北省石家庄市赵县城南洨河之上。建一座桥，对中国人来说并不是什么难事。但是，这不仅是一座桥，确切的讲它是一项水利工程，目的在于根治水患，保京津冀免受旱涝之苦，清海河之淤，成通航之利。这样一项水利工程靠几个能工巧匠根本无法完成，这才有民国元老熊希龄临危受命、重出江湖，筹巨资、赈灾民、请洋人、建洋桥的故事。

熊希龄何许人也？1870年7月23日（清同治九年庚午六月二十五日），他出生于湖南湘西凤凰县一个三代从军的军人家庭。禀赋出众、好学深思且勤奋过人，少年时代便闻名遐迩，被誉为"湖南神童"。1896年，熊希龄上书当时的洋务派首领、两湖总督张之洞，强烈要求变法维新，随后投笔从戎，被张之洞委为两湖营务处总办。1897年，他与谭嗣同等在长沙创办时务学堂，任总理；又参与创设南学会，创《湘报》，以推动变法维新。1911年，辛亥革命起，他拥护共和并加入中华民国联合会。1912年4月，他任唐绍仪内阁财政部长，1913年9月，他组织"第一流人才内阁"并任总理兼财政总长。1914年2月，他宦途受挫，转向慈善和教育事业。1917年8月，特派他督办京畿一带水灾河工善后事宜。1918年，他在北京香山静宜园成立香山慈幼院。1925年，他任长沙六中校董会董事长。1928年，他任国民政府全国赈济委员会委员。1931年，"九·一八"事变后，他动员家人和香山慈幼院师生投身救国抗日活动。1937年，"八·一三"淞沪战起，他在上海与红十字会的同仁合力设立伤兵医院和难民收容所，收容伤兵，救济难民。京沪沦陷后，他赴香港为难民、伤兵募捐。1937年12月25日，因脑溢血他在香港逝世，享年68岁。国民政府为他举行了国葬仪式（以上资料来自百度百科）。从湖南神童到国务总理，从维新变法到抗日救亡，熊希龄无疑是近代中国一位重要的历史人物。

把这样一个大人物嵌入一部建桥史中，许先生在创作这部小说时想必颇费踌躇。在熊希龄毕生功业之中，苏庄的水利工程算不上浓墨重彩的一笔，但此工程从筹建到完工他厥功至伟。如何处理人与桥的关系，如何免于桥的故事淹没于人的威名之下，如何从浩繁的史料中梳理出一条心路历程，如何让小人物的形象在大人物的光环之下依然鲜活，这些难题摆在许先生面前——写桥容易写人难，写大人物容易写小人物难，写风起云涌容易写悲欢离合难。读罢此书，掩卷长思，感慨良多。老先生以桥为主线，采用最朴实的叙述方式，通篇都是白描手法，如数家珍、如叙家常一样，把各条线索逐一铺开，虽然枝枝蔓蔓纵横交错，但有条不紊疏密有致。在我看来，这恰是好文章的最高境界，是文字本身在说话，和读者交谈。与此同时，各色人物纷纷登场，官吏、百姓、土匪、商人、河工、石匠、骗子、挑夫、地主、军阀、洋专家、小职员、老和尚、穷寡妇，等等，如一幅市井长卷缓缓展开。驾驭如此众多人物，且能栩栩如生，其底蕴之厚、笔力之健，令人激赏。由此可见，这不仅仅是一部建桥史。

本书的史料价值尤其值得关注。作者查阅了大量档案，引用众多原始资料，包括测绘数据、招标合同、往来公文、乡绅上书等等，勘误校对、相互印证，为这段历史的研究汇集了翔实的资料。虽是一部历史小说，但也可当工具书使用。于传承地域之历史文化而言，善莫大焉。可以肯定的说，创作这部书，许先生是认真的。年近八旬，笔耕数载，苦心孤诣，披沙拣金，又有如此之笔力和精神，这本书值得一读。

　　拿到这本书时正值开学。疫情过后，百废待兴，从早到晚，忙得不可开交，书便读得断断续续。四百多页，五十万字，对我来说不算什么，几天，最多一周，总可以读完。这次居然拖了四周。好处也有，咀嚼和品味的机会多了，而不是囫囵吞枣。看完最后一页，忽然意识到，这样的书，就应该这样读——如老友对酌一般，浅斟低饮，娓娓道来。

　　整部作品分四十九章，"以史料为经，务求确凿；以逸闻为纬，不尚虚诬；以时间为纲，以事件为目；以人叙事，以事彰人"。每章的最后，都有作者点评，暗合太史公笔法，有画龙点睛之功效，细细品味，妙意横绝。是为本书一大特色。这部长篇历史小说凝聚着许先生对家乡的深厚情愫，也让我们看到他对精神家园的执着求索，正如其在自序结尾所写：完成《洋桥破浪》，打捞出来的虽是一百多年前的故事与时刻，遥远又陌生，但我的心灵与情感依然如此——落笔之处是故乡。

　　有缘再见许先生定会当面讨教：落笔之处可是此心安处？

浅议 《洋桥破浪》 的语言特色

张 艳

顺义本土作家许福元先生的 《洋桥破浪》 一书新鲜出炉。这是一本长篇历史小说——它以时间为纲,以事件为目,以史料为据,以人物为魂,叙写了顺义这片热土上一段不可磨灭的旧事,一群不可多得的人物。以人物为魂之 "魂",就是顺义人的精神。家族有兴衰,桥梁有兴废,朝代有更替,风霜雨雪寒凉暑热人生常在,而顺义人历经坎坷磨难,内在的精神却始终不灭、不萎、不颓。细细回味,这也正是老作家书写家乡旧事,使之免于湮灭于历史烟尘的原因之一吧。

读到自序处, "家乡的一山一水,一草一木,一人一事,都与我息息相关,荣辱与共,命运相系",不由得你内心不生庄敬。乡土情怀是作家永远的根。

"我觉得在长篇小说创作上应该为家乡具体做点什么,寻点小事情做,应该从两河的根基、根源写起。因此吾以衰朽之躯,以命下注,拼力一搏,决然无悔,用了三年多的时间,以一种责任和亟待完成任务的心情,完成了这部近三十六万字的 《洋桥破浪》"。

"落笔之处是家乡"。读到此处,心头一热——历尽沧桑之后,始知故乡永远在大地的中央。

一、语言的庄重雍容,让 《洋桥破浪》 更显沉郁厚重。

初读 《洋桥破浪》,作者落笔定调便显露出长篇历史小说的大气。

洋桥曾是顺义八景之一,从民国到今天历经百多年,见证了风云变幻之间的兴衰荣辱。作者回溯时光的河流,带着历史的敬意为读者再现当年,用语措辞跳出当代的潮流,语言习惯稳稳定位在民国时代,吻合时代特点。既有古风的儒雅又有白话的浅近,四字格词语的表达,凝练精致言简意赅易读易记,语意深远内涵丰富,于是有了更广阔的思考空间。四字词语的应用让句式协调行文齐整,读起来更富有节奏感。

信手翻开某页粗略一读:

唐肯似乎早有准备,慷慨陈词: "在苏庄建闸,是为拦水。顺义有箭杆河水,源自本县北府泉水,本不缺水。拦水南引,堤防危矣。如在苏庄建闸,如锁潮白咽喉,如遇超常大水，顺义会面临灭顶之灾。我是江苏武进人，可逃离此地。那顺义十几万众，若何？后人写《顺义县志》，必定我为罪人。"

熊希龄听了，有点震撼。以他对官场的感觉，上对下居高临下，颐指气使；平级之间，表面和气，暗中掣肘；下对上，唯唯诺诺，极力逢迎。像唐知事这样直抒胸臆，亮明观点，实属少见。不由得心中倒佩服起来，也证明此次借测夫绑架事件来顺义先行谋划苏庄工程，算来对了。

这个小片段只是一场二人见面，一个慷慨陈词掷地有声，一个内心震悚思维缜密，作者从全知角度描绘出来，简洁明了，字字珠玑。

一粒沙里看世界，这文字功底要溯源，须得说到作者的童子功。许福元先生虽然花甲之年才踏上文学之路，但是他从早年便酷爱唐诗宋词，熟读成诵，及至古稀之年，仍旧坚持每天背诵《离骚》片段，用功不辍。专事写作的这十几年间，阅读更是他的重要功课，他日常阅览的书籍杂志古今中外无所不包，在书房摆放，也在心里堆叠，慢慢发酵酝酿，在作品中活色生香。

文学是他一生的挚爱。不积跬步无以至千里，目光行走在字里行间，你看到洋桥旧事之余，也会读到作者著书背后经年累月的自我修炼。

二、语言的谐谑俚俗，让《洋桥破浪》别有意趣。

《洋桥破浪》写的是京郊顺义农村的故事。其间涉及许多农村生活，行文中，作者水到渠成地撒播了各种民谚、俗语、歇后语、顺口溜，插科打诨，它们带着潮白河的气息扑面而来，让场景陡然真切，如临其境；也使得人物益发鲜活生动，如闻其声，如见其人；

人物语言因为这些谐谑的土语而更加丰盈有趣，富有表现力。

比如，杨豹灵嘲讽地说："你要早知道尿炕，该在筛子里睡了。"这是比方——假如预先知道事态的发展，就早有防备了。如今已经措手不及。

写赵太太给孩子馒头："……半大小子克郎猪，正是长个的时候。看这两个孩子，长得多柳呀，跟瘦干狼似的。他俩吃个石头能化个碌碡。来，给这俩孩子一人再来一个大馒头。"半大小子克郎猪——有的地区把架子猪叫"克郎猪"，常把少年男子饭量很大比喻成"半大小子克郎猪"。而"吃个石头能化个碌碡"在玩笑之间夸张地描述了孩子们长身体时候消化能力之强。

写庄稼人的原则——"白七爷反问，'我为啥同意？庄稼人自古以来有三不让：第一，土地不能让；第二，祖屋不能让；第三，老婆不能让。'"这三不让，是农人亘古信守的最后底线。

白七爷还说："头两回一等价，这回倒二等价了？罐里养王八——越养越缩。你想欺负我，看我是老庄稼巴子打扮。我告诉你，包子有肉不在褶子上，我朝里有人。历届县太爷上任，先得拜访我白七爷。要不然，我就让他小孩子拉屎——挪挪窝。"人在说话，话也在说人。白七爷这些话一出口，这些话立刻反过来在读者心里刻画出了白七爷其人。

写船老大边摇橹边唱顺口溜：船到河南可转弯，白河旧道芦苇边。月如钩处黑白马，如欺百姓若欺天。陆小舟是个有心人，他听到"月如钩处黑白马"一句时，立刻联想到明立十的偈语中有"临河月如钩"一句，他猜想，月如钩是个地名，可能就是个藏船之地。一个顺口溜构成了一个悬念。

写人们看热闹的场景——有句话叫看出殡的不怕殡大。倒看蒋连城如何破解僵局。蒋连城只是微微一笑，对围观中一人说："朱三，借你肉杠剔肉刀一用，再端一盆凉水来。""看出殡的不怕殡大"一词和后面提刀断案性命相连，不但贴切且令人悬心。

凡此种种不胜枚举。

这些顺口溜、歇后语、谚语、俗话，是扎根潮白河两岸带着泥土气息的生活语言。它不登大雅，却是乡间生活中辛辣酸爽、响脆有力的话佐料。过去的农民没有高深广博的文化知识，但是，在生产生活实践中，他们总结提炼出来的这些形象又朴实的话语精粹，正是他们集体智慧的体现。这些并不起眼的语言点缀，却反映出农村生活最真实鲜活有趣的一面。

由此，我们不能不回溯到作家丰厚的生活积累。

写作是一个厚积薄发的过程。许福元先生多年以来一直保留着积累民间语言素材的习惯。各种大大小小的笔记本大几十本，平时他留心把听到看到的好素材手自笔录，过一段时间再回顾，重新提炼誊写，周而复始。因此，语言基本功是着实地扎实。

三、语言有地域特色，通俗得简洁，形象得生动。

比如：柳、睃寻、支棱、老梆子等等，其中许多北京地区的俚语口语，用词简短，却让人眼前一亮。

写赵太太给孩子馒头的时候说："……看这两个孩子，长得多柳呀，跟瘦干狼似的……"一个柳条的"柳"字，就让人一下理会了这俩孩子高而瘦弱的样子。

写黑马张哲去葛代子村找相好年轻寡妇葛氏。说，"这一日傍晚，张哲牵马来到村西葛氏小院，轻叩柴门，葛氏开门迎入，随手将门闩好。张哲将马拴在门旁枣树上，葛氏照常端来料笸箩，倒入草料。张哲睃【suō】寻一下院子，问：'有人来过吗？'"

这"睃寻"一个词语就把黑马张哲习惯性地四下里查探的细微动作表露无遗。

"看"有很多表达方式,这里凭借一个精准的词语描摹人物的复杂状貌,让人一目了然,反映出作者驾驭语言的功力之深厚。

写陈登甲坐在小马扎上自说自话的时候,作者写道:"除了司机边开车边支棱着耳朵听外,众人也不愿理他。"

"支棱"是竖着的意思,支棱着耳朵听,作者选用口语表达,通俗,生动,截然区别于文章其它部分的庄重典雅,既不引经据典,也不铺陈演绎,更不连用成语,舍雍容,取明快,用直白的文字把司机听陈登甲听他自言自语的样子写活了。简素质朴又有意趣。

四、刻画人物的巧妙精当——《洋桥破浪》的人物千人千面,绝不雷同。

小说当中人物众多,却各有特点,就像满园的树叶子,却没有两片一模一样的。

单从肖像上说,小说人物已经各具特色。

你看小人物——吴庄的吴有财,是个结巴,他说:"没,没地,我,我活不下去了。"说完又哭了。吴毓麟见这五十来岁的庄稼汉子,满脸褶子,核桃纹一样,哭得嘴咧得瓢一样,像个孩子……

你看反面人物——"就你这老梆子事多,别人怎没吃出来?白吃果子还嫌分量轻。"说这话的这个人也光着膀子,长一身肥肉,胸脯红通通的,胸口有一丛黑毛。说话时,还用双手轮番拍打自己长毛的红胸脯。

你再看船上那两个洋人——一身古代骑士般的戎装,身前戳着大枪,站立于船头,像两个稻草人。个子倒是蛮高的,满脸黄络腮胡须,鼻高但并非深目。头戴白色头盔,紫色帽缨挺拔,如帽盔上亭立一只水鸟。奇怪的是,二人不说不笑,也不四顾观望,只是双目专注前方。

你看医生——药五爷被赵先生请来了。药五爷别看叫五爷,不老,也就三十多岁,四十摸边。白净脸,八字胡,浅灰色长袍,像个中国农村开学馆的教书先生。

你看贪心的人——一个头戴瓜皮帽,身穿长袍外罩黄马甲,自称"四杆子",他说老不老说小不小,是个瘦干狼似的男人,称自己左臂已断,只能用右手捞钱。

每个人物的描摹角度不同,却都抓住了人物特点,寥寥几笔速写,就把人物活灵活现地勾勒出来,展现在读者面前。

五、摹写场景饱含诗意——再现当年洋桥破浪的壮观场面

"魏易手握大红旗,迎风挥舞。只听得三十杆快枪,同时发声。连响三次,震耳欲聋。枪声响后,大鼓声、铜鼓声、洋号声、鞭炮声,几乎同时响起。就在这隆隆声音中,那三十名壮汉闸夫,扭曲身体,转动操纵盘,将那三十孔闸门,自西向东,每五

门为一组，渐渐提起，慢慢升高。此时此段的潮白河水，最为茂盛。

初时，河水从闸底，织出如一匹匹素练白帛，轧轧有声；

继而，如窜出团团银蛇，嘶嘶吐信；

待闸门完全开启，如无数条小白龙，奔涌而出，势不可当；

又如万头狮子，上蹿下跳，前仆后继，咆哮而去。

望过去，三十孔泄水闸喷出的潮白河水，波汹浪涌，怒涛翻卷，在半空中奔泻出三十座彩虹银桥。

烟岚水汽中，桥上人影幢幢，如处云雾中，脚下微微颤动，当初潮过后，一切归于平静。"

读罢这段"洋桥破浪"，磅礴的河水混声、升腾的水汽、素白的颜色，奔涌的气势，倏地跃然纸上。读者也似潮了一脸的水雾，一时竟不能发一语以置评。

许福元先生是从农村和企业走出来的作家，有丰富的农村生活经历和社会阅历，同时，殷实的传统文化知识储备和对美、对艺术的独到鉴赏力赋予了他诗意的笔法，以及灵活驾驭语言的能力。

《洋桥破浪》洋洋洒洒三十六万字，其中男女老少，有官有民，有僧有俗，五行八作，衣食住行用，乃至于菜谱药方针灸等等，无不涉猎。可观之处何其多也。一时不能一一赘述。若得细细咀嚼，这部长篇历史小说也是半部文化小百科。

初读《洋桥破浪》，记下以上内容和心得，以作备忘。落笔之处也是家乡。

顺义人其实真的很中国

赵子林

赵子林　男，1963 年 10 月生于北京顺义。中共党员。顺义作家协会会员。职业生涯历经生产队务农、乡镇企业务工和党政机关公务员，其中从事九年信访工作。笃信"自学能通成才之路，文学照亮人生前程"。曾在《京郊日报》《顺义文艺》《希望》《京西文学》发表文学作品。

近日拜读顺义作家许福元老师的长篇小说《洋桥破浪》，当我读完第二十章"僧俗联名"时，始而沉思品味、会心一笑，继而联系生活实际、生出无限联想，不禁拍案叫好……

小说篇章结尾，许老师结合故事进程，总会有个百八十字的精准点评。这个点评，恰是点睛之笔。第二十章结尾，许老师这样说："顺义地处冀东，属平原地区。地域决定文化，所以顺义人的性格，有其开阔宽厚的一面，但并不等于懦弱。遇事不走极端，但也不十分中庸，有其策略与谋略。当大兴公司为苏庄工程擅自在牛栏山崩山采石，在唐肯上书、僧俗联名无果的情况下，依靠民间力量，采取一种藏船索价的土著办法，迫使洋行经理陆绍初不得不就范。孤山僧人能勤的'强'与牛栏山住持明立十的'柔'，各有特色，无所谓对错，就达到目的而言，可谓殊途同归。"

读到这里，我不得不放下书本，掩卷沉思。说实话，风风雨雨几十年，一代一代中国人，不就是这样一步一步走过来的吗?！发自内心，我赞成这样的处事方式。遇事不走极端。先君子后小人。丑话说在前面。有话好好说。先礼后兵。拧拧螺丝，环环相扣。先紧鞋带，警告、再警告，莫谓言之不预也。见诸不公不平之事，先行抗议之举。这些既是我们的为人处事之道，也同样升级为国与国和平共处的基本原则。

许福元老师所述故事情节发展，完全契合我们内心的行为准则。其实，这不就是静观事态的趋势发展，站在不争的立场，来识变应变，最终按照公道人心以求变、以取得人们期望的结果吗?!

看一段,想一会。这是读书之趣。想一会,我又往前翻书,再看许老师的自序:落笔之处是家乡。许老师已经说得明明白白:顺义人的胸怀是宽广的。顺义人是有牺牲精神的。顺义人是平和的,往往不以最激烈的方式和手段来实现自己的诉求。顺义人是有韧性的。总之,在任何困难与灾难面前,顺义人表现出坚韧不拔咬牙坚持的韧性,从未向困难与灾难低过高贵的头颈。

书读正酣,回看序言,为书中的故事击节拍案,为心中理念找现实生活契合点。进入书本,再跳出书本,阅读给我的愉悦体验,促使我由衷感谢作家为我们提供的高质量精神产品。

意犹未尽,我又翻箱倒柜,找自己过去的读书笔记。找到了,是三十年前的读书笔记。笔记上记载着这样一篇文章:周恩来阐述中国人办事的哲学思想。要点如下:一是发生争执要等待,不要将己见强加于人。二为不开第一枪,别人可以先对我不好,我们绝不会先对人家不好。三是退避三舍加警告,警告之下对方或谨慎理性起来,期待事态发生转机。四是来而不往非礼也,有等待,有警告,警告之下早准备,警告无效,视我可欺,必然坚决反击。

三十年前的读书笔记,与许老师书中的故事情节,形成跨越时空的事理呼应、感情激荡。

我再次打开《洋桥破浪》,眼前浮现的,却是许福元老师在我的文学习作上,说不足、讲期望,语重心长的朱笔批示;是许福元老师在顺义文学沙龙上,谈体会、传真经,娓娓道来时的睿智与慈善;更让我心生感慨的,是许福元老师参加一次文物考察,有由头、抻线头、绕线球,不依不饶,不屈不挠,咬牙坚持把一件事做成事业,做到极致的精神追求。

读书看戏是感化人的。许福元老师为我们树立了人生标杆。许福元老师代表着顺义人的精神风貌。在乡村振兴、民族复兴的时代浪潮下,我们顺心顺意有坚守,顺义人啊,顺义人其实真的很中国!

义务史官许福元的文化情怀

刘维嘉

在北京这片沃土上，活跃着很多写作者，他们用手中的笔，勤奋耕耘，记录家乡的过往，传承历史的文脉，成为名副其实的义务史官。顺义的许福元先生就是这样的人。

一

对于许福元先生来说，写作是对生活的发言，是对生命的延续，是对死亡的祭奠，是精神上的再世为人。

许福元先生于 1946 年，出生于北京顺义区仁和镇临河村，种过地，当过瓦匠，还做过工厂的管理工作。他最大的爱好就是写作，他的文学之梦构筑于少年，他的作文常被语文老师当作范文。从 1975 年开始，许福元陆续在《北京日报》《北京日报（郊区版）》等媒体发表诗歌、散文、小说等作品。后来，他加入了北京作家协会和中国作家协会。

面对在文学沃土获得的硕果，许福元先生并没有满足，他不想重复自己，想不断书写新的篇章。他爱读书，爱听老师讲课，不断补充能量。自 2006 年到 2016 年的十年间，他参加了太庙文化宫第九期至十四期文学班的学习。还到首都图书馆听课，后来每周六到东城区图书馆听名家讲堂，周日到现代文学馆听课，风雨无阻。此外，他还到北大中文系旁听曹文轩教授的文学课近一年时间。

许福元先生家住京郊顺义，从他的家到这些地方，最近的有 30 多公里，最远的有近 50 公里。为获得更多的文学知识，他要倒车多次才能到达听课的地方。为了听两个小时课，他往返要用五六个小时。

这些年来，许福元先生陆续出版了诗集《早春》，小说集《半夏》《仲秋》《惊蛰》，长篇小说《洋桥破浪》。散文集《印象美国三十天》《瑞冬》等。《北京文学》《小说林》《小说月刊》《飞天》《大家》《星火》《当代小说》等刊物也发表过他的作品。短篇小说获得北京市职工创作"五一"文学一等奖和首届浩然文学奖短篇小说一等奖等奖项。有的还被列入中学生课外阅读读物和高校高考模拟试题。

二

2017年初冬，北京市残疾人文化体育指导中心，北京市残疾人写作学会共同举办了残疾人写作培训班。目的是勉励学员为残疾人文化事业努力学习，勤奋写作，快乐生活，实现自己的人生价值。主办方邀请了多位作家授课，其中就有许福元先生。

许福元先生为学员讲授了小说的写作知识和写作体会。他从"天、地、人、君、师"五个方面讲授了怎样写作，写作要注意什么；从"耳、眼、鼻、舌、深、意"六个方面深入浅出讲了小小说的写作特点。还向学员们介绍了汪曾祺、鲁迅的写作风格。

许福元先生十分关注残疾人这一群体，他以盲人作家张骥良的经历为素材，写了小说《闻字》。这篇小说采用了一系列的虚构与合情合理的想象，抓住张骥良看书时鼻尖与纸面没有距离这一特点，把事实与虚构，想象与推理完美地结合在一起，产生了出人意料的艺术效果。这篇小说在《北京日报》发表后，引起了不小的反响。他在授课时，结合这篇小说的写作，讲了自己是如何观察，如何构思，如何抓住细节和情节描写的，让学员获益颇多。

在授课结束前，许福元先生说："每个人写作都有其存在的价值，只要热爱，写的不论长短，都有意义。写作要循序渐进，要和自己比，要有自信心。"这番语重心长的话，让学员们更坚定了写作的信心。

三

2023年2月25日这天，40多名作家和文学爱好者，从四面八方来到东城区图书馆，参加作家读者线下见面会。这是受新冠疫情的影响，时隔三年后恢复的第一次"书海听涛"主题活动。东城区图书馆公共文化服务老品牌"书海听涛"自开办以来，备受大家的喜欢。本次活动邀请了许福元先生授课，他以《不废江河万古流——谈潮白河往北运河补水考证》为题，详细讲述了他对这段历史的深入挖掘和研究，在此基础上创作了36万字的长篇小说《洋桥破浪》。

《洋桥破浪》是以历史文物为创作题材的长篇小说，把顺义苏庄闸桥兴废作为线索，截取了1917年至1939年的历史为背景，描写了潮白河经苏庄闸桥（因该桥位于苏庄而得名），连续十四年向北运河补水的历史，包括为海河清淤、轮船航运、引水济津，力保天津商埠地位，有力地支撑了当时民国政府的财政收入。苏庄闸桥作为大运河文化带的枢纽连接起潮白河和大运河，作者将这段尘封的历史用小说形式再现，讲述了一段生动的发生在顺义的故事。

许福元先生在讲述中，以苏庄闸桥的设计、建设、作用、保护、兴废为点，延伸辐射到漕运的兴衰、民国历史的兴亡、密云水库和官厅水库的兴建、水患的防治等等。里边的人物涉及从民国总统到总理，军阀到土匪，警察局长到警长，清朝遗老到江湖术士，外国洋行到出家僧人，县知事到村正村副，乡绅到百姓有近 300 个历史人物，无不卷入到苏庄闸桥的盛衰荣辱之中。

关于北运河的补水来源，说法有多种。对此，许福元先生查阅了大量的史料，北运河最主要的水源来自河北张家口的沽源县，承德的丰宁县，流经密云县、顺义牛栏山，与温榆河、小中河、潮白河从通州的北关汇入北运河。创作《洋桥破浪》这部长篇小说期间，许福元先生从 2019 初，用了近两年时间到档案馆、图书馆查阅了大量的史料，搜集关于苏庄闸桥资料数千份，达 150 万字，复印纸质材料数千页，摞起来有 1米高。此外，他还实地进行了考察，从而全面细致地研究这座闸桥，揭开了关于苏庄闸桥建设原因、过程、质量、保护以及后来塌毁原因等种种谜团，还原了历史真相，为研究、探索北京的水系提供了珍贵的资料。在此基础上，他用近 1 年的时间，创作完成这部著作。

在这部小说中，有很多顺义本土的元素，其中有呼奴县旧址，牛栏山碧霞宫，张堪种稻，箭杆河和潮白河，与革命先驱李大钊一同遇难的共产党人李昆事迹，八百扁担砸鸡蛋局，穷人会兴起及长山石匠抗捐等。能让人感到作者是在用笔书写顺义，用情表达对家乡的挚爱情怀，还赞美了顺义人的牺牲精神。从苏庄闸桥的兴建来看，引水济津，牺牲顺义，是苏庄闸桥及引河功能之利弊所在，也是作者经过不懈地研究得出的结论。苏庄闸桥建成后，为农工商各业的兴旺，为城市的发展，为农耕文明的进步，都发挥了无法替代的作用。

许福元先生在讲课时还说道：关于大运河水系，如今的读者所能看到的资料及文学作品只写到通州，至于通州以北的水系描述，北水南济，文字记载几乎空白。苏庄闸桥作为将潮白河水源源南输的交通枢纽，几乎已被淡忘或忽视。在许福元先生的笔端，使大运河水系文化带趋于完整，将断裂的历史链条衔接起来，填补了历史空白，丰富了大运河（潮白河段）文化带内涵。

三年多时间，许福元先生先到处收集和挖掘史料，然后是创作出 36 万字的长篇小说，这对中青年人来说似乎不算什么，可许福元先生已经到了古稀之年，再过几年即将进入杖朝之年。一般这个年龄的老人，或在家尽享天伦之乐，或旅游观光，或琴棋书画安度晚年，而他仍然不服老，继续在文学沃土耕耘。《洋桥破浪》这部长篇小说中涉及的丰富史料，如果不是他去辛苦地挖掘，必然会随着历史的河流向远方流淌，淹没在岁月的长河里。

许福元先生不是水利专家，却把北京水系研究得明明白白；他不是史学家，却把苏庄闸桥以及涉及的历史和人物写得清清楚楚；他不是职业作家，却把家乡写得有声有色；他不是体制内的在编成员，却自觉担当起义务史官的责任。

许福元先生常说"落笔之处是家乡。"从他的作品中不难看出他所具有的顺义人的情愫、胸怀、牺牲和奉献精神。他为时代留下了丰富而又珍贵的史料，为顺义非物质文化遗产填补了空白，延续了历史文脉。

在当今文学作品多元化的现实中，面对窗外喧嚣、纷扰和浮躁的搅扰，面对身边物质世界的诱惑，许福元先生始终不辞辛苦地在文学的良田默默耕耘，为顺义而歌，为家乡而唱，为人民而赞。这样的义务史官，我们怎能不爱戴和敬佩呢？

2023 年 2 月 28 日

农民作家许福元的退休生活

李士杰

我在京郊顺义区有个农村户籍的朋友叫许福元，自称"农民作家"，笔名星白，字元之，别号林河居士。他 1946 年生于北京顺义临河村。是我的老大哥。

他 60 岁的时候，给自己"办理了"退休，虽然没有单位给他退休金。但他要圆一个退休梦，那就是他的文学创作。他自 2006 年始，参加了太庙文化宫第九期文学班。此后一发而不可止，连续 6 期，至 2014 年参加了 14 期。

他爱读书，爱听老师讲课。开始他跑到首都图书馆听课，内容是北京地方志。后来星期六到现在的东城区第一图书馆当时是东城区图书馆，听有名家讲堂，星期日则到纯文学神圣殿堂——现代文学馆，感受巴金"手掌"的温度。再后来，干脆到北大中文系，旁听曹文轩老师的文学课近一年。

他说："业余者求学，最大的困难是自己战胜自己。一是心理，二是生理。"

初到北大高等学府，迟迟不敢走进阶梯形教室。满目皆是风华正茂的"90 后"而他这个"40 后"华发苍颜，显然成了集"怕与爱"于一身的纠结毛毛虫。他们之间，从信念到情怀，真是太陌生了。有时也往往让人哭笑不得，有学生问他："今天您给他们讲什么？"他答："先听曹老师讲吧。"所以，每次都硬着头皮走进去，课毕急匆匆逃离。如做贼一般！

他住在京郊顺义，为文学所驱使，步行，等车，乘车，挤车，转换几次公交，方能到达听课的地方。车上人多时几乎将他挤成相片。还不时遭受年轻貌美唇红齿白者白眼，"这么大岁数，不在家里老实待着，挤兑我们上班族干嘛。是不是乘车不要钱？"为了听两个小时课，往返要花去五六个小时。回家后放倒自己，鞋都懒得脱了。

印象最深的是 2012 年的"7.21"暴雨。东城区图书馆听完课后，黑云压城，大雨如注。乘车如行船，涉水回家，四周白茫茫一片泽国。晚上打开电视，他则以手加额，险与鱼虾为伍！

可是话说回来。北京高等学府林立，图书馆星罗棋布。文化馆文学讲座不断，各级作协采风相连。楹联征文，应接不暇。假如缺失这些，你纵有对文学千种风情，待与何人说？况且，讲演者是何等人物：莫言缓缓而谈，张炜侃侃而谈，蒋子龙亦庄亦谐，王蒙则儒道谈禅。你可以当面聆听璞存晰朗诵苏东坡的"大江东去"，也可以欣赏赵忠祥的"岳阳楼记"。还有法国的作家，来自巴尔扎克的故乡；也不乏有文坛的清道夫，在批评界叱咤风云。更不必说图书大厦里海洋般的书籍，地坛书市的人头攒动。即便从北京一条小胡同走出一个小老头儿，有可能就是一位大师。所以，这就是文明北京，文化北京，文学北京，书香北京。

假如他就是位农民，就是个瓦匠。满足于已经拥有的两把刀（一把是镰刀，二把刀是瓦刀。他正式拜过师，学过艺：大瓦小瓦琉璃瓦，砌烟囱带水塔），而不再追求人生的第三把刀。那么，上面的一切似乎不会与他发生交集，也无此尴尬与不堪。但文学对于许福元来说，是对生活的发言，是对生命的延续，是对死亡的祭奠，是精神上的再世为人。借文学之火，煮自己余生之肉。

他的文学之梦构筑于少年，他的学生作文就是范文；燃烧于青年，30 年前《北京日报》就刊登过他的小诗；断裂于中年，迫于生活的艰辛；复活于老年，蓦然回首，文学之梦仍在灯火阑珊处。

他是个农民，他相信"种瓜得瓜，种豆得豆。"他是个手艺人，他坚信"艺不压身。"他对文学有宗教情怀，将求学之路视同修行。他深信"许大愿者必有回报。"13 年来，他出个人专集五本，写小说近百篇，在《北京文学》等刊物发表多篇。获首都"五一文学"小说一等奖。

主要作品有：诗集《早春》；小说集《半夏》《仲秋》《惊蛰》；散文集《瑞冬》；游记《印象美国三十天》。另有作品发表在《北京文学》《小说林》《小说月刊》《星火》《当代小说》《飞天》《大家》等期刊。

短篇小说《香火地》《娘亲舅大》分获 2011 年、2013 年北京市职工创作"五一"和"身边"文学一等奖；小说《卷毛活》获首届浩然文学短篇小说一等奖。其作品多篇被收入各种选本。散文"盲人玫瑰"被列为中学生语文课外教材。小说《吊炕》《栗子.立子》被某高校列为高考模拟试题。

2008 年加入北京作家协会，2012 年加入中国作家协会。他是同年加入中国作协年龄最大的人，时年六十有六。

2013 年我就是拿着他的著作《印象美国三十天》踏入美国的。受益匪浅。

北京，是一个寻梦追梦的好地方，也是一个圆梦化蝶的大都市。北京，圆了一个老农民的文学梦！一个农民，也可以在退休之后，有所追求，有所建树，有所作为，有所收获。

向农民作家许福元学习！向许福元同志致敬！

用文学揭示残疾人心底的亮色

——试论许福元残疾人小说题材的艺术特色

张骥良

张骥良中国作协会员，朝阳区残联副主席，人大代表。主要著作有《溥仪——终结一个时代的人》《骥行千里》。他以残联记者的身份采访了吴祖光、冰心、贺敬之、杨澜、艾青、王光美、巩俐、张国荣、梅艳芳、赵薇、冯巩，施瓦辛格等中外600多位社会名流和演艺界明星，光名人访谈和纪实作品就发表了250余万字。被称为中国残疾记者第一人。

许福元是一位从田间地头走上文坛著名农民作家。我认识他也有十年八年，也算老文友了。从创作水平上看，他的的确确是我的老师。我最先是从他的为人认识了他。我们是北京市劳动人民文化宫文学创作研修班的同学，我写字的异常引起了他的注意。没多长时间，我就从《北京日报》上看到了他的小小说《闻字》，小说的构思极为精巧，真让我吃惊不小。

2013年春天，我第一次正儿八经和他打交道，便是请他为残疾人免费讲课。当时我正在中国盲人出版社协助工作，社里让我主办一个"残疾人文学大讲堂"，但没有经费支持。怎么办？只好请我的那帮子作家朋友们白尽义务了。请谁开第一讲呢？我第一个想到了许老师。因为他人缘好，凡是文友们托他办的事，他总是满口答应，几乎没有拒绝过人家。当我把自己的为难与尴尬告诉他，他话一出口，就让我的为难与尴尬烟消云散了："不就是没有讲课费吗？没关系。为残疾人朋友做点事，我心里高兴。不但不要讲课费，我还要请你喝酒。"由于许老师是中国作协会员，在文友当中很有威望。由于许老师开了第一炮，请老师义务讲课，本来是一件很难开口的事，一下子变得轻而易举了。后来我的不少残疾人文学爱好者，都认识了许福元老师。在课后，他把自己出版的诗文作品集，用特快专递的方式，送给每一位上过课的残疾人朋友，让大家十分感动。有一位盲人朋友告诉我："我听名家讲座少说也有几十次了，像许老师这样平易近人的作家，我还是第一次见到。有一次我听一位大作家讲课，我是做了充分准备的。买了一本他的精品集，想请他在书上签个名，结果他扬长而去。像这样的作家不管他的名气有多大，做人是不过关的。给每位学员快递赠书，许老师得花多少钱呀！我钦佩他的地方是，他看得起我们这些身有残疾的学员，真心实意地和我们交朋友"不少残友都感激我，说我为他们请了一位德艺双馨的好老师。

这就是许福元老师的为人。

我们分析一个作家的作品，首先要说到他的为人，再分析他作品上的特色与创新。因为鲁迅先生早就说过："从水管里流出来的是水，从血管里流出来的是血。"由于作家在情感上把残疾人当朋友。因此在他的文学创作中不乏残疾人题材的小说创作。我作为一个视力残疾人，又是许老师的学生，对于许老师残疾人题材的文学创作，谈点自己的一孔之见。

小小说《残疾人》是一篇震撼心灵的力作。因为是小小说，故事简单得不能再简单了。一个开奥迪A6的富家女，在她打算结束自己生命的那一刻，她遇到了一位身体重残的丑女人。让她感到吃惊的是，天下竟然有这么丑的女人。接下来发生的两件极为平凡的小事，一下子改变了这位富家女的命运。一件是丑女人指责她的车轮压了一株野花，让富家女的内心世界震撼了，她震惊："一个这样丑的女人竟这样珍惜一个弱小的生命与平淡的美丽"。接下去经过几句平平常常的对话，丑女人的自豪与自信，彻底征服了富家女的心，她泪流满面地对丑女人说："你不是残疾人，你很健康！我才是残疾人呢！"

小说采用鲜明的对比手法，把两位女主人公都写活了。那丑女人尽管穷，尽管丑，她的内心世界里并不缺乏爱，美与自信。而那位富家女尽管拥有财富，但因找不到爱与自信，从而绝望。作家让这两种原本不搭界的人物之间发生了故事，作家有一双透视生活，发现社会现实的目光。这两类人物，不是作家凭空编造出来的，是他观察生活，发现生活，思考生活的产物。在笔者的生活圈子里，曾经与这两类人都打过交道。由于笔者兼职从事残疾人工作，在笔者的周围，像这样的丑女人，丑男人太多了。他们丑，他们穷，他们没有地位，因为他们有自信，他们尽管生活得非常艰难，却生活得有滋有味儿。有钱就拥有幸福吗？非也。2002年秋天，我针对北京白领女性自杀这一严重的社会现象，进行了一系列的采访。写了纪实文学《京城！白领女性自杀启示录》在南方一家大型刊物发表，在社会上引起强烈反响。她们尽管拥有财富，但内心世界十分空虚，进而绝望，走上了不归路。作家反映的社会问题是深刻的，他对什么是残疾人这个定义，给予了新的诠释，注解与思考。

微型小说《脚》篇幅更短，区区只有三四百字。人物和上一篇小说一样，只有两个，这是微型小说这种文学形式决定的。一位总嫌自己的脚长得不好看的黄女士和一位小鞋匠，两个人之间发生的故事。黄女士来到小鞋匠赵师傅摊前修鞋，小鞋匠一边给她修鞋，一边听她唠唠叨叨地数落自己长了一双白薯脚，什么鞋都穿不出样子来。小鞋匠总是平心静气地听着，她居然羡慕起修鞋这一行来。原因很简单，自己给自己修鞋不用花钱。小鞋匠回答她仍然心平气和："我不用修鞋。"黄女士十分吃惊，小鞋匠撩开又长又宽的皮围裙，黄女士一下子惊呼起来："你……没有脚?!"

小说的构思极为精巧，黄女士这一声惊呼把小说推向了高潮。一个没有脚的小鞋匠，却从事着修鞋的行当。这是作家匠心独运的构思吗？回答是肯定的。这是作家特意夸大残疾人的残疾吗？回答必然是否定的。在我们北京残疾人群体中，连双臂都没有的重度残疾人，有人竟然成为无臂的画家，连一点光感都没有的盲人，竟然成为了盲人作家。越是没有什么零件，就越要使用这种零件。这是残疾人普遍存在功能代偿，靠着这种功能代偿，不少残疾人创造出了奇迹。不但引起了残疾人，而且引起了全社会的高度关注。作家观察残疾人的生活是细致的，把握残疾人的内心世界是准确的。这位小鞋匠是非常值得尊重的，他尽管没有脚，却用自己学会的一技之长，延长了别人脚下漫长的道路。他心平气和地面对自己面临的现实，心平气和地面对这个纷繁复杂的世界。在这篇微型作品里，这个普普通通的残疾小鞋匠，却放射出小人物特有的光芒。

我为这个小人物点赞。

《最后一片红叶》同样是一篇短小说，我读完全篇后，觉得它美的如同一首散文诗。它在带给我们思考的同时，还带给我们一种诗意的美。在我的印象里，深秋时节我是去过红螺寺的，这深秋之美并没有给我留下这么深刻的印象。但作者观察大自然的能力是让我钦佩的。这么凄婉，动人的一个故事，配上这么浓烈的秋景，增加了文学作品的感染力。

一个行将走向无边黑暗的年轻女性，独自一人来到红螺寺。她要在自己失明之前，亲眼看看深秋的美景，看看红叶，看看这个光明的世界。然而枫树树梢的顶端，只剩下最后一片红叶了。她伸手去摘，无奈根本够不着。然而她仍然执著地站在树下，她无论如何也要把这片红叶采下来，她要珍藏这丹心一样的红色，珍藏这最后的光明。在一家三口好心人的帮助下，她终于如愿以偿了。为了感谢这一家好心人的帮助，她把自己在药师佛前许下的大愿告诉了他人："让我一个人承受黑暗吧！让天下所有人都光明。"

这是多么美好，阳光的心灵呀！读到这儿，我猛然想起了杜甫的《茅屋为秋风所破歌》，想起了范仲淹的《岳阳楼记》。因此我固执的相信，这位行将走进黑暗的年轻女性，是不会走向黑暗的，因为她心中有一盏不灭明灯。就算她万一失明了，她那颗善良的心灵，也会化作一轮太阳，照亮她脚下的道路。

《闻字》是以我为原型创作的一篇小说。小说中有我的影子，但没有半点纪实痕迹，作家展开了想象的翅膀，进行了一系列的虚构又合情合理的想象。作者抓住我看书时，鼻尖与纸面没有距离这一特点，便自然而然产生了小说的题目《闻字》。小说把事实与虚构，想象与推理完美的结合在一起，产生了出人意料的艺术效果。当时他就曾经对我说过，他要以"闻字"为题写一篇小说，当时我并没有往心里去。心想只是说说而已，事后不久，我就在《北京日报》上读到了这篇力作。作者通过"闻字"这个场景，把主人公推到了敬畏汉字的层面上。使小说自然而然有了深度。

我让朋友们读了小说，然后请他们谈谈感受。大家都说，小说的开头还是挺抓人的，主人公说他有特异功能。一连"闻"出好几个错别字后，大家还真以为他有特异功能呢！小说的结尾，主人公自揭老底，字并不是"闻"出来的，而是看出来的。作家把他上升到敬畏的高度。我想朋友们的感觉一点没错儿，这正是作家的高明之处，知道了好小说是怎样炼成的。

按照"闻字"中主人公的说法，我还真得在许老师小说打印稿中，闻出了几个用得不够准确的字。其一："一纸风行二十多年的大报"，我觉得，用"一张"更为确切。其二,："这不是俏使人吗？"这里的俏应该用巧更合适。其三："你干嘛跟错白字较那么大的劲，"这里的错白字如果用错别字更好。哈哈。

《盲人玫瑰》又是一首赞美玫瑰，赞美大爱的抒情诗。许老师曾经是位诗人，出版过诗集《早春》，因此他用诗一样美的语言，讲述了这个美丽而又感人的故事。

这是一位连点光感都没有的种花人，他在自家的门前，种了一小片玫瑰。听着一拨一拨的人来赏花，品花，评花，赞花，他内心里洋溢着满足感。从而让自己快乐起来。这位种花人向赏花人讲述着这花朵一年四季色彩的变化，让所有赏花人都感到惊异，这种花人连点光感都没有，他口中那缤纷的色彩从何而来呢？其实这道理很简单，一拨一拨的赏花人，盛赞着花的色彩和形态，他们赞美的语言，足以让种花人感到满足与欣慰了。那位种花的盲人最后的一句话太有哲理了："人生如花，次第开放，种花人又何必是赏花人呢。"这话从一位种花的盲人口中说出来，更有一种石破天惊的震撼力。种花人虽然看不见美，却把美留在了大地，留在了观花者的心田。这是多么美好的心灵，又是多么高尚的情操呀！自己种花让别人赏花，这仅仅是一种情怀吗？这是一种境界。我自然而然想起了一位名演员，他不缺乏名气，更不缺乏钱财。他拿盲人取乐开心，引起了全国广大盲人朋友的公愤。而我们这位农民出身的乡土作家，名气和财富都不如那位明星演员，但他从博爱，人性，人道的高度，给弱势群体以人文关怀，颂扬。他以极高的艺术手法，刻画出残疾人群体中一个个栩栩如生的人物。这些小人物活灵活现，有亲切感而且很接地气。我作为维护残疾人合法权益的人大代表，从内心里说一句，谢谢您，许福元老师。您用文学的语言，多样化的表现手法，塑造了残疾人群体中的几个小人物。这些人物在作家的笔下丰满起来，高大起来，完美起来。在他们的内心世界里，放射出独有的人性光芒。这种光芒是明亮的，温暖人心的。他以高超的艺术手法，把这些小人物放在全面参与社会生活的大舞台上，写出了小人物与社会发生的密切关系。为残疾人题材文学创作的百花园，增添了一抹亮色，暖色。

除夕不放鞭炮，这个春节是寂静的。我全身心走进许老师的小说里，随着小说情节的发展，变化，我的内心里波澜起伏。随着酒精的作用，我在写作这篇拙文时，仍然是激情四溢，难以自控，拙文中酒话肯定不少。我那些夹杂着酒味的观点，也不知道许老师能不能同意？好在许老师是我的老师，我们又是多年文友了。即便是我说错了，先生也会原谅学生的。老师收到这篇拙文之际还没过正月十五，就允许学生给老师拜个晚年吧！

我的文友许福元

冯连才

冯连才　中国作家协会会员北京作家协会会员中国诗歌学会会员

以前我们虽然都生活在潮白河畔的土地上，因为他在临河村，我在县城商业，互相并不认识。和许福元相识还是在1980年第一期顺义《无名花》创刊号上。我们都在这一期《无名花》露了面。他在这期《无名花》上发了诗歌《将热血洒在那里（外一首）》，即52行的《将热血洒在那里》和20行的《早春》，我铆足了劲才写出区区十二行的一首小诗《我想……》，他至今让我佩服得五体投地。一个农民要将热血"滴进文学的土壤"，使我闻到一股"早春"的气息。从此，一来二去我们在文学的圈子里相遇几十年，逐渐了解和熟悉，使我们的生活增添了新的乐趣。

许福元在谈到自己的爱好时说："不抽烟不喝酒，一杯清茶书在手，喜交文朋和诗友。"

年轻时，他能背诵四千多首中国古典诗词。

他的著作也很有特色，在目前出版的六部书籍中，除了《印象美国三十天》，其它五部都跟季节有关，即《早春》《半夏》《仲秋》《瑞冬》《惊蛰》。

我佩服他的超强记忆力，使人惊愕。从古至今，中外文学知识，他都能从远逝的时间经纬中召之即来。这是我永远做不到的。我每每与他对坐闲谈，常有聆听教益之感。从他文章里可知道，他读书基本过目不忘。而我读书只是用笔记录，从来不用脑子背诵，很多读过的书，只求大意，不求原文。

有客人见他，他总是自己给客人倒茶。茶几上摆满各种瓜果，有时他还拿起来递到你的手里。不管远道而来的，还是近在咫尺的朋友来，他都以礼相待，客客气气，坐定后一准儿就谈文学。他怕怠慢了朋友，沏茶很浓。我每次去都提醒他少放茶叶，使我这个爱喝茶的人都难以接受。有一次，我与文友去他那儿，他拿出普洱茶让大家品一品，我见他从大盘上掰下一块，忙阻拦说少放，他才放了一小块。结果，沏出的茶那颜色就和咖啡一样。我开玩笑说，这可败火了。我是倒了一些白开水稀释后才敢喝下去。现在，喝茶也成为一种文化，几个文人墨客相聚，一边聊一边喝，也觉得十分惬意。

他租下的雅舍是文友聚会最多的地方。很多乡下最底层的文学爱好者都喜欢到那儿聊天说文学。我时不时地过去和他聊会，交流情感。他是圈子内最热心的人。不论参加任何文学活动，他都结交一批喜欢文学的人和写作的人。他开诚布公，有求必应。他车的后备箱里总是装着各类文学期刊或著作，给文朋诗友发放，让喜欢文学的人阅读。

他还在乡村租的果园里设了一个莲花山文化园，无偿地供给最底层的业余作者聚会、研讨会使用。包吃包住，不花一分钱，还帮助设计制作会标，使每次活动都充满文学气氛。

他很好客。对来访者以礼相待，谈得很投机。

他从来都是同情和怜悯比自己弱势的人。尤其底层文学爱好者，最信任和尊重别人。

我与他君子之交淡如水，清茶一杯，闲话片刻而已。一肚子知识，为人正直，热爱生活的人。我直性子，对于文坛现象说长论短，有什么话喜欢和他说说。他是文学圈子里知心的人。

我们都在文学之路上默默耕耘几十年。他从诗歌转到小说，而我一直都没有离开诗歌。虽然我们写作的形式不同，但是我们都从未想从底层上升到社会中上层或靠写作谋求一官半职，只想用文学作品与读者交流人生感受及思想感情，只想把历史留住，把人生及生活的酸甜苦辣记录在案。

自古以来，许多大作家是在最不得意的时候写出伟大作品传世，而往往春风得意，青云直上的作家写不出惊人之作。不知杜甫那句"诗穷而后工"的话当前还灵不灵？一个未受过生活磨难的作家，要写出传世之作很难。所以说，磨难是作家的专利。就如同没有经过磨难的民族，也不会崛起一样。

他的文笔日渐成熟。他很会写人物，更会写故事，自然也会写细节。他不但具备小说家的本领，也具备散文家的本领。他除了写作外，还是一个心智正常的人，不会让人觉得他是作家。他没有为了进阶而写过不诚实的文字。他的作品除了给人带来愉悦，还令人思考。他有独立思考能力并热爱自由。他找到了适合自己的叙述方式，他喜欢大自然和纯朴的人。

我们都让文学激情在这片热土上燃烧。因为文学在人最为困顿的年代，是给人以生存支撑力量最多的。人生都是性格的悲剧，性格决定一切。我们都喜欢文学。他喜欢来者不拒；我喜欢独善其身。

在他的影响下，我除了写诗，也试着写写小小说。小小说的好处是在极短的时间内，帮我们认识社会，它是社会的缩影。

我们都在用文学满足精神方面的追求，也是多情的人，形成了自己极为丰富的内心世界。我们都是没有机会受到高等教育的人，但在有文化的人面前，没有一点儿自卑感。许福元一辈子没有离开养育他的土地——临河村，一辈子没有改变他的农民身份，任何时候，他丝毫没有感觉到卑微和寒碜。但他凭自己的能力，办起个小企业红红火火，使家里的日子过得很殷实。他写作能把生活给他的苦难转化为艺术。这就是文学给予他的一切。

早年，他曾自己写了一幅字挂在屋内土墙上："淡泊以明志，宁静而致远"，并有机会到"宁静致远"的策源地拜望。后来，他又把这八个字榜书压缩成"宁静致远"悬挂在客厅。足见他对人生是"以朴素的生活表明平生的志愿，用平静的心情去思考深远的道理"的心态。

几十年来，他在求知和写作上，"不甘落后、屈居人下"值得我学习。

情感和兴趣是我写作的主要动力。有感而发，即兴而作，不讲究结构布局，没有疏密浓淡，是我多年来写作的习惯，这篇文章也还走着老路，但唯一能做到的是真实。如果能让读者读出了眼泪，那我就知足了。好的文章都该如此。

作家刘绍棠引用北大教授、学者王瑶先生的话说，写文章可以养生。还说，人到六十五岁脑力衰退，不写文章是坐以待毙，写文章是"垂死挣扎"。与其坐以待毙，不如"垂死挣扎"。这很现实地体现在我们这般年纪的老人身上。老了不但要身动，更要心动，身心齐动才能养生。

我们都是"七十而从心所欲不逾矩"的人。他为什么创作上充满着活力？因为他保持着激情和个性，有对理想、人生、社会、祖国满怀热爱的激情；不流俗，不媚俗，在世俗中"飘然思不群"。他对生活有正确的思想，也有充沛的感情。

我们都是绝不与世俗沆瀣一气的人。人生真奇妙：年轻的时候想要的什么都得不到，年老了不想要的什么都得到了。我们都是最底层的写作者，都是直到年逾不惑，才等到了可以施展才华，潜心写作的时代。他比我更勤奋，随之便是四十年的厚积薄发、硕果累累。他到了老年并未听从好心的亲戚朋友之劝，像多数老年人那样逛逛公园，打打太极拳，玩玩扑克，练练书法，消磨时间，而是依然保持着以前的读书写作习惯。他的许多文章见诸报端，还不断有新著出版。读书与写作已成为许福元生活方式的一部分，与人生本身不可分割。

他是我的文学知音。

2018 年 12 月 26 日

格 局

——记顺义作家许福元

李　晔

2007 年 5 月，在平谷的文学之春研讨会上，我第一次认识许福元老师。他像一棵成熟的高粱，脸红红的，谦虚内敛地坐在主席台上。之所以印象深刻是因为他穿了一件崭新的与他沉稳的性格不协调的卡通图案背心。

2008 年 3 月 23 日，北京小小说沙龙在丰台卢沟桥举办"卢沟晓月"笔会。我与许老师不期而遇。当时十二个人，数他年龄最大，可他给大伙带了满满的一书包《绿港文学》。散发完还剩好多，一直走在队伍最后。我抢过大书包背在自己肩上，至此，他认识了我。

许老师最初给我的印象是在公众场合话语不多，听别人发言时总是身体前倾，两眼直视人家，很认真的样子。有时遇到几个文友相处时，有人总爱背后议论别人，他总是拿别的话题岔过去。他温和地对我说：静坐常思己过，闲谈莫论人非。

后来我慢慢得知他是顺义区文化界的名人也是忙人，我当然不敢打扰。一直到 2010 年下半年，许老师想买一块地，向我打听哪有合适的。2013 年，经我牵线许老师买的那块地离我家很近，为了便于管理，许老师和我开始了合作。从此，我开始熟悉和了解他。

他给我最大的感觉是：大气！

我们这一片果园都是以篱笆作为界线。邻居栽完篱笆，我却怎么也找不到原来的界石。说与许老师，许老师淡然地说，不碍的，咱们九亩地呢，比别人多，少一点也没关系吗。也要相信别人。

马路北边有一块地，当时是花一万块钱买过来的，原主还一直占着。有不平者说，你们还不要过来，既然已经花了钱就是你们的，怎么他还一直霸着！许老师微微一笑，不碍的。种就种着，谁种不是种，只要地没荒着就好！

为了便于文友聚会，果园打算盖会议室，餐厅。拿着预算单子，我忧戚的看着许老师的脸，投资这么多，您觉得值吗？这可是真金白银哪！咱们果园可一直没有收益呀。

　　许老师平静又坚定地说，盖！财富本来就是取之于社会，就要用之于社会。为文学爱好者提供一个好的场所，这是一件有意义的事，在这上面投入和付出是值得的。

　　我们买了五万砖卸在果园门口大马路边上。有人告诉我，常有遛弯的骑着三轮车，自行车过来过去就顺手捎上三块五块带走。我对许老师说，动工还得有些时日，要不咱们把砖倒腾回院里吧。许老师还是微微一笑，说，不碍的。一年365天，一天丢一块，一年不才丢365块吗，五万砖，要拿，他也且拿呢。他拿，他是需要，等拿够了，他就不拿了！

　　春花烂漫时节，马路边上常有拿着小铲子带着大袋小袋挖野菜的人。许老师让我请人家来园里挖，我问，您认识吗？他说不认识。我说，我也不认识。那咱们热乎个啥劲呢！路边的野菜干不干净与你我有啥关系呢？许老师噗哧就乐了，别那么小气嘛！你看园里的野菜这么多，蒲公英开得这么美，好东西就要分享，独乐乐不如众乐乐！

　　从五六月份的杏，七八月份的桃，八九月份的水李子，应时的蔬菜，到立冬的白菜，老倭瓜，红薯，没有一样能剩的。有时瓜果还没完全熟，他就通知各路人马。我是让摘也不是，不让摘也不是。常常送完人，到我们自己吃时就没有了。而他对我常说的一句话就是，人家大老远来一趟不容易，不能让人空手而回。许老师不抽烟，不喝酒，但有文友来，茶有龙井，酒有茅台，烟有中南海。有外区县文友上午来必管饭。他说，用农村老话说，客人不能背着锅来。他说，做人要大气，爽快！

　　园里的树木越来越大已不适合栽种白薯，倭瓜之类。有文友来聚会，他让我事先满大街去找，还要挑最好的买。我有些生气，自己要是有给就给了，没有，还花钱买了再送？他耐心地说，他们往年都是吃习惯了的，今年没有就不好。然后给我讲一个故事：据《三国演义》载，周瑜在东吴助孙策起兵之初，缺少军粮，慕名拜访大地主鲁肃。鲁肃指给周瑜，我有两大囤粮食，送1囤给你。当时1囤3000斛，折合为公斤，1斛折13.5公斤，那一囤就是40500公斤，即81000斤粮食。这就是鲁肃"指囤相送"的故事。做人要学鲁肃的大气。

　　我哭笑不得，鲁肃借给周瑜一囤，他还有一囤，咱们是一个没有哇！

　　有远道的文友墨客来，许老师说准备几间屋子让他们好休息，让我去当地最高档的床上用品店定制被褥。他说他们远道而来要让他们有家的温馨。咱们的目的是让文学爱好者在咱们这儿有一个文学的家的感觉。他还亲自买来牙膏牙刷以方便他们使用。

每次聚会，他会着重强调哪位老师是回民，让我准备羊肉；哪位老师牙口不好，菜要烂些；哪位老师不吃辣，要清淡；哪位老师腿脚不便要特殊照顾之类等等。

一次，果园进行一场作品研讨会。我问，这位老师跟您很熟吗？他说，不熟。但他的文章写的不错，写作本身不容易，要写好一篇小说更不易，也许这次研讨会对他以后在文学路上能走多远有积极意义。我说，他能走多远与您有关系吗？这样兴师动众集结周边区县二十多位文学界的大腕，还要咱们买单！他像往常一样，不紧不慢地说，做人要大气。

我真是服您了！做人要大气，要大气。

2008年曾经一个东北的文学爱好者来北京发展，走投无路之时，许老师自己掏腰包给人家租房住，走时还给几百块钱当路费！

有时，小型的文学聚会就在他顺河花园的工作室举行。一次，他叫我帮他收拾收拾。我看见鞋架上有几双不是后跟就是脚趾头有洞的袜子，就顺手扔垃圾桶里，茶几上的水果我看有坏的也划拉到垃圾筐里。他捡起来，洗吧，洗吧，切掉坏的，咔咔就吃。我说，水果上要是坏了一小块就都不能吃的！他说，不碍的，吃不坏，吃不坏！

又是一个小型聚会日，许老师让我早去帮着收拾收拾，我看见我扔掉的几双破袜子，竟被他黑白灰相间的里套外套层层套在脚上！他说，你紧着收拾，我去车站接他们，临出门前，扫视一下茶几，把有坏疤的苹果揣包里拿走了。他是怕我又给他扔了！

接来文友，一进屋，他说鞋湿了。大家说，怎么可能？开车、泊车就走那么几步路，再说，您鞋底那么厚，谁鞋湿也不能您鞋湿啊！脱下，才知原来鞋底已折成两半了！有人打趣说，许老师，您买双新鞋就那么舍不得吗？他的回答更让人啼笑皆非：我的热情、兴趣不在这儿！

卫生间里永远是大盆小盆，桶里都是洗衣水。我说，您这满屋都是水，我怎么收拾利索？他说，舍不得倒，留着冲洗拖地！

我禁不住说，您也太小气了！地球上最后一滴眼泪也不在于您节省这一点吧。

他不好意思地说，是小气！是小气。我自己一个人下馆子，就是十元一碗的兰州拉面，要素的。

2018年8月8日，顺义区下了本年度最大一场雨。有的公交车被迫停运，骑电动车的人早已弃车不顾，满街成了水的世界。电视台早已播了红色预警，告诫广大市民做好防汛，尽量不要出门。为了参加顺义仁和镇望泉寺《希望》杂志首发式，许老师像往常一样拉着其他两位顺义区文学老前辈向望泉寺村委会跋涉，雨刷无论多么努力地工作，都看不清前方的路，事实是早已没有路。汽车在水里似乎要浮起，近乎漂移曲线般艰难地向目的地移动。事后，许老师的闺女得知这样的危险境况，许老师竟然还出去，跟父亲大发雷霆，许老师的理由是，我已经答应了人家，就是天上下刀子我也得去！姑娘生气地责备，您是命重要还是承诺重要？许老师斩钉截铁地说，都重要！闺女气极了，说，您知不知道，您今年已经73岁，车里拉着几位重量级的人物，要是出了事，不但是您自己，还要对人家负责！许老师说，就是那天丢了命，出了事也没什么好后悔的，我是在兑现承诺！事实上，在石园东苑启动车时，由于雨大，与别的车发生剐蹭，许老师赔了人家二百元钱。

在他看来，一诺千金。

果园的房子终于按计划完工了，有企业看上了这个地段，并愿意出丰厚的租金。我高兴极了，终于可以见到收益了，租个几年，房子的本钱就可以回来了。我把这个喜讯告诉许老师，没承想，他一口拒绝。说，这房子是专门为全国各地的文学爱好者服务的，给多少钱也不能挪为他用。我说，那辛苦盖的房子价值在哪儿体现？总不能就为了方便文友吧？他说，这，不能用普通的经济价值来衡量，既然此生喜欢文学，我就要做一些对文学有意义的事。拥有一颗文人的情怀很重要。做人要有大格局！

趁着他高兴，我说，您天天培养文学新人，给这个开研讨会，给那个改稿子，我也是文学爱好者，您帮我看一看呗。他接过我递上的稿子，说，我差不多得用一个半小时才能看完。这样，咱俩换工。你帮我把这屋子里所有的书籍、报纸、杂志仔细整理一遍，有我的文章给我统计出来，再录入电脑。我问，这些活要干完大约得多长时间呢？他认真地说，一天要干完够呛。我苦笑，您这是什么等量代换法则？在时间上您也太小气了！他说，没办法呀，我要与生命赛跑，力争做更多的事。

整理结果，让我大吃一惊。

从 2006 年开始，已出版的作品有：诗集《早春》；小说集《半夏》《仲秋》《惊蛰》；散文集《瑞冬》；游记《印象美国三十天》计 6 本个人专集。

据不完全统计，许老师在大小刊物上发表作品竟达 80 多篇。有好多是登上了高大上的大刊物的。像《北京文学》《小说林》《小说月刊》《星火》《当代小说》《飞天》《大家》等期刊。

有的作品发表在《北京日报》《天津日报》《光明日报》《文艺报》《工人日报》《中国文化报》《京郊日报》《劳动午报》等报纸上。

短篇小说"香火地""娘亲舅大"分获 2011 年 2013 年北京市职工文学创作"五一""身边"文学一等奖；小说"卷毛活"获首届浩然文学基金短篇小说一等奖。其作品多篇被收入各种选本。散文"盲人玫瑰"被列为中学生语文课外教材。小说"吊坑""栗子.立子"被某高校列为高考模拟试题。

《印象美国 30 天》获 2016 年北京市群众文学创作优秀成果奖散文作品集一等奖；《一座图书馆温暖一座城》获纪念东城区第一图书馆建馆 60 周年征文一等奖。还获有其它奖项。

我终于知道，大气的人不是吹的。他是真有底气啊！

许福元老师，笔名星白，字元之，别号林河居士 1946 年生，北京顺义临河村人。北京作协会员，中国作协会员。曾为顺义作家协会副秘书长，现为顺义作家协会顾问。

谈及他的成长历程，他说，我就是个笨小孩。自幼也摸过鱼捞过虾，偷过李子扒过瓜。等及年长，又做过豆腐喂过猪，装过煤车读过书。自诩为半吊子庄稼人，二把刀的瓦匠，半开眼的木匠。

1962 年河南村中学初中毕业至 1980 年一直在生产队劳动；

1980 年至 1984 年在公社建筑队当瓦工。

1984 年至 1987 年自己组织建筑队。

1987 年至 1992 年在顺义房管局建筑队任土建工长，验线员，预算员及土建工程师。

1993 年在临河村开办北京市奥中涂料厂直至拆迁。

许福元老师的身份一直是农民，他角色的 5 次转换用了 40 年，几乎与改革开放同步。从表面上看，这 5 次角色的转变，可以说完成 5 次华丽的转身。但实际上，他从梦想的原点起飞，绕了 5 个大圈，又飞回到初心的原点。

他的初心是什么？就是当一名作家。几乎从儿时起，他就立志于此。他幼年读《千家诗》，曾偷偷地想，何时自己写的诗句，哪一天也在读者面前绽放；初中时读罢一部部长篇小说后，也曾憧憬，何时在自己的小说中，也一展月牙河的风光；当他躺在秋天原野的玉米堆上，仰望星空，也充满遐想。

他没有停留在"想"的阶段，而是在"做"，就是读书。在生产队劳动时，白天劳动，晚上读书；晴天劳动，雨天读书。下地时候，肩扛锄头，手拿报纸。扛铁锹看大渠巡视时，口中嘟嘟囔囔背诵古典诗词。一时被群众认为得了精神病。这样，从 1962 年到 1966 年 4 年时间里，他硬是通读"毛选"1—3 卷。通读了《鲁迅全集》。还背下了 2 千多首古典诗词。他说我是笨小孩只能下笨功夫。

读书为写作打下了基础，学以致用。从 1975 年起，他尝试写作，先后有诗歌、散文，小说发表，直至现在。

在写作过程中，他深感不足。自 2006 年始，他连续 6 期，坚持 10 年参加北京市劳动人民文化宫文学创作研习班，又在北京大学坚持一年听曹文轩老师的文学艺术课。即使现在，他仍坚持每月至少 2 次到东城区图书馆听讲座。

腹有诗书气自华。他说他最自豪的是家中几千册藏书，还有几十年坚持订的报刊。

他对于自己取得的一点小小成就，认为都是副产品。他认为，不忘初心，挑战自我，实现梦想，让生命感到宁静和充实，才是自己真正想要的。

2018 年八月份，我参加了许福元老师在顺义图书馆的一场文学讲座，一见面，我便惊讶于他穿着的那件半袖白背心，胸前印着黑色的卡通图案：草地上有三只可爱的小花狗，中间一只趴着，两边各蹲着一只。它们都圆瞪着一双希冀的眼睛。在图案的上方印着 shyfatelust(害羞的命运欲望)这不是十一年前初见许老师穿的那件吗！显然，背心的颜色和图案已陈旧不再光鲜，他抬起胳膊，腋下开线处还若隐若现，一件背心穿十多年还在继续，而在此前几天，他刚刚完成了一项重大的举措。

有三个山东合伙人，在他的临河村奥中涂料厂原址上盖了二层楼，总计 130 间房屋作为公寓出租，以此为生计。临河拆迁，三家合伙人很高兴，几年来的惨淡经营终于即将成为历史，迎接他们的是巨额拆迁赔偿，他们甚至为这笔就要到手的丰厚款项安排了最好的去处。可上天没有眷顾他们美好的愿望，根据北京市规定，2013 年以后未取得"五证"的建筑都视为违建，不在赔偿之列。而当初盖楼，完善所有的住房设施都是一个巨大的数字。这样，不但拆迁没赚钱，每家还要赔上好大一笔钱。在经历了和有关部门无数次的交涉和咨询律师都没有转机的情况下，许老师把自己的土地赔偿金 41 万给了他们！按拆迁政策，他们只应得 33 万，结果给了他们 74 万。

我在唏嘘之余，问他为什么要这样做，这是 41 万，不是 4 千 4 百元?这些钱普通老百姓得几代人努力呀！以合同办事，他们赔钱与您毫无相干呀！

他说，我就是不给他们这 41 万，他们也不会说我一个"不"字。但失去赔偿，你知道这意味着什么？弄不好，会出人命的！我不能看着悲剧在我眼前发生！

在公寓门口有三间红瓦老房，因为临街，被人争相租赁，而此房四川两口子一直用着，从未易主。争抢的人不服气，说，我给您双倍的租金。许老师说，这不是钱的事，这孩子 17 岁就跟我干，我是看着他长大，是在我这儿娶妻生子，惨淡经营。但我不能为了每年多挣钱就丢了人情味！

临近拆迁，两口准备好行装，怀里揣着十个月的房租来给许老师辞行，许老师推回他握着钞票的手，另一只手递上一只烫金的红包，说，房租你拿回去，你们回到老家一切都得从头开始，用钱的地方多着呢。今年你孩子考上大学是大事也是喜事，这一千块钱红包是奖励孩子的，这五千块钱是给你们回家创业的。两口子怔怔着，感动得不知说什么好。回到四川，孩子打来电话叫许老师，爷爷！许老师高兴得合不拢嘴。

还有一件看来是不可思议或有点有悖于一般人情世故的事。许老师有一文友，一天忧心忡忡地对许老师说，我一个东北朋友因病住院动手术钱不够，我应当施与援手，但我着实困难，爱莫能助。许老师当即要了那文友朋友的卡号，往其卡上打过二万块钱。使其顺利做了手术，现已康复。我问，又不是您的朋友，是您朋友的朋友，您又不认识，您完全可以不置可否。许老师正色说，人命关天哪。我说，您是不是有帮助人的瘾？帮助人是否也上瘾？许老师笑说，有点儿，但还不够。

是的。许老师助人，绝不仅如此，也绝不止如此。

可他的钱也不是大风刮来的。

他的女儿和我聊天时说，从小，我爸妈就为家里的苦日子忙活，常常早上我们还没醒，他们就不见了；晚上我们都睡了，还没见他们回来。我们姐妹俩没有成为问题少年，这都是万幸！

许老师给我讲一个笑话：有一个男人灰头土脸在建筑工地上忙活，每一次别人都下班了，他会逐一地把工地上的涂料桶，塑料袋都收集起来。在他忙不迭地拾掇这些不值钱的玩意时，猛不丁地就会有看工地的人一脚踢过来一只塑料桶，伴随着腿脚的运动，他会加上语言命令，拿去。那只桶不要了，拿去。不该捡的别捡……

等工程完工，在一个有些档次的酒店，看工地的还有项目经理被一个老板宴请，看工地的注视着请客的老板，说，我怎么看着您这么面熟啊？您是不是那个——

捡破烂的！请客老板坦然地笑笑说。

哦，对不起！对不起！我眼拙。您原来捡的是自己的东西！

许老师说，那个男人就是二十多年前的他！

2016年夏，许老师让我代他招待两名特殊的客人，是拥有千万资产的老板，我一听有些忐忑，太有钱的老板我没见过，不知人家都喜欢哪一口。见了面聊起来才得知，他俩十六七岁时就在许老师的建筑队当小工，后拜许老师为师学瓦工。许老师利用晚上时间，一本正经地给他们讲建筑工程知识。他们俩煞有介事地拿着小本又画又记，从最基础的瓦工知识到房屋的结构进行讲解。晚上理论学习加上白天实践为他们后来在建筑事业发展打下坚实的技术基础。

六年以后，他们打算去南方闯荡，许老师给他们结清了工钱。这时，徒弟之一却站着不走，许老师问，你还有事吗？他说，我想让您再给我些钱，许老师问，为什么？他说，我怕钱少，不够花。许老师笑笑，又给了他一些钱，他高兴而去。四五年后，另一个徒弟之二突然打来电话说他的媳妇得了癌症，想借钱给媳妇看病，许老师二话没说，凑了 1500 元钱骑车到顺义邮局给汇去。那是 1995 年，钱还真是个钱呢！二十多年过去，两人杳无音讯。一直到 2016 年，两人结伴而来感谢他们生命中的贵人恩师，徒弟之二说，如果说我的父亲养育了我，那么许叔他培养了我，我现在的业务做到全国各地，管理企业的好多理念都继承自许叔，从他身上我学会了许多做人的道理。我把他看成我生命的第二个父亲！

说起这些，许老师说，能挣钱是能力，看淡钱是境界，捐献钱是爱心，热心文化公益是格局。其实，人之处世，格局越大，越不纠缠于琐事；智慧越高，越不贪婪于财富。

许老师就是这样一个大气磅礴的人，一个有大格局的人。

2019.1.11

著书水利　记忆历史
绿水青山　水利当先

——读《洋桥破浪》一书有感

李守义

今天是 2024 年 7 月 15 日，张北县一早天气雾蒙蒙，午后便下起沥沥细雨，持续到傍晚，还有 5 级风，体感有点凉，用北京话说"凉快过头了"。

今天是初伏第一天，早上微信朋友圈提示别忘吃饺子。明天北方进入"七上八下"主汛期（7 月 16 日至 8 月 15 日，简称七上八下）。

我无意冷热，随意饮食，满怀喜悦地沉浸在《洋桥破浪》的诵读之中。昨天，柏凤英老师推出潮白之声（洋桥破浪朗诵版）二维码，欢迎大家加入群聊收听。我想，这是柏老师送给大家最好的三伏贴。

原来，是听雪老师，耗时 400 天，把许福元老师历经三年编著的《洋桥破浪》，朗诵录制音频奉献给大家欣赏。潮白河水滋养了顺义人民，顺义人民推动着、记载着、讴歌着时代的变迁。初伏第一天，我聆听《洋桥破浪》，在语音、文字中，感受老师们的家国情怀。我对许福元、听雪、柏凤英三位老师的辛勤付出，表示由衷敬佩。

《洋桥破浪》出版后，我于 2023 年初先后拜读两遍。今天，在听雪老师饱含深情、抑扬顿挫的朗诵中，我又重温了该书的一至五章。在听雪老师的引导下，我思绪万千，联想到民国时期，潮白河水害频繁，人民深受苦难，多次治理治标未治本。建国后，才做到治标与治本相结合，兴建密云、怀柔等水库，疏挖河道，筑堤修路，河道行洪能力显著提升，潮白河基本安澜，两岸人民才真正享受到水利而远离水害，过上了幸福生活。

回想我小时，常听老人讲逃避水害的往事。我小学即参加箭杆河治理工程。手推车上装载河泥，车满还要加三锨。大人在后推，我在前面拉，小车不倒总管推。参加工作后，1991 年参加潮白河牛栏山大桥上段治理工程，2009 年至 2023 年在顺义区水务局和市政控股集团有限公司，牵头建设引温榆河水调入潮白河二期工程（简称引温入潮二期）、顺义新城滨河森林公园的水利工程建设，以及南水北调向潮白河水源地补水工程（目前已补水 3 亿方左右），在排放污水治理上，沿河两岸建起了十几个镇村污水处理厂（站）。在持续治理之下，如今的潮白河顺义段已呈现出"河景、林景、水景、灯景、路景、城景"六景生辉的迷人景象，潮白河见证了顺义人民的默默奉献和对幸福生活的不懈追求。

《洋桥破浪》一书深刻记录治理潮白河水灾的历史，深刻记录熊希龄、罗斯、广大工程技术人员、一线民工和沿岸人民等为治理潮白河和兴建苏庄闸桥做出的贡献，已成为人民了解潮白河的一本教科书，同时为有朝一日兴建苏庄闸桥博物馆，提供宝贵的历史资料。

水是生命之源，水是生产之要，水是生态之基。兴修水利是治国安邦大事。兴修水利造福人民，已成为拉动内需、促进国内大循环的重要力量。为了北京城市副中心和顺义区安全，投资一百亿左右元兴建的温潮减河工程，位于通州和顺义交界长达 13 公里，于 2023 开工，预计 2027 年竣工。温潮减河工程建成将实现温榆河与潮白河水系的连通，汛期能够分洪，日常可向潮白河长期补水。投资 10 亿元兴建的城南新河工程，位于顺义南环路南侧西起顺通路东至潮白河右堤长达 6.266 公里，2024 年 5 月份开工建设，预计 2025 年竣工。城南新河建成后，将是顺义新城南部重要排水河道，是市政基础设施建设的重点工程，更是市民休闲娱乐的新景观。近日，潮白河顺义俸伯桥至柳各庄河段即将通航，顺义市民水上观光旅游又增一处新场所。

顺义人民治河兴水已成历史，已成传统。习近平总书记关于"绿水青山就是金山银山"理念，在顺义已有生动实践和丰硕成果。美丽的潮白河，正在滋润着两岸人民，让我们在日常欣赏美景及享受美好生活的过程中，共同为保护潮白河，做出新的更大贡献。

风土人情中的历史

——读许福元长篇小说《洋桥破浪》

李 岩

李岩，北京作协会员，专栏作者。已有散文、小说、诗歌、随笔、评论在《三联生活周刊》《老照片》《建筑评论》《北广人物周刊》《空军文艺》《当代华文文学》《红枸杞》《书香两岸》《小说选刊》《河北青年报》《中国出版传媒商报》《文艺报》《作家文摘》等报刊上发表文章70万字。第三届十月文学月嘉宾。出版诗集，小说集，散文集各一部。

在去北京作协开会的大巴上，我有幸结识了徐子建先生。一路攀谈，徐先生说起对写作的热爱和辛苦。他退休后动了写作家史的念头，为了提高写作能力，经人介绍，他去了在劳动人民文化宫举办的"北京市职工文学创作研修班"。在研修班他聆听了许多著名作家的讲作，受益匪浅，更结交了许多跟他一样热爱文学的朋友。

徐先生在劳动人民文化宫的学友，后来大都加入了作家协会，成了作家。他们还成立了一个文学沙龙。在沙龙的活动中，我结识了许福元先生。一问他的住处，竟与我住同一小区。他说他是为方便去北京档案馆查资料，特地租了档案馆附近的房子。

许先生收集了大量与苏庄闸桥有关的资料，为了写一部有关顺义苏庄闸桥的长篇小说。我只知道北京有个密云水库，却不知道顺义苏庄还曾有过一座闸桥。许先生介绍说：民国年间，由熊希龄主持修建了苏庄闸桥，这是中国第一座钢筋混凝土的水利工

本文作者李岩老师与《洋桥破浪》作者许福元先生在一起合影留念

程。闸桥是将潮白河水源南输的引水工程，把潮白河的水注入北运河。这样北运河就有了充足的水量，以便扩大运输货物能力。

1925年，在现在潮白河苏庄闸桥南百米处的位置，曾修建一座桥，因为当时是由英籍工程师设计，所以名"洋桥"

许先生是中国作协会员，已经出版了六部著作。他领受了顺义文化馆布置的记录当地不可移动文物的工作，写成并由作家出版社出版了他的第一部长篇小说《洋桥破浪》。本书以1917年至1939年顺义历史上修建的苏庄闸桥为背景，叙述了在潮白河上修建闸桥时发生的故事。书中有几百个真名实姓的人物，有民国官员，有军阀和土匪，有警察，有清朝遗老及江湖术士、出家僧人、当地乡民和修建工程的劳工。一众人等由此闸桥，卷入纷乱复杂的工程之中。除这些人之外，还有参与工程的外国洋行和英国工程专家。也正因如此，闸桥才有了洋桥的名称。

当年修建"洋桥"时遗址处残留的
英文刻字编码红砖

方面具体过程记录所剩下来的只是一小部分。幸好这段历史距离还不是那么远，作者实地考察闸桥遗址，还寻访当地居民，了解了很多真实生动的故事。这辛苦付出的背后，折射出他对文学和家乡的热爱。

许先生用朴实无华的文字写成这部长篇小说，本书叙事风格像一个长者与后辈闲谈往年旧事。小说中各色人等围绕着修建闸桥展开，其中不乏颇有意思的人物和逸事。顺义是许先生的家乡，他熟悉这里的一草一木，民俗风情，所述之事信手拈来。

许先生又说，这座闸桥是民国时期由熊希龄主持建设的。说到熊希龄，我倒比较熟。我小时候的幼儿园就在石驸马大街附近，去幼儿园就路过他的故居。我父亲也曾在熊希龄办的香山慈幼院上过学。虽说我早就知道熊希龄，他活生生的形象却是三年后从《洋桥破浪》这部书里看到的。

经过多年酝酿，三年写作，许先生最终将所查资料化成三十五万字长篇小说。研究史料既要尊重文字记录，也离不开作者的直觉。一方面资料繁杂，一

中国文学中乡土文学占有重要一席。鲁迅，沈从文，孙犁，刘绍棠等都是乡土文学的代表作家。文学在很大程度上是地方风俗的产物，没有了地方风俗特色，文学的感染力也会降低。

许先生常说他就是一农民，他的小说描写了箭杆河、潮白河边的风土人情。他在书中写道："从苏庄向西，路经沙浮，撇过北河村，到得王家场，往西已看到临河村坐落在一带高岗之上。一条月牙河状如月牙、如弯弓一样将临河村半圈围住。月牙河两岸，冬小麦正灌浆抽穗，悬浮一层似有似无的薄雾，在阳光下呈现出一望无际的嫩黄。农谚说，一穗半穗，一个月人囤。

月牙河上有一座简易木桥，木桥建在废弃的码头上。几个人站立桥头，看清亮的河水不疾不徐缓缓从桥下由北往南流去。"

许先生用这样的文字链条把历史故事衔接起来，小说娓娓道来，把这段修建苏庄闸桥的历史徐徐展开，故事引人入胜。其中最为鲜明的，是作者洋溢于字里行间对家乡的热爱。

许先生把顺义人民在旧中国生活的奋斗，苦难，困境、命运写进小说，把建设闸桥工程过程中坚韧不拔的民族精神书写出来，表现了中国人民不屈不饶的奋斗和人性之光。本书所讲述的闸桥在 1939 年被大水冲毁，仅存 14 年，苏庄闸桥于 1925 年建成以后，14 年间共向海河、天津供水 3000 多亿立方米，相当于 100 个密云水库储水量。解放后，北京修建了密云水库，替代了闸桥。坦率地说，现在的铁路公路四通八达，苏庄闸桥向北运河输水已经没有之前的运输作用了。

许先生重新发掘出来这段几乎被时间带走的历史，给后人留下了一段深刻记忆。也正是许先生的辛劳写作，把故乡那些让人伤感又悲壮的历史记录下来，从此不被淹没。

真实的历史往往是冰冷的，是作家用感情将历史赋予温度。许先生的文学语言与乡土文学一脉相承，他以自然的叙述，把人物的故事自然地展开，通过《洋桥破浪》这部书，呈现给读者一幅顺义风土人情的历史画卷。

花闲文评

本期点评人　　王太山

欲对大家风范的李岩老师的精彩评论再作评论，心中犹如小鹿乱撞，紧张与胆怯交织成一张无形的网，让我迟迟不敢轻易落笔。

李岩老师关于许福元《洋桥破浪》的文学评论，堪称精彩而深刻！

李岩老师以清晰的脉络和生动的叙述，引领读者走进了作品背后的创作世界。从作者与徐子建先生的结识，到对许福元先生创作历程的细致描绘，让人感受到了一种机缘巧合下的文学探寻之旅。

对于小说背景和历史的阐述，不仅丰富了读者对作品的理解，更凸显了评论者对相关史实的深入研究和精准把握。通过讲述苏庄闸桥的修建历史，以及它在当时所起到的重要作用，为探讨小说的价值奠定了坚实基础。

尤为可贵的是，李岩老师深入剖析了许福元先生的创作过程，展现了其为还原历史所付出的艰辛努力，让读者对作者的执着和热爱心生敬意。对小说文字风格和乡土特色的解读，也十分精准到位，让人能真切感受到作品中那浓郁的地域风情和人文关怀。

此外，通过与鲁迅、沈从文等乡土文学代表作家的关联，进一步提升了作品的文学高度。

总体而言，这篇文学评论既有丰富的内容，又有深刻的见解，不仅成功地解读了原著，更激发了读者对《洋桥破浪》的浓厚兴趣和深入思考。

逆时光而行去触摸一座桥的记忆

——评许福元长篇历史小说《洋桥破浪》

梁鸿鹰

一座桥，可以跨越江河，飞架天堑鸿沟；一座桥，也可以穿越时空，述说史海钩沉。北京作家许福元将一座在历史长河上早已模糊不堪的桥，重新修葺，加工复原，连同它所承载的巨幅时代画卷一起，再现于读者面前，这便是我们看到的长篇历史小说《洋桥破浪》。

洋桥，顾名思义，是洋人建的桥，残桥仍在，流水依然，此工程在当时亦算是中国北方一个大型水利枢纽工程。这座令许福元不肯作别的"康桥"，作为北京顺义苏庄闸桥，是大运河文化带的枢纽，连接起了潮白河和大运河两条北京水系支干，更是"顺义八景"之一。

北京顺义本土作家许福元对这片土地，对土地上的人与物，满怀赤子之心。他从田间地头走向文学殿堂，以家乡人写家乡事，不敢有丝毫的敷衍之心。他从 1974 年开始文学创作，退休后的花甲之年创作更焕发了新的生计，辗转游学，多方求教，像研究课题一样，阅读文献史料，访问村民遗老，寻觅山河旧迹，将"当时的人物和事件在文字中复活"为己任，以"受其汤汤潮白河恩泽的子民感知那段历史"为职责，全身心将对家乡人民的热爱之情付诸笔端、传于作品，努力呈现出"胸中的大气象，艺术的大营造"。历时三年多，许福元全面细致地研究了这座让他魂牵梦绕的洋桥，他揭开了苏庄闸桥设计、修建、质量、塌毁原因等种种谜团，既还原了历史真相，为研究探索顺义历史文化提供了重要资料，同时恪守自己的初心本心，实现了以文学之光照亮一方热土的可贵情怀。

这是一部以史为据、以文著史的长篇小说。小说将苏庄闸桥的历史变迁设为主线，讲述了洋桥作为连接潮白河和大运河的重要枢纽和文化象征，浸润滋养潮白儿女的生动故事。作品以史料为据，以顺义苏庄洋桥的兴废为线索，融入了大量顺义文化元素。展现了顺义人的胸怀、牺牲和奉献精神，作家依据真实的社会背景和历史事件，对主要人物和故事情节作了复刻还原，无论人名、地名，还是时间、事件，俱为史实、有据可查，以身临其境的"代入感"，让读者感受民国时期的时代大潮与平凡烟火。当作家以年迈之躯和极大热情寻秘探微时，才揭开了那段鲜为人知的尘封岁月，让本已湮灭在历史烟云、残留在县志故纸、流传于老人雪泥鸿爪般回忆中的依稀往事，渐渐浮出水面，语言质朴、人物丰满，也让"洋桥破浪"——曾经顺义人引以为豪的"顺义八景"，清晰描摹纸上。

这也是一部以史明鉴、烛照未来的长篇小说。作品用一座桥的存亡折射出一个时代的兴衰，标记出洋桥所处的那段特殊历史的印痕。许福元感慨于洋桥在军阀割据中艰难诞生、在南北战争中风雨飘摇、在日军侵华中遭遇夭折的坎坷经历，有感于多少仁人志士积极筹资、奔走八方、忍辱负重、为民呼号却终成徒劳，对于残桥仍在、流水依然的今天具有深刻的现实意义。特别是最后一章，小说以洋桥兴废之宿命，折射出当时畸形的社会形态下，即便是洋人设计施工的"新生儿"，即使有一批埋头苦干、舍身求法、为民请命的热血男儿为之奋斗，也难逃先天不足、后天无济的悲惨命运，并由此点睛升华、彰显主题，说明国家的统一、民族的独立、政权的稳固、经济的繁荣、决策的正确，缺一不可，至关重要。这也是这部作品，作为长篇历史小说的时代价值——以"洋桥遗梦"之憾，镜鉴"洋桥破浪"之兴。

这部作品具有顺义地方志的文化价值。作品以三十六万字的庞大体量，专注于一个特定历史事件的"解剖式"描写，从全方位的故事建构、多线条的情节推演、多角度的深刻分析，使得作品内容饱满，人物传神，故事鲜活，立体全面，同时将诸多历史文献融入其中，力图构成一部研究民国社会历史的"百科全书"。诚如许福元所言，从民国总统到总理，从县知事到村正村副，从乡绅到贫民，从军阀到土匪，从清朝遗老到江湖术士，从外国洋行到出家僧人，无不卷入到苏庄闸桥的盛衰荣辱之中。

地方性写作是当下文学创作的重要趋势。《洋桥破浪》囊括大量京郊顺义的文化元素，收录了"张君为政，乐不可支"的典故，呼奴故城遗址，牛栏山碧霞宫，大孙各庄无梁阁、潮白河和箭杆河等水系，以及"八百扁担砸鸡蛋局"的光辉革命历史、经李大钊介绍入党的顺义第一位共产党员李昆的事迹等，为读者走进过去、读懂当下提供了重要支撑。作品以写实手法辅以适当的想象、概括和虚构，做到大事不虚、小事不拘，将断裂的历史线条链接起来，填补了大运河水系通州以北缺乏描述的历史空白，使大运河文化带水系文化趋于完整。作品详细记录的苏庄闸桥，是一座距今不过百年的近代文物，也是中国历史上首次采用钢筋混凝土结构修建的水利工程，而且以熊希龄为代表的一代水利人，最先提出在永定河上游的官厅、潮白河上游的密云建造大型蓄水池，并做了前期勘察设计，使得新中国成立后才建成官厅水库和密云水库，可谓开现代水利之先河，对于研究我国现代桥梁建筑和水利建设发展具有重要意义。

《洋桥破浪》表达了对普通人牺牲与奉献精神的赞美。牺牲顺义，引水济津，农村支持城市，农业补益工商，这是一代人的胸怀、牺牲和奉献，一座桥可以兴废，一个朝代可以兴亡，但人的精神不可萎靡，不可颓废，不可磨灭。作家以史料为经，以逸闻为纬，以时间为纲，为事件为目，以人物为魂，将对大量历史文献和调研成果作了整理、提炼和梳理，巧妙嵌入故事主线和事件情节之中，使得这一时期纷繁复杂的社会现实更加集中完整，更具代表性。在完成小说后作家写道，"落笔之处是家乡"，经过探究历史、解析历史、缝合历史，终将所思所悟所感立传成书，将断裂的历史线条链接起来，填补了大运河水系通州以北缺乏描述的空白，使大运河文化带水系文化趋于完整，由此，许福元先生的内心也拾获了一种安定与慰藉。愿每位读者皆能从作家落笔之处，领略历史沧桑，感受文化底蕴，获得不断前行的精神力量。

（本文作者系著名文学评论家，《文艺报》总编。）

后 记

我选编完《顺义小说选》，又整理一下自 2016 年《惊蛰》出版之后，除写了三十六万字的长篇历史小说《洋桥破浪》之余，还零星写了一些文字。集中起来，八年间，也有四十一万之多。如不印刷成册，也就遗失了。虽遗失的并非珍珠，却是自己养育的贝壳。

零星写的，也并非休闲之笔，大都是有所约，有所求，有所虚。自然也有所思、有所感、有所触及。大概分六个板块：一，"小说部落"；二，"散文林间"；三："随笔花园"；四："独家讲坛"；五："临河杂俎"；六："他山之石"。我在书中已分六辑，并写了导语，配之以图。此处不再赘述。我想说明的是，这六张图并非是我的创作，而是临摹《芥子园画传》上的画图。人的思想与情感，有时文字不能淋漓尽致表达，往往借助于音乐与图画。我参加过顺义老干部局举办的老年大学 2015 年工笔画班，我是班上成绩最差的一个。所以临摹起来，也未得其神韵。

《顺义小说选》由我选编，《涛声回响集》是我所写。一编一写，同时出版为《潮白文萃》，如同时做两个游戏。我所以用"游戏"一词冠之，是不想给读者，给文友，给熟悉我的朋友一个感觉，我是如何夙兴夜寐，满脸愁苦地为众人做一点力所能及小事的。我内心是快乐的，精神是愉悦的，情绪是轻松的。

在这两本书的写作、整理、校对、审读、筹划、印刷、出版、发行、传播过程中，我有幸遇到一小批文友，他们或她们，以火一般热情，水一般上善，山一般坚实，海一般胸怀，支持了本书，帮助了本书，成功了本书。对这些为文学而执着的人，我必须引为同志。共同挽起手来，在文学之路上走下去。

孔子曰：逝者如斯夫。《涛声回响集》就是追忆逝去的年华，过往的岁月，回望走过的道路。《金刚经》言："过去心不可得，现在心不可得，未来心不可得。"

重视当下吧！倘活下去，还是要写下去。即使如鸟儿从天空飞过，没留下一点痕迹。但在鸟儿的心中，必然留下印痕。

许福元

2024.5.30